荣如德译文集

Ⅵ

上海译文出版社

陀思妥耶夫斯基《卡拉马佐夫兄弟》（上）

卡拉马佐夫兄弟（上）

〔俄〕陀思妥耶夫斯基　著

作者的话

我在动笔为本书主人公阿列克塞·费奥多罗维奇·卡拉马佐夫立传之时，心情有点儿困惑。事情是这样的：虽则我把阿列克塞·费奥多罗维奇称作本书主人公，可我自己也知道，他绝对不是一个大伟人，因而我能预见到读者必然会提出一些问题来。例如：尊驾所写的那个阿列克塞·费奥多罗维奇究竟有什么了不起，竟被选作这本书的主人公？他干了什么了不起的事情？有谁知晓此人？此人因何而出名？凭什么要读者花费时间去研究他的生平事迹？

末了那个问题最是切中要害，对此我只能回答说："您读了这部小说，也许自会明白。"可要是读完小说仍不明白，仍不认为我写的阿列克塞·费奥多罗维奇有什么与众不同的地方，这便如何是好？我之所以如此说，是因为我已经伤心地预见到会这样。在我看来，他是与众不同的，然而我能否向读者证明这一点，本人极表怀疑。问题在于他可以说是个人物，不过是个尚未确定、有待澄清的人物。不过，在我们这样的时代以明确求之于人，那也未免奇怪。有一点恐怕大可不必怀疑：那是个奇人，甚至是个怪人。但是，奇也罢，怪也罢，在引人注意这一点上多半成事不足，败事有余，尤其是在人人力图把个别化为一般，总想从千奇百怪的现象中找出哪怕一点点共同之处的时候。而怪人在大多数情况下是个别和特殊的现象。难道不是吗？

如果读者不同意如上的论点，说"不是这样"或"不总是这样"，那么，笔者在对主人公阿列克塞·费奥多罗维奇的看法上倒是比较胆壮了。因为怪人不仅"并不总是"个别和特殊的现象，而且相反，在某些情况下，他身上也许还具有整体的内核，倒是其余和他同时代的人全都像遭到狂风袭击似的，不知为何一时间纷纷脱离了他……

其实，我本不想作这一番极其乏味而又模棱两可的解释，干脆免去开场白就写正文算了，读者如果喜欢的话，好歹会把它读完的。但糟糕的是，我虽然只给一个人立传，可要写的小说却有两部。主要的是第二部，那是本书主人公在我们的时代亦即此时此刻的所作所为。第一部小说写的是发生在十三年前的事，它几乎算不上一部小说，而只是本书主人公青年时代初期的一个瞬间。我不可能把第一部小说略去，因为那样的话，第二部小说中的许多地方便会令人莫名其妙。但是本来已在犯难的笔者却由此而越发捉襟见肘了：倘若为他立传的我自己认为，用一部小说来写这样一个不足道、不明确的人物已属多余，那又怎么能写上两部，我这种狂妄的做法又该作何解释呢？

由于想不出解决这些问题的办法，我决定索性不去解决它们，而是绕道而行。洞察幽微的读者自然早已料到我一开始便有这样的倾向，只是恼恨我为什么一直在说些废话，白白浪费宝贵的时间。对此，我倒可以确切地回答：我一直在说些废话，浪费宝贵的时间，这首先是出于礼貌，其次也是为了要个花招——反正不能说我事先什么也没有交代。尽管如此，本书“在基本上保持整体的统一性的同时”，自然而然地分成上下两篇，这甚至使我感到高兴，因为读者了解其上篇之后，可以自己作出判断：值不值得继续读它的下篇？当然，任何人都不受任何约束，即使上篇只看两页就把书一扔也可以，并且从此不再打开它。但要知道也有这样一些颇具涵养的读者，他们肯定要把全书看完，以免在作出不带偏见的评价方面出现失误，例如俄国所有的批评家都属于这一类。不管他们多么有始有终和不偏不倚，我还是要向他们提供十分顺理成章的口实，好让他们开卷不久就把此书撂下，这样，我在这些人面前毕竟可以少几分内疚。好了，开场白到此为止。我完全同意这是多余的话，不过既然已经写下，那就让它留着吧。

现在言归正传。

献给

安娜·格里果利耶夫娜·陀思妥耶夫斯卡娅[①]

我实实在在地告诉你们：一粒麦子落在地里如若不死，仍旧是一粒；若是死了，就会结出许多子粒来。

——《圣经·新约·约翰福音》第12章第24节

① 安·格·陀思妥耶夫斯卡娅(1846—1918)，本姓斯尼特金娜，原是陀思妥耶夫斯基的速记员，1867年成为他的续弦夫人。她曾在工作和生活上给予陀氏很大帮助。陀氏死后，她又为保存对这位作家永恒的纪念作出许多贡献。除著有回忆录、1867年日记以及编辑出版过六部陀氏全集外，她还在莫斯科历史博物馆内建立以陀思妥耶夫斯基命名的分馆，那里藏有陀氏的手稿、书籍、照片和遗物。

重要人物表

费奥多尔·巴甫洛维奇·卡拉马佐夫——地主。

德米特里（米特里、米嘉、米剑卡）·费奥多罗维奇·卡拉马佐夫——长子。

伊万·费奥多罗维奇·卡拉马佐夫——次子。

阿列克塞（阿辽沙、阿辽什卡）·费奥多罗维奇·卡拉马佐夫——幼子。

阿黛拉伊达·伊万诺夫娜——米嘉的母亲。

索菲娅·伊万诺夫娜——伊万和阿辽沙的母亲。

帕维尔·费奥多罗维奇·斯乜尔加科夫——卡拉马佐夫家的厨子。

彼得·亚历山德罗维奇·米乌索夫——米嘉母系的亲戚。

彼得·福米奇·卡尔甘诺夫——米乌索夫的远亲。

卡捷琳娜（卡嘉、卡笺卡）·伊万诺夫娜·维尔霍夫策娃——米嘉的未婚妻。

阿格拉菲娜·亚历山德罗夫娜·斯维特洛娃（格露莘卡、格露莎）——米嘉的情妇。

叶卡杰丽娜·奥西波夫娜·霍赫拉科娃——有钱的寡妇。

莉扎（莉兹）——霍赫拉科娃的女儿。

格里果利·瓦西里耶维奇·库图佐夫——卡拉马佐夫家的仆人。

玛尔法·伊格纳启耶夫娜——格里果利的妻子。
库兹马·库兹米奇·萨姆索诺夫——商人，格露莘卡的姘夫。
穆夏洛维奇——格露莘卡的旧情人。
符鲁布列夫斯基——穆夏洛维奇的同伴。
佐西马神父——修道院长老。
约西甫神父。
帕伊西神父。
菲拉邦特神父。
米哈依尔(米沙)·奥西波维奇·拉基津——神学校学生。
玛丽亚·康德拉启耶夫娜——卡拉马佐夫家的邻居。
尼古拉·伊里奇·斯涅吉辽夫——退伍上尉。
伊柳沙——小学生，斯涅吉辽夫的儿子。
郭立亚·克拉索特金——伊柳沙的同学。
尼古拉·帕尔菲诺维奇·涅柳多夫——预审推事。
伊波里特·基里洛维奇——检察官。
米哈依尔·马卡罗维奇(马卡雷奇)·马卡罗夫——警察局长。
马夫里基(奇)·史梅尔卓夫——派出所长。
菲久科维奇——律师。
赫尔岑什图贝——老医生。
瓦尔文斯基——医生。
彼得·伊里奇·别尔霍津——青年公务员。
特里丰·博里塞奇——客栈老板。
玛特辽娜——格露莘卡的厨娘。
菲妮娅——格露莘卡的侍女，玛特辽娜的孙女。
马克西莫夫——破落地主。

目录

第一卷

一户人家的历史

一　费奥多尔·巴甫洛维奇·卡拉马佐夫

阿列克塞·费奥多罗维奇·卡拉马佐夫是我县一位地主费奥多尔·巴甫洛维奇·卡拉马佐夫的第三个儿子。老卡拉马佐夫神秘地横死于十三年前，笔者将在以后叙述的这件血案，当时曾使此人大大出名，而且在我们那儿至今仍有人提到他。关于这位“地主”（我们那儿都管他叫“地主”，虽然他一辈子几乎从不住在自己的田庄里），眼下我只想说，那是个奇怪的主儿，不过这号人也颇不少见，其特点是不仅品性恶劣、道德败坏，而且冥顽不灵，——偏偏此等冥顽不灵者非常精于理财敛财，不过此外看来一无所长。例如费奥多尔·巴甫洛维奇就差不多是白手起家的。他这个地主简直小得不能再小，老是东奔西走吃人家的白食，涎皮赖脸充当帮闲，可是到他死下来竟有十万卢布家产。与此同时，他一辈子却过得始终像一条最最冥顽不灵的浑虫，这在我们全县都是数得着的。我再说一遍：那不是愚蠢，这类浑虫大都相当聪明和狡猾，——可就是冥顽，而且还是一种独特的国粹。

他结过两次婚，有三个儿子：老大德米特里·费奥多罗维奇为前妻所生；另外两个——伊万和阿列克塞——是第二个妻子生的。费奥多尔·巴甫洛维奇的前妻出身于相当富有的名门贵族米乌索夫家——也是本县地主。一位妆奁颇丰、长得也漂亮的小姐，外加聪明能干——如今这一代中间固然不少，但在上一代也并非没有，——怎么会嫁给这么个没出息的“孱头”（当时谁都这么叫他），我不想过于细述。不过我知道，有位属于更早时期所谓“浪漫”一代的小姐，她完全可以在任何时候顺顺当当地嫁给自己所爱的一位先生，然而经过若干年神秘的恋爱之后，她自己臆想出种种无法克服的障碍，结果在一个风狂雨暴之夜，从悬崖状的高高陡岸上纵身投入水深流急的河中，纯粹死于她自己的怪念头，只是为了仿效莎士比亚剧中的奥菲莉亚。甚至可以这样说，倘若她早已看中的那堵岩壁不那么峭拔入画，而只是一道缓坦的寻常河岸，那么自杀也许压根儿不会发生。这是真人真事，在我们俄国的生活中，最近半个多世纪里这样或类似这样的事情想必发生过不少。同样，阿黛拉伊达·伊万诺夫娜·米乌索娃此举无疑也是受人影响、思想被俘所致。她也许想显示一下女子的独立性，置门第观念于不顾，准备冲破自己家族的专制束缚，而善于迎合的幻想使她相信（大概只有一会儿工夫），费奥多尔·巴甫洛维奇尽管卑为食客，毕竟属于那个奔向美好明天的时代，不失为那个时代最大胆、最具讽刺性的人物之一，而实际上他只是一个居心不良的小丑，此外什么也不是。这段姻缘中特别够味儿的一点还在于，它是以私奔的方式实现的，这可太合阿黛拉伊达·伊万诺夫娜的胃口了。至于费奥多尔·巴甫洛维奇，即使就其社会地位而言，当时也完全会来这一手，因为他一心一意想不择手段地往上爬，攀一门好亲，又得到嫁妆，那可太诱人了。要说两人之间的爱情，看来根本不存在——无论是女方还是男方，尽管阿黛拉伊达·伊万诺夫娜容貌姣好。这也许可算费奥多尔·巴甫洛维奇一生中绝无仅有的例外。此人一辈子是个无出其右的好色之徒，随便哪个娘们只要向他一招手，他立刻会趴在对方裙下。然而唯独自己的原配夫人居然没有引起他特别强烈的情欲。

阿黛拉伊达·伊万诺夫娜在私奔之后，立刻就明白，除了鄙视以外，自己对丈夫再也没有别的感情。于是，结婚的后果以惊人的速度表现出来。尽管女家对这一事件甚至没过多久便认了，并且分了嫁妆给出逃的姑娘，然而这对夫妇之间却开始了最不堪的生活和无休止的争吵。据说，年轻的妻子在这期间表现得高贵大方，很有风度，费奥多尔·巴甫洛维奇绝对不能与之相比。现在大家都已知道，妻子的钱在她刚得到的当时便一下子让做丈夫的全给偷走了，从此这笔数额达二万五千卢布的财产对她来说犹如石沉大海。作为陪嫁，她还得到一个小村庄和一栋挺不错的城里房子，丈夫在很长一段时间内千方百计企图通过某项适当的手续把它们转到自己名下。他一刻不停地厚着脸皮胡搅蛮缠、软磨硬逼，惹得妻子对他鄙夷至极、讨厌透顶，以致心力交瘁，只想摆脱。老实说，单单由于这个缘故，他本来十拿九稳可以达到目的，但幸亏阿黛拉伊达·伊万诺夫娜的亲属出来干预，那个贪心鬼才不得不有所收敛。尽人皆知，他们夫妻之间经常打架，不过据传，并非费奥多尔·巴甫洛维奇打老婆，而是皮肤浅黑、敢作敢为、火暴性子而又天生强壮的阿黛拉伊达·伊万诺夫娜倒过来揍老公。后来，她终于离家出走，跟一个穷得叮当响的师范学校毕业生跑了，把三岁的米嘉丢给丈夫。费奥多尔·巴甫洛维奇立即在家里养起了一大帮女人，成日价纵酒狂欢。在放荡的间歇中，他几乎跑遍了全省各地，一把眼泪一把鼻涕地向所有的人哭诉阿黛拉伊达·伊万诺夫娜如何把他抛弃，同时还叙述种种细节，一个做丈夫的居然好意思细说自己婚后生活中的这些事儿，也太不识羞了。主要的是，他似乎乐于在所有的人面前扮演受气丈夫这么一个可笑的角色，还要添油加醋地着意渲染自己如何受尽委屈，这样做甚至使他感到满足。有些人当面挖苦他："尽管您遭到这样的不幸，可是看上去那么扬扬得意，旁人还以为您费奥多尔·巴甫洛维奇做官了呢。"许多人甚至还说，他对于自己能以翻新的小丑面目出现感到高兴，而且假装并没发现自己的处境有多么滑稽，那是故意让人觉得更加可笑。不过，这也许是他的天真使然亦未可知。后来，他总算发现了出逃的妻子的踪迹。原来这可怜的女人和她的师范学校毕业生已一起迁往彼得堡，她在那里无拘无束地过起彻底解放的生活来了。费奥多尔·巴甫洛维奇马上大起忙头，准备动身前往彼得堡，——去干吗？——可以肯定，他自己也不知道。当时他也许真的就这么去了，可是在作出这样的决定之后，他立即认为有权再肆无忌惮地痛饮一番为自己壮行。就在这个当口儿，他妻家获悉阿黛拉伊达·伊万诺夫娜已死在彼得堡。她不知怎么的一下子在某处的顶楼上死了，有的说死于伤寒，而另一种说法好像是饿死的。费奥多尔·巴甫洛维奇是在酒醉状态中得到妻子死讯的。据说，当时他跑到街上，兴奋地高举双手，仰天大喊："现在放开了。"[①]可是另一些人则说，他像个小孩子似的号啕大哭，直哭得别人瞧着他甚至觉得可怜，虽然人人都讨厌他。很可能两种说法都对，他庆幸自己得到解放，也为解放他的死者哭泣——两者兼而有之。在大多数情况下，人们，甚至恶人，要比我们想象中的他们幼稚得多、天真得多。其实我们自己也一样。

二　甩掉第一个儿子

这号人会是个怎样的父亲，怎样教育孩子，当然可想而知。作为一个父亲，他的行为是在意料之中的，也就是说，他把自己与阿黛拉伊达·伊万诺夫娜所生的一个孩子压根儿扔下不管，倒不是因为恨他，也不是由于做丈夫的感情受到伤害的缘故，而是干脆把他完全给忘了。在费奥多尔·巴甫洛维奇喋喋不休地向所有的人哭诉，而又把自己的家变成酒池肉林的时候，才三岁的小男孩米嘉全靠这家的忠实的仆人格里果利照料。当时要不是他关心米嘉，恐怕连孩子的衬衣也没有人给换。

偏偏孩子的母系亲属在最初一段时间内似乎也把他忘了。他的外公——阿黛拉伊达·伊万诺夫娜的父亲米乌索夫先生本人——当时已不在人世；他那移居莫斯科的遗孀——米嘉的外婆——实在病痛太多；阿黛拉伊达的姐妹们又都出嫁了。因此，差不多有整整一年，米

---

① 这是基督教会举行葬礼时所念悼文中的语言。全句应为："主啊，现在你放开了你的仆人，使之平静地离去。"此处可以理解成费奥多尔为"上帝放开了他的妻子"或"妻子放开了他"而兴高采烈。

嘉只得待在仆人格里果利身边，和他一起住下人的木屋。不过，即便老子还记得这个儿子(他总不可能真的不知道米嘉的存在)，他自己也会打发孩子回到木屋里去，因为他要纵欲酗酒，孩子毕竟会妨碍他。但是，死去的阿黛拉伊达·伊万诺夫娜有位堂兄彼得·亚历山德罗维奇·米乌索夫从巴黎回来了。此人后来在国外接连住了好多年，当时他还非常年轻，不过在米乌索夫家族中是个突出的人物，他挺开明，在首都和国外见过不少世面，而且可以说，一辈子都是欧洲文化的产物，到晚年则成为四五十年代的自由主义者。他平生先后结交过许多他那个时代自由主义思想最鲜明的人，有俄国的，也有外国的，认识蒲鲁东①和巴枯宁②本人，到了浪游生涯行将告终之际，他特别喜欢回忆和讲述一八四八年巴黎二月革命的三天，并且暗示说他自己也差点儿没到街垒上去参加那次革命。那是他对青年时代保留的最最愉快的回忆之一。他有一份独立的田产，按老法估算，大约有一千农奴。一出我们这个小县城，就是他的十分出色的领地，与之接壤的是我们那儿一座著名修道院的土地，彼得·亚历山德罗维奇刚得到遗产——那时年纪还很轻很轻——马上就开始跟那个修道院没完没了地打官司，争的是一条河里的几片捕鱼区或一处森林的若干伐木地的主权归属问题，确切情况我不了解，但他把跟“教权派”打官司甚至视为自己作为公民和文明人的一项义务。他自然记得阿黛拉伊达·伊万诺夫娜，当初甚至还注意过她。他听说了有关这位堂妹的悲剧始末，并且了解到还有个遗孤米嘉，便勉强克制住自己年轻人的一腔怒火和对费奥多尔·巴甫洛维奇的蔑视，插手管起这件事来。于是他第一次认识了费奥多尔·巴甫洛维奇，并且直截了当地向他表示愿意抚养那个孩子。事后他有很久经常向人讲述这样一个很说明问题的情况：当他与费奥多尔·巴甫洛维奇谈起米嘉的时候，身为父亲的那位有一阵子竟现出

① 蒲鲁东(1809—1865)，法国经济学家和社会学家。无政府主义创始人之一。

② 巴枯宁(1814—1876)，俄国无政府主义者，19 世纪 40 年代和 60 年代一直侨居国外。

莫名其妙的样子，完全不明白所说的是哪个孩子，甚至对于他有个年幼的儿子在家里某个地方似乎感到惊讶。如果说彼得·亚历山德罗维奇叙述的情况可能有所夸大，那么，其中必定仍然有近乎真实的内容。

费奥多尔·巴甫洛维奇一生都喜欢做戏，喜欢突然在您面前扮演一个意想不到的角色，其实有时候根本没有这样的必要，甚至会直接损害他自己，眼下这件事便是一例。不过，有这种脾气的人还非常之多，甚至是些十分聪明的人，绝非费奥多尔·巴甫洛维奇者流。彼得·亚历山德罗维奇把这件事办得挺利索，甚至被指定为孩子的监护人（费奥多尔·巴甫洛维奇也是监护人），因为孩子的母亲毕竟有些东西遗留下来，包括一栋房屋和田产。米嘉果然由他的堂舅领走了，但这位堂舅自己并无家室，在办妥了确保自己田产收入款额事宜之后，他当即匆匆前往巴黎又住上很长一个时期，因此把孩子托付给自己的一位表姑、莫斯科的地主太太。彼得·亚历山德罗维奇久居巴黎的结果，特别在那次二月革命爆发之后，他得到的印象实在太深刻了，使他终生难忘，居然也把那个孩子给忘了。莫斯科的地主太太死后，米嘉又转到她的一个已经出嫁的女儿家里。好像此后他还第四次挪过窝。这事现在我就不细说了，何况有关费奥多尔·巴甫洛维奇的这个头生儿要讲的还有许多，眼下我只限于作一些必不可少的介绍，要是连这些也略去，那我这部小说就没法起头了。

首先，这位德米特里·费奥多罗维奇是费奥多尔·巴甫洛维奇三个儿子中唯一怀着这样的信念长大的：反正他拥有一些财产，等到成年之后经济就可以独立。他青少年时代的岁月过得颇不像话：中学没念完，后来进了一所军校，然后来到高加索服役，曾得到提升，因与人决斗遭降级，后又被提升，大肆吃喝玩乐，花掉了许多钱。他直到成年以后才开始从费奥多尔·巴甫洛维奇那儿得到钱，可在这以前已经债台高筑。他成年之后才头一回看到费奥多尔·巴甫洛维奇，知道这就是他的父亲，当时他特地来到我们那个小地方跟后者谈自己的财产问题。看来，那个时候他就对老子没有好感；他在老子家里没待多久便急急忙忙地走了，只来得及从他那儿拿到一笔钱，并且就今后领取田产收入的问题跟老子做了一笔交易，至于那些田产价值多少，收益如何，那一回他从费奥多尔·巴甫洛维奇那儿始终没问出什么名堂（这一事实值得注意）。当时费奥多尔·巴甫洛维奇一开始就发现（这一点也必须记住），米嘉对自己那份财产只有一个模糊的概念，与实际情况出入很大。费奥多尔·巴甫洛维奇对此非常满意，因为他另有算计。他认定这个年轻人心浮气躁，欲望不小，耐性很差，是个浪荡子，只消把握时机让他到手一些现钱，马上就太平无事，当然为时不会太久。于是费奥多尔·巴甫洛维奇抓住这一点开始加以利用，也就是施一些小恩小惠，隔一阵子寄点儿钱去，结果竟是这样：四年以后，米嘉对于这种局面感到不耐烦了，当他再次来到我们这个小城，打算跟老子彻底清账时，突然万分惊愕地发现他已经一无所有，这账连算也很难算得过来，反正他通过提现金的方式把自己的全部财产所值已经从费奥多尔·巴甫洛维奇那里支取一空，没准儿还倒挂呢；根据某年某月某日及某年某月某日他自己同意的某项及某项协议，他没有权利再提出任何要求，如此等等，等等。那年轻人给震懵了，不信这是事实，怀疑其中有诈，他几乎无法控制自己，仿佛失去了理智。正是这一情况导致了一宗惨案的发生，而铺叙这宗惨案将构成我这第一部作为楔子的小说的主体，更确切地说，将构成它的外壳。不过，在我转入这部小说之前，还必须把费奥多尔·巴甫洛维奇的另外两个儿子即米嘉的弟弟也作一番介绍，交代一下他们的来历。

三　续弦与续弦所出

费奥多尔·巴甫洛维奇在甩掉了四岁的米嘉之后，很快便续了弦。第二次婚姻持续约有八年。这第二位太太也很年轻，名叫索菲娅·伊万诺夫娜，来自别的省份，费奥多尔·巴甫洛维奇曾经为一注小买卖与一个犹太人结伴去过那里。费奥多尔·巴甫洛维奇尽管酗酒好色、纵欲无度，但从不停止投资牟利，而且买卖总是很得法，当然差不多每次都要做些手脚。索菲娅·伊万诺夫娜是一名品行可疑的教堂执事之女，自幼失去怙恃，在一户富贵人家长大，收养抚育她的是沃洛霍夫将军的遗孀，这位老太太既是她的恩人，也是她的催命冤家。详细情况我不清楚，只听说那孤女性情十分温顺，向来唯命是从，有一回竟在阁楼的一枚钉子上挂了个绳圈投环自尽，让人给救了下来，因为她实在受不了将军夫人的怪脾气和没完没了的数落，显然，这位老太太心地并不坏，只是由于无所事事而养成别人极难忍受的专横性格。

费奥多尔·巴甫洛维奇曾去求亲，但人家打听到他的情况后把他撵走了。于是他重施第一次婚姻的故伎，向孤女建议私奔。那姑娘要是能及时了解他较多的底细，极有可能不会嫁给他。但是双方不在同一个省内；再说，一个十六岁的少女又能懂得什么，只知道留在这位恩人老太太那里还不如去投河。就这样，可怜的姑娘用女恩人换了个男恩人。这一回费奥多尔·巴甫洛维奇没拿到一个子儿，因为将军夫人盛怒之下什么也不给，这且不说，还把他俩诅咒了一番。不过，这一回他也没指望得到嫁妆，只是迷恋于那个纯洁少女出众的美貌，尤其是她那天真无邪的模样简直使这个好色之徒惊呆了，因为在这以前他只会用淫邪的眼光欣赏那种鄙俗的女性美。

“那一双纯真的眼睛当时就像一把剃刀在我心上刷地划了一下，”后来他不止一次这样说过，每次都带着他那种令人作呕的浪笑。其实，这在一个淫棍身上也只能是一种色欲的冲动。既然没有得到任何嫁资，费奥多尔·巴甫洛维奇对他的太太也就不讲什么客气了，并且利用她觉得“对不起”夫君的心情，利用自己等于把她“从绳环中解救出来”这一点，此外还利用她那无与伦比的温驯和顺从，连最起码的夫妇之道他也大肆践踏。他把一些不三不四的女人弄到家里来，当着妻子的面干那些伤风败俗的勾当。这里我想讲一件事情很能说明问题。那个仆人格里果利生性阴郁，又蠢又倔，偏偏喜欢说教，他恨以前的主母阿黛拉伊达·伊万诺夫娜，如今却站到新主母的一边，为了卫护她，格里果利不惜以不合用人身份的方式跟费奥多尔·巴甫洛维奇对骂，有一回甚至大闹东家的“无忧宫”，硬把各处召来的放荡女人通通轰走。这个从很小的时候起就给吓坏的苦命女子，后来得了一种神经兮兮的病，这种病症最多见于没什么文化的乡下女人，她们因此被称为“鬼号婆娘”。患这种病的女人歇斯底里发作起来十分可怕，有时甚至会丧失理性。可是她倒给费奥多尔·巴甫洛维奇生了两个儿子——伊万和阿列克塞：第一个生于结婚第一年；第二个生于三年之后。她死的时候，小阿列克塞还不满四岁，说来虽然奇怪，但我知道，后来他一辈子都记得自己的母亲——当然，那像是梦中留下的印象。索菲娅·伊万诺夫娜去世以后，两个男孩的遭遇跟老大米嘉几乎完全一样：他们也被老子彻底丢在脑后不闻不问，还是由格里果利照看，他们同样住进了他的木屋。那位专横的老太太，曾经收养和抚育他们的母亲的将军夫人，在木屋里找到了这小哥儿俩。老太太那时依然健在，而且八年来始终咽不下人家让她受的那口气。这八年中间，关于她的索菲娅的生活状况，将军夫人一直掌握着极其准确的情报。听说索菲娅得了病以及她所处的环境是多么不成体统，将军夫人曾有两三回向一些仰她鼻息的女帮闲出声说过：

“她这是活该，那是上帝对她的惩罚，忘恩负义的报应。”

索菲娅·伊万诺夫娜死了三个月以后，将军夫人突然亲临我们的小城，径直来到费奥多尔·巴甫洛维奇家中，在城内总共逗留半个钟头左右，却做了很多事情。那会儿正值傍晚时分。整整八年没跟老太太会过面的费奥多尔·巴甫洛维奇，醉醺醺地出来见她。据传，将军夫人一看见他，没开口说一句话，马上就扇了他清脆、响亮的两个耳光，并且揪住他的一簇头发从上往下扯了三下，然后仍然一声不吭地直接到木屋里去找两个孩子。她刚一瞥见他们蓬头垢面、衣衫邋遢的样子，立即又给了格里果利一个耳光，再向他宣布，要把两个孩子都带走，然后领着他们出门，也不更换衣服，就用毯子一裹，登上马车，带回她自己的城市。格里果利显示出义仆本色，挨了那一下耳光，没说半句粗话，他把老太太送上马车时，还深深地向她鞠了一躬，用庄重的语气说，“上帝会为这两个没娘的孩子酬谢”她的。将军夫人在马车起步时冲他喊道："可你还是个笨蛋！"

费奥多尔·巴甫洛维奇把全部情况考虑了一遍，认为这事儿并不坏，故而后来在正式同意两个孩子由将军夫人抚养时没有提出任何异议。关于所挨的两下耳光，他自己满城奔走，逢人便讲。

在这以后不久，将军夫人也告下世，不过她在遗嘱里给了两个娃娃每人一千卢布"供他们受教育，而且这些钱一定要完全花在他们身上，但必须细水长流，足以维持到他们成年，因为对于这种孩子来说，这份布施已经够可以的了，谁要是愿意，那就请他自己解囊"，如此等等。笔者本人没有看到过遗嘱，只是听说里边确实有这类奇怪的条文和过于独特的措辞。不过，老太太遗产的主要继承人倒是一位正人君子、那个省里的首席贵族叶菲姆·彼得罗维奇·波列诺夫。他跟费奥多尔·巴甫洛维奇通了信，并且一下子就看透，想要此人掏钱供他自己的孩子受教育根本不可能，尽管他从不正面拒绝，可总是使出他应付此类情形的套路——拖，有时候甚至能做到声泪俱下。有鉴于此，叶菲姆·彼得罗维奇便着手自己来关心那两个孤儿，而且对小的一个即阿列克塞还特别喜欢，所以阿列克塞有很长一段时间简直就像他家的人。我请求读者从一开始就注意这一点。如果说，那哥儿俩所受的抚养和教育之恩理当没齿不忘，那么他们要感谢的正是这位叶菲姆·彼得罗维奇，一个极其高尚、极其富于人道主义精神的人，这样的人是不多见的。他把将军夫人留给两个孩子的每人一千卢布为他们完整地保存起来，使这笔钱到他们成年时连利息翻了一番，而抚育他们的费用则由他自己支付，当然，花在每人身上的钱远远不止一千。对于他们的童年和少年时代，我又不准备在此缕述，而只是介绍一些最主要的情况。关于大的那一个——伊万——我只想交代一点：他长成了一个阴郁乖僻、性格内向的少年，虽然远非胆小怕羞，但好像从十岁左右开始便明白他们哥儿俩毕竟是寄人篱下，接受人家的恩惠，他们的父亲是个简直一提起来就让他们颜面蒙羞的人，等等，等等。这孩子很早——几乎在幼儿时代（至少传说如此）——便开始显露出不同凡响的学习才能。确切的情形我不了解，但好像他十三岁便离开了叶菲姆·彼得罗维奇家，去莫斯科的一所中学就读，食宿则在一位经验丰富并且当时很有名气的教育家叶菲姆·彼得罗维奇的总角之交家中。据伊万后来自己说，一切都出于叶菲姆·彼得罗维奇那份“行善的热心”，他被这样一个主意吸引住了：如此天才横溢的少年应由一位天才的教师加以培养。不过，当伊万中学毕业考入大学时，叶菲姆·彼得罗维奇和那位天才的教师都已不在人世。由于叶菲姆·彼得罗维奇没有作出妥善安排，加之种种在我国万难避免的手续和拖延，使伊万迟迟拿不到专横的将军夫人遗赠的那笔钱，即已经从一千卢布带利息增至两千的教育费。这个年轻人上大学最初两年的生活十分艰苦，因为他在整个这段时间内不得不自己养活自己，同时又得学习。必须指出，当时他甚至不想尝试与父亲通信——可能是出于傲气，出于对他的蔑视，也可能是冷静思考的结果，因为理智告诉他，从父亲那里连一点点切实的帮助也不会得到。不管怎样，这个年轻人丝毫也不气馁，居然能设法打工，先是给人家的孩子补习功课收两毛钱一回，后来又经常跑报社，送去一些十数行的短文章报道街头发生的事件，署名“目击者”。据说，这些短文总是写得那么引人入胜、富有文采，所以很快就被采用，单是这一点就充分显示出这个年轻人在智慧和实干方面都强似我国为数众多的那一部分男女青年学生——他们总是穷愁潦倒，在两大都会[①]照例从早到晚跑各家报社和杂志社，翻来覆去地不是请求给些东西抄写，就是干一些从法文译成俄文的活儿，此外再也想不出更好的主意。伊万·费奥多罗维奇跟编辑们打过几次交道之后，始终与他们保持着联系，在念大学的最后几年里，他已开始发表一些颇有才气的书评论述各种不同的专题，从而在写作圈子里甚至已小有名气。不过只是到了最后，他才偶然得以在范围大得多的读者中间引起特别的关注，这种状况有些突如其来，以致当时有好多人一下子便注意到并且记住了他。那是一件相当有趣的事。当时伊万·费奥多罗维奇已经离开大学，正准备用他那两千卢布

① 指彼得堡和莫斯科。

去一趟国外，忽然，他在某大报上发表了一篇奇怪的文章，引起甚至包括非专家在内的人们的注意，尤其是他对文章的主题显然一点也不熟悉，因为他学的是自然科学。文章所论乃是当时到处议论纷纷的教会法庭问题。他在分析有关这一问题已经发表的各种意见的同时，也谈出了他自己的观点。关键在于文章的调子及其异峰突起的结论。其时，教会派中许多人无保留地把文章的作者视为自己人。突然，和他们一起喝彩的不光有非宗教主义者，甚至连无神论者也加入进来。临了，某些明白人认定，该文纯粹是一场放肆的恶作剧。我之所以要提到此事，特别是因为这篇文章经过一定的时间也传到了我们城郊一座著名的修道院内，那里对于议论中的教会法庭问题本来也感兴趣，文章传入后却引起极大的困惑。他们打听到了作者姓甚名谁，对于他原来在本城出生并且“就是那个费奥多尔·巴甫洛维奇”的儿子这一点也关心起来。恰恰在这个当口儿，文章的作者本人忽然出现在我们这个小地方。

当时伊万·费奥多罗维奇来到我们城里有何目的？——我记得，那时候就曾带着近乎不安的心情向自己提过这个问题。那次鬼使神差的家乡之行，成了一连串严重后果的发端，在这以后很长时间我未能摸清它的来龙去脉，它在我眼里几乎始终是扑朔迷离的。按常理推断也有些奇怪：一个如此有学问、自尊心那么强而且看样子处事谨慎的年轻人，突然到这样不成体统的家里去见这样的老子——做老子的一辈子没把他当过一回事，根本不了解他，也不记得他；尽管儿子若是向他要钱，不用说他是断乎、绝对不会给的，但他仍然一辈子担心他的儿子——伊万和阿列克塞——有朝一日会来要钱。可是，这位年轻人竟在这样的老子家里住了下来，一住就是一个月、两个月，而且爷儿俩相处得甭说有多好。尤其是上述最后一点，不但使我，也使其他许多人大为惊讶。前文我提到过的彼得·亚历山德罗维奇·米乌索夫，就是费奥多尔·巴甫洛维奇前妻分儿上的远亲，那会儿恰好从他已经定居下来的巴黎又一次光临本地，来到他那近郊的田庄。我记得，正是他在认识伊万之后比任何人更感到诧异，他对那个年轻人非常感兴趣，他们的交谈有时实际上是双方学识的较量，结果不免使彼得·亚历山德罗维奇内心隐隐作痛。

“他自尊心很强，”那时他曾向我们这样谈起伊万，“任何时候都有办法自己挣到钱，他现在就有一笔够他出国的钱——那他到这儿来究竟为了什么？人人都清楚，他来找父亲，不是为了钱，因为他父亲无论如何不会给钱。喝酒、玩女人他都不喜欢，可如今老头儿竟离不开他了，他俩居然相处得这么融洽！”

这是事实；那年轻人对老头儿简直有一种谁都看得出来的影响；有时候老头儿还真听他的，尽管此人性情极其乖戾，间或甚至蛮不讲理；现在他的行为居然也多少讲点儿体面了……

以后才弄明白，伊万·费奥多罗维奇部分是应他的兄长德米特里·费奥多罗维奇的请求为后者的事而来。伊万生平头一回知道他还有个哥哥，也几乎在这同时即此次家乡之行中才头一回见到兄长，不过，在此行之前，伊万从莫斯科已就一件主要是对德米特里·费奥多罗维奇关系重大的事开始与他通信。至于那是怎么回事儿，读者到时候自会详细了解。然而，即便在我已经知道这一特殊情况之后，伊万·费奥多罗维奇在我眼里仍然是个神秘人物，他的家乡之行也仍然是我猜不透的一个谜。

我还要补充一点：当时伊万·费奥多罗维奇似乎在父兄之间扮演调停人兼和事佬的角色，因为那会儿德米特里·费奥多罗维奇正打算跟老子大吵一场，甚至准备正式告他。

我再说一遍，这一家子那时破题儿头一遭聚在一块儿，它的某些成员还是生平第一回互相见面。三个儿子中只有最小的一个阿列克塞·费奥多罗维奇在这以前已在我们城里住了一年光景，所以说他比两个哥哥更早来到此地。我想趁这个阿列克塞在小说中正式出场之前，先在这番楔子式的交代中把他介绍一下，这恰恰是我最感到为难的。但是，关于他也得写一段楔子，至少是为了预先说明一个十分奇怪的情况，那就是：我在向读者介绍本书未来的主人公时，不得不让他从第一次登场开始就穿上见习修士的黑色长袍。是的，当时他在我们那儿的修道院里住了已有一年光景，看样子是准备在那里终生隐修了。

四　老三阿辽沙

那年他才二十岁(他的胞兄伊万当时二十四岁，比他俩都大的德米特里则是二十八岁)。首先我得声明，阿辽沙这位青年决不是一个宗教狂，甚至也不是神秘主义者，至少我认为不是。我不妨先说说我的全部看法：他只不过早早地有了一颗仁爱之心，他之所以会闯到修道院这条路上来，仅仅由于当时唯有这条路给他留下很深刻的印象，在他看来，那可以说是一条理想的出路，因为他的心灵急于挣脱世俗仇恨的黑暗，向往爱的光明。这条路给他留下深刻印象，只是因为当时他在那里遇见了一个他认为不寻常的人物——我们的修道院长老、大名鼎鼎的佐西马，阿辽沙凭着一颗如饥似渴的心，以初恋般的热情对他爱慕备至。我不想争辩，他这人当时就已经怪异得很，这甚至从襁褓中便开始有所表现了。顺便说一下，我已经提到过他在母亲去世时还不满四岁，可他以后一辈子都记得母亲的面容和慈爱，“仿佛她活生生地站在我面前”。这样的印象即使在年龄更小、例如两岁的孩子记忆中也能保存下来(这是谁都知道的)，但在他一生中只是像点点光斑从黑暗中显现，犹如从一幅巨大的画上撕下的一小角，画本身已经隐没、消失，只有这小小的一角除外。阿辽沙的情况恰恰就是那样：他记住了夏季里一个寂静的傍晚、洞开的窗户、夕阳的斜晖(斜晖是记得最牢的)；屋角供着神像，神像前一灯如豆，母亲就跪在它前面歇斯底里地号啕痛哭，不时发出狂呼和尖叫；她双手把他抓住，紧紧地搂着，搂得他都生疼了；她为他祈求圣母，用双手把他从怀中捧向圣母，好像要把他置于圣母的庇护之下……突然，保姆跑进来，惊恐地把他从母亲手中夺走。就这么一幅画！阿辽沙就是在那一瞬间记住了母亲的面容。他说，那张脸神情狂乱，但据他所能记起的印象判断，那是很美的。不过，他不太喜欢向人谈这段回忆。在童年和少

年时代，他不够开放，连话也不多，但是并非不信任、怯懦或孤僻所致，完全不是那么回事，而是出于别的原因，出于某种好像是内心的专注，它纯属个人问题，与别人不相干，但对他来说又是如此重要，以致他因此仿佛把别人给忘记了。但他对人怀有一颗爱心：他似乎一辈子都生活在对人的完全信任之中，而任何人任何时候都没把他当作头脑简单或幼稚天真的人看待。他身上有一种气质使人觉得(以后毕生都是这样)，他并不想当人们的裁判，他不愿承担批判的责任，也决计不会谴责任何人。他好像什么都能宽容，没有一点点责备的意思，虽然时常感到痛苦和悲哀。更有甚者，在这方面他竟发展到了谁也不能使他惊讶或害怕，而那时他还刚刚步入青年时代。他未满二十岁来到父亲家，踏进了这个不折不扣的淫秽垃圾坑，每当景象不堪入目时，这个纯洁的童男只是默默地走开，却绝无半点鄙夷的表情，也决不指责任何人。做父亲的曾是惯于看别人脸色的食客，因而颇为敏感，动辄以为受辱，起初对阿辽沙抱着不相信和不欢迎的态度(按他的说法，阿辽沙是“话少心眼多”)，然而结果却很快表现出来：才过了大约两个星期，老子就频频拥抱和亲吻这个儿子，而且次数多得可怕，虽然是一双醉眼闪着泪花，情感冲动带着酒意，但显然他打心眼里深深地爱上了阿辽沙，当然，像他这号人还从来没有这样爱过任何人……

其实，凡是阿辽沙所到之处，人人都喜欢他，从他很小的时候起一直是这样。当初他来到自己的恩人、给他受教育的叶菲姆·彼得罗维奇·波列诺夫家里，曾使这个家中人人都疼他，完全把他当亲骨肉看待。要知道，他进入这户人家时还是个幼儿，决不可能设想这样年龄的娃娃会工于心计、要滑头、搞钻营，或有一套奉承、邀宠、设法招人喜欢的本领。所以，这种特别引人喜爱的禀赋是他自身具备的，可以说是天性使然，绝非矫揉造作。他在学校里的情形也是这样，虽然看起来他好像属于那一类会招来同学不信任、嘲笑乃至憎恨的孩子。比如他好沉思，似乎不大合群。他自幼就爱独处一隅看书，然而同学们是那么喜欢他，可以说他在学校里始终都是大家的宠儿。他并不贪玩，甚至难得现出欢快活泼的样子，但只要看他一眼，人人都会明白，这根本不是什么他的阴郁性格造成的，相反，他举止沉稳、情绪开朗。在同年伙伴中间，他从不愿意表现突出。也许正是由于这个缘故，他从来不惧怕任何人，而别的男孩马上就明白，他决不把自己的无畏引以为荣，他似乎并不意识到自己有多么勇敢。他从不记恨别人。往往有这样的情况：即使受了欺负才一个小时，他也不会不答理欺负他的人，甚或能主动与之说话，而且态度大方，诚意可掬，好像他们之间什么也没有发生过一般。他在这样做的同时，并不会现出偶然忘了那回事或故意原谅对方的样子，而是坦荡荡不以为忤，这一点确实令别的孩子心悦诚服。他身上只有一个特点，在中学里从最低到最高的各个年级，经常激起同学们逗他玩儿的愿望，倒不是恶意嘲笑，而是因为他们觉得这样可乐。他这个特点便是脸皮嫩得要命，纯洁无以复加。他听不得涉及女人的某些用词和某些话语。不幸的是，这“某些”用词和话语在学校里难以根除。心灵纯洁的男学生，几乎还是一些孩子，却经常喜欢在教室里彼此之间，甚至堂而皇之谈论一些连当兵的也未必说得出口的物事、情景和形象。更有甚者，许多东西当兵的尚且不知道、不懂得，可是对于我国知识阶层和上流社会一些还如此年轻的孩子来说，却已经并不新鲜。道德败坏或许还不至于，真正腐化到骨子里的那种玩世不恭也谈不上，但有这样的苗头，而这样的苗头在他们中间往往被看作某种微妙的、够味儿、带劲儿和值得模仿的事情。他们一谈起“这档子事儿”，阿辽沙（同学们都管他叫“阿辽什卡”）·卡拉马佐夫赶紧用手指塞住耳朵。看到这情形，他们有时故意在他身旁围拢来，硬把他的手从耳朵上扳开，冲他的左右两耳大喊脏话，阿辽什卡则使劲挣扎，在地上坐下、躺倒，极力想躲起来，而在这同时却不对他们说一句话，也不骂人，只是默默地忍受欺负。不过，最后他们还是饶了他，不再用“小姑娘”的绰号逗他，甚至瞧着他觉得怪可怜的。附带说一下：他的学习成绩在班上总是名列前茅，但从没有得过第一。

叶菲姆·彼得罗维奇去世之后，阿辽沙在省立中学又读了两年书。叶菲姆·彼得罗维奇的太太悲痛之余，在他死后不久即携全家（由清一色的女性组成）前往意大利居住很长一个时期，阿辽沙则到了以前他从未见过的两位女士家里，她们是叶菲姆·彼得罗维奇的远亲，至于费用由谁负担，他自己并不知道。他从不关心自己的衣食靠何人供给，这也是他的一个特点，甚至是颇具代表性的一个特点。在这方面他跟自己的胞兄伊万·费奥多罗维奇恰恰相反，后者在上大学的最初两年受过穷，不得不自食其力，而且从小就痛感自己是吃恩人家的面包过活的。但是，对于阿列克塞性格上的这一奇怪的特点，似乎也不能十分苛责，因为任何人只要对他稍有了解，碰上这个问题时马上可以肯定，阿列克塞无疑属于那种傻里吧唧的青年，要是他蓦地发了一笔大财，他会毫不犹豫地响应第一个请求，或者用于办好事，或者没准儿就这样给狡猾的坏蛋骗了去，如果坏蛋向他要的话。总而言之，他好像全然不知钱的价值，当然，此话并非就其字面意义而言。他自己从来不向谁要钱，每当别人给他零花钱的时候，他要么几个星期留着不知怎么花，要么稀里哗啦一下子便花得一文不剩。

彼得·亚历山德罗维奇·米乌索夫在涉及钱和资产阶级的信誉问题上是个相当敏感的人。若干年后，经过对阿列克塞的冷眼观察，有一次他谈到这个青年时用了如下的比喻：

“这可能是世界上绝无仅有的一个人，倘若您突然让他身无分文、孤零零一个人待在一个百万人口的异乡城市的广场上，他决不会活不下去，不会饿死、冻死，因为马上会有人给他东西吃，安顿他住下；万一别人不给安置，他自己也能立刻找到栖身之所，这对他来说根本不费吹灰之力，无须忍受任何屈辱，而让他安身的人也不会感到任何负担，反而认为这是件愉快的事情。”

他没有念完中学；在还剩下整整一年的学业时，他突然向那两位女士宣布，他想到了一件事，要上他父亲那儿去。两位女士心中老大不忍放他走。由于路费有限得很，她们没让他典押恩人一家去国外前送给他的一块表，并且给了他绰绰有余的盘缠，还有里里外外的新衣服。可是他还了一半钱给她们，说是一定只要三等座位。他到了我们的小城，老子一再诘问：“你还没毕业就上这儿来干吗？”——起初他什么也不回答，据说那种若有所思的神情显得很不寻常。不久事情便明白了：他在寻访母亲的坟地。当时他自己也承认，就为这件事而来。但这未必是促成他此行的全部原因。八成那个时候他自己都不知道，也决计不可能解释：究竟是什么一下子从他心中升起，并且不可抗拒地把他引向一条陌生的、吉凶未卜、但已经无法避免的道路？费奥多尔·巴甫洛维奇没法向他指点埋葬第二个妻子的地方，因为棺材入土以后他从来没有到她坟上去过，事隔这么多年已经完全忘了当时埋葬她的地点……

这里不妨来谈谈费奥多尔·巴甫洛维奇。在这以前他有很长一段时间不住在我们城里。续弦死了三四年之后，他动身前往南俄，辗转来到敖德萨，在那里一连住了好些年。用他自己的话说，他先是结识了“许多老犹太、中犹太、小犹太和犹太崽子”，到后来不光是普通犹太佬，“连犹太大财主也接待”他。估计他正是在一生的这个时期练就了一套积攒和榨取钱财的特殊本领。他最终又回到我们这个小城只是阿辽沙来此之前两三年的事。过去的熟人发现他老了好多好多，虽然论年龄他还不算太大。他的所作所为比之过去不是体面了些，而是更加厚颜无耻。比方说，这位以前的小丑如今有了一种恬不知耻的需求——要别人扮演小丑。他不但照旧爱跟女人恣意胡来，甚至干得好像越发令人作呕了。不久，他便在县里新开了许多家酒馆。看得出，他可能有十万卢布，即使不足也所差无几，城里和县里好多人马上开始向他借钱，不消说，那都有十分可靠的财物作抵押。最近他看上去体态浮肿，好像不大能够控制自己的动作，对所言所行自己心中无数，甚至变得稀里糊涂，这一档子才开了个头又转到另一档子，万事都抱脚踏西瓜皮的态度，而且愈来愈频繁地喝醉；还是那个仆人格里果利，他到那会儿也老多了，有时候就像家庭教师似的管着东家，——要是没有格里果利，费奥多尔·巴甫洛维奇也许免不了种种特别的麻烦。阿辽沙的来临对未老先衰的父亲似乎在精神上产生了影响，早已在他心中归于死寂的感情好像有些萌动了。

“你可知道，”近来他常常注视着阿辽沙，对他说，“你像她，像那个鬼号婆娘，你知道吗？”他就是这样称呼死去的续弦夫人、阿辽沙的母亲。最后，还是仆人格里果利给阿辽沙指点了“鬼号婆娘”的坟地。格里果利带他去了我城的公墓，在那儿一个偏僻的角落里指给他看一块价钱不贵、但样子还过得去的铸铁墓碑，上面有死者的姓名、所属阶层、生卒年份，下面还刻着四行诗，不出中等人家坟台上常用的古诗范围。说来令人惊讶，这碑还是格里果利立的呢。他曾向费奥多尔·巴甫洛维奇提过不知多少回修坟的事，后来费奥多尔·巴甫洛维奇一甩手索性去了敖德萨，别说修坟的事不管，连所有的回忆也一股脑儿给抛到九霄云外，于是格里果利便自己掏钱在可怜的“鬼号婆娘”坟上竖了这块碑。阿辽沙在母亲坟前并没有显得特别激动，他只是听格里果利郑重其事而又不厌其详地叙述立碑的经过，低头站了一会儿，然后离去，一句话也没有说。自那以后，也许有一年之久，阿辽沙没有去过公墓。然而这一小小的插曲对费奥多尔·巴甫洛维奇也起了作用，而且是非常奇特的作用。他突然拿了一千卢布，送到我们城郊的修道院去为妻子追荐亡魂，但不是为第二个妻子即阿辽沙的母亲、那个“鬼号婆娘”，而是为第一个妻子、那位曾经揍他的阿黛拉伊达·伊万诺夫娜。当天晚上，他喝醉了酒，却冲阿辽沙大骂那些修道士。他自己远非笃信宗教之辈，大概连五戈比一支的蜡烛也从未在神像前点过。这号人就是会突然之间心血来潮，发生如此奇怪的感情冲动。

我已经说过，他浮肿得厉害。他的一副尊容在那时已清清楚楚地证明他以往全部生活的特征和实质。他那双永远不识羞和充满猜疑、嘲弄的小眼睛底下长出了长长的眼包儿，他那张小而肥的脸上出现了好多深深的皱纹，除此以外，他那尖尖的下巴颏儿下边还悬着个大喉结，肉鼓鼓、长溜溜的，像个钱包，使他具有一副令人恶心的淫邪相。这模样还得加上一张贪欲的大口，从两片肥厚的嘴唇后边露出差不多已经烂掉的黑牙剩下的几颗小小残冠。他一开口说话便唾沫四溅。他自己也爱拿自己的脸打哈哈，不过对这张脸好像还挺满意。他

特别要指出自己的鼻子，此鼻并不太大，但是细长，呈非常突出的鹰钩状。“真正的罗马式，”他常说，“配上这喉结，便是衰落时期古罗马贵族的正宗相貌。”[①]看样子，他为此感到自豪。

就在找到母亲的坟墓之后不久，阿辽沙忽然向父亲宣布要进修道院，并说那里准备让他当一名见习修士。他同时作了解释，说这是他渴望实现的心愿，所以恳求父亲以相应的身份郑重表示许可。老头儿已经知道，在修道院里隐居修行的佐西马长老给他的这个“斯文的孩子”留下了特殊的印象。

“当然，这位长老是他们那儿最正直的修士，”他默默地听完了阿辽沙的话之后，带着深思的表情说，不过，对于儿子提出的请求几乎一点也不觉得奇怪。“嗨，敢情你是想到那个地方去，我的斯文的孩子！”

他正处于半醉状态之中，突然露出一副持续时间很长、半醉不醒、但醉意中不乏狡狯神情的笑容。

“嗨，其实我已经预感到你早晚会走到这一步，你信不信？你是一心想往那儿去。那好吧，反正你自己有两千卢布，这就算是给你的陪嫁；我也决不会对你撒手不管，我的天使，现在我就愿意为你向那边缴必要的费用，如果他们要的话。可如果他们不要，咱们何必硬去巴结人家，你说是不？反正你花钱简直像金丝雀啄食，一星期才吃两小颗……。嗨。告诉你吧，有一座修道院在城外搞了一处小村庄，那儿人人都知道村里住的全是‘修士的婆娘’（那儿就是这么称呼她们的），我想大概有三十个这样的婆娘……。我到过那里，说真的，挺有意思，当然不是一般的有意思，可以换换口味。可就有一桩太煞风景，那股俄国味儿太冲了，法国娘们一个也没有，其实完全可以搞一些个，他们有的是钱。等猫儿闻到了腥味，会去的。不过这儿没有这档子事，这儿没有修士的婆娘，修士有二

① 罗马帝国衰落时期的特征是道德严重败坏，享乐别出心裁，生活穷奢极侈。这正是费奥多尔·卡拉马佐夫心向往之的黄金时代。

百来人。挺正派。守清规。我承认……。嗨。这么说，你是想当修士？我倒是舍不得你，阿辽沙，真的，你信不？我已经喜欢上你了……。不过，这倒也方便：你可以为我们这些罪孽深重的人多多祈祷，我们待在这儿造的孽太多了。我老是在寻思：将来谁能为我祈祷哇？亲爱的孩子，要知道在这方面我笨得要命，你也许不信吧？确实要命。是这么回事：我在这方面尽管很笨，可我还是寻思着，还是寻思着，当然只是有时候这样，而不是整天这样。我寻思着：等我咽气的时候，魔鬼们总不可能忘了用钩子把我拖去吧。于是我就纳这个闷儿：钩子？他们哪来的钩子？用什么做的？铁钩？在哪儿打的？难道他们那儿有工场？修道院里的出家人想必认为，比方说，地狱是有顶的。我倒是愿意相信有地狱，可不要带顶的，这样好像雅致些、文明些，也就是说，比较接近新教路德宗的风格。其实，有顶无顶还不是一回事儿？可是该死的问题恰恰就在这里！要是没有顶，也就不会有钩子。要是没有钩子，那就什么都不在话下，不是没有谁会用钩子来拖我了吗？可这又是不大可能的，因为要是不用钩子把我拖走，那还成什么样子？世上哪儿还有天理正义？如果上帝不存在，必须把它们造出来①，专门为我一个人也得把钩子造出来，因为，阿辽沙，你不知道我是个什么样的混蛋！……”

“那里没有钩子。”阿辽沙注视着父亲，轻声而又认真地说了这么一句。

“是啊，是啊，只有钩子的影子。我知道，我知道。有一个法国人曾经这样描述地狱：‘我见到一个车夫的影子用一把刷子的影子刷一辆马车的影子。’亲爱的，你怎么知道没有钩子呢？你在修士们中间待上一段时间，就会唱另一种调子了。不过，你去吧，上那儿去找

① 原文为法文，以后不再注明，用仿宋体排印。这是法国启蒙思想家伏尔泰(1694—1778)的名言，见于《致一本关于三个老师误人子弟的书的作者》(1769)。

到了真理，就来告诉我。离开人世去另一个世界的时候，如果确实知道那里是怎么个样子，心里终归要好受些。再说，到修士们那儿去也比在这儿跟一个老酒鬼和小娘们待在一起体面些……尽管你是个天使，什么也不能使你动心。想必，那儿也没有什么能使你动心，我之所以允许你去，就指望着这一点。你的智慧没让魔鬼吃掉。你像一团火，烧上一阵子也就熄灭了，等治好了病会回来的。我将等着你，因为我觉得你是世上唯一不责骂我的人，我亲爱的孩子，这一点我感觉得到，我不可能感觉不到这一点！……”

他甚至抽抽搭搭哭了起来。他容易动感情。他心地邪恶，感情脆弱。

五 长 老

读者中有人也许认为，我写的那位年轻人是个病态、狂热、发育不良的主儿，是个面色苍白的空想家、骨瘦如柴的痨病鬼。不，相反，那时的阿辽沙是个身材匀称、面色红润、目光明亮、体魄健壮的十九岁小伙子。甚至可以说，那时他长得很英俊，体态优美，中高个儿；棕色头发，脸形端正，尽管呈稍稍偏长的椭圆形；一双眶距较宽的深灰色眼睛奕奕有神；他十分好深思，显然也十分沉着。也许有人会说，脸色红润的人照样能陷入宗教狂热和神秘主义；可我觉得阿辽沙甚至比任何人更贴近现实主义。哦，当然，在修道院里他对于种种奇迹深信不疑，但我认为奇迹从来难不倒现实主义者。促使现实主义者产生信仰的不是奇迹。真正的现实主义者如果不信神的话，总有勇气和办法不相信奇迹；即使奇迹以无可辩驳的事实的形式出现在他面前，他宁可不相信自己的感觉器官，也不承认这是事实。如果承认，也只承认那是一种自然的、不过在这以前他不知道的事实。在现实主义者身上，并不是奇迹产生信仰，而是信仰产生奇迹。一旦现实主义者接受了信仰，那么，正是根据他的现实主义他一定也得承认奇迹。使徒多马宣称，若非亲眼目睹他就不信；及至看到以后，才说：“我

的主，我的上帝！”[1]是奇迹使他相信的吗？很可能并非如此，他之所以相信，只是因为他愿意相信，也许，他在说“我非看见……我总不信”时，内心深处就已经完全信了。

也许有人会说，阿辽沙生性迟钝，智力没有得到开发，中学未曾毕业，等等。他没有完成学业，这是事实；但说他迟钝或愚笨，那就太不公平了。我只想把前面说过的话重复一遍：他走上这条道路，仅仅由于当时只有这条路给他留下很深的印象，使他一下子看到了自己的心灵挣脱黑暗，奔往光明的理想出路。您还得加上一点：他部分地已经是当代青年，也就是说，禀性正直，渴求真理、寻觅真理并且信仰真理，而一旦有了信仰，便切盼立刻全心全意地投入，切盼迅速干一番大事业，为此必定愿意牺牲一切，乃至生命。不幸的是，这些青年并不懂得，在很多情况下，舍身也许是所有的牺牲中最轻而易举的，而从自己风华正茂的生命中拿出五六年来埋头苦学，做点学问，哪怕只是为了十倍地增强自己的力量，以便为他追求的真理服务，为他心向往之并且引为己任的大事业服务，——这样的牺牲对于他们中许多人来说几乎完全做不到，实际情况往往如此。

阿辽沙选择的是一条和大家相反的道路，但他也同样渴望迅速建功立业。他经过认真思索，刚一确信灵魂是不灭的，上帝是存在的，随即很自然地对自己说：“我要为灵魂不灭而活着，决不接受折中式的妥协。”同样，设若他认定灵魂无法不灭，上帝并不存在，那就马上去加入无神论者和社会主义者的行列。因为，社会主义不单单是一个劳工问题或所谓第四等级问题，而主要是一个无神论问题，是无神论在当代的表现以及恰恰在不要上帝的情况下建造巴比伦塔[2]的问

---

① 耶稣十二门徒之一多马不信耶稣曾死而复活，说：“我非看见他手上的钉痕，用指头探入那钉痕，又用手探入他的肋旁，我总不信。”八日后，耶稣对多马说：“伸过你的指头来，摸我的手。伸出你的手来，探入我的肋旁。不要疑惑，总要信。”多马说：“我的主，我的上帝。”见《圣经·新约·约翰福音》第 20 章第 24 至 28 节。

② 见《圣经·旧约·创世记》第 11 章第 1 至第 9 节。

题；建塔的目的并不是为了从地上登天，而是把天挪到地上来。

阿辽沙认为，继续像原来那样生活简直是奇怪和不可能的。圣经上写着："你若愿意作完全人，可去舍掉你所有的……跟从我。"[①]阿辽沙则对自己说："既然要舍掉'所有的'，我就不能只舍掉两卢布；既然要'跟从我'，我就不能只去做晨祷。"也许，在他孩提时代的记忆中保存着关于我们城郊那个修道院的某些印象，他母亲可能带他去那里做过晨祷。也许，他那害"鬼号病"的母亲把他捧向神像的情景和夕阳的斜晖也起了作用。阿辽沙若有所思地来到我们的小城，也许纯粹为了看一下：这里果真值得他舍掉"所有的"，还是只可舍"两卢布"，于是——在修道院里遇上了那位长老……

前边我已经说过，这位长老就是佐西马长老。在此本该费一些笔墨总的介绍一下我国修道院里的"长老"是怎么回事，遗憾的是本人自知在这方面才疏学浅，把握不大。不过，我还是想试试用不多的篇幅作一些肤浅的概述。

首先，根据专家权威的见解，长老的出现和长老制的设立在我们俄国的修道院里仅仅是不久以前的事，甚至还不到一百年，而在整个信奉正教的东方，尤其是西奈[②]和阿索斯山[③]，已有千年以上的历史。有人认为，在遥远的古代，我们俄国也曾存在或者势必存在过长老制，但由于俄国迭遭灾难，鞑靼人主，内乱频仍，君士坦丁堡陷落[④]后与东方的传统往来中断，这一制度在我国被遗忘了，长老就断了代。自十八世纪末叶起，长老制由帕伊西·维利契科夫斯基（人称"伟大的苦行者"）及其门徒在我国重新建立，但是，差不多一百年过去了，至今设置长老的修道院仍然不多，有时这做法甚至还被当作

---

① 见《圣经·新约·马太福音》第 19 章第 21 节。

② 西南亚一半岛，今属埃及。

③ 希腊东北部伸入爱琴海中一半岛。

④ 1453 年 5 月 29 日，奥斯曼帝国的苏丹攻占君士坦丁堡（今土耳其的伊斯坦布尔），东罗马帝国（即拜占庭）灭亡。在陀思妥耶夫斯基的心目中，君士坦丁堡是一座圣城，因为基督教正是从那里于 10 世纪传入俄国的。

在俄国闻所未闻的怪事而遭到排斥。在我们俄国，长老制在一座著名的荒野隐修院——科泽尔斯克的奥普塔修道院——特别取得成功。我们城郊那座修道院的长老制是在什么时候、由何人引进，我说不上，只知道那里已先后有过三任长老，佐西马长老是最近的一任，他因体弱多病也快要死了，可是由谁来接替他还不知道。这问题对我们的修道院来说至关重要，因为该修道院迄今为止并无其他出名的理由：那里既没有圣徒的骸骨，也没有会显灵的神像；没有什么可歌可泣的传说把它和我国历史联系在一起，没有什么历史功绩和对祖国的贡献可以记在它的账上。该修道院香火鼎盛、名扬全俄，正是由于它的历任长老的缘故，朝圣者成群结队、不远千里从俄国各地纷纷前来，就是为了一睹长老的仙颜，聆听长老的教诲。

那么，究竟什么是长老呢？长老就是能把你的灵魂、你的意志纳入他的灵魂和意志的人。一旦选定了长老，你就不再有自己的意志，自愿舍弃一切，完全交与长老，由他做主。受戒者自愿接受这种考验，接受这种可怕的试炼，希望在长期的考验之后战胜自我、控制自我，直至通过终生修炼最后能达到完全自由即不受自身制约的境界，免蹈一辈子始终未能找到自我的那些人的覆辙。

这一制度，即设置长老的办法，并没有什么理论基础，而是在东方从至今已有千年历史的实践中形成的。对长老的义务并不是一般的“修炼”，这在我们俄国的修道院里是向来就有的。凡立志受戒者必须永远向长老忏悔，施戒者与受戒者之间有不容破坏的师徒关系。

例如，在基督教兴起之初的古代，据说有这样的一名见习修士，有一次他没有完成长老给他布置的某项修炼课业，便离开长老和修道院远走他乡，由叙利亚前往埃及。他在异国经过长期的苦行，由于功业卓著，最后称得上历尽磨难，殉道以终。当教会追认他为圣者、为他举行葬礼时，随着执事发出“非我教徒，一律退出”的一声喊，突然，——棺材连同里边殉道者的尸体拔地而起被扔出教堂，如是者竟达三次之多。后来才知道这位受难的圣者曾经违背绝对服从的誓约，离开了自己的长老，而未经长老许可是不可能得到宽恕的，即使功业卓著亦不例外。直到那位长老被请来解除了他的誓约，他的安葬仪式才得以圆满结束。

当然，这一切只是古老的传奇，然而也有发生在不久以前的一个事例。

我国当代有一位教士在阿索斯山隐修，他从自己心灵深处喜爱这个神圣、宁谧的安身之处；忽然，他的长老吩咐他离开阿索斯山，先上耶路撒冷朝拜圣地，而后返回俄国，到北方的西伯利亚去。“你应该到那里去，而不是待在此地。”教士震惊和伤心之余，前往君士坦丁堡谒见普世牧首，恳求解除他的誓约。可是，正教世界的这位最高主宰回答他说，一旦长老规定了他必须服从的义务，不但作为总主教的普世牧首无法解除他的誓约，而且全世界都没有、也不可能有哪一种权力能解除这种誓约，只有那位长老本人才有此权力。

由此可见，长老拥有的权力在某些情况下是不受限制和不可思议的。正因为如此，长老制在我国许多修道院起初遭到排斥，几乎没有立足之地。然而，长老们旋即开始受到民众的高度敬仰。比如，到我们城郊的修道院来觐见长老的既有普通老百姓，也有显赫的贵人，为的是匍匐在长老脚下，向他倾诉自己的疑虑和痛苦，忏悔自己的罪过，恳求长老指点迷津。见此情景，长老的反对者们在提出其他种种责难的同时还叫嚷道，忏悔的圣礼被轻率地恣意庸俗化了；其实，见习修士或在家人不间断地向长老倾诉自己的心事，根本不是作为圣礼仪式进行的。然而，结果却是长老制站稳了脚跟，并且渐渐在俄国的修道院里得到确立。这种经过千年考验的工具使人获得新生，由精神奴役向自由和道德完善升华；诚然，它也可能变成一件双刃利器，把某些人不是引向温顺和完全的自制，相反，会引向十足魔鬼式的傲慢，换言之，不是导向自由，而是导向锁链。

佐西马长老时年六十五岁上下，地主出身，少壮时当过军人，曾作为尉官在高加索服役。毋庸置疑，他以自己心灵的某种特殊素质征服了阿辽沙。阿辽沙就住在长老的修室内，因为长老十分喜欢他，所以收他为入室弟子。必须指出，阿辽沙那时虽住在修道院内，却还没有受到任何约束，他可以走出修道院去任何地方，哪怕整天不回去也行；如果说他身穿修士的长袍，那也是自愿的，为的是在修道院里不显得与众不同。当然，他自己也喜欢这样。也许，从他的长老身上不断放射出来的力量和荣耀之光，对阿辽沙年轻的想象产生了强烈的影响。关于佐西马长老，许多人说，这么多年凡是来向他忏悔、渴望他提出忠告、企盼他用良言治心病的人，他从不拒之门外；他纳入自己心中的衷曲、隐痛、自白如此之多，到后来已练就一种明察秋毫的本能，他只要对来求见的陌生人脸上看一眼，就能猜到那人抱着什么目的而来，需要什么，甚至能猜到是什么样的痛苦折磨着他的良心。有时不等来者开口，长老对他心中的秘密已了如指掌，使来者感到诧异、困惑乃至惊慌。

阿辽沙注意到，许多第一次来求长老单独谈话的人，进去时惶恐不安，而出来时的神情几乎总是豁然开朗，即使满面愁容，也会变得喜气洋洋。还有一点也使阿辽沙异常心折，那就是：长老绝不严厉，相反，他对人的态度向来近乎欣悦。修士们谈到长老时常说，他最牵挂的恰恰是罪过较重的人；谁的罪孽最深最重，他对谁倾注的爱也最多。即使到了长老行将下世的残年，修士中也还有一些憎恨他、忌妒他的人，但为数已经很少，而且他们保持沉默，尽管其中有几位在修道院里地位十分显要，如年事最高的修士之一便是，此人以缄口默修和斋戒谨严著称。但毕竟绝大多数人无疑是拥护佐西马长老的，其中许多人甚至可以说全心全意、热烈而真诚地爱他，某些人对他的好感几乎带有迷信色彩。后面那些人干脆说（不过并非大声宣布）他是圣者，认为这一点已毫无疑义，他们眼看长老即将谢世，甚至预料立即会有奇迹显现，修道院亦将由于藏有圣者的遗骸而在不久的未来享有非同小可的光荣。

对于这位长老神奇的力量，阿辽沙也绝对相信，正如他绝对相信棺材飞出教堂的故事一样。他见过许多人带着病孩或有病的成年亲属前来，求长老把手按在他们头上，为他们做祈祷，而这些人不久便又再来，有些甚至第二天便来跪在长老面前，热泪滚滚地感谢长老治好了他们亲人的病。

究竟是确实治好了，还是病情仅仅自然而然地有所好转，——对于阿辽沙来说这不存在问题，因为他已完全相信他的师父的精神力量，连师父的荣誉也好像是他自己的胜利。那些平民百姓中的香客从俄国各地专程前来，守在修道院大门口等候接见，以便瞻仰长老的慈容并得到他的祝福；每当长老出来与人群见面时，阿辽沙的心总是颤动得特别厉害，而且他会容光焕发、神采飞扬。那些老百姓在长老面前纷纷趴下，热泪纵横，吻他的脚，吻他站着的地，放声大哭；妇人们捧着自己的孩子向他递去，也有的把患病的“鬼号婆娘”带到他跟前。长老跟他们交谈，为他们念一段简短的祷文并加以祝福，然后让他们离去。近来，由于连连发病，他有时变得十分虚弱，几乎连迈出修室的力气都没有，于是香客们便在修道院内等上几天才得见他出来。他们为何这样敬爱长老，为何一见他的面便匍匐在他脚下感激涕零，——在阿辽沙看来，一概不成问题。哦，他十分清楚地懂得，俄国老百姓饱尝劳累和忧患之苦，尤其是一贯遭到不公正的待遇，一贯身受自己的和人世间的罪过折磨，他们最大的需要和安慰莫过于目睹一件圣物或一位圣者，对之匍匐膜拜。

“如果说我们周围是罪过、不义和诱惑，那么地上某处终究有一位圣者贤人；他那儿有公道正义，他知道真理；这就是说，真理在地上不会消亡，那么它总有一天会来到我们身边，像预言所许诺的那样统治整个大地。”

阿辽沙知道这正是人民心中的感受，甚至知道他们正是如此思考的。对此他能理解，而长老在人民心目中正是这样的圣者并且保存着上帝的真理——对此他自己也没有半点怀疑，和那些痛哭流涕的劳苦汉子一样，和他们患病的老婆一样，和那些把孩子捧向长老的妇人一样。阿辽沙心中可能比修道院内任何人更加坚信，长老圆寂后将给修道院带来殊荣。总之，最近一个时期，似乎有一种深藏在内而又如火如荼的欣喜在他心中燃烧，其势越来越旺。至于这位长老毕竟只是他面前独一无二的例子，阿辽沙却毫不在意。

“这不打紧。他是神圣的，他心中藏着能使所有的人获得新生的秘密，藏着最终将在世上确立真理的那股伟力，那时人人都是圣贤，都将相亲相爱，没有贫富贵贱之分，大家都是上帝的子女，真正的基督王国也就来临了。”

这便是阿辽沙心向往之的梦想。

两位兄长的到来给阿辽沙的印象似乎十分强烈。在这以前，阿辽沙对他们完全不了解，他与异母的长兄德米特里·费奥多罗维奇比跟同胞的次兄伊万·费奥多罗维奇相互熟悉得更快，也更为接近，尽管伊万先于德米特里来到我市。阿辽沙渴望了解胞兄伊万，然而，伊万已经在老家住了两个月，他们也没少见面，可还是没能彼此接近。阿辽沙自己话也不多，他仿佛在等待着什么，有些难以为情似的。虽然阿辽沙曾暗暗察觉胞兄伊万起初常以好奇的眼光对他注视良久，但很快就好像对他毫无兴趣了。阿辽沙注意到这一点，多少觉得有些窘。他把胞兄的冷淡归因于他俩年龄上，尤其是受教育程度上的距离。但阿辽沙也有另一种想法：伊万对他如此漠不关心，可能由于阿辽沙一无所知的某种原因。不知为什么，他总觉得伊万心有所专，专于某一件别人不摸底的重要事情，力图达到某种目标，这目标可能很不容易实现，所以顾不上弟弟，这就是他在对阿辽沙的态度上心不在焉的唯一原因。

阿辽沙还考虑过这一层：那位有学问的无神论者兴许瞧不起他这么个傻里傻气的见习修士吧？（他完全知道胞兄是个无神论者。）若确实是这样，他不能为此怄气，但总是怀着某种自己也莫名其妙和忐忑不安的心情期待胞兄会愿意接近他。长兄德米特里·费奥多罗维奇对次兄伊万的看法包含极深刻的敬意，他谈起伊万来特别有感情。近来，一件重要的事情使他的两位兄长结成了颇为密切的关系，此事的全部细节他还是从德米特里那儿了解到的。在阿辽沙看来，德米特里对伊万赞不绝口的评价特别耐人寻味，因为跟伊万相比，德米特里简直毫无知识，这两个人摆在一起，无论人品还是性格，都形成鲜明的对照，恐怕再也想象不出有哪两个人比他俩更不相似的了。

这一家子就是在这样的时候举行了一次会晤，说得更确切一些，那是一个不祥和之家的全体成员在佐西马长老修室内的一次家庭碰头会，因为这位长老对阿辽沙拥有不同寻常的影响力。这次碰头的缘由实际上只是一个借口。正是在那个时候，德米特里·费奥多罗维奇与他父亲费奥多尔·巴甫洛维奇之间在遗产和财产账目问题上的分歧，显然发展到了糟糕透顶的地步。两人的关系极度紧张，再也无法忍受。好像是费奥多尔·巴甫洛维奇首先提出，而且好像是闹着玩儿出了这么个主意：大家在佐西马长老的修室里集合，即使不求他直接插手，毕竟可以比较体面地谈到一块儿，同时长老的神职人员身份和面子也会起到某种劝解和调停作用。德米特里·费奥多罗维奇从未到过长老的居处，甚至从未看见过他，自然认为父亲想利用长老来吓唬他；但由于他自己暗暗责备自己，最近一个时期在与父亲的争端中不少做法失诸过火，便接受了这一安排。顺便指出，他并没有像伊万·费奥多罗维奇那样住在父亲家中，而是单独住在小城的另一端。偏偏彼得·亚历山德罗维奇·米乌索夫当时正好从国外回来，一听说费奥多尔·巴甫洛维奇这个主意，立刻抓住不放。这位四五十年代的自由主义者，一贯拥护思想解放和无神论，他也许是出于无聊，也许是想开开心，在这件事情上非常起劲。他忽然想瞧瞧那座修道院和那位“圣者”。由于他跟修道院长期以来的争端还在继续，有关两造的领地界限，有关伐木权、捕鱼权等等的官司还一直在打，他立刻把这一点加以利用，托称他本人有意跟院长神父谈谈，看能不能想办法友好解决他们双方的争端。抱着这样善良的愿望去修道院访问，当然会比纯粹出于好奇前往受到更认真、更殷勤的接待。本来，长老因病最近几乎已经不出修室一步，甚至不见一般来访者；但由于米乌索夫放出了那样的空气，修道院内部可能对长老曾施加某些影响。结果，长老表示同意，日子也定了下来。

“谁指定过我充当他们之间的仲裁人？”他只是含笑对阿辽沙说了这么一句。

阿辽沙知道了要举行会晤的事，非常不安。如果说卷入讼争或纠葛的这些人中间有谁认真看待这次聚会的话，那么无疑只有长兄德米特里一个人；其余的人赴会的动机都不纯，对于长老可以说是大不敬，——阿辽沙明白这一点。胞兄伊万和米乌索夫出于好奇而来，这种好奇心也许是极不健康的；而他父亲的目的大概是作一番小丑式的表演。哦，阿辽沙虽然沉默寡言，但他对父亲已有相当深刻的了解。我再说一遍，这小伙子完全不像大家认为的那样头脑简单。他等候约定的日期来临，心情是沉重的。毫无疑问，他内心渴望所有这些家庭纠纷能得到解决。然而他最关心的却是长老：他为长老，为他的荣誉战战兢兢、提心吊胆，怕他受到侮辱，尤其担心米乌索夫表面上很有礼貌、骨子里相当尖刻的嘲讽，还有博学的伊万那种居高临下、吞吞吐吐的语调，——这一切都是他想象得出来的。他甚至想冒一下险，预先把可能会来的那几个人向长老作一番概述，让他也好提防一二，但经过考虑，还是没说。到了约定日期的前一天，他仅通过一位熟人给长兄德米特里捎了句话，说自己非常爱他，期待着他履行诺言。德米特里陷入了沉思，因为他想不起自己向阿辽沙许诺过什么，于是便回了一封信，表示要尽全力克制自己不干“丢人现眼”的事，并且说，尽管他对长老和二弟伊万深怀敬意，但他确信这里面要么是对他设下什么圈套，要么是一出不成体统的闹剧。

“不管怎样，我宁愿咬断自己的舌头吞下去，也不愿冒犯你如此敬重的一位圣贤。”德米特里在信的末尾这样写道。此信没有给阿辽沙带来太大的欣慰。

第二卷

不该举行的聚会

一　到达修道院

那是一个温煦、晴朗的好日子。时值八月之末。事先商定午前晨祷之后就与长老会晤，时间大约在十一点半。不过，我们所说的那几位去修道院并没有参加礼拜，而是刚好在仪式结束时到达。他们分乘两辆马车；第一辆是漂亮的敞篷车，套着两匹非常昂贵的马，坐这辆车来临的是彼得·亚历山德罗维奇·米乌索夫和他的远亲、一位二十来岁的年轻人彼得·福米奇·卡尔甘诺夫。这位年轻人准备上大学，不知何故眼下住在米乌索夫家里，而主人却怂恿年轻人跟他一起出国，去瑞士的苏黎世或德国的耶拿，在那里的大学读书、毕业。年轻人尚未拿定主意。他若有所思，似乎心不在焉。他的相貌不坏，体格结实，身材相当高大。他的目光往往异样地凝滞：就像一切分心得厉害的人那样，有时他会盯着您瞧上好半天，实际上根本没看见您。他言语不多，而且有些木讷，可有时候，——不过那一定是跟某人单独在一起时，——他会一下子变得口若悬河、热情奔放、笑声不绝，天知道究竟有什么可笑的。但他的亢奋状态其来也倏，其去也忽。他向来衣冠楚楚，甚至可以说刻意讲究穿着；他已经拥有若干可以自主的财产，而可望拥有的还要多得多。他是阿辽沙的朋友。

第二辆落在米乌索夫的敞篷车后面很远，那是一辆相当破旧、嘎嘎作响、但容积颇大的街车，由两匹青灰中透出淡红色的老马拉着，费奥多尔·巴甫洛维奇偕子伊万·费奥多罗维奇就是坐它来的。会晤的时间昨天就通知了德米特里·费奥多罗维奇，但他还没有到。客人们在栅栏外的招待所下车，然后步行进入修道院的大门。除了费奥多尔·巴甫洛维奇，其余三位大概从来没见过任何修道院，而米乌索夫恐怕有三十年连教堂也没进去过。他怀着几分好奇心四顾张望，多少有点儿故作随便的样子。他的观察力很强，但是，除了一些极普通的教堂建筑和生活房舍，修道院内没有什么能引起他的兴趣。来做礼拜的人已快走完，最后几个摘下帽子画着十字正在离开教堂。人群中大都是平民，也有少数来自较上层社会——两三位女士、一位很老的将军；他们都住在招待所里。乞丐马上把我们的那几位客人围住，但没人给他们钱。只有彼得·卡尔甘诺夫从小钱包里取出一枚十戈比的硬币，天知道为什么显得很尴尬的样子，急急忙忙把它塞给一名女丐，很快地说了一句："拿去平分吧。"同来的人谁也没有说他什么，所以他根本用不到难为情；然而他注意到这一点以后，反而更增添几分尴尬。

不过，这就怪了：按说应该有人迎接他们，也许还应该是比较隆重的，要知道其中一位前不久刚输币一千卢布，而另一位则是数一数二的大地主和所谓的饱学之士，他的态度会影响那场捕鱼权讼事今后的趋势，这在一定程度上与修道院里所有的人都有关系。可是，居然没有人作为修道院的正式代表迎接他们。

米乌索夫漫不经心地瞧着教堂近旁的一块块墓石，本欲指出这些墓穴想必让死者的亲属大大破费了，否则哪儿能有权葬在如此"神圣的"地方，——但他没说出口，因为一个自由主义者寻常的冷嘲热讽正在他心中发生质变，眼看就要燃起一腔怒火。

"见鬼，这儿到底谁管事？简直不可理喻……。这事必须决定，因为时间在流失。"他突然像是在自言自语。

倏忽之间，一位上了年纪、头有些秃的先生向他们走了过来。此人穿一件宽松的夏季外套，一对小眼睛现出巴结的神情。他举帽行礼，带着甜丝丝的咬舌音向所有的人介绍自己是图拉省的地主马克西莫夫。他一下子便关心起我们那几位客人来了。

“佐西马长老住在隐修所里，那儿清静，离修道院大约四百步，要过一片疏林，过一片疏林……”

“我知道要过一片疏林，”费奥多尔·巴甫洛维奇接茬儿道，“可我们不太记得该怎么走，很久没来了。”

“只要出这道门，直接穿过疏林……穿过疏林。请跟我来。如不嫌弃的话……在下可以……我自己也想……请这边走，这边走……”

他们走出大门，从树林中走过去。地主马克西莫夫虽然已是六十岁左右的人了，可他并不在走，几乎可以说是在一旁跑，同时把他们一一打量，那种好奇之状已近乎神经质，简直到了失礼的程度。他的眼珠子都快瞪到眶外来了。

“是这么回事：我们有事要见那位长老，”米乌索夫一本正经地说，“我们是‘此公’特许约见的，因此，尽管我们感谢您指引路径，但还是请您不要一起进去。”

“我去过了，去过了，我已经见过……。一位不折不扣的骑士！”说着，这位地主向空中打了个榧子。

“您说的骑士是谁？”米乌索夫问。

“长老，卓越的长老……。修道院的光荣和骄傲佐西马长老。这样一位长老……”

但他语无伦次的话被后面赶来的一名小修士打断了。费奥多尔·巴甫洛维奇和米乌索夫当即止步。那修士头戴高顶帽，身材较矮，面色枯黄，他极有礼貌、深可及腰地鞠了一躬，说：

“先生们，院长神父恭请诸位在访问隐修所之后到他那儿用餐。时间请不要晚于一点钟。您也请一起来。”他转向马克西莫夫补了一句。

“这我一定遵命！”费奥多尔·巴甫洛维奇闻请大为高兴，立刻大声应允。“一定遵命！说真的，我们大家都作了保证，在此地一定规规矩矩……。怎么样，彼得·亚历山德罗维奇，您愿意光临吗？”

“怎么会不愿意呢？我到这儿来，不就是为了看看他们这儿的各种惯例习俗吗！只是有件事让我为难，那就是：我现在跟您在一起，费奥多尔·巴甫洛维奇……”

“对，德米特里·费奥多罗维奇还没有到。”

“要是他临阵脱逃，那才妙呢！难道我乐意听你们那些乱七八糟的纠纷？何况还有您！”然后他转而对小修士说，“我们午餐时准到，请向院长神父致谢。”

“不，我有责任带领你们去见长老。”小修士答道。

“既然这样，那我就直接先去院长神父那里，先去院长神父那里。”地主马克西莫夫叽叽喳喳地说。

“院长神父此刻正忙着，不过，还是悉听尊便……”小修士说，语气有点儿犹豫。

“这老头儿够讨人嫌的。”米乌索夫出声说，其时马克西莫夫已往回向修道院跑去。

“像冯·佐恩[①]，”费奥多尔·巴甫洛维奇冷不丁地说。

“您就知道这事儿……。他怎么会像冯·佐恩？您自己见过冯·佐恩没有？”

“见过他的相片。倒不是五官相似，而是某种说不清楚的东西。他活脱是冯·佐恩的翻版。我单看面相就知道，准没错。”

“也许吧，这方面您在行。不过，费奥多尔·巴甫洛维奇，刚才您自己提到了我们曾保证规规矩矩，请记住。我对您说，您得管住自己。要是您开始出洋相，我可不想让这里的人把我跟您看作一路货……”他转而对小修士说，“瞧，他就是这么个人，我实在害怕跟他一起去见正派人。”

小修士没有血色的嘴唇上默默地泛起一丝淡淡的笑意，其中不无几分狡黠，但他没答茬儿，可以看出，他保持沉默是出于自尊感，这一点简直太清楚了。于是米乌索夫更加皱紧眉头。

“哦，让他们通通见鬼去吧！这儿让人看到的只是如法炮制了千百年的表面文章，而骨子里却是江湖骗术和信口雌黄！”他头脑里掠

---

① 1869年末，官吏冯·佐恩在莫斯科一家妓院里被害。后文还将提到这一案件。

过这样的想法。

“那就是隐修所，我们到了！”费奥多尔·巴甫洛维奇大声说，“四周有围墙，大门还上锁。”

接着，他面向绘在大门上方和大门两侧的圣者像连连画十字，动作的幅度很大。

“进别人的修道院可不兴带自己的一套规矩，”他说，“这个隐修所里共有二十五位圣者隐居修道，整天你瞧着我，我瞅着你，吃卷心菜。特别值得一提的是，不让一个女人进这道门。事实上确是这样。可我怎么听说长老也接见女士的呢？”他出其不意地问小修士。

“来自平民的女性现在这里也有，就躺在回廊那边等候。至于有身份的女宾，有两个小房间是专为她们搭建的，跟回廊相连，不过在围墙外侧，瞧，那些窗户便是。长老精神较好的时候，从里边的通道出来见她们，当然还是要经过围墙的。眼下那里就有一位哈尔科夫的地主霍赫拉科娃太太，带着她病得厉害的女儿在候见。想必，长老已经答应见她们，尽管最近一个时期他身子非常虚弱，绝少露面。”

“如此说来，还是有一条暗道能从隐修所里通到太太们那儿。修士神父，别以为我有什么想法，我不过说说罢了。您听说过没有，在阿索斯不但谢绝女客，也不准任何雌性的禽畜像母鸡、母火鸡、小母牛……”

“费奥多尔·巴甫洛维奇，我回去了，让您一个人留在此地，我可以预先告诉您，等我走了以后，您会从这儿被拉出去的。”

“我哪儿招您惹您啦，彼得·亚历山德罗维奇？瞧，”他蓦地叫了起来，人已经跨到隐修所的围墙里边，“瞧，敢情他们住在这么个玫瑰山谷里呀！”

确实，虽然目前没有玫瑰，却有许多初秋的奇花异葩，凡是能栽种的地方到处可见。莳弄这些花草的人显然很有经验。花坛布置在教堂四周和坟茔之间。长老修室所在的小木屋是平房，门前有回廊，周围也种满鲜花。

“前任长老瓦尔索诺菲在的时候是这样的吗？听说那一位可不喜

欢风雅，会突然蹦起来用拐棍打人，甚至女的也要打。”费奥多尔·巴甫洛维奇一边说，一边登上台阶。

“瓦尔索诺菲长老有时候确实好像疯疯癫癫，不过传闻中也有许多是无稽之谈。他从来没有用拐棍打过任何人，”小修士回答说，“诸位，现在请少待片刻，我去通报一声。”

“费奥多尔·巴甫洛维奇，最后一次提醒您，别忘了有约在先，听见没有？注意自重，小心我跟您算账。”米乌索夫赶紧又一次低声提出警告。

“真弄不明白，您干吗这么激动，”费奥多尔·巴甫洛维奇用嘲弄的口吻说，“莫非您担心自己的罪过露馅？据说，他从人家的眼睛就能知道来者的心事。不过，您也太看重长老的想法了，像您这样的巴黎人、走在时代前列的先生会这么当真，简直令我吃惊，这就是我要说的！”

但是米乌索夫没来得及对这番讽刺以牙还牙，里边已经有请。他进去的时候已经有些被激怒……

“这下我能料到自己的表现：我心中窝火，定会跟人争论……然后开始发脾气——结果是我自己和我的信条一齐掉价。”他脑中闪过这样的念头。

二 老小丑

他们几乎和长老同时走进一间屋子，他们一到，长老立即从卧室里出来。比他们先到修室内等候长老的有隐修所的两位司祭级修士：一位是管理图书的神父；另一位帕伊西神父是个病人，年纪虽不算老，但据说很有学问。此外，还有一位年轻小伙子站在角落里等候（后来也一直站着），看上去二十二岁上下，身穿在家人的常礼服，他是宗教学校的毕业生，准备进神学院深造，不知为什么目前住在修道院里由众修士给予关照。他身材颇高，滋润的脸上颧骨宽隆，一双栗色的细长眼睛显得聪明而又专心。他的面部表情极其恭敬，但还算得体，看不出奉承巴结之状。他甚至没有向进来的客人行鞠躬礼，因为他不具备与来客平等的身份，而是处在从属、依附的地位。

佐西马长老在阿辽沙和另一位见习修士陪同下走出来。两位司祭修士站起来，手指触地向他深深地鞠了一躬，然后接受祝福并且吻他的手。长老为他们祝福以后，向他们每人同样深深一躬还礼，并且请求他们每个人也都为他祝福。全部礼仪过程极其认真，一点也不像例行公事，几乎是怀着感情进行的。然而米乌索夫却觉得一切都像是故意做给别人看的。他站在与他同来的人最前面。“不管抱有什么信条，”还在昨天晚上他就考虑过这个问题，“既然此地有这样的惯例，那么纯粹出于礼貌也得走过去请求长老祝福，即使不行吻手礼，至少得接受祝福。”但此时看到了两位司祭修士又是打躬又是吻手的全套礼仪，他顷刻之间改变主意，只是神态庄重而严肃地按俗礼深深鞠了一躬，便走到一把椅子旁边。费奥多尔·巴甫洛维奇也依样画葫芦，这一回倒是像只猴子完全照搬米乌索夫的做法。伊万·费奥多罗维奇庄重而有礼貌地鞠了躬，但两手也贴着裤缝；卡尔甘诺夫则慌得甚至根本没有鞠躬。长老放下已举起来准备祝福的手，向他们又鞠了一躬，请大家坐下。阿辽沙两颊通红，他感到羞愧。他不祥的预感应验了。

长老在一张式样古老的单人红木皮沙发上坐下，请修士以外的客人们并排坐在对面靠墙四把包革磨损得很厉害的红木椅子上。两位神父修士分坐两边，一位近门，一位靠窗。宗教学校毕业生、阿辽沙和见习修士一直站着。整个修室颇不宽敞，还有些死气沉沉。家具陈设粗糙、简陋，除最必要的以外，了无长物。窗台上有两盆花，屋角供着许多神像——其中之一是很大的圣母像，可能还是分裂运动[①]之前很久画的。圣母像前点着一小盏油灯。它旁边的另外两幅像上的圣者身穿光彩夺目的法衣，再旁边则是一些小天使的雕像、瓷蛋、一个天主教的象牙十字架（连带抱尸哀悼的圣母），还有几幅外国人像雕版

① 俄国17世纪反对官方教会的社会宗教运动。

画，其蓝本都是过去若干世纪里几位意大利大画家的作品。与这些精美的版画珍品为邻的却是几张最粗俗不过的俄国石印画——圣徒、殉道者等等的像，这些画像在所有的市集上花几戈比就能买到。也有一些俄国当代和过去的主教、大主教石印画像，但已是在另外的几面墙上。

米乌索夫对所有这些“官样文章”匆匆浏览一过，便聚精会神地注视着长老。彼得 · 亚历山德罗维奇充分相信自己的眼力，这个弱点在他身上是无可厚非的，如果考虑到他已经五十岁了的话，因为到这样的年龄，一个生活优裕、社交广泛的聪明人照例会变得更加敬重自己，有时甚至是不由自主的。

他才看第一眼便对长老的印象不佳。的确，长老的长相会使许多人不喜欢，不只是米乌索夫一人如此。长老身材矮小，弯腰曲背，两条腿虚软乏力，才六十五岁，可是由于病魔缠身看上去要老得多，至少有七十五岁。他那枯瘦干瘪的脸整个儿布满细细的皱纹，而眼眶周围尤多。一双浅色的小眼睛灵活、晶亮，像是两个闪闪发光的句号。花白的头发仅在两鬓残留少许，稀稀拉拉的一小撮胡子呈尖劈状，不时泛出淡淡笑意的嘴唇薄得像两条带子。鼻子不算太长，可是尖尖的，活像鸟喙。

“一切迹象表明，那是个歹毒、傲慢而又浅薄的小人。”这是在米乌索夫头脑里一掠而过的想法。总之，他对自己很不满意。

时钟敲响的当当声促成了谈话开始。一座廉价的锤式小挂钟节奏很快地敲了十二下。

“咱们非常准时，”费奥多尔 · 巴甫洛维奇高声说，“可是我的儿子德米特里 · 费奥多罗维奇还没有来。我代替他表示歉意，神圣的长老！”阿辽沙听到“神圣的长老”这称呼禁不住全身打了个寒战。“我本人一向准时，一分钟也不迟到，因为我牢记‘准时为帝王之礼貌’这一条……”

“可您至少不是帝王。”米乌索夫立刻沉不住气，嘀咕了一句。

“说得对，的确不是帝王。其实，彼得 · 亚历山德罗维奇，这我自己也知道，真的！我说话总是这样不合时宜！尊敬的大师！”他带着某种刹那间燃烧起来的激情慷慨陈词，“您现在看到的是一个地地道道的小丑！我就是这样自我介绍的。这是老习惯了，唉！至于我有时候不合时宜地信口开河，那甚至是故意的，故意逗人发笑和讨人喜欢。必须得讨人喜欢，难道不是吗？七年前我到过一个小城，去那儿做些买卖，我结交了几个商人。我们一起去见警察局长，因为有些事情求他，并请他到我们那儿吃饭。警察局长接见了我们，那是个又高又胖、头发浅黄、脸色阴沉的主儿，——那号人在这类场合是最危险的，问题在于他们的肝，他们的肝火特旺。知道吗，我摆出一副交际场中十分洒脱的样子开门见山对他说：‘警察局长先生，请您来当我们的纳普拉夫尼克！’他问道：‘什么纳普拉夫尼克？’从最初的半秒钟我就看出这一招不灵，因为他站在那儿，脸上的表情还是一本正经，不见松动。我说：‘我是想开个玩笑，让大家伙儿轻松轻松，因为纳普拉夫尼克先生是我们俄国著名的乐队指挥，而我们也恰恰需要一位类似乐队指挥那样的人来协调我们的买卖……’[①]我这不是已经把我的比喻解释得头头是道了吗？可是他说：‘对不起，我是警察局长，我不允许别人用我的头衔做双关俏皮话的材料。’说完，他扭头就走。我跟在他后面大喊大叫：‘对，对，您是警察局长，不是纳普拉夫尼克！’他说：‘不，既然已经这么说了，那我就是纳普拉夫尼克。’请想象一下，我们那档子事儿就这么黄了！我这人总是这样，老是这样。我想讨好人家，结果一定是跟自己过不去！有一回，那已经是好多年前的事了，我对一位颇有势力的人士说：‘尊夫人是一位怕痒痒[②]的女性，’——我是指看重名节，在品行方面从不马虎，——可他冷不防冲我问道：‘您胳肢过她？’

---

① 纳普拉夫尼克(1839—1916)，捷克裔俄国指挥家、作曲家。1869 年起任彼得堡马林斯基剧院首席指挥，也是俄国音乐协会交响音乐会的艺术总监。旧时“警察局长”一词在俄语中的读音为“伊斯普拉夫尼克”。老卡拉马佐夫就利用这么一点近似之处开了个蹩脚的玩笑。

② 俄语中“怕痒痒”一词也有“斤斤计较”、“一丝不苟”的意思。

我一下子憋不住了，心想得讨人家好，我就说：‘是的，胳肢过，’——于是，他把我当场‘胳肢’了一顿……。不过那已是过去很久的事了，现在说出来也没什么难为情；我老是这样跟自己过不去！”

“您现在就是这样。”米乌索夫十分厌恶地轻声抢白了他一句。

长老默默地瞧瞧这个，又瞅瞅那个。

“太对了！信不信由您，我连这一点也明白，彼得·亚历山德罗维奇，甚至可以说，我事先预感到，只要话匣子一打开就会这样，还预感到您会第一个向我指出这一点。此时此刻，我看得出，我的玩笑开得并不成功。尊敬的大师，我的两侧腮帮子开始跟下边的牙床粘连了，简直像在抽风；我打年轻的时候起便这样，那时我在贵族人家帮闲蹭饭。我是个根深蒂固的小丑，生来如此，尊敬的大师，这跟疯子没什么两样；要说也许有魔鬼附在我身上，我也不想争辩，不过那位仁兄也不是大款，讲究点儿的会另挑一个躯壳寓居，但不会挑您的，彼得·亚历山德罗维奇，您的躯壳作为魔鬼的寓所也不够气派。话得说回来，我可是有信仰的，我信仰上帝。我只是最近才有点儿疑惑，可我这会儿还是坐在此地等候恭听伟大的至理名言。尊敬的大师，我就像哲学家狄德罗。您可知道，至圣的神父，在叶卡捷琳娜女皇[①]时代，哲学家狄德罗曾去见普拉东都主教。他一进去马上就说：‘上帝是没有的。’伟大的先圣都主教听了这话，举起一个指头，回答说：‘疯子只在自己心里说：没有上帝！’狄德罗立即跪倒在他脚下，大声嚷道：‘我信了，我愿意受洗入教。’[②]于是当场就给他施了洗礼，由公爵夫人达什科娃[③]充当教母，

---

① 指叶卡捷琳娜二世(1729—1796)，原系一德国公爵之女，1745 年与沙皇彼得三世结婚，后废彼得三世自立，为 1762 至 1796 年的俄国女皇。

② 法国唯物主义哲学家狄德罗(1713—1784)，曾于 1773 年访问俄国并劝说叶卡捷琳娜二世进行改革。但这里所引哲学家与都主教的对话是俄国贵族阶层虚构的，旨在否定狄德罗的无神论。

③ 达什科娃公爵夫人(1744—1810)，曾支持叶卡捷琳娜二世废彼得三世自立的政变，后担任俄国科学院院长。

波将金[①]当教父……”

“费奥多尔·巴甫洛维奇，这实在令人无法忍受！您明明知道自己在瞎编乱造，这个愚蠢的故事完全是一派胡言，为什么您要出这种洋相？”米乌索夫已经完全无法克制自己，说话的声音都已颤抖。

“我一辈子都预感到那是一派胡言！”费奥多尔·巴甫洛维奇越发来劲地喊道，“不过，诸位，我要说一个千真万确的事实：长老了不起！请原谅，上面那段狄德罗受洗的故事是我自己编造的，就是刚才那会儿现说现编的，以前可连想也从来没有想到过。我是想给大家添一些调料。我在这儿出洋相，彼得·亚历山德罗维奇，是为了让人觉得我更加可爱。不过，有时候我自己也不知道为什么。至于狄德罗的故事，我年轻时在本地的一些地主家里当食客的时候，就从他们那儿听到过不下二十次；顺便提一下，彼得·亚历山德罗维奇，我也听令姑母玛芙拉·福米尼什娜说过。他们至今个个确信，目无神明的狄德罗去找过普拉东都主教辩论有没有上帝的问题……”

米乌索夫霍地站起来，他不仅失去了耐性，甚至有些失态了。他怒火中烧，并且知道自己因此而显得可笑。

的确，此刻修室内发生的事情委实不可思议。还在前面几代长老任期内，这修室就一直接待来访的客人，迄今已有四五十年，来客总是满怀崇敬，虔诚至极，别无他念。经许可来此的人，走进修室时几乎都懂得，这对他们是莫大的荣幸。许多人跪在地上，觐见时自始至终不站起来。有不少是“上层的”乃至学富五车的人士，这且不说，还有某些主张思想解放者，他们或出于好奇，或另有原因来到此地，但在跟大伙一起或得到单独接见走进修室时，无一例外地都给自己立下了必须首先遵守的规矩，那就是在整个觐见时间内，态度绝对恭敬，举止绝对文雅，尤其是因为这里不涉及钱的问题，一方只有仁爱和慈悲，另一方只有悔罪和渴望——渴望解决某个棘手的灵魂问题或

① 波将金公爵(1739—1791)，叶卡捷琳娜二世的宠臣，1787 至 1791 年第二次俄土战争中任俄军总司令。

自己内心世界的什么危机。

正因为如此，费奥多尔·巴甫洛维奇表现出来的那种对他所在之地大不敬的丑态，使在场的人——至少其中几个——莫名其妙、大为惊讶。两位司祭修士不动声色，注意集中在长老会说些什么，但是看上去已准备像米乌索夫一样站起来。阿辽沙低头站在一旁，直想哭。他觉得最奇怪的是：他把唯一的希望寄托在胞兄伊万·费奥多罗维奇身上，因为他是唯一能制止父亲胡来的人，别人谁也不拥有那样的影响，讵料这时他竟坐在椅子上纹丝不动，眼睛朝下，显然抱着一种近乎求知欲的好奇心等着瞧这一切如何收场，仿佛他自己在这儿完全是个局外人。阿辽沙对宗教学校毕业生拉基津也很了解，两人差不多可以说挺要好，现在阿辽沙甚至不敢朝他看一眼，因为他知道拉基津在想些什么，虽然整个修道院里只有阿辽沙一人知道。

“请原谅……”米乌索夫向长老说，“您也许认为我也参与了这种不体面的恶作剧。我的错误在于我竟相信像费奥多尔·巴甫洛维奇这么个人，在拜访如此受人尊敬的长者时会懂得自己应该遵守的准则……我不曾料到，自己不得不为和他一起进来这件事请求原谅……”

彼得·亚历山德罗维奇话没说完，已窘得不知如何是好，正想从屋子里走出去。

“不要激动，我请求您，”长老忽然从座位上站起来，靠两条瘦弱的腿支撑身体，然后拉住彼得·亚历山德罗维奇的两只手，让他重又坐到椅子上。“定一定神，我请求您。我特别请您做我的客人。”说完，他鞠了一躬转过身去，仍在自己的单人沙发上坐下。

“伟大的长老，请问：我的风趣的表演是否冒犯您了？”费奥多尔·巴甫洛维奇突然嚷道，他双手抓住椅子的扶手，似乎准备从椅子上蹦起来，具体须视别人如何回答而定。

“我诚恳地请您也不要激动，不必拘束，”长老字字都有分量地对他说，“请不必拘束，完全可以像在自己家里一样。主要的是不必那么自惭形秽，因为一切都由此而起。”

"完全像在家里一样？也就是说，保持本来面目？哦，这有点儿过分，太过分了，但是——我心领了！我说，有福的神父，您可别劝我现出本来面目，别冒这个险……我自己也不敢走得那么远。这一点我预先说清楚，为的是保护您。我这个人其余各个方面依然云山雾罩，尽管某些人想往我脸上抹黑。我这指的是您，彼得·亚历山德罗维奇。至于对您，至神至圣的贤人，我要宣泄一下洋溢在胸中的敬佩之情！"他站起来，高举双手，说道："'曾经怀过你的那个肚子和喂过你的那两个奶头真有福哇，特别是奶头！'[①]刚才您说：'不必那么自惭形秽，因为一切都由此而起，'——您这话简直把我从前心到后背一下子捅穿了，把我的底细全看透了。我在人前确实总有这样的感觉，好像我比谁都卑鄙，谁都把我当作小丑，于是我心想：'那我就真的扮演小丑吧，你们怎么看、怎么想我不在乎，因为你们个个比我更卑鄙！'所以我成了小丑，由于羞惭而成了小丑，伟大的长老，是由于羞惭！我纯粹是因为过于敏感而耍赖。要是我来到人前时相信，大家都会把我当作最可爱、最聪明的人接待，——哦，上帝啊！那我肯定能成为一个大好人！大师！"他骤然跪倒在地。"我该做什么才能得到永生？"

直到现在仍然难以判断：他究竟在恶作剧，还是果真深受感动一至于此？

长老抬起眼皮朝他看看，含笑说：

"该做什么您自己早就知道，您有足够的智慧。勿酗酒，勿饶舌，勿纵欲，尤其是勿贪财，关闭您的酒店，如果不能全部歇业，哪怕关掉两三家也好。而主要的一点，最最主要的一点是——勿说谎。"

"您是不是指狄德罗的故事？"

---

① 《圣经·新约·路加福音》第 11 章第 27 节记载了一个女人赞美耶稣和圣母的话。但老卡拉马佐夫竟会"别出心裁"地加以篡改，用来恭维长老，令人肉麻而又恶心。

“不，不是指狄德罗的故事。主要的是勿对自己说谎。对自己说谎和听自己说谎的人会落到这样的地步：无论在自己身上还是周围，即使有真理，他也无法辨别，结果将是既不自重，也不尊重别人。一个人如果对谁也不尊重，也就没有了爱；在没有爱的情况下想要消遣取乐，无非放纵情欲，耽于原始的感官享受，在罪恶的泥淖中完全堕落成畜类，而一切都始于不断地对人和对己说谎。对自己说谎的人最容易怄气。要知道怄气有时是很开心的，对不对？一个人明明知道谁也没有冒犯他，而是他无端臆想自己受到了冒犯，信口雌黄故作姿态，夸大细节混淆视听，抓住只言片语大做文章，——这些他自己也知道，可还是动不动就怄气，怄得有滋有味，怄得其乐无穷，就这样直到真的怀恨在心……。还是站起来吧，坐下，我恳切地请求您，要知道这一切也都是虚伪的姿态……”

“有福的人哪！让我吻一下您的手，”费奥多尔·巴甫洛维奇一骨碌爬了起来，迅速亲了一下长老骨瘦如柴的手。“说得对，怄气确实开心。您这话说得真好，我还没听到过如此精辟的见解。不错，我这辈子怄气确实觉得开心，我是为了美学上的需要而怄气，因为有时候扮演被侮辱与被损害的角色不但开心，还有美感；——这一点您忘记了，伟大的长老，那就是：美感！我要把它记在本子上！我说谎端的说了一辈子，没有一天、没有一小时不说谎。千真万确，我就是谎话，是谎话之父！不，好像不是谎话之父，我老是把原文记错，就算是谎话之子吧，那也够可以的了。不过……我的天使……有时候谈谈狄德罗也无妨！狄德罗坏不了事，可有时候一句话就能坏事。伟大的长老，我差点儿忘了，其实打前年起我就一直想上这儿打听一件事，就是说，到这儿来详细了解、认真请教——只是请别让彼得·亚历山德罗维奇打断我的话。伟大的长老，请问有没有这回事：不知哪一卷《圣徒言行录》中介绍过一位圣者显灵的故事，这位圣者为了信仰受尽折磨，在他终于被砍头以后，他竟站起来，把自己的脑袋捡起来‘作亲吻状’，并且捧着它走了很长时间，一路‘作亲吻状’。尊敬的各位神父，这件事真实不真实？”

“不，不真实。”长老说。

“所有的《圣徒言行录》里都没有类似的记载。您说的《言行录》上记的是哪一位圣者的事迹？”管理图书的那位司祭修士问。

“我也不知道是哪位。我不知道，不清楚。我上当了，是别人说的。我听到了，知道是谁说的吗？就是这位彼得·亚历山德罗维奇·米乌索夫，刚才他还为狄德罗发火来着，这件事就是他告诉我的。”

“我从来没有对你讲过这件事，我向来不跟您说话，根本不交谈。”

“不错，您没有对我讲过；但您是当着一群人讲的，我就在这群人中间，那是大前年的事。我之所以旧事重提，彼得·亚历山德罗维奇，是因为您讲的这个滑稽的故事动摇了我的信仰。这一点您并不知道，并不了解，可我回到家中信仰发生了动摇，而且从那以后便每况愈下。是的，彼得·亚历山德罗维奇，由于您的缘故，一个人堕落到了不可收拾的地步！这可不是狄德罗！”

费奥多尔·巴甫洛维奇激昂慷慨地越说越来劲儿，其实人人都十分清楚，他又在演戏。但米乌索夫到底还是被刺着了，刺得很痛。

“一派胡言，全是胡言乱语，”他嘟哝道，“也许我在某个时候确实说过……只是没有对您说过。这也是别人告诉我的。我在巴黎听一个法国人说，那是我国教堂里晨祷时从《圣徒言行录》中向教徒宣读的……这位法国人很有学问，他专门研究过俄国的统计资料……在俄国住过很长时间……。我自己没读过《圣徒言行录》……也不会去读……。人们在餐桌上海阔天空什么都谈……。当时我们正在进餐……”

“是啊，当时您在用餐，可我却失去了信仰！”费奥多尔·巴甫洛维奇还在挑逗。

“您的信仰与我什么相干！”米乌索夫本想大喝一声，但在倏忽之间克制住了自己，只是轻蔑地说：“您真是碰到什么就把什么弄脏。”

长老突然离座起身。

“请原谅，我要暂时离开诸位几分钟，”他向所有的客人说，“有人在你们之前就已经来了，一直在那里等我。至于您，还是不要说谎吧。”临了还向费奥多尔·巴甫洛维奇补上一句，说时脸上的神情倒是挺高兴的。

他从修室里走出来，阿辽沙和另一名见习修士赶紧跟上，以便搀扶他下台阶。阿辽沙紧张得简直气也喘不过来，他庆幸能够离开，但也庆幸长老非但没有见怪，而且还显得挺高兴的样子。长老向回廊走去，准备为在那儿等他的人们祝福。但费奥多尔·巴甫洛维奇还是在门口把他叫住了。

“最最有福的人哪！”他声情激越地喊道，“请允许我再一次吻您的手！不，跟您还是可以谈谈的，可以相处的！您以为我总是这样说谎和扮演小丑的吗？实话对您说吧，刚才我一直在演戏，那是故意试试您。我一直在对您进行试探：能不能跟您相处？以您的尊严是否容得下我的谦卑？现在我要给您颁发及格证书：跟您是可以相处的！从现在开始我要保持沉默，一直不开口。我回去坐在椅子上，不说话。彼得·亚历山德罗维奇，现在轮到您说了，这儿留下的人中间您是唱主角的……可以唱十分钟。”

三 信 女

台阶下面靠围墙外侧搭建的回廊旁边，麇集着约莫二十个信徒，全是女的，大都属劳苦百姓。她们被告知，说长老终于要来了，所以她们聚集在廊边等候。女地主霍赫拉科娃母女俩也走到回廊上，她们也来求见长老，不过是在专门招待有身份的女宾的房间里等候。母亲霍赫拉科娃太太是位富有的女士，衣着总是高雅有致，还相当年轻，相貌很不俗，有几分憔悴，一双很有生气的眼睛几乎是全黑的。她顶多不过三十三岁，却已经寡居五年。她那十四岁的女儿下肢瘫痪。可怜的少女已经半年不能走路，由别人用一辆长长的躺式轮椅推行代步。姑娘有一张俊俏的脸蛋，只是因病而略显得消瘦，但很精神。她那双睫毛很长的深色大眼睛闪耀着调皮的神情。母亲从春天起就打算

带她到国外去，但夏季因处理田产庄园的事务耽搁了时日。她们在我们的小城逗留都快一个星期了，主要是办事，不是进香，但三天前已经拜谒过长老。现在她们忽然又来了，虽然明知长老几乎已不能接见任何人，可是这母女俩苦苦恳求给予她们再次“一睹神医风采的荣幸”。

在等候长老出来时，母亲坐在女儿轮椅旁的一把椅子上，与她相距两步站着非本地修道院的一名老修士，来自遥远的北方一座鲜为人知的修道院。他也想得到长老的祝福。

但是，长老在回廊上刚一露面，首先就直接走到平民那里。人群挤向连接低矮的回廊与平地的三级台阶。长老站在上面一级台阶上，套上圣带，开始为向他这边挤过来的妇女们祝福。有人拉住一个“鬼号婆娘”的两只手把她拖到长老跟前。她一见长老，就突然打起嗝来，同时发出莫名其妙的尖叫，全身扭曲哆嗦，好像在发临产时的抽风病。长老把圣带按在她头上，为她念了一段简短的祈祷文，病人马上停止号叫，安生了。我不知道现在的情形怎样，但我幼年时经常在乡下和修道院里看见、听到这些狂号乱叫的女人。别人把她们拉去做礼拜，她们不是尖叫，便是像狗一样狂吠，声震整个教堂；可是当圣餐给端了出来，别人把她们拉过去领圣餐时，“魔鬼附身”会立刻停止，病人照例能安生若干时间。我小时候对这种现象感到非常震惊和诧异。但当时我听某些地主说，特别是听城里的老师对我的疑问回答说，这都是假装的，为的是可以不干活，并且说采取必要的严厉手段肯定能根治这种现象。他们还援引种种趣闻轶事作为自己观点的佐证。但后来我很惊讶地从一些医学专家那儿了解到，根本不存在任何作假的问题，这是一种可怕的妇女病，好像多见于我们俄国，它表明我国农村妇女的命运是多么悲惨。这种病的起因是：在缺医少药的条件下用土法熬过难产，产后又过早地干重活；此外，对于无处宣泄的悲苦、丈夫的殴打等等，也有些妇女始终不能像大多数同命人那样逆来顺受。可是大叫大闹、撒泼打滚的女人只要给带到圣餐前便霍然而愈——对这种奇怪的现象，过去人家总是向我解释说那是假装的，更有人简直把它说成是“教权派”在故弄玄虚；其实，这种现象的发生很可能也是十分自然的。把患者拖去领圣餐的其他女人，更主要的是患者本人，如同相信颠扑不破的真理一般完全相信：只要患者被带到圣餐前按下头去凑近圣餐，附在患者身上作祟的魔鬼一定受不了。正因为如此，对于一个神经质的、当然也是属于病态心理的女人来说，在圣餐前被按倒的一刹那，她的全身机制必然受到震撼，这种震撼是由期待显圣除病的奇迹以及绝对相信奇迹会出现的心理引起的。于是奇迹出现了，虽然只管用一会儿工夫。

此刻的情形正是这样。长老刚把圣带盖在患者头上，奇迹就出现了。

许多挤在他跟前的妇女在这霎时间的效果影响下，因感动和欣喜而热泪纷纷；另一些女人争先恐后地拥上前去，哪怕吻一下他的衣服边沿也是好的；还有一些则像唱歌似的哭喊着。

长老为她们一一祝福，跟某些人还交谈几句。那个“鬼号婆娘”他认识，她是从不远的一个村子里给带来的，离修道院不过六里(约六点四公里)[①]地，以前也曾来过。

“这一位可是远道而来的！”他指着一个还完全算不上年老、却干瘪得只剩皮包骨的女人说。那女人的脸不是一般的晒黑，而是彻底变黑，她跪倒在地，目不转睛地注视着长老。她的眼睛里有一股狂乱的邪气。

“老远来的，老爷子，老远来的，离这儿有三百里(约三百公里)地。老远哪，神父，老远哪！”那女人拉长声调说，脑袋不紧不慢地左右摇晃，手掌托着一边腮帮子。她说话像是在哭亲人。

老百姓的悲痛有长期积在心中默默忍受的；它深沉内向，无声无息。但也有向外宣泄的悲痛；它会以眼泪的形式迸发出来，从那一刻

① 书中的度量衡名称绝大部分为旧制，如俄里、俄尺、俄升、俄斤等，为方便我国读者，译者一般在括号中换算成今制。如此处的“6 里”实为“6 俄里”，1 俄里等于 1.0668 公里。

起便转为连带哀诉的号哭。这种悲痛尤其多见于女人。但它并不比无言的悲伤好受些。号哭只能痛快于一时，其代价则是进一步刺激和撕裂心中的创伤。这样的悲痛甚至不愿别人给予安慰，它自知无法解脱，索性以痛攻痛。号哭只是一种不断刺激创伤的需要。

“想必是在城里做营生吧？”长老继续垂问，一边好奇地打量着那个女人。

“我们是城里人，神父，城里人；论出身是农民，可是住在城里。我是专为瞅您来的，神父。我们听人家说您来着，神父，说您来着。我的儿子没养大就死了，我把他埋了以后，便出门烧香求神。我去过三座修道院，那儿都指点我说：娜斯塔秀什卡，上这儿来吧，就是说，让我来找您，亲爱的，来找您。我就来了，昨天做了站立礼拜，今天瞅您来啦。”

“你为什么哭？”

“心疼儿子啊，老爷子，他都快三岁了，只差三个月就满三岁了。我为儿子伤心，神父，为儿子。那是剩下的最后一个儿子，我跟尼基图什卡有过四个孩子，可我们家留不住孩子，好人哪，留不住哇。头仨我埋了，倒也不怎么心疼他们，可这最后一个我埋了以后老是忘不了。他就像站在我前面似的，总不走开。把我的心都熬干了。我瞅着他的小睡衣、小衬衫、小靴子，忍不住放声大哭。我把他留下的东西一件件全都摆出来，瞅着瞅着，就哭起来了。我对我的丈夫尼基图什卡说：当家的，你让我出去烧烧香、求求上帝吧。他是个马车夫，我们不穷，神父，不穷，我们赶自己的马车载客，马是自己的，车也是自己的。可如今我们还要它干吗？我不在家，我的尼基图什卡就整天喝酒。我知道他一定会的，过去也是这样：我只要一转身，他就管不住自己。而如今我压根儿不去想他。我离家已经两个多月。我把他忘了，我什么都忘了，也不想记起来；往后我跟他还有什么奔头？我跟他算是完了，我所有的亲人都完了。如今我也不想瞅瞅自己的房子和自己的家产，反正我是什么也瞅不见的了！”

“听着，大嫂，”长老说，“古时候有位大圣人，一天在寺院里看见一个像你这样做母亲的在哭，因为她唯一的小孩也被上帝召去了。大圣人对她说：‘莫非你不知道，这些小孩在上帝的宝座前面胆儿有多大？天国里甚至没有谁比他们的胆儿更大的。他们对上帝说：“主啊，你把生命赐给了我们，可是我们刚睁眼看到生命，你又把它从我们身上拿回去了。”他们就是不怕，硬是向主请求，于是上帝立刻赐给他们天使头衔。所以，’大圣人说，‘你做母亲的该高兴才是，不要哭泣，你的孩子此刻也在上帝身边位列天使。’古时候圣人对失去孩子而哭泣的母亲就是这么说的。他是一位大圣人，决不会对她说假话。所以，你也要明白，大嫂，你的孩子此刻一定也在上帝的宝座前，又高兴又快活，并且在为你向上帝祈祷。所以我劝你也要这样：在哭泣的同时应当高兴。”

那女人手托腮颊，低首垂目听长老说完。她发出一声深沉的叹息。

“尼基图什卡也是这样安慰我的，跟您的话一个样。他说：‘你这个糊涂娘们，你哭什么呀？咱们的儿子这会儿定然在上帝身边跟天使们一起唱诗呢。’他对我是这么说，可我瞅见他自己也在哭，跟我一样在哭。我说：‘我知道，尼基图什卡，除了在上帝身边，他还能在哪儿？只不过眼下这儿没有他，尼基图什卡，他不跟咱们在一起，不再像以前那样坐在咱们身旁！’但愿能让我再瞅他一回，哪怕只瞅那么一眼，我不向他走过去，不吭一声，我躲在角落里，只要瞅那么一小会儿，听一听他的声音，以前他在院子里玩儿，会自己走到家门口，扯起他的小嗓门儿叫唤：‘妈妈，你在哪儿？’但愿能让我再听他在屋子里走一回，只要再听一回他的脚步声，笃，笃！我记得他时常冲我跑过来，一边嚷一边笑，不知有多少回！我只要听到他的脚步声，一听就知道！可是他没了，老爷子，没了，我再也听不到他的声音了！这是他的小腰带，可是他——没了，我再也见不着他，再也听不到他的声音了！……”

她从怀里抽出儿子的镶金银丝绦的小腰带，才对它一看，马上抽噎着哆嗦起来，并用手遮住眼睛，可是眼泪却如泉水一下子从她的指缝中往外迸涌。

“这就像《圣经》上记载的，”长老说，“古代的‘拉结哭她的儿女，不肯受安慰，因为他们都不在了’。[①]你们做母亲的在世上注定就是这样的命。不必寻找安慰，你需要的不是安慰，还是不要寻找安慰，哭吧，只是每当你哭的时候，一定得想起你的儿子是上帝的天使中的一个，他正从天上向你遥望并且看见了你，瞧着你的眼泪很是高兴，还让上帝看你流泪。你这种伟大的母亲的哭泣还会持续很久，但最终将化为心平气和的喜悦，你的眼泪将不再是苦的，而只是慈祥和蔼的热泪，能拯救心灵免于罪过并且得到净化。至于你的孩子，我要为他做安魂祈祷。他叫什么名字？”

“叫阿列克塞，老爷子。”

“名字很可爱。是依圣徒阿列克塞取的吧？”

“对，老爷子，对，正是依圣徒阿列克塞取的名！”

“多好的圣人哪！我一定为你的孩子祈祷，大嫂，我也要在祷告中提到你的悲哀，还要祝愿你的丈夫健康。不过，你撇下他不管可是罪过。回到你丈夫身边去，好好照看他。你的孩子要是从天国里看到你抛弃他的父亲，他将为你而哭泣；你为什么要扰乱他的幸福呢？要知道他还活着，活着，因为灵魂是永生的，他虽不在家里，可是他总在你身边，只不过看不见罢了。倘若你说你恨自己的家，那他怎么能进家门呢？倘若不能看到你们俩——父亲和母亲——在一起，那他上门去找谁呢？眼下你老是梦见他，觉得很痛苦，可是将来他会给你送去宁静的好梦。回到你丈夫身边去吧，大嫂，今天就动身。”

“我回去，亲人哪，我听您的话，回去。您解开了我心上的疙瘩。尼基图什卡，你一定在等我吧，我的尼基图什卡，亲爱的，你一定在等我吧！”

那女人又拉长声调唱上了，但长老已经转向一个年纪很大的老妇人。老妇人的衣着像是城里人，不是香客打扮。从她的眼睛可以

---

① 见《圣经 · 新约 · 马太福音》第 2 章第 18 节。

看出她有心事，是来诉说什么事情的。她自称是一名军士的遗孀，住得不远，就在我们城里。她的儿子瓦先卡在军需部门供职，去了西伯利亚的伊尔库茨克。他从那儿写来过两封信，可是最近已有一年音信全无。她想打听儿子的情况，但实际上她连该去哪儿打听都不知道。

“前些日子斯杰潘尼达·伊利尼什娜·别德里亚金娜——她丈夫是个商人，很有钱——对我说：‘普罗霍罗夫娜，你把你儿子的名字写在亡魂册上，送到教堂去，就当他死了祈祷他安息吧。他的灵魂要是感到不安，他就会写信了。’斯杰潘尼达·伊利尼什娜说这办法别人试过好多次了，灵得很。不过我心里不太踏实……您是我们的指路明灯，您说，这样做好不好？这是正路还是邪道？”

“这等事连想也不该想。甚至这样问都是可耻的。怎么能为一个活人做安魂祈祷呢？何况你还是他的生身母亲！这是极大的罪过，跟妖术魔法差不多，若不是念你无知，是不能宽恕的。你最好还是祈求圣母，她很快就会保护和帮助你，祈求她保佑你的儿子平安健康，也祈求她宽恕你的一念之差。我还有几句话对你说，普罗霍罗夫娜。你的儿子不久就会回来看你，要不，一定会写信来的。你记住我的话。走吧，从此你放心就是。我告诉你，你的儿子活着。”

“您真是我们的大好人，愿上帝给您奖赏，您是我们的恩人，在上帝面前有您为我们大家祈祷，担待我们的罪过……”

而长老已经注意到人群中有一个劳累过度、看上去害肺病、尽管年纪还轻的农妇两次向他投来炽热的目光。她默默地望着，眼神似有所求，但是她好像不敢往这边靠近。

“你有什么事，我的孩子？”

“解救一下我的灵魂吧，神父。”她声音不大、不紧不慢地说，随即双膝跪倒，向长老叩头。

“我犯下了罪过，亲爱的神父，我的罪过使我害怕。”

长老在最下面的一级台阶上坐下，那女人膝行向他靠近，始终没有站起来。

“我丈夫去世两年多了，”她开始说，声音轻得近乎耳语，身体像是在颤抖。“我嫁过去以后的日子非常难过，丈夫年纪大了，老是狠狠地打我。后来他病倒了，我瞧着他，心想：要是他病好了，又能下地打我，那怎么办？就在那个时候，我脑瓜里钻进了这个念头……”

“等一下。”长老说着把自己的耳朵一直凑到她嘴边。底下的话那女人便说得声音更轻了，旁人几乎什么也听不清楚。她很快就讲完了。

“有两年多了？”长老问。

“有两年多了。起初我并不想，可是近来老是病病歪歪的，心里就犯疑惑了。”

“你是从远地方来的？”

“离这儿有五百里地。”

“忏悔时说了没有？”

“说了，都忏悔过两回了。”

“圣餐礼让你参加了没有？”

“参加了。我害怕；我怕会死去。”

“什么也别怕，任何时候都不用怕，也不必犯疑。只要悔过之意在你心中不淡薄下去，那么，上帝一切都能宽恕。对于真诚悔过的人，世上没有、也不可能有哪一种罪过是上帝不能加以宽恕的。再说，一个人也不可能犯那么大的罪过，大得能耗竭上帝无比博大的爱。难道有哪一种罪过能大过上帝所能宽恕的限度？你只要不断地忏悔，把害怕从心中彻底赶走。要相信，上帝对你的爱是你无法想象的，哪怕你有罪过，哪怕你陷在罪过之中，上帝还是爱你的。至于天国喜欢一个悔过的罪人胜过喜欢十个规矩人，这已经是常言古话了。去吧，不用害怕。不要恼恨他人，受了委屈不要生气。死去的丈夫对不起你的地方，你要在心里一笔勾销，真心诚意地跟他和好。既然你有悔过之心，也就有了爱心。只要有爱心，你就是上帝的人……爱能赎一切罪过，能拯救一切。既然我这么个和你一样有罪的凡人能为你的诚心感动，能怜悯你，更不必说上帝了。爱是无价之宝，用它能赎买整个世界，别说自己的罪能赎，就连别人的罪也能赎。去吧，不用害怕。”

他为那女人画了三次十字，从自己脖子上取下一个小小神像给她戴上。那女人一躬到地，默然向他行礼。长老从台阶上站起来，和颜悦色地向一个怀抱吃奶婴儿的健壮妇女看了看。

“我打维舍果里耶来，亲爱的神父。”

“离这儿有六里地呢，抱着个孩子可把你累坏了。你来有什么事？”

“来看看您。我来过您这儿，您忘了吗？您的记性可不怎么样，会把我给忘了。我们那儿说您病了，我心想：我得去亲自看望他一下。现在我看见您了，您哪儿有什么病啊？您还能活二十年，真的，愿上帝保佑您！有那么多的人在为您祈祷，您哪儿能病呢？”

“谢谢你，亲爱的，为了这一切。”

“顺便我有一个小小的请求：这儿是六十戈比，亲爱的神父，您把这点儿钱拿去送给比我更苦的女人吧。我在来这儿的路上心想：还是交给他更好，他知道应当给什么人。”

“谢谢，亲爱的，谢谢，好心人。我认为你想得很对。你抱的是个女孩吧？”

“是女孩，敬爱的神父，叫伊丽莎白。”

“愿主赐福给你们俩——你和你的孩子伊丽莎白。你使我心中充满了喜悦，大嫂。再见了，亲爱的人们；再见了，我的孩子们；再见了，善良的人们。”

他给所有的人祝福，并向所有的人深深地鞠了一躬。

四　一位信仰不坚定的女士

外地来的女地主把长老与平民交谈、为平民祝福的一幕全都看在眼里，不禁悄悄地泫然泪下，便用手绢抹去。她是一位感情丰富的上流社会女士，在许多方面具有真诚善良的品质。当长老终于向她这边走过来时，她立即感奋地迎上去说：

“看到如此感人的情景，我得出了好多好多的……”她激动得连话也讲不利索，“哦，我明白了人民对您的爱戴，我自己也爱人民，我愿意爱他们，怎么能不爱人民，怎么能不爱我们出色的、伟大而又质朴的俄罗斯人民！”

“令爱的健康怎样了？您又想跟我谈谈？”

“哦，我再三央告、恳求，我愿意跪下，哪怕在您的窗前跪上三天也愿意，直到您接见我。伟大的神医，我们特来向您表示我们的满腔感佩之意。是您把我的莉扎给治好了，完全治好了，全靠星期四您为她做了祈祷，并且把您的双手按在她头上，我们迫不及待地赶来，就是想把您的这双手好好吻个够，表示一下我们对您的感恩之情和崇敬之心。”

“怎么说治好了呢？她不是还躺在椅子上吗？”

“但是夜里的寒热完全没有了，从星期四开始已经有两昼夜一切正常，”这位女士急急地说。“不但如此，她的腿也比前硬实了。今天早晨她起身时精神很好，她整夜睡得很香，您瞧她红润的脸色，瞧她亮闪闪的眼睛。原先她老是哭，而现在笑口常开，高高兴兴，欢欢喜喜。今天她定要自己站一会，结果她单独站了整整一分钟，不依靠任何支持。她跟我打赌，说再过两个星期就能跳四对方舞了。我请来了本地的赫尔岑什图贝大夫；他耸耸肩膀说：‘令人惊讶，难以置信。’试想，我们怎么能不来打扰您，怎么能不飞也似的赶到这里来向您致谢？莉兹[①]，快谢谢，谢呀！”

莉兹笑盈盈的俏脸庞一下子变得严肃起来，她在躺椅上尽可能欠起身子，眼睛看着长老，两手在他面前对合，但终于忍不住笑了起来。

“我笑的是他，是他！”她指了指阿辽沙，同时孩子气地恼恨自

---

① 她女儿名字莉扎的法语音译。

已没能忍住，还是笑了起来。此时如果有谁看一下站在长老后面保持一步之隔的阿辽沙，定然会发现他脸上很快泛起了红潮，一眨眼就染遍他的两颊。他的眼睛刷的一亮，随即低下去看着地上。

“阿列克塞·费奥多罗维奇，她受托有事要向您交代……您好。”母亲忽然转而对阿辽沙说，并向他伸出戴着很雅致的手套的一只手。

长老转过头来，忽然凝神看着阿辽沙。阿辽沙走到莉扎跟前，有些奇怪和不好意思地笑着也向她伸出一只手。莉兹现出一本正经的样子。

“卡捷琳娜·伊万诺夫娜让我给您捎来了这个，”她把很小的一封信交给阿辽沙。“她特别关照请您上她那儿去一趟，越快越好，希望您不要使她失望，一定得去。”

“她要我去一趟？要我上她那儿去？……究竟为什么？”阿辽沙深感诧异地喃喃自语。他的表情一下子变得心事重重。

“哦，都是为了德米特里·费奥多罗维奇和……最近发生的一连串事件，”做母亲的约略解释道，“卡捷琳娜·伊万诺夫娜目前已定下一个主意……但这事她一定要跟您面谈……为什么？我当然不知道，但她要您尽快去一趟。您会这么做的，一定会的，这甚至可以说是一个基督徒的责任。”

“我总共只见过她一面。”阿辽沙仍然困惑不解地说。

“哦，她是那么高尚，那么无与伦比！……光凭她遭的罪就……。请想象一下她曾经忍受和现在正忍受着的是什么样的痛苦，想象一下等待着她的又将是什么……这一切实在可怕，太可怕了！”

“好吧，我去。”阿辽沙定下主意说，他已把那封神秘的短简匆匆读了一遍，信中除恳请他去以外，没有作任何说明。

“啊，您真是太热心、太慷慨了！”莉兹大为振奋，一下子欢呼起来。“我还对妈妈说呢：‘他决不会去的，他在修道。’您真是个好人！不过我一直认为您是个好人，现在我很高兴把我的看法告诉您！”

“莉兹！”母亲在一旁提醒女儿注意不要失态，但旋即微微一笑。

“您把我们也给忘了，阿列克塞·费奥多罗维奇，您就是不愿意上我们家去，可莉兹对我说过两次，只有跟您在一起她才觉得快活。”

阿辽沙举起低垂的双目，一下子又涨红了脸，而且又憨然一笑，自己也不知道笑什么。不过，长老已不在观察他。前文曾经提到，有一位非本院的修士在莉兹的轮椅附近候见长老，此时佐西马长老便在与他交谈。来者显然是一名微不足道的修士，也就是说，出身平民，目光短浅，世界观一成不变，但很虔诚，从某种意义上说也很固执。他自称来自鄂毕多尔斯克的圣西尔维斯特——一座地处遥远的北方、总共只有九名修士的穷修道院。长老为他祝福，并邀请这位修士到他修室去坐坐，随便什么时候都行。

“您怎么敢揽这样的事？”修士突然问道，一边郑重其事地指指莉兹。他指的是长老怎么有把握“治好”她的病。

“当然，现在谈这事为时尚早。好转还不是痊愈，也可能出于其他原因。但如果能够奏效，那不是谁的力量，只能是上帝的意旨。一切都出自上帝的安排。来看我吧，神父，”临了他对修士说，“我不是什么时候都撑得起来的。我三天两头闹病，我知道自己的日子已屈指可数。”

“哦，不，不！上帝不会把您从我们这儿夺走的，您还能活很久很久，”女地主大声说，“再说，您哪儿有病啊？您看上去那么清健，那么精神，那么幸福。”

“今天我觉得比前几日好得多，不过我知道这仅仅是回光返照。现在我对自己的病已经明白无误。如果说您觉得我精神很好，那么最使我高兴的事在任何时候都莫过于听您指出这一点。因为人是为幸福而生的，谁要是十分幸福，他就有资格对自己说：‘我在这世上实现了上帝的意旨。’所有虔诚的教友，所有的圣徒，所有神圣的殉道者都是幸福的。”

“哦，您说得真精彩！多么有胆识、多么崇高的言语！”女地主赞叹道，“您的话像匕首一样锋利。然而幸福，幸福在哪里呢？谁又能说自己是幸福的呢？哦，既然承蒙您允许我们今天再次见您，那就请您听我把上一回没完全说透、也不敢说的话一齐抖出来，听我说说我所忍受的痛苦，忍受了很久很久的痛苦！我很痛苦，请原谅，我很痛苦……”

说到这里，一阵强烈的情感冲动促使她在长老面前把自己的双手合在一起。

“究竟是什么？”

“我的痛苦在于……不信……”

“不信上帝？”

“哦，不，不，这是我连想也不敢想的，可是未来的生活——这实在是个难猜的谜！这问题谁也解答不了！请听我说，您会治病，您对人的灵魂了如指掌；我当然不敢奢望您完全相信我的话，但我十分郑重地向您保证，我现在说这话并非由于轻率，人死了以后将究竟是一种怎样的生活——这个念头一直使我激动，甚至使我痛苦，使我恐惧、惊慌……所以我不知道该向谁求助，一辈子都不敢跟谁讲……现在斗胆向您求助……哦，天哪，现在您不知会把我看作什么样的女人！”

她情不自禁地两手拍了一下。

“不必管我会怎么想，”长老答道，“我完全相信您的苦恼是真实的。”

“哦，我对您不胜感激！请听我说。我闭上眼睛，心想：既然人人都有信仰，那么这是从何而起的呢？有人认为，这一切最初是由恐惧而起，人们害怕森严的自然现象，便产生出种种想象，而这些想象中的事情其实都是没有的。我在想：照这么说，即使我一辈子都有信仰，我死了以后照样什么都没有了，只有‘坟上会长出牛蒡草来’，像我从一位作家的书上读到的那样。这太可怕了！怎样才能把信仰找回来？事实上，我仅在很小很小的时候信过，那时反正什么都信，自己什么也不想……怎样能证明其存在？现在我来到此地，就是为了匍匐在您面前求您这件事。如果我再错过眼前这次机会的话，那么此生没有人能回答我了。拿什么来证明其存在？怎样才能确信无疑？哦，我真是太不幸了！我举目四顾，发现周围所有的人对什么都无所谓，差不多人人如此，现在谁也不关心此事，只有我一个人受不了。这真是要命，真是要命！”

“毫无疑问，是这样。但要证明实在办不到，确信其存在则是可能的。”

“怎样确信？通过什么？”

“通过切实的爱的经验。您要设法脚踏实地、坚持不懈地去爱世人。随着您在爱世人的实践中不断取得成功，您也就会逐步相信上帝确实存在，相信您的灵魂确实永生不灭。如果您在爱世人的努力中达到完全忘我的境界，那时您必将坚信不疑，任何疑惑哪怕想窥探您的心灵都不可能。这是经过了验证的，确实如此。”

“切实的爱？这又是个问题，而且是个很伤脑筋的问题！要知道，我是那么热爱人类，信不信由您，有时候我梦想能抛开一切，放弃我所有的一切，撇下莉兹，去当一名护士。我闭上眼睛，想着想着，就会心驰神往，在那样的时刻我觉得自己身上有不可战胜的力量。无论什么创伤，无论什么化脓的溃疡都吓不倒我。我会亲手加以包扎、清洗，我可以看护那些病人，我愿意吻那些脓疮……”

“您所梦想的是这个而非其他，这就相当不错了。指不定什么时候您真的能做出什么善举来。”

“是的，但在这样的生活中我能熬多久呢？”女地主热切和近乎狂乱地继续说，“这是最主要的问题！这是最使我苦恼的一个问题。我闭上眼睛，自己问自己：你在这条道路上能长期坚持吗？如果你给一个病人清洗脓疮，他不是马上向你表示感激，相反，还变着法儿折磨你，不赏识、不理会你仁爱为怀的服务精神，冲你大叫大嚷，粗暴地要这要那，甚至向某一位上司告状（这在忍受着巨大痛苦的病人身上是屡见不鲜的），——那怎么办？你的爱还维持得下去维持不下去？

于是，您知道不，我胆战心惊地认识到了这一点：如果说有什么会使我切切实实爱人类的一片热忱变得冰冷的话，唯一的可能就是别人毫无感恩之心。总之，我是施恩图报的，我要求立刻得到报答，也就是得到赞许和以爱还爱。否则我没法爱任何人！”

她处在阵发性的亢奋之中，十分真诚地鞭挞着自己。完了以后，她望着长老，坚定的目光不无挑战的意味。

“这跟一位医生跟我谈过的情形一模一样，那已经是很久以前的事了，”长老说，“他已经上了年纪，是位无可争辩的有识之士。他说得也像您一样坦率，虽然用了开玩笑的口吻，但那是辛酸的玩笑。他说：‘我爱人类，但我对自己实在大惑不解：我越是爱整个人类，就越是不爱具体的人，即一个一个的人。我在梦想中常常满怀激情打算为人类献身，而且一旦有此必要，或许为了人们我真的敢于走向十字架；然而，我根据经验知道，要我跟什么人共处一室，我连两天也待不住。任何人只要在离我很近的地方，他的个性就会压迫我的自尊心，妨碍我的自由。不出一昼夜，即便是最好的人也能令我憎恨：我会憎恨某甲进餐时间太长；我会憎恨某乙患感冒，不停地擤鼻涕。别人只要稍稍碰我一下，我就会视为仇敌。可事情偏偏总是这样子：我对具体的人越是憎恨，我对整个人类的爱便越是炽烈。’”

“那究竟该怎么办呢？这种情况究竟该怎么办？难道只能陷于绝望？”

“不，因为您在为此深感苦恼，有您这份心意就足够了。只要尽力而为，会给您记上一笔的。您已经做了很多，否则您不可能如此深刻地认识自己！可如果您现在对我如此坦诚相告，目的也只是要我对您的直率表示赞许，而且刚才您已经从我这里得到了赞许，那么，您在切实地爱世人的行动中当然达不到什么境界，一切仍将停留在您的梦想之中，整个一生会像幻影似的倏然消逝。在这种情况下，关于灵魂不灭的问题您自然也会淡忘的，最后您自己凑合着也就平静下来了。”

“您使我彻底垮了！此刻，就在您说话的一刹那，我方始明白，刚才我告诉您我受不了毫无感恩的表示时，我确实只想得到您对我的真诚的嘉许。您使我看清了自己，您抓住了我的要害，并且向我本人把我剖析得一清二楚。”

“您这是真心话吗？听了您这番自白以后，现在我相信您是真诚的，心地是善良的。即使您达不到幸福的境界，请永远记住您是走在正道上，要努力不偏离这条路。主要的是力戒作假，力戒一切弄虚作假，尤其要力戒向自己作假。您得提防这一点，每时每刻加以警惕。此外，既不要嫌弃别人，也不要嫌弃自己。凡是您觉得自己内心存在什么要不得的想法，那么，您自己发现这一点本身已经在一定程度上把它净化了。您还要力戒恐惧，虽然恐惧只是一切作假的后果。在爱的征途上永远不要害怕您自己的怯懦心理，甚至对您在这过程中的不良行为也不必怕得要命。很抱歉，我不能对您说什么动听的话，因为与梦想中的爱比较起来，切实的爱是一件严酷和令人生畏的事情。梦想中的爱图的是急功近利、立竿见影，渴望做出人人注目的壮举。怀着这样的梦想确实连命也舍得，只要这过程不持续很久，而是像在舞台上那样快快结束，只要人人都瞧着他表示赞许。切实的爱则需要工作和毅力，对于某些人来说兴许还是一门学问。但我可以预言，一旦您惊恐地发现，尽管您作了一切努力，您非但没有向目标靠近，反而像是离得更远了，——恰恰在那个时刻，我可以向您预言，您将一下子达到目的，并将在自己的上方清楚地看到上帝神奇的力量，他一直在爱护您，一直在冥冥中指导您的行动。恕我不能继续奉陪了，有人还在等我。再见。”

这位太太哭了。

“莉兹，莉兹，”她突然想起了什么事，全身猛地一震。“祝福，您还得为她祝福呢！”

“她根本不值得爱。我看到她一直在淘气，”长老用打趣的口吻说，“小姐，您为什么老在取笑阿列克塞？”

莉兹确实一直在拿他开心。她早就注意到(从上次来访开始)，阿辽沙在她面前十分腼腆，总是尽可能不对她瞧，这在她看来实在太逗了。她便聚精会神地等着捕捉阿辽沙的视线。阿辽沙顶不住别人死死盯着自己的目光，在一股不可抗拒的力量驱使下隔一阵子就情不自禁地向她瞥上一眼，而莉兹马上会冲他露出得意的笑容。于是阿辽沙更觉得难为情，更加心烦意乱。最后阿辽沙索性转身不再面朝着她，而是躲到长老背后去了。几分钟后，他还是被那股不可抗拒的力量所吸引，又转过脸去瞧瞧别人是否在注视他，只见莉兹几乎探身到椅外从侧面盯着他，一心一意等阿辽沙朝她那边张望。莉兹捕捉到他的视线后，纵声大笑，连长老也忍不住了，问道：

“淘气的小姐，您为什么这样捉弄他？”

莉兹出人意料地一下子涨红了脸，双眸一闪，面部表情变得异常严肃，她突然用愤激的口吻振振有词地抱怨起来，语调很快，还有些神经质。

“可他为什么把过去的事全忘了？我小时候他抱过我，我跟他一起玩儿来着。他还上我家来教过我书，这您知道吗？两年前他来辞行的时候，说他决不会忘记我们是永久的朋友，永久的，永久的！而现在他忽然怕起我来了，莫非我会吃了他不成？干吗他不愿接近我？干吗他不跟我说话？干吗他不肯去我们家？难道是您不让？可我们明明知道别处他哪儿都去。我不便请他来，他如果没有忘记的话，应该首先想到。偏偏他就是想不着，他如今是在修道啦！您干吗要让他穿上这件长袍？……他跑起来会摔倒的……”

忽然，她忍不住以手掩面笑了起来，笑得前仰后合、全身震动，久久不能止住，这是一种神经质的、无声的大笑。长老面带笑容听她说完，然后慈祥地为她祝福。当莉兹吻他的手时，突然把长老的一只手紧紧按在自己眼睛上，哭了，并且说：

“您别生我的气，我是个傻瓜、一文不值的废物……阿辽沙不愿来看我这么个可笑的丫头，也许他做得对，做得很对。”

长老当即表示：

“我一定打发他去。”

五　定当如此，定当如此！

长老离开修室大约有二十五分钟。时间已过了十二点半，而这次聚会的当事人德米特里·费奥多罗维奇却还没有来。但是大家几乎像是把他给忘了，所以当长老返回修室时，发现他的客人们相互间谈兴正浓。居中心地位的首先是伊万·费奥多罗维奇和两位司祭修士。米乌索夫也想加入谈话，其热切之状显而易见，可是他又不走运，看得出只处于次要地位，别人甚至很少答理他，这一情况对他来说是完全陌生的，只能在他窝着的一肚子火上浇油。事情是这样的：以前他跟伊万·费奥多罗维奇在学识方面也作过几次较量，一直不大能够冷静地忍受伊万对他不够重视的态度。

“至少迄今为止，我始终站在欧洲一切先进思潮的前列，可这新的一代全然不把我们放在眼里。”他忖道。

费奥多尔·巴甫洛维奇自己作了保证要坐在椅子上缄口不语，有一段时间他确实保持沉默，但是面带嘲讽的冷笑注意着彼得·亚历山德罗维奇，对他窝火的神态显然感到高兴。他早就打算回敬米乌索夫一二，现在可不想错过机会。后来，他终于忍不住了，便弯腰挨到他的邻座米乌索夫肩旁，压低嗓门再一次逗他：

“您刚才因何不来一个‘作亲吻状’然后离去，而居然愿意留下与如此不体面的一群为伍呢？因为您觉得自己受了侮辱和损害，所以留下来想展现一下才智作为报复。现在您非向他们展现您的才智不可，否则是不会走的。”

“您又来了？相反，我马上就走。”

“走在最后，比所有的人都晚！”费奥多尔·巴甫洛维奇又刺了他一下。这几乎正好是在长老回来的一刹那。

争论暂时告一段落，但长老在原位上坐下后，向大家环顾一周，仿佛在殷勤相请他们继续谈下去。阿辽沙对长老的面部表情研究有素，他清楚地看到长老疲惫已极，是在强打精神应付。他的病发展到最近一个时期，已多次出现因精疲力竭而昏厥的现象。差不多正是昏厥前那样的惨白此刻正在他脸上扩散。但他显然不愿请来客散去；他对这次聚会似乎抱有自己的目的，——究竟什么目的呢？阿辽沙在留神观察。

“我们正在谈论这位先生的一篇极有意思的文章，”管理图书的司祭修士约西甫神父指着伊万·费奥多罗维奇对长老说，“他提出了许多新的见解，不过中心思想好像可以这样说，也可以那样说。一位神职人员就教会社会法庭及其权限的问题写过整整一本书，而这位先生针对该书在杂志上发表了一篇文章……”

“很抱歉，足下的文章尚未拜读，但我听说过。”长老道，同时以专注而犀利的目光凝视着伊万·费奥多罗维奇。

“这位先生的立论极有意思，”管理图书的那位神父继续说，“看来他在有关教会社会法庭的问题上对于政教分离持全盘否定的态度。”

“这很有意思，但究竟怎么个否定法？”长老问伊万·费奥多罗维奇。

后者终于对长老的提问作出了反应，态度也并不像阿辽沙从昨天起就担心的那样客客气气中包含俯就的意味，倒是谦虚而又沉稳，显然很有礼貌，一点也不像别有用心。

“鄙人是从这样一种观点出发的：两种成分——即教会的实质和国家的实质——彼此间的这种混淆，无疑将是永久的，尽管这种状态是不可思议的，非但永远不可能使之转变为正常状态，甚至想在一定程度上加以协调都办不到，因为其基础是虚伪。在诸如司法之类的问题上，国家与教会之间的妥协，依在下愚见，从真正和纯粹的意义上说是不可能的。作为拙文对立面的那位神职人员声称，教会在国家中占有明确和肯定的地位。鄙人则以为不然，并向他指出：相反，教会应当把整个国家包含在自身之内，而不是仅仅在国家中占一席之地；即使由于某种原因目前还做不到这一点，那么从本质上说，无疑必须把这一点作为整个基督社会今后发展的直接目标和首要目标。”

“完全正确！”寡言少语、颇有学问的修士帕伊西神父说，语气十分坚决，甚至有些激烈。

“不折不扣的教皇极权论①！”米乌索夫大声指出，同时不耐烦地倒换一下他跷起的二郎腿。

“嗳，我们这儿可没有山！”约西甫神父当即作出反应，接着面向长老继续说：“他的文章回答了对手——请注意，是一位神职人员——的好多论点，其中包括如下一些‘根本性和实质性的’论点。论点之一：‘任何社会集团都不能够、也不应当把权力据为己有，以支配其成员的公民权利和政治权利。’论点之二：‘刑事与民事裁判权不应属于教会，因为教会无论作为神职机构，还是作为人们为宗教目的而结成的联合体，这都是与它的性质不相容的。’最后，论点之三：‘教会乃不属于人世间的天国。’……”

“一个神职人员从事这样的文字游戏简直荒谬绝伦！”帕伊西神父又听不下去了，便插言道。“足下反对的那本书我读过，”他向伊万·费奥多罗维奇说，“一名神职人员竟然说出‘教会乃不属于人世间的天国’这样的话，当时我就惊讶不置。既然不属于人世间，那它根本就不可能存在于世上。《圣经》福音书中‘不属人世间’一语不是在那样的意义上使用的。任意玩弄这样的词句实在太不应该。我们的主耶稣基督正是到世上来立教的。顾名思义，天国自然不属于人间，而是在天上；但要进入天国，除了通过建立在地上的教会，没有其他途径。因此，在这一意义上做世俗的文字游戏是荒谬和无聊的。教会是真正的王国，是受命进行统治的，而且最终无疑将成为统治整个大地的王国，——在这一点上我们是得到上帝许诺的……”

他一下子不作声了，像是克制住了自己。伊万·费奥多罗维奇恭

① “教皇极权论”一词源于中世纪拉丁文，其基本词义为“山那边”，指的是阿尔卑斯山之南即意大利一边，后来演化成主张把神权与世俗政权集于教皇一身的理论。俄国东正教会并不隶属于罗马天主教廷，米乌索夫是借用此词替代教会极权主义。

敬而认真地听他说完，然后非常沉着、但依旧和颜悦色、坦荡诚恳地面向长老继续说：

“拙文的中心思想是这样的：古时候，在基督教创立之初的三个世纪内，基督教仅以教会形式出现在世上，也仅仅是教会。当异教的罗马国有意成为基督教国家时，就不可避免地出现这样的局面：罗马成了基督教国家后，只是把教会包容在自身之内，但它本身在非常之多的活动中仍和以前一样是个异教国家。其实，这是必然要发生的。但在罗马这样一个国家内，异教文明和异教学问留下的东西太多了，例如国家的目的和基础便是。基督教会进入这个国家后，无疑不能放弃它的任何一条宗旨，不能偏离立教的基石，只能认定自己的目标走下去，那是上帝亲自给它指出的铁定目标，其中一项就是使全世界以及整个异教古国向教会转化。由此可见（我是说如果放眼未来的话），不应该由教会作为‘任何社会集团’或‘人们为宗教目的而结成的联合体’（拙文的论战对手提到教会时的用语）在国家内为自己谋一席之地，而是相反，地上的任何国家以后都必须完全向教会转化，并且只能成为教会，而非其他，凡是与教会目标不一致的任何目标一概加以排除。这一切丝毫不会辱没了它，不会剥夺它作为一个伟大国家的名誉和光荣，不会使它的统治者丢面子，只会把它从虚伪的、仍然是异教的歧路引上通向永恒目标的唯一正道。因此，《论教会社会法庭之基础》一书的作者，如果在寻求并端出这些基础时，把它们仅仅看作一种权宜之计，看作在我们这个有罪和不完善的时代还少不了的一种妥协，那么，他的观点就对了。可是一旦该书的作者擅敢宣称，他现在端出的、其中一部分刚才帕伊西神父已经列举的那些基础，乃是坚如磐石、浑然天成和亘古不变的基础，那就直接背离了教会，背离了教会亘古不变和坚如磐石的神圣使命。这便是拙文的中心思想，可以说是它的一份完整的提纲。”

“简言之，”帕伊西神父又说了，他在每一个字上都用了强音，“按照在我们这个十九世纪暴露得太清楚的某些理论，教会应当蜕变为国家，仿佛是由低级形态向高级形态演化，然后消失在国家内，让位于科学、时代精神和文明。如果教会不干并且进行抵抗，那就在国家内划一个角落给它作为补偿，——在现今的欧洲大地上到处都是这样。按照俄国的观念和意愿，不应当让教会蜕变成国家并视之为由低级形态向高级形态的演化，相反，应当让国家最终有幸成为教会，只成为教会，而非其他。将来定当如此，定当如此！”

“哦，说实在的，听了你们刚才的话，我倒是不那么气馁了，”米乌索夫笑道，同时又倒换了一下他的二郎腿。“如果我没有理解错的话，实现这样的理想是无限遥远的前景，除非基督第二次降临人世。反正是理想，怎么想都可以。是啊，美妙的乌托邦式空想，那时战争、外交家、银行都将消失。甚至有点儿像社会主义。我本来还以为这一切都是真格的，以为教会**现在**就要干起来了，比如审理刑事案件，判处笞责和苦役，也许还有死刑。”

“如果现在只有教会社会法庭而没有其他法庭，那么教会现在也不会把犯人送去服苦役或处死。犯罪行为以及对犯罪的看法将来肯定会改变，当然是逐步改变，不是一蹴而就，但也是相当快的……”伊万·费奥多罗维奇从容不迫地说，连眼睛也没眨一下。

“您真的这么想？”米乌索夫凝神看了他一眼。

“如果一切都成了教会，那么教会可以把犯罪和桀骜不驯的人革出教门，而不必砍头，”伊万·费奥多罗维奇继续说，“请问，被革出教门的人有哪里可去？要知道，到那时不但必须像现在这样离开人们，而且还必须离开基督。因为他犯了罪不仅与人们为敌，也是跟基督教会作对。当然，从严格的意义上说，现在也是这样，但毕竟没有明文规定，所以现今的罪犯与自己的良心相互妥协的情况层出不穷。现今的罪犯几乎都对自己这样说：‘我是偷了人家的东西，但我并不反对教会，不是基督的敌人。’可要是教会取代了国家的位置，那时罪犯再要说这样的话就难了，除非他把人世间的教会一概否定。‘人人都错了，人人都偏离了正道，全人类都是冒牌的教会，唯独我一个凶手兼盗贼才是真正的基督教会。’对自己说这样的话到底是很难的，需要具备许多特殊的条件，需要各种很少遇到的情况凑在一起。

现在，我们不妨从另一面来探讨一下教会本身对于犯罪的观念。难道教会不应当摒弃目前这种近乎异教的态度？如今为了保护社会，对于受感染的肢体只是把它截去了事，难道教会不应当改一改这种机械的做法？不应当转变观念(不是弄虚作假，而是彻底转变)，对人进行脱胎换骨的改造，使之获救、再生？……”

“这到底是怎么回事？我又弄不明白了，”米乌索夫打断了他的话，“又是什么空想。轮廓模糊得很，听也听不懂。革出教门是怎么回事？怎么个革法？我怀疑，伊万·费奥多罗维奇，您是在拿别人开心。”

“实际上现在也是这样，”长老忽然开言道，于是大家马上都朝他转过脸去，“要知道，如果现在没有基督教会，那么罪犯为非作歹便没有任何制约，甚至事后不会受到惩罚——我说的是真正的、而不是像您刚才所说的那种机械的惩罚。后者在大多数情况下只会刺激心灵，而真正的惩罚才是唯一有效、唯一能起威慑和驯化作用的办法，它包含在人们自身的良知中。”

“敢问此话怎讲？”米乌索夫怀着极大的好奇心问。

“事情是这样的，”长老开始说，“包括流刑、苦役在内的处罚——过去还要加以鞭笞——其实并不能使任何人改邪归正，主要的是几乎没有一个罪犯怕这样的刑罚，因而罪案非但不见减少，反而愈来愈多。这一点您不会不同意吧。由此可见，社会并没有得到什么保护，因为有害的部分虽然被机械地切除，流放到远处去了，算是眼不见为净，但立刻会出现另一个罪犯来取而代之，也许会出现两个。如果说在我们的时代有什么在保护社会，甚至使罪犯改恶从善，变成另一个人，那么仍然唯有表现为人们自身良知的基督之法。只有认识到自己作为基督社会即教会的儿子犯了过错，他才能认识到自己对社会即教会犯了过错。可见，现代罪犯只有面对教会，而不是面对国家，才能认识到自己的过错。如果裁判权属于作为教会的社会，社会便知道该把哪些被革出教门的人拉回来，重新加以接纳。现在的教会没有任何实实在在的裁判权，只有从道义上加以谴责的权力，自己置身于实实在在地惩罚罪犯的事务之外。教会不开除罪犯的教籍，反而像慈父一般不断地规劝他。不但如此，教会还努力保持与罪犯的各种教务接触：让他参加教堂的礼拜、领圣餐，给予施舍，对待他与其说像犯人，不如说更像俘虏。现在世俗法律对罪犯采取排斥和切除的办法，如果连基督社会即教会也像世俗法律那样排斥他，哦，主啊，那他会怎么样呢？如果在每一次国法制裁之后教会也紧接着以开除教籍来惩罚他，那会怎么样呢？没有比这更走投无路的绝境了，至少对俄国的罪犯如此，因为俄国的罪犯还有信仰。不过，也难说，那时也许会发生可怕的事情，罪犯绝望的心中也许会丧失信仰，那怎么办？

“但教会作为慈爱的母亲自己不参与实实在在的惩罚，因为罪犯受到的国法制裁已经太痛苦了，总该有人可怜可怜他吧。教会不参与惩罚，主要因为教会法庭是唯一包含真理的法庭，因而在实质上和道义上不能与任何其他法庭相结合，即使达成暂时的妥协也不能。在这方面不能做交易。据说，外国的罪犯很少悔过，因为现代的各种学说使他确信，他的罪行并非罪行，而只是对不公正的压迫势力的反抗。社会运用对罪犯占有优势的力量十分机械地把他从自己身上加以切除，在切除的同时还伴之以憎恶(至少欧洲人自己关于他们欧洲的情况是这样叙述的)，——伴之以憎恶和遗忘，丝毫不关心作为自己兄弟的他今后命运如何。

“由此看来，一切都由缺乏教会最起码的怜悯而起，因为在很多情况下那里已经根本没有教会，剩下的只是一些教会工作人员和壮丽的教堂，而那里的教会本身早就在热衷于从教会这种低级形态向国家这种高级形态过渡，将来无非是完全消失在国家之内，至少在信奉新教路德宗的国土上看来是这样。在罗马，宣告由国家取代教会则已有一千年了。[1]故而罪犯自己已不觉得自己是教会的一

[1] 公元756年，法兰克国王矮子丕平将腊万纳至罗马的一带地方赠予教皇，是为教皇国之始，定都罗马。在意大利统一运动中，领土逐渐缩小，1870年全部并入意大利王国，教皇退居罗马城西北之梵蒂冈。1929年，意大利政府承认梵蒂冈的主权属于教皇。

员，被开除教籍的结果是破罐子破摔。这种人一旦重返社会，往往满怀仇恨，好像是社会本身把他开除出社会的。这会导致何种结局，您可以自己推断。在许多情况下，我国似乎也是这样。但问题恰恰在于：除了设置的法庭，我国还有教会，它始终把罪犯作为自己亲爱的、并且仍然视为宝贝的儿子与之保持接触；此外，教会法庭也还保留着，哪怕仅仅保留在头脑里，虽然不是实实在在的法庭，但毕竟作为未来的一种梦想存在着，而且连罪犯自己凭着灵魂的直觉无疑也是承认的。

“刚才在这里谈到，如果教会裁判权真的实行起来并且充分发挥其作用，也就是说，如果整个社会都变成教会，那么，不仅教会法庭能对罪犯的改恶从善产生迄今为止从未有过的影响，而且犯罪行为本身也可能真的会减少到难以置信的程度，——这话有道理。再者，教会对于未来的罪犯和未来的罪行的理解在许多方面也将与现在的观念完全不同，教会将有办法使被弃绝者重返社会，使图谋不轨者悬崖勒马，使堕落者获得新生。

“诚然，”长老淡然一笑，“目前基督社会本身还没有作好准备，仅靠七位贤人撑着；但由于这样的贤人不会减少，教会仍将处于不可动摇的地位，以期从几乎还是异教联合体的社会完全转变为全球统一、主宰一切的教会。将来定当如此，定当如此，即使等到地老天荒亦无妨，因为只有此事才是注定要实现的！不必为时间和期限犯愁，因为时间和期限的秘密在于上帝的睿智，在于他的预见和他的爱。按照凡人的估计，也许还邈乎其远的事情，根据上帝的意旨，也许已到了门口，呼之欲出。上述局面定当实现！”

“定当如此，定当如此！”帕伊西神父虔敬而又严肃地连声附和。

“奇怪，太奇怪了！”米乌索夫说，他的口气与其说火爆冲动，不如说潜藏着愤怒。

“究竟哪一点使您觉得如此奇怪？”约西甫神父小心翼翼地问。

“这到底在搞什么名堂？”米乌索夫大声说，像是一下子发作了，“把国家撇在一边，把教会抬到国家的位置上！这已经不是一般的教皇极权论，这简直是通天教皇极权论！这是连教皇格列高利七世[①]也不曾梦想过的！”

“您完全倒过来理解了！”帕伊西神父正色道，“不是教会变成国家，这一点必须明白。那是罗马，是罗马的梦想。那是魔鬼的第三次诱惑！正相反，是国家向教会转变，国家上升到教会并在全世界成为教会，——这就与教皇极权论，与罗马，与您的解释完全相反，这恰恰是正教在地上的伟大使命。此星将从东方升起。”

米乌索夫意味深长地保持沉默。他的整个姿态显示出不寻常的自尊感。他的嘴角泛起一丝倨傲俯就的浅笑。阿辽沙提着一颗怦怦乱跳的心注视着他。整个这一席谈话使阿辽沙全身心激动非凡。他偶然向拉基津瞥了一眼，只见拉基津仍站在门口老地方一动也不动，认真谛听，留神观看，尽管垂着眼睛。但从他两颊活泼泼的红晕阿辽沙猜到拉基津也很激动，看来程度不下于他。阿辽沙知道拉基津激动的原因。

“请允许我向诸位讲一个小故事，”米乌索夫忽然摆出一副特别堂皇的气派，郑重其事地说，“在巴黎，那已是好几年前的事了，就在十二月政变[②]后不久，有一次我去拜访一位当时位居要津的大人物，在他家中遇见一位极有意思的先生。此人不是一般的密探，好像是一大批政治密探的头目，——可以说，是个相当有势力的官儿。我抓住这个机会，出于十分强烈的好奇心与他交谈起来。他不是作为熟人受到接待，而是作为下属来向上司报告公务的，由于看见了我在他的上峰家中受到的礼遇，他算是瞧得起我，多多少少表现得比较坦率，——当然喽，那是有一定限度的，说得更确切一些，是客气，而不是坦率，法国人就是善于这样子表示客气，何况他发现我是个外国人。但我很

---

① 格列高利七世(约 1020—1085)，罗马教皇，意大利人。宣扬教皇权力高于一切，不仅有权任命主教，而且可以废除君王。

② 指路易 · 波拿巴(拿破仑第三)1851 年 12 月 2 日举行的反革命政变。

理解他的意思。我们的话题是社会革命党人，顺便提一下，当时社会革命党人正受到迫害。谈话的主要内容这里就略去了，我只想引用从那位先生口中突然冒出来的一通绝妙高论。他说：‘其实，对于所有那些社会主义者——无政府主义者、无神论者和革命党人——我们并不怎么担心；我们有人监视他们，他们有什么动静我们全知道。但其中有一些——虽然为数不多——是特殊人物，他们是信仰上帝的基督徒，同时又是社会主义者。我们最担心的正是他们，这些人很可怕！基督徒社会主义者比无神论社会主义者更可怕。’这番话当时给我的印象很深，刚才听了诸位所言，我忽然把他的话记起来了……”

“您是不是把他的话用到我们身上来，把我们当作社会主义者了？”帕伊西神父单刀直入地问。

但是，彼得·亚历山德罗维奇还没想出该如何回答，门开了，迟到那么多时间的德米特里·费奥多罗维奇走了进来。说实在的，大家好像已不再等他，所以他的突然出现在最初一刹那反倒引起了一定程度的惊讶。

六　干吗让这号人活在世上？！

德米特里·费奥多罗维奇是个二十八岁的青年，中等身材，相貌也给人好感，不过看上去要比实际年龄大得多。他肌肉发达，不难猜想他的膂力过人，然而他的脸上却似乎呈现着几分病容。他的面孔瘦削，两颊凹陷，泛出一种不健康的蜡黄色。一双相当大的黑色凸眼睛目光虽然刚毅、执著，但总有那么点儿迷离恍惚。即使在他情绪激动和怒气冲冲说话的时候，他的眼睛似乎也不听心境的使唤，其表情往往是另一回事儿，有时与此情此景完全风马牛不相及。跟他交谈过的人间或表示有这样的印象：“很难了解他在想些什么。”有人明明看到他的眼睛现出一种若有所思和闷闷不乐的神情，冷不防会给他突如其来的笑声吓一跳，这说明恰恰在他看上去郁郁寡欢的时刻，他脑海中盘旋着的却是轻松愉快的念头。不过，眼下他脸上的几分病容倒是可以理解的：人人都知道或听说，最近他在我们城里很不安分，生活放荡；同样，大家也了解，他为了钱财纠纷与父亲闹翻，目前肝火特别旺。这方面已经有几则传闻在城里不胫而走。他的性子确实相当暴躁，我城的调解法官谢苗恩·伊万诺维奇·卡恰尔尼科夫在一次聚会上曾经说他“头脑容易发热而又缺乏条理”，可谓一语中的。

他进来时的一身打扮非常入时，完全无可挑剔：常礼服扣得齐齐整整，戴一副黑手套，圆筒大礼帽拿在手里。作为一名退伍不久的军人，他仍留有唇髭，而把胡子刮得光光的。他的深棕色头发剪得很短，鬓角是朝前梳的。他的步子迈得很大，一派沙场英豪的风度。他在门口立定片刻，先用目光向所有的人一扫，料到长老是这儿的主人，便径直向他走去。他向长老深深鞠了一躬，并请求祝福。长老站起来为他祝福；德米特里·费奥多罗维奇恭恭敬敬吻了他的手，然后异常激动地、简直是恼火地说：

“让诸位久等了，请恕罪。可是，我一再问过父亲派来的听差斯乜尔加科夫，他两次都十分明确地回答说，时间定在一点钟。现在我才忽然明白……”

“请宽心，”长老打断了他的话，“没关系，您迟到了一会儿，问题不大……”

“非常感谢，我就知道您一向仁爱宽厚。”

言毕，德米特里·费奥多罗维奇又鞠了一躬，接着突然朝他父亲那边转过身去，同样恭敬地向他也深深鞠了一躬。看得出，他是事先经过考虑，然后才由衷决定这样做的，认为自己有义务以此表示礼貌和诚意。

费奥多尔·巴甫洛维奇虽然猝不及防，却当即有了独特的应招：一见德米特里·费奥多罗维奇冲他行礼，他连忙从椅子上霍地站起来，向儿子还了同样深深地一鞠躬。他的脸一下子变得庄重严肃起来，结果却使他显得十分凶恶。德米特里·费奥多罗维奇随后默默地向室内所有的人行了个总礼，迈着坚定的大步走到窗前，在帕伊西神父近旁仅剩的一把椅子上就座，整个身体向前探出，立刻摆好姿势，

准备聆听被他打断的谈话继续下去。

德米特里·费奥多罗维奇从进来到坐下为时至多两分钟，谈话自然旋即恢复。但这一回对于帕伊西神父固执的、几乎有些恼人的提问，彼得·亚历山德罗维奇认为没有必要回答。

“请允许我把这个题目撇开吧，”他略带社交老手的淡漠口吻说，“这题目还够伤脑筋的。瞧，伊万·费奥多罗维奇正在笑我们呢，他对此定有高见。您还是去问他。”

“没有什么特别的见解，只有一点点小小的看法，”伊万·费奥多罗维奇当即应道，“总的来说，欧洲的自由主义者，乃至咱们俄国的自由主义票友，往往而且早已把社会主义的最后结果与基督教的终极目标混为一谈。这个荒唐透顶的结论当然是很有代表性的。不过，把社会主义和基督教混为一谈的却不光是自由主义者和自由主义的票友们，在许多情况下跟他们一样的还有宪兵，我说的自然是外国的宪兵。彼得·亚历山德罗维奇，您讲的那段巴黎轶事相当说明问题。”

“我再次请求这个题目就别再谈下去了，”彼得·亚历山德罗维奇又说道，“诸位，还是让我来给你们另外讲一则伊万·费奥多罗维奇自己的轶事吧，那是极其有意思而又极其说明问题的。仅仅五天以前，本地有一次以女士居多的聚会，他在那里的争论中郑重其事地宣称，世上没有任何力量能迫使人们爱其同类，人爱人类这样的自然法则根本不存在，如果说迄今为止世上有爱或有过爱，那并不是自然法则使然，而纯粹是因为人们相信自己可以永生。伊万·费奥多罗维奇说到这里作了一点补充：全部自然法则尽在于此，所以，倘若把人类认为自己可以永生的信念加以摧毁，那么，不仅人类身上的爱会枯竭，而且人类赖以维持尘世生活的一切生命力都将枯竭。这且不说。到那时就没有什么是不道德的了，到那时将无所不可，甚至可以吃人肉。但这还没完。最后他断言，对于每一位既不信上帝、也不信自己能永生的个人来说，如我们现在便是，自然的道德法则必须马上一反过去的宗教法则；人的利己主义，哪怕是罪恶行为，不但应当允许，甚至应当承认处在他的境地那是不可避免的、最合情合理的、简直无比高尚的解决办法。诸位，根据这番怪论你们不难推断，我们亲爱的奇谈怪论家伊万·费奥多罗维奇所发表的以及他也许还打算发表的其余种种是些什么了。”

“对不起，”德米特里·费奥多罗维奇突然大声说，“不知我有没有听错：‘罪恶行为不但应当允许，而且应当承认，对于每一个不信神的人来说那是必然的和最合理的出路’！是不是这样？”

“正是这样。”帕伊西神父说。

“我一定记住。”

说完，德米特里·费奥多罗维奇突然缄口不语，就像刚才插话时一样出人意料。大家都向他投去好奇的一瞥。

“难道您果真确信，人们如不再相信他们的灵魂不灭，后果便会那样？”长老忽然问伊万·费奥多罗维奇。

“是的，我是这样看的。没有永生，就没有德行。”

“您有这样的信念是有福的，或者是非常不幸的！”

“为什么不幸？”伊万·费奥多罗维奇含笑问道。

“因为十之八九您自己既不相信您的灵魂不灭，也不相信您在文章中关于教会和教会法庭问题所写的那些话。”

“也许您说得对！……但我毕竟不完全是开玩笑……”伊万·费奥多罗维奇突然奇怪地承认道，而且很快涨红了脸。

“您不完全是开玩笑，确实如此。这个问题在您心中还没有解决，并且在折磨着您的心。但是受难者有时喜欢拿自己的绝望取乐，这好像也是由于绝望的缘故。眼下您也是由于绝望而在苦中作乐——又是在杂志上发表文章，又是在社交场中与人辩论，其实您自己并不信服自己的论点，并且忍着心中的痛楚在暗自发笑……在您思想上这个问题并没有解决，这是您的大悲哀，因为它执著地要求得到解答……”

“可是这问题在我思想上能解决吗？能得到肯定的解答吗？”伊万·费奥多罗维奇继续奇怪地问道，同时始终面带莫名其妙的微笑望着长老。

“如果得不到肯定的解答，也就永远得不到否定的解答，您知道自己的心有这一特点，而这正是您的心的全部痛苦所在。但您得感谢造物主给了您一颗高超的、能够这样子痛苦的心，‘思辨尚奥，求索务高，因为我们的归宿在凌霄’。愿上帝保佑您的心在地上就能找到答案，愿上帝一路赐福予您。”

长老举起一只手，想从原地画一个十字为伊万·费奥多罗维奇祝福。但不料后者竟从椅子上站起来，走到长老跟前，接受他的祝福，在吻过他的手以后，又默默地回到原位上。他的神态坚定而严肃。这一举动以及刚才他跟长老交谈时所说的那些很难想象出自伊万·费奥多罗维奇之口的话，有一种神秘和庄严的色彩，使所有的人都感到意外，以致有一会儿工夫大家都不则声，而阿辽沙脸上现出的几乎是惊骇的表情。但是米乌索夫骤然间耸了耸肩膀，与此同时费奥多尔·巴甫洛维奇从椅子上跳了起来。

“至神至圣的长老哇！”他喊道，并且指着伊万·费奥多罗维奇说，“这是我的儿子，他和我血肉相连，是我最心爱的亲骨肉！可以这样说，他是最孝顺我的卡尔·摩尔。而刚刚进来的另一个儿子德米特里·费奥多罗维奇，是最不孝的弗兰茨·摩尔，今天我就是来求您治治他的。他俩都出自席勒笔下的《强盗》，而我，我本人则是领主冯·摩尔伯爵[①]！请您作出公断，救救我们吧！我们不仅需要您的祈祷，还需要您的预言。”

“有话好说，不要拿腔作势，也不要开口就侮辱您的家庭成员。”长老回答时声音虚弱，有气无力。看得出，他越来越感到疲劳，精力明显不支。

“一出不体面的闹剧，我在来这儿的路上就预感到了！”德米特里·费奥多罗维奇气愤地大声说，并且也从座位上跳起来。“请原谅，我崇敬的神父，”他转过去面向长老，“我是个粗人，甚至不知道该怎样称呼您，但是您受骗了，您的心地过于善良，其实不该让我们

① 原文为德文。

在您这里聚会。我父亲只想惹是生非，至于为什么——他心中自有计较。他老是在打这样那样的算盘。不过，现在我大概已经明白是为了什么……”

“他们全都派我的不是，谁都这么说！”费奥多尔·巴甫洛维奇也拔高嗓门嚷道，“彼得·亚历山德罗维奇也指责我。您指责了，彼得·亚历山德罗维奇，指责了！”他忽然转过身去面对米乌索夫，尽管后者根本不想打断他的话。“谁都指责我把孩子的钱藏在靴筒里吞没了。可是我倒要请问：难道没有法院吗？德米特里·费奥多罗维奇，根据您的亲笔收条、信件和协议书法院会为您算一笔账：您原先有多少钱？您花掉了多少？还剩下多少？彼得·亚历山德罗维奇为何不发表意见？德米特里·费奥多罗维奇对他来说又不是陌路人。因为大家都跟我过不去，其实，德米特里·费奥多罗维奇还倒欠我钱呢，况且不是什么区区小数，而是好几千，我是有凭有据的！他花天酒地的放荡生活闹得全城鸡犬不宁！在他从军服役的地方，他曾不止一次破费一两千卢布遮盖引诱良家女子的丑事；这一切我们连最秘密的细节也一清二楚，德米特里·费奥多罗维奇，我会证明的……至圣的神父，说来简直难以相信：他让一位名门闺秀爱上了他，人家是富贵小姐，父亲是他以前的上峰、一位英勇功高的上校，得过安娜勋章。德米特里·费奥多罗维奇曾许诺要娶那位小姐，使她的名声大受影响。如今她成了孤女，来到此地，算是他的未婚妻；可是德米特里·费奥多罗维奇竟在她眼皮底下常去向本地的一位绝色佳人献殷勤。这位佳人虽然与一位体面人物处于所谓的世俗婚姻关系[①]，却有独立的性格，对任何人都是一座无从攻破的堡垒，跟合法婚姻的有夫之妇没什么两样，因为她自爱自重，——是的！诸位神父，她自爱自重！可是德米特里·费奥多罗维奇想用金钥匙打开这座堡垒，所以他现在对我耍赖，想从我这儿搂钱，眼下他在这位佳人身上已经花了好几千；为

① 在基督教社会中，“世俗婚姻”指未经教会举行仪式而结成的婚姻关系，有时也用作“姘居”的委婉说法。

此，他不断东挪西借。顺便提一下，你们可知道他向谁告贷？要不要说出来，米嘉？”

“住口！”德米特里·费奥多罗维奇大喝一声，“等一下，让我先出去，不许当着我的面败坏一位极其高尚的小姐的名声……您要是敢提到她，那就是她的耻辱……我决不允许！”

他激愤得上气不接下气。

“米嘉！米嘉！”费奥多尔·巴甫洛维奇装出一副声泪俱下的可怜相呼叫着，“难道父亲的祝福就一文不值了吗？要是我以诅咒代替祝福，那会怎样？”

“厚颜无耻，装腔作势！”德米特里·费奥多罗维奇怒不可遏地吼道。

“他竟这样骂父亲，骂父亲！对别人更不知会怎样呢！诸位，请你们想象一下：本地有个贫穷、但受尊敬的人，是一位退役的上尉，他遭到了不幸，给免去军职，但没有公开宣布，没有经过军法审判，名誉丝毫无损，可是家里人口多，负担沉重。三个星期以前，我们的德米特里·费奥多罗维奇在小酒店里竟揪住那人的胡子，把他拖到街上当众一顿痛打，而一切只是因为我有一笔业务让那个上尉充当了非正式的代理人。”

“一派胡言！表面上像真的，其实全是谎话！”德米特里·费奥多罗维奇气得浑身发抖。“父亲哪！我并不为自己的行为辩解；是的，我现在当众认错：我对待那个上尉的态度简直像野兽，现在我很后悔，并为这种野兽般的愤怒而鄙视自己。但是您的那个上尉，您的代理人，正是到被您称作绝色佳人的那位小姐家里去，代表您建议她接受您所持有的我立下的一些借据，如果我坚持要您结算财产，就让她去告我，凭这些借据叫我吃官司。您现在指责我钟情于那位小姐，实际上是您自己教她来勾引我的！这是她亲口告诉我的，一边说，一边还笑您呢！您想让我吃官司，只是因为您忌妒我，因为您自己向那个女人吊起膀子来了，这一切我也知道，而且她又笑了，——听着，——她一边笑您，一边把这一切全抖出来。瞧，圣人们，就是这个人，这就是那个责备儿子放荡的父亲！诸位都看到了，请原谅我的愤怒，但我预感到，这个诡计多端的老头儿请你们大家到这儿来是要制造事端。我来此的目的本想表示宽恕，如果他向我作出姿态的话；既表示宽恕，也请求宽恕！但由于他刚才不仅侮辱了我，还侮辱了一位十分贤德的小姐（我出于对她的崇敬甚至不敢平白道出她的名姓），我决定公开揭露他玩弄的全部把戏，尽管他是我的父亲！……”

他不能再往下说了。他的双目亮得异样，呼吸很不顺畅。修室内所有的人都很激动。除了长老，大家都不安地从座位上站起来。两位司祭修士表情严峻，不过他们还是在等长老拿主意。佐西马长老坐在原位上，脸色煞白，但不是由于激动，而是病体虚弱的缘故。他的嘴角泛起一丝恳求的微笑；他几次把一只手举到一半，似乎想制止这闹得不成体统的父子俩。当然，他只要做一个手势，这幕丑剧就会停演；但长老好像还在等什么情况出现，一直凝神注视着事态的发展，仿佛还想了解什么，仿佛还有什么事情需要弄明白。最后，彼得·亚历山德罗维奇·米乌索夫觉得自己彻底掉了身价和受了侮辱。

“对于刚才发生的丑事我们都有责任，”他愤愤然说，“尽管我知道是在跟什么人打交道，但我来的时候没有预见到竟会这样……必须马上结束这种局面！尊敬的长老，请您相信，刚才抖出来的那些详情细节我并不清楚，也不愿相信，我这才第一次听说……为了一个品行不端的女人，父亲吃儿子的醋，自己又跟那贱货合谋要儿子吃官司……我给硬拉到此地来竟是与这样的人为伍……我上当了，我向大家声明，我也是受骗的……”

“德米特里·费奥多罗维奇！”费奥多尔·巴甫洛维奇突然失声号叫起来，“您如果不是我的儿子，我立刻要求跟您决斗……用手枪，只隔三步……拼个你死我活！拼个你死我活！”他双脚乱跺道。

有些一辈子都在演戏的扯谎老手会经历这样的时刻：他们完全进入了角色，以致真的气得又是哆嗦，又是流泪。事实上就在这一刹那（或者仅在片刻之后），他们会暗暗对自己说：“你明明心口不一，不要脸的老东西，这会儿你仍在演戏，尽管你把握住‘神圣的’发作时机，表现了‘神圣的’愤怒。”

德米特里·费奥多罗维奇脸色阴沉得可怕，他瞧着父亲，目光中那份轻蔑是无法形容的。

“我原以为……我原以为，”他轻声说，像是在克制自己，“带着心上的天使——我的未婚妻——来到故乡，好让他老来得享天伦之乐，可我看到的只是一个腐化堕落的色鬼、无耻至极的小丑！”

“决斗！”那老贼再次号叫，说话时气急败坏，唾沫四溅。“至于您，彼得·亚历山德罗维奇·米乌索夫，刚才竟敢把一个女人叫作贱货，可是我告诉您，先生，在您的整个家族里，过去和现在恐怕没有谁比她更高尚，比她更正派——听着，她就是正派！而您，德米特里·费奥多罗维奇，却为了这个‘贱货’把未婚妻撇下不管，可见，在您自己眼里您的未婚妻跟她比起来一文不值，这就是那个‘贱货’的身价！”

“可耻！”约西甫神父忍不住说了一句。

“可耻，丢脸！”一直保持缄默的卡尔甘诺夫忽然喊道，他满脸通红，还处在少年期的嗓音因激动而颤抖。

“干吗让这号人活在世上？！”德米特里·费奥多罗维奇发出低沉的咆哮，他气得都快发疯了，两肩不知为什么耸得很高，因而显得简直像个驼背，“不，请你们说说，能不能再让他继续玷污这个世界。”他指着老头环顾众人，一字一顿说得很慢。

“听见没有，听见没有，修士们，他要杀父亲！”费奥多尔·巴甫洛维奇冲到约西甫神父面前。“这就是对您那句‘可耻’所作的回答！有什么可耻的？那个‘贱货’，那个‘品行不端的女人’没准儿比你们还神圣呢，我说司祭修士先生们！她在少女时代也许堕落过，那是受到环境腐蚀的缘故，但她‘博爱多情’，而对于博爱多情的女人基督也曾宽恕过……”

“基督宽恕的可不是这种爱……”性情温顺的约西甫神父实在听不下去了，这话便脱口而出。

“不，就是这种，正是这种，修士们，没错！你们在这里吃卷心菜修道，以为自己有多么虔诚！你们每天吃一条小猫鱼，想用这办法讨好上帝！”

“太放肆了！太放肆了！”修室内群情激愤。

但是，这一幕越来越不像话的丑剧十分出人意料地给刹住了。长老突然从座位上站起来。为长老以及所有的人担忧而几乎完全不知所措的阿辽沙，赶紧扶住他的胳膊。长老朝着德米特里·费奥多罗维奇迈出几步，一直走到他身边，然后在他面前跪下。阿辽沙原以为长老因体力不支而摔倒了，但并非如此。长老跪在德米特里·费奥多罗维奇脚下，神志清醒、毫不含糊地向他行一全礼，脑门儿甚至触到了地面。阿辽沙完全惊呆了，以致当长老从地上站起来的时候甚至没来得及搀他一把。长老的唇边隐约闪出一丝淡淡的笑意。

“请原谅！请大家原谅！”他说着向左右前后的客人们连连鞠躬。

德米特里·费奥多罗维奇有几秒钟工夫站在那里目瞪口呆。别人向他一躬到地——这是怎么回事？最后他蓦地大叫一声：“哦，上帝啊！”然后双手掩面从屋里跑了出去。客人们也跟在他后面一拥而出，慌乱中甚至没有向主人道别和行礼。只有两位司祭修士仍走到长老面前请他祝福。

“他干吗跪下？这是不是一种什么象征？”费奥多尔·巴甫洛维奇试图找些话说，不过他并不敢正面跟某人谈。不知为什么，他一下子平静了下来。此刻他们大伙正在走出隐修所的围墙。

“我不能对疯人院和疯子负责，”米乌索夫当即抢白他，“不过我不必与您为伍了，费奥多尔·巴甫洛维奇，而且请相信：永远不必了。刚才那个修士哪儿去了？……”

“那个修士”——就是刚才邀请他们到院长那儿去用午餐的——并没让他们等待。客人们刚下长老修室的台阶，他立刻迎上前来，像是始终在外面等候他们。

“尊敬的神父，麻烦您向院长神父转达我深深的敬意，并请代我米乌索夫向院长阁下请求原谅，由于突然出现了无法预见的情况，我碍难接受他的宴请，虽然我衷心希望享此殊荣。”彼得·亚历山德罗维奇窝着一肚子火向那修士说。

“所谓无法预见的情况——指的就是我！”费奥多尔·巴甫洛维奇马上接过话茬儿，“要知道，神父，彼得·亚历山德罗维奇是不愿和我一起留下，否则他立刻就会去的。您会去的，彼得·亚历山德罗维奇，请尊驾上院长神父那儿去吧，而且——祝您胃口好！听我说，谢绝宴请的是我，不是您。我回家去，回家去吃，在这儿我吃不下，彼得·亚历山德罗维奇，我的情深谊长的亲戚。”

“我不是您的亲戚，从来不是，您这个卑鄙小人！”

“我是故意这样说的，为的是惹您发火，因为您不认亲谊，然而，无论您怎样否认，您终归是亲戚，我能根据教历的记录证明这一点。伊万·费奥多罗维奇，你要是愿意，也可以留下，回头我会派马车来接你。至于您，彼得·亚历山德罗维奇，出于礼节上的考虑只得去见院长神父，为咱们在那儿拆的烂污去道一声歉……”

“您真的走吗？不是撒谎？”

“彼得·亚历山德罗维奇，发生了这样的事，我怎么还敢？刚才我忘形了，诸位，请原谅，我一时忘形了！何况，我受到这样大的震动还没有定下神来！而且挺难为情的。诸位，有的人胆儿大得像马其顿王亚历山大，可有的人胆儿小得像小狗菲德尔卡。我的就跟小狗菲德尔卡的差不多。我可鼓不起勇气来！出了这么大的洋相怎么好意思再去赴宴，大啖其修道院的美味？太难为情了，我没这份勇气，请原谅！”

“鬼知道他是什么心思！会不会又在骗人？”米乌索夫停下来考虑，同时满怀疑惑目送老小丑渐渐去远。那老东西回过头来，发现彼得·亚历山德罗维奇在注视着他，便向他送了一个飞吻。

“您去院长那儿不？”米乌索夫生硬地问伊万·费奥多罗维奇。

“为什么不去？况且我昨天就接到了院长的特别邀请。”

“真倒霉，我确实觉得非去赴这该死的宴会不可，”米乌索夫仍怨气冲天地继续说，甚至不顾小修士在一旁听着。“至少得为刚才的失礼行为道歉，并且说明那不是我们干的……您意下如何？”

“对，应当说明那不是我们干的。再说，家父又不去。”伊万·费奥多罗维奇说。

“谁还愿意跟令尊大人一起去？！这该死的宴会！”

然而，大家还是去了。小修士默默地听着。在穿过疏林的路上他只说了一句：院长神父恭候已久，时间已经晚了半个钟点。客人们没有答茬儿。米乌索夫向伊万·费奥多罗维奇投去憎恨的一瞥，心想：

“他居然像什么也没有发生似的去赴宴！十足的麻木不仁，卡拉马佐夫家传的没心肝！”

七　野心勃勃的宗教学校毕业生

阿辽沙把长老搀进卧房，让他坐在床上。这是一间了无长物的斗室。一张窄小的铁床上铺着毡子充作垫褥。屋角圣像下边有一张诵经台，上面放着一个十字架和一本福音书。长老坐到床上时已精疲力竭；他双目闪光，呼吸急促。坐定后，他凝神看了一下阿辽沙，似乎在考虑什么事情。

“去吧，亲爱的，去吧，我这儿有波尔菲里就可以了，你赶紧去吧。那边需要你，到院长神父那儿去侍候他们用膳。”

“请允许我留在这儿吧。”阿辽沙央求道。

“那边更需要你。那边不祥和。你去侍候，会用得着的。万一邪魔作祟，你就念祈祷文。听我说，我的儿（长老对他喜欢用这样的称呼），今后这里也不是你待的地方。记住这话，我的儿。一旦上帝把我召去，你就离开修道院。永远离开。”

阿辽沙打了个寒战。

“你怎么啦？目前你不该待在这里。我祝福你在尘世刻苦修炼。你要行的路还很长很长。将来你也该成家，应该这样。你必须经受一切磨难，才能回来。要做的事有许许多多。但我对你很放心，所以派你去干。基督与你同在。要维护基督，他也会保佑你的。你将看到大悲苦，并将在悲苦中领悟幸福。这就是我给你的赠言：到悲苦中去寻找幸福。努力干，不断地努力！往后要记住我的话，因为我虽然还会跟你交谈，可是现在非但我的日子已屈指可数，连钟点也屈指可数了。”

阿辽沙脸上的表情再次反映出他的心潮汹涌澎湃。他的嘴唇在哆嗦。

“你又怎么啦？”长老蔼然一笑，“虽则在家人用眼泪向死者告别，可我们这儿却为神父行将离去而高兴。为他高兴，并为他祈祷。别待在这儿。我要做祷告了。去吧，快走。你该到兄长那儿去。不要只跟一个兄长接近，两个都要接近。”

长老举手为他祝福。不走是不可能的，尽管阿辽沙非常想留下。他还想提问，甚至话已经到了舌尖上：“刚才向德米特里兄长一躬到地是什么意思？”——但他没敢问。他知道，如果可以的话，即使不问，长老也会主动向他解释的。可见长老无意于此。然而，这一鞠躬使阿辽沙太震惊了；他毫无保留地深信其中必有神秘的意思。不仅神秘，也许还是可怕的。

他走出隐修所的围墙，准备在院长的宴会开始前赶到修道院(当然只是去作席间侍应)，这时他突然感到一阵揪心的痛楚，于是停了下来。耳际仿佛又响起了长老预言自己大限已近的话。长老既已预言，而且还说得如此确切，那是无疑一定要发生的了。阿辽沙神圣地相信这一点。可是，长老死后，他的面容再也看不见了，他的声音再也听不见了，那他——阿辽沙——怎么活下去呢？他该到何处去呢？长老叮嘱他不要哭，并且离开修道院。哦，上帝啊！阿辽沙已很久没有感受到这样的忧伤。他加快脚步穿越把隐修所和修道院隔开的那片疏林，由于沉重的思绪压得他简直不胜负担，他只得顾盼林间小路两旁的古松。这段路并不长，约莫五百来步，不会更多。按说这时候是不会遇见什么人的，但在小路的第一个弯折处他忽然看到了拉基津。他在等什么人。

“你不是在等我吧？”阿辽沙走到他身旁问。

“正是等你，”拉基津似笑非笑道，“你急着到院长神父那儿去。我知道；他那儿有宴会。自从院长招待大主教和帕哈托夫将军的那个时候以来，还没有举行过这样的宴会呢，你记得不？我不到那儿去，你去吧，去端盘子递瓶子。阿列克塞，有一件事你得告诉我：那一招是什么意思？我就想问你这事儿。”

“哪一招？”

“就是向令兄德米特里·费奥多罗维奇一躬到地行的那个礼。脑门子不是还着了地吗？”

“你是说佐西马神父？”

“是的，就是佐西马神父。”

“脑门子着地？”

“哦，这样说有些不敬！算了，不敬就不敬吧。你说说，那一招是什么意思？”

“不知道是什么意思，米沙。”

“我就知道他不会对你解释这事儿。当然，这里头并没有什么奥妙，恐怕照例是故作惊人之笔罢了。不过这次把戏是成心玩的。你瞧着吧，城里所有的道学家马上就会议论这件事并在全省传开：‘那一招是什么意思？’依我看，老头儿确实很有洞察力：他嗅到了刑事案件的味儿。那味儿就在府上。”

“什么刑事案件？”

拉基津显然有话想说。

“刑事案件将发生在你们家中，在两位令兄和有钱的令尊之间。所以佐西马神父磕了个响头以防万一。要是以后出了什么事，人家会说：‘啊，敢情神圣的长老已经未卜先知，他不是早就预言了吗！’——其实，他磕一个头怎能算是预言？可那些人愣说：‘不，那是有象征意义的，是一种讽示，’鬼知道还会说成什么！于是他名声大噪，人们将会记住：‘他预料到罪行将要发生，先把罪犯指出来了。’装疯卖傻的‘高僧’都是一路货：见了酒馆画十字，冲着圣殿扔石块。你的那位长老也不例外：对好人打棍子，向凶犯磕响头。”

“什么罪行？哪个凶犯？你在说些什么？”阿辽沙呆若木鸡，拉基津也站住了。

“哪个？你可真会装蒜！我敢打赌，这一点你自己已经考虑到了。顺便提一下，这事儿还真有意思。我说，阿辽沙，你是一贯讲真话的，虽然你总是脚踏两只船。你回答：这一点你考虑到还是没有考虑到？”

“我考虑到了。”阿辽沙低声答道。这样一来，拉基津反倒有些困惑。

“什么？难道你也考虑到了？”他失声惊呼。

“我……说不上已经考虑到，”阿辽沙嗫嚅道，“刚才你提起这事的时候说得好奇怪，使我一下子产生一种感觉，好像我自己对这一点已经考虑到了。”

“可不，可不？你已经把这层意思表达得很清楚了。今天，你瞅着你的爸爸和你的哥哥米剑卡的时候，你考虑到将要发生罪行了？这么说，我没有猜错？”

“等一下，等一下，”阿辽沙慌忙打断他的话，“这一切你是从什么地方看出来的？……为什么你对这事如此感兴趣，这是我首先想知道的。”

“你提的是两个不同的问题，但在情理之中。我将一一回答。我是怎么看出来的？本来我什么也没有看出来，可是今天我突然对令兄德米特里·费奥多罗维奇有了彻底的了解，一下子完全明白了他是怎样一个人。从某一个性格特征一下子抓住了他的全部本质。跟这些十分诚实但又充满情欲的人打交道，有一条界线是万万不能越过的。否则——否则他对自己的老子也会捅刀子。偏偏做老子的是个纵酒好色之徒，什么事情都不知分寸——要是两个人都不能克制自己，结果势必两败俱伤……”

“不，米沙，不，如果仅仅是这样，那你倒让我宽心了。事情不会弄到这一步的。”

“你干吗浑身直哆嗦？有个道理你可明白？尽管他——米剑卡——是个诚实的人（他愚蠢，但是诚实），可他好色。这就是他的主要本质和全部内涵。是父亲把下流的好色性格传给了他。可就是你，阿辽沙，使我纳闷：你怎么还是个童男？你不也是卡拉马佐夫家的一员吗？按说在你们的家族中，这种性格已达到色情狂的程度。现在那三个色鬼一个个你盯着我，我盯着你……靴筒里还藏着刀子。他们仨的脑门子都碰到一块儿了，而你恐怕就是第四个。”

“关于那个女人的事你的看法是错误的。德米特里……瞧不起她。”阿辽沙说时好像打了个寒战。

“对格露莘卡？不，老弟，不会瞧不起的。一个人明明为了她而抛弃自己的未婚妻，那可不是瞧不起。这里头……老弟，这里头有些道理你现在还无法理解。一个人若是爱上了某一种美色，爱上了女人的肉体，甚或只是女人肉体的某一部分（这一点色鬼能理解），那人为她甚至舍得自己的孩子，可以卖掉自己的父母，连俄罗斯和祖国也能出卖。往常诚实的会去偷；向来温顺的会杀人；一贯忠诚的会背叛。普希金是女人下肢的歌者，曾写诗赞美她们的双足；别人虽然不唱赞歌，可是看女人的腿却没法不哆嗦。要知道还不单单是两条腿……老弟，哪怕他确实瞧不起格露莘卡，那也不顶事。他心里瞧不起，身体却离不开。”

“这我懂得。”阿辽沙忽然说了一句。

“是吗？既然你一听就表示懂得，看来你是真懂，”拉基津别有用心地说，“刚才你是无意间说的，所谓脱口而出。那倒是更加难得的自白。如此说来，这题目对你并不陌生，你已经思考过色欲的问题。你呀，好一个童男！阿辽什卡，你不声不响，你是圣洁的，这我承认，可你在不声不响中鬼知道已经想过多少事情，恐怕没有什么你不懂的了！一个童男竟连这么深奥的学问也搞通了，——我早就在对你进行观察。你也姓卡拉马佐夫，你是地地道道的卡拉马佐夫——可见，血统和配种并不是不起作用的。按父系是色鬼，按母系是疯癫。你干吗发抖？让我一语道破了，是不是？告诉你吧，格露莘卡求过我：‘你把他带来(她指的是你)，瞧我不把他的黑长袍给扒下来。’她缠得可厉害呢，一个劲儿地对我说：‘你把他带来，你把他带来！’我心想：她为什么对你这样感兴趣？要知道，她也是个不寻常的女人！”

“你替我谢绝了吧，说我不去，”阿辽沙很不自然地笑道，“米哈依尔，把你刚才的话说下去，回头我把自己的想法告诉你。”

“没什么可说的了，一切都很清楚。老弟，这些全是千年古调。既然连你的躯壳里也包着个色鬼，那你的胞兄伊万又会怎么样呢？他不也姓卡拉马佐夫吗？这就是你们卡拉马佐夫家的全部问题所在：好色、贪财、疯癫的一家子！眼下令兄伊万经常发表一些神学方面的游戏文章，也不知出于什么愚不可及的动机，其实他本人是个无神论者，而且自己也承认这是卑鄙的恶作剧——令兄伊万便是这么个人。此外，他还想把大哥米嘉的未婚妻弄到手，看来这个目的是能够达到的。而且这事儿还是米剑卡本人同意的，因为米剑卡自愿把未婚妻让给他，为的是甩掉她以后尽快投向格露莘卡。有一点你得注意：这一切都是在双方都自认为高尚和无私的情况下进行的。这些人恰恰是最不可救药的！一方面承认自己的卑鄙行为，另一方面又拼命干卑鄙的勾当！你再往下听：眼下给米剑卡挡道的是令尊大人。因为老头儿一下子为格露莘卡掉了魂儿，他只要一瞅见那女人，就会淌口水。刚才他大闹修室也正是为了她，就因为米乌索夫说她是贱货。老头儿现在发情的势头比公猫还厉害。以前，格露莘卡只是受雇于他，干一些不大光彩的以及跟酒馆有关的小买卖，可后来老头儿一下子对她吃透了，看准了，便发起狂来，一个劲儿地向她求婚许愿，当然是没有诚意的。这下老子跟儿子是要狭路相逢了。不过，格露莘卡既不厚此，也不薄彼，暂时还在敷衍周旋，把这爷儿俩逗得心痒难熬，其实她是在观察哪个更有利可图。虽然从老子那里能捞很多钱，可老头不会正式娶她，临了恐怕难免会抠起门来把钱包一锁了之。相比之下，米嘉也有一定的价值。米嘉没钱，可是会娶她。是的，会娶她。宁可放弃美艳无比的未婚妻卡捷琳娜·伊万诺夫娜，一位有钱的贵族千金、上校的女儿，也要娶格露莘卡，一个粗俗好色的老商人和县议会议长萨姆索诺夫过去的姘头。这一切确实有可能导致一场人命关天的冲突。而这正是你的伊万哥哥期待着的事情，这对他简直是太美了：既能得到他朝思暮想的卡捷琳娜·伊万诺夫娜，又可以把她的六万卢布陪嫁装进腰包。像他这样一个小人物、穷光蛋，有这样的开端够可以的了。你还得注意一点：米嘉非但不会对他记恨，反而到死都会感激他，因为我确实知道，上星期米嘉跟一些吉卜赛女人在酒馆里，他喝醉了以后自己大声嚷嚷，说配不上他的未婚妻卡嘉，倒是弟弟伊万配得上她。至于卡捷琳娜·伊万诺夫娜本人，到头来当然不会拒绝像伊万·费奥多罗维奇这样有吸引力的主儿。其实，她现在已经在这哥儿俩之间举棋不定。我真不明白，这个伊万凭什么把你们所有的人摆弄得晕头转向，使你们一个个都对他敬若神明？可他内心在嘲笑你们：‘瞧，我吃香的、喝辣的，你们都做了冤大头。’”

“这一切你是怎么知道的？你为什么说得这样肯定？”阿辽沙忽然皱眉厉声问道。

“为什么你现在既要问，又害怕听我的回答。这就是说，你自己也承认，我说的是事实。”

“你不喜欢伊万。伊万可不贪财。”

“是吗？那么卡捷琳娜·伊万诺夫娜的美貌呢？这里不光是钱财，尽管六万卢布的诱惑力也不小。”

“伊万的境界比这要高。钱再多伊万也不贪。伊万追求的不是钱财，不是安逸。他追求的可能是苦难。”

“这又是什么梦话？哦，你们这些……贵族！”

“唉，米沙，你不了解，他心中翻腾着怒涛狂浪。他的思想给束缚住了。他头脑里有个大大的疙瘩没有解开。有些人不需要百万家私，一心只想解开疙瘩一通百通，他便属于这一类。”

“这是剽窃，阿辽什卡。你拾了长老的牙慧。啊，伊万这个谜让你们绞尽脑汁了吧！”拉基津凶相毕露地嚷道。他的脸都变了，嘴唇扭曲作狞笑状。“偏偏这是个无聊的谜，没什么可猜的。只要稍微动一下脑筋就能明白。他那篇文章可笑而又荒唐。难道刚才你没听到他的愚蠢的理论：‘不存在灵魂不灭，也没有美德可言，因而无所不可。’（顺便提一下，你该记得，当时令兄米剑卡大声说了一句：‘我一定记住！’）这是一种对于混蛋们颇具诱惑力的理论……我骂人了，这很愚蠢……那就不叫混蛋，而叫‘思想上有些深奥的难题不得其解’的吹牛学者吧。一个大言不惭的小人，说来说去无非是：‘一方面不得不承认，另一方面不得不坦言！’他的理论完全是骗人的！人类能从自己身上找到力量，即使不信灵魂不灭，也能活得合乎美德的标准！这力量源于自由、平等、博爱……”

拉基津一时冲动，几乎不能控制自己。但他好像忽然想起了什么，就此打住。

“够了，”他现出比先前更为狞恶的冷笑，“你笑什么？你以为我是个鄙陋的俗物？”

“以为你是鄙陋的俗物？不，我压根儿没这样想过。你挺聪明，但是……你别介意，我那是傻笑。我明白，你可能沉不住气，米沙。从你那股热切劲儿我猜到，你自己钟情于卡捷琳娜·伊万诺夫娜，老兄，对于这一点我久有疑心，正是由于这个缘故你不喜欢我二哥伊万。你忌妒他？”

“我还觊觎她的钱财？干吗说半句留半句？”

“不，关于钱财的事我什么也不想说，我不想伤害你。”

“我相信，因为是你说的，不过你的二哥伊万实在让人腻味透了，你和他都见鬼去吧！你们谁也不理解，即使撇开卡捷琳娜·伊万诺夫娜不谈，也完全有理由讨厌他。我干吗要喜欢他，真见鬼！承蒙他看得起在那里骂我，你知道不？为什么我就没有权利骂他？”

“我从来没听见他说过你什么，好话坏话都没有。他根本不谈论你。”

“可是我却听到，前天他在卡捷琳娜·伊万诺夫娜那儿把我骂得狗血喷头，——他对鄙人颇感兴趣呢。那么，老弟，究竟谁在忌妒谁——我没法说！此君表达了一种意见，认为我在不远的将来会同意担任修道院院长，并且决心削发为修士，否则一定去彼得堡为一家大型杂志撰稿，而且一定专搞评论，我会写上十来年评论文章，最后把杂志接过来自己办下去，那必定是自由主义和无神论的路子，带点儿社会主义色彩，甚至抛上一层社会主义的光泽，但是要眼观六路、耳听八方，其实是八面玲珑、处处讨好，只遮傻瓜耳目。按照令兄的推论，我的事业的最终前景将是这样的：社会主义色彩并不妨碍我把收订杂志的款项存起来，在某一个精明的犹太佬指导下等机会投资生息，直到我在彼得堡盖起一栋巍峨的大楼，然后把编辑部搬进去，其余各层租给住户。他连大楼的地址也为我选好了：在涅瓦河上的新石桥附近，据说彼得堡正在规划造这座桥，把李捷依内大街跟维堡区连接起来……”

“啊，米沙，这一切难道不是完全可以实现的吗？甚至分毫不差！”阿辽沙一下子叫了起来，同时忍俊不禁。

“连您也挖苦我，阿列克塞·费奥多罗维奇。”

“不，不，我是闹着玩儿的，对不起。我脑子里在想别的事情。我倒想问：是谁把这些话那么详详细细告诉你的？你能从什么人那儿听到这许多细节？伊万谈论你的时候，你本人总不可能在卡捷琳娜·伊万诺夫娜那儿吧？”

“我不在，可当时德米特里·费奥多罗维奇在，是我从德米特里·费奥多罗维奇口中亲耳所闻。如果你想知道，那不是他告诉我，而是被我听到的，当然，我不是故意偷听，因为我坐在格露莘卡的卧室里，而德米特里·费奥多罗维奇在隔壁房间里，我一直没法出去。”

“哦，是啊，我忘了她是你的亲戚……”

“亲戚？格露莘卡是我亲戚？”拉基津顿时满脸通红急叫起来，“你疯了还是怎么着？脑子出了毛病。”

“怎么？难道不是亲戚？我是听说的……”

“你能从哪儿听到这样的说法？不，你们卡拉马佐夫一家的大人先生们，把自己装扮成世代簪缨的贵族，其实你父亲专门扮小丑、吃白食，人家是像施舍一样让他在厨房里蹭饭。不错，我只是个教士的儿子，在你们贵族眼里无异于一堆垃圾，但是你们不该这样放肆地侮辱我，拿我开心。我也有自己的人格，阿列克塞·费奥多罗维奇。格露莘卡是个婊子，我不可能跟她沾亲，这一点请理解。”

拉基津的情绪愤激异常。

“看在上帝分上，原谅我，我万万没有想到，再说，她怎么会是个婊子？难道她……真是这样的？”阿辽沙一下子脸红了。“我再说一遍，我曾听说她是你的亲戚。你常去看她，而且你自己对我说过，你跟她没有暧昧关系……可我怎么也没有想到，你竟这样鄙视她！难道她应该遭到鄙视？”

“我去看她有我的理由，这你就别管了。至于说到亲谊，很可能你的哥哥，甚至你的老子会使她跟你——而不是跟我——沾亲的。哟，咱们到了。你最好到厨房里去。哎！这是怎么回事？咱们来迟了吗？他们不可能这么快就已散席！莫非卡拉马佐夫一家子又惹事了？肯定是这样。瞧，那是你老子，伊万·费奥多罗维奇跟在他后面。他们从院长那儿跑了出来。瞧，伊西多尔神父从台阶上冲他们喊着什么。你的老子一边嚷着，一边双手乱挥，八成在骂人。哇，米乌索夫也坐马车走了，看见没有，那是他的车。地主马克西莫夫在奔跑——这儿一定演了一出丑剧；这就是说，宴会没有开成！他们会不会把院长揍了一顿？或者他们自己挨了揍？那倒是活该！……”

拉基津并没有瞎起哄。丑剧确实演出了，而且是闻所未闻、出人意料的。事情都由“灵机一动”而起。

八　丑　剧

当米乌索夫和伊万·费奥多罗维奇一起来到院长那里时，作为一个真正顾体面、讲礼貌的人，彼得·亚历山德罗维奇心中曾迅速出现一个内省过程，他为自己沉不住气感到愧疚。现在他觉得，对待费奥多尔·巴甫洛维奇这个烂小人，他其实应该持不屑一顾的态度，那就不应该在长老修室内发脾气，结果弄得自己失态。“至少这不能怪修士们，”他在院长居室前的台阶上忽然作如是想，“如果这儿的人规矩正派(这位院长尼古拉神父好像也是贵族出身)，何不对他们表示友好、亲善、礼貌？……我非但不跟他们争执，还要点头称是，以友善的姿态赢得好感，并且……并且……还要向他们证明，我跟那个言行乖张、厚颜无耻的小丑不是一路货，是身不由己给卷进去的，跟他们一样……”

那些有争议的伐木权和捕鱼权他决定彻底让给他们，一言为定，今天就表明态度，撤回一切控告修道院的词讼。其实，事情究竟涉及哪处树林、哪条河流，他自己也不清楚，何况这一切所值也有限得很。

进入院长神父的餐厅以后，彼得·亚历山德罗维奇的上述诚意越发坚定了。不过，院长并没有什么餐厅，因为他的居处实际上总共只有两间屋子，当然，比起长老那儿要宽敞得多、舒适得多。但室内的陈设同样算不上特别讲究：二十年代的老式红木家具以皮革作面料，地板也不涂漆，然而处处一尘不染，令人赏心悦目。窗台上摆着好多名贵花草，不过此刻最气派的自然是布置得颇为华丽的餐桌，尽管这也只能相对而言：桌布洁净，餐具锃亮；席上摆有三种面包、两瓶葡萄酒、两瓶修道院自酿的上好蜂蜜酒，一大玻璃缸克瓦斯[①]也是修道院自制的，在周围地区名气不小。伏特加可没有。据拉基津事后报道，这次宴席共有五道菜：鲟鱼汤加鱼糜饺子；接着是一种烹调方法有独到之处的炖鱼；然后是鲑肉丸子；第四道是冰镇果汁与糖渍干果；最后是杏仁冻糕。这都是拉基津心痒难熬特意到院长膳食房去刺探来的，他在那里有熟人。拉基津到处都有熟人，哪儿都能打听消息。他极其好事，忌妒心也极重。他完全意识到自己具有可观的才能，然而在自我评价时总是神经质地加以夸大。他认定自己将成为某一方面的大人物，但是对他很有好感的阿辽沙却为一件事苦恼：他的朋友拉基津并不诚实，而且自己丝毫也不意识到这一点，相反还认

① 用面包或水果发酵制成的一种酸甜饮料。

为，只要他不偷别人放在桌上的钱，那他便毫无疑问是再诚实不过的人。在这个问题上，别说是阿辽沙，任何人都是无能为力的。

拉基津是个小角色，不可能被邀请赴宴，不过约西甫神父、帕伊西神父以及另外还有一位司祭修士得到了邀请。当彼得·亚历山德罗维奇、卡尔甘诺夫和伊万·费奥多罗维奇走进院长的餐厅时，那几位神父已然等在那里。在一旁等候的还有地主马克西莫夫。院长神父走到屋子中央迎接客人。这是一位高大、瘦削，但还硬朗的老者，黑发已染上不少银霜，长长的脸给人清心寡欲、庄重严肃的印象。他默默地与客人们互相行礼，但这一回客人们都走到他跟前接受祝福。米乌索夫甚至试图吻一下手，但院长及时把手缩了回去，结果吻手礼没有行成。不过伊万·费奥多罗维奇和卡尔甘诺夫这一回却完成了全套礼仪，十分至诚地按平民信徒的方式吻了手。

“我们必须请您大大恕罪，院长阁下，”彼得·亚历山德罗维奇笑容可掬地开言道，但语气还是稳重和恭敬的，“原谅我们没有和您所邀请的我们的同伴费奥多尔·巴甫洛维奇一起来；他不得不谢绝您的盛情款待，原因是明摆着的。刚才在佐西马神父阁下的修室内，他因与长子之间不幸的家庭纠纷一时冲动，说了一些极不得体……总之是极不体面的话……看来此事(他向司祭修士们瞥了一眼)院长阁下已经知道。因此，他在认识过错和真诚后悔的同时，感到愧不可当，便要我们（即鄙人和他的次子伊万·费奥多罗维奇）向您表示由衷的歉意、遗憾和追悔……。总而言之，他希望并愿意在今后将功补过，而现在，他恳求得到您的祝福，并请您忘掉所发生的一切……”

米乌索夫滔滔不绝地说了这些。言毕，他对自己十分满意，以至于刚才的火气连一点儿痕迹也没在心上留下。他又充分地、真诚地爱人类了。

院长认真听他说完，微微垂首答道：

“他没有来我深以为憾。也许，在我们共同进餐时他会喜欢我们的，同样我们也会喜欢他。诸位，请就座用餐吧。”

他站到圣像前，开始出声祈祷。大家都恭恭敬敬低下头来，而地主马克西莫夫还特别靠前，两手作船状合拢以示诚惶诚恐。

就在这个当口儿，费奥多尔·巴甫洛维奇表演了他的临去秋波。应当指出，他本来确实想回家去，他在长老修室内做出这般丢脸的举动之后，再若无其事地去院长那儿赴宴，他确实觉得已不可能。倒不是他那么知耻识羞和深刻自责，不，也许恰恰相反；但他毕竟感到赴宴未免离谱。可是，车夫刚把他雇的那辆破车赶过来停在招待所门前的台阶旁，他已经准备上车了，倏忽间又遽然止步。他想起了自己在长老那儿说过的话："我在人前总有这样的感觉，好像我比谁都卑鄙，谁都把我当作小丑，——那好吧，我就真的扮演小丑，因为你们个个比我更无聊、更卑鄙。"他产生了一个念头：为自己的丑恶行径向所有的人报复。此刻他蓦地想起，以前曾有人问他："您为什么这样恨某某人？"当时他那小丑式的无赖腔正要到自我陶醉的分儿上，竟回答说："我可以告诉您：他虽然没有什么地方跟我过不去，可我对他干过的一档子事儿，那简直要多损有多损。而且，刚一干完，我立刻为这档子事儿记恨他。"

现在他想起这番话来，心里在作短暂的思考，脸上现出无声的冷笑。他的眼睛不怀好意地顿时一亮，甚至嘴唇也开始发颤。

"那就来个一不做二不休吧。"他一下子拿定了主意。

在这一瞬间，他藏得最深的心思可以用这样的话来表达：

"反正这下已甭想挽回名誉，那我就索性撕破这张脸皮，再冲他们啐上几口，让他们知道：老子在他们面前没什么难为情的，就这么回事儿！"

他吩咐车夫稍等片刻，自己快步回到修道院内，直奔院长的居所。他还不十分清楚自己要干什么，但是知道他已不能控制自己，只消外力一推，立刻就会迫近某一令人作呕之举的最后界限。不过，那仅仅是令人作呕之举，而绝非犯罪或法庭能加以制裁的行为。到了最后的节骨眼上，他总是善于约束自己，有时他在这方面显示的能耐连他自己也惊讶不置。

就这样，他来到了院长的餐厅，正好是祈祷结束，宾主入席的当口儿。他在门口站住，目光把在场的人一一扫遍，然后肆无忌惮地面对大家，发出一长串十足无赖的狞笑。

“他们以为我已经走了，可我又来了！”他冲整个餐厅大声嚷嚷。

刹那间，大家都把目光盯着他，却没有人说话；大家突然感觉到，马上要发生可憎可厌、荒乎其唐的事情，肯定是一幕丑剧。彼得·亚历山德罗维奇顿时由心平气和转为怒不可遏。他心中原已平息下来的火气一下子死灰复燃，直往上冒。

“不，这我无法忍受！”他大声说，“我决计不能……绝对不能！”

血往他脑袋里涌。他气得话也说不利索，但此时已顾不上斟酌措辞，他拿起自己的帽子。

“他不能什么？”费奥多尔·巴甫洛维奇嚷道，“什么‘决计不能和绝对不能’？院长阁下，我可以进来吗？您是否接纳我共进午餐？”

“竭诚欢迎，”院长回答道，“诸位！恕我冒昧，”接着他忽然说，“但我真心诚意地请求你们撇开你们一时的分歧，一起向上帝祷告，在我们平心静气地进餐的过程中促进友爱、敦睦亲谊……”

“不，不，办不到。”彼得·亚历山德罗维奇立刻作出异常激烈的反应。

“既然彼得·亚历山德罗维奇办不到，那我也办不到，我不打算留下。我来就为这件事。往后我到哪儿都要跟彼得·亚历山德罗维奇共进退：要是您走，彼得·亚历山德罗维奇，我也走；您留下，那我也留下。院长神父，刚才您提到敦睦亲谊那句话最伤他的尊严，因为他不认我这个亲戚！是不是这样，冯·佐恩？站在那边的不是冯·佐恩吗？你好，冯·佐恩！”

“您……是指我？”地主马克西莫夫嗫嚅道，他感到非常惊讶。

“当然指你，”费奥多尔·巴甫洛维奇喊道，“还能指谁？院长神父总不可能是冯·佐恩吧！”

“可我也不是冯·佐恩啊，我是马克西莫夫。”

“不，你是冯·佐恩。院长阁下，您知道冯·佐恩是怎么回事吗？那是一桩刑事案件：冯·佐恩给人杀死在色相陷阱内——你们好像是这样称呼那些去处的。他被人杀了、抢了，尽管已经上了年纪，可还是给塞进一只箱子钉得严严实实，然后装在行李车上从彼得堡托运发往莫斯科。在钉箱子的时候，那些出卖色相的女子弹琴、唱歌，闹得正欢。冯·佐恩就是这么档子事儿。难道他死去以后又活过来了，那个冯·佐恩？”

“这究竟算什么事儿啊？怎么能这样？”那几位司祭修士在一起议论纷纷。

“咱们走！”彼得·亚历山德罗维奇向卡尔甘诺夫大声说。

“不，对不起！”费奥多尔·巴甫洛维奇尖叫一声插言道，同时又向屋内跨了一步，“对不起，让我把话说完。刚才在那边修室内，就因为我说了吃猫鱼什么的，你们骂我失礼。我这位亲戚彼得·亚历山德罗维奇·米乌索夫，说话重高雅，轻坦率，可我相反，我说话重坦率，轻高雅，管它什么高雅！是不是这样，冯·佐恩？对不起，院长神父，我虽然是个小丑，而且这会儿正演着小丑，但我是个重名誉的人，有话就是要说。对，我是个重名誉的人，而彼得·亚历山德罗维奇斤斤计较的只是自尊心受了点儿伤害。今天我到这儿来，也许是想瞧瞧，然后谈谈看法。我有个儿子阿列克塞在此地当见习修士；我这个做父亲的关心他的命运，这是我的责任。我在作小丑表演的同时始终在仔细地听，偷偷地瞧，现在我就想把最后一幕演给你们看。你们以为我们怎么着？摔了一跤，就趴在地上？一旦摔倒了，就永远趴在那儿？没门儿！我要站起来。我要向圣父控告，你们使我感到愤慨！忏悔是一项庄严的圣礼，对之我抱着诚惶诚恐的心情，愿五体投地以行。可是在那边修室里，人人都跪着出声忏悔。难道允许出声忏悔吗？秘密忏悔是至圣的神父们定下的规矩，只有这样，你们的忏悔才成其为圣礼，自古以来一贯如此。试问，我怎么能当众向他交代我干了这、干了那……那话儿你们明白不？有些事儿说出来太不成体统。那不是十足的丑闻吗？不行，神父们，在这儿跟你们厮混没准儿会陷入歪门邪道的……。我一有机会就要上书正教事务总管理局，还要把我的儿子阿列克塞领回家……”

这里有必要说明一些情况。费奥多尔·巴甫洛维奇在如何揪人家的辫子这点上确实有一手。有一个时期曾经流言蜚语四起，一直传到主教那里，说是对长老们敬重过了头（不仅仅指我们那座修道院，也指确立了长老制的其他修道院），甚至有损院长的威信，还说长老们举行忏悔圣礼过滥，等等，等等。那些荒唐的指责无论在我们那里还是在其他地方，都已不攻自破。但是愚蠢的魔鬼缠住了费奥多尔·巴甫洛维奇，让他自己的神经载着他向可耻的深渊不断滑下去。正是这个魔鬼撺掇他翻出这本陈年旧账来，其实费奥多尔·巴甫洛维奇自己对于此项责难一窍不通，甚至没法把它表述得头头是道，何况这一回在长老修室内谁也没有下跪做出声忏悔，故而费奥多尔·巴甫洛维奇根本不可能亲眼看到任何类似的现象，他只是凭记忆中一些往昔的谣传信口开河。然而，胡话一经说出，他就感觉到过于离谱，于是又忽发奇想，决意立即向在场的人、特别是向他自己证明，他绝非胡言乱语。尽管他知道得很清楚，再往下说，他就会在已经出口的胡话上添加更多、更荒诞的胡话，——但他已不可能悬崖勒马，于是便从山巅上直冲下去。

“太卑鄙了！”彼得·亚历山德罗维奇厉声指出。

“请原谅，”院长忽然说，“自古道：‘许多人开始对我有微词，说我的坏话。我听到以后便警告自己：这是主耶稣开的药方，是他派人送来医治我的虚荣心的。’所以我们恭顺地向您表示感谢，尊贵的客人！”

说完，他向费奥多尔·巴甫洛维奇深深鞠了一躬。

“啧啧啧！假惺惺，老一套！老调子，老姿态！口是心非的官样文章，例行公事的打躬作揖！这等鞠躬我们早已看穿！就像席勒的《强盗》中卡尔的一句台词：‘迎着嘴唇接个吻，对准心脏捅一刀。’各位神父，我不喜欢做假，而要真理！但是吃猫鱼并不能求得真理，这话我已经公开说过！神父修士们，你们何必持斋呢？你们何必指望到天国为此获得奖赏呢？老实说，能得到这样的奖赏，要我持斋也干！不，神圣的修士，你不妨试试在人世间行善积德，造福社会，不要把自己关在修道院内吃现成饭，也不要指望到天上获得奖赏，——这可就不那么容易喽。院长神父，耍嘴皮子我也会。我来瞧瞧，这儿准备了什么好吃的？”他走到餐桌前。“名牌的陈年红葡萄酒，叶利谢耶夫兄弟酿制的蜂蜜酒。嘿！我说诸位神父，这跟猫鱼可就比不得了。哇，摆了那么多瓶酒，嘿嘿！请问，所有这些东西是谁供给的？是俄国的劳苦百姓，他们把胼手胝足挣得的钱硬是从家用国需中撙节下来往这儿送！你们哪，圣洁的神父，是在吸民众的血！”

“您这样实在太不成体统。”约西甫神父说。

帕伊西神父始终保持缄默。米乌索夫从屋里跑了出去，卡尔甘诺夫跟着也走了。

“好了，诸位神父，我也跟彼得·亚历山德罗维奇一起走！我再也不上你们这儿来了，你们跪在地上求我也不来。我给你们送来了一千卢布，于是你们伸长了脖子还想要，嘿嘿！不，我不多捐了。我要为我逝去的青春、为我所受的全部屈辱报复！”他一时演得性起，竟用拳头捶起桌子来了。“这座破修道院对我的一生影响可大了！它没让我少流伤心的眼泪！你们调唆我的妻子、鬼号婆娘跟我作对。你们在无数次宗教事务会议上诅咒我，在这一带到处散布谣言把我搞臭！够了，神父们，如今是自由主义的时代，是轮船和铁路的时代。别说一千，就是一百卢布、一百戈比、一个子儿你们也甭想从我这儿得到！”

这里又得说明一下。我们的修道院对他的一生从来没有什么特别的影响，也没让他流过一滴伤心的眼泪。倒是他那份装出来的激情对他本人产生了如此强烈的感染力，以致有那么一眨眼的工夫他自己差点儿信以为真，感动得简直要哭了。但就在这同一瞬间，他意识到现在是收兵回营的时候了。

听了他这一通恶毒的诽谤，院长行了个垂首礼，再次以给人深刻印象的语气说：

“我要说的还是古话：‘要谨慎而愉快地忍受施加于你的无端辱骂，勿惊慌失措，勿憎恨辱骂你的人。’我们就这样做。”

“啧啧啧！又是反躬自省之类的陈词滥调！你们反躬自省吧，诸位神父，我可要走了。我还要行使家长的权力，永远从这里带走我的儿子阿列克塞。伊万·费奥多罗维奇，我最孝顺的儿子，请允许我命令您跟我走！冯·佐恩，你还待在这儿干吗？立刻到城里上我家去。我那儿好快活。才一里地，我请你吃乳猪肉麦糊，那可不是这儿的素黄油；咱们好好吃一顿，先上白兰地，再喝甜酒，我有云莓酒……。喂，冯·佐恩，好机会别错过啦！”

他一边嚷嚷，一边比画着走出去。正是在这一刹那，拉基津瞧见他出来，并且指给阿辽沙看。

“阿列克塞！”父亲瞥见了阿辽沙，老远冲他喊道，“你今天就搬到我那儿去，把枕头和床垫也带走，再也不要待在此地。”

阿辽沙像钉在地上的桩子一般站住不动，默默地留神观看在他眼前展开的场景。其时费奥多尔·巴甫洛维奇已先上车，在他之后，伊万·费奥多罗维奇一声不吭、面色阴沉地也准备登车，他甚至没有回过头来向阿辽沙道别。但这时又出现了一个滑稽突梯、简直令人难以置信的场景，给这出闹剧添上绝妙的尾声。马车的脚镫旁突然冒出了地主马克西莫夫。他跑得气喘吁吁，唯恐赶不上。拉基津和阿辽沙看见他奔跑的样子。他急得要命，伊万·费奥多罗维奇的左脚还没有离镫跨进车厢，他已迫不及待地举脚踩镫，抓住车帮就往车上跳。

“我也去，我也跟你们去！”他边跳边叫，同时发出咯咯的欢笑声，脸上是一副横下心来及时行乐的表情。“把我也带走！”

“我说他是冯·佐恩嘛！”费奥多尔·巴甫洛维奇乐不可支地嚷道，“这是真正的冯·佐恩复活了！你是怎么从那儿逃出来的？你在那边怎么个冯·佐恩法来着？你怎么逃的席？这可非得有一张厚脸皮不可哇！我的脸皮够厚的，可你的还是让我吃惊，老兄！跳哇，快跳哇！伊万，让他上来，挺开心的。就让他躺在我们脚边将就一会儿。

你能将就吗？冯 · 佐恩？要不，就让他坐在赶车的旁边？……喂，冯 · 佐恩，跳到车夫座上去！……”

但是，已经坐好的伊万 · 费奥多罗维奇一语不发，突然对准马克西莫夫胸前全力一推，后者倒退了一丈（俄丈，两米多）远。如果说他没有摔倒，那纯粹是运气。

“走！”伊万 · 费奥多罗维奇怒气冲冲向车夫大喝一声。

“你怎么啦？怎么啦？干吗你这样对他？”费奥多尔 · 巴甫洛维奇大不以为然。

但马车已经起步，伊万 · 费奥多罗维奇置之不理。

“你这个人哪！”沉默两分钟后，费奥多尔 · 巴甫洛维奇瞟了儿子一眼，又开腔道，“这一回到修道院来是你自己出的主意，是你极力怂恿、大力鼓吹的，现在你又生什么气呀？”

“您的废话说得够多了，现在就不能消停一会儿吗？”伊万 · 费奥多罗维奇声色俱厉地抢白他。

费奥多尔 · 巴甫洛维奇又沉默了大约两分钟。

“这会儿来点儿白兰地该有多好。”他用一句话概括此刻的心绪。但伊万 · 费奥多罗维奇不理他。

“到家后你也喝点儿。”

伊万 · 费奥多罗维奇仍不作声。

费奥多尔 · 巴甫洛维奇又等了约莫两分钟。

“我还是要把阿辽什卡从修道院里带走，尽管这会使您很不愉快，我最孝顺的卡尔 · 冯 · 摩尔。”

伊万 · 费奥多罗维奇轻蔑地耸耸肩膀，侧过身去望着路上。接下来一直到家他们都没有开口。

第三卷

酒 色 之 徒

一　下　房

费奥多尔·巴甫洛维奇·卡拉马佐夫的居宅并不在市中心，但也不算太偏僻。房子已经很旧，不过外表还不错：外墙刷成灰色的平房仅中部有楼，上盖红色的铁皮屋顶，没准儿还能支持很久。它的容积挺大，住在里边相当安乐。宅内有好多各种各样的储藏室、各种各样的秘密壁柜和意想不到的楼梯通道。宅内有不少大老鼠。但费奥多尔·巴甫洛维奇并不特别生它们的气。“晚上一个人待着至少不那么冷清。”他确实有打发仆人到偏屋去过夜的习惯，整夜一个人把自己关在正屋内。偏屋坐落在院子里，既宽敞又牢固，费奥多尔·巴甫洛维奇把厨房也设在那儿，尽管正屋内也有厨房，因为他不喜欢庖厨的气味，所以不分冬夏饭菜都得穿过院子送来。当初盖这座宅子是供大家庭住的，无论主子还是仆役，皆可容纳五倍于现今之数。在本书所叙的那个时候，住在正屋内的只有费奥多尔·巴甫洛维奇和伊万·费奥多罗维奇，在偏屋下房内只有三名仆人：老格里果利、他的老伴玛尔法和一个名叫斯乜尔加科夫的年轻人。关于这三名仆人，有必要说得详细一点。其中老格里果利·瓦西里耶维奇·库图佐夫我们已经多次提到。这是个意志坚定、百折不挠的人，会固执而笔直地朝他认定的目标走去，只要这个目标由于某种原因（往往是出奇地不合逻辑的原因）被他看作颠扑不破的真理。总的说来，他为人正直，不可收买。他的妻子玛尔法·伊格纳启耶夫娜虽然一辈子唯丈夫的意志是从，然而在农奴刚得到解放时，她也曾不知多少次苦劝丈夫离开费奥多尔·巴甫洛维奇，到莫斯科去做点儿小买卖(他们攒了几个钱)；但格里果利当即一成不变地认定他的婆娘在胡言乱语，“因为所有的婆娘都不本分”，认为他们不该离开旧主，不管他是怎么个人，“因为这是他们现今的职责”。

“你懂得什么叫职责吗？”他问玛尔法·伊格纳启耶夫娜。

“职责我懂，格里果利·瓦西里耶维奇，可是为什么留在此地就是咱们的职责，这我一点儿也不懂。”玛尔法·伊格纳启耶夫娜回答也不含糊。

“不懂就别管，反正得这么办。往后少开口。”

结果便是这样：他们没有离去，费奥多尔·巴甫洛维奇给他们定了工薪，数额不大，倒是付的。此外，格里果利知道自己对老爷拥有无可置疑的影响。他意识到这一点，这也合乎事实，因为费奥多尔·巴甫洛维奇这个狡狯而又顽固的小丑，按他自己的说法，“在生活中的某些方面”很有主见，可是在生活中另一些方面简直窝囊得要命，他自己也纳这个闷儿。他自己知道是在哪些方面，所以害怕很多事情。在生活中某些方面必须保持高度警觉，要是没有可靠的人那可够呛，而格里果利这人绝对可靠。甚至有这样的事：费奥多尔·巴甫洛维奇一生中曾经好多次可能被打，而且是痛打，却照例都是格里果利救了他，尽管每次事后都要对他说教一通。但光是挨揍还不能把费奥多尔·巴甫洛维奇吓住。有些情况更为严重，甚至非常微妙、非常复杂，那时费奥多尔·巴甫洛维奇恐怕自己也说不清，为什么他会在顷刻之间莫名其妙地突然产生一种强烈的需要，需要有个可靠的、接近他的人。那是一种近乎病态的现象。费奥多尔·巴甫洛维奇生活极其放荡，在纵欲这点上常常像毒虫一般残忍，可有时喝醉了，会一下子感到直透灵魂深处的恐惧和能使精神崩溃的震荡，这种感觉在他心中有具体的反应，几乎触摸得到。“那几回我的心就像在嗓子眼里直跳，”他不止一次这样说。正是在那样的时刻，他喜欢有这样一个忠诚而有主见的人在附近，哪怕不在同一间屋子，而是在偏屋里也好，

这个人跟他迥然不同，不是酒色之徒，虽然把他的荒淫生活全都看在眼里，了解他所有的秘密，但出于忠心，还是能容忍这一切，不加违抗，最重要的是不埋怨，不以今生或身后必遭恶报之类的话警告他；必要时还能卫护他，——对付谁？对付他自己也不知是谁、但是可怕而危险的某人。问题就在于一定得有**另一个**人，一个非常熟悉又可充分信赖的人，以便在发病的时候把他叫来，只是为了看看他的脸，或许再交谈几句无关紧要的话。如果他不介意，不生气，那么心中就好受些；如果他生气，那就更不是滋味。有时候（不过这种情况次数极少），费奥多尔·巴甫洛维奇夜里会到偏屋里去把格里果利叫醒，要他到正屋里来一下。他来了，而费奥多尔·巴甫洛维奇却说些毫无意义的琐事闲话，不一会儿就把他打发走，间或还开一个小小的玩笑，然后自己啐一口唾沫，上床睡觉，这一觉就能睡得十分安稳。自从阿辽沙来到这里，费奥多尔·巴甫洛维奇便曾有过类似的情形。阿辽沙“刺穿了”他的心，因为阿辽沙“住在家里，什么都看在眼里，什么也不责怪”。另外，从未有人像阿辽沙那样对待他，是阿辽沙带来了这种态度：对老头儿绝对不加鄙视，相反，总是对他表示亲切和极其自然、发自内心的依恋，而这个老子实在说不上有什么值得依恋的。凡此种种，完全出乎这个不知人间有天伦之乐的老浪荡鬼意料之外，对于向来只爱“下三路”的他来说，是做梦也想不到的事。在阿辽沙走后，他暗自承认，明白了若干过去一直不愿弄明白的道理。

在本书的卷首，笔者曾经提到格里果利憎恨费奥多尔·巴甫洛维奇的第一个妻子、他的长子德米特里·费奥多罗维奇的母亲阿黛拉伊达·伊万诺夫娜，相反，却总是卫护他的第二个妻子、鬼号婆娘索菲娅·伊万诺夫娜，并不惜为她得罪老爷，谁要是说她半句坏话或欠斟酌的只言片语，格里果利就对谁不客气。他对这个苦命女人的同情变成了一种神乎其圣的观念，以致时隔二十年之后他仍容不得任何人提到她时言语稍有侮慢，而且会当场抢白出言不逊者。从表面看，格里果利这人冷冰冰的，一本正经，寡言少语，说话却有分量，不信口开河。同样，单凭粗略的印象，也不可能判断他到底爱不爱他那百依百顺的老婆，实际上格里果利是爱她的，而玛尔法自然也明白这一点。玛尔法·伊格纳启耶夫娜这个女人非但不愚蠢，或许比丈夫还聪明些，至少在一些家常事务方面比他更明智。然而，从他们一开始共同生活时起，她就无条件服从丈夫，从来没有怨言，始终毫无异议地尊重他，认为他在精神上比自己高出一筹。值得一提的是，这两口子一辈子极少交谈，除非在日常生活中遇上不开口不行的场合。严肃而自尊的格里果利有什么问题和心事总是独自思量，故而玛尔法·伊格纳启耶夫娜早就习以为常，知道丈夫完全不需要跟她商量。她觉得丈夫器重她的沉默，并为此而承认她有头脑。格里果利从不打老婆，仅有一次除外，那也是很轻的。在阿黛拉伊达·伊万诺夫娜嫁给费奥多尔·巴甫洛维奇的第一年，有一回在乡下，当时还是农奴的村里姑娘和婆娘们给召集到主人家院子里唱唱歌跳跳舞。大伙儿唱起了《绿草地》，忽然那时还是个少妇的玛尔法·伊格纳启耶夫娜蹦出来站到合唱的人群前，以独特的步法跳起了俄罗斯舞，不是像乡下婆娘那样跳法，而是按她在富有的米乌索夫家当使唤丫头时在地主宅院内私人剧团里那样跳，那时有从莫斯科请来的专业舞蹈教师教演员们跳舞。格里果利看了妻子跳的舞，一小时后在自己家的农舍里教训了她一顿——稍稍扯了几下她的头发。但是“打老婆”这回事却也就此永远结束，再没有发生过第二回，况且玛尔法·伊格纳启耶夫娜此后决不再跳舞了。

上帝没有赐给他们孩子，曾经有过一个男孩，可是死了。格里果利显然很喜欢孩子，他也不掩饰这一点，也就是并不羞于说出来。当初阿黛拉伊达·伊万诺夫娜私奔的时候，格里果利把三岁的德米特里·费奥多罗维奇接过手，照管了他将近一年，自己给他梳头发，还自己给他在木盆里洗澡。后来他也照管过伊万·费奥多罗维奇和阿辽沙，并为此挨过一巴掌。不过这些我都已叙述过了。自己的孩子给他的喜悦仅仅是一个希望，那还是在玛尔法·伊格纳启耶夫娜怀孕的时候。及至生了下来，悲伤和恐怖却使他心如刀绞。问题在于，那孩子生下来就是个六指头。格里果利一见此情伤心极了，非但一语不发直至施洗礼的那天，还故意到瓜果园去避开所有的人。时值春季，他在园里刨了三天瓜菜地。第三天，该为孩子施洗了；其时格里果利已经想出了什么名堂。他走进家门，教堂里的一干人等已经到齐，客人们也来了，费奥多尔·巴甫洛维奇还亲自前来充当教父，这时格里果利忽然宣布孩子“压根儿用不着受洗”。他没有提高嗓门，也没有多余的话，好像是从牙缝里勉强吐出来的，只是用呆滞的眼神凝视着神父。

“为什么这样？”神父以轻松的语调惊讶地问。

“因为这是个……孽障……”格里果利嗫嚅道。

“什么孽障，什么孽障？”

格里果利半晌没吭声。

“反正是阴错阳差吧……”他嘟哝了一句，虽然声音含糊，但口气很坚决，显然，不愿再谈此事。

人们笑了一通，当然，还是给那个可怜的孩子施了洗礼。格里果利在洗礼用的圣水盘旁做了祈祷，但他对新生婴儿的看法没有改变。不过，他并不阻止别人的任何做法，只是在那病婴活着的两个星期内，格里果利几乎没看他一眼，甚至不愿理会他的存在，而且大部分时间不待在家里。然而，两星期后那男婴死于鹅口疮时，格里果利却亲自把他放进小棺材，满怀深沉的哀伤瞧着他。到了棺材放入挖得不太深的小小墓穴后往坑里填土时，格里果利双膝跪下，向那小小坟茔一躬到地。此后好多年，他一次也没有提起自己的这个孩子，玛尔法·伊格纳启耶夫娜也从不在他面前忆及孩子，偶尔跟别的什么人谈到她那“娃子”时，总是把嗓门压得很低，即便格里果利·瓦西里耶维奇不在场也一样。玛尔法·伊格纳启耶夫娜发现，从那个小小坟茔前回来以后，他一头扎进了“神学”，阅读《圣徒言行录》，多半是一个人默默地看，每次都戴上他那副银边框大圆眼镜，难得念出声来，除非是大斋期。他喜欢《圣经》中的《约伯记》，还不知从哪儿弄到一册“心怀上帝的叙利亚修士伊萨克神父”的箴言及布道录，孜孜不倦地读了多年，里边讲些什么他几乎一窍不通，但也许正因为如此才最看重、最喜爱这本书。最近一个时期，他偶然接触到在附近举行集会的鞭身教派[①]，开始倾听、琢磨他们的教义，显然，受到不小的震动，但改换另一种信仰他认为是要不得的。经年累月地钻研“神学”的结果，自然使他的面相越发显得一本正经。

或许，他有神秘主义的倾向。可是他的六指头孩子的出世与夭折，偏偏跟另一件十分奇特和出人意料的怪事碰在一起，后来有一次他自己曾说，那件事在他心上留下了“烙印”。经过情形是这样的：就在六指小孩下葬的同一天，玛尔法·伊格纳启耶夫娜夜间醒来，仿佛听到新生婴儿的哭声。她吓了一跳，便叫醒丈夫。格里果利侧耳听了一阵，认为这更像是什么人在哼哼，“像是个女的”。他起身穿好衣服。那是一个相当暖和的五月之夜。他走到台阶上，听清楚哼哼之声是从花园里传来的。但园门夜间是从院子这边上锁的，除了这个口子哪儿也进不去，因为整个花园四周有高而牢固的围墙。格里果利回到家里，点了一盏灯，取了园门钥匙，虽然妻子吓得魂不附体，再三说她听到了孩子的哭声，而且准是她的娃子在哭，在呼唤她，格里果利仍置之不理，一语不发往花园里走去。这下他可弄明白了，呻吟来自园内离门不远的澡堂，而且肯定是个女人在呻吟。他把澡堂门打开，眼前的一幅景象竟使他呆若木鸡：城里有个流浪街头的痴呆女，全城人都知道她的诨名叫黎萨维塔·斯乜尔加夏娅（浑身发臭的黎萨维塔），竟溜进了他们的澡堂，刚产下一个婴儿。那婴儿就躺在她身边，而产妇则在一旁行将咽气。她什么也没说，因为她压根儿不会说话。不过这件事必须另行细述。

---

① 自 17 世纪中叶起在俄国出现的一个教派。其主要教义认为，通过剧烈的身体动作可达到宗教狂喜，使基督现形于人。该派教徒举行宗教仪式时往往围着盛水的大木桶唱歌、跳舞、鞭打自身。

二　黎萨维塔·斯乜尔加夏娅

有一个特别的情况使格里果利深感震惊。他原先就存有疑心，现在这种极不愉快、令人作呕的怀疑已得到证实。这个黎萨维塔·斯乜尔加夏娅是个非常矮小的女子，“才两尺（约一米四十）挂零”——在她死后，我们城里不少虔信上帝的老太太谈起她时往往用怜悯的口吻这样说。她长到了二十岁，一张宽脸盘红润健康，却是十足的痴呆相；两眼目光呆滞，虽然温顺，却令人不快。她一辈子无论寒暑总是光着脚，身上只套一件麻布贴身罩衣。她那几乎是黑色的头发极其浓密，鬈如羊毛，堆在她脑袋上像一顶巨大的帽子。她的头发永远沾着尘土、泥浆、树叶、木片、刨花，因为她老是睡在地上、泥浆里。她父亲伊立亚是个无家可归的破产小市民，体弱多病而又酗酒成性，多年来一直给我市一户富裕的商贾当帮工。黎萨维塔的母亲早已去世。老是病病歪歪的伊立亚脾气又很坏，黎萨维塔每次到他那儿去，总要遭他毒打。反正黎萨维塔也难得上他那儿去，因为她是个呆子，在全城到处为家，大家也都看在上帝分上给她些吃的喝的。伊立亚的雇主、伊立亚自己以及城里好多富有同情心的人（主要是买卖人家），曾不止一次尝试让黎萨维塔穿得比光套一件罩衣稍许体面些，到了冬天总是给她身上穿羊皮袄，脚上穿靴子。她照例依头顺脑地让人家把这一切给她穿上，可是走了以后一定会在什么地方——往往在教堂门前——把施舍给她的一切脱下来，裙子也好，羊皮袄也好，靴子也好，乃至围脖头巾，通通放在那里，仍然光着脚、身上只剩一件贴身罩衣径自离去。有一回，我省新上任的省长到我市视察，看到黎萨维塔这模样，他那高洁的情操受到很大的伤害，虽然从下属的报告中了解到那是个痴呆女，可还是作了训示：一个年轻女子只套一件罩衣到处流浪，毕竟有碍观瞻，今后不得再有此等情状。但省长走后，对黎萨维塔仍听其自然。后来，她父亲死了，从此城里上帝的信徒们对她越发慈悲了，因为她成了孤儿。的确，好像大家都疼她，甚至那些男孩子也不捉弄她，不欺负她，而我们城里的男孩子，尤其是学生，都够调皮捣蛋的。黎萨维塔走进陌生人家，谁也不会撵她，相反，总是和言悦色相待，还会给她一个铜子儿。人家给她钱，她收下后马上就会拿去投入施舍箱捐给教会或犯人。如果在集市上人家给她一个面包圈什么的，她一准会拿去送给路上遇到的第一个小孩，甚至会拦住城里某一位富得冒油的阔太太，把面包圈给她；而太太们也欣然接受。她自己光靠黑面包和水充饥解渴，不吃别的。如果她走进某一家高级店铺坐下来，尽管那里摆着昂贵的商品，还有不少钱，店主对她从来不存任何戒心，因为他们知道，即使当着她的面把几千卢布随便一放，过后又忘了，她也决不会从中拿走一戈比。黎萨维塔难得进教堂，睡觉或者在教堂门廊上，或者翻越篱笆去睡在哪家的菜园里（我们那儿直到今天还有许多人家没筑围墙，只有篱笆）。她大约一星期回家一次（所谓“回家”其实是到她父亲生前帮工的人家），冬天虽然每天回去，但只是过夜，或在过道里，或在牛棚里。人们深感诧异的是，她居然受得了这样的生活，不过她已经习惯了；虽则个儿矮小，可身体非常结实。我们那儿也有几位爷们断言，她这些做法只是出于一种傲气；然而，此说与实际情形总有点儿对不拢来，因为她一句话也不会说，只是偶尔摆动舌头呜噜呜噜作声，——哪有什么傲气可言？

有一次发生了一件事，那已经很久了。在一个天气晴和的九月之夜，一轮满月高挂，按我们那儿的习惯来说，时间已经很晚了，本城一群喝得醉醺醺的爷们，大约五六个浪荡鬼，从俱乐部里出来，抄街后小路回家去。僻巷两侧都是篱笆，围着附近人家的菜园；小路通向架在一条长长的臭水沟上的木桥，我们那儿有时也管这条水沟叫小河。在篱笆旁边的荨麻和牛蒡草丛中，这帮爷们看到了睡着的黎萨维塔。浪荡鬼们纵声笑着在她身旁站停下来，开始大耍贫嘴，什么乌七八糟的话都说得出口。一名纨绔少年忽发奇想，提出一个怪诞而又荒唐的问题：“是否有人，不论他是谁，能把这东西当作一个女人，并且现在就……”如此这般。所有的人都高傲地以不屑的口吻表示不可能。但是费奥多尔·巴甫洛维奇也在这一伙之内，他立刻跳出来，表示把她当作女人，不但可能，甚至还别有风味，等等，等等。应当指出，彼时他在我们城里扮演帮闲小丑的角色实在太卖劲了，老是喜欢跳出来博有钱的爷们一笑，当然，表面上似乎与他们平起平坐，骨子里十足是他们的奴才。那时正值他得到来自彼得堡的消息，知道他的第一个妻子阿黛拉伊达·伊万诺夫娜已经死了，他在帽子上套着黑纱的服丧期间照样恣意狂饮，胡天胡帝，连城里一些个最有名的不正经瞧着他也感到恶心。

那帮酒徒听到费奥多尔·巴甫洛维奇说出如此与众不同的见解，当然笑得前仰后合，其中一位甚至怂恿他干，但其余的人纷纷作出更加厌恶的反应，尽管还是在开没有分寸的玩笑。最后，大家各自打道回府。事后费奥多尔·巴甫洛维奇信誓旦旦地声称，当时他也跟大伙一起走了。或许确实如此，这事谁也没有十成的把握，也永远没有人知道。然而五六个月以后，城里开始谈论黎萨维塔怀了孕，大家都表示由衷和异常的愤慨，彼此询问，互相打听：这是谁造的孽，污辱她的是什么人？就在这个时候，一个可怕的流言一下子在全城传开，说污辱她的正是那个费奥多尔·巴甫洛维奇。这流言从何而起？那帮寻欢作乐的爷们其时只有一个人还在城里，而且恰恰是位上了年纪、受人尊敬的五等文官，他有家室，几个女儿都已成年，即使确有此等事情，他也决不会四处张扬；其余五人则已星散到外地去了。然而，流言偏偏直指费奥多尔·巴甫洛维奇，并且势猛不减。当然，对此他甚至没有作出什么强烈的反应，一些买卖人和小市民说三道四他可以置之不理。那个时候他正拿架子，除了他自己那个官吏和贵族圈子里的人物（也是他极力使之开心的那些人），根本不屑跟其他人交谈。

正是在那段时间里，格里果利奋起拼命为他的主人辩护，不仅力排众议，还为他跟人家唇枪舌剑地争论乃至对骂，曾使不少人改变了看法。“那是她自找的，这贱货，”格里果利以肯定的语气说，并认为干这事的不是别人，正是“螺旋鲤”——那时有一名可怕的囚犯从省监狱里逃了出来，潜藏在我们城里，他这个绰号城里人都知道。这一猜测听来有点儿道理，人们记得在临近秋天的那些个夜晚，“螺旋鲤”曾在城里东流西窜，打劫过三个路人。不过，整个这一事件以及所有的议论，非但没有冲淡对可怜的痴呆女的普遍同情，大家反而比过去更加爱护她。一位商界富孀康德拉启耶娃甚至作出这样的安排：还在四月底就让黎萨维塔住到她家去，准备在分娩之前不许她外出。在那段时间里一直有人看着她；然而，看管虽严，到了最后一天黎萨维塔还是突然从康德拉启耶娃家溜出来，进了费奥多尔·巴甫洛维奇家的花园。她身怀六甲怎样能越过又高又牢固的围墙，这始终是个未能彻底解开的谜。一说是有人“帮她爬过去”的；另一说则是她给某种超自然的力量“托过去”的。比较可信的解释还是这样：黎萨维塔向来善于越过篱笆到人家菜园子里去过夜，她也有办法爬上费奥多尔·巴甫洛维奇家的围墙跳进花园，不过对自己临产的身体却造成了损伤——这么说，虽然有点儿玄，毕竟不涉神怪。

格里果利赶紧回家，叫玛尔法·伊格纳启耶夫娜去照管黎萨维塔，他自己跑去叫住得不远的一个老稳婆。婴孩总算得救，黎萨维塔却在拂晓前咽了气。格里果利接过孩子抱回家去，让妻子坐下，让婴儿躺在她怀里，说：“孤儿是上帝的孩子，也是大家的亲人，对咱俩更不用说了。是咱们那个死去的儿子派来了这孤儿，他的父亲虽是恶魔之子，母亲却是好人。你就奶他吧，往后也别哭了。”

就这样，玛尔法·伊格纳启耶夫娜抚养了这婴儿。受洗时他被命名为帕维尔，至于父名嘛，大家都不约而同地称之为费奥多罗维奇（意即“费奥多尔的儿子”）。费奥多尔·巴甫洛维奇丝毫不以为忤，还认为这事儿挺逗的，尽管仍继续否认自己与这一切有什么瓜葛。城里的人认为他收留遗孤这一点还算不错。后来，费奥多尔·巴甫洛维奇还根据那遗孤的母亲黎萨维塔的诨名斯乜尔加夏娅（“发臭的”）为他杜撰了一个姓氏：斯乜尔加科夫。

这个斯乜尔加科夫成了费奥多尔·巴甫洛维奇的另一名仆人，在本书所叙述的故事开始时，他跟格里果利、玛尔法老两口一起住在偏屋下房里。他干的是厨子。关于这个斯乜尔加科夫实在很有必要专门作一番介绍，但我把本书读者的注意力转移到几名寻常的仆役身上已经太久了，真不好意思，所以还是回到正题上来，希望在以后的叙述过程中会水到渠成，那时再行交代斯乜尔加科夫的情况。

三　一颗炽热的心的自白（诗体）

阿辽沙听到父亲离开修道院时从马车里冲他喊的话，命他回家，有一阵子待在原地不知如何是好。倒不是站在那里一动也不动，他并没有愣住。尽管心中忐忑不安，他还是立即到院长的厨房里去了解他老子究竟在上边惹了什么是非。然后他抱着这样的希望出发进城：路上也许能解开折磨着他的那个疑团。在此笔者想先说明一下：父亲大喊大叫命他搬回家去并且“把枕头和床垫也带走”这番话，他一点儿也不怕。他心里透亮，这样高声嚷嚷故意让人听见的父命无非出于一时的冲动，可以说只是要一要威风，——正像前不久我市一个买卖人那样，他在自己的命名日喝得太多了，却因为别人不给他更多的伏特加而大发脾气，便当着客人的面摔他自己的杯盘盆碟，撕自己的和老婆的衣服，砸屋里的家具，后来连玻璃窗也砸，一切都是为了要威风。第二天，那买卖人酒醒以后，自然对摔破、砸坏的东西感到心疼。毫无疑问，刚才父亲的命令也是这么回事。阿辽沙知道，到明天老头儿定会让他返回修道院，没准儿今天就能放他。阿辽沙还有充分的把握：父亲可能会伤害别人，但决不愿伤害他。阿辽沙确信，世上任何人、任何时候都不愿意伤害他，非但不愿意，而且不可能。这是他的信条，一旦确立便决不踟蹰，他就怀着这种信念毫不动摇地勇往直前。

但此刻在他胸中蠕动的是另一种性质完全不同的害怕心理，他自己也说不清其所以然，因而更觉得苦恼。他害怕一个女人，具体说是怕卡捷琳娜·伊万诺夫娜，刚才由霍赫拉科娃太太转交给阿辽沙的一封短简便是她写的，信上她再三恳求阿辽沙去见她谈一件事。这一要求以及必须立刻前往的情势，一下子在他心中产生某种十分难受的感觉。整个上午，这种感觉随着时间的流逝而变得越来越痛苦，尽管接下来在长老修室内以及刚才在院长那儿发生了一连串这样那样的事件。阿辽沙的疑虑不在于他不知道卡捷琳娜·伊万诺夫娜要跟他谈什么以及他该如何回答。他也并不害怕对方是个女人。诚然，对女人他知之甚少，但从孩提时代起一直到进修道院之前，他毕竟一直是跟女人们在一起过的。他怕的是这个女人，他就是怕卡捷琳娜·伊万诺夫娜。从第一次见到她的那个时候起，阿辽沙就怕她。他总共只见过她一两次，也许是三次吧，有一回偶然还跟她交谈了几句。她留在阿辽沙记忆中的形象是一位美丽、傲慢、颐指气使的小姐。但令阿辽沙苦恼的并非她的美貌，而是别的什么。正因为说不清他究竟怕什么，所以现在他心中怕得更厉害。这位小姐的动机是极其高尚的，这一点阿辽沙明白；她想要救阿辽沙的长兄德米特里，这样做纯粹出于宽容大度，尽管德米特里已经有负于她。阿辽沙认识到这一点，也不能不公正地评价所有这些美好和宽厚的感情，然而，当他一步步走近她家的时候，仍禁不住阵阵寒栗侵入他的脊梁。

他考虑过了，他不会在她那儿遇见胞兄伊万·费奥多罗维奇；伊万跟她过从虽密，但这时他一定与父亲在一起。阿辽沙可以更加肯定不会遇见德米特里，他已经预感到那是为什么。也就是说，阿辽沙和她谈话将没有别人在场。真想在他怕得要命的这次面谈之前先跑去见一见德米特里。阿辽沙可以不出示那封信跟他谈几句。但是德米特里的住处较远，这时候八成也不在家。阿辽沙站住片刻，终于下定了决心。他以习惯的动作在自己胸前匆匆画了个十字，随即不知冲什么微微一笑，然后迈着坚定的步子去见他如此害怕的那位小姐。

卡捷琳娜·伊万诺夫娜家他认识。但如果走城中大街，再穿过广场等一些地方，路是相当远的。我们的小城布局极其松散，虽说都在城内，有时候两地的距离实在不近。何况父亲正在等他，也许还没有忘记自己下的命令，可能要发脾气，因而必须赶紧，两处都不要到得太晚。经过这一番思考，阿辽沙决定走小道抄近路，而对于城里的小路他了如指掌。所谓小路其实几乎没有路，这意味着在冷僻的小巷里沿着围墙走，有时还得翻越人家的篱笆，经过人家的院子，不过那里反正人人都认识他，都会跟他打招呼。他这样走到城中大街能近一半。

途中有一处他得在离父亲住宅很近的地方经过，就是说，必须经过与父亲毗邻的一座花园，它附属于一所仅有四个窗户、已破旧得开始倾斜的小屋。据阿辽沙所知，小屋的主人是一位瘫痪的老太太，属小市民阶层；与她同住的女儿在首都当过高级侍女，不太久以前还住在达官贵人的公馆里，自从回家来服侍缠绵病榻的老母亲至今已将近一年，却还经常穿着漂亮的衣裳招摇过市。这母女俩如今穷得够呛，甚至每天上毗邻的费奥多尔·巴甫洛维奇家厨房要些面包和汤，玛尔法·伊格纳启耶夫娜总是欣然相助。不过，女儿尽管常来要汤，她那些衣服却一件也没卖掉，其中甚至有后裾老长老长的曳地裙。上述情况中末了的一节，阿辽沙自然是在完全无意间从他的朋友拉基津那儿听说的，这个小城里的事情拉基津可谓无所不晓。当时阿辽沙随听随忘，这是不言而喻的。但现在走到这户邻居的园外，阿辽沙忽然想起的恰恰是曳地长裙，他原先耷拉着陷入深思的脑袋迅速抬了起来……蓦地竟与一个人不期而遇。

他的长兄德米特里·费奥多罗维奇站在邻家花园的篱笆后面，脚不知踏在什么东西上，正探出上身拼命向他打手势，示意他走过去，显然不敢叫唤，甚至不敢出声说话，怕别人听见。阿辽沙立刻跑到篱笆前面。

“还好，你自己抬头看见了我，我差点儿要冲你喊叫了，”德米特里·费奥多罗维奇高兴地向他低语，但说得很快。“你爬过来！快！啊，你来得太好了。我正想你来着……”

阿辽沙自己也很高兴，只是不知如何翻越这道篱笆。但米嘉用孔武有力的手臂抓住阿辽沙的胳膊肘，帮了他一把。阿辽沙撩起长袍，像光脚的街头顽童一般矫捷地跳了过去。

“好样儿的，这下好了，跟我来！”米嘉兴致勃勃地低声说。

“去哪儿？”阿辽沙也压低嗓门问。他四顾张望，发现自己在一座空荡荡的园里，除了他俩，一个人也没有。园虽小，可是主人的房屋跟他们至少还有五十步的距离。“这儿又没有人，你干吗小声说话？”

“干吗小声？啊，见鬼！”德米特里·费奥多罗维奇忽然扯开嗓子喊起来，“是啊，我干吗要小声说话？你瞧，造化有时候真会捉弄人。我在这儿是秘密的，是在窥探一个秘密。原因以后再解释，但是，我明白这是秘密，于是说话也鬼鬼祟祟、压低嗓门，像个傻瓜，其实没有必要。咱们走！到那边去！在这以前先别开口。我想吻吻你！

> 荣耀归于人世间的至高无上者，
> 荣耀归于我心中的至高无上者！……

刚才你来之前，我就坐在这儿反复吟诵这两句……”

这花园占地大约一公顷或稍多一些，但仅在周围沿着四边樊篱种树——有几棵苹果树，有槭树、椴树、桦树。园子中央是长着青草的空地，夏季可从这块草地上收割几普特（每普特合十六点三公斤）干草。每年开春以后，女主人把草地租出去换几个卢布。园内也有几畦树莓、刺李、黑醋栗，也都在篱边；紧靠小屋的几畦菜蔬是不久前才翻垦栽种的。

德米特里·费奥多罗维奇把弟弟带到离房屋最远的一个角落。在那里挤成一簇的几棵椴树和种植多年的黑醋栗、接骨木、佛头花、紫丁香丛中，突然现出一座老掉牙的绿色亭子，它已经发了黑，东歪西斜，跟一堆废墟差不太多，但是有顶和镂空墙壁，还能避避雨。这亭子天知道造了已有多久，据说，是五十年前当时的房屋主人、退伍中校亚历山大·卡尔洛维奇·冯·施米特所建。里边什么都烂了，地板都会下陷，朽木散发出霉味。亭内有一张四腿插入地里的绿漆木头桌子，桌子周围的板凳也都是绿的，还可以坐人。阿辽沙一下子便注意到长兄的情绪处于亢奋状态，走进亭子一看，原来桌上放着半瓶白兰地和一只小酒杯。

“这是白兰地！”米嘉纵声大笑，“你的表情已经在说：‘又猛灌了！’对不对？别相信幻觉。

别信虚情假意的芸芸众生，
忘掉自己的疑虑犹豫……[①]

我不是猛灌，只是在‘品味’，就像你的拉基津那头猪所说的那样；他将来做了五等文官，可还老是要说‘品味’。坐下。阿辽什卡，我真想把你紧紧搂在怀里，直到把你的骨架挤碎，因为在整个世界上……我真正……真——心——诚——意……（你要听明白了！你要听明白了！）爱的只有你！”

末了那句话他是在一种近乎疯狂的状态中说的。

“只有你，还有一个‘坏女人’，我恋上了她，而且从此我也就没治了。但是恋上谁不等于爱谁。即使恨某一个人，也可以同时恋上这人。你要记住！这会儿我还有说有笑！你在桌旁坐下，我坐在你身边，让我一边瞧着你，一边说话。你不要开口，我要不停地说话，因为时间已经到了。不过，是这样的，我考虑了一下，觉得确实应当小声说话，因为这儿……这儿……指不定隔墙有耳。我要把一切都解释清楚，就像通常所说：听我一一道来。我为什么急着见你？为什么这些日子我一直如饥似渴地想念你，而且刚才还想你来着？（我在这儿下锚已经五天了。）为什么这些日子一直想你？因为我要把一切只告诉你一个人，因为需要这样，因为我需要你，因为明天我将从云端飞下去，因为明天将是生命的结束和开始。你有没有体验过，有没有在

① 引自俄国诗人涅克拉索夫（1821—1878）发表于1846年的一首诗《从谬误的蒙昧中……》。

梦中经历过从悬崖上向深渊中坠落下去那种感觉？现时我不在做梦，可我正在飞坠下去。我不怕，你也别怕。说得确切一些，我是怕的，可我觉得舒服。那也不是舒服，而是一种狂喜……见鬼，反正怎么说都可以，不去管它！咱们来赞美大自然吧：瞧，阳光多么灿烂，天空多么晴朗，草木郁郁葱葱，还是一派夏日美景，下午三点多钟也算良辰，周围一片寂静！你刚才要上哪儿去？”

“去见父亲，不过我想先到卡捷琳娜·伊万诺夫娜那儿去一趟。”

“去见她，还要去见父亲！巧极了！你可知道我为什么在这儿等你？为什么想你？为什么我的九曲回肠甚至每一根肋骨都在眼巴巴地盼着你？正是想派你代我去见父亲，然后再去见她——卡捷琳娜·伊万诺夫娜，以此了结跟她以及跟父亲的一切瓜葛。派一名天使去。我本可以差遣随便什么人去，但我需要派一名天使前往。凑巧你自己也要去见她和父亲。”

“难道你想派我去？”阿辽沙脱口问道，脸上现出痛苦的表情。

“且慢，这事你知道。我看得出，你一下子就全明白了。不过你别开口，暂时先别开口。你不用后悔，也不要哭！”

德米特里·费奥多罗维奇站起来作沉思状，他把一个指头按在脑门上，说：

“是她自己叫你的，她给你写了信，或者通过别的办法，所以你去见她，否则你是不会去的，是不是这样？”

“就是这封信。”阿辽沙从兜里取出短简，米嘉很快地看了一遍。

“于是你就走小道！哦，各路神仙哪！感谢你们指引他走了小道，他才让我给逮住，就像童话中金鱼落到那个渔夫老傻瓜网里一样。听着，阿辽沙，听着，兄弟。现在我打算把所有的事情都说出来。因为总得让某个人知道这一切。我已经告诉过天上的天使，但也要告诉人间的天使。你是人间的天使。你会听我说完，你会作出判断，你会宽恕一切……而我需要的正是有一位高尚纯洁的人能宽恕我。听我说：如果有两个人忽然摆脱尘世的一切羁绊，飞向一片空濛，或者至少其中一人在飞坠或灭亡之前，来到另一人跟前，说：求你为我做这样或那样的事，这等事一般是决不会求任何人做的，只有临终的人才会提出这等请求，——难道被求的人会拒绝照办？……如果那是他的朋友，他的兄弟……”

“我照办，但你得告诉我是什么事，赶紧告诉我。”阿辽沙说。

“赶紧……。嗯！别急嘛，阿辽沙：你急得很，而且心神不定。现在不用着急了。现在已经豁然开朗。唉，阿辽沙，可惜你不懂得什么是狂喜！不，我这话不着边际！你怎么会不懂得狂喜！我真浑，竟说：

人哪，你应当是高尚的！[①]

这是谁的诗？”

阿辽沙决定等一下。他明白，也许这里正是他最应该来的地方。米嘉用胳膊肘抵着桌面，手掌托住脑袋沉思片时。两人都不作声。

“阿辽沙，”米嘉说，“只有你才不会取笑！我想以……席勒的《欢乐颂》为……我的自白开个头。An die Freude![②]我不懂德文，只知道 An die Freude 这个题目。你也不要以为我喝醉了在说胡话。我一点儿没醉。白兰地的确喝过，但少于两瓶我是不会醉的，——

红光满面的西勒诺斯[③]
骑着一头尽打趔趄的驴子，——

我喝了还不到小半瓶，比不得西勒诺斯。我不是醉仙骑瘸驴，而是铁

---

① 引自德国诗人歌德(1749—1832)的一首诗《神圣》(1783)：人哪，你应当高尚/乐于助人，有一副热心肠/因为你与万物/唯一的区别/就在这点上。

② 席勒《欢乐颂》的德文原题。

③ 希腊神话中酒神狄俄尼索斯的养父，也是森林诸神的领袖。

心吐壮语，因为我拿定了覆水难收的主意。原谅我耍贫嘴，今天你得原谅我许多事情，不光是耍贫嘴。你别不耐烦，我不是东拉西扯，我说的是正事，而且马上就转到正题上去。我不再卖关子。等一下，接着是……”

他昂首想了想，忽然用亢奋的语调开始朗诵：

胆怯、裸体、穴居的野蛮人
躲藏在岩洞里。
游牧民在田野上左冲右突，
足迹所至留下一片荒芜。
捕猎者持弓箭、执长矛，
横行在密林……
漂泊到异乡的人们
在举目无亲的海岸上饱受恓惶！

失去女儿的母亲刻瑞斯①，
为追被劫的普洛塞庇娜②，.
从奥林匹斯山巅上下来，
呈现在她眼前的世界一片荒凉。
没有一处地方
款待这位女神；
没有一座庙宇
证明那里敬神。

没有谷物、瓜果、葡萄
琳琅满目摆在宴席上；

---

① 罗马神话中的谷物和耕作女神。

② 刻瑞斯与主神朱庇特之女，被冥王普路托劫走，强娶为后。

唯有在劫难逃的血肉
从祭坛上冒着热气。
刻瑞斯忧伤的目光
无论投向何方，
到处都看见
深受屈辱的人！

猛然间，一声号哭从米嘉胸中迸发出来。他紧紧抓住阿辽沙的手。

“朋友，朋友，现在也蒙受着屈辱，现在也蒙受着屈辱。人活在世上必须忍受的不幸实在太多了，简直多得可怕！别以为我只是个空有军官头衔、整天沉湎酒色的浑虫。兄弟，除了这件事我几乎什么也不想，我想的只是这个蒙受屈辱的人，如果我不是胡说的话。上帝保佑，现在可别让我胡说八道，也不要吹嘘自己。我之所以尽在想这个人，因为我自己就是这样的人。

人要把自己的灵魂
从卑污中拯救出来，
必须与古老的大地母亲
永远结合在一起。[①]

但是问题在于：我怎么才能和大地永远结合？我不吻大地，我也不劈开她的胸膛；莫非要我去当农夫或牧人不成？我走着，走着，可是心中没底：我是掉进了粪坑和耻辱呢，还是在奔向光明和欢乐。糟就糟在世上的一切都让人猜不透！有时候，我在淫乱的耻辱中陷

① 德米特里·卡拉马佐夫表示要以《欢乐颂》（1795）开始他的自白，但他首先背诵的却是席勒的另一诗篇《依洛西亚的节日》（1798）。该诗共有 24 节主歌及 3 节合唱副歌，以上所引（自“胆怯、裸体……”起）为该诗的第 1、2、3 节及第 6 节的一半。诗的俄译者为俄国诗人茹科夫斯基（1783—1852）。

得很深很深（我一直都是那样），我总是读这首关于刻瑞斯和人的诗。它使我改邪归正没有？一次也没有！因为我是卡拉马佐夫。因为我反正要坠入深渊，那就干脆脑袋朝下、脚底朝天，甚至为自己正是以这样的丑态掉下去而得意，认为这对我自己来说是一种美。就在身陷这样的耻辱之际，我忽然开始写一首颂歌。就算我是遭诅咒的，就算我下流、卑鄙，可总得让我也吻一下我的上帝外衣的下摆哇。就算我在这同时跟着魔鬼走，但我毕竟也是你的儿子，而且，主啊，我也是爱你的，我也能感受到世界赖以维系、否则就无法存在的那种欢乐。

永恒的欢乐女神
哺育着众生的心，
她那神秘的发酵力
能让生命的酒杯燃烧；
她令小草朝向光明，
从占星家视野以外的
一片混沌中
发展出太阳系。

凡是能呼吸的一切
都在大自然的怀中吮吸欢乐；
欢乐女神所到之处，
吸引着所有的飞禽走兽爬虫；
她给人们的是患难之交，
是葡萄汁，是花环，
给虫子的是情欲，
让天使得以见到上帝。

不过，作为开场白的诗就到此为止了！我淌了眼泪，你就让我哭一场吧。尽管这是愚蠢的，人人都会加以嘲笑，可是你不会。瞧，你的眼睛也亮起来了。定场诗已经念完。现在我想跟你谈谈上帝赐给了它们情欲的一种‘虫子’：

给虫子的是情欲！[1]

兄弟，我便是这样一只虫子，那话指的就是我。咱们卡拉马佐夫家的人都是这样，你虽然是天使，可是在你身上也潜伏着这虫子，它会在你的血液中兴风作浪。对，确实会兴风作浪，因为情欲就是狂风恶浪，甚至比这更凶猛！美是很可怕的、怪吓人的！之所以可怕，因为它神秘莫测；之所以神秘莫测，是因为上帝尽出些让人猜不透的谜。这里好多界限是模糊不清的，各种各样的矛盾交织在一起。兄弟，我没什么学问，但我对这事儿想得很多。其中的奥秘多得不得了！世上有太多太多的谜压得人喘不过气来。你得想尽办法去解答，还得干干净净脱身。美！不过，有的人心地高洁、智慧出众，他们眼里的美以圣洁的理想开始，却以肉欲的化身告终，那我实在受不了。更可怕的是：有的人心中已经有了肉欲的化身，却又不否定圣洁的理想，而且他的心也能为之而燃烧，就像在白璧无瑕的少年时代那样不折不扣地燃烧。确实如此，人的想法幅度宽得很，简直太宽了，可惜我没法使它变得窄一些。鬼知道那究竟是怎么回事，真的！理智认为是耻辱的，感情偏偏当作绝对的美。美是否意味着肉欲？相信我，对于很大很大一部分人来说，美就在肉欲之中，——这奥秘你知不知道？要命的是：美这个东西不但可怕，而且神秘。围绕着这事儿，上帝与魔鬼在那里搏斗，战场便在人们心中。真没办法，人有什么心病，他就尽说这病。听着，现在进入正题儿。”

---

① 以上所引（自“永恒的欢乐女神……”起）为《欢乐颂》（共 8 节）的第 4 节及第 3 节（无合唱引子）。诗的俄译者为俄国诗人丘特切夫（1803—1873）。

四　一颗炽热的心的自白（故事体）

“那时我过着花天酒地的生活。刚才父亲说我曾经因为引诱良家女子花了几千卢布遮丑。只有猪才说得出这等胡话，这是连影儿也没有的事，即使有，我也不是为了‘这档子事儿’需要钱。对我来说，钱是道具，是释放心中一团火的手段，是身外之物。今天她是我的相好，明天取代她的也许是拉客的野鸡。我让相好和野鸡都快活，大把大把地花钱，乐声悠扬，人声喧嚷，还有吉卜赛姑娘。有时候我也把钱给妞儿，因为她们照拿不误，她们拿钱的那股劲头儿可大着呢，这一点必须承认，真是又高兴，又感激。那些个妞儿爱我，不是个个都爱，有爱我的。我向来喜欢胡同小巷，喜欢僻静幽暗的旮旯，远离大庭广众，——那儿有妙情奇遇，那儿有意外收获，那儿有埋在沙土里的天然金玉。小弟，我用的是比喻的说法。咱们这个小城里并没有这种具体的小巷，可是有精神上的小巷。你要是处在我的位置，你就会明白这种精神上的小巷意味着什么。我性好放荡，也爱制造放荡的丑闻。我以残忍为乐：难道我不是臭虫？难道我不是可恶的虫子？谁让我是卡拉马佐夫呢！有一回我们倾城而出去郊外野餐，大伙分乘七张爬犁，每一张爬犁都套着三匹马。黑暗中——当时是冬天——我在爬犁上使劲捏着邻座一个姑娘的手，硬要她跟我亲吻。那姑娘是一名公务员的女儿，小家碧玉，十分温顺，任我摆布。黑暗中我占了她好多好多便宜，她一声不吭。这小可怜儿还以为第二天我会去向她求婚呢（要知道，想钓我这金龟婿的大有人在）。然而，在这以后有五个月我没跟她说过一句话。逢到有舞会的场合（我们那儿经常跳舞），我总能看到她的眼睛从舞厅角落里在注视着我，那双眼睛闪耀着光芒——敢怒而不敢言的光芒。这游戏只能激发我在自己心中养殖的虫子的情欲。五个月以后，她和外地的一个公务员结了婚，远嫁的时候怀着一腔怨恨，也许还在暗暗地爱着我……。如今他们生活得和和美美。注意，我没有告诉过任何人，没有败坏过她的名声；尽管我有满脑子卑下的愿望，尽管我性好下流，但我还是有良心的。你脸红了，你的眼睛在发亮。这些乌七八糟的内容已经够你受的。所有这一切还只是保罗·德·科克[①]风格的几朵小花儿，尽管残忍的虫子在我心中已经长大，已经养肥。小弟，我的记忆里藏着厚厚一大本纪念册。愿上帝保佑她们——那些可人儿。我在跟她们分手的时候不喜欢大吵大闹。我从不张扬跟她们的关系，从不败坏任何一个妞儿的名声。好了，到此为止吧。难道你以为我把你叫到这儿来就为了讲这些乌七八糟的事儿？不，我要对你说的比这更有意思；不过你可别觉得奇怪，我说给你听非但不害臊，甚至还挺高兴的。"

"你是因为见我脸红才这么说的，"阿辽沙忽然指出，"我不是听了你的话而脸红，也不是为你的那些事儿，我脸红是因为我也跟你一样。"

"你？哦，这可有点儿扯远了。"

"不，不远，"阿辽沙声情激越地说，（看得出，这个想法在他头脑里由来已久。）"你我登的是同样的阶梯。我在最低的一级，你在上面，大概第十三级左右吧。这就是我对这事的看法，可这没什么两样，本质上完全相同。谁要是踏上最低的一级，他迟早一定会登上最高的一级。"

"这么说，压根儿就不该踏上去？"

"要是做得到，的确压根儿就不该踏上去。"

"那么你做得到不？"

"恐怕做不到。"

"别说了，阿辽沙，别说了，我想亲一下你的手，你使我太感动了。那个人精格露莘卡非常善于识人，她曾经对我说过，有朝一日她会把你吃掉。我不说了，我不说了！粗鄙的话头就此打住，咱们离开这片苍蝇拉了好多屎的垃圾场，转到我的悲剧上去，那也是苍蝇拉了

① 夏尔-保罗·德·科克（1794—1871），法国通俗小说家，作品格调低下，但在19世纪的俄国很流行。

不少屎的一片垃圾场，就是说，也尽是些让人恶心的内容。问题在于，老家伙虽然胡说八道，什么诱骗黄花闺女等等，但就我的悲剧而言，实质上也就是这么回事儿，尽管只有一次，而且连这一次也没干成。老头儿尽拿些没影儿的谣言指责我，其实他并不知道究竟是怎么回事儿。我从来没有跟任何人讲过，这会儿我要第一个对你讲，当然，伊万不算在内，伊万全知道。他在你之前早就知道了。不过伊万这个人是守口如瓶的。”

“伊万守口如瓶？”

“是的。”

阿辽沙全神贯注地听着。

“我虽然在戍边营里当准尉，可还是像流放犯那样受到监视。然而我在驻地的那个小城受到的接待好得不得了。我大手大脚地花钱，人家都相信我很富有，连我自己也相信这一点。不过，想必我还有别的什么地方赢得他们的好感。尽管他们对我的品行连连摇头，可是挺喜欢我。我的上司，一位已经上了年纪的中校，不知为什么瞧我觉得不顺眼。他老是找我的碴儿。可是我有后台，再说，全城的人都站在我这边，所以也没法跟我太过不去。都怪我自己不好，我故意不向他表示应有的尊敬。是我的傲气在作怪。

“这个老顽固其实人不坏，心肠挺好，很热情，先后有过两个妻子，两个都去世了。第一个妻子是寻常人家出身，给他生了个女儿，也很纯朴。我在那里的时候，她已经是个二十四岁的大姑娘了，跟父亲和姨妈——她已故母亲的姐姐——住在一起。姨妈属于那种百依百顺的纯朴型；外甥女，也就是中校的长女，表现的则是一种朝气蓬勃的单纯。我喜欢用美好的语言回忆往事。亲爱的小弟，以前我从未遇见过有哪一个女人性格比这姑娘更可爱的，她叫阿嘉菲娅，连同父名是阿嘉菲娅·伊万诺夫娜。她的模样也相当可以，俄罗斯风韵：高高的个儿，结实、丰满，眼睛挺漂亮，相貌嘛，是粗点儿。她还没有出嫁，虽然有两家来提过亲，都让她给拒绝了，过后她照旧乐乐和和的。我跟她相交了——可不是相好，不，我们之间清清白白，纯粹是朋友。我跟女人相交的方式往往一清二白，并不越出友谊的范围。

“我跟她谈话的内容倒是毫无顾忌，坦率得惊人！她只是笑声不断。不少女人喜欢坦率，可是别忘了她还是姑娘家，这一点在我看来特别有趣。还得指出这样一个情况，那就是：怎么也没法把她当作一位小姐对待。

“她和姨妈都住在她父亲家里，她们好像有点儿自愿降低身份，不把自己摆在和其余的人平等的地位上。别人都喜欢她，需要她，因为她是个很有名气的裁缝——在这门手艺上她有出众的才能，给人家做衣服并不要钱，只是做个人情，但如果人家给钱，她也不拒绝。至于中校嘛——可就大不相同了！中校是我们那地方的头面人物。他十分好客，广交全城名流，常在家里举行晚宴和舞会。我到那里入营的时候，整个小城都在谈论，中校的次女很快将从首都光临该城，她可是百里挑一的大美人，当时刚毕业于京里一所贵族女子学校。这位二小姐——她就是卡捷琳娜·伊万诺夫娜——为中校的续弦夫人所生。而这位续弦夫人也已经去世，她出身于一个颇有名望的将军之家，然而我从可靠的消息来源得知，她也没有给中校带去任何钱财。就是说，娶这么一位续弦夫人只是名义上攀了一门高亲，如此而已，要就是对前程也许有所裨益，实惠可是一点儿也没有。

“不过，这位贵族女校的学生来了以后(她只是来住一阵子，并不是定居)，我们那座小城简直焕发了新的生命。城里最有头有脸的女士们——先是两位将军夫人、一位上校夫人，继她们之后更是所有大户人家的女主人竞相邀请她参加各种游乐活动，选她当舞会、野餐会的皇后，举办帮助某些穷困女家庭教师的造型剧[①]义演。我装聋作哑，照旧吃喝玩乐，正是在那个时候我干了一件全城为之哗然的惊人之举。有一次在连长家里的晚会上，我发现她在对我上下打量，当时我没有走上前去，表示自己不屑与她相识。不久以后，也是在一个晚

① 一种由人体通过姿态和服装表现特定场景的造型艺术，一般没有台词和动作，类似静物画。又称“活画”。

会上，我才走过去跟她交谈。她摆出一副爱理不理的架势，小嘴儿轻蔑地一撇。我在心里暗暗说：等着瞧，我非报复不可！

“当时我在大多数场合的表现都像个不折不扣的二百五，连我自己也觉得是这样。主要的问题在于，我感到这位二小姐——人们都亲昵地叫她‘卡笺卡’——并不是一个天真幼稚的寄宿生，而是一个很有个性的女子，高傲而又十分正派，特别是聪明而且很有教养，可是这些品质我都不具备。你以为我打算向她求婚？完全不是那么回事儿！我只想报复一下，因为面对我这样的一表人才她竟然如同泥塑木雕。

“且说我依然纵酒滋事，胡天胡帝，直到中校把我抓起来关了三天禁闭。恰恰在那个当口儿，父亲给我寄来了六千卢布， 在这以前我曾给他寄去一份正式文件，表示愿意放弃一切的一切，也就是说，我跟他算是彼此‘两清’，我再也不会提出任何别的要求。那时我什么也不懂。小弟，直到我这次回来之前，甚至直到最近几天，也许可以说，直到今天之前，对于我跟父亲之间所有这些在钱财问题上的纠葛，我始终一窍不通。不过这事儿先去他妈的，以后再谈。

“就在我收到那六千卢布以后，突然从朋友的一封来信中十分肯定地获悉一桩使我极感兴趣的事情。我了解到，上峰对我们的中校相当不满，怀疑他有问题，总而言之，他的敌人正准备整他。果不其然，师长来到我们营里，把中校骂了个狗血喷头。此后过不多久，上头便发下话来要他退役。我不想对你细说这件事前前后后的经过。确实有人跟他作对。顿时，城里对中校和他全家的态度极其反常地冷了下来，人们一下子跟退潮似的再也不理他们。就在那个时候，我采取了第一个步骤。我遇见了一向和我保持着友谊的阿嘉菲娅·伊万诺夫娜，我说：

“‘令尊的账上少了四千五百卢布公款，您知道不？’

“‘你这话从何说起？前不久将军来过，钱明明都在……’

“‘那个时候钱在，可现在没了。’

“她大惊失色，说：

“‘请别吓唬我，您是听谁说的？’

“‘您放心，’我说，‘我对谁也不说。您知道我在这方面是守口如瓶的。不过，我也想附带向您进一言，就算是以防万一吧。如果向令尊追查四千五百卢布的时候，万一他缴不出这笔款子，那么，为了使他免受审判，然后这么一大把年纪再被贬为士兵，最好悄悄地打发你们那位贵族学校的寄宿生去找我。凑巧有人刚给我寄来一笔钱，八成我会从中取出四千五百交给她，而且保守这一神圣的秘密。’

“‘啊，你这个恶棍！’她真的这么说！‘你这个幸灾乐祸的恶棍！竟敢如此放肆！’

“她走的时候真是怒火中烧，可我冲着她的背影又喊了一遍：我一定会坚定不移地保守这个神圣的秘密，我得先说明一下：那两个直肠子女人——阿嘉菲娅和她的姨妈——在这件事情上自始至终就像纯洁的天使，她俩打心眼里疼爱那个傲慢的卡笺卡，对她崇拜得五体投地，心甘情愿地侍候她……。不过，那档子事儿，也就是我和阿嘉菲娅的谈话，她当时就告诉了妹妹。这一切后来我了解得一清二楚。阿嘉菲娅没有隐瞒，而对我来说，自然正中下怀。

“突然，上面新派下一名少校来接替营长职务。在办移交的时候，老中校一下子病了，没法出门，在家里待了两天两夜，却不缴出公款。我们营的军医克拉夫琴科声称中校的确有病。其实我从秘密渠道已经得到确切的消息，而且早就了解内情：每次上峰查过账目之后，公家的钱款就会暂时失踪，已经连续四年一直是这样的状况。原来中校屡次把公款借给一个绝对靠得住的人——我们城里的商人特里方诺夫，那是个戴金丝边眼镜的大胡子老鳏夫。特里方诺夫到市场上去，用这笔钱做他认为合适的买卖，然后立即如数还给中校，还钱的同时会从市场上带去礼物，除了礼物，还有利息。但是这一次（事情的经过当时我完全是偶然听特里方诺夫的儿子、一个乳臭未干的小子说的，老鳏夫的这位继承人简直是世上最最道德败坏的浪荡子）——现在把话头收回来，这一次特里方诺夫把资金投入市场周转以后，却什么也没有还给中校。中校向他要钱，可得到的回答竟是：‘我从来没有收到过您的什么款子，也根本不可能收到。’就这样，我们的中校待在家里，用毛巾裹住自己的脑袋，三个家里人不时往他颅顶上放冰块。忽然，一名传令兵带着签收簿送来一道命令：立即、马上、两小时内缴出营里的公款。

“中校签了字（后来我在签收簿上看到了他的签名），站起身来，说要去穿上军服，便跑进自己的卧室，拿起他的一支双筒猎枪，装进一发军用子弹，然后脱去右脚的靴子，把枪口抵住胸膛，想用脚趾扣动扳机。而阿嘉菲娅已经起了疑心，她记着我先前对她说的话，所以蹑手蹑脚走到父亲卧室门口，及时往里偷看了一眼：她冲进卧室，从背后扑上去把父亲抱住，一声枪响，子弹朝上射进天花板，没伤着任何人。其余的人也跑进来夺走了那支枪，抓住中校的双手不放……。这一切我都是事后才知道的，包括每一个细节。当时我在家里，天色渐渐暗了下来，我穿好衣服，梳了一下头发，往手帕上洒了些香水，戴上军帽，正要出去。这时门开了，站在我面前的是卡捷琳娜·伊万诺夫娜，她来到了我的寓所。

“世上有些事情还真奇怪：当时街上竟然谁也没有注意到她走进我的寓所，故而这件事在城里可以说是神不知鬼不觉。我向两位年纪很大的老太太租了一处住所，房东兼管杂役，她们是公务员的家属，非常恭顺，什么都听我的。遵照我的命令，她俩后来只字不提此事，像两根铁柱子一样保持沉默。当然，一见到卡捷琳娜·伊万诺夫娜，我就全明白了。她进得门来便正视着我，一双黑眼睛目光坚定，甚至有挑战的味道，但是，我看得出，她的嘴角唇边有几分举棋不定的神情。

“‘姐姐告诉我，您会给我四千五百卢布，只要我……本人上您这儿来取。我来了……您给钱吧！……’

“说到这里，她害怕了，再也无法强装镇静，呼吸变得急促，声音突然中断，嘴角和唇沿开始哆嗦。喂，阿辽沙，你在听吗？是不是睡着了？”

“米嘉，我知道你一定会把全部真相和盘托出。”阿辽沙激动地说。

“我这不是在告诉你吗？既然和盘托出全部真相，我也就不顾自己的颜面了。当时我的第一个念头是卡拉马佐夫式的。小弟，有一回我让蜈蚣给蜇了，害得我发高烧躺了两个星期。那天也是如此，我突然感到自己的心好像给蜈蚣那样的害人虫蜇了，你理解不？我把卡捷琳娜·伊万诺夫娜从头到脚打量了一番。你见过她没有？她可是个美人儿。当时她表现出来的不是一般的美。那会儿她的美表现在她十分高尚，而我是卑鄙小人；她因胸襟开阔和为父亲作出牺牲而显得伟大，而我活像一只臭虫！偏偏她这么个人，从头到脚包括灵魂和肉体，**整个儿**都攥在我——卑鄙小人和臭虫——的手心里。她已经无路可走。我可以坦率告诉你：这个念头，这条蜈蚣计，美美地蒙住了我的心，差点儿就要销魂蚀骨了。看来，压根儿不会出现任何反抗；我只消像臭虫，像毒蜘蛛那样行事，毫不怜悯……。我的呼吸都快停止了。听着，我当然第二天就会去登门求亲，通过正大光明的方式把这件事办圆满，而当天的隐秘不让任何人知道，也不可能知道。因为我这个人虽然情操卑下，但讲究诚实。

“可就在这同一秒钟，突然有一个声音向我耳语：‘要知道，到明天你去求亲的时候，这位小姐非但不会出来见你，还要吩咐车夫把你赶出院子。她会冲你大喊：“你尽管满街满城去公开诽谤，我不怕你！”’我向姑娘瞅了一眼，心想，那个声音说得有道理，情况毫无疑问将是那样。我一定会给臭骂一顿撵出院子，这一点根据现在她脸上的表情便可以断定。

“于是我的恶向胆边生，我真想来一手最卑鄙、最没人味儿的做买卖花招——皮笑肉不笑地看着她，趁她站在我面前的当口儿，用只有买卖人会使的腔调一下子叫她晕头转向：

“‘四五千卢布可不是个小数目！我只不过说了句玩笑话，你们就当真啦？小姐，您的口气未免太大了点儿。要是二百卢布，我也许就豁出去了，甚至十分乐意。可四五千卢布，小姐，那决不是小菜一碟，可以这样稀里糊涂随手一扔的。您实在是枉驾了。’

“倘若我真的这么说，当然也就什么都完了，她当然会逃走。但是反过来，这样能满足残酷的报复欲望，其余的一切都可以不去管它。此后一辈子由于悔恨而呼天抢地、痛哭流涕也在所不惜，反正眼下我只想来这么一手！信不信由你，我从来没有对任何一个女人产生过这样的感觉，居然在这样的时刻我会满怀仇恨瞅着她。我可以起誓，当时我怀着可怕的仇恨心理向她瞧了有三五秒钟，而从那份恨到爱，到最最疯狂的爱，只有一根头发丝儿的距离！

“我走到窗前，脑门子贴在结着冰花的玻璃上，我记得，当时冰像火一样烫着我的前额。别着急，我没有把她撂在一边太久，便转过身来走到桌子旁边，打开抽屉取出一张五千卢布的五厘利不记名票据（我把它夹在一本法语词典中间）。先是默默地让她看了看，然后折起来交给她。我自己为她打开通往过道的门，接着退后一步，毕恭毕敬、至诚至恳地向她深深鞠了一躬。相信我，事情真的就是这样！她浑身打了一个寒战，凝神注视着我有一秒钟工夫，脸色煞白，白得怪可怕的，紧接着，她同样一句话也不说，并不大起大落，而是款款地、深深地、文静地整个儿匍匐在我脚边——那不是寄宿学校教的屈膝礼，而是俄罗斯大礼，前额着地！礼毕，她霍地站起来，就跑了出去。当时我身上挂着佩剑。我拔出剑来，本想立即刺穿自己的胸膛。为什么？不知道。当然，这是极端愚蠢的。不过，想必是出于狂喜吧。不知你能否理解，有时候出于狂喜是会自杀的。但我并没有刺穿自己的胸膛，只是吻了一下佩剑，又把它插回剑鞘——其实，这一节本来不必向你提及。现在我把种种内心冲突向你叙述，好像稍稍渲染过头了，是在夸耀自己。那就随它去吧，让所有刺探心灵秘密的间谍都见鬼去吧！关于我和卡捷琳娜·伊万诺夫娜过去的‘那档子事儿’讲完了。目前除了二弟伊万以外，只有你知道！”

德米特里·费奥多罗维奇站起来，激动地走了一步、两步，掏出手绢抹去额上的汗，然后重又坐下，但并没有回到原先坐的地方，而是换到对面另一堵墙边的长凳上，因此阿辽沙必须向他转过身来。

五　一颗炽热的心的自白（局面倒了个过儿）

“现在，”阿辽沙说，“这件事的上半部分我明白了。”

“上半部分你明白了。这是正剧，它发生在那边。下半部分是悲剧，它将发生在本地。”

“下半部分我到目前为止还什么都不明白。”阿辽沙说。

“那我呢？我又何尝明白？”

“等一下，德米特里，这里头有一个很重要的问题。告诉我：你不是订婚了吗？现在是否仍有婚约？”

“我们不是马上就订婚，而是在和那件事相隔三个月之后才订婚的。事件发生的第二天，我对自己说，戏已经收场，没有什么下回分解了。登门求亲在我看来格调太低下。而她呢，此后在城里又逗留了六个星期，这六个星期里始终没有她的消息。诚然，有一个情况是例外：她来访后的第二天，她家的一名女仆悄悄溜进我的寓所，一句话也不说，只是递给我一个信封。信封上写着某某亲启。我拆开一看——里边是五千卢布票据的找头。需要的金额是四千五，那张五千卢布的票据贴现时损失二百多卢布。她派人给我送来好像有二百六十卢布，我记不太清楚。信封里只有钱，没有信，没有一句解释的话。我试图在信封里边寻找用铅笔写的只言片语，然而——什么也没有！好吧，暂且我就用剩下的钱寻欢作乐，酗酒闹事，以致新来的少校最后不得不给我警告处分。

“至于中校嘛，他顺顺当当交出了公款，这使所有的人都大为惊讶，因为已经没有人相信那笔钱他还能如数凑齐。办完移交后他就病倒了，躺了三个星期，随即又突然得了脑软化症，五天之后便去世了。他的葬礼仍按军人礼仪举行，因为他还没有获准退役。卡捷琳娜·伊万诺夫娜姐妹和姨妈，在安葬中校之后仅隔十天左右，便到莫斯科去了。直到她们动身之前，即出发的当天（我没有见到她们，也没有去送行），我才收到一个很小很小的蓝色信封，薄薄的花笺上只有一行铅笔字：‘我会给您写信的，请等着。K。’完了。

“现在我把其余的情况向你扼要交代一下。到了莫斯科，她们的命运一下子否极泰来，其变化之快犹如闪电，离奇的程度则不亚于天方夜谭。卡捷琳娜·伊万诺夫娜的至亲是一位将军夫人，她原有两个侄女是享有优先继承权的近亲，不料两个侄女在同一星期内竟先后死于天花。遭此打击的老太太对于卡嘉的来临高兴极了，把她当亲生女儿一样欢迎，当救命宝贝一样牢牢抓住不放，马上以卡嘉为受益人重立遗嘱。不过这要将来才能得到，眼前先给八万供她现花，算是陪嫁，完全由她自己支配。将军夫人是个歇斯底里的老太太，后来我在莫斯科对她作过观察。

“就在那个时候，我突然收到由邮局汇来的四千五百卢布。可想而知，我一下子感到摸不着头脑，完全给惊呆了。过了三天，先前许诺的信终于寄到。这封信现在我处，我一直保存着，死也要带着它走。要不要我拿给你看？你一定得读一读。她在信中以身相许，主动提出和我订婚。她说：‘我疯狂地爱您，即使您不爱我——也不在乎，只要您做我的丈夫。别害怕，我在任何方面都不会拖累您，我只想充当您的一件家具，充当一块地毯，让您在上面走来走去……。我要永远爱您，我要拯救您挣脱自我……’阿辽沙，我甚至不配用我粗鄙的言词、粗鄙的语调来转述那些字句，我的语调老是那么粗鄙，怎么也改不了！直到今天以前，这封信始终像一把利刃扎在我心上。难道现在我就轻松了？难道今天我好受了？当时我立即给她写了回信（我实在不可能自己去莫斯科）。我是用泪水写那封信的。有一点使我终生感到羞愧：我提到她如今发了，还拥有嫁妆，而我只是个穷光蛋。我竟然提到了钱！我本该默默吞下这枚苦果，可还是忍不住写了出来。当时我紧接着写信给在莫斯科的伊万，尽我所能把一切都告诉他，一共写了六张纸，信上还叫伊万去见她。你干吗这样瞧我？你干吗这样瞪着我？是的，伊万爱上了她，现在还爱着，这我知道，在世人眼里，我干了件蠢事。不过，现在也许只有这件蠢事能救我们大家！嗐！你没瞧见，她有多么器重伊万，多么尊敬伊万？只要把我们俩一比较，她难道能爱我这样的人？何况此地又出了这么多的事情！”

“可我确信她爱你这样的人，而不是他那样的。”

“她爱的是自己的高尚品德，而不是我。”德米特里·费奥多罗维奇情不自禁、但又几乎是咬牙切齿地说。他发出一阵干笑，然而仅过了一秒钟，他就双目闪光，满脸通红，并且用拳头在桌面上猛捶了一下。

“我发誓，阿辽沙，”他怒喝一声，这怒气很可怕，但并非做作，是冲他自己发的，“信不信由你，我凭着神圣的上帝，凭着主耶稣基督发誓，刚才我虽然挖苦过她的高尚情操，可是我知道自己在精神上卑微渺小，及不上她的百万分之一，也知道她的高尚情操如天使一般纯真！我毫不怀疑这一点，可悲就可悲在这里。一个人说话有时带那么一点儿舞台腔，那又算得了什么？我有时就带舞台腔。要知道我是真诚的，是心口一致的。至于伊万，我可以理解他现在该如何诅咒人的本性，况且他有着这样的头脑！选择的天平实际上倾向了谁呢？倾向了哪一边呢？

“倾向了一个恶魔，这恶魔明明已经有了未婚妻，而且人人的眼光都盯着他，却还是不能收敛自己胡天胡帝的德性，甚至当着未婚妻的面也依然故我！中选的竟是我这号人，他却落选了。这到底为什么？就因为那姑娘感恩图报，想要违心地牺牲自己的终身和命运！荒唐！这层意思我从来没有向伊万说起过。自然，关于这一点伊万对我也只字不提，连一点点暗示也没有。但是，命中注定的局面终究会确立起来，优秀者定能得其所哉，下流坯必将销声匿迹，永远消失在脏臭的小胡同里，那是他所钟爱的、也是最合适于他的地方，在那儿的污泥浊水中，他将心甘情愿地毁灭自己。

“我想必又在瞎说一气，那些字眼都让我给用滥了，只好信口开河，但是将来的结果一定会像我说的那样。我将淹没在小胡同里，而她将嫁给伊万。”

“等一下，大哥，”阿辽沙异常焦虑地又一次打断他的话，“有一件事你还是没向我解释清楚：你毕竟和她订了婚，难道不是吗？如果她——你的未婚妻——不愿解约，你怎么可以单方面毁约呢？”

“我们确实正式订过婚，接受过祝福，地点在莫斯科，时间在我到达那里之后。仪式相当隆重，我们都吻了神像，一切安排得十分妥帖。将军夫人为卡嘉祝了福，甚至向她表示祝贺（你也许不相信），说：‘你挑了个好女婿，我对他看得一清二楚。’而且（你也许又没法相信）她对伊万没有好感，也没有跟他互相道贺。在莫斯科，我跟卡嘉反复谈过好多次，我抱着磊落、诚恳的态度向她如实描述自己究竟是怎么个人。她都仔细听了。

曾有可爱的困惑，
曾有温柔的话语……

不过也曾有豪言壮语。当时她一定要我庄严地保证改过自新。我作了保证。所以……”

“所以什么？”

“所以今天我叫你，把你带到这儿来（今天这个日子你可得记住了！）为的是派你去见卡捷琳娜·伊万诺夫娜，而且今天就去……”

“做什么？”

“去告诉她，我永远不会再去见她，说我要你代我向她致意。”

“这怎么可能呢？”

“正因为不可能，所以我才派你代我去。要不然，我自己怎么能对她说呢？”

“那么你要上哪儿去？”

“到小胡同里去。”

“敢情是到格露莘卡那儿去呀！”阿辽沙双手一拍，发出痛心的惊呼，“难道拉基津说的果真是事实？我还以为你只是上她那儿去走走，现在已经断了呢。”

“一个订了婚的人去那种地方‘走走’？这怎么可能呢？再说，

未婚妻又是这样的身份，又是在众目睽睽之下。我可不是不顾他人名声的主儿。从我刚上格露莘卡那儿走动时起，我就没有资格做未婚夫和正人君子，这个道理我总该懂得。你干吗这样看着我？告诉你吧，我最初是想去揍她的。当时我听说，现在已确实知道，父亲通过那个上尉把我出具的一张借据交给了格露莘卡要我还债，目的是逼我就范，跟她了断。他们想吓唬我。我动身去找格露莘卡，准备揍她一顿。以前我瞥见过她一眼。她没有那种能一下子把人镇住的魅力。我知道她跟一个老商人的关系，如今那老头儿还有病，瘫痪在床，但还是会留给她一大笔钱的。我也知道她贪财，拼命捞钱，放高利贷，是个心狠手辣的女吸血鬼。我去的时候目的是想揍她，结果却在那儿留下了。一场暴雨自天而降，对我来说，那是一场瘟疫，我染上以后直到现在不能自拔。我知道什么都完了，而且我将永世不得翻身。所谓在劫难逃——这便是我的态度。也是活该有事，偏偏那时候我这个穷光蛋兜里竟会有三千卢布。我和她一起前往离这儿有二十五里(约二十六公里)地的莫克罗耶镇，还弄来了男男女女一大帮吉卜赛人、香槟，请那儿的乡下人开怀畅饮，包括所有的娘们和女孩，三千卢布花得比烧还快。三天以后，钱花了个精光，可我也够风光的。你大概认为，如此风光的大爷该达到什么目的了吧？这女魔王从远处都没让我看一下。告诉你：我指的是曲线。格露莘卡的身段有一条独特的曲线，这在她的小腿上也能反映出来，甚至在左脚的小脚趾上也得到表现。我看到了，并且吻了，但到此为止——我可以对天赌咒！她说：‘你是个穷光蛋，你喜欢的话，我可以嫁给你。只要说你决不打我，而且什么都听我的，我爱怎么干都行，那我也许可以嫁给你，’然后她放声大笑。而且现在也在笑！”

德米特里·费奥多罗维奇几乎是恶狠狠地从座位上站起来，一下子变得像喝醉了似的。他的眼睛顿时布满血丝。

“那你真的想要娶她？”

“只要她愿意，我立马就娶；要是不愿意，我也不离开她，留在她家院子里当看门的。你……你，阿辽沙……”他突然走到阿辽沙面前站住，抓住弟弟的双肩使劲摇撼，“知道吗，你这个童男，所有这一切全是梦话，难以想象的梦话，因为那是悲剧！要知道，阿列克塞，我可能是一个卑劣的人，有着种种卑鄙下流的欲念，但是德米特里·卡拉马佐夫永远不可能当扒手、白日撞。好，现在我来告诉你：我确实是个贼，确实是掏包的扒手、顺手牵羊的白日撞！恰恰在我去揍格露莘卡之前的那天上午，卡捷琳娜·伊万诺夫娜派人来把我叫去，求我上一趟省城，这事得严守秘密，暂时不能让任何人知道（为什么非得如此，我不知道，反正她自有这样做的理由）。她托我从那里往莫斯科汇三千卢布给阿嘉菲娅·伊万诺夫娜，之所以要上省城去汇，就是为了不让这儿的人知道。那天，我正是揣着这三千卢布来到格露莘卡家里，接着我们一起用这笔钱去了莫克罗耶。事后我假装上省城去过了，但没有把邮局的收据交给她。我说钱已经汇出，收据以后带来，可是直到现在始终没有送去，忘了呗。

“现在，你猜怎么着？你今天去对她说：‘大哥要我向您致意。’她会问你：‘钱呢？’你还可以对她说：‘他是卑鄙的酒色之徒、纵欲的下流东西。那天他没有把您的钱汇去，而是胡乱花掉了，因为他像动物一样不能控制自己。’不过你还是可以添上几句：‘但他不是贼，这是您的三千卢布，他派我来还给您，您自己给阿嘉菲娅·伊万诺夫娜汇去，他要我转达对您的问候。’可是她会问：‘钱在哪儿？’”

“米嘉，你真不幸，是的！但毕竟并不像你所想的那么不幸。不要灰心绝望，别想不开！”

“怎么，你以为我弄不到三千卢布就会开枪自杀？问题是我不会自杀。现在我没有勇气，将来也许有，现在我要上格露莘卡那儿去了……。反正破罐破摔吧！”

“去做什么？”

“做她的丈夫，如果她愿意俯就的话。要是来了她的姘头，我就到隔壁房间里去。我可以给她的相好们擦雨靴，生茶炉子，跑腿儿……”

"卡捷琳娜·伊万诺夫娜一切都能理解，"阿辽沙忽然以庄重的语气说，"她能理解这是多么深刻的悲哀，然后会采取宽容的态度。她聪敏过人，因为悲哀莫大于你的不幸，这点她自己一定看得出来。"

"她不可能什么都原谅，"米嘉苦笑道，"小弟，对某些事情任何一个女人都无法宽容，这里头就有这样的因素。知道什么是最好的办法吗？"

"什么？"

"还给她三千卢布。"

"打哪儿去弄钱呢？听着，我有两千，伊万再出一千，那就有三千了。你拿去还给人家。"

"你说的三千卢布什么时候才能弄到哇？再说，你还没有成年，可是无论如何你今天就得去代我向她珍重道别，还钱也罢，不还钱也罢，反正一定得去，因为事情都到了这个分儿上，我再也不能拖下去了。明天可就晚了。我派你找父亲去。"

"找父亲？"

"是的，去见她之前先找父亲。你去向父亲要三千卢布。"

"米嘉，他是不会给的。"

"会给才怪呢！我知道他不肯给钱的。阿列克塞，你知道什么叫穷途末路吗？"

"知道。"

"听我说：从法律上讲，他什么也不欠我的。能索取的，我都向他索取了，这我知道。但是从道义上讲，他还是欠我的，是不是这样？他从母亲的两万八千起家，赚到了十万。现在只要他从两万八里头拿出三千给我，就能把我的灵魂从地狱里拽出来，这么做可以抵消他的许多罪孽！有了这三千卢布，我向你庄严保证，一定了结我们之间所有的恩恩怨怨，他再也不会听到我的任何要求。我给他最后一次当老子的机会。告诉他，这次机会是上帝亲自赐给他的。"

“米嘉，说什么他也不会给的。”

“我知道他不会给，我太了解他了。尤其是现在。另外，我还知道：现在，就在前几天，也许仅仅是昨天，他才头一回得到**可靠**消息(注意，是可靠消息)——格露莘卡也许不是开玩笑，她可能真的会嫁给我。老头子了解她的性格，知道这只猫的脾气。他自己正为格露莘卡神魂颠倒，难道还会拿出钱来给我，从而促成这件事？这仍然不是全部理由，我还可以给你举出一些来。我知道，大约五天前他就从银行兑取三千卢布，通通换成一百卢布的钞票装进一只大信封，盖了三个封印，外面再用粉红色丝带交叉扎好。瞧，我连这些细节都知道！信封上写着：‘给我的天使格露莘卡，只要她愿意光临。’这是他背着人不声不响亲笔题写的，谁也不知道他屋里藏着钱，只有用人斯乜尔加科夫除外，而他相信这用人的诚实，就跟相信自己一个样。他已经连续三四天一直在等格露莘卡，希望她来取那个信封。他给格露莘卡捎去了信儿，而格露莘卡也表示‘也许会来’。试问，如果她上老头儿那里去了，难道我还能娶她吗？现在你可明白，我为什么猫在这儿不让别人知道？你可明白，我究竟在守候什么目标？”

“她？”

“对，正是她。福马向那些臭婆娘——这儿的房东——租了一间小屋子。福马以前是我们营的士兵，从我们的驻地来。他为房东家干活，夜里当门房，白天背着猎枪去打松鸡，以此谋生。我就在他这儿落脚。他和房东都不知道这个秘密——我是说他们都不知道我在这儿守候的目标。”

“只有斯乜尔加科夫一个人知道？”

“对，就他知道。要是格露莘卡到老头儿那里去，他会给我报信的。”

“信封的事就是他告诉你的？”

“对。这是个绝密情报。连伊万也不知道钱的事，一点儿都不知道。老头儿要打发伊万出门两三天去一趟切尔马什尼亚。有一个买主愿出八千卢布买一片小树林的采伐权，老头儿央求伊万：‘帮帮忙，去跑一趟吧。’大概要两三天。老头儿的用意是要让格露莘卡来的时候伊万不在家。”

“那么，他今天也在等格露莘卡喽？”

“不，有迹象表明今天她不会去。肯定不会！”米嘉忽然叫了起来，“斯乜尔加科夫也认为如此。父亲此刻正泡在酒坛子里，和伊万坐在桌子旁边。去吧，阿列克塞，去向他要那三千卢布……”

“米嘉，亲爱的，你怎么啦？”阿辽沙惊呼一声，从座位上跳起来，注视着神情狂乱的德米特里·费奥多罗维奇。霎时间他以为米嘉发疯了。

“你干吗？我脑子没出毛病，”德米特里·费奥多罗维奇说，他的目光专注，甚至有点儿严肃。“别害怕，我差你去见父亲，自然心中有数。我相信奇迹。”

“奇迹？”

“我相信神明显灵的奇迹。上帝知我心，上帝看到我已山穷水尽。他是明察秋毫的。他岂能坐视惨剧发生？阿辽沙，我相信奇迹，去吧！”

“我去。告诉我，你会在这儿等我吗？”

“会的。我明白，事情快不了，不能就这样跑去开门见山向他要钱。他现在喝醉了。我可以等上三小时，四小时，五小时，六小时，七小时，但是你得记住，今天，哪怕深更半夜，你也必须去见卡捷琳娜·伊万诺夫娜，不管**带不带钱都得去**，并且对她说：‘他嘱咐我向您致意。’我要你照此直说：‘他嘱咐我向您致意。’”

“米嘉，万一格露莘卡今天去了……就算不是今天，而是明天或者后天，万一她去了呢？”

“格露莘卡？要是给我候着了，我会闯进去阻止……”

“万一……”

“万一出现这样的‘万一’，我就杀人。我咽不下这口气。”

“你要杀谁？”

“老头儿。我不杀她。”

“大哥，你在说些什么?！”

“我不知道，不知道……。也许不会，也许会下手。怕只怕到那时他的那张面孔突然使我怒从心上起。我痛恨他的喉结、他的鼻子、他的眼睛、他那恬不知耻的奸笑。我会产生一种生理上的反感。这是我所担心的。我担心会无法控制自己……”

“我去，米嘉。我相信上帝一定会作出最妥当的安排，不让惨剧发生。”

“我会待在这儿等候奇迹出现。但要是没有奇迹出现，那……”

阿辽沙心事重重地出发去见父亲。

六 斯乜尔加科夫

阿辽沙到那儿时，发现父亲果然还坐在餐桌旁。宅内虽有真正的餐室，但是餐桌照例总是摆在厅堂里。厅堂是宅内最大的一间屋子，布置陈设似在刻意追求古色古香的情调。家具是白色的，极其老派，饰以红色的夹丝织物面料，也都老掉牙了。窗户之间的内壁上嵌有大镜子，雕工过于精巧的老式镜框也是白色镀金的。白色的棉质壁布好多地方已经裂开，墙上挂着两幅很大的肖像：一幅是位公爵，三十年前曾任本省省长；另一幅则是一位谢世已久的主教。门口一角供有几尊神像，神像前入夜点着一盏长明灯，与其说是敬神，不如说为了夜间照亮屋子。费奥多尔·巴甫洛维奇每天夜里上床都很晚，总在凌晨三点乃至四点左右，而上床之前老是在屋子里走来走去，或者坐在扶手椅上动脑筋。这已经成了习惯。有不少个夜晚他是独自一人在正屋里度过的，把用人都打发到侧屋下房里去；不过大多数情况下有斯乜尔加科夫和他一起留在正屋里过夜，这名用人就睡在走廊里的箱凳上。

阿辽沙进去的时候，正餐已经结束，但又上了蜜饯和咖啡。费奥多尔·巴甫洛维奇餐后喜欢吃一点甜食，往咖啡里加些许白兰地。伊

万 · 费奥多罗维奇同样在座，也在喝咖啡。两名仆人格里果利和斯乜尔加科夫侍立桌旁。主仆四人显然都异常兴奋。费奥多尔 · 巴甫洛维奇不时纵声狂笑；阿辽沙还没进门，就听到他曾经十分熟悉的尖声大笑，并根据笑声立即断定，目前只能说父亲正“渐入佳境”，离那个真正的醉字还早着呢。

“瞧，他来了，他来了！”费奥多尔 · 巴甫洛维奇一见阿辽沙，就高兴非凡，大声欢呼。“快坐过来，和我们一起喝咖啡。咖啡是素的，不违反斋规，还是热腾腾的，煮得好极了！白兰地我不请你喝，你是持斋的。想不想尝尝，要不要来一点？不，我还是让你喝果子酒吧，那可是好货色！斯乜尔加科夫，去打开食品柜，右边第二挡搁板上，把钥匙拿去，快！”

阿辽沙正欲谢绝果子酒。

“让他们端上来吧，你不要，就给我们，”费奥多尔 · 巴甫洛维奇兴致很高，“等一下，你吃过饭了没有？”

“吃过了，”阿辽沙说。其实，他在修道院长的膳食房里总共才吃了一片面包，喝了一杯克瓦斯。“我很乐意喝杯热咖啡。”

“乖孩子！好样的！那就喝杯咖啡。要不要热一下？哦，不，还滚烫的呢。咖啡煮得极好，是斯乜尔加科夫的手艺。煮咖啡、烤鱼糜馅长饼，我这儿斯乜尔加科夫是一把好手，当然，还有熬鱼汤。什么时候你来尝尝他熬的鱼汤，只要先打个招呼……。等等，我想起来了，上午我不是才对你说过，叫你今天就带着铺盖卷儿搬回来住吗？铺盖卷儿带来了没有？嘻嘻！……”

“没有，没带来。”阿辽沙也笑道。

“啊，把你吓着了，今儿上午的事把你吓着了，对不对？你呀，宝贝儿，我能让你受委屈吗？听我说，伊万，他这副一眼不眨、笑容满面的表情真招人疼，我没法儿不喜欢。一见他的模样儿，我就心花怒放，我实在爱他！阿辽沙，让我给你一个父亲的祝福。”

阿辽沙站起来，但是费奥多尔 · 巴甫洛维奇已经改变了主意。

“不，不，暂时我先只给你画一个十字，对，就这样，你坐下。好了，现在可以让你乐上一乐，这题目正好合你的口味。准保你笑得前俯后仰。咱们那头巴兰的驴开口说话了[①]，而且说得有趣极了！”

原来，巴兰的驴指的是斯乜尔加科夫。此人还年轻，才二十四岁，生性十分孤僻，绝少说话。他倒不是怕羞或者觉得有什么不好意思，相反，他的性格相当傲慢，似乎瞧不起所有的人。

写到这里，笔者不得不介绍一下有关此人的情况，哪怕只是三言两语。他是由玛尔法·伊格纳启耶夫娜和格里果利·瓦西里耶维奇抚养长大的，但这孩子从小乖僻，格里果利说他“十足的忘恩负义”，总是用阴沉的眼光看这个世界。小时候他特别喜欢把猫吊死，然后郑重其事地为它们举行葬礼。为此目的，他会把一条床单披在身上权充法衣，一边唱歌一边举着什么东西当香炉在死猫上方舞动。这一切都是背着人以极端诡秘的方式进行的。有一次他在玩这种把戏的时候，让格里果利逮住了，用树条狠狠地抽了一顿。他躲到角落里，有一个星期老是从那儿对谁都侧目而视。

“他不喜欢咱俩，这个恶魔，”格里果利对玛尔法·伊格纳启耶夫娜说，“他谁也不喜欢。”格里果利突然转向斯乜尔加科夫，直接冲他道：“你难道是人？你不是人，你是从发了霉的澡堂子里冒出来的，你就是这等货色……”

后来的情况表明，斯乜尔加科夫始终不能原谅他的这句话。格里果利教会了他认字，到他满十二岁以后，又开始教他读《圣经》。然而这件事旋即不了了之。一天，才上到第二课或第三课的时候，这男孩忽然暗暗发笑。

“你笑什么？”格里果利问，同时从眼镜上边严厉地瞅着他。

“没什么。上帝头一日创造了光，第四日才造日月星辰。那么头

---

① 《圣经·旧约·民数记》第 22 章记述巴兰用杖打他所骑驴子、耶和华让驴子说话的故事。“巴兰的驴”通常用来形容平时沉默寡言、一旦开口却能语惊四座的人。

一日的光又是从哪儿来的呢？”

格里果利被问得目瞪口呆。那男孩面带嘲讽的表情望着老师。甚至他的眼神里也有一股居高临下的傲气。格里果利咽不下这口气。

“从这儿来的！”他大喝一声，同时给了他这个学生狠狠的一巴掌。

男孩挨了这一巴掌，没有顶半句嘴，但是又缩进角落好几天。事有凑巧，一星期后出现了他有生以来的第一次羊痫风发作，这病从此伴随了他整整一辈子。费奥多尔·巴甫洛维奇听说此事以后，似乎一下子改变了对他的态度。过去，他对那孩子比较冷漠，尽管从不骂他，遇见时也总要给他一个戈比。逢到心境好的时候，费奥多尔·巴甫洛维奇会吩咐把餐桌上好吃的给孩子送一些去。然而，自从知道他有这病，便特别关心起来，请了一位大夫给治，可这病是不可能治好的。他平均一个月有一次发作，间隔的时间并不相同。发作的厉害程度也不一样，有时比较轻，有时非常严重。费奥多尔·巴甫洛维奇从此严禁格里果利对孩子施加体罚，并开始让他上楼到自己房间里来。暂时他也不准格里果利教他任何东西。不过有一回，那时他大约已经十五岁了，费奥多尔·巴甫洛维奇发现，他在书橱前转来转去，隔着玻璃读书名。费奥多尔·巴甫洛维奇家里书倒是不少，约莫有一百多本吧，但从来没有人见到过他自己读书。他当即把书橱的钥匙交给斯乜尔加科夫，说：

“读吧，你就当我的图书管理员，别整天在院子里闲逛，还是坐下来读读书，”说着，费奥多尔·巴甫洛维奇抽出一本《狄康卡近乡夜话》[①]给他。“你就读这一本。”

少年读了，但是并不满意，始终没有露出一丝笑容，读完后反倒紧皱眉头。

“怎么样？不可笑？”费奥多尔·巴甫洛维奇问。

斯乜尔加科夫不作声。

---

① 俄罗斯作家果戈理早期的一本短篇小说集。

"回答呀，傻瓜。"

"里边都不是真有的事。"斯乜尔加科夫阴阳怪气地勉强挤出这么一句。

"见你的鬼去吧，你只配当奴才！等一下，给你这本斯马拉格多夫的《通史》[①]，里边全是真有的事，拿去读。"

但斯乜尔加科夫连十页也没读完，觉得枯燥无味。于是，书橱重又成了摆设。

不久，玛尔法和格里果利向费奥多尔·巴甫洛维奇禀告，说斯乜尔加科夫不知怎么的渐渐表现出一种古怪的洁癖：他坐下来喝汤，先是拿起勺子在汤盆里找呀找的，再低下头去仔细察看，然后舀起一勺汤来举到亮处。

"是不是有蟑螂？"格里果利曾这样问。

"也许是苍蝇。"玛尔法说。

这个过分讲究卫生的少年从不回答，但无论吃面包还是吃肉，对所有的食物他都一视同仁：用叉子叉住一块，举到亮处仔仔细细地瞧，像是在显微镜下进行检验，考虑再三，这才入口。

"哪来的公子哥儿！"格里果利瞧着他，有时不免嘀咕一句。

费奥多尔·巴甫洛维奇听说斯乜尔加科夫有此新的怪癖，立即决定让他当自己的厨子，并且把他送往莫斯科学艺。他学了几年手艺，回来时面目全非。他好像一下子老了许许多多，甚至满面皱纹，脸色发黄，看上去像个阉割派[②]教徒，与他的年龄完全不相称。从性格上说，他从莫斯科归来后与当初去那儿之前几乎一模一样：依然那么孤僻，不跟任何人交往，连一点点这样的愿望也没有。后来听别人说，他在莫斯科也始终沉默寡言。莫斯科本身能引起他兴趣的事情非常之少，因而他在那儿的见闻实在有限得很，其余的一切他都不注意。他

① 1845 年在彼得堡出版的《小学通史简编》，编者是一位中学教员。

② 18 世纪末开始在俄国出现的一个教派，鼓吹通过阉割手段放弃肉欲以"拯救灵魂"。

上过一回剧场，但回来时不说话，也不高兴。不过，他从莫斯科回到我们这个小城来，衣着却很讲究，外套和衬衫干干净净。自己的衣服他照例每天要用刷子十分仔细地刷两次，而他的那双漂亮的小牛皮靴子他更是爱用一种特别的英国鞋油擦得跟镜子一般锃亮。他成了一名出色的厨师。费奥多尔·巴甫洛维奇给他定了一份工资，斯乜尔加科夫把这份工资几乎悉数用在衣着、发蜡、香水之类的花销上。但是，对女性他似乎跟对男性一样蔑视，谨慎地与之保持距离，女人简直无法接近他。费奥多尔·巴甫洛维奇已开始对他青眼有加。事情是这样的：他的癫痫症病情加重了，逢到他发病的日子便由玛尔法·伊格纳启耶夫娜掌厨，可是她做的饭菜完全不合费奥多尔·巴甫洛维奇的口味。

“你发病的次数怎么多起来了？”有时他睨视着新厨子的脸问道，“你还是娶个老婆吧。要不要我给你找一个？……”

但斯乜尔加科夫对这些话的反应只是悻悻然面色煞白，却什么也不回答。费奥多尔·巴甫洛维奇不耐烦地把手一甩，便走开了。有一点十分重要：他确信斯乜尔加科夫诚实可靠，确信他什么也不会拿、不会偷，而且这信心永不动摇。有一次发生了这样一件事：醉醺醺的费奥多尔·巴甫洛维奇把刚收到的三张一百卢布的钞票掉在自家院子的泥塘里了，直到次日才发觉丢了钱，正急急忙忙在衣服口袋里寻找，钞票却已经放在他桌上，三张钞票一张不少。这是怎么回事？原来斯乜尔加科夫捡到后昨天就拿来了。

“嗨，老弟，像你这样的人我可没见到过。”当时费奥多尔·巴甫洛维奇很痛快地说，并且赏给他十卢布。

必须补上几句，费奥多尔·巴甫洛维奇不单单确信他的诚实，甚至不知出于何种原因还挺喜欢他，尽管那小子对他也侧目而视，就像对别人一样，而且老是不声不响。他难得开口。倘若那时候有谁要问：这小伙子对什么感兴趣？他脑子里想得最多的是什么？那么，说实在的，任何人看着他都答不上来。事实上，在主人楼内，甚至在院子里或街上，有时候他会把脚步停下来沉思默想，往往这样一站就是十来分钟。相家端详他的面貌后会说，这既非深思，亦无熟虑，而是一种默想。画家克拉姆斯科伊[①]有一幅出色的画，标题叫作《默想者》。画的是冬日的森林，林中路上孤零零地站着一个农夫，上身穿长长的破小褂，脚下是树皮编的鞋，他在无比深沉的孤寂中迷了路，于是站在那儿，似乎陷入了沉思。但他并无所思，而是在“默想”。如果有人推他一下，他会猛然一震，如梦初醒般瞧着你，但是什么也不明白。诚然，他随即就会定下神来，可要是问他站在这儿想什么来着，他肯定什么都记不得了，然而他一定会把刚才默想时笼罩自己的那份印象在心中藏起来。这些印象对他来说弥足珍贵，他一定会悄悄地、甚至无意识地把它们积攒起来，——至于理由何在，目的何在，他当然也不知道。或许把多年的印象攒够了，有朝一日他会撇下一切，长途跋涉去耶路撒冷修身自救。或许他会一把火烧了自己的家园。或许两者都干亦未可知。默想者在老百姓中间有的是。想必斯乜尔加科夫就是这样一个默想者，想必他也在贪婪地积攒自己的印象，而自己几乎还不知道为了什么。

七 争 论

但是，巴兰的驴忽然开口说话了。话题有些怪：早晨格里果利在卢基扬诺夫铺子里买东西的时候，从他那儿听到一名俄国士兵的故事。那士兵在遥远的边疆让那里的亚洲人俘虏了，他们胁迫他背弃基督教，改宗伊斯兰教，否则立即用酷刑将他处死。他拒绝改变自己的信仰，受了酷刑，听任敌人活剥其皮而死，临刑还在赞美和颂扬基督。这一壮烈的事迹刚好上了当天收到的报纸。格里果利在侍候主人用餐时谈起此事。费奥多尔·巴甫洛维奇素来喜欢在每次正餐后进甜

① 伊万·尼古拉耶维奇·克拉姆斯科伊(1837—1887)，俄罗斯画家、19世纪末叶巡回展览画派的创始人和领导者之一。代表作除陀思妥耶夫斯基在本章中描述的名画《默想者》外，还有《无法安慰的悲哀》等。

食的时候说说笑笑，哪怕跟格里果利也行。这天，他心境舒畅，情绪轻松。他呷着白兰地听完这条报道后指出，这样的士兵应该立即尊为圣徒，而他那张圣皮则应当供到一座修道院里去。

“包管那里人山人海，财源茂盛。”他说。

格里果利皱起了眉头，因为他发现费奥多尔·巴甫洛维奇丝毫没有受到感动，而是一仍旧贯，又开始亵渎神圣。这时，站在门口的斯乜尔加科夫忽然扑哧一笑。斯乜尔加科夫过去也经常被允许站在餐桌旁边，那多半是在食事快要结束的时候。自从伊万·费奥多罗维奇来到我们的小城，斯乜尔加科夫几乎每次都来侍候主人用餐。

“你怎么啦？”费奥多尔·巴甫洛维奇问道，他迅即注意到厨子的窃笑，并且明白斯乜尔加科夫无疑是在笑格里果利。

“我是这么个意思，”斯乜尔加科夫出人意料地开始大声发表看法，“这名士兵的事迹固然可歌可泣、十分伟大，不过在这种形势下，比方说，他即使背弃基督教义和自己受过的洗礼，从而把一条命保全下来做好事，以经年累月的积德抵偿自己的怯懦，依我看，这也算不上什么罪过。”

“这怎么不是罪过？你在胡说八道，冲这一点你就会直接下地狱给当作羊肉烤。”费奥多尔·巴甫洛维奇接过这话茬。

阿辽沙正是在这个当口走进厅堂。如我们所知，费奥多尔·巴甫洛维奇一见到阿辽沙，高兴得不得了。

“我们的话题你会感兴趣的，会感兴趣的！”他乐呵呵地嘻嘻笑着，让阿辽沙坐下来听。

“说到当羊肉烤，那是不会的，为这事没有这么干的，而且，要是公平合理的话，也不该这么干。”斯乜尔加科夫郑重指出。

“这叫公平合理？！”费奥多尔·巴甫洛维奇更加开心地嚷道，同时用膝盖捅了阿辽沙一下。

“他是个混蛋，不是别的！”格里果利忽然迸出这么一句。他愤怒地直瞪着斯乜尔加科夫。

“您且慢骂混蛋，格里果利·瓦西里耶维奇，”斯乜尔加科夫不慌不忙、沉稳克制地把这话顶回去，“最好还是好好想一想：既然我被基督教的仇敌俘虏了，他们要我诅咒上帝的名字，背弃神圣的洗礼，那时我已由自己的理智授以全权，这样做并不是什么罪过。”

“这话你说过了，不用多做文章，你得证明！”费奥多尔·巴甫洛维奇一个劲儿地叫喊。

“熬汤仔！”格里果利轻蔑地嘟哝道。

“您也且谩骂熬汤仔，格里果利·瓦西里耶维奇，还是心平气和地好好想想。因为，只要我一开口对敌人说我不是基督徒，我诅咒我真正的上帝，那么，至高无上的上帝审判庭立刻会宣布把我革出教门，作为一名邪教徒永远开除出神圣的教会，甚至不等我开口，而是在我刚产生这样说的念头时，要不了四分之一秒钟的工夫，我就被教会开除了，——是不是这样，格里果利·瓦西里耶维奇？”

他显然很得意地面向格里果利说话，其实回答的明明是费奥多尔·巴甫洛维奇的问题，而且自己心里很清楚，但故意装作这些问题好像是格里果利提的。

“伊万！”费奥多尔·巴甫洛维奇突然叫了一声，“附耳过来。这一切他都是特意为你安排的，目的是要你夸他。你就夸他几句吧。”

伊万·费奥多罗维奇十分认真地听完老爸兴高采烈地告诉他的这一秘密。

“等一下，斯乜尔加科夫，你暂且不要说话，”费奥多尔·巴甫洛维奇重又提高嗓门，“伊万，你再附耳过来。”

伊万·费奥多罗维奇再一次郑重其事地遵命把耳朵凑过去。

“我喜欢你，就像喜欢阿辽沙一样。你别以为我不喜欢你。要白兰地吗？”

“好吧。”伊万·费奥多罗维奇谛视着父亲，心想：“你自己可已经灌了不少啦。”对于斯乜尔加科夫，他一直怀着不寻常的好奇心在进行观察。

“你现在就该被革出教门，”格里果利顿时勃然大怒。“你居然还敢在这儿夸夸其谈，混蛋，既然……”

“别骂人，格里果利，别骂人！”费奥多尔·巴甫洛维奇立刻加以阻止。

“您少安毋躁，格里果利·瓦西里耶维奇，只要等一小会儿，继续往下听，因为我还没有把话说完。就在我遭到上帝诛谴的时候，就在那具有无上权威的一瞬间，我已经成了邪教徒，我受过的洗礼也随之失效，对我毫无约束力了，——至少是这样吧？”

“快把结论说出来，老弟，快。”费奥多尔·巴甫洛维奇催促道，同时津津有味地从酒杯里呷了一口白兰地。

“既然我已不是基督徒，那么，当敌人逼问我是不是基督徒的时候，我并没有说谎，因为上帝已亲自撤销我的基督教籍，理由是我头脑里出现了这一闪念，甚至在我还没来得及开口回答敌人之前已经撤销了。而既然我已被革去教籍，那么有什么理由、凭哪家的公道到了另一个世界还要追究我作为基督教徒的责任，算我背弃基督的账？事实上在声明背弃之前，单单由于那一闪念，我受过的洗礼对我已经没有约束力了。既然我已不是基督徒，那就是说我不可能背弃基督，因为那时我没有什么可以背弃的。谁会因一个异教鞑靼人生下来不是基督徒跟他算账，哪怕在另一个世界？格里果利·瓦西里耶维奇，谁也不会因此而处罚他，理由是从一头牛身上剥不下两张皮来。即便万能的上帝在鞑靼人死后要跟他算账，我估计那将是极轻的处罚（因为完全不处罚也不行），应该考虑到他由异教的父母生下来就是异教徒，这不是他的过错。万能的上帝总不能硬把一个鞑靼人抓去，说他曾经是个基督徒吧？如果这样，那么万能的上帝说的将是十足的谎言。主宰天地的上帝怎么能说谎呢，哪怕只是一句谎话？”

格里果利惊呆了，瞪出一双眼珠子望着演说者。他虽然不太清楚别人在说些什么，但从这一派胡言中恍然悟出某种意思，因而像一个前额突然撞在墙上的人那样愣住了。费奥多尔·巴甫洛维奇把杯中的酒喝干，发出一阵尖笑。

“阿辽什卡，阿辽沙，怎么样？瞧这个诡辩家！伊万，他一定曾经在哪儿和耶稣会士[1]混在一起。啊，你这个臭耶稣会士，是谁教你的？但你是在胡说，诡辩家，胡说，胡说，胡说。别哭，格里果利，咱们马上就能把他驳得体无完肤。喂，驴儿，你听我说。即使你在敌人面前没错，但你思想上还是背弃了自己的信仰，你自己也说在那一刻已遭诛谴，革出教门，既然已被革出教门，到地狱里就不会有你好果子吃。你对此有何高见，可爱的耶稣会士？”

“我思想上已经背弃信仰，这一点并无疑问，但这毕竟不能构成任何特殊的罪名。即使有一点小小的过错，也是极其平常的。”

“居然还极其平常！”

“满口胡话，该死的业障！”格里果利恨得直咬牙。

“您想想，格里果利·瓦西里耶维奇，”斯乜尔加科夫语调平稳、不急不躁地继续发表意见，他已经意识到胜券在握，但好像故意对他的手下败将宽大为怀，“您想想，格里果利·瓦西里耶维奇。《圣经》上写 着，只要您有信仰，哪怕只是芥菜籽儿那么一丁点儿，那么，您对一座山说：到海上去，山一听到您的命令就会移到海上去。如此说来，格里果利·瓦西里耶维奇，既然我不信上帝，而您又是那么虔诚，甚至一直在不停地骂我，那么您自己不妨试试对一座山说，也不必叫它移到海上去（因为这儿离海太远），只要叫它移到咱们花园后面那条臭河浜里去。您自己马上就能看到，什么也不会移动；无论您怎样大喊大叫，一切仍将维持原状。这表明您也不够虔诚，格里果利·瓦西里耶维奇，您只是口口声声骂别人不信上帝。再考虑到，在咱们这个时代，任何人，不光是您，从地位最高的人物一直到最卑微的农夫，确确实实任何人都不可能一脚把一座山踹进大海。也许，全世界只有一个、顶多两个人例外，即便有，这样的人也是隐姓埋名躲在埃及的沙漠里修身自救，所以根本无法找到。既然如此，既然其余的人个个都没有信仰，难道有着众所周知的慈悲心肠的上帝会对其余

① 耶稣会是16世纪欧洲天主教内顽固反对宗教改革的主要集团。“耶稣会士”后来常被用作“阴险者”、“伪善者”的同义语。

的人——除了个别沙漠隐修者以外全世界所有的居民——通通加以诛谴，一个也不宽恕？所以，即使曾经一度动摇，我只消掉几滴忏悔的眼泪，也能得到宽恕，对此我深信不疑。”

“打住！”费奥多尔·巴甫洛维奇乐不可支地尖声叫道，“你毕竟认为有那么两个人能够移山，是不是？伊万，把这记下来。俄国人的性格不是整个儿都表现出来了吗？”

“您说得完全正确，这是人民信仰的典型特征。”伊万·费奥多罗维奇面带赞许的笑容表示同意。

“你同意了！既然你同意了，那准没错！阿辽什卡，难道不是吗？这不是地道俄国式的信仰吗？”

“不，斯乜尔加科夫的信仰根本不是俄国式的。”阿辽沙严肃而又坚定地说。

“我不是说他的信仰，我是指这种特征，指的是那两个沙漠隐修者，仅仅指这种特征！这难道不是俄罗斯的，不是俄国式的？”

“对，这种特征是俄国式的。”阿辽沙含笑道。

“驴儿，你的话值一个金币，我今天就赏给你，但在其他方面你仍然在胡说，胡说，胡说。告诉你，傻瓜，世人之所以缺乏信仰，无非轻率所致，因为我们没有时间：首先，事情太忙；其次，上帝给的时间太少，规定一天才二十四个小时，连好好睡一觉都不够，甭说忏悔了。而你在敌人面前失节，是因为当时除了信仰，你没有旁的事情可想，而恰恰在那个时候应当显示你的信仰，对不？所以我认为，老弟，这足以构成罪过，你说呢？”

“构成是足以构成，但您想想，格里果利·瓦西里耶维奇，正因为这构成罪过，才更应当从轻发落。要知道，倘若当时我像一个真正的基督徒那样信仰真理，那么，我拒不殉教并且改宗穆罕默德的邪教确实是罪过。然而当时并不会出现非殉难不可的局面，因为只要我对那座山说：‘移动起来，把敌人压死！’顷刻之间它就会移动起来，顷刻之间就会把敌人压死，像踩死蟑螂一样，我便可以唱着颂扬上帝的赞歌扬长而去。可是，偏偏在那个时刻这些招数我都试过了，并且特地向着那座山高喊：‘压死这些刽子手！’——奈何它就是不压。请问：那时我能不动摇？在如此可怕的时刻，面对偌大的死亡威胁，我能不动摇？我知道自己反正不可能完完全全达到进入天国的目标（因为山没有照我的话移动起来，这表明那边不太相信我的虔诚，也就是说，在另一个世界没有太大的奖赏在等着我），那我干吗还要在得不到任何好处的情况下让人家扒我的皮？因为我的皮即使已经从背上给扒下一半，那座山也不会遵照我的言语或喊叫移动起来。人到那样的关头别说是发生动摇，甚至由于害怕而丧失理智也有可能，所以想要仔细考虑根本做不到。既然在这一个世界和另一个世界，我哪儿都捞不到好处，得不到奖赏，那么，如果我选择了至少还能保住自己一张皮的做法，又有什么大不了的过错？正因为如此，在对上帝的仁慈深信不疑的同时，我抱着一个希望，那就是：我会得到完全的宽恕……”

八　微醺之余

争论结束了，但说也奇怪，刚才那么兴高采烈的费奥多尔·巴甫洛维奇临了脸色突然阴了下来。他阴着脸，把白兰地一饮而尽。这一杯完全是多余的了。

“你们这些耶稣会士，给我滚，”他冲两名仆人大喝，“滚，斯乜尔加科夫。今天许下的一个金币我会赏给你的，可你给我滚开！别哭，格里果利，回到玛尔法那儿去，让她安慰你，安排你睡觉。”

“妈的，也不让人饭后安安静静坐一会儿，”在两名仆人按他的命令随即退下后，他忽然悻悻然抱怨道。“如今斯乜尔加科夫也每次在用餐时间往这儿钻，令他如此感兴趣的是你，”接着他面向伊万·费奥多罗维奇说，“你究竟有什么地方对他产生这样的吸引力？”

“什么也没有，”伊万回答道，“是他对我产生了仰慕之意；无非是一名奴仆。附带说一下：时机一到，这批人就是唱帽儿戏的。”

“帽儿戏？”

“会有其他更好的角儿，但也有这样的。先上这样的，在他们之后才是角儿。”

“那时机什么时候才能来到？”

“烟火点着了，也许没有燃完就灭了。目前老百姓不太喜欢听这些熬汤仔的言论。”

“怪不得，老弟，这头巴兰的驴儿老是在那儿想呀，想呀，鬼知道他不声不响会想出什么名堂来。”

“他在积聚思想。”伊万淡然一笑。

“听着，我知道他也讨厌我，就像讨厌所有的人一样。他也讨厌你，尽管你以为他对你‘产生了仰慕之意’。阿辽沙更不在话下。他压根儿瞧不起阿辽沙。反正他不偷东西，不搬弄是非，不言不语，家里的丑事不外扬，又烤得一手出色的鱼糜馅长饼，其余的一切就见它的鬼去！说实在的，他的事值得这样谈论吗？”

“当然不值得。”

“至于他不声不响会想出什么鬼名堂，我认为，一般说来，俄国的农民得用树条抽。我一向主张这样。咱们的农民心眼儿鬼着呢，不值得怜悯，好在至今有时候还有人抽他们。俄罗斯大地的坚实有赖于白桦树。要是把树林砍光了，俄罗斯大地要遭殃。我拥护聪明人的高见。咱们已不再责打农民，这是非常明智的，然而他们自己却还在抽打自己。打得好。有道是‘种瓜得瓜，种豆得豆’，或者诸如此类的说法……。总而言之，一报还一报。俄国实在是一堆臭垃圾。我的朋友，你不知道我有多么恨俄国……应该说，我不是恨俄国，而是恨所有这些劣根性……不过，没准儿也恨俄国。全是垃圾。知道吗，我喜欢什么？喜欢奇思妙想。”

“您又喝了一杯。您喝得够多了。”

“等一等，我再喝一杯，完了再来一杯，然后就结束。不，等一下，你打断了我的话。我经过莫克罗耶的时候问过一个老头儿，他回答说：‘我们最喜欢判决用树条抽打姑娘，这差使都交给小伙子干。

今儿小伙子抽打了哪个姑娘，明儿他就上哪家求亲娶谁做老婆。这样，我们这儿的姑娘自己也乐意。’这不比德·萨德侯爵[①]差劲吧？不管怎样，这主意妙。咱们也去瞧瞧，怎么样？阿辽沙，你脸红了？不用害臊，孩子。可惜今儿我没有在修道院长那儿吃饭，否则一定给那些修士讲讲莫罗克耶的姑娘们。阿辽沙，别为今儿我冒犯了你的修道院长而生气。老弟，我没能克制住自己。如果有上帝，如果上帝存在的话，——那么，我当然有错并且应该负责；但如果上帝压根儿就没有，那还要他们——你的那些神父——干吗？要知道，如果那样的话，即使砍了他们的脑袋也不够，因为他们拖了发展的后腿。信不信由你，伊万，我一直为这事感到苦恼。是的，你不信，因为从你的眼神我看得出来。你相信人们的话，人们说我不过是个小丑。阿辽沙，你相信我仅仅是个小丑吗？”

“我相信您不仅仅是个小丑。”

“我信你的话，相信这是你的真心话。你的眼神是真诚的，说的也是真心话。伊万可不是这样。伊万自高自大……。不过，我还是想把你那个破修道院撤销。我真想在整个俄罗斯大地上永远取缔一切装神弄鬼的货色，让所有的傻瓜彻底恢复理智。那该有多少黄金白银送进造币厂啊！”

“为何要取缔呢。”伊万说。

“为了使真理早日大放光芒，不为别的。”

“可要是这真理放了光芒，那么您头一个就会给抢劫一空，然后再……取缔。”

“嗄！你或许说得有理。嗐，我真是头蠢驴！”费奥多尔·巴甫洛维奇在自己脑门上轻轻一拍，霍地跳了起来。“好吧，那就让你的破修道院留着吧。而咱们这些聪明人仍将暖暖和和地坐着享用白兰

---

① 德·萨德(1740—1814)，法国作家，侯爵(一说为伯爵)，军人出身，所著长篇小说《美德的厄运》、《朱丽叶特》等充斥性欲倒错的色情描写。他本人曾因变态性虐待行为多次遭监禁。“虐待狂”一词从字面直译即为“萨德主义”。

地。知道吗，伊万，想必，是上帝亲自故意这样安排的，是不是？伊万，你说：到底有没有上帝？不，你一定得说，认认真真地说！你又在笑什么？”

“我是在笑刚才您自己的妙论，关于斯乜尔加科夫相信世上有两位贤人也许能够移山，当时您说得真妙。”

“难道跟这会儿的情形有点儿像？”

“很像。”

“这就是说，我也是俄罗斯人，我也有俄罗斯性格特征。而在你身上同样可以抓住类似的特征，尽管你是哲学家。要不要我抓给你瞧瞧？咱们可以打赌，我明天就能抓住。你还是得说说：有没有上帝？不过得认认真真说！我要你现在拿出正经样儿来。”

“不，没有上帝。”

“阿辽沙，有上帝吗？”

“有上帝。”

“伊万，有没有灵魂不灭之类的玩意儿，哪怕是一点儿，只是一丁点儿，有没有？”

“也没有。”

“绝对没有？”

“绝对没有。”

“是彻头彻尾一个零，还是有点儿什么？也许还有点儿什么？那终究不等于零吧！”

“彻头彻尾的零。”

“阿辽什卡，有没有灵魂不灭这回事？”

“有。”

“有上帝，还有灵魂不灭？”

“既有上帝，也有灵魂不灭。灵魂不灭就在于有上帝。”

“唔。八成伊万是对的。天哪，简直难以想象，人类献出了多少虔诚，把多少心力、精力、物力白白浪费在这个幻想上，而这已经有几千年了！是谁在这样捉弄人？伊万！我要你最后一次并且毫不含糊地说：上帝有还是没有？我最后一次问你！”

“最后还是没有。”

“究竟是谁在捉弄人，伊万？”

“想必是魔鬼吧。”伊万·费奥多罗维奇淡然一笑。

“那么魔鬼有没有呢？”

“不，魔鬼也没有。”

“遗憾。妈的，得出这样的结论以后，我该怎样处置最初造出上帝来的那个人呢！就是把他吊死在苦杨树上也太便宜他了。”

“如果没有人造出上帝来，也就根本没有文明。”

“没有文明？没有上帝就没有文明？”

“是的。也就不会有白兰地。不过我不得不把您的白兰地拿走了。”

“等一等，等一等，亲爱的，再给我一小杯。我伤害了阿辽沙的感情。阿列克塞，你不生气吧？我亲爱的小阿列克塞，阿列克塞小宝贝儿！”

“不，我不生气。我了解您的思路。您的心比您的头脑更好。”

“我的心比头脑好？噢，天哪，这话还是谁说的！伊万，你爱阿辽沙吗？”

“我爱。”

“爱吧。”费奥多尔·巴甫洛维奇已醉得厉害，“听着，阿辽沙，今天我在你的长老面前言语粗鲁。我当时太激动了。不过，那位长老倒颇有机智。你觉得怎么样，伊万？”

“也许吧。”

“有，有，有几分皮隆余韵[①]。他是个耶稣会教士，不过是俄国式的。作为一个正派人，他其实窝着一肚子火，因为不得不装模作样……把自己扮作圣贤。”

“可他是信奉上帝的。”

---

① 皮隆（1689—1773），法国作家，详见本书第545页。

“信个屁。你不知道？他自己对所有的人——不，应该是对所有去朝拜的聪明人——都是这么说的。他对省长舒尔茨就直截了当说过：我相信[①]，可不知信什么。”

“真的？”

“正是这样。但我尊敬他。他身上有一股梅菲斯托费尔[②]的味道，确切些说应该是《当代英雄》里的人物……阿尔贝宁[③]或者那个叫什么来着……也就是说，他是个好色之徒。他太好色了，若是我的女儿或妻子去向他忏悔，我就得为她们担心。知道吗，一旦他讲起故事来……。前年，他曾招待我们去喝茶，还有果子酒（女施主会给他送去果子酒），他讲起往日的故事来，把我们的肚子也笑破了……。尤其是讲他怎样把一个瘫痪女病人给治好这件事。他说：‘要不是我的腿脚酸痛，我会跳一支舞让你们瞧瞧。’你们有何感想？他还说：‘我这辈子干的好事儿多着呢。’他从商人杰米多夫那儿一下子捞了六万。”

“怎么，是偷的？”

“杰米多夫以为他是好人，把六万卢布拿去交给他，说：‘老哥，你替我保管起来，明天要抄我的家。’他便收下了，说：‘你这是给教会捐的款。’我对他说：你是个混蛋。他说：不，我不是混蛋，我是海量……。不过，这不是他……。这是另一个人。我不知不觉把他跟另一个人给搅浑了……。好吧，再来一小杯就不喝了。把瓶子拿走，伊万。刚才我在瞎说，你怎么不让我打住，伊万？……怎么不告诉我在说瞎话？”

“我知道您自己会打住的。”

“胡说，你这是不怀好意，没别的。你鄙视我。你来到我这儿，在我的家里鄙视我。”

---

① 原文为拉丁文。

② 德国诗人歌德（1749—1832）所著诗剧《浮士德》中的恶魔。

③ 俄国诗人莱蒙托夫（1814—1841）所著小说《当代英雄》的主人公是毕乔林，而阿尔贝宁则是莱蒙托夫所著诗剧《假面舞会》的主人公。

“我这就走；您白兰地喝多了。”

“我以基督的名义求你上一趟切尔马什尼亚……只要一两天，可你就是不去。”

“我明天就去，既然您这样坚持。”

“你不会去的。你要在这儿监视我，这才是你愿意干的，你这坏东西，所以你不去，难道不是吗？”

老头儿还是不依不饶。他的醉态已经到了这个分儿上，往往在这以前并不胡来的酒徒，到了这个分儿上会忽然想要大闹一场给人瞧瞧。

“干吗这样瞅我？你的眼神是什么意思？你的眼睛瞅着我，明明在说：‘你是个不要脸的醉鬼。’你的眼睛疑神疑鬼，你的眼睛瞧不起人……。你来到此地是别有用心的。阿辽沙看我可不像你，他的眼睛纯净明亮。阿辽沙不鄙视我。阿列克塞，你不要爱伊万……”

“不要对二哥发火！别再说伤害他的话了。”阿辽沙突然执着地说。

“那好吧，我也许……。哎哟，我的头好疼。把白兰地拿走，伊万，我这是说第三遍了。”他沉吟片时，蓦地咧嘴现出狡猾的一笑。“别生我这老废物的气，伊万。我知道你不爱我，不过还是别生气。你没有理由爱我。你上切尔马什尼亚去一趟，我会亲自上那儿去找你，带一份好礼物给你。我要让你瞧瞧那儿的一个小妞儿，我早就留意了。眼下她还是个光脚丫头。你不用害怕光脚丫头，别瞧不起她们——那可是珍珠！……”

说着，他啧的一声在自己手上吻了一下。

“在我眼里，”他刚刚触及自己心爱的题目，便一下子活跃起来，转瞬间仿佛醉意全消，“在我眼里……。嗐，你们这些毛孩子！你们这些小猪崽子还嫩着呢！……在我眼里……可以说，一辈子没有一个丑女人，这是我的一贯看法！你们能懂这意思吗？你们当然没法懂这意思：你们血管里流的还是奶，不是血，小鸡仔还没出壳哩！照我的一贯看法，在任何一个女人身上都能发现妙不可言的东西，这是你在别的女人那儿找不到的，——只要善于发现，这是关键！这是天才！在我眼里根本不存在‘末尾什卡’[①]。只要她是个女人，事儿就成了一半……你们当然懂不了！甚至在‘味儿非尔卡’[②]身上有时也能找到这样的东西，足以让你百思不得其解：其余的男人怎么都是傻瓜，竟然让她年华老去而至今未能识宝！

“对付光脚丫头或‘末尾什卡’，一开始就得让她感到惊讶，把她镇住——这是对付她的首要一招。你不知道吧？必须镇得她心醉神迷、直透脏腑，镇得她羞愧难当，不敢相信这样一位大爷竟会爱上她这么个粗笨丫头。无论现在还是将来，世上总是有主子和奴才，这真是美妙！总是有擦地板的女佣，也总是有她的主人，这正是人生享乐所需要的！

“等一下……听我说，阿辽沙，我总能让你死去的母亲感到惊讶，不过那是另一种方式。我从不跟她亲热，但时机一到，我会一下子拼命讨好她，跪在地上爬，吻她的脚，每次都这样——这情景我记得很真切，就像刚刚发生一样——每次我总能逗她发出那种细碎、清脆、神经兮兮、别具一格的轻声浅笑。只有她会发出这种笑声。我知道她总是这样开始发病的，明天她便将开始鬼号，知道此刻这种轻声浅笑并不意味着任何真正的欢欣，但尽管虚假，这毕竟是一种欢欣。所以说，凡事凡物都有其自身的特点，善于发现这种特点是一门学问！

“有一回，别立亚夫斯基——他是本地的美男子，又有钱，老是向她献殷勤，经常上我家来——忽然在我家里打了我一个耳光，还当着她的面。一向柔顺如绵羊的她竟冲我大发雷霆，她说：‘你挨了打，你挨了打，你挨了他一个耳光！你想把我卖给他……他竟敢当我的面打你！我再也不准你靠近我，决不！你马上跑去要他和你决斗……’我想她为这个耳光会痛打我一顿的。就这样，当时我把她送

---

① 法语 mauvais（蹩脚的、要不得的）一词的俄语变种音译。

② 法语 vieille fille（老处女）一词的俄语变种音译。

到修道院去让她安静下来，神父们为她念消灾经。但我可以对上帝起誓，阿辽沙，我从来没有欺侮过我的鬼号婆娘！只除了一回，那还是在第一年。当时她已经非常勤于祷告，尤其遵守圣母节日的各种戒律，逢到这样的日子便把我撵到书房里去，不让进她的屋子。我心想，我得打破她这些神秘兮兮的清规戒律！

"'你瞧，'我说，'你瞧，这是你的圣像，我这就把它摘下来。你瞧着，你把它当作会显灵的宝贝，可我这就当你的面冲它唾口沫，我这么干照样什么事儿也没有！……'

"她看见了，天哪，我心想：这下她非杀了我不可。但她只是霍地站起来，两手扭绞在一起，接着突然双手掩面，浑身发抖，倒在地上……缩作一团……阿辽沙，阿辽沙！你怎么啦，你怎么啦？"

老头儿吓得从座位上直跳起来。从他开始讲阿辽沙母亲的事那一刻起，阿辽沙的脸便渐渐变色。他涨红了脸，眼睛闪着异光，嘴唇发颤……。老醉鬼只顾说得唾沫四溅，什么也没有觉察，直至阿辽沙身上突然出现某种非常奇怪的现象——刚才老头儿所述"鬼号婆娘"的种种情状，一下子在阿辽沙身上丝毫不差地得到重现。阿辽沙蓦地从桌旁站起来，与描述中他母亲一模一样地两手扭绞在一起，接着用双手掩面，颓然跌倒在椅子上，霎时间，那种撼人心魄、泣不成声的歇斯底里大发作使他浑身颤抖不已。如此酷似他母亲的举动使老头儿格外震惊。

"伊万，伊万！快拿水来！这跟她一样，完完全全跟他母亲一个样！你用水喷他，当年我也是这样做的。他这都是为了他的母亲，为了他的母亲……"老头儿向伊万喃喃说道。

"可他的母亲也是我的母亲，您说是不是？"伊万无法按捺愤怒和蔑视，终于发作了。

在他如炬的目光下，老头儿打了个寒战。但这时发生了一件怪事，尽管为时只有短短的一秒钟：阿辽沙的母亲就是伊万的母亲，这一事实似乎真的从他脑海中溜走了……

"怎么是你的母亲？"他莫名其妙地嘀咕道，"这话从何说起？你说什么母亲来着？……难道她……啊，见鬼！对了，她也是你的母亲！啊，见鬼！这是一时糊涂，老弟，我还从没有过这样的事。对不起，伊万，我以为……。嘻嘻！”他没有再往下说。一种醉意昭然、近乎傻笑的表情在他脸上全面铺开。

就在这个当口儿，过道里忽然传来可怕的喧闹声，可以听到有人狂叫大喊。紧接着，门被打开，德米特里·费奥多罗维奇闯进了厅堂。老头儿惊恐地扑到伊万身边。

“他要杀我，他要杀我！别把我交给他！”他尖叫着死死揪住伊万·费奥多罗维奇的上衣前襟。

九 色 情 狂

紧随在德米特里·费奥多罗维奇后面，格里果利和斯乜尔加科夫也跑进了厅堂。他俩在过道里便与德米特里·费奥多罗维奇扭作一团，不让他进来(因为费奥多尔·巴甫洛维奇几天前已有指示)。德米特里·费奥多罗维奇闯进厅堂后，站住片刻，环顾四周，格里果利抓住这个机会赶紧绕到餐桌后面，关上正对入口通往内室的两扇门，然后抄着手站在关好的门前，为守卫内通道摆出甘洒最后一滴血的架势。德米特里·费奥多罗维奇见状，不是扯开嗓门大吼，而是发出一声尖叫，直扑格里果利。

“这么说，她在里边！你们把她藏在里边！滚开，混蛋！”

他要把格里果利拽开，但老仆把他推回去。怒不可遏的德米特里·费奥多罗维奇使出全力抡臂猛击格里果利。老仆猝然倒下，德米特里从他身上跨过去，冲进内门。斯乜尔加科夫留在厅内另一端，紧挨着费奥多尔·巴甫洛维奇，面色煞白，哆嗦不已。

“她在这儿，”德米特里·费奥多罗维奇嚷着，“刚才我亲眼看见她朝这宅院走来，只是没赶上。她在哪儿？她在哪儿？”

这一声“她在这儿”的叫嚷，对费奥多尔·巴甫洛维奇产生了令人不可理解的效应。所有的恐惧倏地离开了他。

“抓住他，抓住他！”他拼命喊着冲上去追德米特里·费奥多罗维奇。

其时，格里果利从地上爬了起来，但好像还没有缓过神来。伊万·费奥多罗维奇和阿辽沙奔过去追父亲。从第三间屋子里响起什么东西突然掉在地上打破了的碎裂声：这是安在大理石底座上的一只玻璃大花瓶（并不珍贵），德米特里·费奥多罗维奇打旁边跑过时把它给碰了下来。

“逮住他！”老头儿喊道，“快来人哪！”

伊万·费奥多罗维奇和阿辽沙追上了老头儿，硬把他拖回厅堂。

“您干吗去追他？他真的会当场把您给杀了！”伊万·费奥多罗维奇冲他父亲大声怒喝。

“好伊万，小阿辽沙，那么她是在这儿。格露莘卡在这儿，他自己说他看见格露莘卡跑来了……”

老头儿上气不接下气。此时他本没料想格露莘卡会来，而现在突然听说她在这儿，老头儿一下子差点儿晕了过去。

“可您明明知道她没有来过！”伊万嚷道。

“会不会从边门进来？”

“边门不是锁着吗，钥匙又在您那儿……”

德米特里突然又出现在厅堂里。他当然发现边门上了锁，而上锁的边门钥匙确实在费奥多尔·巴甫洛维奇口袋里。所有的房间里所有的窗户也都关着，因而格露莘卡既不可能通过任何一道门走进来，也不可能从任何一扇窗外跳进来。

“抓住他！”费奥多尔·巴甫洛维奇一见德米特里又来了，立即尖声叫喊，“他偷了我卧室里的钱！”

他从伊万手中挣脱出来，重又向德米特里扑去。但德米特里举起双手，一下子揪住老头儿鬓角仅存的最后两撮头发，往下一扯，訇然一声把他打翻在地，又用脚后跟在倒下的老子面门上踩了两三下。老头儿痛得尖声直叫。伊万·费奥多罗维奇虽然力气不如德米特里，还是用双手抱住哥哥，把他从老头儿身旁拖开。阿辽沙也从前面抱住长兄，使出全部吃奶的力气帮助二哥。

“疯子，你把他杀死了！”伊万喊道。

“活该！”德米特里气喘吁吁地高呼，“他不死，我还要来杀他。你们防不胜防！”

“德米特里！马上从这儿出去！”阿辽沙威严地喝道。

“阿列克塞！告诉我，我只相信你：刚才她是不是在这儿？我亲眼看见刚才她沿着树篱从胡同里往这一边溜了过来。我喊了一声，她就跑了……”

“我向你发誓，她没有来过，这儿根本没有人在等她！”

“可我明明看见她了……。这么说，她……。我马上就能弄清楚她在哪儿……。再见，阿列克塞！钱的事现在你一个字也甭向老鬼提了。可是卡捷琳娜·伊万诺夫娜那边必须立刻就去，你一定得说：‘他嘱咐我向您致意，向您致意！精诚致意，珍重道别！’你把刚才那一幕向她描述一番。”

其时，伊万和格里果利把老头儿搀起来，让他坐在扶手椅里。老头儿满脸是血，但神志清醒，并且竖起耳朵听着德米特里的大叫大嚷。他仍然觉得格露莘卡果真在宅内什么地方。德米特里·费奥多罗维奇临走时满怀仇恨瞪了他一眼。

“放了你的血我不后悔！”他大声说，“小心，老头儿，小心你的美梦，因为我也有一个美梦！我诅咒你，并且跟你一刀两断……”

他从厅堂里跑了出去。

“她在这儿，她一定在这儿！斯乜尔加科夫，斯乜尔加科夫。”老头儿说话声音嘶哑，几不可闻，同时伸出一个手指向斯乜尔加科夫示意。

“她不在这儿，不在，老疯子，”伊万向他厉声呵责，“啊，他晕过去了！拿水来，还要毛巾！别磨蹭，斯乜尔加科夫！”

斯乜尔加科夫急忙跑去取水。老头儿总算被脱去外衣，抬进卧室放到床上。他们用湿毛巾缠在他头上。白兰地、精神上受到的强烈刺激以及肉体上所挨的一顿打，把老头儿折腾得疲惫不堪，所以，脑袋才搁到枕头上，他便两眼一翻昏睡过去。伊万·费奥多罗维奇和阿辽沙回到厅内。斯乜尔加科夫在收拾打破的花瓶碎片，格里果利则紧皱眉头站在餐桌一旁。

“你要不要也敷一块湿毛巾在头上去躺下睡吧，”阿辽沙对格里果利说，“父亲有我跟二哥在这儿照看。刚才大哥给你的那一下非常厉害……打在脑袋上。”

“他竟对我动粗！”格里果利沉着脸咬字清楚地说。

“他对父亲也‘动粗’，甭说对你了！”伊万·费奥多罗维奇把嘴一撇向他指出。

“我用木盆子给他洗过澡……他竟对我动粗！”格里果利又说了一遍。

“见鬼，要不是我把他拖开，恐怕真的出人命了。这老小丑哪儿禁得起呀？”伊万·费奥多罗维奇悄悄对阿辽沙说。

“上帝保佑！”阿辽沙发出一声感叹。

“求上帝保佑做什么？”伊万继续悄声说，刻毒的表情使他的面部轮廓走了形。“一条爬虫吃掉另一条爬虫，两个恶棍都该下地狱！”

阿辽沙打了个冷战。

“自然，我不会让命案发生的，就像刚才没让发生一样。你待在这儿，阿辽沙，我到院子里去走走，我的头疼起来了。”

阿辽沙到父亲卧室里去，在屏风后面他的床头坐了有个把钟点。老头儿忽然睁开眼睛，默默地向阿辽沙注视良久，显然在追想和考虑。骤然间，他脸上现出非常激动的神色。

“阿辽沙，”他提心吊胆地低声说，“伊万在哪儿？”

“在院子里，他头疼。他在为您放哨。”

“把小镜子拿过来，在那儿，递给我。”

阿辽沙把支在抽屉柜上的一面折叠式小圆镜递给他。老头儿往镜子里照了一下：鼻子肿得够呛，前额左眉上方有一大块深红色的淤血。

“伊万怎么说？阿辽沙，亲爱的，我唯一的儿子，我怕伊万。伊万比另一个更令我害怕。只有你不使我感到可怕。”

“您也不用怕伊万，伊万在生气，但他会保护您的。”

“阿辽沙，那另一个呢？他跑去找格露莘卡了！亲爱的，我的天使，告诉我实情：刚才格露莘卡是不是来过？”

“谁也没有看见她。这是错觉，她没来过！”

“要知道，米嘉想要娶她，娶她！”

“她不会嫁给米嘉的。”

“不嫁，不嫁，不嫁，绝对不嫁！……”老头儿兴奋得整个身体摇晃起来，仿佛此刻没有什么更能使他开心的了。他欣喜地抓起阿辽沙的手紧紧贴着自己的心口。他的眼睛里甚至闪起了泪花。

“那个圣母像，就是刚才我谈到的，”他说，“你把它拿去，带走。你要回修道院我也不阻拦……刚才是跟你闹着玩儿的，你别生气。我头疼，阿辽沙……好阿辽沙，你来给我的心解解渴，做一个天使，对我说真话！”

“您还要问她来过没有？”阿辽沙痛苦地说。

“不，不，不，我相信你，我是想说：你去一趟格露莘卡家，或者设法见到她。你赶快盘问她，越快越好，用你自己的眼力猜测她究竟想嫁给谁：他还是我？啊？怎么样？你能行吗？”

“要是见到她，我就问。”阿辽沙尴尬地勉强应道。

“不，她不会告诉你的，”老头儿截住他的话头，“她的心像风车。她会把你亲了又亲，对你说她想嫁给你。她是个骗子，她没羞没臊，不，你不能去找她，不行！”

“再说，这也不合适，爹，实在不合适。”

“刚才他逃跑时大叫大嚷，要你上哪儿去？”

“他派我去见卡捷琳娜·伊万诺夫娜。”

“去要钱？向她乞讨？”

“不，不是要钱。”

“他没有钱，一个子儿也没有。听着，阿辽沙，我要躺一宿思考一下，你走吧。也许你会遇到她……。不过明天上午你一定得上我这儿来一趟，一定来。明天我有句话要对你说，你来吗？”

“我来。”

“你来的时候得装作是你自己来的，是为了看望我。别告诉任何人是我叫你来的。对伊万一个字儿也别说。”

“好。”

“再见，天使，刚才你卫护了我，我一辈子忘不了。明天我要对你说一句话……不过还得想一想……”

“您现在觉得怎么样？”

“明天，明天我就能下地走路，就跟什么也没有发生过一样，硬硬朗朗，完全健康！……”

穿过院子的时候，阿辽沙遇见了次兄伊万，他坐在大门口的长椅上，用铅笔往记事本里记些什么。阿辽沙告诉伊万，老头儿已经醒来，恢复了知觉，让他回修道院去睡觉。

“阿辽沙，明天上午我非常乐意跟你见面。”伊万欠身说，如此客气，使阿辽沙大感意外。

“明天我要去霍赫拉科娃家，”阿辽沙答道，“另外，要是我现在碰不到卡捷琳娜·伊万诺夫娜，明天我也许还会去找她……”

“你现在还要去见卡捷琳娜·伊万诺夫娜？去‘珍重道别’？”伊万忽然微微一笑。

阿辽沙显得挺尴尬。

“根据他刚才大叫大嚷的话，还有以前的只言片语，我大概全明白了。想必德米特里求你上她那儿去转告，说他……唔……总之一句话，‘精诚致意’吧？”

“二哥！父亲跟德米特里这种可怕的关系会闹出什么结果来呢？”阿辽沙不胜感叹。

“说不准。也许什么结果也没有，不了了之呗。那个女人是野兽。不管怎样，必须让老头儿待在家里，而且不准德米特里进门。”

“二哥，允许我再提一个问题。任何人瞧着其余所有的人，是否都有权作出判断：他们中谁有资格活在世上，谁不太有这种资格？”

“为什么要把有没有资格的事扯进来？这问题多半在人们心中解决，完全不是依据有没有资格，而是以另外一些具体得多的理由为依据。至于说到权利，谁都有权心存愿望，你说是不是？”

“该不是但愿别人死吧？”

“即便如此又怎样？看到所有的人都这样活着，而且恐怕不可能换一种活法，又何必对自己撒谎呢？你是指我刚才说过有关两条爬虫自相残杀的话吧？那么，允许我也向你提问：你是否认为我也和德米特里一样会要老小丑流血，会杀他，啊？”

“你怎么这样说，伊万？我从来没有半点这样的想法！我认为德米特里也不……”

“至少为这一点得谢谢你，”伊万说着淡然一笑，“你放心，我会一直保护他的。但说到我的愿望，我在这个问题上保留充分的自由。明天见。不要谴责我，不要把我看作一个恶棍。”末了他还含笑补上一句。

他们互相紧紧握手，这在以前还从未有过。阿辽沙感觉到伊万主动向他迈了一步，伊万这样做肯定有某种意图。

十　她俩都在那儿

阿辽沙离开父亲的宅院时，心情比刚才来见父亲时更加郁闷，更加沮丧。他的思绪也仿佛七零八落、纷乱不堪，与此同时他又觉得自己怕将凌乱的残片连缀起来，从这一天他所体验的种种痛苦和矛盾中构成一个总的概念。阿辽沙心中产生一种近乎绝望的感觉，这是从未有过的。像一座大山凌驾于这一切之上的是那个要命而又无法解决的问题：父亲和德米特里跟那个可怕的女人的关系会闹出什么结果？刚才他自己已亲眼目睹。他当时在场，看到了他俩如何彼此面对。然而，真正倒霉透顶、惨不忍睹的只可能是长兄德米特里：等着他的是不容置疑的灾难。

这一切还涉及另外一些人，关联的程度也许远远大于阿辽沙原先的想象。情况甚至有些扑朔迷离。二哥伊万向阿辽沙迈出了他期待已久的一步，而他自己此刻却不知为什么有一种感觉:这向他靠拢的一步使他害怕。还有那些女人！奇怪：刚才他出发去见卡捷琳娜·伊万诺夫娜的时候，觉得十分尴尬，现在却丝毫没有这样的感觉；相反，他自己急于见到她，好像指望得到她的指点。然而，向她转达口信现在显然比刚才更令人心情沉重，因为三千卢布一事已无法挽回，长兄德米特里感到自己如此不幸而且毫无希望，必然会破罐子破摔，一滑到底。此外，他还关照把刚才发生在父亲家里的那一幕告诉卡捷琳娜·伊万诺夫娜。

阿辽沙到达目的地时已经七点钟，天快黑了。卡捷琳娜·伊万诺夫娜眼下占用县城大街上一所很宽敞而又舒适的房子。阿辽沙知道她和两位亲戚住在一起。其中一位其实只是她姐姐阿嘉菲娅·伊万诺夫娜的姨妈，当初她从寄宿学校到父亲家里度假，就是这位任劳任怨的姨妈和阿嘉菲娅一起侍候她的。另一位论起来非姑即姨的亲戚虽然家道贫寒，却是个很讲究品位和气派的莫斯科太太。听说这两位亲戚对卡捷琳娜·伊万诺夫娜处处唯命是从，她们在她身边只是礼节上需要，如此而已。卡捷琳娜·伊万诺夫娜本人只听从她的恩人、因病留在莫斯科的将军夫人，卡捷琳娜·伊万诺夫娜每星期必须寄两封信向她作详细汇报。

当阿辽沙进入走廊，请给他开门的女仆为之通报时，客厅里显然已经知道他的来临(可能已从窗内先看到他了)。反正阿辽沙忽然听到不知什么响声，还有女人很快的脚步声、窸窸窣窣的衣裳声。也许一下子有两三位女士急急忙忙从里边走出来。

阿辽沙很是纳闷儿，怎么自己来到这里会引起这样的骚动。不过，他随即被引进客厅。这是一间很大的屋子，家具着实不少，陈设相当雅致，与外省风格大异其趣。有很多沙发、躺椅、长椅和大小桌

几。墙上挂着好几幅画，桌上摆有各种器皿和灯具。室内繁花似锦，窗前还有一缸金鱼。由于暮色苍茫，屋里光线较暗。阿辽沙看出，显然刚才还有人坐的沙发上扔着一件丝绸披肩，而沙发前的长几上放着两杯没喝完的巧克力、饼干，一只车料玻璃盆里是绿色的葡萄干，另一盆是糖果。看样子像是在招待什么人。阿辽沙这才明白自己撞上了别的客人，不由得皱了一下眉头。

就在这一瞬间，门帘卷起，卡捷琳娜·伊万诺夫娜步履匆匆走了进来，面带欣悦的笑容向阿辽沙伸出双手。与此同时，女仆拿来两支点亮的蜡烛放到桌上。

"感谢上帝，您终于来了！我整天都在向上帝祈祷，就盼着您来！请坐。"

卡捷琳娜·伊万诺夫娜的美还在以前就给阿辽沙留下极深的印象。大约三个星期前，按照卡捷琳娜·伊万诺夫娜本人的殷切愿望，德米特里曾把阿辽沙带来介绍给她，这是他们第一次互相认识。不过，那次会面他们之间未能好好交谈。那回卡捷琳娜·伊万诺夫娜估计阿辽沙是怕羞得厉害，似乎不忍叫他受罪，就老是跟德米特里·费奥多罗维奇说话。阿辽沙沉默不语，但对很多情况观察得非常精细。他惊诧于这位小姐的那份颐指气使的自信和心高气傲的洒脱。这些都是不容置疑的。阿辽沙觉得自己并没有夸大。他认为，小姐那双乌黑闪亮的大眼睛很美，与她苍白甚至略带几分蜡黄的鹅蛋脸特别相配。这双眼睛和线条优美的嘴唇一样，当然具有足以使他长兄倾倒入魔的魅力，但是对它们的爱不可能持久。那次造访后德米特里死缠住阿辽沙，定要他把见了未来的嫂子所得到的印象实话实说，阿辽沙几乎无保留地向德米特里道出了自己的想法。

"你跟她在一起将得到幸福，但也许……是一种不平静的幸福。"

"说得对，小弟，这种人本性难移，总是不肯向命运屈服。你是认为我不会永远爱她喽？"

"不，你也许会永远爱她，但你跟她在一起未必永远幸福……"

阿辽沙红着脸谈了自己的见解，暗暗埋怨自己不该碍于长兄的再三恳求"大放厥词"。因为他的见解刚说出口，他自己当即觉得极端愚蠢。他为自己如此煞有介事地发表对一个女人的看法而羞愧。此刻，他向急忙出来迎接自己的卡捷琳娜·伊万诺夫娜才看了第一眼，便越发惊异地感到，以前他说的话也许大谬不然。这一回她脸上洋溢着并非做作的纯朴和善良、率直而热烈的真诚。先前曾使阿辽沙如此震惊的"心高气傲"，现在仅仅表现为无私无畏的活力和坦荡坚强的自信。阿辽沙一看她的神情，一听她的言词立刻明白，在对待她如此钟情的那个人的态度上，她深知自己的处境极其可悲，她也许已经什么都知道了，真的洞悉一切。尽管这样，她脸上仍然有如许光明，对未来仍然有如许信心。阿辽沙突然觉得自己十分对不起她，而且是明知故犯。他被征服了、吸引住了。除了这一切以外，阿辽沙从她最初的几句话便注意到，她的情绪非常激动（在她身上可能是很不寻常的），激动得甚至已近乎亢奋。

"我之所以如此盼您来，是因为现在我可以从您口中了解全部真情——我只想听您说！"

"我来……"阿辽沙哩哩啰啰不知从何说起，"我……他差遣我来……"

"啊，是他差遣您来的，我就预感到会是这样。现在我全明白了，全明白了！"卡捷琳娜·伊万诺夫娜大声说着，眼睛顿时闪闪发光。"等一下，阿列克塞·费奥多罗维奇，先听我说我为什么如此盼着您来。您瞧，我知道的情况也许比您自己所知道的多得多；我不需要您告诉我什么消息。我需要了解的是您本人对他的最新印象，我需要您以最直截了当、不加修饰甚至粗率的方式对我说（哦，无论怎么粗率都行！）——您今天跟他见过面以后，此时此刻您自己对他和他的处境有什么看法？这样也许比我和他本人面谈更好，其实他已不愿再来见我。我想从您这儿了解什么，您明白了吗？现在先说他派您给我捎什么口信（我就知道他会派您来的！）——您就照实说，用他的原话！……"

“他嘱咐我向您……致意，说他永远不再来了……要我向您精诚致意！……”

“致意？他是这样说的，这是他的原话？”

“是的。”

“会不会他一时疏忽用词不当？”

“不，他特地关照，要我转达这几个字——‘精诚致意’。他再三要求我别忘了转达。”

卡捷琳娜·伊万诺夫娜唰地涨红了脸。

“现在请帮帮我，阿列克塞·费奥多罗维奇。现在我真的需要您的帮助：我把我的想法告诉您，您只要对此发表意见，告诉我这想法对还是不对。您听着：如果他是随口要您向我致意，并没坚持转达那几个字，也不强调那几个字，那就完了……那倒意味着一切都完了！但是，既然他特别坚持这几个字，既然他再三叮嘱您别忘了向我**精诚致意**，——那就是说，他处于狂躁的状态，无法控制自己，有没有这种可能？他作出了决定，又害怕自己的决定！他不是迈着坚定的步子离开我，而是从山上飞身跳下去。他强调这几个字只能意味着虚张声势……”

“对，对！”阿辽沙热烈地表示赞同，“现在我自己也觉得是这样。”

“既然如此，那么他还有救！他只是感到绝望，但我还能救他。等一下！他有没有向您提到有关钱的事，有关三千卢布的事？”

“他不但说了，而且可能正是这件事最使他痛心疾首。他说现在已经名誉扫地，什么都不在乎了，”阿辽沙热切地回答，同时强烈感到希望正在注入他的心田，也许真的还有办法，他的长兄真的还有救。“难道您……知道钱的事？”他补上这一句后骤然止住。

“我早已知道，而且知道得很确切。我曾发电报到莫斯科问过，早已知道钱没有收到。他没有把钱汇去，但我保持沉默。最近一周内我了解到，他仍需要钱……。在整个这件事情上我只定下一个目标：让他知道该回到什么人身边去，谁是他最忠实的朋友。不，他不愿相信我是他最忠实的朋友，不愿了解我，他只把我当作一个女人看待。整整一个星期我为一件事绞尽脑汁：怎样才能使他不为花了那三千卢布而羞于见我？确切地说，他应该愧对所有其余的人，甚至愧对自己，但他不该羞于见我。他什么都能对上帝说而不感到羞愧。为了他，我几乎什么都能忍受，为何他至今不明白？为什么，为什么他不了解我？在经过已发生的一切之后，他怎么还不了解我，这是不能容忍的！我要救他永远脱离苦海。让他忘掉我是他的未婚妻！他是害怕在我面前出丑！阿列克塞·费奥多罗维奇，他不是向您和盘托出了吗？为什么我直到现在没有获得同样的信任呢？”

末了那句话她是噙着眼泪说的。只见泪珠从她的双眸夺眶而出。

“我应当让您知道，”阿辽沙说时声音也在颤抖，“刚才他跟父亲之间发生了什么事情。”

于是阿辽沙把那一幕从头讲了一遍，讲到自己是被差去要钱的，可是长兄闯了进来，把父亲痛打一顿，之后又一次向阿辽沙特别强调，嘱咐他上此地来“精诚致意”。

“他自己到那个女人那儿去了……”最后阿辽沙补上这么一句，声音很轻。

“您以为我无法容忍那个女人？他以为我无法容忍？但是他不会娶那个女人，”卡捷琳娜·伊万诺夫娜蓦然间神经质地哈哈大笑。“卡拉马佐夫难道能保持这样的欲望之火永久燃烧？这是欲望的冲动，不是爱情。他不会娶那个女人，因为那个女人不可能嫁给他……”卡捷琳娜·伊万诺夫娜又发出一阵奇怪的笑声。

“他也许会娶的。”阿辽沙低眉垂目忧郁地说。

“我说不会娶的！那姑娘是个天使，这您知道不？您得知道这一点！”卡捷琳娜·伊万诺夫娜一下子改用异常热情的口吻说，“这是世间奇人中最奇特的一位！我知道她很有魅力，但我也知道她是多么善良、坚强、高尚。您为什么用这样的眼光看着我，阿列克塞·费奥多罗维奇？也许，您对我的话表示惊讶？也许，您不相信我？阿格拉菲娜·亚历山德罗夫娜，我的天使！”她忽然面向隔壁一间屋子冲什么人叫了一声，“出来吧。这位是大好人阿辽沙。我们的事他全知道。来跟他见个面吧！”

“我一直躲在门帘后面等您叫我来着。”说话的是一个温柔的、甚至有些甜兮兮的女人声音。

门帘撩开处，只见……格露莘卡本人笑盈盈、喜滋滋地走到桌子跟前。

阿辽沙突然间好像起了一阵痉挛。他直愣愣地注视着格露莘卡，无法把视线移开。这就是她，那个可怕的女人——半小时前被二哥伊万脱口而出骂为“野兽”的就是她。然而，站在阿辽沙面前的，看上去却像是极其寻常、极其普通的人——一个善良可亲的女性，可以说挺漂亮，且与所有别的“寻常”漂亮女人又如此相似！诚然，她长得美，甚至很美很美，——那是疯魔了芸芸众生的俄罗斯女性美。她的身材相当高，不过稍逊于卡捷琳娜·伊万诺夫娜(后者可完完全全归为高个儿)，——体态丰腴，婀娜的动作简直无声无息，仿佛也被软化到了甜兮兮的特殊火候上，和她的声音一样。她走路不像卡捷琳娜·伊万诺夫娜那样大步流星，相反是悄没声儿的。她的脚走在地板上听不到一丝儿响动。她轻盈地在扶手椅上落座，蓬松的黑绸百褶连衣裙发出一阵轻悠悠的窸窣声，把丰满的粉颈和宽阔的肩膀裹在昂贵的黑色羊毛围巾里的动作也是那样娇柔。她二十二岁，她的容颜看上去正是这个年龄。她的脸很白，两颊上端泛出一抹妃色的红晕。她的面部轮廓似乎过于宽阔，而下颌又稍稍突前了些。上唇较薄，下唇微翘，比上唇要厚一倍，好像有点儿肿。但是，雾一般浓的深棕色秀发、乌黑柔密的蛾眉和睫毛长长的灰蓝色明眸，能使最缺情趣、最不经意的人怦然心动，即便在熙来攘往的人流中间也会对这样一张脸驻足谛视，而后又久萦于怀。最令阿辽沙惊异的是这张脸上孩子般纯真的表情。她的眼神像个孩子，看见什么心有所喜也像个孩子，她走到桌子跟前时便是这种“喜滋滋”的情态，此刻也正孩子气十足地以急切、好奇、信赖的心情期待着什么。她的目光令人欣悦，——这一点

阿辽沙已经觉得。她身上还有某种特点阿辽沙无法或不善于加以界定，但是可能他也不知不觉注意到了，那仍然是她身体的动作如此轻软娇柔，像猫一样悄然无声。不过，那可是丰盈壮实的身体。宽阔圆润的肩膀和隆得高高的、还在葆其美妙青春的胸脯在围巾下现出清晰的轮廓。这身体也许将形成维纳斯的线条，虽则现在已有些比例失调，前景可以预期。鉴赏俄罗斯女性美的行家看着格露莘卡，定能准确地预料，这份风华正茂的青春美到三十岁上便将失去和谐而发胖，面部的肌肉将趋松弛，眼角和额上将很快出现皱纹，容颜将变得粗糙，也许会转成深红色——一言以蔽之，这是一种转瞬即逝的美，昙花一现的美，而这样的美偏偏在俄罗斯女性身上屡见不鲜。

阿辽沙当然不在想这些，尽管也像中了魔法似的；他带着一种别扭的感觉有些惋惜地暗自在问：她干吗不能用自然的方式说话，偏要这样慢腾腾地吐字运腔?

她这样做，显然以为如此拖长语调是一种美，以为渲染音节和声韵的甜味是一种美。这当然属于低品位的坏习惯，只能证明所得到的教养太差，对于“体面”二字自幼形成的理解不免庸俗。然而，阿辽沙认为，这种吐字发音的腔调与她的面部表情和眼神太不相容了，几乎是不可调和的矛盾！因为她的脸上洋溢着如此孩子气的纯真和喜悦，她的眼睛简直像婴儿一般明亮，显得如此幸福、安详！

卡捷琳娜·伊万诺夫娜迅即让她在阿辽沙对面的扶手椅上坐下，并且欣喜地在她笑盈盈的嘴唇上吻了好几下。她端的爱上了格露莘卡。

“我跟她是初次见面，阿列克塞·费奥多罗维奇，”卡捷琳娜·伊万诺夫娜兴冲冲地说，“我想了解她，会会她，本想去见她，可她刚一获悉我有此愿望，便自己来了。我知道我和她在一起什么问题都能解决，全部解决！我的心有这样的预感……。有人劝我不要采取这个步骤，但我预感到这一着能成功，结果走对了。格露莘卡向我解释得很清楚，详细说明了她的全部设想。她像一位好心的天使飞临此地，带来了宽慰和欢欣……”

“承蒙可敬可爱的小姐不嫌弃我。”格露莘卡拖着如歌的长腔说，可依然是那么笑容可掬。

“不许您对我说这样的话，迷人的仙女！谁能嫌弃您？！我要再亲一下您的下嘴唇。您的下嘴唇跟肿了似的，那就让它变得更肿，更肿，更肿……。瞧，她笑得多可爱，阿列克塞·费奥多罗维奇，瞧着这位天使真是赏心悦目……”

阿辽沙涨红了脸，打了一个小小的、不易察觉的寒战。

“您太抬举我了，可爱的小姐，也许我根本不配接受您的错爱。”

“不配？！她还说不配！”卡捷琳娜·伊万诺夫娜又大声嚷道，口吻还是那样热情。“您知道，阿列克塞·费奥多罗维奇，她的小脑瓜儿充满奇想，她的小心灵儿不易捉摸，可是高傲得厉害！她禀性高尚，阿列克塞·费奥多罗维奇，她胸襟宽广，这您知道不？她只是命薄。她太过急于作出牺牲，太愿意为也许受之有愧或朝三暮四的人作出牺牲。有一个人，也是一名军官，格露莘卡爱上了他，把一切都奉献给他，可军官把她忘了，与别人结婚成了家。事情已过去很久，有五年了。如今他写信说妻子去世了，他要到本城来。您知道吗，格露莘卡一直爱着他，至今只爱他一个人，而且已经爱了一辈子！他来了以后格露莘卡又将感到幸福，这五年来她一直是不幸的。什么人会指责她呢？什么人能夸耀自己曾得到她的垂青呢？只有那个风瘫老商人，——其实那老人更像是她的父亲、朋友、靠山。格露莘卡遇上他时正值被她深爱的人所抛弃，痛不欲生……想投河自尽，是那位老人救了她，救了她的命！”

“您处处为我辩护，可爱的小姐，您这话说得太早了。”格露莘卡又慢慢腾腾插了一句。

“辩护？我哪能为您辩护？我哪敢为您辩护？格露莘卡，天使，把您的手给我。瞧她这只软乎乎的小手多好看，阿列克塞·费奥多罗维奇！您看到了这只手，它给我带来了幸福，使我重获新生，现在我要吻这只手，手背和手心都要吻，这样，这样，这样！”

说着，她把格露莘卡那只确实很美、但也许过于肥软的小手吻了三次，似乎陶醉在狂喜之中。格露莘卡伸出她的手，一边发出神经兮兮却又清脆悦耳的笑声，一边注视着“可爱的小姐”。看得出，她很乐意让人这样吻她的手。

“也许过于兴奋了吧。”这个想法在阿辽沙脑中一闪。他脸红了。他的心一直处于某种特别不安的状态。

“可爱的小姐，您当着阿列克塞·费奥多罗维奇的面这样吻我的手，我可不会感动得羞愧难当。”

“难道我想这样来使您羞愧难当？”卡捷琳娜·伊万诺夫娜有些困惑地接过话茬，“啊，亲爱的，您把我想得太坏了！”

“或许您对我也有些误解，亲爱的小姐。您或许把我看得太好了，实际上我要坏得多。我的心眼儿不好，什么都由着自己的性子，当时我把德米特里·费奥多罗维奇迷住完全是为了拿他开心。”

“可现在您不是要救他吗？您作了保证。您要使他明白过来，您要如实告诉他，说您爱另一个人，爱了很久，那个人现在已向您正式求婚……”

“哦，不，我没有向您作过这样的保证。是您自己不断对我说这些话，我可没有作过保证。”

“如此说来，我误解了您的意思，”卡捷琳娜·伊万诺夫娜轻轻说道，好像脸色也变了，有点儿惨白。“您许诺……”

“哦，不，天使小姐，我什么也没有向您许诺过，”格露莘卡心平气和地打断对方的话，依旧是那么一副无忧无虑的表情。“现在可以看出来了，可敬的小姐，在您面前我显得那么不仁不义、独断独行。我想怎么干就怎么干。刚才我也许向您许诺过什么，可是这会儿再一想：万一我又喜欢他了呢？我说的是米嘉。要知道我已经喜欢过他一回，挺喜欢的，几乎有整整一个小时。没准儿我马上会去对他说，让他打今儿起就留在我家……。瞧，我这人的心思说变就变……”

“刚才您说的……完全不是这样……”卡捷琳娜·伊万诺夫娜几乎说不出话来。

“啊，刚才！说真的，我这个人心肠太软，又太痴情。只要想一想，他为我遭了多少罪！没准儿我回到家里，会觉得他怪可怜的，——那怎么办？”

“我没料到……”

“嗨，小姐，跟我相比，您显得那么善良、高尚。冲我这德性，现在您恐怕再也不会喜欢我这么个傻女人了。把您的小手给我，天使小姐。”她温柔地提出请求，并且似乎诚惶诚恐地抓起卡捷琳娜·伊万诺夫娜的小手。

“您瞧着，可爱的小姐，我也要像您对我一样吻您的小手。您吻了我三下，我应该吻您三百下，咱俩才能扯平。就这么着吧，以后便由上帝来安排，兴许我会全心全意当您的奴隶，像奴隶一般处处讨您的喜欢。上帝怎么吩咐，咱们就怎么办，彼此之间用不着什么约定和许诺。您的小手多可爱，实在招人疼！可爱的小姐，您真是一位世间少有的大美人！”

她不紧不慢地举起那只小手凑向自己的嘴唇，其目的也实在是够奇怪的：用吻来相互“扯平”。

卡捷琳娜·伊万诺夫娜没有把手抽回去。格露莘卡末了那几句话尽管措辞同样很奇怪，说是将会“像奴隶一般”讨她的喜欢，但她听了这番许诺还是产生一线微弱的希望。她紧张地凝视着格露莘卡的眼睛；从这双眼睛里她看到的依然是那种不存戒心的天真表情，依然是那份爽朗欢快的高兴劲儿……

“她也许太幼稚了！”这个想法像一朵希望的火花在卡捷琳娜·伊万诺夫娜心中一闪。

其时，格露莘卡仿佛在对“可爱的小手”激赏的同时正举着它慢悠悠地凑近自己的嘴唇。但在行将触及之际，她忽然把那只手举着不动有眨两三下眼睛的工夫，似乎在考虑什么事情。

“我想告诉您，天使小姐，”骤然间，她用软得不能再软、甜得没法更甜的声音拖着腔儿说，“我改主意了，不再想吻您的手。”随即她就发出一阵乐不可支的轻笑。

“随您的便……。您这是什么意思？”卡捷琳娜·伊万诺夫娜蓦地打了个冷战。

“让您记住：您吻了我的手，而我没有吻您的。”

某种异常的神情在她眼睛里倏地一闪。她目不转睛地死死盯着卡捷琳娜·伊万诺夫娜。

“厚颜无耻！”卡捷琳娜·伊万诺夫娜顿时恍然大悟，满脸通红地从座位上跳起来说。

格露莘卡不慌不忙地也站了起来。

“我这就去讲给米嘉听，您吻了我的手，而我没有吻您的。真不知他会笑成什么样子！”

“女流氓，滚！”

“啊，真没羞，小姐，真没羞！您说这样的话实在有失身份，可爱的小姐！”

“滚，出卖自己的贱货！”卡捷琳娜·伊万诺夫娜吼道。在她完全被扭曲的脸上每一根线条都在发抖。

“卖得是够贱的。一个姑娘家擦黑儿去男人家里要钱，上门出卖色相，别以为我不知道。”

卡捷琳娜·伊万诺夫娜一声尖叫扑将过去，但阿辽沙使出全身的力气把她拉住。

“别再向前，不要开口！什么也别说，什么也别回答，她会走的，马上就走！”阿辽沙说。

就在这一刹那，卡捷琳娜·伊万诺夫娜的两位亲戚听到叫声跑来了，女仆也跑了进来。她们急忙走到她跟前。

“我走啦，”格露莘卡说着从沙发上拿起披肩，“阿辽沙，亲爱的，你送送我吧！”

“走吧，快走吧！”阿辽沙急得直叫，同时两手合在一起向她作恳求状。

“亲爱的小阿辽沙，送送我嘛！路上我有件很好很好的好事儿要告诉你！我是为了你才唱这出戏的，小阿辽沙！送送我吧，宝贝儿，回头你会喜欢的。”

阿辽沙扭绞着双手把脸转向一边。格露莘卡一路发出清脆的笑声跑出这栋房子。

卡捷琳娜·伊万诺夫娜歇斯底里发作了。她号啕大哭，全身抽搐。大家都围着她乱作一团。

“我提醒过您，”年长的一位亲戚对她说，“我劝过您不要走这一着……您太冲动了……怎么能贸然采取这样的步骤！您不了解这些泼妇，据说这一个是其中最凶悍的……。依我看，您也太任性了！”

“这是一只母老虎！”卡捷琳娜·伊万诺夫娜狂叫着，“您干吗阻止我，阿列克塞·费奥多罗维奇？我该狠狠地揍她，狠狠地揍她！”

她无法在阿辽沙面前克制自己，或许也不想克制。

“得用鞭子抽她，得把她送上断头台，斩首示众！……”

阿辽沙向门口退去。

“可是，天哪！”卡捷琳娜·伊万诺夫娜两手一拍，蓦地叫喊起来，“准是他！他竟会这样不要脸，这样没心肝！是他把当时发生的事告诉了那个贱货！哦，那真是在劫难逃的一天，应该永远诅咒那一天，永远诅咒！‘上门出卖色相，可爱的小姐！’她知道这事！阿列克塞·费奥多罗维奇，令兄是一个卑鄙小人！”

阿辽沙想要说些什么，可是找不到一句合适的话。他的心被痛苦揪得紧紧的。

“您回吧，阿列克塞·费奥多罗维奇！我感到羞愧，我难受极了！明天……我跪着求您明天再来。不要谴责我，请原谅，我不知道自己还会干出什么事来！”

阿辽沙打着趔趄走到街上。他也想哭，和她一样。忽然她家的女仆追了上来。

“小姐忘了把霍赫拉科娃太太的信向您转交，从用餐时间起这信就在我们那儿。”

阿辽沙机械地接过一个粉红色的小信封，几乎无意识地把它塞进口袋。

十一　又一个人的名誉扫地

从城里到修道院不过一里(约一公里)多地。阿辽沙匆匆走在此刻空荡荡的路上。夜几乎已经来临，三十步外的物体已看不清楚。半道上有一个十字路口。路口一株孤零零的柳树下面隐约可见一个模糊的黑影。阿辽沙刚走到路口，那黑影便一跃而起向他扑来，用穷凶极恶的声音喊道：

“要命的留下钱包！”

“是你，米嘉！”阿辽沙惊讶地发现，可还是给吓了一大跳。

“哈哈！你没想到吧？我心想：在哪儿等你好？在她家附近吗？从那儿出来有三条路，我有可能把你漏掉。最后我想还是守在此地，因为你非打这儿经过不可，去修道院没有别的路。来，告诉我实情，别怕坏消息会把我像一只蟑螂那样压死……。你怎么啦？”

“没什么，大哥……我是给吓的。唉，德米特里！刚才父亲这一脸的血！”阿辽沙哭了起来，他的眼泪已强忍了好半天，现在终于像珍珠断了线似的纷纷垂落。“你差点儿杀了他……你诅咒了他……现在……这会儿……你还有心思开玩笑……‘要命的留下钱包！’”

“啊，怎么啦？不像话，是吗？不合时宜？”

“不……我只不过……”

“等等。你瞧瞧今夜这天气：云那么厚，风那么大，多可怕的黑夜！我躲在这儿的柳树下面等你，猛然间心想(上帝可以作证)：‘何必再晃来荡去，还等什么？这儿是一棵柳树，兜里有手帕，身上有衬衫，可以立马拧成一条绳子，加上背带——就不用再成为大地的累赘，不用再苟且偷生玷污这世界！’这时，我听见你走来了，——上帝啊，我一下子如梦初醒：不是有一个人为我所爱吗？他来了，他就是那个人，我亲爱的小弟，世上我最爱、也是唯一为我所爱的人！在这一时刻我是那么爱你，那么爱你，心想：'我这就扑上去搂住他的脖子！'接着，一个愚蠢的念头产生了：'我来逗他一逗，吓他一跳。'于是我像个傻瓜似的叫喊：'留下钱包！'原谅我的傻念头——这只是淘淘气罢了，其实我心里……也没有什么见不得人的……。这些废话通通见鬼去吧，告诉我，那边的情况怎么样？她说了什么？尽管冲我劈头盖脸压下来，把我砸昏，别可怜我！她大发雷霆了？"

"不，不是这么回事……。那儿完全不是这么回事，米嘉。那儿……我刚才遇见她俩都在那儿。"

"谁跟谁俩？"

"我遇见格露莘卡也在卡捷琳娜·伊万诺夫娜家里。"

德米特里·费奥多罗维奇顿时呆若木鸡。

"不可能！"他嚷道，"你在说梦话！格露莘卡在她家？"

阿辽沙把所发生的一切讲了一遍，从他走进卡捷琳娜·伊万诺夫娜家的那一分钟讲起。他叙述了有十来分钟，不能说十分流畅、连贯，但大体上似乎交代清楚了，一些最主要的话语、最主要的动作都没有漏掉，不时还画龙点睛地描绘一下他自己的感受。德米特里默默听着，凝滞的目光硬是纹丝儿不动，但阿辽沙看得清楚，大哥已经全明白了，对全部事实都有了认识。然而，他越往下听弟弟的叙述，脸色就越显得阴沉乃至可怕。他皱眉蹙额，咬紧牙关，凝滞的目光似乎变得更加凝滞、更加专注、更加凶险……。唯其如此，下面的情形才格外出人意料：他原先如黑云压城的一脸怒色，以不可思议的速度一下子全变了，咬紧的牙分开了，德米特里·费奥多罗维奇突然纵声狂笑，而且欲罢不能，毫不做作。他真是笑得前俯后仰，甚至很长时间说不出话来。

"她硬是没有吻手！就是没吻，就这样跑了！"德米特里在近乎病态的亢奋中连声高喊，若非他的狂喜如此发自内心，简直可以称之为厚颜无耻了。"另外一位果真大叫那是只母老虎？一点不假，真是母老虎！该送她上断头台？是的，是的，说得对，说得对，我自己也认为应该，早就应该了！听我说，小弟，断头台是该上，可先得让我缓过气来。我了解那个天下第一狂，吻手这件事把她整个儿充分表现了出来，这女魔王！你能想象世上有多少魔鬼一样的女人，她便是其中的女魔王！也算得上一绝吧！你说，她跑回家去了？我立马……上她那儿去！阿辽沙，别责怪我，我承认，即使绞死她，也还不够……”

“那么卡捷琳娜·伊万诺夫娜又如何呢！”阿辽沙的感叹充满哀伤。

“对她我也看得很透，可以说，从来没有像现在这样看得透彻！这是了不起的发现，比得上世界四大洲——不，五大洲——的发现！下出这样的一着！这正是那个女学生卡笺卡，她出于救父亲的一片孝心，甘冒惨遭侮辱的风险，敢于去找一名荒唐粗野的军官！这便是骄傲，这便是追求冒险，是向命运挑战，野心勃勃的挑战！你说，那位亲戚劝阻过她？知道吗，那位亲戚自己一贯自行其是，她是莫斯科那位将军夫人的亲妹妹，鼻子素来翘得比姐姐更高，可她丈夫因盗用公款事发，被剥夺了田产，落得一无所有，傲慢的太太一下子丢尽颜面，从此一蹶不振。她劝阻过卡嘉，可卡嘉不听。她自以为能战胜一切，什么都办得到，略施小技便能把格露莘卡收拾得服服帖帖，总之——她自己相信自己，自己在自己面前逞能，这又怨得了谁？你以为，她是故意先吻格露莘卡的手，是要手腕？不，她的的确确爱上了格露莘卡。应该说，不是爱上了格露莘卡，而是钟情于自己的幻梦、自己的胡想，因为那是**她的**幻梦，**她的**胡想！亲爱的阿辽沙，你是怎样从这几个女人那儿脱身的？是不是撩起你的长袍逃之夭夭？哈哈！”

“大哥，你好像不在乎自己对卡捷琳娜·伊万诺夫娜造成了多大的伤害。你把那天的事告诉了格露莘卡，而格露莘卡刚才竟当面骂她偷偷上男人那儿去出卖色相！大哥，还有什么比这更侮辱人的？”

最令阿辽沙感到痛苦的是：德米特里仿佛乐意让卡捷琳娜·伊万诺夫娜受辱，尽管这是无法想象的。

“糟了！”德米特里·费奥多罗维奇突然变得愁容满面，并用手掌拍了一下自己的脑门。尽管刚才阿辽沙一股脑儿全说了，既说到卡捷琳娜·伊万诺夫娜所受的侮辱，也说到她叫喊“令兄是个卑鄙小人！”这句话，他却直到现在才注意到兹事体大。“是的，也许我果真对格露莘卡讲过有关卡嘉所说‘在劫难逃的那一天’的事。是的，我记起来了，是讲过！那是在莫克罗耶，当时我喝醉了，吉卜赛姑娘们在唱歌……。可当时我在哭，我在哭哇，我跪在地上，冲着卡嘉的形象祈祷，这是格露莘卡理解的。我记得，当时她完全理解，她自己也哭了……。啊，见鬼！其实这也是必然的。当时她哭了，可现在……。现在是‘对准心脏捅一刀’！娘们就是这样。”

他低下头来开始沉思。

“是的，我是卑鄙小人！地地道道的卑鄙小人！”他忽然以悲怆的声调说，“反正都一样，不管当时我哭了还是没哭，反正我是卑鄙小人！你到那边去时转告一声，如果这样能消消她的气，我接受这个称号。够了，分手吧，何必多磨牙呢！没有什么能让人高兴的！你走你的，我走我的。我也不想再见面了，除非实在挨不过去。分手吧，阿列克塞！”

他紧紧握住阿辽沙的手，依然垂着眼睛，头也不抬，然后一下子离开原地，快步往城里走去。

阿辽沙望着他的背影，不相信他会就这样突然离去。

“等一下，阿列克塞，还有件事我只向你一个人坦白！”德米特里·费奥多罗维奇忽然又回转身来，“你瞧着我，仔细瞧着：这儿，这儿正在策划一件可怕的丑事。”德米特里·费奥多罗维奇说到“这儿”时连连用拳头捶胸，神态非常奇怪，仿佛丑事就现现成成地保存在他胸前什么地方，也许揣在他兜里，或者缝了起来挂在他脖子上。“你已经知道：我是卑鄙小人，公认的卑鄙小人！但是，我要让你知道，过去、现在或将来，我做的任何一件事，在卑鄙的程度上都无法跟此时此刻我怀里揣着的丑事相比，就在这儿，这儿，它正在行动起来变为事实，我完全有可能加以制止，我能制止它，也能实现它，你得记住这一点！现在我告诉你，我要实现它，而不是制止它。刚才我把什么都对你讲了，可这件事没有讲，因为连我也还缺少一颗死不改悔的花岗岩脑袋来干这件事！我还可能悬崖勒马；如果我悬崖勒马，明天就能把丧失的名誉至少挽回一半，但我不会悬崖勒马，我要实现这个卑鄙的设想，你就提前充当一名证人，证明我是明知故犯，事先便说了这话。走向毁灭，迎接黑暗！解释没有必要，到时自会知道。臭脏的小胡同和女魔王！你我分手吧。你不用为我祈祷，我不配，也完全没有必要，毫无必要……我压根儿不需要！走！……”

他说走就走，这一次没有回头。于是阿辽沙朝修道院方向继续前进。

“他说什么？我再也见不到他了？怎么会呢？”阿辽沙总觉得无法想象。“明天我一定要见他，一定要找到他，非找到不可。他说这话究竟是什么意思？……”

阿辽沙绕过修道院，穿过小松林径直前往隐修所。有人给他开了门，尽管这般时分已不准任何人入内。当他走进长老的修室时，他的心在颤抖。

“我干吗要出去？出去干什么？他为何要打发我‘到尘世去’？这里安谧清净，这里庄严圣洁，而那边纷乱扰攘，那边一片黑暗，一下子就会走丢，就会迷路……”

见习修士波尔菲里和帕伊西司祭修士也在修室内，帕伊西神父每隔一小时就来询问佐西马长老的病情。阿辽沙惊恐地获悉，长老的健康情况越来越不好。这一次甚至与修士们例行的晚间谈话也没有举行。平时，每天晚上做完礼拜就寝之前，修道院的修士们照例纷纷来到长老的修室，每个人都向他忏悔，出声告解当天自己的罪过，包括有罪的幻想、杂念、受惑甚至彼此间发生的争吵。有些是跪着忏悔的。长老一一予以赦解、调停、训诫、祝福，然后放行。长老制度的反对者攻讦的正是此类集会形式的“忏悔”，说这是把作为一项秘密

圣事的告解庸俗化，几乎是亵渎神圣，尽管事实完全不是这样。反对者甚至向主教管区当局声称，这样的忏悔非但达不到弃恶从善的目的，事实上反而故意把人引入罪恶和迷惑。许多修士不愿去见长老，但是不得不去，因为大家都去，否则会被认为自高自大和离经叛道。据说，某些修士去做晚间忏悔之前，先互相约定："我说今天上午对你发过脾气，你得证实一下，"——这是无话找话说，纯粹为了交差。

阿辽沙知道，这种情况有时确实存在。他也知道，修士中有人对下述现象极为气愤：家属寄给修士的信照例先送到长老那里，由他先于收信人拆看。

当然，一般认为，这一切应以自由、真诚、发自内心的方式进行，一方自愿反省，另一方则循循善诱、谆谆教导。但实际情况有时很不真诚，矫揉造作乃至弄虚作假。然而，一些年事较长、阅历颇深的修士却坚持自己的见解，认为"对于真心诚意入室以求灵魂得救者来说，这些修身养性之道无疑可指点迷津，将使他们获益匪浅；反之，谁要是视之为负担，啧有烦言，那还算什么修士，徒然进了修道院，尘世才是这等人的合适去处。想躲避罪过和魔鬼，不但在尘世做不到，在修道院也无济于事，所以没有必要为反对意见推波助澜。"

"他精力不济，昏昏沉沉睡着了，"帕伊西神父先给阿辽沙画十字祝福，然后压低声音告诉他，"甚至很难叫醒他。不过也不需要叫他。有时他会醒过来五分钟左右，请求把他的祝福带给修士们，并请求修士们为他做夜间祷告。明天一早他打算再领一次圣餐。他多次想到你，阿列克塞，问起你走了没有，我们告诉他你在城里。'我给他祝福正是为了这个目的；眼下他的位置应该在那边，而不是这里，'——这就是他所说关于你的话。他提到你时总是关怀备至，一片爱心溢于言表；你可认识到自己赢得的是什么？只是他怎么认为你目前应暂处尘世？量来，他预见到你的命运会有什么变化！你要明白，阿列克塞，你即使返回尘世，那也应该把它看作你的长老向你布置的修身功课，而不是去蹉跎岁月，也不是去寻欢作乐……"

帕伊西神父走了出去。长老即将离开人世，对于阿辽沙来说，这一点已毫无疑问，尽管还可能拖上一两天。阿辽沙坚决而热诚地拿定主意，虽然他曾允诺与父亲，与霍赫拉科娃一家，与兄长，与卡捷琳娜·伊万诺夫娜见面，明天他一定足不出修道院一步，一定要守在长老身边直至他去世。爱的火焰在他心中熊熊燃起，他痛责自己在城里居然暂时忘却了被他撂在修道院里病榻上的垂死老者，忘却了这世上他最崇敬的人。阿辽沙走进长老的卧室，跪下来向恩师一躬到地。佐西马长老静静地睡着，一动不动，呼吸微弱而均匀，几乎觉察不出来。他的面容安详沉着。

阿辽沙回到邻室，——就是平日早晨长老接待来客的那间屋子，——只脱去靴子，差不多和衣躺到又硬又窄的皮沙发上，很久以来他每夜都睡在这张沙发上，只放一个枕头。刚才他父亲一再叫嚷的铺盖卷儿，他已忘了有多久不曾打开。他只脱下长袍，把它当被子盖在身上。但临睡前他跪下祈祷良久。他在热切虔诚的祷告中并不祈求上帝为他释疑解惑，只是渴求过去的那份欣慰，他的就寝晚祷通常是对上帝的赞美和颂扬，每次做完这样的祷告，那份欣慰总会充盈他的心灵，把他带入虽不深沉却很平静的梦乡。此刻他也在祷告，无意间忽然摸到兜里那个粉红色的小信封，这是卡捷琳娜·伊万诺夫娜的女仆在路上追上来转交给他的。他的注意力受到了干扰，但仍把祷告做完。接着稍稍犹豫了一下，然后把信封拆开。里边有莉兹写给他的一封信，莉兹是霍赫拉科娃太太的女儿，尚未成年，上午当着长老的面多次取笑阿辽沙的便是她。

她在信中写道：

阿列克塞·费奥多罗维奇：

我是瞒着所有的人给您写这封信的，也瞒着妈妈。我知道这有多么不好。但我必须把我心中萌生的感觉告诉您，否则就再也没法活下去，而这种感觉，除了我们俩，暂时任何人都不该知道。可是，我那么想告诉你的话叫我怎么对您说呢？有人说纸不会脸红，请您相信我，这不是真话，这纸和此刻的我一样也在脸红。亲爱的阿辽沙，我爱您，我自幼在莫斯科便开始爱您，那时您跟现在还大不一样，打那时起我终生爱上了您。我的心选择了您，希望与您白头偕老。当然有一个条件，您得离开修道院。至于在年龄问题上我们可以等到符合法律规定的时候。到那时我一定能够康复，可以走路、跳舞。这是不在话下的。

您瞧，我什么都考虑过了，只是有一层我想象不出来：您读了这封信对我会有什么想法？我老是嬉笑胡闹，今天上午还惹您生了气，但您可以相信，刚才提笔写信之前，我曾在圣母像前做过祷告，此刻也在祈祷，而且几乎哭了。

您已经掌握了我的秘密；明天您来我家时，我不知该如何面对您。啊，阿列克塞·费奥多罗维奇，万一我瞧着您，像个傻丫头似的忍不住又和今天上午一样笑了起来，那会怎样呢？您定将认为我是个专爱捉弄人的坏女孩，肯定不会相信我信中的话。因此我恳求您，亲爱的，如果您对我有同情心的话，明天您走进我家时，不要过于谛视我的眼睛，因为我遇上了您的目光，十之八九又会一下子笑出来，尤其看到您穿着这件长袍……。想到这一点，我现在就浑身冰凉，因此明天您来到我家，在若干时间内索性不要看我，请您看着我妈或者窗外……

我竟给您写了一封情书，上帝啊，我干了什么！阿辽沙，别鄙视我，如果我做了什么非常可恶的事使您反感，请原谅我。现在我也许已经永远名誉扫地，从此我就把这个秘密交给您。

今天我肯定会哭。再见，一想到**再见**您时，我便不寒而栗。

莉兹

阿辽沙，无论如何您一定要来，千万千万！莉兹又及。

阿辽沙怀着惊异的心情读完这封信，一共读了两遍，想了想，不觉轻轻地、美美地笑了起来。他哆嗦了一下，觉得这笑是有罪的。但仅仅过了一眨眼的工夫，他又笑了，还是那样轻声，还是那样幸福。他慢慢地把信装回到信封里，在胸前画了个十字，然后躺下睡觉。他心中的惶惑顿时消失。

“主啊，怜悯他们吧，保佑所有那些不幸的和躁动的灵魂，把他们引上正途。你能给人指路，求你通过指点迷津拯救他们所有的人。你是爱，愿你把欢乐赐予众人！”阿辽沙画着十字喃喃自语，静下心来渐渐入睡。

第四卷

咄 咄 怪 事

一　菲拉邦特神父

一大早，天还没亮，阿辽沙就给叫醒了。佐西马长老睡醒后，觉得十分虚弱，不过仍要起床坐到扶手椅上去。他的神志完全清醒，面容虽然极其疲惫，但神色开朗，近乎愉悦，眼睛的表情欢快、和蔼而诚恳。

“也许我挨不过刚刚来临的这一天了。”他对阿辽沙说，然后表示要立即进行忏悔并领圣餐。

佐西马长老素来向帕伊西神父进行忏悔。在上述两项仪式完成后，开始举行临终涂油礼。司祭们陆续到齐，一间修室渐渐被隐修者挤满。其时天已大亮。从修道院那边也开始有人过来。涂油礼结束后，长老要跟所有的人一一吻别。由于修室逼仄，先来者只得出去，给后到者腾出地方。阿辽沙侍立在重又坐到扶手椅上的长老身边。长老尽其所能说着，尽其所能施教，他的声音虽然微弱，却还相当平稳。

“我对你们施教这么多年，也就是说了这么多年的话，好像已经养成出声说话并通过说话对你们施教的习惯，以致沉默对于我几乎比说话更困难，即使此刻我如此虚弱也是一样，亲爱的神父们和兄弟们。”他打趣道，同时深情地环顾聚集在他周围的人。

当时他说的话，有一些阿辽沙在事后还记得起来。然而，他说时尽管口齿还算清楚，声音也相当平稳，可话语颇不连贯。他说得很多，似乎想在这临终时分把生前未曾说透的一切通通说出来，再一次畅所欲言，倒不仅仅是为了说教，而是仿佛渴望着与所有的人分享他的喜悦和欢欣，再一次在生前敞开他的心扉……

“你们要彼此相爱，神父们，”长老教导说（据事后阿辽沙的回忆），“要爱上帝的臣民。我们来到此地，隐居在这院墙之内，并不因此就比世人神圣，相反，每一个来到此地的人，唯其因为来到此地才对自己有了认识，认识到他不如尘世间所有的人……。一名修士在他的修室中隐居的日子越长，他应该越加深切地认识到这一点。否则他就没有必要到这里来。一旦他认识到自己非但不如所有的世人，而且在所有的人面前都是有罪的，应该为所有的人、所有的事负责，为所有的人间罪恶包括全世界的和个别人的罪恶负责，只有在那个时候才算达到我们隐修的目的。要知道，亲爱的，我们中每一个人对世上所有的人、所有的事无疑都负有责任，不单单因为万物皆有罪这一共性，而是每一个个别的人都应该对世上所有的人、也对任何一个个别的人负责。这种觉悟乃是修士之路，以及世间任何人的道路之终极。因为修士并非另一种人，而只是世上所有的人应该成为的那种人。只有达到了那样的觉悟，我们的心才会洋溢无限无垠、包罗万象、永不餍足的爱。那时，我们每一个人才有可能以爱心赢得整个世界，并以自己的眼泪洗刷尘世的罪过……。你们每一个人都应省察自己的心，每一个人都应不断向自己忏悔。不要害怕自己的罪过，即使意识到了自己的罪过也不要害怕，只需悔过，但是不要与上帝讲条件。我要再次告诫你们——勿倨傲。勿在小人物面前倨傲，也勿在大人物面前倨傲。勿仇视拒绝你们、侮辱你们、詈骂你们和诽谤你们的人。勿仇视无神论者、诲恶者、唯物论者——甚至勿仇视其中的恶人，更无论其中的好人，因为他们中间也有许多好人，尤其在我们的时代。你们在祷告时要这样想到他们：‘主啊，拯救一切无人为之祈祷的人，也请拯救那些不愿向你祈祷的人。’你们还须随即补上一句：‘主啊，我做这样的祷告并非出于自大，因为我自己比所有的人更为卑劣……’你们要爱上帝的臣民，勿让外来人带走羊群，如果你们因怠惰、傲慢乃至更坏的私利而打起盹来，外人便将从四面八方乘虚而入带走你们的羊群。你们要不知疲倦地向人们宣讲福音……。勿敲诈勒索……。勿贪金银，勿藏财宝……。恪守信仰，坚持旗帜并把它高高举起……”

以上所述系阿辽沙事后凭记忆所作的笔录，其实当时长老说的话没有这样连贯。有时他完全说不下去了，气喘吁吁，仿佛在积蓄力量，但情绪依然是那样欢欣。听者颇受感动，尽管许多人对他的话感到惊讶，大惑不解……。事后所有的人都记得这些话。

当阿辽沙暂离修室的时候，麇集在修室内外的修士们普遍的激动和期待心情使他震惊。在某些人中间，这种期待几乎表现为焦躁不安，而在另一些人身上则表现为肃穆的企盼。人人都期待着在长老咽气之后立即会出现伟大的奇迹。这种心情从某种角度来看差不多有点儿轻率，然而就连一些十分持重的老修士也受到它的影响。表情最严肃的要算帕伊西司祭修士了。

阿辽沙暂离修室只为一件事：见习修士拉基津刚从城里来，带着霍赫拉科娃太太给阿辽沙的一封奇怪的信，拉基津通过另一位小修士悄悄叫他出去一下。霍赫拉科娃太太在信上告诉阿辽沙一个很有意思而且来得正是时候的消息。事情是这样的：昨天有不少平民信女来觐见佐西马长老，求他祝福，其中有一个从城里来的老妇普罗霍罗夫娜，是一名军士的寡妻。她的儿子瓦先卡因公远赴西伯利亚的伊尔库茨克，她已有一年没得到儿子的任何音信。她问长老：能不能在教堂里超荐她儿子的亡魂？当时长老的回答相当严厉，他禁止这样的法事，并称把活着的人当作死人为之悼亡就跟妖术魔法差不多。后来，长老原谅了她的无知，还安慰她几句。

霍赫拉科娃太太在信中写道：

“他简直就像看着一本预卜未来的天书似的安慰那老妇，说她的儿子瓦先卡肯定还活着，不久就会自己来看她，或者寄信来。长老让老妇回家去等着。您猜发生了什么？（霍赫拉科娃太太兴奋的心情溢于言表。）预言竟不折不扣地实现了，甚至有过之而无不及。”

老妇昨天刚回到家里，别人就把已经先于她到家的一封西伯利亚来信交给她。事情还不止于此。这封信是瓦先卡在路上写的，寄自叶卡捷琳堡。他在信中通知母亲，自己正在返回俄罗斯的途中，与他同行的还有一位公务员，估计在此信寄到后再过三个星期，他希望能“和母亲拥抱”了。

霍赫拉科娃太太热烈而恳切地请求阿辽沙把这一刚刚实现的“神奇预言”立刻转告修道院长以及所有的修士。

“这事应该让大家知道，让人人知道！”在信的结尾处她发出这样的欢呼。

她这封信是仓促间草草写就的，字里行间处处流露出写信人内心的激动。但是阿辽沙无须告诉修士们什么，因为大家已经全知道了。拉基津在嘱咐小修士去叫阿辽沙时，还另外托他“无比恭敬地向帕伊西神父大人通报，说拉基津有事禀告，而兹事体大，拉基津一分钟也不敢耽搁，故而跪请神父大人恕其唐突之罪”。由于小修士将拉基津求见的事向帕伊西神父通报在前，而把阿辽沙从修室里叫出来于后，所以当阿辽沙读完了信回到修室时，只剩下一件事可做，就是把那封信作为佐证马上交给帕伊西神父。

这位司祭修士素来谨严，并不轻信，在绷着脸读了那封报道“奇迹”的信之后，连他也无法完全克制住自己内心的情感。他的眼睛顿时发亮，嘴角一下子浮起一丝庄重而沉稳的微笑。

“我们真的将亲眼目睹？”他脱口而出说了这么一句。

“当然将亲眼目睹，当然将亲眼目睹！”周围的修士们齐声附和。

但是帕伊西神父重又沉下脸来要求大家暂时先别把此事说出去，“等进一步得到证实再说，因为世人过于轻信，何况这样的巧合也可能是自然而然发生的。”他谨慎地加上这一附言，仿佛在为自己留一点余地，但他自己也不相信这仅仅是巧合，个中原委在场的人看得一清二楚。

就在这段时间内，毋庸赘言，“奇迹”已传遍整座修道院，甚至到修道院来礼拜的香客也有许多人听说了。受这一奇迹震动最大的恐怕要数昨天来访的一位外地修士。他来自遥远的北方奥布多尔斯克一座名为圣西尔维斯特的小修道院。昨天正是他站在霍赫拉科娃太太附近，向长老先行一礼，然后指着那位太太的“已经霍然而愈”的女儿，郑重其事地向长老提问：“您怎么敢揽这样的事？”

现在这位外地修士陷入了相当程度的困惑，简直不知道该相信什么。仅在昨天晚上，他到养蜂场后面一间单独的修室刚去拜访过本修道院的菲拉邦特神父，这次会见给他留下了惊心动魄的印象。菲拉邦特神父是一位年事已高的修士，他严守斋戒，缄口默修，前文曾经提到他反对佐西马长老，更反对整个长老制，认为这是一种有害而无聊的新花样。这位反对者是非常危险的，虽然作为一名默修士他几乎跟任何人都不说一句话。他之所以危险，主要在于有不少修士十分同情他，而香客中更有许多人把他尊为圣贤和伟大的苦修者，尽管一致认为他无疑是个疯子。然而，恰恰是他的疯癫对人们具有很大的吸引力。

这位菲拉邦特神父从不去见佐西马长老。虽然他住在隐修所里，但别人并不严格要求他遵守隐修所的规矩，原因仍然在于他的举止简直像个疯子。他至少已有七十五岁，住在隐修所的养蜂场后面墙角一间破旧的修室里。这间东歪西倒的木屋年代已非常久远，还是上一世纪盖在那里给约纳神父住的，他也是一位持斋默修的大圣人，一直活到一百零五岁，在修道院及其周围一带，有关他的无量功德至今还流传着许多饶有兴味的故事。

菲拉邦特神父好不容易才在七年前达到目的，住到这间与世隔绝的修室里来。其实这只是一间农舍，但很像一座小礼拜堂，因为里边有许许多多捐赠的神像，神像前面都点着捐赠的长明灯，菲拉邦特似乎就是为了照看它们和点灯被安置到这里来的。据说（事实也是如此），他三天只吃二斤（约八百克）面包，由住在附近养蜂场的一个养蜂人每三天给他送一次面包来，但菲拉邦特神父甚至跟侍候他的这个养蜂人也难得开口说话。四斤面包，加上星期日的一个白圆礼饼（修道院长在晚礼拜结束后从不忘记吩咐给这位疯修士送去），便是他一周的全部口粮。一只带柄大杯子里的水每天都有人给他更换。他难得出现在礼拜仪式上。来表示敬意的人看到，他有时整天跪着祈祷，膝不离地，目不斜视。即使偶与来访者交谈，他也只是三言两语，口气生硬，举止怪异，照例近乎粗暴。不过，有为数极少的几次，他与来访者谈得比较投缘，但大部分时间他只说某一句颇为费解的话，使来访者如堕五里雾中，而后无论别人如何恳求，他决不作任何解释。他没有正式的神职头衔，只是一名普通修士。有一种非常奇怪的流言，不过主要是在极其无知的人中间传播，说菲拉邦特神父与天上的神灵有往来，他只跟神灵交谈，所以不跟人们说话。

修道院的养蜂人也是一名沉默寡言、阴郁乖僻的修士，在他的指引下，那位奥布多尔斯克的修士得以来到养蜂场，进而向菲拉邦特神父那间修室所在的角落走去。养蜂人曾向他言明在先："也许他会跟你这样一个外地人说话，也许你怎么也没法使他开口。"据那位北方修士事后自述，他走近修室时心里惊恐万分。时间已经很晚。菲拉邦特神父那会儿正坐在修室门口一条矮矮的板凳上。一棵硕大的榆树在他上空飒飒地轻轻作响。晚风送来阵阵凉意。奥布多尔斯克的修士走到疯僧面前，趴在地上，请求给他祝福。

"修士，你要我也在你面前趴下不成？"菲拉邦特神父说。"起来！"

修士站了起来。

"愿上帝赐福予你！一旁坐下。从哪里来？"

最令可怜的北方修士吃惊的是，菲拉邦特神父长期严格持斋，又已这么大岁数了，看上去还是一位强壮的老汉，高高的个儿，身板硬朗，不佝不偻，面容虽然清瘦，却显得精神而健康。毫无疑问，他身上还保存着相当可观的体力。他有着力士般的体型。别看他这大把年纪，他甚至算不上两鬓苍苍，头上颏下原先完全乌黑的须发还浓密得很。他的一双灰色大眼睛炯炯有神，可是往外凸得厉害，简直有些吓人。他说话的方音很重。身上一件红兮兮的庄稼汉长褂是用过去叫作

"囚服料"的粗呢做的，腰间束一条粗绳。脖子和胸脯完全袒露。长褂里面露出极厚的麻布衬衫，有好几个月没换洗过，已经变成黑色的了。据说，他在长褂里边还戴着三十斤重的铁锁链。光脚上所穿的一双旧鞋都快烂成碎片了。

"从奥布多尔斯克的一座小修道院来，从圣西尔维斯特来。"外地修士恭顺地答道，一双小眼睛用犀利而好奇(尽管有些惊慌)的目光打量着这位隐者。

"我去过你的西尔维斯特那儿。住过一阵子。西尔维斯特他好吗？"

北方修士不知如何回答是好。

"你们都是些没头脑的人！你们是怎样吃斋的？"

"我们的膳食制度符合古老的隐修院规矩：在四旬斋期[①]内逢星期一、星期三和星期五不开伙。逢星期二和星期四给修士们吃白面包、蜂蜜果羹、桑悬钩子[②]、腌白菜和麦片粥。星期六是白菜汤、豌豆面条、果汁糊，都是放了油的。星期天除菜汤外，还有鱼干和面糊。到了受难周[③]，从星期一直到星期六晚上，整整六天只有面包和水，伙房完全不举火，连这样也还得尽量节省，非不得已也不是天天进食，就像在四旬斋的第一周那样。受难节那天什么也不吃。在接下来的星期六也是这样，要直到下午三点才进一点儿面包和水，喝一杯酒。在受难周的星期四，我们吃不放油的熟菜，喝一点酒，其余的只能干吃。因为老底嘉正教会议关于受难周的星期四有明文规定：'不得于四旬斋最后一周之星期四持斋不严从而玷污四旬斋全程。'我们便是这样做的。不过这都没法跟您相比，神父大人，"稍稍壮起胆来的外地修士接着说，"因为您一年到头只吃面包和水，甚至复活节也不开斋；再说，我们吃两天的面包您要维持整整一个星期。您这样严

---

① 复活节前 40 天的封斋期。

② 一种野生莓果。

③ 复活节(总在星期日)前的星期五为耶稣受难节，这一周为受难周。

格节制自己的饮食真是太神了。”

“那么牛奶菇呢？”菲拉邦特神父突然问，这“菇”字他是用喉擦音发的，跟“糊”差不多。

“牛奶菇？”北方修士莫名其妙。

“是啊。我可以不吃他们的面包，压根儿用不着，我可以到树林里去靠牛奶菇和野莓果过日子。他们在这儿可离不开他们的面包，可见已经跟魔鬼拴在一条绳子上了。现如今一些心术不正的人说什么像这样吃斋没有必要。他们的论调是傲慢的邪说。”

“是啊，说得对。”北方修士发出一声喟叹。

“你在那些人身边见到魔鬼了吗？”菲拉邦特神父问。

“哪些人？”北方修士怯生生问道。

“去年圣三节[①]我去见修道院长，从那以后我没有去过。我看见魔鬼躲在一名修士胸前他的长袍里边，只露出头上的角；魔鬼还从另一名修士口袋里探头探脑朝外张望，眼睛贼尖贼尖的，它怕我；有一个魔鬼在修士的肚子里安身，那是最肮脏的地方；更有一个魔鬼挂在修士的脖子上，跟他形影不离，那人把它戴在身上，可自己就是看不见它。”

“您……看得见？”北方修士问。

“对你说——我看得见，看得透亮透亮。我从院长那儿出来，瞅见一个魔鬼想躲开我，藏到门背后去了。那是头大家伙，有一尺半高，也许还不止；灰褐色的尾巴又粗又长，尾巴末梢嵌在门缝里。我眼疾手快，一下子砰的一声把门关上，牢牢地夹住它的尾巴。那家伙没命地尖叫起来，拼命挣扎，我一个劲儿冲它画十字，一共画了三次。那家伙像一只给踩死的蜘蛛似的咽了气。谅来如今它在门角落里腐烂发臭，可是他们看不见，闻不到。我有一年没去了。因为你是外人，我才告诉你。”

---

① 基督教会纪念圣父、圣子、圣灵三位一体的节日，在复活节后七周的星期日（自复活节那天算起第 50 日）。

“听您这番话真叫人害怕！有件事想请教，伟大而有福的神父，”北方修士的胆越来越大了，“您的大名人们纷纷颂扬，甚至传播到很远的地方，说您和神灵一直保持来往，这是真的吗？”

“有时会飞来。”

“怎么飞来？通过什么方式？”

“鸟。”

“神灵化作鸽子？”

“有神灵，也有圣灵。圣灵就不同了，能化作别的鸟降临：有时是燕子，有时是金翅雀，有时是山雀。”

“您又怎么能知道山雀是圣灵的化身呢？”

“它会说话。”

“怎么说话？说什么话？”

“人话。”

“他对您说些什么？”

“今天他就先来报过信，说将有个傻瓜来访，而且会提出各种荒唐的问题。你想知道的事情太多了，修士。”

“您的话太可怕了，至福至圣的神父。”北方修士摇头道。不过，在他受惊的眼神中也流露出几分怀疑。

“这棵树你看见不？”菲拉邦特神父沉默片刻之后问修士。

“看见，至福的神父。”

“你看到的是一棵榆树，可我看到的是另一幅景象。”

“什么样的景象？”修士默默地等了一回，见他不作解释，只得提问。

“夜里有这样的景象。你瞧见这两根树枝没有？在夜间，这是基督向我伸出他的两条胳膊，他用这两条胳膊在找我，我看得很清楚，浑身直哆嗦。可怕，真可怕！”

“既然是基督显灵，那有什么可怕？”

“怎么不可怕？也许他会把我抓住了飞起来带走。”

“活活抓走？”

“以利亚的灵魂乘旋风升天的故事[1]你没听说过？他会搂住我带到不知什么地方去……”

那次谈话以后，奥布多尔斯克的修士回到指定给他的一间修室与本院一名修士同住。尽管头脑里颇有困惑，可是他的心无疑更多地倾向于菲拉邦特神父，而不是佐西马长老。奥布多尔斯克的修士首先拥护斋戒，而像菲拉邦特神父这样一丝不苟严守斋规的人“得见神迹”乃情理中事，并不奇怪。当然，他的话好像不太可信，不过也难说，天知道这些话里究竟包含着什么意思。而那些因敬畏上帝而神经错乱的修道者说的话、干的事比这更荒唐的也有的是。奥布多尔斯克的修士愿意相信魔鬼尾巴被门夹住的故事，不仅从譬喻的意义上相信，而且从不拐弯子的意义上相信也心甘情愿。此外，他来到这座修道院以前就已经对长老制度怀有很深的成见，不过迄今为止他只是从道听途说中知道长老制度，无非跟在许多人后面认定那是有害的新花样。在修道院里一天待下来，他觉察到某些不赞成长老制的浅薄修士私下也有些牢骚怪话。就其本性而言，他还是个爱管闲事的修士，到处打听消息，没有他不感兴趣的事。所以，有关佐西马长老一手创造新“奇迹”的特大新闻，使他陷入非同小可的困惑之中。

事后阿辽沙回想起，当时许多修士挤在长老的修室内外，其中就有这位奥布多尔斯克来客的身影，他曾好多次出现在阿辽沙眼前，只见他在人丛中从这一群转到那一堆，别人谈论什么他都爱听，逮住谁，就向谁问这问那。不过当时阿辽沙对他不太注意，一切都是事后才记起来的……

当时阿辽沙实在也无暇顾及这位客人，因为佐西马长老又觉得累了，重新躺到床上，在快要闭上眼睛的时候，忽然想起了阿辽沙，便打发人叫他去。阿辽沙立刻跑来。那时修室里待在长老身边的除了院长帕伊西神父、司祭修士约西甫神父和见习修士波尔菲里，没有别人。长老睁开疲惫的双眼注视着阿辽沙，突然问他：

---

① 见《圣经 · 旧约 · 列王纪下》第 2 章。

“家里人在等你吗，孩子？”

阿辽沙不知该如何回答。

“他们是不是需要你？昨天你有没有答应过谁说你今天会去的？”

“答应过……父亲……两位兄长……还有别人……”

“瞧。那你一定得去。莫悲伤。你放心，我死之前定要当着你的面说我在世间的最后的话。我要对你说这话，孩子，也是我给你的临终遗言。给你，亲爱的孩子，因为你爱我。现在，你答应过哪些人，你就上哪些人那儿去吧。”

阿辽沙当即从命，虽然他不忍离去。但是，长老许诺一定让阿辽沙听到他在世间的最后的话，尤其重要的是作为给阿辽沙的临终遗言，这股欢欣的巨浪震撼着他的心灵。他赶紧准备出发，为的是办完了城里的事好尽快回来。正好帕伊西神父也向他说了一番送别的话，给阿辽沙留下十分强烈的印象，同时又使他深感意外。那时他俩已经走出长老的修室。

“记住，年轻人，牢牢记住，”帕伊西神父开门见山地说，“世间的科学已汇聚成伟大的力量，特别是近一个世纪以来，对圣贤书中传给我们的天经地义通通作了解剖。经过残酷的剖析，过去认为神圣的一切，在世上的学者心中已经荡然无存。但是，他们只是解剖各个局部，却没有看到整体，而且那种视而不见的盲目程度委实令人吃惊。事实上整体仍在他们眼前屹立不动，地狱之门也奈何它不得。它不是存在了十九个世纪吗？它不是至今仍存在于个别人和人民群众的心目之中吗？甚至在那些毁坏一切的无神论者心目中，它不是和以前一样屹立不动吗？因为即使那些背弃基督教、反叛基督教的人自己，实质上遵循的仍然是基督的思想未变，因为无论他们的智慧还是他们的热情，都未能创造出一个比基督早就做出的榜样更高的理想来代表人和人的美德。至于先后做过的多次尝试，其结果一概都是些四不像的丑八怪。这点你要特别牢记，年轻人，因为你那行将离去的长老要指派你走向尘世。将来你回忆今天这个伟大的日子，也许不会忘记我发自内心给你的临别赠言，因为你还年轻，而尘世的诱惑如重重磨难，不是你所能经受得住的。现在你去吧，可怜的孤儿。”

说完，帕伊西神父画十字为他祝福。阿辽沙走出修道院，细细玩味这番出乎意料的话，一下子恍然大悟，在这位迄今对他相当严厉的方正修士身上，他刚刚意外地获得一位新的、热爱他的良师益友，仿佛是佐西马长老临终遗赠给他的。

“也许他俩之间果真有这样的默契。”阿辽沙忽然产生这么个想法。

他没料到适才会聆听帕伊西神父这番精深的议论，正是这一席话而非其他，恰恰证明帕伊西神父有着火热的心肠。他已经在急于尽快地武装阿辽沙年轻的头脑抵挡诱惑，并且构筑他所能想象的最坚固的防线，来保护别人临终托付给他的年轻的心灵。

二　在父亲那儿

阿辽沙先到父亲那儿去。快到目的地时，他想起昨天父亲曾坚持要他悄悄地进去，别让二哥伊万看见。

“究竟为什么？”此时阿辽沙忽然纳起闷儿来，“如果父亲有什么话想悄悄地对我一个人说，我又何必悄悄地进去？谅必昨天他太激动了，本来另有一些话要对我说，可是没来得及。”他这样想。

尽管如此，当他知道二哥不在家时，还是很高兴。给他开院墙小门的是玛尔法·伊格纳启耶夫娜(原来格里果利病了，躺在侧屋下房里)，阿辽沙问二哥在哪儿，她说伊万·费奥多罗维奇出去已经有两个小时了。

“爹呢？”

“起床了，在喝咖啡。”玛尔法·伊格纳启耶夫娜答话的口气似乎有些勉强。

阿辽沙走进正屋。老头儿独自坐在桌旁，身穿旧外套，脚上趿着拖鞋，正在翻阅一些账册，但看得并不十分仔细，只当一种消遣。正屋上下就他一个人在(斯乜尔加科夫也出去买菜了)。他的心思并不在账册上。虽然他大清早就起了床，力图显得精神些，可他的气色仍然疲惫而又虚弱。一夜间，他的前额上泛起了大块大块的紫色瘀斑，此时缠着一条红丝巾。鼻子一夜下来也肿得厉害，上面同样形成了好几处淤血斑点，虽然并无大碍，却给整个面部定下一种恼怒的神情，一望便知他火气特别大。这一点老头儿自己也知道，所以阿辽沙进来时，他不太友善地看了小儿子一眼。

"咖啡是冷的，"他生硬地大声说，"我不想请你喝。小老弟，今天我自己的食谱只有一道清淡的鱼汤，不邀请任何人。你来有何贵干？"

"来看看您身体怎么样了。"阿辽沙说。

"噢。另外，昨天我自己也说过要你来。这一切没什么了不起。倒让你担心了。其实，我就知道你转眼又会跑来……"

他说这话时带有很大的反感。其时，他从座位上站起来忧心忡忡地照了一下镜子(打早晨起或许已不少于三四十次)，看看自己的鼻子。他还开始不断地把缠在额上的红手帕调整得好看一些。

"红的比较好，要是白的就像在医院里似的，"他用说教的口吻指出，"你那儿有什么情况？你的长老怎样了？"

"他的情况很不好，也许今天会死。"阿辽沙答道，但父亲根本没在听，连自己问的话也随即忘了。

"伊万走了，"老头儿忽然说，"他千方百计想夺走米嘉的未婚妻，也就是为了这个目的才住在此地。"他恶狠狠地补上这一句，并且撇着嘴朝阿辽沙看了一眼。

"难道是他自己对您这样说的？"阿辽沙问。

"是的，他早就告诉过我。你相信不：这话他说了大概已经有三个星期。难道说他到此地来也是想要悄悄把我宰了？那他又是为了什么目的而来？"

"您怎么啦？您怎么说这样的话？"阿辽沙感到紧张得不得了。

"他并不向我要钱，这不假，可他还是休想从我这儿拿到一个子儿。最亲爱的阿列克塞·费奥多罗维奇，我打算在世上活得尽可能长久，这一点应该让你们知道，所以每一个戈比对我都有用，而我活得越长久，就越需要钱，”他一边往下说，一边在屋子里从一个角落走到另一个角落，两手插在宽松的外套口袋里，那件外套蹭满了油污，是一种黄色的麻织夏令衣料。“眼下我毕竟还算个男子，才五十五岁，但我还想再充当二十年男子。要知道，我老了以后，模样儿就会变得讨厌；将来她们不会自愿上我这儿来，那时我就用得着钱了。所以现在我要尽量攒钱，越多越好，完全是为我自己，我亲爱的儿子阿列克塞·费奥多罗维奇，你们应该知道，因为我想把放荡的日子一直过到底，这一点应该让你们知道。放荡的生活更有味道。人人都责骂放荡，可人人都过着放荡的生活，只是人人都偷偷摸摸，而我完全公开。正因为我老实，所有那些放荡的家伙都骂我。我可不想进你的天堂，阿列克塞·费奥多罗维奇，这一点得让你知道，再说，一个正派人进你的天堂甚至有失体面，就算有那么个地方吧。依我看，睡着了再也醒不过来，不就完结了？你们愿意，可以为我祈祷；不愿意就算了。这便是我的哲学。昨天伊万在这里说得好，尽管我们俩都醉了。别瞧伊万吹起来煞有介事，他什么学问也没有……也没有什么特别的教养。他平时不声不响，可不声不响的同时在暗暗嘲笑别人，——这便是他的拿手好戏。”

阿辽沙听着他说，并不接茬。

“为什么他几乎不跟我说话？即使说起话来也总是端着架子。你那个伊万不是东西！我可以马上就娶格露莘卡，只要我愿意。因为有了钱，阿列克塞·费奥多罗维奇，只要你想干什么，没有办不到的。伊万怕的正是这一点。他老是盯着我，生怕我结婚，所以撺掇米嘉娶格露莘卡。一方面，他想用这一招不让格露莘卡把我叼走（好像我不跟格露莘卡结婚，就会把钱留给他！）；另一方面，要是米嘉娶了格露莘卡，伊万就能把他的阔小姐未婚妻据为己有，这便是他的如意算盘！你的伊万真不是东西！”

“您火气太大了。这是昨天的事造成的，您还是去躺下吧。”阿辽沙说。

“这话是你说的，”老头儿遽然指出，好像他刚刚头一回想到这一点，“是你说的，我不生你的气。要是伊万对我说同样的话，我就会冲他大发脾气。只有跟你在一起，我才有心平气和的时候，我知道自己是个生性暴躁的人。”

“不是生性暴躁，是给搅得心情烦躁。”阿辽沙面带笑容说。

“听着，今天我本想把米嘉这个强盗送去坐牢，可现在还没有拿定主意。当然，在如今的摩登时代，时兴把爹妈当作顽固分子对待，可是按照法律，即使在现今的时代好像也不允许把老父亲揪住头发拖来拖去，在老子自己家里把他打翻在地，再用鞋跟踩他的脸，并且扬言还要来彻底结果老子的性命——这些都有人可以作证。只要我愿意，我可以整得他像一只虾米，冲他昨天的所作所为，我立马可以请他吃官司。”

“您不想控告他吧？”

“伊万劝我别这么做。伊万的话我才不理会呢，问题是我自己知道有这么个情况……”

他凑到阿辽沙面前，用近乎耳语的声音像泄露什么重大秘密似的继续说：

“我要是把那混账东西送去蹲大狱，她听说是我告了那小子，马上会跑去探监。可要是今天她听说，是那小子把我这么个衰弱老人打得半死，她也许会抛弃那小子，上我这儿来探望……她天生就是这样的性格——干什么都跟你拧着。我摸透了她的脾气！怎么样，要不要喝点儿白兰地？你就来一点冷咖啡，我给你掺上四分之一小杯白兰地，这样才有味儿，小老弟。”

“不，不用了，谢谢。您要是肯给，我就把这只面包带走，”阿辽沙说着拿起一只价值三戈比的法式小圆面包放进长袍兜里，“白兰地您也别喝了。”他望着老头儿的脸，提心吊胆地劝说。

“你说得对，这玩意儿只能刺激神经，不会带来安宁。只是一小杯……。我去把它从小柜儿里边拿出来……”

他用钥匙把“小柜儿”打开，倒出一小杯来喝了下去，然后锁上柜子，重又把钥匙放在兜里。

“够了，喝一小杯死不了。”

“您这会儿心情好些了。”阿辽沙微笑道。

“唔！我不喝白兰地也喜欢你，可是跟混蛋们打交道我也是个混蛋。伊万不去切尔马什尼亚——为什么？他想要刺探：倘若格露莘卡来，我是不是给她很多钱。全都是混蛋！对伊万我简直认不出来了。哪来这么个主儿？他完全不像咱们家的人。好像我会留给他什么似的！我连遗嘱也不会留下的，这一点得让你知道。至于米嘉，我要把他当作蟑螂那样踩死！夜里我常常趿着拖鞋收拾那些乌黑油亮的蟑螂：一脚踹下去，那声音绷脆。你的米嘉也将发出那样绷脆的一声响。我说**你的**米嘉，因为你爱他。是的，你爱他，可我不怕你爱他。要是伊万爱他，我对这种爱就得提防着点儿。但是伊万谁也不爱。伊万不是咱们一路人。老弟，像伊万那样的人根本非我族类，他们只是扬起的尘土……。风一吹，尘土就过去了……。昨天我关照你今天来，因为当时我头脑里产生了一个愚蠢的想法。我想通过你了解米嘉的态度：如果我现在给他个一千两千的，这个穷光蛋兼大坏蛋会不会同意从此地销声匿迹五年，最好是三十五年，而且不带格露莘卡，完全放弃她。你看会不会同意，啊？”

“我……我去问问他……”阿辽沙嗫嚅道，“要是给三千，那他也许……”

“胡说！现在不用问了，什么也别做！我改主意了。那是昨天我一时糊涂让这个蠢主意钻进了脑袋。我什么也不给，一个子儿也不给，我的钱我自己需要，”老头儿连连摇手，“反正我要像踩蟑螂那样把他踩死。你什么也别对他说，免得他心存幻想。这儿也没你什么事了，你走吧。他一直把未婚妻对我瞒得紧紧的，那个未婚妻，就是卡捷琳娜·伊万诺夫娜，会不会嫁给他？你昨天好像去找过她，是不是？”

“她怎么也不肯撒手不管米嘉。”

“这些娇贵的小姐偏偏就爱这号花天酒地的混账东西！我告诉你，这些面无血色的小姐一文不值，哪儿比得上……。唉！要是我像他那样年轻，再加上当年我的那张脸（我二十八岁的时候可比他更漂亮），我一定也能跟他一样无往而不胜。他是个下流坯！反正他甭想把格露莘卡弄到手，甭想！……我要把他变成一滩臭泥浆！”

说到末了几句话时，他重又勃然大怒。

“你走吧，我这儿今天没你的事。”他没好气地断然说。

阿辽沙走过去向他告别，在他肩上吻了一下。

“你这是干什么？”老头儿有些感到意外，“咱俩不是还要见面吗？你以为咱俩不见面了还是怎么着？”

“完全不是，我并不是故意的。”

“我也没什么，我也没有别的意思……”老头儿望着他说，“喂，你听着，”他冲着阿辽沙的背影喊道，“你别隔太久再来，来吃鱼汤，我要熬一道有特色的鱼汤，不是今天那样的，你一定来！明天就来，听见没有？明天来！”

阿辽沙刚出门，老头儿马上又走到小柜儿前，又喝了半小杯。

“再也不喝了！”他嘟哝着干咳一声清清嗓子，再次锁上柜子，再次把钥匙放在兜里，然后走进卧室，浑身乏力地躺到床上，转眼便睡着了。

三　遇上了一群学童

“谢天谢地，他没有问我格露莘卡的事，”阿辽沙从父亲那儿出来向霍赫拉科娃太太家走去，一路寻思着，“否则我恐怕不得不把昨天遇见格露莘卡的情况告诉他。”

阿辽沙痛苦地感觉到，过了一夜角斗双方又来劲了，而他们的心肠却随着白天的来临而重新变硬。

“父亲肝火正旺，他想出了一个什么主意，决心已经下定。那么德米特里呢？一夜下来，他也比昨天更坚定了，想必火气也大得很，当然同样想好了什么办法……。哦，今天一定得设法找到他，非找到不可……”

但是阿辽沙没能思量很久，因为路上他遇到了一件看似不太重要、却给他很大震动的事情。他刚穿过广场拐入一条小巷，准备走上与县城大街平行、与之仅隔一条小河的米哈依洛夫街(我们的小城河汊纵横)，只见下面小桥堍上有一小群学童，全是十岁左右的娃娃。他们正放学回家，有的双肩背着书包，有的单肩搭着皮袋子；有的穿短外套，有的穿小大衣；有几个甚至足蹬帮上带褶裥的长筒靴，那是得到有钱家长宠爱的小孩子特别喜欢炫耀的东西。这一帮小学生正热烈地谈论着什么，显然在商量某件事情。阿辽沙从来不会无动于衷地打孩子们身旁走过去，在莫斯科时他也是这样。虽然他最爱三四岁的小孩，但十岁、十一岁的小学生他也很喜欢。所以，尽管此刻心事重重，他也马上想要拐过去跟他们谈谈。走近这群孩子时，他定神注视那一张张活泼红润的小面庞，忽然看到所有的男童手里都拿着一块石头，有几个拿着两块。小河对面，与他们大约有三十步的距离，一个男孩正站在栅栏旁边。那也是个学童，也挎着书包，从个儿看不会大于十岁，甚至还要小些，面色苍白，似乎不太健康，一双黑眼睛闪闪发光。他目不转睛地注视着那一小群六名学童，他们显然是他的同学，和他一起刚从学校里出来，但是看得出他和他们处于敌对状态。

阿辽沙走到他们跟前，打量着其中一名穿黑色短外套的学童，对这个面色红润、有一头金色鬈发的孩子说：

“在我也挎你们这种书包的时候，我们都把它挎在左边，这样一下子就可以用右手够到它。可是你把它挎在右边，这样你要够到它就不方便了。”

阿辽沙没有施展任何事先想好的计谋，直接从这一具体意见入手。其实，成年人想要一下子得到孩子——尤其是一群孩子——的信任，舍此也别无他途。必须认真而又务实地像这样在完全平等的地位上开始跟他们打交道。阿辽沙凭本能懂得这个道理。

“可他是左撇子。”另一名样子相当健壮、约有十一岁的男孩立刻回答道。其余五名男孩眼睛也都盯着阿辽沙。

“他扔石块也是用左手的。”又一名男孩指出。

就在这一刹那，正好有一块石头向这群学童飞来，稍稍擦着那个左撇子男孩，但是从旁边飞了过去，尽管瞄得相当准，扔得很有力。投这块石头的是小河另一边的那个男孩。

“你也扔，瞄准他扔，斯穆罗夫！”孩子们都嚷了起来。

但斯穆罗夫(左撇子)用不着别人催促，马上就还以颜色；他把一块石头扔向小河那边的男孩，可是没有命中，石块掉在地上了。小河对面的男孩立刻又向这边的一群扔过来一块石头，这一回正好击中阿辽沙的肩膀，打得他好生疼痛。小河对面的男孩兜里揣满了事先准备好的石块。这从三十步外根据他鼓鼓囊囊的大衣口袋可以看得出来。

“他扔的是您，是您，他瞄准的是您。您不是卡拉马佐夫吗？”孩子们哈哈笑着一齐嚷了起来。“您正是卡拉马佐夫！嗨，大家一齐瞄准河对面，向他开火！”

于是六块石头同时从小河这边飞了过去。一块石头击中男孩的头部，他跌倒了，但旋又跳起来，开始拼命扔石块回敬这群学童。双方展开一场不间断的对攻。小河这边的孩子中间有好几个兜里也备有石块。

“你们干什么？你们不害臊吗，诸位？六个打一个，你们会把他打死的！”阿辽沙急得直叫唤。

他一跃而起，迎着雨点似的石块冲上去，用自己的身体挡住小河对面的那个男孩。有三四个儿童暂时停止投掷。

“是他先扔的！”一名穿红衬衫的男童怒冲冲地用稚气十足的小嗓门喊道，“他是坏蛋，前不久他在教室里用削笔刀戳克拉索特金，戳得都流了血，只是克拉索特金不愿告状。可是这个坏蛋该打……”

“为什么呢？你们大概先惹他来着，是不是？”

“瞧，他又朝您背上扔过来一块石头。他认识您，”孩子们纷纷叫嚷，“他现在是冲您扔的，不是冲我们。大家听着，咱们再瞄准他，斯穆罗夫，这回别打偏了！”

于是双方重又燃起战火，这一回非常猛烈。小河对面的孩子胸前挨了一块石头；他哇的一声哭了起来，顺着斜坡往上，向米哈依洛夫街上跑去。这边的一群发出欢呼："啊哈，澡擦子害怕了，逃跑了！"

"卡拉马佐夫，您还不知道他有多坏，杀了他都太便宜了。"穿夹克衫、眼睛像火球似的一个孩子又说，看来他是年龄最大的。

"他怎么个坏法？"阿辽沙问，"爱告状，是不是？"

孩子们彼此丢了个眼色，似乎还带着一丝窃笑。

"您也往米哈依洛夫街那儿走吗？"还是那个男孩继续说，"那么您会赶上他的……。瞧，他又站住了等在那儿，他在瞧您。"

"他在瞧您，他在瞧您！"其余的孩子也附和道。

"您就问他喜欢不喜欢搓澡用的树皮笤帚，散乱了的。听着，您就得这样问。"

学童们齐声发出一阵哈哈大笑。阿辽沙瞅着他们，他们也瞅着阿辽沙。

"您别去，他会揍你的。"斯穆罗夫大声告诫阿辽沙。

"诸位，我不问他澡擦子的事，因为你们一定想用这话去惹他。但是我会向他打听，你们为什么这样恨他……"

"那您就去打听吧，打听吧。"孩子们笑着说。

阿辽沙过了小桥，沿着栅栏顺着坡势往上，径直向那个遭同学排斥的孩子走去。

"小心，"孩子们在后面大声警告他，"他不怕您，他会乘您不防备捅冷刀子……就像对克拉索特金那样。"

那男孩站在原地等他。阿辽沙走到他跟前，看清楚这是一个顶多九岁的孩子，羸弱而又矮小，瘦削的长脸没有什么血色，一双黑黑的大眼睛恶狠狠地瞪着他。孩子身上的童装大衣破旧得相当厉害，已经不合他的身，显得怪难看的。两条光手臂露在袖外。裤子的右膝处打着一大块补丁，右边一只靴子尖上相当于大脚趾的地方有一个大窟窿，看得出那里涂了不少墨水。大衣两边鼓鼓的兜里揣着许多石块。

阿辽沙走到离他只有两步的地方站住，用疑问的目光望着他。孩子从阿辽沙的眼神立即看出阿辽沙不想打他，也就放下好斗的架势，甚至主动跟他说话。

“我一个，他们六个。我一个人能把他们通通打退。”他忽闪着眼睛突然说。

“有一块石头打中了你，一定疼得厉害。”阿辽沙指出。

“可我打中了斯穆罗夫的脑袋！”孩子大声叫道。

“他们在那边告诉我，说你认识我，故意向我扔石块，是吗？”阿辽沙问。

孩子阴着脸瞅他。

“我不认识你。难道你认识我？”阿辽沙继续问他。

“别来烦我！”孩子蓦然发火了，不过他仍站在原地，好像在等待什么，眼睛里又闪起凶光。

“好吧，我走，”阿辽沙说，“只是我不认识你，也不想惹你。他们告诉我人家是怎样惹你的，可我不想惹你，再见吧！”

“穿硬缎裤子的修士！”孩子喊了这么一句，他还是以凶狠和挑战的眼神目送着阿辽沙，顺势摆好架子，因为他估摸着现在阿辽沙一定会向他扑过去的。然而阿辽沙回头看了他一眼，就走开了。

可是，他才迈了三步，背上便挨了疼痛的一击，那孩子投来的是他兜里最大的一块圆石。

“你从背后下手？这样看来，他们说你趁人不备搞偷袭，这话不假喽？”阿辽沙又回过头来，但这一回孩子狠命地向阿辽沙又扔了一块石头，而且是直接冲他脸上扔的；阿辽沙总算挡得及时，石块打在他胳膊肘上。

“你真不害臊！我对你做了什么？”他喊叫起来。

孩子摆出一副挑衅的姿态默默地等着，单等阿辽沙这一回必定要跟他算账。可是眼看阿辽沙到了这个分儿上还不向他进攻，他像一只小野兽似的恼怒到了极点，索性纵身一跃，主动向阿辽沙扑过来。阿辽沙还来不及躲闪，那凶恶的男孩已经低着头用两只手抓住他的左手，狠狠地一口咬在中指上。他的牙齿嵌进阿辽沙的中指，有将近十秒钟不放。阿辽沙疼得大叫，拼命想把手指抽出来。孩子总算松了口，跳回到原先的距离之外。阿辽沙的手指被咬得疼极了，在紧靠指甲的部位创口深可及骨，鲜血直淌。阿辽沙掏出一方手帕，把它紧紧缠在受伤的指头上。包扎足足花了将近一分钟。这段时间内那孩子始终站在那儿等着。阿辽沙终于抬起头来，用平静的目光望着他。

“好了，”阿辽沙说，“瞧，你把我咬得多么厉害，总该满意了吧？现在请你告诉我，我对你做过什么？”

孩子惊讶地睁大眼睛。

“虽然我跟你完全不认识，今天是第一次见到你，”阿辽沙依然心平气和地继续说，“但是不可能我没有对你做过什么，——你不会无缘无故这样跟我过不去。那么，我究竟干了什么，我有什么地方对不起你，能告诉我吗？”

孩子没有回答，反而蓦地放声大哭起来，并且一下子从阿辽沙面前逃跑了。阿辽沙跟在他后面安步向米哈依洛夫街走去，接着还有相当长一段时间他看得见那孩子在远处奔跑，既不放慢脚步，也不扭头回顾，而且八成一路仍在放声大哭。阿辽沙暗下决心，一有时间定要找到那个孩子，解开这个使他大为震惊的谜。眼下他实在没有工夫。

四　在霍赫拉科娃家

阿辽沙很快来到霍赫拉科娃太太家门前，这栋砖石结构的两层楼房很漂亮，属于本城最好的建筑之列。尽管霍赫拉科娃太太大部分时间居住在她拥有田产的另一省份，或在她拥有私人住宅的莫斯科，但在我们这个小城里她也有这栋从父辈和祖父一辈传下来的房子。再者，她在我们县内拥有的田产也是她全部三处田产中最大的，而迄今为止她来到本省的次数恰恰非常之少。听说阿辽沙来了，她赶紧跑到过道里来迎接。

“信收到没有？关于新出奇迹的信收到没有？”她说得很快，还有点神经兮兮。

“是的，收到了。”

“您是不是让大家都知道了这事？信是不是让大家都看了？他让一个母亲失而复得自己的儿子！”

“他今天要死了。”阿辽沙说。

“听说了，我知道，噢，我多么想跟您谈谈哪！跟您或者跟别的什么人谈谈所有这一切。不，得跟您谈，跟您！我怎么也没法见到他，真是太遗憾了！全城的人都心情紧张，人人都在等待。不过此刻……知道吗，卡捷琳娜·伊万诺夫娜此刻正在我们这里。”

“啊，这太巧了！”阿辽沙喜出望外，“我就在府上和她见面，昨天她嘱咐我今天一定要去见她。”

“我全知道，全知道。昨天在她家里发生的事情……关于那个……贱货的种种可怕的行为，我都听说了，连细节也都知道。这太可怕了，要是换了我，——我不知道会干出什么来！可是令兄，您的那位德米特里·费奥多罗维奇也实在——噢，上帝啊！阿列克塞·费奥多罗维奇，我给搅糊涂了，是这么回事：令兄现在里面坐着，不，不是昨天那位可怕的令兄，是另一位——伊万·费奥多罗维奇——正在和她谈话：他们的谈话事关重大……。您怎么也不会相信他们之间在谈些什么，——这简直要命，我可以告诉您，这真是怪事一桩，这是个谁也无法相信的可怕的故事：不知为了什么他俩都在坑害自己，他们自己意识到这一点，还觉得乐在其中。我多么盼您来着！我多么盼您来着！这光景我实在看不下去。我马上就把一切都告诉您，不过眼下有另一件最主要的事情，——我甚至忘了那才是最主要的：告诉我，莉兹怎么会发歇斯底里的？她刚听见您来了，马上就发歇斯底里！”

“妈妈，现在歇斯底里发作的是您，不是我，”忽然从厢房里透过门缝传来莉兹尖细的声音。门缝很小很小，可是声音却很不自然，恰似一个人非常非常想要发笑、但又拼命不让自己笑出来。阿辽沙立刻发现了这道门缝，谅必莉兹正坐在椅子上从门缝里瞧着他，但这景象他是没法看清楚的。

“这并不奇怪，莉兹，并不奇怪……冲你这份任性我也会歇斯底里发作的。不过，阿列克塞·费奥多罗维奇，她病得可不轻，昨儿一宿都在发烧，直哼哼！我好不容易挨到天明，才把赫尔岑什图贝给盼来。他说他怎么也弄不明白，必须进一步观察。这个赫尔岑什图贝每次来总是说他怎么也弄不明白。适才您刚走到大门口，她马上喊了一声，歇斯底里就犯了，吩咐立刻把她推到自己原先待的那间屋子里去……”

“妈妈，我根本不知道他来，我也完全不是为了躲开他才想换到这间屋里来的。”

“这可不是实话，莉兹。是尤丽雅跑来告诉你说阿列克塞·费奥多罗维奇来了，她一直在为你守望。”

“亲爱的妈妈宝贝，您这一手糟透了，一点儿也不风趣。要是您想补救一下，说一些特别精彩的话，那么，亲爱的妈妈，您就告诉来客阿列克塞·费奥多罗维奇阁下：发生了昨天的事以后，不顾人人都把他当作笑柄，今天他居然还到我们家来，单单这一点已经证明他的头脑迟钝。”

“莉兹，你太放肆了，告诉你，我总有一天要采取严厉措施。谁把他当作笑柄啦？他来我高兴还来不及，我需要他，少不了他。噢，阿列克塞·费奥多罗维奇，我太不幸了！”

“您这是怎么啦，妈妈宝贝？”

“啊，你老是这样任性，莉兹，谁也拿不准你到底是什么心思，还有你的病，昨儿发了一宿的烧，能把人吓死，偏偏那个要命的赫尔岑什图贝永远没一句囫囵话，最可气是他永远如此，永远如此！再加上所有这些事，一切的一切……甚至包括这件奇迹！喔，这件奇迹太使我惊讶了，给我的震动太大了，亲爱的阿列克塞·费奥多罗维奇！还有此刻正在客厅里上演的那一出悲剧，我实在看不下去——我向您声明在先：我实在看不下去。也许是闹剧，而不是悲剧。告诉我，佐西马长老是不是还能活到明天？噢，我的上帝！我这是怎么搞的，每时每刻我一闭上眼睛就看到，所有这一切全都毫无意义，毫无意义！”

“很对不起，”阿辽沙骤然打断她的话，“请给我一块随便什么样的干净布条，让我包扎一下手指头。我把它给弄破了，伤得不轻，现在疼得很厉害。”

阿辽沙解开临时绷带，露出被咬伤的手指。手帕上沾了好多血。霍赫拉科娃太太惊叫一声，连忙闭上眼睛。

“上帝啊，伤成这样，太可怕了！”

莉兹从门缝里一看见阿辽沙的手指，马上把门完全打开。

“进来，到我屋里来。”她用命令的口气急切地大声说，“现在别干蠢事了！噢，上帝啊，这么长时间，您怎么一直站着不吭声？妈妈，他会流血过多致死的！妈妈，您在哪儿啊，您在干什么？先拿水来，水！必须清洗伤口，只要浸入冷水止痛，让它泡在水里，一直泡着……。快，快拿水来，妈妈，倒在涮杯盆里。您倒是快点儿啊。”她急得有些神经兮兮。阿辽沙的伤把她吓得魂飞魄散。

“要不要去请赫尔岑什图贝？”霍赫拉科娃太太喊道。

“妈妈，您简直要我的命。您那位赫尔岑什图贝来了只会说，他弄不明白！水，水！妈妈，看在上帝分上，您亲自去催一下尤丽雅，她不知在磨蹭些什么，永远快不了！快点儿啊，妈妈，否则我会死的……”

“这不碍事的！”阿辽沙说，瞧她们大起恐慌的样子反倒吃惊不小。

尤丽雅拿着水跑来了。阿辽沙把手指浸入水中。

“妈妈，看在上帝分上，拿软布团[①]来；要软布团和那种浑浑的、辣辣的药水——涂伤口的，叫什么来着？我们家有的，有的，有

① 普遍使用药棉和纱布前用以蘸药裹伤的软麻布条或棉布条。

的……。妈妈，您知道放那瓶药水的地方，在您卧室小柜的右边，那儿有一大瓶药水和软布团……”

“我这就通通去拿来，莉兹，只是你别嚷嚷，别添乱。瞧人家阿列克塞·费奥多罗维奇对待自己的不幸多么沉着坚强。阿列克塞·费奥多罗维奇，您是在哪儿把自己弄伤的？伤得这么厉害！”

霍赫拉科娃太太匆匆走了出去。莉兹就等着这个机会。

“首先回答这个问题，”她很快地对阿辽沙说，“您是在哪儿把自己弄伤成这样的？然后我还有别的事要跟您谈。说呀！”

阿辽沙凭本能感觉到，对她来说妈妈回来之前的这点时间很宝贵，——于是就把路上碰到一群学童的怪事匆匆告诉她，好多地方只得删繁就简，但还是做到准确、清楚。莉兹听完后双手一拍，说：

“您怎么能去跟顽童搅和在一起，还穿着这身衣服？”莉兹愤怒地大叫起来，简直就像有权管他似的。“从这件事可以看出，您自己就是个孩子，十足的小孩子！不过您一定得给我打听到那个可恶的男孩，把一切都告诉我，因为这里头准有什么秘密。现在谈第二件事，不过您先回答：阿列克塞·费奥多罗维奇，您能不能忍着伤痛谈无关紧要的事情，但要保持头脑清醒？”

“完全可以，再说我现在已经不觉得太疼了。”

“这是因为您的手指浸在水中。这水必须马上更换，因为它很快就会变热。尤丽雅，你马上去地窖里拿一块冰来，另外再要一涮杯盆的水。好了，现在她走了，我说正经的：亲爱的阿列克塞·费奥多罗维奇，请立刻把昨天我托人带给您的那封信还给我，——快，因为妈妈马上就要回来，可我不愿……”

“信不在我身边。”

“这不是真话，信在您身边。我就知道您会这样回答。信就在您这边的兜里。我为这个愚蠢的玩笑后悔了一整夜。马上把信还给我，拿来！”

“我没有带来。”

“但是我写信开了这样愚蠢的玩笑之后，您不可能把我看作一个小女孩，一个很小很小的女孩子了！我为这愚蠢的玩笑请您原谅，但那封信您千万得给我带来，如果它真的不在您身边的话，——今天就去拿来，千万，千万！”

“今天决计来不了，因为我要去修道院，估计两天不能到府上来，也许要三四天，因为佐西马长老……”

“四天！您胡说些什么呀？听着，您读信后是不是大大地笑了我一场？”

“我一点儿也没笑。”

“为什么？”

“因为我完全相信这是真的。”

“您在侮辱我。”

“丝毫没有。我读了以后马上就认为一切将会是这样的，因为佐西马长老去世后我就该离开修道院。接着我要继续学业，通过考试，到了法定年龄，咱俩就结婚。我会爱您的。尽管我还没时间好好思考，但我认为找不到比您更好的妻子了，而长老嘱咐我应该结婚……”

“可我是个残废，要人用轮椅推我！”莉扎笑了起来，两颊泛起鲜艳的红晕。

“由我用轮椅推您，但我相信到那时您会康复的。”

“可您是个疯子，”莉扎神经质地说，“人家开个玩笑，您竟然这样想入非非！……啊，妈妈来了，也许来得正是时候。妈妈，您怎么老是慢慢腾腾的，怎么去了这么长时间！瞧，尤丽雅把冰块也拿来了！”

“喂，莉兹，别嚷嚷好不好？别嚷嚷。我给你嚷得实在……。我有什么办法，你自己把软布团塞到别处去了……。我找哇，找哇……。我怀疑你是故意这样做的。”

“我怎么知道他会带着一个被咬伤的手指来这儿，要不然，也许我真的会故意这样做。天使妈妈，您说话开始变得非常风趣了。”

“就算风趣吧，可是莉兹，你对阿列克塞·费奥多罗维奇的手指头等等倒是很有感情！喔，亲爱的阿列克塞·费奥多罗维奇，要我命的不是这一件或那一件事情，不是什么赫尔岑什图贝，而是所有这一切加在一起，这实在叫我受不了。”

“够了，妈妈，别提赫尔岑什图贝了，”莉扎快乐地笑道，“快把布条拿来，妈妈，还有水。这水叫作铅水洗剂。阿列克塞·费奥多罗维奇，名称我现在记起来了，很简单，不过这办法很管用。妈妈，您能想象吗？他竟在路上跟顽童们打起架来，是一个顽童咬了他的手指，他自己岂不也是一个小孩子？妈妈，像他这样的小孩子能结婚吗？因为他想结婚呢，妈妈。请想象一下他结了婚的样子，难道不可笑吗？简直太滑稽了！”

莉兹一直在吃吃地笑，有点儿神经质，一边狡黠地瞅着阿辽沙。

“那怎么结婚，莉兹？你怎么能这样说呢？这可不是闹着玩儿的……因为那男孩也许是个疯子。”

“啊，妈妈！难道有疯狂的孩子？”

“为什么没有，莉兹？好像我说了蠢话似的。你们说的那个男孩也许让疯狗给咬了，他成了疯孩子，反过来又咬了靠近他的什么人。阿列克塞·费奥多罗维奇，瞧她给您包扎得多好，我可绝对做不到。您现在还觉得疼吗？”

“现在好多了。”

“您不怕水吗[①]？”莉兹问。

“够了，莉兹，也许我说疯孩子的话确实太欠考虑，你马上就大做文章。阿列克塞·费奥多罗维奇，卡捷琳娜·伊万诺夫娜刚才听说您来了，急忙来找我，她急着想见您，一定要见您。”

“嗳，妈妈！您一个人先走，现在他不能去，他太痛苦了。”

“谈不上痛苦，我完全可以去……”阿辽沙说。

“什么？您要走？这是您说的？您是这样说的？”

“怎么啦？等我在那边完了以后再来，我们还可以继续谈，您愿

① 狂犬病患者因喉头痉挛而不敢饮水。故而狂犬病又称“恐水病”。

意谈多久都行。我很想立刻见到卡捷琳娜·伊万诺夫娜，因为今天我很想尽快回到修道院。”

“妈妈，您快带他去吧。阿列克塞·费奥多罗维奇，见过卡捷琳娜·伊万诺夫娜以后不劳大驾再来看我，还是直接回您的修道院去吧，那才是您该去的地方！我想睡了，我一宿没睡。”

“哎，莉兹，你这是说的玩笑话，不过但愿你真的能睡一觉！”霍赫拉科娃太太说。

“我不知道什么地方惹……。那我就再待三分钟，如果您愿意，甚至五分钟。”阿辽沙嗫嚅道。

“甚至五分钟！快把他带走，妈妈，这是个没心肝的怪物！”

“莉兹，你疯了。咱们走吧，阿列克塞·费奥多罗维奇，今天她太任性，我怕刺激她。唉，跟神经质的姑娘打交道真够受的，阿列克塞·费奥多罗维奇！也许她见到您以后真的想睡了。您这么快就能使她安睡，这太幸福了！”

“啊，妈妈，您说得真动听，为这我要吻你，好妈妈。”

“我也吻你，莉兹。听着，阿列克塞·费奥多罗维奇，”霍赫拉科娃太太带着阿辽沙离去时，神秘兮兮而又郑重其事地压低声音说得很快，“我不想让您有任何先入为主的看法，也不想揭开个中内幕，但您进去以后自己就能看到那里发生的一切。这实在令人震惊，这是最荒诞不经的闹剧。她爱您的二哥伊万·费奥多罗维奇，偏又竭力使自己相信她爱您的大哥德米特里·费奥多罗维奇。这太令人震惊了！我和您一起进去，要是他们不撵我，就一直待到最后！”

五　客厅里的怪事

但是客厅里的谈话已经快结束了。卡捷琳娜·伊万诺夫娜激动异常，尽管看上去态度坚决。当阿辽沙和霍赫拉科娃太太进屋的时候，伊万·费奥多罗维奇正起身要走。他的脸色有些苍白，阿辽沙心怀焦虑望着他。事情是这样的：对于阿辽沙来说，他有一个疑团此刻该解开了，这是一段时间以来使他忐忑不安的一个谜。大约在过去的一个月内，他已经有好几次从不同的方面听到这样的传闻，说他二哥伊万爱上了卡捷琳娜·伊万诺夫娜，尤其值得注意的是，说伊万确实打算从米嘉那儿把她“夺走”。直到最近以前，阿辽沙始终觉得这事不可思议，尽管深感不安。两位兄长他都爱，唯恐他们之间发生这样的角逐。然而，昨天德米特里·费奥多罗维奇突然直截了当向他宣布，对于兄弟伊万参与角逐甚至表示欢迎，说这将在许多方面帮他——德米特里——的忙。帮什么忙？帮助他娶格露莘卡？但阿辽沙认为，这是最糟糕的一条末路。撇开这一切不谈，到昨晚以前阿辽沙一直深信不疑：卡捷琳娜·伊万诺夫娜本人矢志不渝地热爱他的大哥德米特里，——但只是到昨晚以前他相信如此。另外，阿辽沙不知为什么总有这样一个模模糊糊的定见：卡捷琳娜·伊万诺夫娜不可能爱伊万，而是爱他的大哥德米特里，并且爱的恰恰是他的本来面目，不管这样的爱是多么乖谬。

然而，通过昨天格露莘卡表演的那一幕，他一下子又模模糊糊产生另一种认识。刚才霍赫拉科娃太太说出的“怪事一桩”这个词儿，几乎令他打一个寒战，因为恰恰这天夜间天将破晓时，他在似醒非醒中大概冲着自己梦中所见突然说出：“怪事一桩，怪事一桩！”他整夜梦见的都是昨天发生在卡捷琳娜·伊万诺夫娜家的那一幕。如今霍赫拉科娃太太毫不含糊地坚信，卡捷琳娜·伊万诺夫娜爱的是二哥伊万，可是出于某种矫情的奇想偏偏要做“怪事一桩”，故作因感恩图报而钟情于德米特里的姿态，借以欺骗自己，折磨自己，——霍赫拉科娃太太这番话给阿辽沙留下极为深刻的印象。

“也许，”阿辽沙心想，“真情确实尽在此言中！但在这种情况下二哥伊万的处境又如何呢？”

阿辽沙凭着某种本能感觉到，像卡捷琳娜·伊万诺夫娜这样性格的人必须占据主宰地位，而她只能主宰德米特里那样的人，绝对主宰不了伊万那样的人。因为只有德米特里才可能（即便为期甚远）最终归顺于她并且“自己得福”（这甚至符合阿辽沙的愿望），但伊万就不可能。伊万不可能对她顺从，而且这种顺从也不会带给他幸福。关于伊万，不知为什么阿辽沙不自觉地已经在自己头脑里形成这样的概念。

上述种种疑惑和思虑是在他走进客厅的一瞬间出现的，只在他的头脑里一闪。接着还有另一个念头倏地闪现，而且挡也挡不住："倘若她两个都不爱，既不爱这一个，也不爱那一个，又怎样呢？"

笔者要在这里指出，最近一个月内，每当这些念头在阿辽沙脑海中浮现，他总好像有羞愧之感，并为此责备自己。"对于爱情和女人我懂得什么？我怎么能下这样的判断？"每次出现类似的想法或推测之后，他往往在心中自责。可又没法不想。他本能地明白，比方说，眼下这种角逐对于他两位兄长的命运是个再重要不过的问题，有太多的事情将取决于此。

"一条爬虫吃掉另一条爬虫，"昨天二哥伊万愤激地谈到父亲和大哥德米特里时曾这样说过。由此可见，在他眼里大哥德米特里是一条爬虫，而且可能早已是一条爬虫喽？会不会是从二哥伊万认识卡捷琳娜·伊万诺夫娜时开始的？当然，伊万这句话昨天是脱口而出的，但唯其脱口而出，才更加重要。既然这样，又怎么谈得上和好呢？相反，他们这一家子岂不是旧恨未消又添新仇？尤其令阿辽沙作难的是，他该同情谁？希望他们分别得到什么？两位兄长他都爱，但在如此可怕的重重矛盾之中，他该对其中每一个各怀什么样的祝愿？局面如此错综复杂，有可能完全迷失方向，而情况不明是阿辽沙的心所无法忍受的，因为他的爱永远具有积极的性质。他不能消极地爱。一旦有了爱心，他立刻就要着手帮助某人。为此必须树立目标，必须认准其中每一个人分别需要什么，什么对他有益，在确信目标无误之后，自然便可分别帮助其中每一个人。但眼下看不见明确的目标，只有一片模糊、一团乱麻。刚才人家说的是："怪事一桩！"即便对于这一桩怪事，他又明白什么？面对这一整部玄奥的天书，他一个字儿也看不懂！

卡捷琳娜·伊万诺夫娜见到了阿辽沙，便很快而高兴地向已经离座欲走的伊万·费奥多罗维奇说：

“等一下！请再稍待片刻。我想听听我全身心都信赖的这一位的意见。叶卡杰丽娜·奥西波夫娜，您也别走。”她转而面向霍赫拉科娃太太补上一句。

她让阿辽沙在自己旁边坐下，霍赫拉科娃太太则和伊万·费奥多罗维奇并排坐在对面。

“我亲爱的朋友们，在座的都是我的朋友，我在世上拥有的就是你们了，”她满怀激情开始说，声音中颤动着一颗颗真切痛楚的热泪，阿辽沙的心一下子又转向了她。“阿列克塞·费奥多罗维奇，昨天您目睹了这……可怕的一幕，看到我当时的所言所行。伊万·费奥多罗维奇，您没有看到，他看到了。昨天他对我有何想法——我不得而知，我只知道一点：若是今天此刻发生同样的事情，我会表露和昨天一样的感情，——还是那样的感情，说同样的话语，做同样的动作。您记得我昨天的动作，阿列克塞·费奥多罗维奇，您自己还制止了我的一个动作……”说到这里，她涨红了脸，双目闪光。“我向您宣布，阿列克塞·费奥多罗维奇，我不会就此罢休的。听我说，阿列克塞·费奥多罗维奇，我甚至不知道现在我是否爱**他**。他在我眼里已只有一副**可怜相**，这不是爱情的好兆头。如果我爱他，继续爱他，那我现在也许不会觉得他可怜，相反我会恨他……”

她的声音开始发颤，泪珠在她的睫毛上闪亮。阿辽沙内心猛地一震。

“这位姑娘是情真意切的，”他寻思着，“并且……她不再爱德米特里了！”

“确实如此！是这样的！”霍赫拉科娃太太大声表示赞同。

“且慢，亲爱的叶卡杰丽娜·奥西波夫娜，最主要的我还没说，没有说出经过这一夜我作出的最后决定。我感觉到，我的决定也许是残酷的——对我残酷，——但我预感到自己绝对不会改变决定，绝对不改，永生不改，就这样。我亲爱的、善良的伊万·费奥多罗维奇，他永远是我慷慨的顾问、洞察我心灵的引路人、我在世上唯一的朋友，他完全赞同并嘉许我的决定……。他了解我的决定。”

“是的，我表示赞同。”伊万 · 费奥多罗维奇说，声音较轻，但相当坚定。

“但我希望阿辽沙——对不起，阿列克塞 · 费奥多罗维奇，请原谅我在称呼上有些失礼——我希望阿列克塞 · 费奥多罗维奇现在当着我的两位朋友的面也能告诉我：我做得对不对？我有一种出于本能的预感，您，阿辽沙，我亲爱的兄弟（因为您是我亲爱的兄弟），”她伸出自己发烫的手抓住阿辽沙冰凉的手，声情激越地又说，“不管我有多么痛苦，我预感到您的表态、您的赞许还是会给我带来安宁，因为听了您的话我会平静下来，心悦诚服——我有这样的预感！”

“我不知道您要问我什么，”阿辽沙的脸直红到发根，“我只知道我很敬爱您，此时此刻我希望您得到幸福胜过对自己的希望！……可是我对这类事情一窍不通……”不知为了什么，他忽然急急忙忙添上这么一句。

“在这类事情上，阿列克塞 · 费奥多罗维奇，在这类事情上目前最主要的是名节和义务，另外还有什么我不知道，但还有更高的，甚至可能有高于义务的情操。我的心意识到这种不可抗拒的感觉，它不可抗拒地吸引着我。不过可以用三言两语加以概括，我已经拿定主意：即便他娶了那个……贱货，”她开始用极有分量的语调说，“那个我永远、永远不能原谅的贱货，**我也决不抛弃他**！从现在起，我决不抛弃他，决不！”她沉浸在一种悲壮的兴奋之中，横下一条心来断然声明。“我不准备老是跟在他后面，不想时时刻刻使他眼见心烦——我才不会这样做呢！我要住到别的城市去，哪儿都行，但我将永生永世关注他，终我一生也不松懈。将来他和那个女人在一起如果感到不幸——我认为这是肯定而且马上就会发生的，——他可以去找我，他遇到的将是一个朋友、姐妹……。当然仅仅是姐妹，这是永远不会改变的，但他将会认识到，这的确是他的姐妹，一个爱他并把一生都奉献给他的姐妹。我一定要达到目的，我要坚持到他终于明白我的心，以后任何事情都不会羞于向我和盘托出！”她似乎已有些控制不住自己的感情。“我将成为听取他祷告的上帝，——他至少欠我这么多，因为他背叛了我，因为我缘他而忍受了昨天的耻辱。我要让他终其一生时刻都看到，我这一辈子对他忠贞不渝，永远忠于我曾向他许下的诺言，尽管他对我不忠，背叛了我。我将……我将仅仅充当使他幸福的手段，或者说是使他幸福的工具、机器，而且以此终我一生，至死不变，并要让他今后终其一生都看到这一点。这便是我的决定！伊万·费奥多罗维奇对我表示高度赞赏。”

她呼吸急促。也许她本来打算把自己的思想表达得远比刚才大方、洒脱和自然，但结果却搞得过于匆忙，过于直露。许多地方显得年少气盛，不少方面看得出昨天的余怒未消，急欲抖一抖傲气，她自己也感觉到了。她的脸色一下子趋于阴沉，眼睛的表情也变得不妙。这一切阿辽沙立刻注意到了，一片同情之心油然而生。恰恰在这个当口儿，二哥伊万作了补充。

“我只是谈出了我的想法，”他说，“这举动出自任何别人都难免有做作、过火之嫌，而您并不给人这样的印象。别人这样做是不对的，您却是正确的。我不知道这该如何解释，但我认为您是绝对真诚的，所以您也是正确的……”

“但这仅仅是此刻的一时之见……。此刻又意味着什么呢？无非是昨天受到了侮辱，——此刻意味着的便是这种伤害！”霍赫拉科娃太太终于忍不住了，她本不愿意掺和进来，但还是沉不住气，却不料事情被她一语道破。

“不错，不错，”伊万抢着说，不知打哪儿突然来了一股狂热劲儿，而且显然因别人打断他的话而感到恼火，“话是不错，在别人身上此刻仅仅反映昨天的印象，那就仅仅是一时之见；可是凭着卡捷琳娜·伊万诺夫娜的性格，此刻将延伸到和她的一生一样长。在别人身上仅仅是许诺而已，在她身上却是永无尽头、负担沉重、也许相当凄苦然而持久不懈的义务。她将靠克尽义务这种意识来支持自己！卡捷琳娜·伊万诺夫娜，今后您将在对自己的感情、自己的壮举和自己的悲哀不断进行痛苦的反思中度日，但结果这种痛苦将得到缓解，那时您的生活就会变成对自己的设想得以实现的甜蜜的回味，这一设想确实值得骄傲，无论如何是极其大胆的，但您赢得了胜利，这种意识最终将给您带来最充分的满足，使您甘愿对其余的一切认命……”

他说这番话无疑憋着一股怨气，显然故意如此，或许并不想掩饰自己的意图，即故意在说挖苦话。

“噢，上帝啊，一切完全给弄拧了！”霍赫拉科娃太太又发出了感叹。

“阿列克塞·费奥多罗维奇，您说说看！我是多么想知道您会怎么说！”卡捷琳娜·伊万诺夫娜大声说罢，突然泪如泉涌。阿辽沙从沙发上站起来。

“没事儿，没事儿，”她抽抽搭搭地继续说，“这是因为心里太乱，一宿没睡好，但是在您和令兄这样两位朋友身边，我觉得自己还挺得住……因为我知道……你们二位决不会撇下我不管……”

“真不幸，也许明天我就要去莫斯科，将离开您很长一段时间……。不幸的是，这已不可更改……”伊万·费奥多罗维奇遽然说。

“明天就去莫斯科？”卡捷琳娜·伊万诺夫娜的容颜顿时变得面目全非。“但是……但是，我的上帝啊，这真是太幸运了！”她在倏忽间又换了一种截然不同的声音欢呼道，而且在倏忽间驱除了眼泪，不留一点痕迹。正是在这一瞬间，她身上起了奇妙的变化，令阿辽沙惊讶不置。刚才那个可怜的、感情扭曲、受到伤害的姑娘不见了，取而代之的一位女性完全能控制自己，甚至在某一点上感到非常满意，仿佛发生了什么一下子令她兴高采烈的事情。

“哦，并不是说幸好我将和您分手，当然不是这样，”她面带和蔼的礼节性微笑似乎在纠正自己的措辞，“像您这样一位朋友不可能想到这方面去。相反，我为即将与您离别而深感遗憾，”她骤然走到伊万·费奥多罗维奇面前，抓住他的双手，热情洋溢地握了一下；“但有一点倒是幸运的，那就是您到了莫斯科可以当面向姨妈和阿嘉莎转告我目前的处境有多么糟糕，您对阿嘉莎可以毫无保留，对亲爱的姨妈就饶了吧，反正您知道该怎么做。您无法想象，昨天和今晨我是多么不幸，浑然不知自己该怎样下笔给她们写这封可怕的信……因为这在信中根本无法表达于万一……。现在我只消写三言两语，毫不费事，因为您要到那里去与她们晤面，可以把一切都说清楚。喔，我太高兴了！但我仅仅为这一点而高兴，请再次相信我。您本人对我来说，当然是不可替代的……。我马上就去写信，”最后她突然说，甚至已经迈了一步，准备走出房间。

“那么阿辽沙呢？您不是一定想要听听阿列克塞·费奥多罗维奇的意见吗？”霍赫拉科娃太太叫了起来。从她的话中可以感到一种辛辣和愤懑的音调。

“这我没有忘记，”卡捷琳娜·伊万诺夫娜猝然止步，“叶卡杰丽娜·奥西波夫娜，在这样的时刻您为什么这样跟我过不去？” 一份无可奈何的埋怨之情溢于言表。“我说过的话我还可以重申。 我需要听他的意见， 还不止于此， 我需要他作出决定！ 他说了算！阿列克塞·费奥多罗维奇，与她的暗示相反，我渴望听到您的话已到了这样的程度……。可是，您怎么啦？”

“我决没有想到，这事我无法想象！”阿辽沙蓦地发出一声痛心的感叹。

“无法想象什么？”

“他要去莫斯科，而您居然说您很高兴，——您这是强作欢欣！然后您马上解释，您不是为这一点而高兴，相反，您为……要和一位朋友离别而感到遗憾，——但这又是您故意在演戏……就像在舞台上演滑稽戏那样！……”

“像在舞台上？……怎么？……您这是什么意思？”深感惊愕的卡捷琳娜·伊万诺夫娜大声诘问，她满脸通红，双眉紧锁。

“不管您如何使他相信您对他这样的朋友依依不舍，您仍然当着他的面坚持说，幸好他要走了……”说到这里，阿辽沙似乎已经喘不过气来。他站在桌后并不坐下。

“您在说些什么，我不明白……”

“连我自己也不知道……。我的心好像一下子给照了个透亮……。我知道我这样说不好，但我还是要把话通通说出来，”阿辽沙仍用发颤的声音时断时续地往下说。“我恍然大悟，您也许根本不爱我的大哥德米特里……从一开始就不爱……。德米特里对您可能也完全没有爱慕之情……一开始就不爱……而只是怀有敬意……。是的，我不知道自己怎会有胆量把什么都抖出来，但总得有人说真话……因为这里谁也不愿说真话……”

“什么真话？”卡捷琳娜·伊万诺夫娜的叫声中开始出现歇斯底里的成分。

“我来说吧，”阿辽沙仿佛从屋顶上掉了下去，别人不容易听清楚他的话，“马上把德米特里叫来——我能找到他，——让他到这里来，拿起您的一只手，然后再拿起二哥伊万的一只手，把你们俩的手结合在一起。您是在折磨伊万，仅仅因为您爱他……您使他痛苦，是因为您对德米特里的爱是矫情的怪事一桩……是不真实的爱……因为您把这想法强加于自己……”

阿辽沙说到这里戛然而止，不作声了。

“您……您……您这个小疯僧，您就是这么个人！”卡捷琳娜·伊万诺夫娜咬牙切齿断然道，她的脸已经变得煞白，嘴也气歪了。

伊万·费奥多罗维奇一下子笑出声来，并且离座起身。帽子拿在他手里。

“你错了，我的好心的阿辽沙，”他说这话时的表情阿辽沙还从未在他脸上见到过，——那是一种朝气蓬勃、真诚坦荡的感情流露，“卡捷琳娜·伊万诺夫娜从来没有爱过我！她一直知道我爱她，尽管我始终没有只言片语向她吐露过我的爱慕之情，——她明明知道，但并不爱我。我也始终没有做过她的朋友，一天也没有：傲慢的女性不需要我的友谊。她把我留在身边是为了不断进行报复。她对我并利用我进行报复，凡是这段时间以来她从德米特里那儿经常和每时每刻受到的侮辱，从他们第一次见面开始，她都睚眦必报……因为他们的第一次见面已作为一次侮辱留在她的心中。这便是她的心！这么多日子我从她口中听到的尽是她对德米特里的爱。现在我要走了，但我要说，卡捷琳娜·伊万诺夫娜，您确实只爱他。而且，他给您的侮辱越多，您对他的爱就越深。这就是在您身上的怪事一桩。您爱的正是他的本来面目，爱的是那个侮辱您的他。如果他弃旧图新，您马上就会把他扔了，再也不爱他。但您需要他，以便不断欣赏您矢志不移的壮举，也可以不断谴责他的不忠。这一切无不出于您的傲气。噢，这自然少不了长期忍辱负重的能耐，但是为了傲气什么都不在话下……。我太年轻，一直太爱您了。我知道不该对您说这话；就我这方面而言，离开您一走了之会多一些体面，对您也少一些伤害。但我此去路远迢迢，而且永不再来。这就算是永别了……。我不愿守着一桩怪事做陪客……。我已不会再说话，所有的话都说了……。别了，卡捷琳娜·伊万诺夫娜，您不可以生我的气，因为我受到的惩罚是您的一百倍，单单我再也见不到您这一点已经够了。别了。我不需要您许婚。您一直在自觉地折磨我，太自觉了，故而此刻我不能原谅您。将来我会原谅，但现在我不要您许婚。

女士，我并不要求得到酬报。[①]”

末了一句他是面带冷笑加上的，从而完全出人意料地表明他也能熟读席勒到背诵的程度，这在过去阿辽沙是不会相信的。伊万从房间里走了出去，甚至没有向女主人霍赫拉科娃太太道别。阿辽沙急得把两手一拍。

“伊万，”他失魂落魄地在后面呼唤，“回来，伊万！不，不，现在他决计不肯回来了！”他再次痛心地憬悟道，“但这是我惹的祸，都怨我，是我开的头！伊万说的是气话，不应该。这不在理，这是气

① 原文为德文。这是德国诗人席勒 1797 年所写叙事诗《一只手套》结尾部分的一行。美丽的库尼贡达把一只手套扔进猛狮逞威的深坑，以考验骑士德洛尔热的爱情。骑士从坑中取出手套后，永远离开了她。

话……”阿辽沙连声悲叹，像个疯子。

卡捷琳娜·伊万诺夫娜忽然走到另一间屋子里去了。

“您什么祸也没有惹，您的行为好极了，像个天使，”霍赫拉科娃太太低声向伤心的阿辽沙说，说得很快，也很兴奋。“我要尽最大的努力留住伊万·费奥多罗维奇……”

她喜形于色，阿辽沙瞧着更是沮丧万分；但卡捷琳娜·伊万诺夫娜突然又回来了。她手中拿着两张一百卢布面额的钞票。

“我要请您帮个大忙，阿列克塞·费奥多罗维奇，”她直接面对阿辽沙开始说，语气听来沉着平稳，好像刚才真的什么也没有发生过似的。“一星期前——对，大概是一星期以前——德米特里·费奥多罗维奇干了一件鲁莽而理亏的事，这行为很不像话。这里有个不好的去处，一家酒店。他在酒店里遇上了那个经常为令尊办点儿事的退役上尉。德米特里·费奥多罗维奇不知为什么对这个上尉大发脾气，竟揪住他的胡子把他拖到街上，当着众人的面如此侮辱人格，在街上又拖了不少时间，据说，这个上尉的儿子还是个小孩，在本地学校读书，他见状一直在旁边跟着跑，大声哭着为父亲求饶，吁请众人挺身相救，但是众人只顾大笑。对不起，阿列克塞·费奥多罗维奇，一想起**他的**这一可耻行径，我就按捺不住怒火中烧……这样的行为只有德米特里·费奥多罗维奇大发雷霆……和欲望冲动时干得出来！我甚至没法讲清楚这件事，我做不到……。我一说就语无伦次。我打听了有关那个受害者的情况，了解到他很穷。他姓斯涅吉辽夫。他在军队里不知犯了什么过失被开革了，这我没法给您讲清楚，眼下他拖着一家人贫困潦倒，家里几个孩子还有病，妻子好像发了疯，境况十分悲惨。他在本城已经住了很久，平时做些营生，不知在哪儿当过书记员，可是现在一下子什么钱也挣不到了。我把目光投到您身上……我是说我想到了您——我不知该怎么说——是这么回事，阿列克塞·费奥多罗维奇，我想求您，心地无比善良的阿列克塞·费奥多罗维奇，去他家走一遭，随便找个借口去见一见他们，我是说去见一见这个上尉，——哦，上帝啊，我说话老是颠三倒四——用客客气气和小心谨慎的方式——只有您一个人才会这样做，”阿辽沙骤然脸红了，“设法给他这点资助，这里是二百卢布。他肯定会收下……我的意思是一定得说服他收下……。我不知道这叫什么来着？您瞧，这不是作为私了给他的赔偿，让他别去控告（他好像有控告的打算），而只是表示一点同情和帮他一把的心意，您代表的是我，只代表我——德米特里·费奥多罗维奇的未婚妻，而不是代表他本人……。总而言之，您能把这事办妥……。我本想自己去，但您去一定比我好得多。他住在湖滨街一所房子里，房东姓卡尔梅科娃……。看在上帝分上，阿列克塞·费奥多罗维奇，请您帮我这个忙，现在……现在我有点儿……累了。再见……”

她一下子转过身去，很快又消失在帷幕后面，以致阿辽沙一句话也来不及说，——而他却有话要说。他想请求原谅，责备自己，——反正想说些什么，因为他的心里实在堵得慌，不宣泄一下他决计不愿从屋子里走出去。但是霍赫拉科娃太太抓住他的手，把他带了出去。在过道里她又跟刚才一样让阿辽沙站住。

“她的自尊心太强，老是跟自己较劲儿，但是心地善良、慷慨大方，真招人疼！”霍赫拉科娃太太压低嗓门连声赞叹。“喔，我真喜欢她，尤其在某些时候，现在我又对一切都感到高兴了！亲爱的阿列克塞·费奥多罗维奇，这事您还不知道呢，我来告诉您：我们大家，所有的人——其中有我，有她的两个姨妈——反正所有的人，甚至包括莉兹，我们已有整整一个月始终怀着一个愿望，为一件事祈祷：但愿她跟您的宝贝大哥——对她毫无感情、根本不爱她的德米特里·费奥多罗维奇——分手；但愿她能嫁给伊万·费奥多罗维奇，他是个出色的、有教养的年轻人，而且爱她胜过世上的一切。我们制订了一整套周密的计划，我甚至暂时可能不走，就为了这事儿……”

“可她不是哭了吗？她的自尊心又受到了伤害！”阿辽沙激动地说。

“女人的眼泪不可信，阿列克塞·费奥多罗维奇。在这类事情上我一贯反对女人，我站在男人一边。”

“妈妈，您是在要他学坏，那会害他的。”门背后传来莉兹尖细的声音。

“不，这都是我引起的，完全是我的错！”无比伤心的阿辽沙一再自责，他为自己的举止失检痛悔不已，甚至羞愧得双手掩面。

“相反，您的行为像个天使，像个天使，我要千遍万遍地重复这句话。”

“妈妈，为什么他的行为像个天使？”莉兹的细嗓音又在说话。

“刚才那一切我看在眼里，不知为什么顿时会产生一个印象，”阿辽沙继续说，他似乎没有听见莉兹的声音，“我觉得她爱伊万，我就说出了这样的蠢话……。这下会出什么事呢？”

“谁会出事？谁会出事？”莉兹大声问道，“妈妈，您非要把我憋死不可。我在问您，您就是不回答我。”

就在这个时候，女仆跑了进来。

“卡捷琳娜·伊万诺夫娜不好了……。她在哭……歇斯底里又犯了，浑身哆嗦。”

“怎么回事？”莉兹叫了起来，声音已显得惊慌不安。“妈妈，是我要犯歇斯底里了，不是她！”

“莉兹，看在上帝分上，别嚷嚷，别把我往死路上逼。你年纪还小，大人知道的事情不能全让你知道，等我回来以后，凡是可以让你知道的，我都会告诉你。噢，我的上帝！我来了，来了……。歇斯底里——这倒是个好兆头，阿列克塞·费奥多罗维奇；她犯歇斯底里好得很。正该如此。我在这方面一贯反对女人，反对这等歇斯底里的发作和女人的眼泪。尤丽雅，你先去说我马上就到。至于伊万·费奥多罗维奇这样走了出去，那得怨她自己。但令兄不会离开本城的。莉兹，看在上帝分上，别嚷嚷！啊，是的，你没有嚷嚷，是我在嚷嚷，原谅你的妈妈；不过我太高兴了，太高兴了，太高兴了！您注意到没有，阿列克塞·费奥多罗维奇，刚才伊万·费奥多罗维奇走出去的时候完全是一副血气方刚的样子，把所有的话一吐为快以后就走了出去！我原以为他博学多才，满腹经纶，不料他竟然也会这样热烈火暴、直来直去，这样虎虎有生气、稚嫩得可爱，这一切真是好极了，太好了，就像您一样……。还有他背的德文诗，完全跟您一样！但我得走了，阿列克塞·费奥多罗维奇，您赶紧去办她托的那件事，快点回来。莉兹，你不需要什么吗？看在上帝分上，你一分钟也不要拖住阿列克塞·费奥多罗维奇，他很快就会再来看你的……”

霍赫拉科娃太太终于急急忙忙走了。阿辽沙离去之前想推开那扇门见一见莉兹。

“千万别开门！”莉兹叫了起来，“现在千万别开门！您就在门外说吧。您怎么当上了天使？我只想知道这件事。”

“因为我干了一件可怕的蠢事，莉兹！再见！”

“不许您这样说走就走！”莉兹又喊道。

“莉兹，我有大不幸！我很快就要回来的，可是我有很大很大的不幸！”

于是他从屋里跑了出去。

六　陋居里的怪事

阿辽沙确实有大不幸，这是迄今为止他很少经历过的。他挺身而出，结果“出了洋相”，——而且是栽在什么事情上？爱情纠葛！

“这方面我懂得什么？在这些问题上我能说出个什么名堂来？”他上百次地红着脸扪心自问。“哦，出丑倒不算什么，出丑是我应得的惩罚，——糟糕的是，从此我无疑将成为新的不幸的祸根……。而长老打发我是来调解撮合的。难道有这样撮合的吗？”这时他又猛想起自己想成人之美却弄巧成拙的情景，重又感到羞愧得无地自容。“虽然我做这一切无不出于真心，但今后一定要放聪明些。”他遽然得出结论，甚至没有因此而露出一丝笑意。

卡捷琳娜·伊万诺夫娜委托办事的地点在湖滨街，而大哥德米特里正好住在离湖滨街不远的一条小巷里，这儿去是顺路。阿辽沙决定在见上尉之前先去找他，尽管预感到大哥不会在家。阿辽沙猜想，大哥现在可能要故意躲着他，——但是阿辽沙无论如何必须找到他。时间在流逝，从阿辽沙走出修道院的那一刻起，对垂死的长老的惦念一分钟、一秒钟也没有离开过他。

在卡捷琳娜·伊万诺夫娜交代的这桩差事中，有一个情况引起他极大的兴趣。卡捷琳娜·伊万诺夫娜提到，一个年龄很小的学童——那个上尉的儿子——大声哭着在父亲旁边跟着跑，阿辽沙脑中当时就倏地闪起一个念头：这男孩八成就是刚才那个学童，当阿辽沙追问什么地方得罪了他时，那孩子咬了他的手指。现在，阿辽沙对此几乎已有十成把握，虽然他自己还不知道为什么。就这样，一些其他的念头把他的心思岔开去了，他决定不去“反思”自己刚才惹的“祸”，不用后悔药折磨自己，而是干该干的事；至于将来会怎样，就让它怎样吧。想到这里，他完全振作起来了。顺便提一下，当他折入德米特里所住的那条小巷时，觉得饿了，便从兜里取出在父亲那儿拿的圆面包，边走边把它吃了。这给他添了一些体力。

德米特里不在家。小屋的房东——做家具的老木工和他的老伴以及他们的儿子，——甚至用一种可疑的目光瞅着阿辽沙。在阿辽沙的一再追问下，老头儿回答道：

“他已经三天没在家住了，也许出门去了外地。”

阿辽沙明白，他是按房客的嘱咐回答的。当阿辽沙问及他是不是在格露莘卡那里，是不是又猫在福马那里时（阿辽沙故意使出单刀直入这一招），房东们甚至一齐惊恐地望着他。

“他们喜欢他，怪不得都护着他，”阿辽沙心想，“这倒不错。”

他终于在湖滨街找到卡尔梅科娃的房子。那是一所东倾西圮的破旧小屋，只有三个临街的窗户，泥泞的院子中央孤零零站着一头母牛。阿辽沙穿过院子，从一个入口走进过道；过道左侧住着年迈的房东和她的也已老了的女儿，看起来，两人都耳聋。阿辽沙向她们询问上尉的话重复了好几遍，其中一个总算明白问的是她们的房客，便指指过道另一端的门示意他上里屋去找。上尉的住所确实只有一间里屋。阿辽沙抓住铁拉手正欲开门，忽然对于门里边出奇的一片寂静感到惊讶。从卡捷琳娜·伊万诺夫娜的话中他得知，退役的上尉是个有家小的人。

“他们或许在睡觉，或许听见我来了，正等着我推门进去，”阿辽沙忖道，“我还是先敲门为好。”

于是他便敲了敲门。里边没有马上回答，而是过了一会儿，甚至可能在十秒钟后才有动静。

“什么人？”有人非常生气地高声问。

阿辽沙这才把门推开，跨过门槛。他来到了里屋。这屋子虽然相当大，但给为数不少的人口和各种各样的家什挤得实在转悠不开。左边是一个俄式大炉子。从炉子到靠左的窗户拉着一根穿过整个房间的绳子，绳上挂满五花八门的破衣服。左右两侧靠墙各有一张床，上面铺着手工编织的毯子。左边一张床上像小山丘似的堆着四个印花布套枕头，一个比一个小。右边一张床上只见一个很小的枕头。正对房门的所谓上座那边有一小块用布帘或被单隔开的地方，那布帘也张挂在横贯上座的绳子上。帘后可以看到靠墙一侧的搁板加上一把椅子也是一张床铺。一张普通木料的农家方桌从上座挪到了中间的窗前。每个窗户有四小块发霉变绿的玻璃，所有三个窗户都已几乎不透光，而且关得紧紧的，因此屋子里又闷又暗。桌上一只平底锅里剩下一些荷包蛋的残屑，旁边是一片有人吃过的面包，此外一只酒瓶子仅在最底部残留着些许冲淡了的忘忧琼浆。

左边床畔的椅子上坐着一个女人，像是有身份的，穿一条花布连衣裙。可怜的女士一张脸又瘦又黄，面颊深陷，一望便知她有病。但最令阿辽沙吃惊的是她的眼神——那眼神像在十分急切地企盼得到回答，同时却又极端矜持。在这位女士自己开口之前，当阿辽沙向男主人说明来意的时候，她的栗色大眼睛一直以这种矜持和疑问的目光轮番看着交谈双方。这位女士身旁靠近左边窗户的地方，站着一个容貌相当丑陋的少女；略带红色的头发稀稀落落；衣着寒酸，却很整洁。少女不屑地打量着走进来的阿辽沙。右边还有一个女的，也坐在床畔。这是一个惨不忍睹的生命体，她也是个年轻女子，二十来岁，但是驼背再加瘸腿(后来别人告诉阿辽沙，她的两条腿完全萎缩了)。她的一副拐杖就放在旁边床和墙壁之间的角落里。可怜的少女却有一双特别美丽、善良的眼睛，她以一种安详、温顺的神情望着阿辽沙。一位先生坐在桌旁快要吃完荷包蛋。他大约四十五岁，个儿不高，体型瘦弱，头发微红，稀疏的胡须也呈微红色，极像一束松开的树皮澡擦子。(阿辽沙一看见他的胡子，头脑里立即闪现这一比喻，尤其是"澡擦子"这个词儿。)显然，刚才从门里边高声问"什么人"的正是这位先生，因为屋里没有别的男人。可是当阿辽沙进门时，他却从桌旁所坐的一条板凳上霍地站起来，用一方破餐巾匆匆抹了抹嘴，直奔到阿辽沙跟前。

"一个修士为修道院募化来了，他可真是找对了施主！"站在左边角落里的少女大声说。

但是，跑到阿辽沙面前的那位先生，用脚跟迅即向她转过身去，扯开激动得有点儿破音的嗓门冲她说：

"不，您哪，瓦尔瓦拉·尼古拉耶夫娜，不是这么回事儿，您哪，您猜错了！现在我要请问，"他突然又向阿辽沙转过身来，"您降临……敝处有何贵干，您哪？"

阿辽沙仔细端相着初次见面的这位先生。此人给阿辽沙的印象是举止乖戾、急躁易怒。虽然他刚才喝了酒，这是显而易见的，但没有醉。从他脸上表现出来的是极端的狂妄，同时——说也奇怪——兼有明显的怯懦。他像是久居人下，曾饱受屈辱，然而一朝得势便想抖一抖威风。或者更确切地说，他好像满心想要打您，可又满心害怕您会打他。他的言词和他的颇为刺耳的声音语调流露出一种装疯卖傻的幽默，时而尖刻，时而畏缩，往往虎头蛇尾，不能一以贯之。他问所谓"降临敝处"的来意时似乎浑身在发抖，眼珠子凸出，自己直逼到阿辽沙紧跟前，使对方本能地后退一步。这位先生穿一件深色粗布外套，衣料极差，上面污迹斑斑，还打了补丁。裤子的颜色却浅得出奇，是一种早已没人穿的极薄的方格面料，显得又皱又短，仿佛绷在一个已经长大的小孩腿上，不合身了。

“我是……阿列克塞·卡拉马佐夫……”阿辽沙开始回答。

“我完全能理解，您哪，”那位先生当即生硬地说，表示他本来就知道对方是谁。“我也可以告诉您，我是斯涅吉辽夫上尉，您哪；可我还是想知道您有何……”

“我只是来看看。我个人有几句话想对您说……。如果您允许的话……”

“那好吧，这里有椅子，便请落座，您哪。在古老的滑稽戏里往往这样说：‘便请落座’……”说着，上尉动作很快地抓来一把空椅子（做工粗糙的普通椅子，通体白木，外面什么也不包），几乎就放在房间的正中央；然后给自己抓来另一把同样的椅子坐在阿辽沙对面，仍和他靠得很近，他们的膝盖几乎碰在一起。

“我是尼古拉·伊里奇·斯涅吉辽夫，您哪，前俄国步兵上尉，您哪，虽因劣迹昭著而身败名裂，但终究是上尉。其实应该叫‘您哪没了夫’，而不是斯涅吉辽夫，因为打后半辈子起我说话爱带‘您哪’。没完没了地‘您哪’、‘您哪’是在屈辱中养成的习惯。”

“这话很有道理，”阿辽沙含笑道，“但不知是无意间形成的还是故意如此？”

“上帝可以作证，不是故意的。过去从不这样，前半辈子从来不说‘您哪’，可是一旦跌倒了，爬起来便开始‘您哪’不离口。这是天意。我看得出，您对当代问题感兴趣。不过，我的居住环境根本无法接待客人，我有什么事情竟能引起您这样的好奇心？”

“我来……就为那件事……”

“什么叫就为那件事？”上尉不耐烦地打断对方的话。

“就为您和家兄德米特里·费奥多罗维奇那次会面的事。”阿辽沙不好意思地说。

“哪次会面，您哪？莫非就为了那件事，您哪？这么说，是有关澡擦子、树皮澡擦子的事？”他突然挪了挪身子，这下真的与阿辽沙膝盖相撞了。他的嘴唇奇怪地紧紧抿成一条线。

“什么澡擦子？”阿辽沙嘀咕道。

“爸爸，他这是来向你告我状的！”从布帘后角落里响起一个阿辽沙已经不陌生的声音，原来是今天遇到的那个男孩在叫唤。“今天我咬了他的手指头！”

布帘揭开，阿辽沙看到，今天袭击他的那个孩子就在神像下的角落里，他躺在搁板加一把椅子构成的铺位上，盖在身上的是他自己的外套，还有一条很旧的棉被。很明显，他身体不舒服，从亮得异样的眼睛推断，他正在发烧。和今天早些时候不一样，现在他毫无惧色地望着阿辽沙，仿佛在说：“我在自己家里，你能把我怎么样？”

“什么？咬了手指头？”上尉坐在椅子上跳了一下，“他把您的手指给咬了，您哪？”

“是的。今天他在街上跟一群孩子互相扔石块。他们六个人扔他，他才一个人。我向他走过去，他向我扔石块，后来又扔了一块打在我头上。我问：我做了什么对不起他的事？他忽然扑过来，狠狠地咬了我的手指头，我不知道为了什么。”

“我马上揍他，您哪！我这就揍他，您哪。”上尉整个身子从椅子上蹦了起来。

“我完全不是来告状的，只不过讲述事情的经过……。我绝对不希望您揍他。再说，看样子他现在有病……”

“您以为我会揍他，您哪？我会当着您的面把我的小伊柳沙揍一顿，让您痛痛快快出口气？您要我马上这样做吗，您哪？”上尉说着猛地向阿辽沙转过身来，那架势好像要发动袭击似的。“我为您的手指表示遗憾，先生，但是，您要不要我在把小伊柳沙揍一顿之前，先用这把刀子砍掉我自己的四个指头？当着您的面马上砍掉，以满足您正当的泄愤要求？为了消您心头之恨，您哪，我想四个指头对于您已经足够，您不要求第五个指头了吧，您哪？……”他猝然刹住话头，好像气儿喘不过来。他脸上的每一块肌肉都在颤动、抽搐，目光极富挑衅性。他简直到了神经错乱的地步。

“现在我大概全明白了，”阿辽沙继续坐着回答，声音平静而忧伤。“就是说，您的儿子是个好孩子，他爱父亲，他袭击我是因为家兄侮辱了您……。这件事我现在明白了，”他斟酌着重复道，“但家兄德米特里·费奥多罗维奇对自己的行为感到后悔，这我知道，如果他有可能到府上来，或者最好仍在那个地方跟您见面，他一定会当众向您赔礼道歉……只要您愿意。”

“把人家的胡子扯了下来，然后赔礼道歉……就算完事了，满意了，是不是这样，您哪？”

“不，相反，他将按您指定的方式尽量满足您的一切要求！”

“那么，倘若我要求令兄阁下在那家酒店里——字号是‘京都酒店’，您哪，——或者在广场上向我下跪，他就跪下？”

“是的，他会跪下。”

“您的攻心战术成功了，您哪！您让我感动得都掉眼泪了，您哪！我这人心肠太软。请允许我向您介绍我的全家：我的两个女儿和一个儿子——全是我的骨肉，您哪。我死了，谁会疼他们，您哪？我活着的时候，除了他们，谁又会疼我这样的千人嫌？这是上帝为每一个像我这样的人安排好的大事，真了不起，您哪！因为即使像我这样的人也得有人疼，您哪……”

“啊，这完全正确！”阿辽沙随之发出感叹。

“够了，别再扮演小丑了！不知打哪儿来了个白痴，您就大出洋相！”窗前那个少女出人意料地叫了起来，同时冲她父亲扮了个鄙夷和蔑视的鬼脸。

“等一下，瓦尔瓦拉·尼古拉耶夫娜，让我顺着这个路子把话说完，”做父亲的向她喝道，虽然用的是命令口吻，却以大加赞许的目光望着她。“她就是这样的性格，您哪。”上尉又转而面向阿辽沙。

“在自然界万事万物中间

他不愿为任何事物祝福。[①]

应该把诗中的男‘他’改成女‘她’：她不愿为任何事物祝福，您哪。现在请允许我把您介绍给我的太太：这是阿丽娜·彼得罗夫娜，一位无腿的女士，四十三岁，她能行走，只是走不多，您哪。她出身寻常百姓家。阿丽娜·彼得罗夫娜，修饰一下您的面容：这位是阿列克塞·费奥多罗维奇·卡拉马佐夫。站起来，阿列克塞·费奥多罗维奇，”他抓住阿辽沙的胳膊，一下子把他拉了起来，你简直料想不到他会有这么大的力气。“您在被介绍给一位女士，必须站起来，您哪。孩子他妈，这不是那个卡拉马佐夫，您哪，那一个……唔，嗯，别提了，这一位是他的弟弟，有许多温和贤良的美德。请允许我，阿丽娜·彼得罗夫娜，请允许我，孩子他妈，请允许我先吻一下您的手。”

于是他恭恭敬敬甚至满怀柔情吻了妻子的手。窗前那个少女转过身去背对此情此景。他妻子凝聚着矜持和疑问的脸上顿时现出异常和蔼的表情。

“您好，请坐，切尔诺马佐夫先生。”她说。

“是卡拉马佐夫，孩子他妈，卡拉马佐夫。”接着他又压低声音补充一句，“她出身寻常百姓家，您哪。”

“卡拉马佐夫也好，别的什么也好，我总以为是切尔诺马佐夫……。您请坐，他干吗把您拉起来？他说我是无腿的女士，腿是有的，可肿得跟水桶似的，而我的身体干枯了。以前我胖得多，可现在骨瘦如柴……”

“她是寻常人家出身，寻常人家出身，您哪。”上尉再次在一旁提示。

---

① 这是俄国诗人普希金 1823 年所写的一首诗《恶魔》中的末尾两行。同时代人认为普希金通过诗中“恶魔”的形象，为他的诗友十二月党人弗拉基米尔·拉耶夫斯基画了一幅肖像。

“爸爸，我说爸爸！”一直在椅子上不言不语的驼背姑娘忽然开口了，并随即用手帕遮住眼睛。

“小丑！”窗前的少女没好气地说。

“我们家的新闻听说了吗？”做母亲的摊开双手分别指着两个女儿。“就像天上飘浮的云；云飘过去了，我们又有了音乐。以前我们在军队里的时候，常有这样的客人到我们家来。孩子他爸，我并不是做什么比较。萝卜青菜，各有所爱。教堂执事的老婆那时常来说：‘亚历山大·亚历山德罗维奇是个心地再好不过的人，而娜斯塔霞·彼得罗夫娜是从地狱里蹦出来的。’我回答说：‘这要看谁喜欢谁了。我看你呀，堆儿不大，味儿倒是臭到家啦。’她说：‘非得治一治你不可。’我冲她说：‘你呀，你这把黑剑，你上这儿来教训谁？’她说：‘我经常放进清爽的空气，你放进的是秽气邪气。’我回答她：‘你去向所有的军官先生打听打听，我身上的气味是不是秽气邪气？’打那时候起，这事儿就一直压在我心上。前不久我跟现在一样坐在这儿，我看见那位每年来本地过复活节的将军走进来。我就问他：‘将军大人，一个良家妇女能让空气出入无禁吗？’他回答说：‘您这儿应该开一扇气窗或者把门打开，因为您这儿的空气不新鲜。’他们全都唱一个调！他们干吗老爱管我的空气？死人的气味比这更难闻呢。我说：‘我不想弄脏你们的空气，我要定做一双鞋离开这儿。’二位爷，亲爱的，别责怪你们的亲娘！尼古拉·伊里奇，孩子他爸，我怎么会不顺你的心呢？要知道我只有一件可心的事儿，那就是小伊柳沙放学回来疼我。昨天他带回来一只苹果。请原谅，二位爷，原谅你们的亲娘，亲爱的，原谅我孤单单的一个人，可是你们干吗讨厌我的空气？”

可怜的妇人突然放声大哭，眼泪像小河一样直淌。上尉赶紧抢步上前。

“孩子他妈，孩子他妈，亲爱的，好了，好了！你并不孤单。大家都爱你，太爱你了！”他又开始吻她的双手，用两个手掌温柔地抚摩她的面孔，还拿起餐巾来为她抹去脸上的泪水。阿辽沙甚至觉得自已眼睛里也闪起了泪花。“怎么样，看见了吗，您哪？听到了吗？您哪？”他猛然向阿辽沙转过身来，指着可怜的疯妇人，恶狠狠地冲着阿辽沙说。

“看见了，也听到了。”阿辽沙嗫嚅道。

“爸爸，爸爸！难道你跟他？……你别理他，爸爸！”小男孩蓦地大声叫喊，并且从他的铺位上撑起半个身子来，用燃烧的目光望着父亲。

“够了，您的小丑戏该收场了，别再装腔作势了，您这套愚蠢的表演决不会有什么结果！……”瓦尔瓦拉·尼古拉耶夫娜仍从那个角落里嚷道，她已十分恼火，甚至跺了跺脚。

“这一回您发火完全有道理，瓦尔瓦拉·尼古拉耶夫娜，我马上让您消气。阿列克塞·费奥多罗维奇，戴上您的小帽，我也拿起我的礼帽——咱们走吧，您哪。有句非常重要的话必须对您说，只是不能在这屋里说。对了，这位坐着的小姐是我的女儿尼娜·尼古拉耶夫娜，您哪，我忘了向您介绍——她是活生生的天使……是奉上帝的差遣飞到人间来的……如果您能理解的话……”

“瞧他那浑身哆嗦的德性，像抽风似的。”瓦尔瓦拉·尼古拉耶夫娜还在大发雷霆。

“这一位，就是刚才冲我跺脚还骂我小丑的，——也是活生生的天使，您哪。她骂得对，您哪……。咱们走吧，阿列克塞·费奥多罗维奇，必须了结这事儿，您哪……”

于是，他拉住阿辽沙的手，带他走出屋子来到街上。

七　清爽空气中也有怪事

“外面空气清爽，您哪，在我的公馆里无论从何种意义上说空气都不新鲜。咱们散散步吧，先生。我有件事很想引起您的注意，您哪。”

“我也有一件要事相告……”阿辽沙指出，“只是不知道如何启齿。”

“您当然有事要跟我谈，我怎么能不知道呢，您哪？您无事决不会来找我。难道您真的只是来告小犬的状，您哪？这简直不可思议，您哪。说到小犬，在里边我不可能把一切都向您讲清楚，您哪，这会儿在此地我要把那一幕描述给您听，您哪。事情是这样的，才一星期以前，澡擦子还不是这样稀稀拉拉的，——我说的是我的胡子，您哪；澡擦子是给我的胡子起的别名，主要是一些小学生，您哪。我要说的是，那天令兄德米特里·费奥多罗维奇揪住我的胡子，从酒店里拖到广场上。当时正赶上孩子们放学出来，伊柳沙也在里边。他看见我那副模样，马上跑到我跟前，大声叫着：‘爸爸，爸爸！’他把我抓住，抱住，想帮我挣脱出来，并且向侮辱我的令兄高喊：‘放开他，放开他，他是我爸爸，您饶了他吧！’——他真是这样喊道：‘饶了他吧，’还用一双小手抓住令兄，抓住令兄的手，把令兄的那只手抓起来吻，您哪……。我记得那会儿他的小脸蛋是什么个样儿，您哪，我没忘记，您哪，想忘也忘不了，您哪！……”

“我发誓，”阿辽沙激动地说，“家兄一定以最真诚、最深刻的方式向您忏悔，哪怕就在那个广场上下跪也行……。我非要他做到不可，否则我就不认他这个兄长！”

“啊哈，这还仅仅是设想而已，不是他本人的表示，不过是您出于一颗热心仗义执言罢了，您哪。您该这样说清楚，您哪。不，既然如此，请允许我兜底说一说令兄至高无上的骑士风度和军官风度，因为当时他正是这样说的，您哪。他揪住澡擦子把我拖着走，完了以后把我放开，您哪。他说：‘你是一名军官，我也是一名军官，如果你能找到一个正派人当决斗副手，可以派他来。我一定奉陪，尽管你是个混蛋！’他就是这样说的，您哪。真正的骑士风度！当时我带着伊柳沙走了，可是事关家族荣辱的一幕在伊柳沙的记忆中留下了永远的烙印。当然喽，我们哪儿谈得上保持贵族的体面。不说您也知道，刚才您已亲临我的公馆——您看到了什么，您哪？家里三位女眷：一位无腿疯子；另一位无腿驼背；第三位有腿，可又太聪明，是个大学生，一心想返回彼得堡，到涅瓦河畔去争取俄国妇女的权利，您哪。伊柳沙我就不说了，他才九岁。一家子全指着我一个人，要是我死了，他们怎么办？——我只想问您这一点，您哪。若是我要求和他决斗，他马上把我杀了，那会怎样呢？那时他们怎么办，您哪？更糟的是，倘若他没把我杀死，只是把我弄成残废，活儿不能干，一张嘴还留着，那时谁来糊我的口？那时谁来养活他们娘儿四个？难道不让伊柳沙上学，每天打发他去求乞？要求和他决斗，对我来说就意味着如此这般。纯粹是无稽之谈，此外什么也不是，您哪。”

“他必须向您赔礼道歉，他一定得当着大庭广众向您一躬到地。”阿辽沙重又愤激地说，此时他的目光如炬。

“我考虑过向法院告他，”上尉继续说，“但是，打开我国的法典瞧瞧，我能从肇事人那里为我个人所受的侮辱得到多少赔偿，您哪？不料阿格拉菲娜·亚历山德罗夫娜还把我叫去，冲我喝道：‘休想！你要是敢告他，我就让满世界都知道，是因为你搞诈骗他才打你，到时候小心你自己吃官司。’只有上帝可以作证，谁是这诈骗行为的主谋，我只不过奉他人之命行事的一名走卒罢了，您哪。明明是她自己和费奥多尔·巴甫洛维奇指使我干的！她又说：‘这还没完，我要把你轰走，永远不要你办事，往后你甭想从我这里挣到一个子儿。我还要告诉我那掌柜的（她管老萨姆索诺夫叫“我那掌柜的”），他也会把你轰走的。’我心想，要是连萨姆索诺夫也要撵我，那我还能从谁那儿挣钱？要知道，我只剩下他们这两个客户了。令尊费奥多尔·巴甫洛维奇由于其他原因已不再信任我，您哪。这且不说，他还掌握着我签收的字据，打算拖我上法庭呢。考虑到种种缘故，我只得忍气吞声，您哪。我家的境况您已经看到了，您哪。现在我可以问了：今天伊柳沙把您的手指咬得疼不疼？在公馆里当着他的面我不敢详细询问。”

“是的，很疼，当时他火气大得不得了。因为我是卡拉马佐夫，他是替您向我报仇的，这一点我现在明白了。但是，您没有看见，他跟同学们是怎样互相扔石块的。这非常危险，他们会把他砸死的，他们是孩子，不懂事，石块飞过来会把脑袋打破的。”

“原来是这么回事，您哪。今天他让石块打中了，没砸在脑袋上，是砸在胸前心脏的上方，那里有一块青紫斑，您哪。他一路哭着回家，还不断哼哼，所以病了。”

“知道吗，是他首先向同学们发动进攻的。他是为了您才这样恼火。他们说，前不久他用削笔刀在一个姓克拉索特金的男孩腰部戳了一刀……”

“我也听说了，真危险，您哪。克拉索特金是本地一个当官的，也许还会有麻烦，您哪……”

“我建议您，”阿辽沙热切地往下说，“在一段时间内别让他去上学，等他平静下来……等他心中的火气退了……”

“火气？！”上尉马上接过话茬，“不错，是有火气，您哪。这么一个小东西身上的火气可大着呢。您还不全知道，您哪。请允许我专门给您讲一讲这个故事——

“事情是这样的。自从发生了那件事，学校里所有的学生都开始逗他，老是澡擦子长、澡擦子短的。学校里的孩子没有什么同情心：他们分开时一个个都是天使；可是凑在一起，尤其在学校里，往往就没有同情心了。他们开始逗他，激起了伊柳沙的义愤。换了别的寻常孩童，小小年纪的弱者，只能逆来顺受，为自己的父亲感到羞愧；可伊柳沙愣是一个人起来卫护父亲，反抗所有的人。他卫护父亲，也是卫护真理，卫护正义，您哪。因为他在吻令兄的手，哀求他‘饶了爸爸，饶了爸爸’的时候，忍受了多大的痛苦——这一点只有上帝知道，还有我知道，您哪。

“瞧，咱们的孩子——不，不是你们的，而是我们的孩子，您哪——被人瞧不起、但是人格高尚的贫民的孩子，九岁便知道什么是世上的真理，您哪。富家子弟哪儿能知道！他们一辈子都不会有如此深刻的认识，而我的小伊柳沙在广场上吻他手的时候，一分钟内便悟透了真理的全部含义，您哪。

“这真理进入了他的意识，给了他终生难忘的一击，您哪。”上尉情绪激昂、又显得有些狂乱地说，同时右手握成拳头猛击左手的掌心，似乎想形象地表现“真理”给了他的伊柳沙怎样的一击。

“就在那一天，他发了寒热，您哪，夜里尽说胡话。整整一天他跟我没说上几句话，简直不开口。我注意到他不时从角落里瞅着我，而且次数越来越多地伏在窗台上装作温习功课的样子，可是我看得出，他的心思根本不在功课上。第二天我喝醉了，您哪，许多事情记不起来，因为我是个有罪的凡人，想借酒浇愁，您哪。这时孩子他妈也哭了起来，您哪——我很爱孩子他妈，您哪——我把最后的一点儿钱都买酒喝了，因为心里头实在太痛苦，您哪。请不要鄙视我，先生。在咱们俄国，醉鬼都是心地最善良的人。咱们这儿最善良的人也总是最贪杯的醉鬼。我醉倒了，不太记得那天的伊柳沙，可是恰恰在那一天，孩童们在学校里从早晨起就拿他开心。他们冲他大喊大叫：‘澡擦子，你爸让人家揪住了澡擦子从酒店里给拖出来，你在旁边跑着求饶。’

“第三天，他从学校里回来，我一看——他面无人色，煞白煞白的。我问他：‘你怎么啦？’他不作声。在公馆里没法谈，否则孩子他妈和两位小姐马上就会掺和进来，——何况两位小姐已经全听说了，她们甚至当天就知道这事。瓦尔瓦拉·尼古拉耶夫娜已经在发牢骚：‘两个小丑，滑稽戏子，你们俩凑在一起还能有什么正经名堂？’我说：‘瓦尔瓦拉·尼古拉耶夫娜，说得对，我们还能有什么正经名堂？’那一回我就这样搪塞过去了。

“傍晚，我带伊柳沙出来散步，您哪。应该让您知道，以前我和他也每天傍晚出来散步，走的正是现在我和您走的这条路线，从我们的院子门口到前边路上孤零零横在围栏旁的那块大石头附近，围栏后面便是本城的牧场。这地方很僻静，也很美，您哪。我和伊柳沙照例手拉手走着；他的手很小很小，手指细长冰凉，——他本来就有胸痛的毛病。他叫我：‘爸爸，爸爸！’我问：‘什么事？’只见他忽闪着一双眼睛说：‘爸爸，那天他怎么那样对待你？’我说：‘有什么办法，伊柳沙。’他说：‘别跟他讲和，爸爸，别跟他讲和。同学们说他为这件事给了你十卢布。’我说：‘不，伊柳沙，现在我决不会拿他的钱。’他浑身开始发抖，两只小手抓住我的一只手又吻了起来。他说：‘爸爸，爸爸，你去找他决斗，学校里大伙都笑你是胆小鬼，不敢跟他决斗，可是会收下他的十卢布。’我回答道：‘伊柳沙，我不能找他决斗。’接着就把刚才我向您陈述的理由对他简单讲了一遍。

“他听完后说：‘爸爸，爸爸，你还是不要讲和。等我长大了，我去找他决斗，我一定杀了他！’他的眼睛亮得像两盏小灯。不管怎样，我这个做父亲的总得向他说句合乎真理的话，我对他说：‘杀人是罪过，哪怕在决斗中杀人也一样。’他说：‘爸爸，爸爸，长大了我要把他打翻在地，我要用自己的军刀把他手中的军刀打飞，我要冲上去挥舞着军刀对他说：“我可以马上把你杀死，但是我饶了你，去吧！”’您瞧，您瞧，先生，这两天他的小脑袋在怎样运转，他整日里想的就是挥舞军刀复仇这回事，所以夜里也说这样的梦话，您哪。

“可是放学回家时看得出他给打得很厉害的样子，我是前天才发现的。您说得对，我再也不让他上那所学校了，您哪。我了解到他一个人竟敢反抗全班，向他们所有的人挑战，知道他憋着一肚子怨气，他的心在燃烧，——我着实为他捏了一把汗。我们爷儿俩又出来散步。他问道：‘爸爸，爸爸，世上有钱人是不是比谁都强大？’我说：‘是的，伊柳沙，世上没有比富人更强大的了。’他说：‘我要发好大好大的财，我要当军官，把所有的人都打败，沙皇将给我奖赏，我回来后，那时谁也不敢……’他顿了一会儿，他的小嘴唇还在发颤，然后又说：‘爸爸，咱们这个城真不好，爸爸！’我说：‘是的，伊柳沙，咱们这个城是不怎么样。’他说：‘爸爸，咱们搬到别的城里去吧，到没有人知道咱们的一个好城市去。’我说：‘咱们搬，咱们搬，伊柳沙，——只要我攒够了钱。’我很高兴有机会能把他从阴暗的念头引开，于是我和他开始幻想搬到另一个城市去。我们要买一匹马和一辆板车，让他妈妈和两个姐姐坐车，用篷把她们遮起来，我们俩在旁边步行；偶尔我也让他坐一阵子车，我在旁边步行，因为必须爱惜我们的马，不能让它太劳累了，就这样出发。伊柳沙听得高兴极了，特别欣赏他将有自己的马，自己也可以坐车。众所周知，俄国男孩生来就离不开马。我们聊了很久，我暗暗感谢上帝，我总算把他的心思岔开并使他得到了安慰。

“这是前天晚上的事，可是昨晚情况又变了。早晨他又去了那所学校，回来时面色阴沉，阴沉得可怕。傍晚我拉着他的手出来散步，他一句话也不说。当时起了点儿风，太阳让云给遮住了，空气中已让人感到秋天的凉意，天色在暗下来。我们手拉手走着，爷儿俩心情都很郁闷。我说：‘孩子，咱们来商量一下搬家的事吧，’——我想把他引到昨天的谈话上去。他不作声。只是我感到他的小手在我手中哆嗦了一下。唉，我心想这下糟了，又出事了。我们俩和现在一样走到这块大石头旁，我在石头上坐下。天空中放起了许多风筝，随风发出嗡嗡响和噼啪声，可以看到共有三十来挂。眼下正是放风筝的季节，您哪。我说：‘伊柳沙，咱们也该把去年的风筝拿出来放了。你把它藏哪儿了？我来修补一下。’这孩子仍不开口，眼睛看着别处，身体侧对我站着。这时忽然一阵风夹带着沙子呼啸而过……。他一下子扑到我怀里，两只小手搂着我的脖子把我紧紧抱住。

“要知道，小孩子如果很少开口，自尊心又强，而且能憋住眼泪好久不哭，那么，当巨大的悲哀压得他实在憋不住的时候，一下子涌出来的就不是泪水，简直是一条条小河，您哪。他哗哗流下的热泪顿时把我的脸全弄湿了。他哭了起来，浑身发抖，像在抽风似的，使劲抱住坐在石头上的我。他抽噎着说：‘爸爸，爸爸，亲爱的爸爸，他太让你丢脸了！’于是我也哭了起来，您哪。我们俩抱在一起坐着发抖。他叫着爸爸，爸爸，我喊着伊柳沙，小伊柳沙！当时没有人看见我们，您哪，只有上帝看见，保不齐上帝会给我记上一笔，您哪。不，我不会揍我的伊柳沙让您消气的，您哪！”

临了，他又回到刚才那种揶揄和挖苦的调调儿。不过，阿辽沙感到自己已经赢得对方信任，如果换上别人处于自己的地位，这位上尉不会跟他这样“谈得来”，也不会向他介绍这么多情况。这给心灵的泪杯行将溢出的阿辽沙平添了几分勇气。

"啊，我真想和您的伊柳沙重归于好！"他感动地说，"如果您能作出这样的安排……"

"当然，您哪。"上尉含含糊糊应道。

"现在我要谈另一件事，请您听着，"阿辽沙继续说，"请您听着！我受人之托来找您。家兄——就是那个德米特里——也使他的未婚妻蒙羞受辱。关于那位贤德的小姐，想必您已有所闻。我有权向您披露她的感受，甚至有义务这样做，因为她听说了您受到的侮辱以及您的不幸处境，委托我立刻——我刚从她那里来——把她提供的这点资助带给您……但这仅仅是她的意思，并不代表德米特里，因为德米特里也背弃了她，所以绝对不代表他，也不代表他的弟弟——我本人，更不代表其他人，仅仅代表她一人！她恳求您接受她的帮助……你们都受到了同一个人的伤害……。她从德米特里那儿受到了程度上不下于您的伤害之后，才想起了您！这意味着妹妹向兄长伸出了援手……。她委托我恳请您正是像接受妹妹的帮助那样接受这二百卢布。这事谁也不会知道，任何不实之词和流言蜚语都不会产生……这便是二百卢布，我确信您应该收下，否则……否则世上所有的人彼此岂不都将成为仇敌？须知世上也有兄弟姐妹……。您有高尚的心胸……您定能明白这个道理，一定能明白！……"

说着，阿辽沙把两张一百卢布的新钞票递给他。他们两人当时正站在围栏外那块巨石附近，四周别无他人。钞票似乎对上尉产生了非同小可的影响：他骤然一震，但起初好像仅仅由于惊讶——他根本不存类似的奢望，这样的结局为他始料所未及。他做梦也没有想到会有人提供帮助，而且是如此可观的数目。他接过那两张钞票，有一分钟几乎无言以对，一种全新的表情在他脸上闪现。

"这是给我的，是给我的，您哪？这么多钱，二百卢布！天哪！我已经四年没有见过这么多的钱了，上帝啊！还说是作为妹妹……这是真的？真是这样？"

"我可以向您起誓，我对您说的全都是真话！"阿辽沙郑重宣布。上尉的脸红了。

“听我说，亲爱的，听我说，您哪。要是我收了下来，我不会成为一个卑鄙小人吧？在您眼里，阿列克塞·费奥多罗维奇，我不会成为一个卑鄙小人？不，您哪，阿列克塞·费奥多罗维奇，请听我把话说完，您哪，”他急于往下说，两只手不断触摸阿辽沙。“您劝我接受，说是‘妹妹’让捎的；可要是我收了下来，您内心会不会鄙视我呢，您哪？啊？”

“不会，决不！我可以向您起誓，不会，否则我的灵魂得不到拯救！而且决不会让外人知道，除了我们几个：我，您，她，还有一位女士——她的知心朋友……”

“这不打紧！听我说，阿列克塞·费奥多罗维奇，请听我说完，您哪，现在已到了这样的时刻。您甚至无法理解这二百卢布现在对我意味着什么，”可怜的人继续说，同时渐渐进入某种近乎狂喜的慌乱心态。他仿佛给震懵了，说得极其匆忙，好像生怕人家不让他把话说完。“再说，这钱的来历正大光明，它来自一位如此可敬而神圣的‘妹妹’，您哪。您知道吗，现在我可以给孩子他妈和女儿小尼娜——我那驼背的天使——治病了。赫尔岑什图贝大夫出于恻隐之心来过我家，为她们母女俩检查了整整一个小时，说：‘我真弄不明白。’不过，本地药房有卖的矿泉水(大夫处方中开了)无疑对她有好处，大夫还开了洗脚的药剂。矿泉水每壶三十戈比，大概要喝四十壶。我收下处方后放在神像下的搁板上，至今还在那里。大夫给尼娜开的处方是用一种溶剂洗脚，每天早晚都要热洗。试想，在我们的公馆里，没有仆人，没有帮手，没有澡盆，没有热水，这样的治疗我们怎么做得到，您哪？小尼娜全身害关节炎，这我还没有对您说过，她的整个右半身每天夜里都酸痛，苦不堪言，可是信不信由您，我家这位天使忍着痛楚不让我们着急，也不哼哼，以免吵醒我们。我们平时有什么吃什么，而她总是拿只能扔给狗吃的最差的一块。‘我不配吃这东西，我夺了你们的食物，我是你们的累赘，’——这便是她那双天使的眼睛想要说的话。我们照料她，她感到心情沉重，常说：‘我不配，不配，我是个毫无价值的残废，一点用处也没有。’怎么能说不配呢，您哪？明明是她以自己的温顺向上帝祈祷拯救了我们全家；要是没有她，没有她柔婉的话语，我们那里会变成一座地狱，您哪。她甚至把瓦尔瓦拉的心肠都软化了。不过您别苛责瓦尔瓦拉·尼古拉耶夫娜，您哪。其实她也是个天使，也受到不公正的待遇。她来我们这儿过暑假，本来有十六卢布，那是她教课攒下来留着做盘缠的，准备到九月份——也就是现在——用这笔钱回彼得堡去。可是我们把她的钱拿来过日子花了，现在她没有回去的盘缠，事情就是这样，您哪。再说，她也不能走，因为她像苦役犯似的为我们干活，我们把她当力畜使唤。她得照料所有的人，缝补、刷洗、扫地，服侍她妈上床，而她妈脾气古怪，您哪；她妈老是一把眼泪一把鼻涕，您哪；她妈是个疯子，您哪！现在有了这二百卢布，我就可以雇一个女用人，您哪；明白吗，阿列克塞·费奥多罗维奇，我可以给亲人们治病，您哪；我可以打发女大学生回彼得堡去，您哪；我可以买牛肉，改善一家的伙食，您哪。上帝啊，这可是求之不得的梦想啊！”

阿辽沙说不出有多高兴，因为他带来了这么多的幸福，因为这可怜的人已同意成为这样的有福之人。

“且慢，阿列克塞·费奥多罗维奇，且慢，”上尉又抓住一个突然浮现的新梦想，又以狂热的绕口令速度喋喋不休地说开了，“知道吗，我和伊柳沙现在也许真的能实现梦想了：我们可以买一匹马和一辆大篷车，要一匹黑马——他说非要黑马不可，——就像我们前天凭空想象的那样举家外迁。我在K省有个当律师的熟人，您哪，是小时候的朋友，您哪。我从一个可靠的人那儿听说，要是我到K省去，他好像能在自己的事务所里给我一个办事员的职位，您哪。谁知道，也许真能给……。只消把孩子她妈弄上车，把小尼娜弄上车，让伊柳沙坐到赶车的座位上，我自己步行，就能把一家子通通搬走……。上帝啊，倘若能把本地的一笔宕账要回来，或许连这方面的花销都够了，您哪！”

“会够的，会够的！”阿辽沙也兴高采烈。“卡捷琳娜·伊万诺夫娜还可以给您送来，您要多少都可以；另外，您知道吗，我也有钱，您需要多少就拿多少，算是一个兄弟、朋友给的，将来可以还嘛……（你们会发财的，一定会发财的！）知道吗，你们想出迁往他省这个主意真是再好不过了！这是你们获救的良策，对您的伊柳沙尤其如此。而且，最好要快一点，赶在冬季天寒地冻之前。到了那边，希望您给我们写信来，希望我们能成为兄弟……。不，这不是梦想！”

阿辽沙想和他拥抱，因为事态的发展太顺利了。但是，他朝上尉一看，刚要做的动作遽然中止：上尉站在那里，脖子伸长，嘴巴噘出，脸色煞白，神态狂乱，两唇微微翕动，仿佛有话要说，但是没有声音，而嘴唇还在翕动，样子很是奇怪。

“您怎么啦？”阿辽沙不知为什么一下子打了个寒战。

“阿列克塞·费奥多罗维奇……我……您……”上尉结结巴巴地欲言又止，一双怪异而狂野的眼睛直愣愣地盯着阿辽沙，那神态活像一个决心飞身跳崖的人，同时嘴角的表情却仿佛在微笑。“我，您哪……您……。要不要我来给您表演一套小魔术，您哪？”他突然说起了很快的悄悄话，声音已变得稳定，不再结结巴巴。

“什么魔术？”

“一套有趣的小魔术。”上尉仍说着悄悄话；他的嘴撇向左边，左眼微眯，目不转睛地注视着阿辽沙，好像被他吸引住了。

“您怎么啦，什么魔术？”阿辽沙可真的害怕得叫了起来。

“好吧，那您就瞧着！”上尉蓦地尖声说道。

言毕，他向阿辽沙扬了扬在谈话过程中一直用右手的拇指和食指夹住一角捏在一起的两张钞票，突然发疯似的把它们揉作一团紧紧攥在右手握成的拳头里。

“瞧见没有，瞧见没有，您哪！”他向阿辽沙尖叫着，脸色煞白，神态狂乱；猛然间，他举起拳头使劲把两张揉皱的钞票摔在沙地上。“瞧见没有，您哪？”他指着沙地又是一声尖叫，“就是这个样子，您哪！……”

他倏地举起右脚，带着一股疯狂的狠劲用鞋跟猛踩钞票，每踩一脚都要愤愤地呼喊、急促地喘气。

“不要你们的钱，您哪！不要你们的钱，您哪！不要你们的钱，您哪！不要你们的钱，您哪！”他忽然往后一跳，挺直身子站到阿辽沙面前。他的整个姿态表现的是一股难以形容的傲气。

“回去报告差遣您来的人，就说澡擦子不出卖自己的人格，您哪！”他大声嚷着向空中伸出一只手，然后很快地转过身去，拔腿便跑。可是跑了还不到五步，又整个儿转过身来，向阿辽沙飞一个吻。但接着，又跑了不到五步，他最后一次转过身来，但这一回脸上没有扭曲的怪笑，相反，他的整个面孔都在震颤，涕泪纵横。他结结巴巴、又快得上气不接下气地边哭边喊：

“要是我收下您送来的钱作为对我们蒙受耻辱的赔偿，我还能对我的伊柳沙说什么呢？”

说完，他拔腿就跑，这一次已经不再回头。

阿辽沙望着他的背影，心头的忧伤非言语所能表达。噢，阿辽沙明白，那人直到最后一刹那之前自己也不知道会把钞票揉做一团摔在地上。越跑越远的上尉一次也没有回顾，阿辽沙知道他不会再回头。在上尉去远消失以后，阿辽沙把两张钞票捡起来。钞票只不过给揉得很皱，给踩得扁扁地嵌进了沙地，但是完好无损，当阿辽沙把它们展开抚平时，甚至跟簇新的一样飒飒作声。他把两张钞票抚平后折起来放在兜里，于是动身去向卡捷琳娜·伊万诺夫娜汇报她交办的差事取得这般成果。

第五卷

正　与　反

一 相 约

霍赫拉科娃太太又是第一个迎接阿辽沙。她很着急，因为出了大事：卡捷琳娜·伊万诺夫娜的歇斯底里发作以晕厥告终，随后出现“非常非常可怕的衰弱现象，她病倒了，眼珠上翻，开始说胡话。这会儿在发烧，已经打发人去请赫尔岑什图贝，还去叫了两位姨妈。两位姨妈已经在这里，而赫尔岑什图贝还没来。大家都坐在她房间里等着。情况很不妙，她还没有恢复知觉。会不会是热病？！”

霍赫拉科娃匆匆作这番介绍时的神态可谓惊慌失措。她在每句话后面都要加上：“这下可严重了，这下可严重了！”好像在此之前发生的一切都没有什么大不了。阿辽沙听了她的报告心里很难受。他想把自己碰到的事情也向她汇报一下，但是刚要开口便被她打断：她没有时间，她请阿辽沙到莉兹那儿去坐一会，并在莉兹那儿等她。

“亲爱的阿列克塞·费奥多罗维奇，”她几乎在向阿辽沙耳语，“刚才莉兹使我非常惊讶，但也使我感动，所以我的心什么都原谅她了。您恐怕想象不出来：您刚走，她便真诚地开始后悔，说是昨天和今天她捉弄您来着。其实她不是捉弄，只是闹着玩儿。但是她大大地感到后悔，简直要哭了，我倒纳起闷来。过去她捉弄我，从来不后悔，只当开个玩笑。您知道，她每时每刻都在拿我开心。可是现在她挺认真，什么都挺认真。她十分重视您的意见，阿列克塞·费奥多罗维奇，如果可能的话，请您不要生她的气，也不要太计较。我自己总是对她百般宽容，因为她是那么聪明——您信不信？刚才她说，您是她的童年朋友，——‘我童年时代最珍贵的朋友’——这可是她正经八百的原话。那我算什么呢？她在这方面的感情是极其认真的，甚至包括回忆，特别是这些一句句的话和个别的词语。有些词语非常出人意料，在你毫无思想准备的时候一下子就蹦了出来。比如不久前提到松树便是这样的例子。我家花园里在她很小的时候曾经有一棵松树，也许至今还在，所以没有必要用‘曾经’二字。松树与人不同，它们经久不变，阿列克塞 · 费奥多罗维奇。她说：‘妈妈，我记得那棵青松，这印象仿佛来自梦中。’‘青松／自梦中’①她好像不是这样说的，我也许搞错了。‘松树’这个词稀松平常，可是她对我说了一大堆与此有关的话却很不寻常，我绝对转述不了。我也全给忘了。好了，待会儿再见，我的神经受到很大的震荡，早晚会发疯的。啊，阿列克塞 · 费奥多罗维奇，我这辈子发过两回疯，接受过治疗。到莉兹那儿去吧。让她振作起来，这事儿您一向都做得很出色。莉兹，”将近女儿的房门时，她叫了一声，“我给你带来了受到你偌大伤害的阿列克塞 · 费奥多罗维奇，你可以相信我，他一点也不生气；他倒是纳闷儿：你怎么会有这种想法？”

“谢谢，妈妈，请进，阿列克塞 · 费奥多罗维奇。”

阿辽沙走进房间。莉兹的眼神好像有些尴尬，她一下子满脸通红。显然，她在为什么事情感到羞愧，于是就像在这种情况常有的那样用连珠炮似的速度谈不相干的事情，仿佛此刻她只对不相干的事情感兴趣。

“刚才妈妈跟我说了，阿列克塞 · 费奥多罗维奇，关于那二百卢布以及委托您……去找那位可怜的军官的事……还说了他受到侮辱的经过，这故事太可怕了！……知道吗，虽然妈妈讲故事毫无条理……老是颠三倒四，跳来跳去……可我还是听得哭了。怎么样，送钱的使

① 俄语“松树”一词由五个字母组成。如按前二后三分开成两个词，意思就是“自梦中”。

命完成了没有？那个不幸的人现在怎样了？……”

“问题就在于我有辱使命，此事说来话长，”阿辽沙答道。他的神态也好像正是没有完成送钱的使命这件事最令他忧心忡忡，其实莉兹看得很清楚，他明明也在顾左右而言他。

阿辽沙在桌旁坐下，从头开始叙述。不过，一说起来他就不再感到尴尬，而且把莉兹也吸引住了。他刚刚经历一次激烈的情感冲击，极不寻常的新鲜印象尚未淡化，讲来脉络清晰、内容详尽。以前在莫斯科，那时候莉兹还小，阿辽沙也喜欢上她家去给她讲故事，或者关于自己刚碰上的事情，或者从书上读到了什么，或者回忆自己的童年。有时他们甚至一起幻想，两人合作编了好多故事，但大都是快乐可笑的。现在他俩仿佛一下子又回到了两年前在莫斯科的那段时光。他讲的故事使莉兹深受感动。阿辽沙以饱满的热情给她描绘了“小伊柳沙”的形象。当他原原本本讲完那个可怜的人踩钱那一幕时，莉兹遏制不住激动的心情，双手一拍叫了起来：

“您终于没有把钱交给他，您就这样让他跑了！我的上帝啊，至少您也该跟在他后面跑，追上去……”

“不，莉兹，我还是不追为好，”阿辽沙说着从椅子上站起来，心事重重地在房间里踱来踱去。

“好什么？怎么个好法？现在他们面包也没有，只有死路一条！”

“不会的，因为这二百卢布归根结底会到他们手里。他明天还是会收下的。明天他肯定会收下，”阿辽沙若有所思地边走边说，“您瞧，莉兹，”他忽然在莉兹面前站住了往下说，“是我自己犯了一个错误，但是犯这个错误反倒好。”

“什么错误？为什么反倒好呢？”

“我来告诉您。这个人胆小，性格软弱。他遭了很多罪，心地相当善良。我此刻老是在想：他怎么会一下子说恼就恼，把钱乱踩一通？我始终认为，直到最后一刹那之前他并不知道自己会把钱摔在地上用脚去踩。我觉得，有许多事情使他恼羞成怒……处在他那种状态不可能不这样……。首先，他当着我的面见了钱过于兴高采烈，没有向我掩饰这种心情，这一点就使他着恼。如果他高兴得比较适度，不表露无遗，而是做出一点为难的样子，像某些人受钱时那样半推半就，他也许还能马马虎虎收下。可是他的高兴太明白无误了，正是这一点使他恼怒。咳，莉兹，他是个城府不深、心地不坏的人，在此类事例中毛病就出在这上头！他说话的时候，声音一直不大，很轻，而且说得很快很快，不断发出吃吃的笑声，要不就哭……他真的哭了，因为实在是大喜过望……他还谈到两个女儿……谈到在另一个城市里可能谋到一个职位……。他刚打开一点点心扉，就突然害起臊来，后悔把整个灵魂都向我暴露了。于是他立刻恨得我要命。其实，他属于极其怕羞的可怜虫一类。

“他恼怒的主要原因是：他把我视为朋友，撤去对我的戒心——这个过程太快了。起初他冲我气势汹汹，虚声恫吓，可是一见到钱，马上就开始和我拥抱，不断用两只手触摸我。这恰恰表明，他一定感觉到了此中的全部屈辱。偏偏在这个当口儿我犯了一个很大的错误：我心血来潮地对他说，假如他迁往别的城市钱不够，还可以加给他，我甚至可以把我自己的钱给他，要多少给多少。这话对他无异于当头一棒：干吗我也跳出来帮助他？莉兹，对于一个受到不公正待遇的人来说，人人都出来充当他的恩人，那是不堪忍受的……我听别人这样说过，这是长老告诉我的。我不知道该怎样表达，但我自己也不止一次看到过这种情况。而且我自己好像也有这样的感觉。重要的是：尽管直到最后一刹那之前，他并不知道自己会猛踩钞票，然而毕竟有此预感，我相信一定是这样。他之所以欣喜若狂，就因为他有预感……。虽然这一切如此糟心，我仍然认为这样倒好。我甚至认为非常之好，好得不能再好……”

“为什么？为什么好得不能再好？”莉兹大惑不解地望着阿辽沙问道。

“因为，莉兹，如果他没有踩，而是收下了那些钱，那么，回到家里，过一小时左右他会觉得自己没有骨气而哭起来，这是毫无疑问的。他一定会哭，然后明天一大早大概会来找我，把钞票扔还给我，再踩上几脚，就像刚才那样。而现在他是扬长而去，自豪得不得了，一派得胜回朝的光景，虽然他知道这下‘坑了自己’。由此可见，现在最轻而易举的是明天就让他收下这二百卢布，因为他钱也扔了，也踩了，已经证明自己是有骨气的……。他踩钱的时候，自然不知道明天我又会给他送去。而事实上他明明极其需要这些钱。尽管他现在很自豪，然而他迟早会想到失去了多么需要的帮助，甚至不出今天。夜里他还会想得更厉害，做梦也会梦见此事；到明天早晨，他准备跑去找我请求原谅亦未可知。而我恰恰在那时出现在他面前，对他说：‘好了，您是个有自尊心的人，您已经证明了这一点，现在请收下，原谅我们吧。’那时他会收下的！”

阿辽沙说“那时他会收下的！”这句话时带着几分得意。莉兹竟鼓起掌来。

“啊，这倒是真的！我一下子全明白了！啊，阿辽沙，您怎么全知道哇？这么年轻就能知道别人心里的种种想法……。我可绝对想不出来……”

“现在主要的是必须使他相信，虽然他接受了我们的钱，他和我们所有的人仍处在平等的地位，”阿辽沙继续得意地说，“非但平等，甚至高出一筹……”

“‘高出一筹’——太妙了，阿列克塞·费奥多罗维奇，说下去，说下去！”

“我也许说走了嘴……不该说高出一筹……不过这无所谓，因为……”

“啊，无所谓，无所谓，当然无所谓！请原谅，阿辽沙，亲爱的……。知道吗，到目前为止我几乎并不尊敬您……应该说还是尊敬的，但是在平等的地位上，而今后我将把您放在高出一筹的地位上加以尊敬……。亲爱的，请不要因为我尖嘴薄舌而见怪，”她立刻接过话茬，情绪激昂。“我少不更事，幼稚可笑，可是您，您……。听着，阿列克塞·费奥多罗维奇，在我们的全部推理方式中，不，应该说您的推理方式……不，还是说我们的推理方式更为确切……其中难道不包含着对他，对这个不幸的人的鄙视？我们现在这样居高临下地剖析他的灵魂，这样十拿九稳地断言他会把钱收下来，其中难道没有鄙视他的成分？啊？”

“没有，莉兹，没有鄙视，”阿辽沙回答得很坚决，似乎对这个问题已有准备。“关于这一点我在到此地来的路上已经想过。试想，我们自己也和他一样，所有的人都和他一样，那还有什么鄙视可言？因为我们也是那样的人，好不到哪儿去。就算好一些吧，如果处在他的地位，还是会和他一样……。我不知道您怎么想，莉兹，反正我内心深处认为自己在好多方面是个渺小的人。而他并不渺小，相反，他是个很敏感的人……。不，莉兹，这里头没有任何鄙视他的成分！知道吗，莉兹，我那位长老有一次对我说过，看待人们总体上必须像照看孩子那样，而看待某些人必须像照看医院里的病人那样……”

“啊，阿列克塞·费奥多罗维奇，亲爱的，让我们就像照看病人那样看待人们吧！”

“好吧，莉兹，我愿意，只是我自己还没有作好充分准备。我有时候很不耐烦，有时候又缺乏洞察力。不像您。”

“啊！我不信！阿列克塞·费奥多罗维奇，我真幸福！”

“您这样说真是太好了，莉兹。”

“阿列克塞·费奥多罗维奇，您真好，但有时候好像有点儿迂……其实您一点儿也不迂。请到门外去看看，把门轻轻打开，看看妈妈是不是在偷听。”莉兹忽然压低嗓门，神经兮兮地急忙说。

阿辽沙走过去，把门打开一点点，向她报告无人偷听。

“过来，阿列克塞·费奥多罗维奇，”莉兹接着说，她的脸越来越红，“把您的手给我，对，就这样。听着，我要向您作一次严肃的自白：昨天我给您写的信并不是开玩笑，是认真的……”

说到这里，她用一只手捂住自己的眼睛。看得出，作这样的自白她觉得非常难为情。突然，她抓住阿辽沙的手，飞快地一连吻了三次。

“啊，莉兹，这就好了，”阿辽沙欣然赞叹，“我本来就完全肯定您是认真写的。”

“好一个完全肯定！”她一下子推开阿辽沙的手，不过仍握在自己手里，脸色绯红，轻声的巧笑洋溢着满心欢喜。“我吻了您的手，您居然说：这就好了。”

她的埋怨实在有失公允，因为阿辽沙也大大地慌了神。

“我但愿能一直为您所喜欢，莉兹，可是不知怎样才能做到。”他支支吾吾胡乱应答，同时也涨红了脸。

“阿辽沙，亲爱的，您冷漠而又狂妄。难道不是吗？您选中我做您的妻子，就此心安理得了！您已经肯定我写信是认真的，好哇！这不是狂妄又是什么？！”

“我能肯定——难道这不好？”阿辽沙忽然笑了起来。

“啊，阿辽沙，相反，这太好了，”莉兹满怀柔情和幸福瞧着他。阿辽沙站在那儿，自己的手仍握在莉兹手中。不料，他俯下身来在莉兹嘴唇上吻了一下。

“这又是什么意思？您怎么啦？”莉兹大声惊呼。阿辽沙窘得要命。

“哦，请原谅，如果我曲解了您的……。也许我干了一件极端愚蠢的……。您说我冷漠，于是我就吻了……。不过我明白，这事儿干得很蠢……”

莉兹笑了起来，双手捂住自己的脸。

“而且穿着这身衣服！”莉兹从自己的笑声中挤出这附加的一句，但她顿时止了笑，整个神态变得认真甚至严肃。

“听着，阿辽沙，我们先别忙着接吻，因为你我还不善于这样做，而且我们还得等上很久，”她断然道，“还是说说，您这样聪明，这样有头脑，这样有眼力，为何要我这样的傻瓜，一个有病的傻女孩？啊，阿辽沙，我简直说不出有多么幸福，因为我根本配不上您！”

“配得上，莉兹。我在这几天之内就要完全离开修道院。进入世俗社会后必须结婚，这我知道。他也是这样叮嘱我的。我能娶到什么人会比您更好？……除了您，又有谁能要我呢？这我已经反复考虑过了。首先，您从小就认识我；其次，您有许多我完全没有的才能。您的性格比我开朗；很重要的一点是您比我纯洁，我已经接触过许许多多世事……。唉，这些您都不知道，但我也是个卡拉马佐夫！您爱笑，爱闹着玩儿，也拿我开心——这又算得了什么？相反，您尽管笑，我喜欢您笑……。您笑的模样像个小女孩，可是您思考的方式却像一位悲天悯人的圣贤……”

“像悲天悯人的圣贤？这怎么可能？”

“是的，莉兹。就拿刚才您提的问题来说吧。我们这样解剖那个不幸的人的灵魂，是否有鄙视他的成分？——这是一个悲天悯人的命题……我怎么也表达不出来。但是，能提出这种问题的人，自己是能忍受痛苦的。您坐在轮椅上，一定已经反反复复思考过很多事情……”

“阿辽沙，把您的手给我。您干吗缩回去？”莉兹轻轻地说，满心的喜悦已使她的声音趋于微弱、低沉。“听着，阿辽沙，您离开修道院后打算改穿什么服装？别笑，别生气，这对我很重要，非常重要。”

“怎样打扮我还没有想过，莉兹。不过，您要我穿什么服装，我就穿什么。”

“我要您穿藏青色的丝绒上衣，内衬白色哔叽的背心，头戴灰色毛绒软帽……。告诉我，刚才我否认昨天信中所写的本意，您真的相信我不爱您吗？”

“不，我不信。”

“哦，叫人无法忍受，简直不可救药！”

“我知道您……大概爱我，但我装作相信您不爱我的样子，为的是免得您……难堪……”

“结果更糟！更糟，却比什么都好。阿辽沙，我实在太爱您了。今天上午您来以前，我给自己算过命：我向他要昨天的信，如果他很平静地掏出来还给我（他任何时候都可能这样做），那就是说，他完全不爱我，压根儿没有感觉，纯粹是个不中用的傻小子，我也完了。但是您把信留在修室内，这给我增添了勇气。您把信留在修室内，是因为预感到我会讨还此信，这样可以不还给我，对吗？是不是这样？难道不是吗？”

“噢，莉兹，完全不是那么回事。信一直在我身边，现在和上午我都揣在这个兜里，瞧。”

阿辽沙笑着把信掏出来，隔着一大段距离给她看。

“不过我不想还给您，您就这样看。”

“怎么？那您上午撒谎喽？您是修士，居然撒谎？”

“就算撒谎吧，”阿辽沙笑道，“为了不把信还给您，我撒了谎。这封信对我来说十分宝贵，”他忽然深情地添上一句，随即脸又红了，“而且永远如此，我任何时候都不会把它交给任何人！”

莉兹望着他，喜不自胜。

“阿辽沙，”她又喃喃地说，“您到门外瞧瞧，看妈妈是不是在偷听？”

“好吧，莉兹，我去瞧瞧。是不是不瞧也罢，您说呢？为什么要怀疑您的母亲会这样卑下？”

“怎么是卑下？什么叫卑下？做母亲的在女儿房门外偷听——这是她的权利，而不是卑下，”莉兹发火了。“请您相信我的话，阿列克塞·费奥多罗维奇，将来我自己做了母亲，如果也有一个像我这样的女儿，我一定要在她门外偷听。”

“真的吗，莉兹？这可不好。”

“啊，我的上帝，这有什么卑下可言？如果是一次普通的礼节性交谈，我偷听了，那是卑下的；可现在是亲生女儿和一个年轻男子关在屋里……。听着，阿辽沙，记住了，等我们结了婚，我也要监视您的行动。还请记住，您所有的信件我都要拆，要读……。将来可别说我没有预先向您打招呼……”

“是的，当然，既然如此……”阿辽沙结结巴巴地说，“可是这样不好……”

“啊，多么轻蔑！阿辽沙，亲爱的，我们不要一开始就吵架，——我还是对您实说了吧。偷听当然很不好，论起来当然是我不在理，您在理，可我还是要偷听。”

“随您的便。反正您窥探不到我什么秘密。”阿辽沙笑了。

“阿辽沙，您会服从我吗？这也得预先商定。”

“非常乐意，莉兹，而且一定做到，但不是在最主要的问题上。如果在最主要的问题上您跟我意见不一致，那我还是要按应该做的那样去做。”

“本该如此。知道吗，正相反，除了在最主要的问题上我愿意从善如流外，在各方面我都会向您让步。现在我就可以向您起这个誓——事事处处，永生永世，”莉兹怀着炽热的情感说，“我心悦诚服，心甘情愿！这还不算，我向您起誓，决不对您搞偷听，一次也不，永不偷听；我也不私拆偷读您的任何一封信，因为您是对的，我不对。尽管我极想偷听，我知道自己的脾性，但我还是不偷听，因为您认为这是不光彩的。今后您就是我的上帝……。听我说，阿列克塞·费奥多罗维奇，这些日子您为何老是愁容满面，昨天和今天都这样；我知道您有烦恼、不愉快，但我看得出，您另外还有某种特殊的忧伤，也许是隐秘的？”

“对，莉兹，是有隐秘的忧伤，”阿辽沙忧伤地说，“既然您能猜透我的心事，我看得出您是爱我的。”

“究竟是什么忧伤？关于什么事情？能说说吗？”莉兹用恳求的语气怯生生地问。

“以后再说，莉兹……等以后……”阿辽沙感到为难。“现在说出来恐怕难以理解。何况我自己大概也说不清楚。”

“我知道，除此之外，您的两位兄长、父亲也让您烦心。”

“是的，还有两位兄长。”阿辽沙似在沉吟。

“阿辽沙，我不喜欢您的二哥伊万·费奥多罗维奇。”莉兹突然指出。

这句话使阿辽沙有些感到惊讶，但他没有提问。

“我的两位兄长都在毁掉他们自己，”他继续说，“父亲也是。与此同时他们也在毁掉别人。那是一股‘土生的卡拉马佐夫力量’——前不久帕伊西神父说过这样的话，——它是原始、狂暴、放纵不羁的……。甚至有没有神灵御风凌驾于这股力量之上——我也不知道。我只知道我自己也是一个卡拉马佐夫……。我是修士吗？莉兹，我是修士吗？刚才您好像说过我是一个修士，是不是？”

“是的，我说过。”

“也许我还不信上帝。”

“您不信上帝？您怎么啦？”莉兹小心翼翼地轻声说。

但阿辽沙没有回答这问题。他这句过于突如其来的话包含的内容过于神秘，主观色彩太浓，或许他自己也不清楚，但已经毫无疑义在折磨着他。

“除了这一切以外，我的朋友此刻正在离去，这位世上第一人正在告别人间。您要是知道就好了，莉兹，我和这个人是何等心灵相连、息息相关的，您要是知道就好了！往后只剩下我一个人了……。我会来看您的，莉兹……。今后我们将在一起……”

“对，在一起，在一起！从今以后我们将终生在一起。听着，亲我一下，我允许。”

阿辽沙吻了她。

“现在您走吧，基督与您同在！”莉兹为他画了个十字。“快去见**他**吧，趁现在他还活着。我知道把您拖住太久了。今天我要为他和您祈祷。阿辽沙，我们会幸福的！您说，我们会幸福吗？”

“看来会的，莉兹。”

从莉兹屋里出来，阿辽沙觉得不必再去见霍赫拉科娃太太，所以没有向她告辞，便向宅外走去。但他刚刚开门跨到楼梯上，竟与霍赫拉科娃太太本人不期而遇。从第一句话阿辽沙便猜到，霍赫拉科娃太太是特地在这里等他的。

“阿列克塞·费奥多罗维奇，这太不像话了。这是幼稚的瞎胡闹、乱弹琴。我希望您不要凭空幻想……。荒唐，荒唐，荒唐！”她没头没脑冲着阿辽沙说。

“您可别对她说这话，”阿辽沙说，“否则她的情绪会激动起来，这对她目前的状况是有害的。”

“这是一位明智的年轻人说的明智的话。我是否可以这样理解：您之所以顺着她，只是出于对她有病之身的同情，不想以针锋相对的办法去激怒她？”

“喔，不，根本不是这样，我跟她的谈话完全是认真的。”阿辽沙表示得很坚决。

“在这件事情上认真是不可能的，无法想象的。第一，从现在起，我再也不接待您了；第二，我要离开本地，并且把她带走，请您记住这一点。”

“为什么？”阿辽沙说，“这又不是马上要办的事，也许还得等上一年半左右呢。”

“唉，阿列克塞·费奥多罗维奇，话虽如此，一年半内您跟她可能吵上一千次，各奔东西。但是我是那么不幸，那么不幸！尽管这一切都是瞎胡闹，但对我仍是很大的打击。现在我像法穆索夫在最后一场戏里那样，您是恰茨基，她是索菲娅[①]。我特意跑到这儿楼梯上来，为的是能碰到您；要知道，戏里最可怕的事情也都是在楼梯上发生的。我全都听见了，差点儿没晕倒。原来这一整夜的折腾和刚才的歇斯底里发作，根子全在这里！女儿要谈恋爱，母亲只得呜呼哀哉！现在谈第二件事，也是最主要的：她写给您的那封信是怎么回事？马上给我看，马上！”

“不，没有必要。请告诉我，卡捷琳娜·伊万诺夫娜的健康情况怎样了，我很想知道。”

---

① 俄国作家格里鲍耶多夫（1795—1829）在所作诗体喜剧《智慧的痛苦》（一译《聪明误》）中塑造了“多余人”的典型恰茨基、农奴制的维护者法穆索夫和他的女儿索菲娅等鲜明形象。

“还躺着说胡话，没有恢复知觉。她的两个姨妈在这里，只会唉声叹气，冲我端架子。而赫尔岑什图贝来了以后可吓坏了，我不知道该拿他怎么办，甚至想请另一位大夫来救他，后来还是用我的马车把他送回家去了。出了这么许多事情，临了还有你们那封信也来凑热闹。不错，目前为时尚早，这是一年半以后的事。看在伟大而神圣的一切分上，看在您的那位垂死的长老分上，阿列克塞·费奥多罗维奇，把那封信给我瞧瞧，我是她的母亲！如果您愿意，可以用您的手拿着让我读。”

“不，我不给，叶卡杰丽娜·奥西波夫娜，即使她允许，我也不给您看。我明天再来；如果您愿意，我有许多事情要跟您细谈，现在我得向您说——再见！”

阿辽沙快步下楼跑到街上。

二　怀抱吉他的斯乜尔加科夫

他实在没有时间。还在跟莉兹分手的时候，他脑子里便有个念头一闪。那念头是:怎样用最巧妙的手段马上抓到显然在躲着他的德米特里？时候已经不早，快到下午三点了。阿辽沙恨不得飞往修道院，直奔“伟大的”垂死者，但是必须见到大哥德米特里的想法压倒了一切，因为阿辽沙推断一场可怕的灾难无法避免，一触即发，而且随着时间一个钟点又一个钟点地过去，他越来越深信不疑。这究竟是一场什么灾难，此刻他想要对大哥说些什么，恐怕他自己也无法确定。

“我的恩师会在我来不及赶到的情况下去世，”他忖道，“但至少我不会终生责备自己没有挽救本来也许还能挽救的局面，而是错过了时机，急于奔自己的去处。我现在做的正是遵循他的伟大教诲应该做的……”

他的计划是出其不意抓住大哥德米特里，具体做法是：像昨天那样翻过篱笆，走进花园去埋伏在那座亭子里。“如果他不在那里，”阿辽沙心想，“那么我既不向福马露面，也不惊动女房东，就躲在亭子里，哪怕一直等到晚上。如果他仍要守候格露莘卡前来，他很可能会到亭子里去……”

不过，阿辽沙没有过多考虑计划的细节，反正他决定付诸实施，即便今天回不了修道院也在所不惜……

一切都很顺利：他几乎在昨天的同一地点翻过了篱笆，神不知鬼不觉地溜进了亭子。他不愿让人看见，因为女房东和福马（如果他在这里）可能站在大哥那一边，听从他的吩咐，也就是说，或者不放阿辽沙进花园，或者向大哥通风报信：有人找他。

亭子里空无一人。阿辽沙坐在昨天的老位子上开始等候。他四下环顾，不知怎的觉得这亭子比昨天破败了很多，这一回好像已经摇摇欲坠。事实上天气和昨日一样也很晴朗。绿色的桌子上印着一个小小的圆圈，想必是昨天一杯白兰地泼出来留下的痕迹。在枯寂中等待照例会有种种无谓和不相干的念头钻到脑海中来，例如：此时走进亭子，他为什么丝毫不差地坐在昨天所坐的老地方，为什么不坐别处？到后来他的心情变得非常忧伤，因为事态莫测而忧虑，而神伤。但是，他坐了才一刻钟，就在附近的什么地方，突然传来吉他弹出的一个和弦。有人坐在离他至多二十步的矮树丛中，或者刚刚坐下来拨动琴弦。阿辽沙猛想起昨天离开亭子和大哥第一次分手时，栅栏左边矮树丛中仿佛有一条矮矮的绿色旧长椅映入他的眼帘。可以想见，来者此时坐的就是那条长椅。那会是谁呢？

一个男声忽然用甜兮兮的假嗓在自弹吉他的伴奏下唱起了一支歌：

不可抗拒的力量
让我爱上那姑娘。
上帝啊，请怜悯
她和我！
她和我！
她和我！

歌声停了下来。那是一个带仆役腔的男高音唱一支带仆役味的小调。另一个声音——这回是个女的——嗲声嗲气、羞羞答答、偏偏又相当作作地说：

“怎么老没见您上我们这儿来玩，帕维尔·费奥多罗维奇？您就这么瞧不起我们？”

“没有的事，您哪。”男声的回答虽然客气，但首先强调的是他的自尊。很明显，男的占据主动地位，女的在讨好他。

“男的好像是斯乜尔加科夫，”阿辽沙在想，“至少听声音是这样；女的八成是这所小屋女主人的女儿，她从莫斯科来，穿拖地长裙，常去向玛尔法·伊格纳启耶夫娜要一点汤……”

“我特喜欢各种诗句歌词，只要好听上口，”女声继续说，“您怎么不往下唱？”

男声又唱了起来：

不稀罕九五之尊，
但愿心上人精神。
上帝啊，请怜悯
她和我！
她和我！
她和我！

“上一回比这更好，”女声指出，“上一回您唱的是：‘但愿小亲亲精神。’那样更能突出柔情蜜意，今天您准是忘了。”

“词儿算不了什么。”斯乜尔加科夫断然道。

“才不呢！我特喜欢诗句歌词。”

“说到作诗，那是十足的胡闹，您哪。您想想，世上什么人说话合辙押韵的？要是大家说话都合辙押韵，哪怕这是官府的命令，恐怕也说不上多少话。作诗不是个事儿，玛丽亚·康德拉启耶夫娜。”

“您的学问可真大！您怎么样样都有研究？”女声的挑逗意味越

来越明显。

“要不是我的命运从小就注定了，我的能耐还不止这么一些，我知道的事还多着呢。我没有父亲，是臭要饭的生下了我，我真想通过决斗一枪崩了为这个缘故骂我混蛋的人。在莫斯科也有人指着鼻子骂我，臭名从此地传得那么远，得归功于格里果利·瓦西里耶维奇。格里果利·瓦西里耶维奇责怪我在出生的时候造反，他说：‘你把她的子宫给捅破了。’老实说，我宁可在娘肚子里给杀死，但求压根儿不生到世上来。市场上有人说，而且您那位极不知趣的妈妈也经常对我讲，那臭要饭的头发像个大草垛，可是身量才二尺[1]**挂那么一点儿零**。明明可以跟所有的人一样说‘挂零’或者‘挂点儿零’，干吗非要说**挂那么一点儿零**？无非故意想说得可怜兮兮的，又是眼泪又是鼻涕。其实这就是所谓泥腿子的眼泪，泥腿子的感情。俄国的泥腿子相对受过教育的人而言能有什么感情？由于没有受过教育，他们不可能有任何感情。从很小的时候起，我一听说**挂那么一点儿零**，直想把脑袋往墙上撞。我恨全俄国，玛丽亚·康德拉启耶夫娜。”

“如果您是一名陆军士官或年轻的骠骑兵，您就不会这样说话了，您会拔出军刀，起来保卫全俄国。”

“我非但不愿意当骠骑兵，玛丽亚·康德拉启耶夫娜，相反，却希望消灭一切当兵的。”

“要是敌人来了，谁来保卫咱们呢？”

“根本用不着。一八一二年法国皇帝拿破仑一世——如今那个拿破仑的老子[2]——大举入侵俄国，要是当初那些法国人征服了咱们，那才好呢：一个聪明的国家征服一个十分愚蠢的国家，把它并入自己的版图，那就连制度也要彻底改变了。”

“难道他们那里的制度就比咱们的好得多？依我说，咱们有的时

---

① 这里的“尺”指俄尺（约合 0.71 米）。由于成人身高绝大多数在 2 俄尺至 3 俄尺之间，故俄语中往往略去“2 尺”，单用“寸”（1 俄寸等于 0.06 俄尺等于 0.044 米）来表示。如“身高 8 寸”即“2 俄尺 8 俄寸”，约 1.77 米。

② 当时的法国皇帝拿破仑三世应为拿破仑一世之侄。

髦哥儿就挺帅，即使拿三个年轻的英国人来换一个，我也不换，”玛丽亚·康德拉启耶夫娜温柔地说，此刻在说话的同时她必定还要大飞媚眼。

“这是各人的口味不同。”

“我看您就挺像外国人，像一位正宗的外国贵族，我可是克制住了难为情才对您说这话。”

“如果您愿意知道，那么，在腐化放荡方面那边的人和咱们的人全都一个样。都是骗子，不过外国人穿着锃亮的皮靴，而咱们的混蛋穷得臭气冲天还不觉得这有什么不好。俄国人得用鞭子抽，昨天费奥多尔·巴甫洛维奇说得对，虽然他和他所有的孩子全是疯子。”

“您自己说过，您对伊万·费奥多罗维奇很敬佩。”

“可是他对我有了定评：我是个臭奴才。他以为我会造反，其实他错了。要是我兜里有那么一笔钱，我早就不待在这地方。德米特里·费奥多罗维奇论品行，论智力，论他穷的程度比任何用人更糟糕，而且他什么也不会做，偏偏人人都尊敬他。尽管我只是个熬汤仔，但如果运气好，我能在莫斯科的彼得罗夫卡开一家餐厅兼咖啡馆。因为我有一手烹调的绝活，而在莫斯科，除了外国人，没有一个人能比得上我。德米特里·费奥多罗维奇穷得叮当响，可他要是跟人决斗，即使首屈一指的伯爵少爷也会跟他去的。其实他哪一点比我强？他比我笨得多。瞧，他莫名其妙地胡花了多少钱！”

“我想，决斗一定很有意思。”冷不防玛丽亚·康德拉启耶夫娜说了这么一句。

“怎么会有意思？”

“那一定很可怕，又很勇敢，特别是两名青年军官为某个女人拿着手枪互相开火。那场面多好看！啊，最好让姑娘们也去开开眼，我甭提有多么想开开眼！”

“自己瞄准别人的时候自然很好，可是当自己的嘴脸被别人瞄准时，那感觉再糟也没有了。您会从现场逃跑的，玛丽亚·康德拉启耶夫娜。”

“难道您也会逃跑？”

但是斯乜尔加科夫没有答理。在短暂的沉默之后，吉他又弹出一个和弦，假嗓唱起了最后一段歌词：

说什么我也要挣扎，
挣扎着远走高飞，
去住在京城大都会，
尝尝好日子的滋味！
不管得吃多少苦，
不管得遭多少罪，
决不哭鼻子掉眼泪！

这时出现了一个始料未及的情况：阿辽沙突然打了个喷嚏；长椅那边霎时间鸦雀无声。

阿辽沙站起来朝他们那个方向走去。那果然是斯乜尔加科夫，穿戴齐整，头发油光光，像是刚烫过一样拳曲，皮鞋擦得锃亮。一把吉他放在长椅上。女的那位是房主的女儿玛丽亚·康德拉启耶夫娜；她身穿浅蓝色的连衣裙，拖在背后的裙裾不下二尺（约一米四十）长。姑娘还年轻，长得也不差，可惜脸盘怪圆的，而且有太多的雀斑。

“大哥德米特里快回来了吗？”阿辽沙用尽可能平和的口气问。

斯乜尔加科夫慢腾腾地从长椅上站起来；玛丽亚·康德拉启耶夫娜也站起身来。

“凭什么我会知道德米特里·费奥多罗维奇的行踪？如果我是给他看门的，那自当别论。”斯乜尔加科夫回答的声音不高，一字一顿，口气轻蔑。

“我只不过问问您是否知道？”阿辽沙解释道。

“我对他的行踪一无所知，也不想知道。”

“可是大哥恰恰对我说过，宅内有什么情况您都会通知他的，而且您答应，阿格拉菲娜·亚历山德罗夫娜一来便给他报信。”

斯乜尔加科夫慢慢地、不动声色地举目看着他。

“这里的大门一小时前就闩上了，请问这一回您是怎么进来的？”他直盯着阿辽沙问。

“我从胡同里翻过篱笆直接到了亭子里。我这样做，希望您能够见谅，”他向玛丽亚·康德拉启耶夫娜说，“我需要尽快见到家兄。”

“嗳，我们怎么会对您见怪呢！”玛丽亚·康德拉启耶夫娜拖长语调答道，阿辽沙的道歉使她受宠若惊。“德米特里·费奥多罗维奇也常常用这种方式到亭子里去，我们不知道，可他已经坐在亭子里了。”

“我现在急于找他，我非常希望见到他，或者从你们这儿了解他目前在什么地方。请相信我，事情对他本人至关重要。”

“他没有关照过我们哪。”玛丽亚·康德拉启耶夫娜嘀咕了一句。

“虽然我有时上这儿来串串门，”斯乜尔加科夫重又开始说，“可是他在这儿也老是把我逼得走投无路，一个劲儿地打听老爷的事：家里有什么动静啦；什么人来过啦；什么人走啦……还问我能不能再告诉他一些别的消息。有两次甚至威胁要杀了我。”

“他要杀您？”阿辽沙大为惊讶。

“对他来说这又算得了啥？他的脾气昨天您也亲眼见到了。他说，如果我让阿格拉菲娜·亚历山德罗夫娜走进宅院，而她在那里过了夜，——那我第一个活不成。我非常怕他，可是我更怕向官府去告他，要不然我早该这样做了。天知道他会干出什么事来。”

“前不久您的长兄对他说过：‘我把你放在石臼里捣个稀巴烂！’”玛丽亚·康德拉启耶夫娜补充道。

“放在石臼里捣——那也许只是说说罢了……”阿辽沙指出，“如果我能见到他，关于这问题我也会对他说的……”

“我唯一能告诉您的情况是，”斯乜尔加科夫仿佛经过深思熟虑之后突然说，“作为街坊熟人，我常到这儿来串门走动，近邻怎么可以不走动呢？另一方面，伊万·费奥多罗维奇今儿天一亮就打发我上湖滨街他的寓所去找他，没有写信，只是捎个口信，要德米特里·费奥多罗维奇一定到本地广场上的酒店去一起吃饭。我去了，可是在他的寓所我没碰到德米特里·费奥多罗维奇，那时是八点钟。他的房东告诉我：'他来过，出去了。'他们之间好像互相商量好似的。此刻他也许和弟弟伊万·费奥多罗维奇坐在酒店里，因为伊万·费奥多罗维奇没有回家吃饭，而费奥多尔·巴甫洛维奇一小时前独自吃了午饭，现在躺下睡了。不过我恳求您千万别向他提到我和我告诉您的事情，因为他连眼睛也不眨一下就会杀了我。"

"二哥伊万请德米特里今天到酒店去？"阿辽沙很快又核实一遍。

"正是这样。"

"到广场上的京都酒店去？"

"正是那一家。"

"这很有可能！"阿辽沙情绪无比激动，"谢谢您，斯乜尔加科夫，这消息很重要，我马上到那里去。"

"别说是我告诉您的。"斯乜尔加科夫在后面叮嘱他。

"不会的，我便装作无意间来到酒店里，您就放心吧。"

"您往哪儿走哇？我去给您开门。"玛丽亚·康德拉启耶夫娜想叫住他。

"不，这儿走近，我仍旧翻篱笆出去。"

刚刚获得的消息对阿辽沙造成的震撼非同小可。他向酒店走去。他这身衣着进酒店颇不雅观，但就在楼梯上打听一下，把他们叫出来，还是可以的。不过，他刚走到酒店门口，就有一扇窗被打开，二哥伊万从窗内往楼下冲他喊道：

"阿辽沙，你能马上到我这儿来一下吗？求你了！"

"当然可以，只是不知道我这身衣着……"

"我正好在一个单间里，你先上台阶，我下楼接你……"

一分钟后，阿辽沙已经和二哥坐在一起。原先伊万只是一个人在用餐。

ТРАКТИРЪ

三　兄弟间相互了解

伊万所在的并不是一个单间。这仅仅是靠窗用屏风隔开的一处雅座，但坐在屏风后面旁人还是看不见的。这里是进门第一个房间，沿墙壁有一排柜台。跑堂的不时进进出出。顾客只有一位老者，是个退役军人，在角落里饮茶。但在酒店其余的房间里照例热热闹闹，忙忙碌碌。可以听到大声的叫唤、开啤酒瓶的声音、台球的撞击声、风琴的嗡嗡声。阿辽沙知道伊万几乎从不来这家酒店，而且对于上酒店根本不感兴趣。“可见，他之所以来到这里，”阿辽沙心想，“正是有约在先，为的是跟大哥德米特里见面。可是怎么不见大哥德米特里？”

“我给你要一道鱼汤好不好？还是要别的？你总不能光喝茶维持生存吧。”伊万大声说，显然因抓到了阿辽沙而满心欢喜。他自己已经结束用餐，正在喝茶。

“就要一道鱼汤吧，完了以后还要茶，我饿了。”阿辽沙欣然从命。

“樱桃蜜饯要不要？这儿有。小时候你在波列诺夫家多么爱吃樱桃蜜饯，还记得吗？”

“你记得这事？蜜饯也来一点儿，我至今仍旧爱吃。”

伊万打铃叫来一名跑堂的，要了鱼汤、茶和蜜饯。

“我全都记得，阿辽沙，我能一直记到你十一岁，当时我将近十五岁。十五和十一是有差距的，兄弟之间在这个年龄都不友好。我甚至不知道是否喜欢过你。我去莫斯科以后，头几年根本不想你。后来你也到了莫斯科，你我大概在某个地方只见过一面。如今我在本地已住了三个多月，至今你我几乎还没有谈过话。明天我要走了，刚才我坐在这儿，正在想怎样能跟你见面道别，恰好你打这儿经过。”

“你很想见到我吗？”

“非常想。我想对你有一个彻底的了解，也想让你了解我自己。

然后就此分手。我认为相互了解最好的时机在临别之前。我注意到，这三个月以来你一直在观察我，你的眼神始终在期待着什么，而我对此就是受不了，所以没有主动向你靠拢。但最终我学会了尊重你，我对自己说：这小大人站得还挺稳的。注意，这会儿我虽然在笑，但我是认真说的。你不是站得挺稳吗？我喜欢这样稳当的人，不管他们站在什么上面，哪怕他们只是和你一样的娃娃。你那期待的眼神到后来已完全不令我反感。相反，我终于喜欢上了你那期待的眼神……。不知道为什么，你好像还喜欢我，是吗，阿辽沙？”

“喜欢，伊万。大哥德米特里这样说你：伊万守口如瓶。我是这样说你的：伊万是闷葫芦。即使现在你在我眼里还是一个谜，但我对你已有所理解，而且仅仅是从今天上午才开始的！”

“这是怎么回事？”伊万笑了起来。

“我说出来你不会生气？”阿辽沙也笑了。

“说吧。”

“我认为你和其余所有二十三岁的年轻人没什么两样，也是血气方刚、朝气蓬勃的棒小伙子，说到底，也还是黄口小儿！怎么样，没把你大大惹恼？”

“相反，真没料到竟会不谋而合！”伊万兴致勃勃地惊叹道，“信不信由你，我们上午在她那里会面以后，我一直在思考这一点，思考我这个二十三岁黄口小儿的内涵，不料现在被你一语道破，而且你就从这点谈起。刚才我坐在这里，你猜我对自己怎么说？我说：即使我不再相信生活，即使我对珍爱的女人失去信心，对常理失去信心，相反，甚至确信一切都是混乱、可恶乃至被魔鬼操纵的一团糟，即使一个人绝望时的种种恐怖通通临到我头上——我还是要活下去，一旦从杯中抿了一口，便再也不愿舍弃它，直到把酒喝干为止！不过，到三十岁我一定把杯子扔掉，哪怕没有喝完也扔掉，然后离去……不知道去何方！但是，我坚信在三十岁之前我的青春将战胜一切，战胜对生活的种种失望和厌恶心理。我曾多次自问：世上有没有一种不顾一切的冲动能压倒我身上这份狂热的、或许有失体统的渴望——生的渴望？结论是大概不存在，应该说同样也是在三十岁之前不存在；过了三十我自己会失去这份狂热，我有这感觉。某些患痨病的黄口道德家，尤其是诗人，往往称这种生的渴望是卑鄙的。它在一定程度上是卡拉马佐夫的特征，这是事实。不管怎样，你身上一定也有这种生的渴望，但为什么它是卑鄙的呢？在我们这个星球上，向心力还强大得可怕，阿辽沙。就是想活下去，我愣是活着，哪怕不合逻辑。尽管我不信万象有序，但我珍爱黏糊糊的、春天发芽的叶片，珍爱蓝天，珍爱有时自己也不知道——信不信由你——为什么会爱的某些人，珍爱人类的某些壮举，也许我早已不再相信这等丰功伟绩，但仍出于旧观念打心眼里对之怀有敬意。

“鱼汤来了，好好吃吧。这儿的鱼汤做得不错，很有名气。我想到欧洲去，阿辽沙，直接从此地出发；我知道自己只是走向坟场，但那是最昂贵的坟场，如此而已！长眠在那里的死人也出类拔萃，他们坟上的每一块墓碑铭文都要道及轰轰烈烈的生平，道及死者生前如何笃信其伟业、其真理、其奋斗、其科学，我预先知道自己将跪倒在地亲吻这些碑石并为之落泪，——与此同时我的整个心灵确信，这一切很久以来仅仅是坟场而已。倒不是由于绝望而落泪，无非因为洒在坟上的眼泪能使我感到幸福。我将陶醉于自己的感动之中。我爱黏糊糊的春叶和蓝天，如此而已！这里没有智慧可言，没有逻辑可言，这是发自五内、发自脏腑的爱，是对自己青春活力的爱。从我这番谬论中你能明白些什么不，阿辽沙？”伊万忽然笑了起来。

“太明白了，伊万。‘发自五内，发自脏腑的爱’——你说得好极了，你对生活的渴望如此强烈，我说不出有多高兴，”阿辽沙感叹道，“我认为，在世上人人都应该首先爱生活。”

“爱生活甚于爱生活的意义？”

“一定得这样，像你所说的超越逻辑去爱，一定得超越逻辑，那时我才理解其含义。我早就朦朦胧胧地有这样的想法。你的工作已完成一半，伊万，你已取得一半成果，因为你爱生活。现在你必得为另一半努力，这样你就得救了。”

“你已经想拯救我了，可我或许还没有堕落呢！那么你的另一半是什么？”

“那就是必须使你的那些死人复活，他们也许根本没死。来，把茶给我。我很高兴我们有这次谈话的机会，伊万。”

“我看得出，你处于某种兴奋状态。我特别爱听这样的布道，听你这样的……见习修士说教。你是个坚定的人，阿列克塞。听说你要离开修道院，是真的吗？”

“是真的。我的长老打发我返回尘世。”

“这么说，我们还会在尘世见面。在我三十岁以前，当我开始不那么手不离杯的时候，我们还能相会。父亲不愿离开他的酒杯直到七十岁，甚至梦想一直喝到八十岁，这是他自己说的。他太认真了，尽管他是个小丑。他在好色方面好像也坚如磐石……诚然，人过了三十岁，大概没有什么可认真追求了，除了此道……。但一直到七十岁不动摇未免下流，还是到三十岁为好，这样可以保留‘一点儿贵族风范’欺骗自己。今天你见到德米特里没有？”

“没有，没见到，但我见到了斯乜尔加科夫。”

于是阿辽沙把遇见斯乜尔加科夫的经过很快、又很详细地向二哥讲述一遍。伊万听着，神色一下子变得杌陧不安起来，有些地方甚至提出旨在核实的问题。

“不过他要求我别把他谈到大哥时说的话告诉德米特里。”阿辽沙补充道。

伊万双眉紧锁，陷入深思。

“你皱眉头是为了斯乜尔加科夫？”阿辽沙问。

“是的，是因为他的缘故。让他见鬼去吧。我本来确实想见到德米特里，但现在不必了……”伊万无奈地说。

“你真的这么快就要远行，二哥？”

“是的。”

“德米特里和父亲怎么办？他们这事如何是了？”阿辽沙忧心忡忡地问道。

“你又弹你的老调了！这关我什么事？我岂是看守我哥哥德米特里的？”伊万恼了，火刚要冒起来，但旋又现出一丝苦笑。“该隐在上帝问及被他杀死的兄弟时也如此回答[①]，是不是？也许，这正是此刻你所想的？可是，真见鬼，我总不能真的待在这里当他们的看守吧？事情已经结束，我要走了。莫非你以为我忌妒德米特里，以为这三个月我一直在谋夺他美丽的未婚妻卡捷琳娜·伊万诺夫娜？别异想天开，我有我自己的事。事情已经结束，我要走了。事情今天上午结束了，你是见证人。”

“就是上午你跟卡捷琳娜·伊万诺夫娜那件事？”

“正是那件事，我一下子就解脱了。说到底，我干吗要管德米特里的事？这跟德米特里毫不相干。我跟卡捷琳娜·伊万诺夫娜之间的关系是我们自己的事情。相反，德米特里的行为却好像跟我有密谋似的，这你也知道。我可什么也没有求过他，是他自己郑重其事地把她托付给了我，并且为我们祝福。这一切真像一场玩笑。不，阿辽沙，不，你不知道现在我心里有多么轻松！刚才我坐在这里用餐，你也许不信，我甚至想要香槟酒以庆祝我获得自由的最初一段时光。呸！几乎历时半年——可一下子全都解脱了。直到昨天我还完全没料到，只要想了结，这事了结起来一点也不费力！”

“你是在说你的爱情，伊万？”

“你要说这是爱情也可以。是的，我爱上了一位贵族女校毕业的小姐。我为她受了不少折磨，她也折磨我。我为她憔悴……突然，一切都烟消云散了。上午我说得声情激越，可是一出大门便纵声狂笑——信不信由你。不，你别以为我在用比喻的说法。”

“你现在谈起这事也开心得很。”阿辽沙指出，一边注视着他确实一下子变得乐呵呵的面容。

---

① 亚当的长子该隐杀死了兄弟亚伯。耶和华问该隐：“你兄弟亚伯在哪里？”该隐答道：“我不知道，我岂是看守我兄弟的？”（见《圣经·旧约·创世记》第 4 章第 9 节）

“当初我又何尝知道自己根本不爱她！嘿嘿！到头来发现确实不爱。要知道我曾多么喜欢过她！甚至今天上午我慷慨陈词的时候还喜欢她。我可以告诉你，现在仍然非常喜欢，然而离开她又如此容易。你以为我在瞎吹？”

“不。不过，这也许本来就不是爱情。”

“我亲爱的阿辽沙，”伊万笑道，“不要侈谈爱情！对你来说这并不得体。上午你跳了起来，好家伙！我还忘了为此吻你一下……。她可把我折磨得够呛！我确实一直守着一桩矫情的怪事做陪客。哦，她知道我爱她！她爱的是我，不是德米特里，”伊万兴奋地坚称。“她要忠于德米特里只是违心的怪事一桩。上午我对她说的全是事实。但问题不在于此，根本问题在于她也许需要十五年或二十年才能醒悟自己完全不爱德米特里，她只爱饱受她折磨的我。是的，也许她永远不会醒悟过来，甚至今天的教训对她也不起作用。这样更好：站起身来走人，而且一去不返。顺便问一下，她现在怎么样？我走了以后那里有些什么情况？”

阿辽沙告诉他，卡捷琳娜·伊万诺夫娜发了歇斯底里，她现在好像不省人事，还说胡话。

“霍赫拉科娃不会撒谎？”

“大概不会。”

“得调查一下。不过，发歇斯底里还从来没有死过人。要发就让她发吧，上帝是出于爱心才把歇斯底里赐给女人的。我不上那儿去了。何苦再去自找麻烦。”

“上午你对她说过，她从来没有爱过你。”

“我是故意这样说的。阿辽沙，我吩咐他们拿香槟来，你我来为我的自由干一杯。不，你不知道我有多高兴！”

“不，二哥，还是别喝吧，”阿辽沙骤然说，“何况我心里怪忧伤的。”

“是的，你已经忧伤很久了，我早就看出这一点。”

“你明天早晨一定要走吗？”

“早晨？我没说过早晨哪……。不过也可能是早晨。你相信不，我今天在这儿用餐，唯一的目的就是不跟老头儿一起吃饭，他使我反感透了。单是为了躲开他，我也早该走了。你为什么对于我要走感到如此不安？离开动身还有好多好多时间。容得下整个永恒，与灵魂不灭一样长久！”

“既然你明天就走，哪还有什么永恒？”

“这与你我又有何干？”伊万笑了，“反正咱们有什么话完全来得及谈个够。咱们到这里来为了什么？你瞪着我发什么愣啊？我问你：咱们在这儿会面为了什么？是为了谈论对卡捷琳娜·伊万诺夫娜的爱，还是谈论老头儿和德米特里？谈论出国旅行？谈论俄国堪忧的现状？谈论拿破仑皇帝？难道为此而来？”

“不，不是为此而来。”

“就是说，你自己也明白为何而来。别人有别人的事，而咱们黄口小儿有咱们的事。咱们首先必须解决亘古长存的问题，这才是咱们所关心的。如今全俄国的年轻人尽在议论亘古长存的问题。也恰恰是现在，老人们反倒纷纷研究起实际问题来了。为什么三个月来你老是以期待的眼神看着我？是不是在审查我：‘你奉行什么信仰？还是根本没有信仰？’——你三个月的眼神归结起来便是这样的问题。阿列克塞·费奥多罗维奇，难道不是这样？”

“也许是这样，”阿辽沙微微一笑，“现在你不是在取笑我吧，二哥？”

“我取笑你？我的弟弟三个月来一直以期待的眼神望着我，我可不想伤他的心。阿辽沙，你现在正眼看着我：我自己其实跟你完全一样是个小青年，所不同者只不过我不是见习修士。试问：俄国的小青年到目前为止一直在干些什么？我指的是某些小青年。就以本地这家破酒店为例，他们在此碰到一起，往角落里一坐。以前他们彼此从不了解，出了酒店恐怕四十年又互不了解，可是在酒店里巧遇的片刻间，你猜他们议论些什么？竟是地道的世界性问题：有没有上帝？有没有灵魂不灭？那些不信上帝的便议论社会主义、无政府主义，议论按新的模式改造全人类。其实还不是一回事？还是那些老问题，只不过是另一种提法。许许多多极有个性的俄国小青年，如今在咱们国家里只知道谈论亘古长存的问题。难道不是这样？”

“是的，对于真正的俄国人来说，有没有上帝和灵魂不灭这样的问题，或者如你所说的相同问题的不同提法，自然是首要问题，也应该是这样。”阿辽沙说时仍然面带安详的笑容谛视着伊万。

“说实在的，阿辽沙，做一个俄国人有时候极不聪明，但是，毕竟无法想象还有什么能比现今俄国小青年所做的事情更愚蠢。不过有一个俄国小青年叫阿辽沙的，我非常喜欢。”

“你概括得真精彩。”阿辽沙一下子笑出声来。

“那就谈吧。从什么谈起悉听尊便。从上帝开始好不好？上帝存在不存在，怎么样？”

“你喜欢从什么谈起，就从什么谈起，即使‘从另一种提法’开始也行。昨天你在父亲那儿不是宣称没有上帝吗？”阿辽沙凝神看着二哥。

“昨天在老头儿那里吃饭的时候，我故意用这话逗你，我看到你的眼睛顿时像点亮的灯。但现在我决不反对和你讨论这问题，我说这话是非常认真的。我想跟你结交，阿辽沙，因为我没有朋友，我想试一试。好吧，你不妨想象，或许我也可以接受上帝，”伊万笑了起来，“你觉得意外，是吗？”

“当然，只要你现在不是开玩笑。”

“开玩笑？昨天在长老那里有人说我是开玩笑。你知道，亲爱的，十八世纪有个年老的罪人说过，如果上帝不存在，必须把他造出来，如果上帝不存在，必须把他造出来。人果然造出了上帝。奇怪的并不是上帝确实存在，这一点并不神妙，神妙的是这一思想——上帝必不可少这一思想——居然会钻到人这样一种野蛮而凶恶的动物头脑中去，因为这个思想实在太神圣、太感人、太英明了，它给人类增添了太多的光彩。至于我，我早已拿定主意不去考虑：是人创造了上帝，还是上帝创造了人？

“当然喽,我不想一一评述俄国小青年就这个题目发表的所有现代自明之理,这些自明之理无一不是从欧洲假设中推断出来的;只要那边提出一项假设,俄国小青年马上就有自明之理发表,而且不光小青年如此,恐怕他们的教授也如此,因为现在的俄国教授往往就是那些俄国小青年。所以我把所有的假设一概略去。那么你我现在要达到什么目的呢?目的是使我能尽快向你说明我的本质,我是怎么样一个人,我信仰什么,抱什么希望,对不对?所以我要宣布,我接受上帝,痛快而简单。

“但是,有一点必须指出:如果上帝存在,如果确实是上帝创造了世界,那么正像我们所确知的那样,上帝根据欧几里得的几何原理创造了世界,而上帝按照仅有三度空间的概念创造了人的智慧。然而,过去曾经有而且现在也还有一些几何学家和哲学家,甚至是非常杰出的,他们对于整个宇宙——或者更扩大范围来说对于一切存在——仅仅是根据欧几里得的几何原理创造出来的表示怀疑,甚至胆敢设想,根据欧几里得定理在地球绝对不可能相交的两条平行线也许会在某个无穷处相交。亲爱的,我这样认为,如果我连这也无法理解,那我怎么能理解上帝呢?我心悦诚服地承认,我没有任何能力解决这样的问题,我的头脑是欧几里得式的、凡人的,所以我们根本解决不了不属于这个世界的问题。我奉劝你也千万别想这事,阿辽沙,我的朋友,更不要去想上帝有还是没有。对于按照仅有三度空间的概念创造出来的头脑,这类问题完全不合适。所以,我不仅乐于接受上帝,而且还接受上帝的智慧和目的——那是我们一无所知的;我信仰秩序,信仰生活的意义,信仰据说我们都将融入其中的永恒的和谐,信仰整个宇宙心向往之的话语——这话语本身就‘与上帝同在’,它本身就是上帝,诸如此类,如此等等,不一而足。像这样的话语多得不可胜数。

“我好像有些上路了——对不对?那就请想象一下,最后的结果是我不接受这个上帝的世界,尽管我知道它存在,可就是完全不能接受。我不是不接受上帝,这一点你要明白,我是不接受他创造的世界即上帝的世界，也不能同意接受。我得声明在先：我像小孩子一样深信，创痛将会愈合和平复，一切可笑可悲的人类矛盾将会像可怜的幻影一样消失，因为它们是不中用和渺小如原子的欧几里得式人脑可鄙地虚构出来的。我深信，到了世界的大结局，在永恒和谐来临的时刻，将会发生和出现如此珍贵的景象，它足以让所有的心都得到满足，足以平息所有的愤怒，抵消人类所有的罪恶，补偿人类所流的全部鲜血，足以使宽恕人类的一切所作所为成为可能，甚至可能为之辩护，予以认可，——纵使这一切将会实现，但我不接受它，也不愿接受！纵使平行线将会相交，而且我将亲眼看到，不但看到，我还会说平行线相交了，然而我还是不会接受。这就是我的本质，阿辽沙，这就是我的信条。我这话是认真对你说的。我故意用最愚蠢的方式开始你我这次谈话，但还是引出了我的自白，因为这正是你所需要的。你要了解的不是上帝是否存在，你要了解的只是为你所爱的二哥靠什么活着。我告诉你了。”

伊万结束他那长篇宏论的时候，出人意料地动了某种特别的感情。

“为什么你要用‘最愚蠢的方式’开始这次谈话？”阿辽沙若有所思地望着他问道。

“首先，也算是为了俄国化吧：俄国人就这类题目所进行的谈话都是以最愚蠢的方式进行的。其次，还是这个道理：越是愚蠢，就越切题。越是愚蠢，就越明白。愚蠢是简单朴素的，而智慧是拐弯抹角、躲躲藏藏的。智慧是卑劣的，而愚蠢是直率和诚实的。我把自己推到绝路上，让这次谈话越显得愚蠢，那样就对我越有利。”

“你能向我解释为何不接受这个世界吗？”阿辽沙问。

“我当然要解释，这不是秘密，我就是在朝这个方向引导。我的好兄弟，我不想把你教坏，也不想把你从你的基石上推开，我或许还想用你来治我自己的病。”

伊万倏地微微一笑，完全像个听话的乖孩子。阿辽沙还从未见过他这样的笑容。

四 反 叛

“我必须向你承认一件事，”伊万重又开始说，“我一向无法理解，怎么可能爱自己的邻人。依我看，恰恰对邻人是不可能爱的，只有对远一点的人或许还可能。有一次不知在什么地方，我读到过有关‘仁慈的约翰’（一位圣人）的事迹，说有一个饥寒交迫的行人来到他那里，请求暖一暖他的身子，仁慈的约翰便和他一起躺到床上，把他抱住，向他因患某种可怕的疾病而溃烂发臭的口中呵气。我深信他这样做是一种伪善的矫情，是出于义务所规定的爱心，是硬拉到自己身上的宗教惩罚。要爱一个人，必须让那个人躲起来；只要他稍一露面——爱就没了。”

“佐西马长老不止一次谈过这个问题，”阿辽沙指出，“他也曾说，人的面孔往往会阻碍许多还没有施爱经验的人去爱别人。然而人类中不是也有许多爱吗？而且几乎无异于基督的博爱，这一点我自己知道，伊万……”

“这一点我目前还不知道，也无法理解，而且有不计其数的人也和我一样。问题在于这是人们恶劣的品质造成的呢，还是他们的本性使然。我认为，基督对人们的博爱在某种程度上是世间不可能出现的奇迹。诚然，他是神。但我们可不是神。举例说，假定我正在忍受水深火热之苦，但别人决不可能知道我痛苦到什么程度，因为他是另一个人，不是我，况且很少有人愿意承认别人是受难者（好像那是一种头衔）。你认为人们不愿意承认的原因何在？原因很多，比方说我有异味，我一脸蠢相，或者有一次我踩了他的脚。此外，苦难也有各种各样。如果是低人一等的苦难，比如饥饿，我的恩人还可以承认我受苦；但若是高级一些的苦难，比如为思想所受的苦，他能予以承认的简直绝无仅有。因为他朝我一看，忽然发现我的脸与他想象中一个为某种思想而受苦的人应该有的脸大不一样。于是他马上剥夺我接受他恩惠的资格，甚至完全不是由于他心地不好。乞丐，特别是出身高贵的乞丐，决计不可抛头露面，只能通过报纸求乞。抽象地爱邻人还可以，或者从远处爱也行，但在近处几乎决不可能。倘若一切都像在舞台上跳芭蕾那样，乞丐出场时身穿丝绸破衣服，戴着破花边，一边乞讨，一边翩翩起舞，那时还可以欣赏他们。欣赏，但毕竟不是爱。

“这点说得够多了。我只想把你放到我的观点上来。我本想从整体上谈人类的苦难，但还是专门谈谈孩子们的苦难吧。这样会把我的论据规模压缩成十分之一，但还是限于孩子为好，当然这对我并不有利。第一，孩子即使在近处也可爱，甚至肮脏、难看的也可爱（不过，我觉得孩子的脸从来没有难看的）。第二，我之所以不谈大人，除了他们可厌可恶、不值得爱之外，还因为他们已得到补偿：他们吃了苹果，认识了善与恶，变得‘和上帝一样’。可是孩子什么也没吃过，暂时还是清白无辜的。你喜欢孩子吗，阿辽沙？我知道你喜欢，你将会明白现在我为什么只愿谈论他们。如果他们在世上也苦难深重，那无疑是为了他们的父辈，他们是代吃了苹果的父辈受过，——但这是来自另一世界的论点，非世间凡人的心所能理解。无辜者不该代人受苦，何况还是这样的无辜！给你一个惊喜，阿辽沙，我也极其喜欢孩子。记住了，凶残的人，暴烈、贪欲的人，卡拉马佐夫们，有时也非常喜欢孩子。当孩子真正还是孩子的时候，比方说七岁之前，他们坚持与大人保持距离，简直像是另一种生命体，有着另一种天性。我认识一名在狱中服刑的强盗：在他的盗贼生涯中，他夤夜潜入人家偷盗时经常毒打事主的全家，还杀死了几个孩子。但在蹲大狱的时候，他却喜欢孩子到了奇怪的程度。他从铁窗内老是望着在狱中院子里玩耍的孩子们。他设法使一个小男孩走到他的窗前，他俩成了好朋友……。你可知道我说这些为了什么，阿辽沙？我觉得有点儿头疼，心里憋得慌。”

“你说话的样子很奇怪，”阿辽沙不安地指出，“好像头脑不大正常。”

“顺便提一下，不久前在莫斯科，有一个保加利亚人告诉我，”

伊万·费奥多罗维奇继续说，他似乎不理会弟弟的话，“在他们那里，土耳其人和切尔克斯人因为害怕斯拉夫人大暴动，到处奸淫烧杀，用钉子把囚犯的耳朵钉在围墙上过夜，到早晨再把他们绞死——种种暴行罄竹难书。的确，谈到人的残暴时往往称之为‘兽行’，但这对于兽类是极不公平和带侮辱性的：兽类绝对不可能像人那样残忍，兽类的残忍不可能那样高明，那样艺术。老虎只会咬，只会撕。老虎即使会使用钉子，也绝对不会想到把人的耳朵钉起来过夜。这些土耳其人虐杀儿童其实是在取乐，而且花样翻新，或者用匕首从母腹中把孩子挖出来，或者把吃奶的婴儿往上抛，然后当着母亲的面用刺刀尖接住。让母亲亲眼目睹是最主要的乐趣。还有这样一幅景象引起我很大的兴趣。你想象一下：一个母亲怀抱婴儿浑身哆嗦，周围都是闯进来的土耳其人。这些人想出一个有趣的主意：他们对婴儿做出抚爱的样子，嘻嘻哈哈地想把孩子逗乐；他们成功了，孩子果然笑了。这时一个土耳其人用手枪瞄准婴儿的脸，距离仅为四五寸。那小男孩笑得很开心，伸出两只小手去抓手枪，忽然那位艺术家对准他的脸扣动扳机，把他的小脑袋打得稀烂……。很艺术，不是吗？附带提一下，据说土耳其人非常喜爱甜食。”

“二哥，你说这些做什么？”阿辽沙问。

“我想，如果世上不存在魔鬼，那么是人创造了魔鬼，是人按照自己的模样造出了魔鬼。”

“就是说，跟上帝一样。”

“你可真会拨转话锋，就像《哈姆雷特》中波乐纽斯所说的那样，”伊万笑了。“你把我的话锋拨转过来对着我，算你赢了，我很高兴。可你的上帝既然是人按照自己的模样造出来的，也好不到哪儿去。刚才你问：我说这些做什么？我可以告诉你，我爱收集某些事实。信不信由你，我往往从报章、口述中抄录、记下某些小故事，来自什么地方的都有，我收集到的材料已经相当可观。土耳其人当然也在收藏之列，但这些都是外国人。我还有国产货，甚至比土耳其的更精彩。你也知道，咱们国家较多的是拷打，用树条和鞭子抽，这是国粹。在我国，用钉子钉耳朵是不可想象的，咱们毕竟是欧洲人。但树条、鞭子——这已经是咱们的某种传统，谁也剥夺不了。现在国外好像已经不兴打人，是风气净化了呢，还是制订了禁止人抽打人这样的法律，不过他们会用别的跟咱们一样纯粹国产的办法来替代，其国粹程度在我国简直是做不到的，不过我国好像也在引进，尤其是自从在上层社会中开展宗教运动以来。我有一本从法文翻译过来的小册子写得很出色，里边讲到没多久——总共才五年——以前在日内瓦曾处决一名凶残的杀人犯，他是个叫里夏尔的小伙子，大约二十三岁，几乎在临上行刑台的时候他表示悔罪，皈依了基督教。这个里夏尔是个私生子，当他还是个六岁的小孩时就被**赠送**给瑞士的山地牧民，他们把他养大，想用来干活。他像一只小野兽在牧人中间成长，牧人们什么也没有教他，而且几乎不顾他的衣食，却从七岁开始便把他当作牧童使唤，不管天气潮湿寒冷都要出去放养牲口。当然，他们中谁也不会问心有愧，相反，认为自己有充分的权利这样做，因为里夏尔是人家当作一件东西那样送给他们的，他们甚至不认为有必要让他吃饱。据里夏尔本人交代，那几年他就像福音书中的浪子，极想吃一点喂猪待售的面糊，可是人家连这也不给他，当他从猪那儿偷吃时还要挨打；就这样度过了他的整个童年和少年时代，直到长大成人，有了力气，便开始偷盗。起先，他在日内瓦逐日打零工，挣来的钱买酒喝光，日子过得人不人鬼不鬼的，最后把一个老头儿杀了，还抢了他的财物。他给抓住后经过审讯被判死刑。人家在这方面从不婆婆妈妈。接着，他在监狱里马上被牧师和各种基督教兄弟会的成员、慈善机构的太太们等等所包围。他们在狱中教他读书写字，给他讲解福音，经过不断的启发、开导，晓之以理，动之以情，最后他自己庄严地承认了自己的罪行。他皈依了基督教，还亲自写信给法庭，承认自己是个恶魔，但最终还是得到上帝的赐福而心明眼亮。这事轰动了日内瓦，当地的慈善界、宗教界忙得不亦乐乎。有身份、有教养的上层人士纷纷去监狱看望他。人们亲吻里夏尔，拥抱里夏尔，对他说：‘你是我们的兄弟，你是有福的！’而里夏尔本人感动得直哭：‘是的，我是有福的！以前，在我的整个童年和少年时代我能吃到猪食就很高兴了，如今上帝赐福予我，我将怀着对上帝的敬畏之心死去！’人们说：‘是的，是的，里夏尔，你怀着对上帝的敬畏之心死去吧。你杀了人，你应该怀着对上帝的敬畏之心死去。过去，你羡慕猪食，为了偷吃猪食挨过打(你的行为很不好，因为偷东西是不允许的)，那时你完全不知道有上帝，这怪不得你，——但是你杀了人，就必须死。’最后一天来到了。软瘫无力的里夏尔哭着，口中不断重复道：‘这是我最美好的一天，我要去见上帝了！’牧师们、法官们和行善的太太们向他喊道：‘是的，这是你最最幸福的日子，因为你要去见上帝了！’他们有的乘车，有的步行跟在押送里夏尔的囚车后面向刑场进发。到了行刑台前，他们向里夏尔高呼：‘去死吧，我们的兄弟，怀着对上帝的敬畏之心去死吧，因为你也得到了赐福！’于是，赢得兄弟们无数个吻的里夏尔兄弟被拖上行刑台置于断头机下，因为他也得到了赐福而被当作兄弟一般砍掉了脑袋。

“这件事很有代表性。这本小册子是由上流社会中一些俄国路德宗的慈善家译成俄文的，为了向俄国百姓进行启蒙教育而随报纸刊物免费散发。里夏尔案件的妙处在于它的民族性。在我国，仅仅因为他成了我们的兄弟并且得到赐福而被砍掉脑袋这样的事尽管很难想象，但是，我再说一遍，咱们有自己的办法，几乎毫不逊色。咱们的办法历史悠久，而且通过笞刑可以得到立竿见影的享受。涅克拉索夫有一首诗写农夫用鞭子抽马的眼睛，抽打‘温顺的眼睛’。这种现象人人见过，这是俄国的国粹。诗人描写了那匹瘦弱的马因为负载过重连车一起陷入泥塘拉不出来。农夫抽打瘦马，往死里打，最后，他不明白自己在干什么，只是因为抽得性起而狠心地、没完没了地抽打，一边说：‘哪怕你拉不动也得拉，哪怕你死了也得拉！’瘦马拼命使劲，这时农夫不顾马儿毫无自卫能力，竟开始抽它流泪的、‘温顺的眼睛’。马儿没命地一冲，把车拉了出来继续前进，它浑身哆嗦，上气不接下气，脚步踉跄，打着趔趄，那副狼狈相在涅克拉索夫笔下真令人不忍卒读。[①]然而，这到底只是一匹马，上帝创造了马就是让它们挨鞭子的。这是鞑靼人向咱们传授的道理，还把鞭子送给咱们留作纪念。但是，要知道树条和鞭子也可以用来抽人。于是一位饱学的先生和他的夫人用树条抽打他们的亲生女儿——才七岁的小孩，——有关此事我作了详细的摘录。做爸爸的因为树条还带有细枝而高兴，说是这样‘更贴肉些’，他就开始这样‘贴肉’地收拾亲生女儿。我确切地知道有这样一些人，他们随着一下一下的抽打会越来越带劲儿，直至抽得性起，真正是野性勃发，一下比一下力大势沉。笞杖持续了一分钟，五分钟，十分钟，时间越长，用力越猛，节奏越快，越是‘贴肉’。那小女孩大声呼喊，后来不能喊了，只能有气无力地说：‘爸爸，爸爸，好爸爸，亲爸爸！’此事鬼知道怎样阴错阳差闹到了法院。被告请了律师为之辩护。俄国老百姓早就把律师叫作‘出卖良心的魔法师’。律师气壮如牛地为他的当事人辩护：‘这是极普通、极平常的家务事，父亲责打了女儿几下，居然有人告到法院来，真是我们时代的耻辱！’被说服的陪审员们退庭后作出无罪的判决。公众为虐待者被宣告无罪而欢呼雀跃。可惜当时我不在场，否则我一定大声疾呼建议设立一项以这位虐待狂命名的奖学金！……场面真够精彩的！

“不过有关儿童的情况我还有更精彩的，我收集了好多好多关于俄国儿童的材料，阿辽沙。一对父母，属于‘备受尊敬的，有文化、有教养的公务员阶层’，他们憎恨五岁的小女儿。你瞧，我再次断言，人类中具有这种特性的还真不少，那就是——喜欢虐待儿童，专门虐待儿童。这些虐待狂对待其他所有的人甚至颇有好感，温良恭顺，不失为有教养、讲人道的欧洲人，但他们酷爱折磨儿童，在这一层意义上甚至可以说酷爱儿童。正是孩子缺乏自我保护能力这一点构成对施虐者的诱惑；孩子天使般的纯真易信，他们无处可去，无人可找，——这便使虐待狂卑劣的血沸腾起来。

① 见涅克拉索夫作于1859年的一首诗《暮色苍茫》。

“当然，任何人身上都潜藏着野兽，暴怒的野兽，听到受虐者的惨叫乐不可支的野兽，恣意胡为的野兽，放荡致病——痛风、肝病——的野兽，等等。那两位有文化的父母对可怜的五岁小女孩施以一切可能的摧残。他们打她，抽她，踢她，却自己也不知道为什么，造成小女孩遍体上下青一块紫一块。到后来，他们竟发展到挖空心思的地步：他们在大冷天把小女孩整夜关在茅房里，原因是她夜里大小便不叫（一个五岁的孩子天使般熟睡时哪能保证不尿床？）。为了这个缘故，他们把她的粪便抹在她脸上，还强迫她吃自己拉的屎，逼她的竟是母亲！夜里，可怜的小女孩关在茅房内发出痛苦的呻吟，而这位母亲自己居然照睡不误！这个小小的生命体甚至还闹不清究竟是怎么回事，当她在又冷又暗的茅房里用小拳头捶击自己有伤痛的胸部，流着并无怨恨的、温顺的血泪求上帝保护她的时候，你可明白，我的朋友，我的兄弟，你这个虔诚而驯良的见习修士，你可明白为何需要编造这个弥天大谎？据说，如果没有它，人在世上就活不下去，因为人不可能认识善与恶。倘若要付出这样的代价，那又何必认识他妈的什么善与恶？要知道，整个认识世界也抵不上那小女孩向上帝哭诉时所洒的眼泪。我不谈大人的苦难，他们已经吃了苹果，哪怕魔鬼把他们通通抓去也不妨，可是这些孩子，这些小生命！我大概使你受不了啦，阿辽沙，你好像不大舒服。要是你受不了，我就不说也罢。”

“不碍事，我也想受苦。”阿辽沙嘀咕道。

“我再描述一幅图景，只有一幅，因为它引起了我的好奇心。这很能说明问题，更重要的是我刚从一本研究我国历史的刊物上读到，那是《档案》还是《旧事》，我已经忘了是从哪儿读到的，要查一下。那是最黑暗的农奴制时期，还在本世纪初，人民的解放者万岁！在本世纪初有位权重一时的将军，他还是极其富有的大地主，但他解甲归田后几乎毫不怀疑他对自己的农奴拥有生杀予夺之权。当时确有这样的人，不过即使在那个时候，这样的人恐怕为数也不多。这位将军住在农奴多达两千人的田庄上，作威作福，把田产不多的邻居视为他的帮闲和小丑。他豢养着数百条狗，连狗夫也有将近一百名，一律穿制服，跨坐骑。一名在庄院内当僮仆的男孩，总共才八岁，有一次扔石块玩耍时砸伤了将军心爱的一条猎犬的腿。将军问：‘我的爱犬怎么瘸了？’下人禀报说如此这般，是这个男孩向它扔石块伤了它的腿。将军把男孩打量了一番，说：‘啊，是你干的！把他拿下！’当时男孩和他的母亲在一起，他从母亲身边被带走后在囚室里关了整整一宿。第二天一早，将军带着全体扈从出去行猎；他骑在马上，周围除猎犬外，帮闲、狗夫、猎头也都骑马。庄院内的仆役被召集到四周听训，肇祸男孩的母亲在最前面。男孩从囚室里被带出来。那是一个阴冷有雾的秋日，最适合打猎。将军吩咐把男孩的衣服脱光，可怜他浑身发抖，吓得魂飞魄散，一声也不敢吱……。这时将军下令：‘赶他跑。’狗夫们便冲他大叫：‘快跑，快跑！’那孩子便开始跑……只听得将军大喝一声：‘给我追！’——指挥所有的猎犬向小男孩冲去。母亲眼睁睁看着一大群狗把她的孩子撕成碎片！……后来这位将军好像给监护起来了。试问……该拿他怎么办？枪毙吗？为了道德感情上的满足把他枪毙？说呀，阿辽沙！”

“枪毙！”阿辽沙低声说，并且带着一丝苍白的惨笑举目望着二哥。

“太棒了！”伊万欣喜若狂地嚷道，“既然你这样说，那就意味着……。啊，好一个潜心苦行的修士！原来你心中竟藏着这样一个小鬼啊，阿辽沙·卡拉马佐夫！”

“我说话荒唐，但是……”

“关键就在‘但是’上……”伊万大声说，“知道吗，见习修士，世上太需要荒唐了。这世界就是靠荒唐支撑起来的，要是没有荒唐，世界只是一潭死水。该了解的事我们心中有数！”

“你了解什么？”

“我一点也不明白，”伊万像在梦呓似的继续说，“现在我也不想明白什么。我只想站在事实一边。我早就决定什么也不去弄明白。要是我想弄明白什么，马上就会背离事实，所以我决定站在事实一边……”

“你为什么要试探我？”阿辽沙痛心地问，“你究竟能不能告诉我？”

“当然能，我正是朝着告诉你的方向引导。你在我心目中相当可贵，我不想对你撒手，我不愿把你拱手让给你的佐西马。”

伊万顿了一下，他的脸一下子变得非常忧伤。

“听我说：我只举了儿童的例子，为的是可以看得更清楚。关于人世间其他的眼泪，尽管整个地球从地壳到地心都浸透了泪水，——我却只字不提，我故意缩小了题目的范围。我是一只臭虫，并且诚惶诚恐地承认，我一点也不明白为什么一切被安排成这个样子。我看只能怨人们自己：给了他们天堂，他们却要自由，明明知道会给自己带来不幸，还是从天上偷了火，所以不值得为他们惋惜。凭着我这可怜的欧几里得式凡人头脑，我只知道世上有苦难，却不知道谁该对此负责；只知道一切都是互为因果的，道理简单明了；只知道一切顺其自然便可保持平衡，——但这仅仅是欧几里得式的无稽之谈，这我知道，可是照此活下去我不能同意！无人对苦难负责以及我知道无人负责——这不能使我心安理得。我需要得到补报，否则我将消灭自己。而且兑现不在无涯无垠的地方和遥遥无期的未来，而是在这个世界上，让我亲眼看到。我有这样的信念，我想亲眼看到；假如到那时我已经死去，就让我复活，因为事情发生时我若不在，那可太亏了。我受苦受难可不是为了用自己，用我作的恶、遭的罪做肥料为别人栽培未来的和谐。我想亲眼目睹鹿在狮子身旁躺下，被害人从坟墓里站起来和凶手拥抱。当所有的人恍然大悟为何一切如此安排的时候，我希望我也在场。这个愿望是世间一切宗教赖以立命的基础，而我是信教的。

“可是，话又得回到孩子上来，我该拿他们怎么办呢？这个问题我解决不了。我这是第一百次重申：问题多得很，但我仅以儿童为例是因为这样能把我要说的意思表达得一清二楚。听着，如果人人都得受苦，以便用苦难换取永恒的和谐，那么，请回答我：这跟孩子们有什么相干？令人百思不得其解的是：为什么他们也必须受苦？为何要他们以苦难为代价换取和谐？为什么他们也成了肥料，用自身为他人栽培和谐？人们抱成一团为非作歹，我可以理解；抱成一团实施报复，我也可以理解；可是不该把孩子也扯进来。如果他们的父辈作恶果真都有他们的分，那就不是这个世界的真理，我是理解不了的。也许某一位爱开玩笑的人会说，孩子反正要长成大人，将来迟早会作恶多端；但他并没有长大啊，他八岁便让狗撕成了碎片！

“噢，阿辽沙，我不是在亵渎神圣！当天上和地下的一切汇成一片赞美声，当现在和过去的一切生命体山呼‘主啊，你是正确的，因为你的路开通了’时，宇宙将如何为之震荡——我是可以理解的。当母亲和唆使猎犬咬死她儿子的仇家拥抱，他们仨齐声含泪高呼‘主啊，你是正确的’时，认识自然便告完成，一切也就明白了。但是症结恰恰在于我不能接受这种和谐。只要我还活在世上，我就要抓紧时间采取措施。你瞧着，阿辽沙，也许真的会出现这样的情况：当我自己活到那一天或死而复活的时候，我看着母亲与摧残她孩子的凶手拥抱，或许我自己也将与万众一起欢呼：‘主啊，你是正确的！’但那时我不愿欢呼。目前还有时间，我要赶紧把自己保护起来，所以我断然拒绝最高和谐。别的不说，单是那个被关在臭茅房里捶胸向上帝哭诉的小女孩的眼泪，就不是所谓的永恒和谐所能抵偿的。之所以不能抵偿，是因为孩子的眼泪白流了。孩子的眼泪应该得到补偿，否则就不可能有和谐。可是你能用什么去补偿呢？这可能吗？难道用报复来补偿？报复与我又有何干？让虐待狂们下地狱于我有什么好处？孩子们已经被摧残了，地狱又能挽回什么？再说，有地狱还谈得上什么和谐？我只想宽恕和拥抱，我不想让更多的人受苦。如果说孩子们遭的罪被纳入苦难的总额以凑足赎买真理所必须付出的代价，那么，我先在此声明，全部真理不值这个价。说到底，我不愿母亲与唆使猎狗咬死她儿子的凶手拥抱！她最好不要擅自宽恕凶手！万一她愿意，她只能代表自己宽恕凶手给她那颗母亲的心造成的无限痛苦；但她那被撕成碎片的孩子遭的罪，她没有权利宽恕，哪怕孩子自己宽恕了凶手，她也不敢宽恕凶手对她儿子所犯的罪行！既然如此，既然他们不敢宽恕，哪里还有和谐？全世界有哪一个人能宽恕或有权利宽恕？我不要和谐，这是出于对人类的爱。我宁愿留在苦难得不到补偿的状态。我宁愿让我受的苦得不到补偿，我心中的愤怒得不到发泄，**哪怕我并不正确**。此外，和谐的要价也太昂贵了，我们根本付不起进入那种状态的代价。所以我急于退还我的入场券。如果我是一个正直的人，就应该尽快把它退回去。我就是在这样做。并非我不接受上帝，阿辽沙，我只是恭而敬之地把入场券还给他。”

“这是反叛。”阿辽沙低首垂目轻轻地说。

“反叛？我可不想从你口中听到这两个字，”伊万深沉地说，“人在反叛中是活不下去的，可我想活下去。你直截了当地告诉我，我向你质问，回答我：你想象一下，你在建造一座人类命运的大厦，目的是最终让人们幸福，给他们和平与安宁，但为此目的必须而且不可避免地要摧残一个——总共只有一个——小小的生命体，就算是那个用小拳头捶自己胸部的小女孩吧，用她的得不到补偿的眼泪为这座大厦奠基，你会不会同意在这样的条件下担任建筑师，告诉我，别撒谎！”

“不，我不会同意。”阿辽沙轻轻地说。

“你能不能设想，你为之造大厦的人们自己会同意接受建立在一个小孩遭虐待而白流的鲜血之上的幸福？即便接受了，他们能永远幸福吗？”

“不，我无法设想。二哥，”阿辽沙突然说，眼睛顿时闪亮，“你刚才问：全世界有哪一个人能宽恕或有权利宽恕？但这个人是有的，他能宽恕一切，宽恕所有的人和**所有的事**，因为他本人就为所有的人和所有的事献出了自己无辜的血。你把他给忘了，而大厦就是在他身上建造起来的，人们就是向他高呼：‘主啊，你是正确的，因为你的路开通了。’”

“啊，这位‘唯一无罪的’和他的血！不，我没忘，相反，我正纳闷，这么长时间你怎么不把他抬出来，因为通常在辩论中你们那一派总是首先把他抬出来。知道吗，阿辽沙，你别笑，我曾经创作过一部长诗，大约在一年以前。如果你可以和我一起再浪费十分钟的话，我可以向你介绍一下它的内容。”

“你写了一部长诗？”

“噢，不，我没有写出来，”伊万笑道，“我一辈子连两行诗也没写过。但我构思了这部长诗，而且记住了。构思的时候可谓心潮澎湃。你将是我的第一位读者，不，第一位听众。说真的，作者不应该放弃哪怕是唯一的听众，”伊万淡然一笑，“要不要讲给你听？”

“我非常想听。”阿辽沙说。

“我的长诗题为《宗教大法官》，作品很荒唐，可是我想让你知道。”

五 宗教大法官

“这儿也不能没有开场白，——不，应该叫作序言，瞧我这记性！”伊万笑了起来，“其实我这个著作家只有天知道！我这部作品的故事发生在十六世纪，那时，——这你从课堂上就应该知道了，——那时的文学作品恰恰时兴把天国神力搬到地上来。但丁我就不说了。在法国，司法小吏以及修道院的修士们往往举行像模像样的演出，把圣母、天使、圣徒、基督乃至上帝搬上舞台。在维克多·雨果的小说《巴黎圣母院》中，为了庆祝法国王储诞生，在路易十一朝的巴黎市政厅内向民众免费演出劝世剧《仁慈的圣母马利亚的明断》，剧中圣母马利亚亲自出场宣布她的明断。在彼得大帝以前的古代，咱们莫斯科有时也举行这种已颇具戏剧性的演出，大都取材于《旧约》。但是，除了演戏，当时全世界都流传着许多小说和诗歌，其中根据需要有圣徒、天使以及各路天神登场。早在鞑靼统治时期，我国的一些修道院就已从事翻译、抄录甚至创作这类诗篇的工作。例如有一部修道院的诗篇（当然是从希腊文翻译过来的），名为《圣母苦难之路行》，其中有一些场景的描写，其想象之大胆不在但丁之下。圣母走访地狱，天使长米迦勒带领她沿着‘苦难之路’前进。她看到了有罪的人和他们受惩罚之苦的情形。那里有一类在火湖受罚的罪人很值得注意：其中有几个被扔在这个湖中再也浮不起来，‘上帝已忘了那些人’——这句话非常深刻有力。圣母见状大为震惊，她流着泪跪在上帝神座前请求赦免所有在地狱受罚的人，对于她在那里所见到的人一律赦免。她与上帝的那段对话精彩绝伦。她再三恳求，不肯离去。上帝指给她看她的儿子被钉在十字架上的手和脚，问道：‘我怎能宽恕残害他的恶人？’——这时圣母吩咐所有的圣徒，所有的殉教者，所有的天使和天使长与她一起跪下来祈求不加区别地赦免一切罪人。最后她求得上帝恩准每年从受难日至圣三节暂停刑罚，于是罪人们立即从地狱里感谢上帝圣恩，向他山呼：‘主啊，你做出这样的裁决是正确的。’我的诗剧如果在那时问世，也会是那个样子。在我的诗剧中有基督出场，不过他一句话也不说，只是走过场。自从他许诺要荣归自己的国，已经过了十五个世纪，自从先知替他写下‘我将很快回来’也已经过去了十五个世纪。他自己还在世上时曾经说过：‘无人知晓在何日何时，连儿子也不知晓，唯有我的天父知晓。’但是人类怀着与过去一样的信念和深情等待他。噢，那信念和深情比过去有过之而无不及，因为自从天上停止向人间显示朕兆，已经过去了十五个世纪。

没有来自天上的朕兆，
相信你的心声勿动摇。

“除了相信自己的心声，已一无所有！诚然，当时也有许多奇迹。有些圣徒妙手回春治愈沉疴；据圣贤列传记载，连天国女王也去找过某些高士贤哲。但魔鬼也不在睡大觉，人类中间已开始怀疑那些奇迹的真实性。恰恰在那个时候，在北方德国新冒出一种可怕的异端邪说。一颗其大无比的巨星，‘状如火炬’（那是指教堂），‘落在水的源头，于是水变苦了’。这些异端邪说大肆否定奇迹，亵渎神明。但是，不动摇者反倒信仰益发炽热。人类的眼泪照旧向他迸涌，人们盼他，爱他，寄希望于他，渴望为他受苦难乃至为他而死，仍然和过去一样……。人类怀着信仰和热情祈祷了这么多世纪：‘主啊，快到我们中间来吧！’人类在向他呼唤了这么多世纪，致使他本着无可限量的恻隐之心屈尊驾幸祈祷的人们。在这以前他也曾降临人间，走访过某些贤哲、圣隐、尚未献身的殉教者，这在他们的《列传》中曾有记载。我国的丘特切夫[①]深信自己所言不虚，他宣称：

天国之王蓬头垢面，
背着十字架步履维艰，
为了赐福予你，亲爱的大地，
把你的山山水水走遍。

事实的确如此，听我慢慢道来。

“他想到要去看看民众了，哪怕只是走马观花——去看看那些受尽折磨、饱尝苦难、罪孽深重但像婴儿般爱他的民众。我的诗剧情节发生在西班牙的塞维利亚，那时正值宗教裁判雷厉风行，国内每天都有火堆为高扬上帝的荣光而熊熊燃烧，

在辉煌灿烂的烈焰中，
把万恶的异端烧成灰。

噢，这当然不是他许诺将在世界末日头顶天国荣耀的光轮出现时的景象，不是‘霎时间如闪电自东到西划破长空’的景象。不，他降临人间只是对自己的子民作短暂访问，而且恰恰来到焚烧异端的火刑堆噼啪作响的地方。本着无限仁慈的恻隐之心，他仍以十五个世纪前在人间行走时的凡人面貌再次在人们中间行走。他降临到这座南方城市

① 丘特切夫（1803—1873），俄国抒情诗人，下面的四行引自他 1855 年所作的一首诗《这些贫苦的村庄……》。

‘发烫的广场’上，昨天恰好在那里‘辉煌灿烂的烈焰中’，当着国王、朝臣、骑士、红衣主教、雍容华贵的朝廷命妇以及全塞维利亚为数众多的百姓，由担任宗教法庭庭长的红衣主教主持一次就烧死了近百名异端分子，弘扬吾主的无上荣光①。

“他不事声张悄然来临，可是说也奇怪，大家都认出了他。这可能是诗剧中最精彩的片段之一：究竟为什么大家都认出了他。民众以不可阻挡之势向他涌去，把他围住，跟随着他，四周的人愈聚愈多。他默默地在人丛中走，面带慈祥的微笑显示无限的同情。爱的太阳在他心中燃烧，光明、智慧和力量的清辉从他眼中流出，洒向民众，以对等的爱震撼他们的心。他向民众伸出双手，为他们祝福，通过接触他们的身体，甚至只要接触他们的衣服便产生治病救人的神效。人群中有一个自幼双目失明的老者大声呼喊：‘主啊，治一治我的瞎眼吧，那样我也能见到你了。’你猜怎么着？竟像有一层鳞片从他眼睛上脱落似的，这瞎子看见他了。民众哭着吻他走过的地面。孩子们扔鲜花为他开道，向着他又唱歌又欢呼。人们纷纷说道：‘是他，是他本人，这一定是他，除了他还能有谁？’他走到塞维利亚大教堂的台阶上站住，恰恰在这个当口儿，有人哭着把一口开着盖的白色童棺往教堂里抬进去，棺内是本城一位知名人士的七岁独生女。死孩安卧在鲜花丛中。人群向痛哭的母亲喊道：‘他能让你的孩子活过来！’出来迎柩的教堂神父见状困惑不解，皱起眉头。这时死孩的母亲发出一声号叫，扑倒在那人脚边，向他伸出双手哀告：‘如果真是你，就让我的孩子复活！’抬棺的行列停下来，把小棺放到教堂台阶上他的脚边。他满怀怜悯看了看，口中念念有词：‘塔利法，库米。’意思是：‘起来吧，小姑娘。’那小女孩在棺中坐了起来，睁大一双惊异的眼睛含笑四顾。她手持一束白玫瑰，那是她躺在棺中时别人放在她手里的。

“人群中一片慌乱、喧嚷、号哭，正当此时，担任宗教法庭庭长

---

① 原文为拉丁文。这是耶稣会的信条。

的红衣主教本人路过教堂外的广场。这是一位年近九旬的老人，他身材高大，腰板笔直，干瘪的脸上双目深陷，但仍然炯炯有神。他没有穿上昨天焚烧罗马教会的敌人时在民众面前所穿的主教红袍，——不，此刻他身上只是旧的黑色修士粗服。保持一定距离跟随其后的是他的森严扈从，包括他的助手、奴仆和'神圣'护卫。他在人群前止步，从远处观察。他把一切都看在眼里，看见棺柩被放在那人脚边，看见小女孩死而复生，他脸上阴云密布。他蹙着两道斑白的浓眉，目露凶光。他伸出一个指头，示意卫兵把那人拿下。瞧，他的权势就有这么大，民众已被驯服，给收拾得俯首帖耳，对他战战兢兢，唯命是从，所以人群在卫兵面前立即闪开，卫兵在蓦地出现的一片死寂中对那人下手，把他带走。顷刻间群众像一个人似的在宗教法庭老庭长面前头触地趴下，老法官默默地画十字为民众祝福，然后走了过去。

"卫兵把抓获的人押进古老的宗教裁判所，关在一座阴森湫隘的拱顶监牢内。白天过去了，黑暗、炎热、'喘不过气来的'塞维利亚之夜已来临。空气中'弥漫着月桂和柠檬的芳香'。一片漆黑中，监牢的铁门被打开，宗教法庭老庭长亲自手执灯火慢慢地走进来。他没带随从，狱门在他背后随即关上。他站在门口对囚徒的脸注视良久，足有两三分钟。最后，老法官徐步走过来，把灯放在桌上，对他说：

"'是你吗？你？'但是不等回答，很快又接着说：'不要回答，别开口。你又能说什么呢？你会说些什么我太知道了。你也没有权利对你以前已经说过的话再作什么补充。你为什么要来妨碍我们？你是来妨碍我们的，这你自己也知道。但你可知道明天会怎样？我不知道你是什么人，也不想知道，你究竟是不是此人，还是仅仅像此人，但是我明天就要作出裁判，把你作为最邪恶的异端在火刑堆上烧死。今天吻你脚的那些民众，只要我一挥手，明天就会争先恐后地往烧你的火堆上扒煤，你这可知道？是的，这你也许知道，'他在深思中添上一句，目光始终盯着囚徒。"

"我不太明白，伊万，这是什么意思？"一直默默听着的阿辽沙含笑问道，"这是漫无边际的幻想，还是老人搞错了，发生了不可思

议的误会[1]？”

“就算是后者吧，”伊万纵声笑道，“既然当代的现实主义败坏了你的趣味，使你容不得任何富于想象的东西，——就算是误会吧，如果你乐意。确实如此，”他又哈哈大笑，“老人快九十岁了，他早就可能为他那套思想变得神经错乱。那囚徒的外貌也可能把他惊呆了。说到底，这还可能纯粹是九旬老人临死前的幻觉，何况昨天烧死百名异端的那一把火更使他分外狂热。但是，误会也罢，漫无边际的幻想也罢，对你我有什么两样？关键在于老人需要一吐为快，而他终于把憋了九十年的话说了出来。”

“囚徒也不作声吗？只是瞧着他，一言不发？”

“反正只能如此，”伊万又笑了起来，“老人向他指出，他没有权利对自己以前已经说过的话再作什么补充。不妨认为，这便是罗马天主教会最基本的特点，至少我认为如此。意思是：‘你把一切都交给了教皇，也就是说，如今一切都在教皇手里，现在你索性别来，至少暂时别来碍事。’他们不但照这样的意思说，而且还这样写，至少耶稣会教士是如此。我从他们的神学著作中就读到过。

“‘你有没有权利向我们透露你所来自的那个世界的秘密，哪怕只透露一个？’我诗剧中的老法官问他，接着就自己代他回答，‘不，你没有权利；你对自己以前说过的话不得再作什么补充，不得剥夺人们的自由，当年你还在人世时曾竭力捍卫这种自由。不论你带来什么新的信息，都将侵犯人们的信仰自由，因为此信息将被视为奇迹，而人们的信仰自由你在一千五百年前就看得比什么都宝贵。当初你自己经常这样说：“我要使你们成为自由的人。”现在你看到了这些“自由的人”，’老人忽然露出淡淡的一丝若有所思的笑容。

“‘我们曾为此付出昂贵的代价，’他严厉地瞧着囚徒，继续说，‘但我们终于彻底解决了这件事，以你的名义。我们为这自由折腾了十五个世纪，但现在解决了，解决得很牢靠。你不信解决得很牢

① 原文为拉丁文。

靠？你瞧着我的样子挺温顺，你甚至不屑于向我表示愤慨。但是我告诉你，如今，正是现在而不是过去，这些人比任何时候都相信他们有充分的自由，其实是他们自己把他们的自由乖乖地放到我们的脚边。但这是我们努力的结果，而你所希望的是这样的自由吗？’”

“我又不明白了，”阿辽沙打断伊万的叙述，“他是不是在讽刺挖苦？是不是在嘲笑？”

“一点也不。他认为这是他自己和他的教会的功劳，他们终于消灭了自由，而且他们这样做是为了使人们幸福。‘因为直到如今才第一回有可能设想人们的幸福，’老法官对他说，他指的当然是宗教法庭。‘人是天造地设的反叛者；反叛者怎么可能幸福？有人告诫过你，给你的告诫和指示不可谓不多，但是你不听，你排除了能使人们得到幸福的唯一途径，幸好你离去时把事情移交给了我们。你作出了承诺，你用自己的话加以确认，你赋予我们束缚和解脱的权利，当然现在你休想把这权利再从我们手中夺回去。你为什么来碍我们的事？’”

“‘给你的告诫和指示不可谓不多’——这话是什么意思？”阿辽沙问。

“这正是老法官所要说的主旨所在。

“‘一个可怕的聪明的精灵，自我毁灭和否定存在的精灵，’老人继续说，‘这个伟大的精灵曾在旷野中与你说话，而且福音书上也告诉我们，好像他曾“试探”你。是这样吗？他曾通过三个问题给你启示，你都拒绝了，这在福音书中称为“试探”①；可是还能说什么比他给你的启示更真实的话呢？其实，如果说世上什么时候曾经有过

① 据《圣经 · 新约 · 马太福音》第 4 章，耶稣被圣灵引到旷野，受魔鬼的试探。耶稣禁食 40 天后饿了，魔鬼对他说：“你可以吩咐这些石头变成食物。”耶稣拒绝了。魔鬼带他进圣城，叫他站在殿顶上，叫他跳下去。耶稣拒绝了。魔鬼又带他上一座最高的山，将世上万国及其荣华指给他看，对他说：“你若俯伏拜我，我就把这一切都赐给你。”耶稣也拒绝了。（《圣经 · 新约 · 路加福音》第 4 章也有类似记载。）

真正石破天惊的奇迹，那么就在进行这三次试探的那一天。奇迹恰恰就在于那三个问题的提出。如果可以设想(仅仅为了举例说明)，可怕的精灵提出的三个问题在书中湮灭了，必须把它们恢复，重新构想编造，以便再被载入经书，为此目的召集了世间所有的聪明人——统治者、大司祭、学者、哲学家、诗人，向他们交代任务：构想编造三个问题，不但要与事件的规模相称，还得用人类语言中的三句话来概括世界和人类未来的全部历史，——你认为，集中在一起的世间全部智慧的精英，能否构想出什么在力量和深刻程度上堪与当初强大而聪明的精灵在旷野中确实曾向你提出的那三个问题相比的新东西？单单根据那三个问题本身，单单根据它们的提法何等神奇便可明白，与你打交道的并非似水流逝的凡人头脑，而是亘古不变的绝对意识。因为那三个问题仿佛把往后的人类史全部归纳在一起并作了预言，通过三个形象汇集了人类本性中所有未解决的历史矛盾。当时还不可能看得这么清楚，因此未来是未知的；但如今，事隔十五个世纪以后，我们看到，在这三个问题中一切都已被猜中，一切都曾被预言并且应验到增一字嫌多、减一字太少的分儿上了。

“‘你自己来判断究竟谁正确：是你还是当初向你提问的那位？回忆一下第一个问题；虽然不是原话，但意思是：“你想走向世界，但是两手空空，只有一项自由的许诺，而人们由于头脑简单和胡作非为的天性，对之根本无法想象并且怕得要命，——因为对于人和人类社会来说，从来没有任何东西比自由更无法忍受得了！这赤日炎炎的不毛旷野上的这些石头你瞧见没有？你要是把它们变成面包，人类便会像感恩而驯服的羊群跟着你跑，尽管老是提心吊胆，生怕你把手缩回去，他们的面包也就没了。”但你不愿使人失去自由，于是拒绝了这个建议，因为你心想，如果顺从是用面包收买的，这哪里谈得上什么自由？你不以为然，说人不能单靠面包活着。但你可知晓，就为了地上的这点面包，地上的精灵将起来反对你，与你斗，打败你，那时所有的人将跟着他跑，并且高呼：“谁能与这野兽相比？你从天上给我们取来了火！”你可知晓，再过几个世纪，人类将通过贤哲和学者之口宣称并无罪恶，于是也就没有罪过，只有饥饿的人。“衣食足然后知廉耻！”——他们将举起写着这些字样的旗帜来反对你，你的殿堂也将毁于这条口号。在它的废墟上将矗立新的建筑物，可怕的巴比伦塔将重新拔地而起，尽管这一座也和以前的一样不会完工，但你本来毕竟可以避免建造这座新塔，从而把人们的苦难缩短一千年，因为人们为了造塔白白折腾一千年后，还将回到我们这里来！他们又将在我们藏身的地下墓穴里寻找(因为我们又将遭迫害、受折磨)，找到我们后向我们号叫：“给我们饭吃吧，因为答应从天上为我们取火的那些人没有给我们火。”于是我们将把他们的塔完工，因为只有能管饭的人才能完工，而只有我们能以你的名义管饭，我们说是以你的名义，其实是撒谎。没有我们，他们永远吃不到饱饭，绝对吃不饱！只要他们是自由的，那么任何科学都不能给他们面包，最后他们还是会把自由放到我们脚边，对我们说：“宁可让你们奴役我们，只要让我们吃饱。”他们自己终于会明白，每个人都有充分的自由，又有管够的地上面包，这是不可想象的，因为他们永远不懂得如何分配！他们还将确信自己永远不可能自由，因为反叛者势单力薄、劣性难改，成不了气候。你许诺给他们天国的面包，但是，我再说一遍，在永远不学好、永远不感恩的孱弱人种眼里，那种面包怎能和地上的相比？即使为了天国的面包跟你走的有几千、几万，可是有几百万、几千万不会为了天国的面包而舍弃地上面包的人又将如何？莫非你只看重那几万伟人和强者，而其余几百万多如海沙、但是爱你的弱者就活该倒霉，为伟人和强者做陪衬？他们是顽劣成性的反叛者，但最终也会变得俯首帖耳的。他们将对我们叹服不已，将把我们视为上帝，因为到头来他们会觉得做自由人实在太可怕，而我们成了他们的头领，居然同意忍受自由并统治他们。但我们会告诉他们，我们是听命于你，以你的名义统治他们的。我们又可以欺骗他们，因为我们再也不准你来了。这种欺骗将是我们痛苦的根由，因为我们必须撒谎。

“‘旷野中第一个问题的意思便是如此，而你为了被你看得高于一切的自由加以拒绝的也就是这个。其实这个问题包含着这个世界的一大秘密。如果接受“面包”，你就满足了人们亘古以来的普遍需求，包括个别人和全人类的需求——这该“向谁顶礼膜拜”呢？人们最坚持不懈而又劳神费心的努力，莫过于身为自由人便忙着寻找该对之顶礼膜拜的那个人。但人们寻找的崇拜对象必须是无可争议的、人人都会立即同意对之顶礼膜拜的。因为这些可怜的人关心的不仅仅是找到自己或别人崇拜的对象，而且要找到能让人人都信仰、人人都崇拜的对象，一定得**大家一起来**。这种**共同**崇拜的需要乃是人们——无论个别人还是全人类——亘古以来最主要的苦恼。为了共同崇拜，人们自相残杀。他们创造了各自的上帝，便互相挑战：“把你们的上帝扔掉，来崇拜我们的，否则你们和你们的上帝都得死！”直至世界末日都将如此，甚至到上帝通通从世间消失以后依然如此，因为那时还会向偶像下跪。

“‘你知道，你不可能不知道人类本性的这一基本秘密，但你拒绝了交给你的旗帜，这是唯一绝对的旗帜，能使所有的人毫无争议地跪倒在你的面前，那就是——地上面包的旗帜；而你为了自由和天国的面包加以拒绝了。

“‘再看看你接着又干了什么。一切又都是为了自由！我告诉你，人最伤脑筋的是找到那个对象，以便尽快把这个可怜的人生来就有的自由交给他。但只有能让人们的良心得到安宁的那个人才能掌握人们的自由。和面包一起提供给你的是无可争议的旗帜：你给人们面包，他们就向你跪倒，因为最无可争议的东西莫过于面包。但是除了你，如果有别人也掌握了他们的良心，——噢，那时他们会扔掉你的面包，跟着迷惑住他们良心的人走。在这一点上你是对的。因为人的存在的秘密并不仅仅在于活着，而是在于为什么活着。如果不能认准自己为什么活着，人就不愿意活着，与其留在世上，不如毁灭自己，哪怕他的周围尽是面包。话是不错，但结果怎样呢？你非但没有掌握人们的自由，反而更加扩大了他们的自由！莫非你忘了，对人来说，安宁甚至死亡比在认识善与恶方面的自由选择更可贵。最能吸引人的莫过于让他的良心得到自由，但最折磨人的也莫过于此。你没有提供坚实的基础让人的良心彻底得到安宁，相反，你所选择的总是不寻常、不确实、费猜测的做法，总是人们力所不能及的，因而你的做法看起来好像根本不是出于对他们的爱，——而事实上这人是谁？是来为他们献出自己生命的人！你非但没有掌握人的自由，反而扩大了自由，以自由的苦楚搅得人的心灵王国永远不得安宁。你指望得到人们自由的爱，要人们被你吸引和俘虏后自由地跟着你走。人们今后必须用自由的心取代古老的定则，自行判断什么是善，什么是恶，你的形象仅仅在前面给他们指引方向。然而，如果人们受到选择自由的压迫，不堪承受如此可怕的重负，他们最终也会抛弃你的形象，甚至对你的形象和你的真理提出争议，——这一层你难道不曾想到？他们最终会高呼你不代表真理，因为你给他们留下了这么多烦心的事和解决不了的难题，没有什么能比你的做法使他们陷入更大的惶惑和痛苦。由此可见，是你自己为毁坏自己的王国挖了墙脚，在这件事上怨不得任何人。

"'然而，这何尝是向你提出的建议？有三种力量——世上仅有的三种力量——能彻底征服这些孱弱的反叛者的良心，为他们造福。这三种力量是：奇迹、秘密和权威。你把这三者一概加以拒绝，并且以身作则这样做了。当时那可怕而又绝顶聪明的精灵把你带到殿顶上，对你说："你若想知道你是不是上帝的儿子，可以跳下去，因为经书上说，天使会用手托着你，免得你掉下去碰在石头上，那时你将知道，你是不是上帝的儿子，那时你也将证明，你和你父亲的信仰有多么伟大。"但你听完以后拒绝了这个建议，不为所惑，没有跳下去。哦，当然，你的行为像上帝一样正气凛然，但人们——这个孱弱的反叛族类——他们都是上帝吗？哦，你当时明白，只要跨一步，只要纵身往下一跳，那你等于立刻向上帝发起挑战，你就丧失了对上帝的全部信仰，你会在你来拯救的大地上摔得粉身碎骨，而试探你的那个聪明的精灵便会乐不可支。但是，我再说一遍，有多少人像你这样？难道你真的能设想——哪怕只是一闪念——人们顶得住这样的诱惑？人的本性岂会拒绝奇迹，在生死攸关的节骨眼上，在最根本的问题上面临痛苦抉择的可怕时刻，岂会仅仅听从心的自由裁决？噢，你知道你的丰功伟绩将永垂经书，传之弥久，播之弥远；你希望人们以你为榜样，无需奇迹也能与上帝同在。但你不知道，人一旦否定了奇迹，也就否定了上帝，因为人寻找的与其说是上帝，毋宁说是奇迹。由于人不能没有奇迹，就必然会给自己创造形形色色新的奇迹——地道自产的奇迹，不是崇拜巫医的神术，就是虔信仙姑的魔法，哪怕他当过一百次反叛者、异端和目无神明的无赖也无妨。当有人讥诮他，戏弄他，向他叫喊“你从十字架上下来，我们就相信是你”时，你没有从十字架上下来。你没有下来是因为你仍然不愿通过奇迹来役使人，你苦苦追求的是自由信仰，而不是奇迹信仰。你渴望自由的爱，而不是奴隶面对彻底把他镇住的权威表现出来的谄媚性狂喜。但这里你又把人们估计得太高了，因为他们无疑是奴隶，虽然是作为反叛者被创造出来的。左右前后看看，平心静气想想，十五个世纪过去了，你再瞧瞧他们：你把哪一个提高到了与你自己相当的位置？我敢起誓，人们生得比你原先想的弱一些、矮一些！他们能像你一样胜任吗？你这样尊重他们，你的做法却像是不再同情他们，因为你对他们的要求也太高了，——而这人是谁？这是爱他们胜过爱自己的那个人哪！减少一点对他们的尊重，降低一点对他们的要求，这样会更接近于爱，因为他们的负担就不那么重了。人们孱弱而卑劣。他们现在到处造我们的反，还以造反为荣，这又算得了什么？这是儿童和学生的骄傲。这是一群在课堂上造反把老师轰走的小孩。但是孩子的欢喜也将告终，他们将为此付出昂贵的代价。他们将捣毁殿堂，血洗大地。但愚蠢的孩子最终会领悟到，尽管他们是反叛者，却只是些软弱无力、不能坚持反叛的反叛者。他们到头来将洒着愚蠢的眼泪承认，把他们作为反叛者创造出来的造物主，无疑想捉弄他们。他们将不顾一切地这样说，而他们说出的话是亵渎神圣的，为此他们将越发不幸，因为人的天性不能容忍亵渎神圣，到末了天性本身照例将为此进行报复。

“‘综上所述，忐忑、惶惑和不幸——这就是你为人们的自由历尽磨难之后他们如今的命运。你那伟大的先知[①]通过形象和譬喻说他看到了第一次复活的全体参加者，他们每一支派有一万二千人。但既然人数这么多，他们大概不是人，而是神。他们背负着你的十字架，他们忍饥挨饿在光秃秃的旷野苦熬了数十年，靠吃蝗虫和草根充饥，——你确实可以指着这些自由和自由之爱的孩子，由于他们为你作出的自由和悲壮的牺牲而感到自豪。但要记住，他们为数总共才几万、十几万，何况还是神，那么其余的人呢？其余的弱者受不了强者所受的苦，他们何罪之有？脆弱的灵魂容纳不下这么可怕的禀赋，又何罪之有？难道说，你真的只来找选出的人，只为选出的人而来？倘若如此，这是个秘密，我们明白不了。既然是秘密，我们也有权利宣讲秘密，教导他们说，重要的不是他们的心作出的自由判断，也不是爱，而是他们必须盲目服从甚至违心地服从的秘密。我们这样做了。我们纠正了你的作为，把它们建立在**奇迹、秘密和权威**之上。人们大为高兴，因为他们又被当作羊群领着走了，而且给他们带来这么多痛苦的可怕禀赋终于从他们心上解除了。我们这样教，这样做，不是很正确吗，你说呢？我们如此温和地认识到人类的脆弱，怀着爱心减轻他们的负担，容许他们孱弱的天性在你同意下有些罪过，难道我们不爱人类？现在你为何来妨碍我们？你干吗用一双温顺的眼睛默默地、深沉地瞧着我？你发怒吧，我不要你的爱，因为我自己并不爱你。我何必向你隐瞒？你以为我不知道在跟谁说话？我要告诉你的你已经全都知道，我从你的眼睛里看得出你这个想法。我们的秘密难道我瞒得过你？或许你恰恰想从我口中听到这秘密，那你就听着：我们不跟你一起干，我们跟**他**一起干，这就是我们的秘密！我们早已不跟你，而是跟**他**在一起，有八个世纪了。整整八个世纪以前，我们从他那里接受了被你愤怒地拒绝的东西，就是他指给你看世上的万国时向你提供的最后一份礼物：我们从他那里接受了罗马和恺撒的剑，并宣布只有

① 指《圣经·新约·启示录》的作者约翰。

我们才是世上的王，尽管我们至今尚未彻底完成我们的事业。[1]但这是谁的过错？喔，这项事业迄今为止还处在开始阶段，但它已经开了头。到大功告成还得等上很久，世界还要受好多苦难，但我们定能达到目的，成为恺撒，那时我们再考虑全世界人们的幸福。那时你还可以接受恺撒的剑。当初你为何要拒绝那最后的礼物？如果采纳神通广大的精灵提出的第三个忠告，你就解决了世人寻找答案的所有难题：向谁顶礼膜拜？把良心交给谁？怎样使所有的人联合成一个没有争议、和睦共处的蚁穴？因为全世界联合的需要是人们第三桩、也是最后一桩烦恼了。人类就其总体而言，历来追求成立一定要包罗全世界的组织。世上曾有许多具有伟大历史的伟大民族，但这些民族的发展水平越高，就越不幸，因为他们比其他民族更加强烈地意识到在全世界范围内把人们联合起来的必要性。帖木儿和成吉思汗等伟大的征服者像旋风席卷大地，企图征服天下，但他们也反映了——尽管是不自觉地反映了——人类趋向于全世界完全统一的伟大要求。要是接受了世界和恺撒的紫袍，也就创建了一个包罗天下的王国，缔造了全世界的和平。因为谁掌握着人们的良心和人们的面包，就该由谁来统治他们。我们接受了恺撒的剑，既然接受了剑，当然把你拒绝，跟**他**走了。噢，自由思想以及他们的科学乃至食人现象还将横行若干世纪，因为他们在没有我们参与的情况下开始建造巴比伦塔，必须以食人告终。但那时野兽将爬到我们跟前舔我们的脚，从它们眼中喷出血泪溅在我们脚上。我们将坐在野兽身上，举起酒杯，酒杯上将写着“奥秘哉！”字样。但只有到那时才有人们的和平与幸福。你以自己挑选的那部分人为荣，但你只有中选者，而我们能使人人得到安宁。何况，这些中选者里的许多人，本来可以中选的强者中的许多人，巴巴地盼你，最后都不耐烦了，于是开始并将继续把自己的精力和热情转向别

[1] 伊万说他的诗剧故事发生在16世纪，陀思妥耶夫斯基在这里指的是8世纪中叶教皇变成“世上之王”这件事。公元751年，原为法兰克王国宫相的矮子丕平得教皇之助篡夺了王位。公元756年，丕平将意大利中部的一部分领土赠与教皇，是为教皇国之始。

的领域，最后举起**自由的**旗帜来反对你。但这面旗帜是你自己升起来的。跟着我们人人将安享幸福，再也不造反，不自相残杀，像在你的自由中到处可见的那样。哦，我们能使他们相信，只有当他们放弃自由，把它交给我们，服从我们的时候，他们才能成为自由人。怎么样，那时事实将证明我们是对的，还是撒了谎？他们自己将会确信，我们是正确的，因为他们将回忆起你的自由把他们逼到了何等可怕的被奴役和惶惑状态。自由、自由思想和科学将把他们搅得晕头转向，面对如此莫名其妙的奇迹和解不开的秘密，他们中一部分桀骜不驯的将自己毁灭自己，另一部分虽不驯服、但不够强悍的将互相毁灭，余下第三部分孱弱可怜的将爬到我们脚边来向我们哀求："是的，你们是对的，只有你们掌握着他的秘密，我们要回到你们这边来，救救我们免受我们自己的折磨吧！"

"'他们得到了我们给予的面包，当然会清楚地看到，我们从他们那里把他们用自己的手挣得的面包拿来分给他们，什么奇迹也没有；他们会看到，我们没有把石头变成面包；但是他们会真的感到高兴，原因与其说是面包本身，不如说他们是从我们手中得到的面包！因为他们记得太清楚了，以前没有我们的帮助，他们挣得的面包却在他们手中变成石头，而他们回到了我们这边，石头却在他们手中变成了面包。彻底服从意味着什么——他们的体会实在太深、太深了！人们一天不懂得这道理，便一天得不到幸福。你说，造成他们不懂得这道理的最主要责任该谁来负？是谁打散了羊群，使之误入歧途？但羊群将重新集合，重新变得驯顺而且永远驯顺。那时我们将给他们宁静、温和的幸福，给他们以弱者的幸福，因为他们生来便是弱者。哦，我们会说服他们不再骄傲，因为你抬举了他们，从而教会了他们骄傲自尊；我们会向他们证明，他们是弱者，他们只是可怜的孩子，不过孩子的幸福是最甜蜜的。他们会变得胆怯害羞，他们将战战兢兢瞅着我们，向我们靠拢，就像鸡雏依偎母鸡一般。他们将对我们惊讶不置，诚惶诚恐，并为我们如此强大、如此聪明，能把如此不安分的一群数以亿计的羊治得俯首帖耳感到骄傲。他们提心吊胆，生怕我们发怒；他们的思想将成为惊弓之鸟，他们的眼睛会像孩子和女人那样动不动落泪，但只要我们一挥手，他们也会同样轻易地转恐惧为欢笑，会无忧无虑地唱起幸福的儿歌。是的，我们将会要他们干活，但在劳作之余我们会把他们的生活安排得和儿童游戏差不多，有儿歌，有合唱，有天真无邪的舞蹈。哦，我们将赦解他们的罪过，他们是可怜的弱者，他们会像孩子似的因我们容许他们有罪而爱我们。我们将告诉他们，任何罪过只要是得到我们准许的都可以赎买；我们容许他们有罪是因为我们爱他们，至于这些罪过应得的惩罚由我们担待。惩罚由我们担待，他们则把我们当作在上帝面前替他们承当罪过的恩人敬若神明。他们将没有任何瞒过我们的秘密。我们将允许或禁止他们与妻子、情妇同居，要还是不要孩子——一切取决于他们是否顺从，——他们将心悦诚服地听命于我们。他们良心上最痛苦的秘密——他们都会毫无保留地告诉我们，我们会一一予以赦解，他们将欣然相信我们的告解办法，因为他们可以摆脱压在心上的大石头，摆脱目前他们自己作出自由决定时的种种苦楚。人人都将幸福快乐，那人数是以亿计的，除了管辖他们的几十万。只有我们是不幸的，因为我们保守着秘密。将来世上几十亿人都像快乐的婴儿，十来万人却要受苦，因为这些人担当了认识善与恶的诅咒。这些人将在你的名义下悄然死去，无声无息地渐渐熄灭，身后寂寞萧条。但我们将保守秘密，并将为了他们的幸福以天国的永恒回报引他们上钩。老实说，即使在另一个世界里有什么回报的话，无疑也轮不到他们。据说，这应该算是预言吧，你将降临，再次获胜，你带着你的那些中选者，他们都是骄傲的强者；但我们要说，他们仅仅拯救了自己，而我们拯救了所有的人。据说，骑在野兽身上掌握着**秘密**的淫妇将被示众[①]，弱者又将起来造反，撕破她的紫衣，袒露她“污秽的”肉体。但彼时我将站起来指给你看数十亿不知什么是罪过的快乐婴儿。我们为了他们的幸福承担了他们的罪过，我们将站到你的面前说：“审判我们吧，只

① 见《圣经·新约·启示录》第 17 章。

要你能，只要你敢。”要知道，我并不怕你。要知道，我也到过旷野，我也吃过蝗虫和草根，我也曾珍视你用以给人们祝福的自由，我曾向往加入你的选民的行列，渴望成为强者中的一员。但我觉醒了，不愿为疯狂效命。我回来加入了**纠正你所作所为**者一伙。我离开了骄傲的强者，回到温顺的人们中间来，为的是造福于这些温顺的人。我对你说的必将实现，我们的王国必将建成。我向你重复一遍，明天你就将看到这听话的一群，只要我一挥手，他们便会争先恐后地把滚烫的煤块往火堆上扒，我将把你烧死在这堆火上，因为你来碍我们的事。如果说有谁上我们的火刑堆比任何人都够格，那就是你。明天我要把你烧死。我说完了。[①]’”

伊万到此打住。他说得兴奋异常，近乎忘情；说完后，他忽然微微一笑。

阿辽沙一直默默听着，临近结束时实在太激动，好多次试图打断兄长的话，但看得出在竭力克制自己，这时他的话犹如决堤似的一涌而出。

“但是……这是无稽之谈！”他面红耳赤地嚷道，“你的诗剧是在赞颂耶稣，而不是诽谤……虽然你的初衷是诽谤。谁会相信你关于自由的奇谈怪论？难道自由该这样理解？东正教也没有这样的观念……。这是罗马，也不是整个罗马教会，这是天主教会中最坏的那些人——宗教法官、耶稣会教士——的胡言乱语！……再说，也根本不可能有像你的宗教法庭庭长那样向壁虚构的人物。什么代人担当罪过，什么为了人们的幸福保守秘密，承受诅咒——几曾见过这样的人？我们知道耶稣会会士，他们的名声很坏，但他们跟你所描绘的一样吗？他们完全不是这样的，完全不是那么回事……。他们纯粹是一支罗马军团，目的是建立未来的全世界地上帝国，以罗马教皇为皇帝……这便是他们的理想，但没有秘密和悲壮的内容……。最简单的权力欲，想捞取肮脏的世俗利益，奴役他人……跟农奴制差不多，就

① 原文为拉丁文。

是由他们来当地主……这便是他们所要的一切。他们或许连上帝也不信。你那位代人受过的宗教大法官完全是臆造的……”

“等一下，等一下，”伊万笑道，“瞧你激动成这样。你说是臆想，就算如此！这当然是臆想。但是请问：难道你真的以为，最近几百年的天主教运动果真只想捞取肮脏的好处？莫非是帕伊西神父这样教你的？”

“不，不，相反，帕伊西神父有一回说的甚至跟你差不多……但是当然不一样，完全不一样。”阿辽沙急忙改口。

“这倒是很有价值的资料，尽管你说‘完全不一样’。我向你提出的问题是：为什么你所说的耶稣会教士和宗教法官们抱成一团只想捞取可鄙的物质利益？为什么他们中间连一个悲天悯人的受难者也不可能出现？听我说，我们姑且假定在那些只图肮脏的物质利益的人中间有那么一个人——哪怕只是像我的老法官那样一个人，他在旷野中吃过草根，拼命压制自己的欲望，以便把自己造就成自由的完人，不过他一辈子始终爱人类。一旦他睁开眼睛，发现达到完美与自由并非了不起的精神升华，原因是与此同时他确知其他千千万万上帝的生命体仅仅是作为一种嘲弄被创造出来的，他们永远不懂得如何运用他们的自由，从这些可怜的反叛者中间永远也出不了巨人能把塔造到顶，这些笨鹅根本不配享受伟大的理想主义者所梦想的和谐。明白了这一切，他回过头来加入了……聪明人一伙。这难道不可能发生？”

“加入什么人一伙？什么聪明人？”阿辽沙几乎狂热地质问，“他们绝对没有这样的头脑，也没有任何秘密……。有的只是目无上帝，这便是他们的全部秘密。你的宗教大法官不信上帝，这便是他的全部秘密！”

“就算这样！你终于猜对了。确实如此，全部秘密确实尽在于此，但是，对于他这样一个毕生在旷野苦修而且始终没有治愈爱人类痼疾的人来说，难道这不算一大劫难？他在垂暮之年清楚地认识到，只有那可怕的伟大精灵出的主意也许多少能把反叛的弱者——‘那些被造出来惹人嘲笑的残次试验品’——安置在某种还过得去的秩序之中。确立了这一信念之后，他看到必须走聪明的精灵、死亡和毁灭的可怕精灵所指引的路，为此便接受了谎言和欺骗，接下来已经是自觉地带领人们走向死亡和毁灭，同时一路哄骗他们，不让他们察觉自己正被带往何处去，使这些盲目的可怜虫至少在路上觉得自己是幸福的。注意，欺骗用的是老人毕生笃信其理想的那个人的名义！难道这还算不得不幸？如果有这样一个人统率这支‘权欲熏心、唯利是图’的军队，难道单单这一个人还不足以构成悲剧吗？这还没完：有这样一个为首的人已足够形成整个罗马教会的真正指导思想，指挥其所有各支大军和耶稣会教士的最高思想。我可以坦率地告诉你，我坚信在这一运动的领导者中间从来不乏这样的人。谁知道，或许罗马教皇中也有这样的凤毛麟角。谁知道，这个被诅咒的老人如此执著、如此独特地爱人类，他的精神或许至今存在于一大批这种绝无仅有的老人身上，并且决非偶然，而是作为一种约定的现象存在着，像是一个为保守秘密成立已久的秘密会社，旨在向不幸的弱者保密，为的是让他们感到幸福。事实一定如此，而且应该如此。我隐约感到甚至共济会也有类似这样的秘密作为他们的基础，天主教之所以如此仇视共济会，是因为把他们视为竞争对手，会分化思想统一，而天主教认为羊只能有一群，牧人只能是一个……。不过，在为我的想法辩护时，我恐怕像个经不起你批评的作者。就到此为止吧。”

“你也许自己就是共济会员！”阿辽沙这句话一下子脱口而出，“你不信上帝，”他添上一句，但语气已变得异常悲哀。加之他觉得二哥用讥诮的目光瞅着他。“你的诗剧结局如何？”他遽然问，眼睛望着地上。“是不是已经结束了？”

“我想这样来结束它：宗教法庭庭长说完以后，等了一会儿，看囚徒如何回答。囚徒的沉默使他感到难堪。他看到囚徒一直用心而平静地听他说，眼睛注视着他的眼睛，显然不想反驳什么。老人希望对方能对他说些什么，哪怕刺耳、可怕的话也行。但他忽然默默地走到老人跟前，在他没有血色的九旬嘴唇上轻轻吻了一下。这便是全部回答。老人打了个寒战。他的嘴角微微牵动了一下；他向门口走去，把门打开，对囚徒说：‘你走吧，以后别来……再也不要来了……永远，永远！’然后放他出去，让他走向‘城中黑灯瞎火的广场’。囚徒走了。”

“那老人呢？”

“那个吻往他心中注入一股暖流，但老人原来的思想没有改变。”

“你也跟他一样？是不是？”阿辽沙伤心地大声问道。

伊万笑了。

“这又不是真的，阿辽沙，这仅仅是一个从未写过两行诗的、没头脑的大学生没头没脑胡诌的诗剧。你何必这样认真？莫非你认为现在我会直接到那里去找耶稣会教士，加入到纠正他所作所为的那帮人中间去？噢，天哪，这关我什么事？我已经告诉过你：我只想挨到三十岁，到那时我就把酒杯摔在地上！”

“那么黏糊糊的叶片、昂贵的坟墓、碧蓝的天空、心爱的女人还要不要？你的日子将怎样过？你将如何去爱这一切？”阿辽沙不禁悲从中来。“胸中和头脑里装着如此乌七八糟的一锅粥，难道还能这样做？不，你肯定要去入他们的伙……如果不是这样，你必定自杀，你会受不了的！”

“有那么一种力量，它什么都受得了！”伊万说这话时已换上一脸冷笑。

“什么力量？”

“卡拉马佐夫式的……卡拉马佐夫式下流的力量。”

“就是说沉湎酒色，把灵魂扼杀在腐化堕落之中，是不是，是不是？”

“恐怕是这样……只是在三十岁以前，也许我能逃脱，以后……”

“你怎么逃脱？用什么办法逃脱？冲你的思想这是不可能的。”

“还是用卡拉马佐夫式的办法。”

“就是说本着‘无所不可’的信条？想干什么都可以，是不是这样，是不是这样？”

伊万皱眉蹙额，脸色一下子白得异样。

“啊，你抓住了昨天使米乌索夫大为生气的一句话……而大哥德米特里非常幼稚地跳出来作了特殊的解释，对不对？”他现出一丝苦笑，“是的，既然话已经说了出来，就算是‘无所不可’吧。我无意舍弃。米嘉的解释也不坏。”

阿辽沙默默地看着他。

“小弟，我要走了，原以为我在整个世界上至少还有你，”伊万忽然动情地说，令人感到意外，“可现在看来，在你的心中也没有我的位置，我亲爱的隐修者。我不舍弃‘无所不可’这一说法，你是不是打算为这个缘故不认我这个哥，是吗，是吗？”

阿辽沙站起来，走到他跟前，一言不发，在他嘴唇上轻轻吻了一下。

“赤裸裸的剽窃！”伊万叫了起来，一下子变得欣喜若狂。“你是从我的诗剧中抄袭来的！不过我还是要谢谢你。别坐了，阿辽沙，你我都该走了。”

他们走出店堂，但在酒店台阶前停下脚步。

“听着，阿辽沙，”伊万用坚定的口气说，“如果我真的对黏糊糊的叶片还有感情的话，我只会在怀念你的时候爱它们。我知道你在这里某个地方，这对我已经足够了，我还不会不想活下去。这对你够不够？如果你愿意，就把这当作爱的表白。现在你往右，我向左——到此为止，听见没有？到此为止。对了，倘若明天我不走(看样子我肯定会走的)，而我们还在什么情况下见面的话，所有刚才那些话题你一个字也不要跟我提起。这是我请你无论如何要做到的。有关大哥德米特里的事也是如此，我特别恳求你，甚至再也不要跟我提起他，永远别提，”他突然补充说，火气还挺大，“能说的都已经说了，再也没什么新东西了，你说是不是？为此我自己也要向你作一项承诺：到三十岁我想‘把酒杯摔在地上’的时候，不管我在哪儿，我一定会来跟你再畅谈一次……哪怕远在美国我也会来的，这点你记住了。我一定专程前来。看看你到那个时候将是怎么个样子一定很有意思。你瞧，这是一项相当庄严的承诺。咱俩也许真的要分别七八年、十来年。现在到你的塞拉菲库斯神父[①]那儿去吧，他快要死了；万一你赶不上回去送他的终，你大概还会生我的气，怨我把你拖住了。再见，再亲我一下，就这样，现在走吧……”

伊万倏地转过身去走自己的路，已不再回头。此刻很像昨天大哥德米特里离开阿辽沙时的情状，虽然昨天的分手性质完全不同。这个奇怪的细节像箭一样在阿辽沙忧伤的脑海中飞快地闪过，此刻他的思绪是忧伤的、悲哀的。他望着二哥的背影等了一会儿。不知为什么他骤然注意到，二哥伊万走路的姿势有点儿摇摆，而且从背后看他的右肩好像比左肩要低些。阿辽沙以前从未注意到这点。但阿辽沙也倏地转过身去，几乎像跑步一般直奔修道院。暮色已经很浓，他简直有些害怕；他心中正在酝酿一个新的疑问，他说不清也回答不了。又起风了，和昨天一样，当他进入隐修所那片小树林时，周围的古松开始发出不祥的喧嚷。他疾步如飞。

“塞拉菲库斯神父，——这名字他是从哪儿借用的——究竟是哪儿呢？”这一疑问在阿辽沙头脑里掠过。“伊万，可怜的伊万，什么时候我才能再见到你？……前面已是隐修所，天哪！对，对，是他，他是塞拉菲库斯神父，他能拯救我……摆脱你的影响，彻底摆脱你的影响！”

事后阿辽沙在自己一生中曾多次怀着极大的困惑回想起：与伊万分手以后，他怎么会一下子把大哥德米特里忘得一干二净？上午，仅仅几个小时以前，他明明下了决心一定要找到德米特里，否则决不离开，哪怕这天夜里回不了修道院也要等到他。

---

① 原文为拉丁文。意即：天使般的慈父。这是在歌德所作诗剧《浮士德》第 2 部最后一场中登场的人物。伊万借用这个名字指的是佐西马长老。

六　这一章的关键作用暂时还很模糊

伊万·费奥多罗维奇与阿辽沙分手后便回家——到费奥多尔·巴甫洛维奇的宅子里去。但说来奇怪，一种难以忍受的沮丧突然向他袭来，而且他向宅子走近一步，这心情便加重一分。奇怪的不是沮丧本身，而在于伊万·费奥多罗维奇怎么也无法确定它从何而来。过去他也时常心情沮丧，要说此刻产生这种感觉本不足为奇，因为他与吸引他来此地的一切已断然决裂，准备明天就来一个急转弯，走上一条情况完全不明的新路，又将和先前一样孑然一身，满怀希望而又不知是什么希望，期待着从生活中得到太多太多，自己却根本说不清自己期待的是什么，甚至说不清自己有什么愿望。虽则他心中确实因面临新的未知数而疑虑重重，然而此刻折磨着他的完全不是这个原因。

"会不会是对父亲住宅的厌恶心理？"他忖道，"有点儿像；我对它实在反感透了，尽管今天我最后一次跨进这可憎的门槛，可还是反感……"

但是不，也不是这个原因。莫非是与阿辽沙的告别和刚才与他的谈话？

"这么多年一直保持沉默，跟整个世界都不屑交谈，可一下子竟大放厥词一至于此。"

这的确可能是年轻人恼恨自己因年轻而缺乏经验，因年轻而虚荣心重，恼恨自己没有表达好自己的想法，尤其是在阿辽沙这样的人面前，伊万心中对阿辽沙无疑期望很高。当然，事情就是这样，就是说这种懊恼是有的，甚至一定起了作用，但根本原因仍然不在这里，肯定不在这里。

"沮丧令我恶心，可还是没法确定我想要什么。除非不去想它……"

伊万·费奥多罗维奇尝试着"不去想它"，但这也无济于事。这种沮丧之所以令人不快，之所以令人恼火，主要在于它好像是偶然的、外在的；他总觉得有某一个人或某一件物在什么地方，就像有时近在眼前的什么东西那样，忙于事务或高谈阔论的时候可能很久不觉其存在，其实你的心情明显地烦躁易怒，几乎在受折磨，末了总算想到拿走那件无用的、往往是不值一提、非常可笑的东西——放错了地方而被遗忘在那里的杂物、掉在地上的一方手帕、没有藏进柜子的一本书，等等，等等。

伊万·费奥多罗维奇在心境极坏、火气极大的状态下终于来到父亲的宅前。在离出入口约十五步的地方，他向大门那儿一看，顿时猜到了使他如此心烦意乱、惴惴不安的原因。

仆人斯乜尔加科夫坐在大门口的长椅上享受晚来清凉的空气，伊万·费奥多罗维奇一看见他，立刻明白自己正是对仆人斯乜尔加科夫耿耿于怀，正是这个人不容于他的心灵。霎时间一切豁然开朗，变得明明白白。刚才听阿辽沙叙述他遇见斯乜尔加科夫的经过，就有一种不祥、厌恶的感觉猛然扎入他的心窝，马上引起他愤激的反应。后来在谈话中斯乜尔加科夫暂时被忘却了，但仍滞留在他心中；伊万·费奥多罗维奇刚与阿辽沙分手，一人往家里走时，被忘却的感觉很快又冒出来了。

"难道这个一文不值的无赖竟能搅得我如此心神不宁？"他按捺不住一肚子怨气悻悻然自问。

事实是，最近一个时期，特别是最近几天，伊万·费奥多罗维奇的确非常讨厌此人。他甚至自己也开始注意到这种愈来愈强烈的反感已近乎对此人的憎恨。憎恨的加剧也许正因为伊万·费奥多罗维奇刚到此地之初情况完全不是这样。当时伊万·费奥多罗维奇对斯乜尔加科夫青眼有加，甚至认为他很有个性。伊万·费奥多罗维奇自己鼓励斯乜尔加科夫和他交谈，不过老是惊异于他有点儿缺心眼，更确切地说，是他的心神有些定不下来，究竟是什么缘由会这样经常不断、纠缠不休地使"这位默想者"心神不定——费解。他们也谈论哲学问题，甚至谈论到既然太阳、月亮和星星第四天才造出来，为何第一天就有了光，这该如何理解。但是伊万·费奥多罗维奇很快就确信问题不在太阳、月亮和星星，太阳、月亮和星星虽然饶有趣味，但在斯乜尔加科夫眼里比次要更次要，他需要的完全不是这些。这样也罢，那样也罢，反正他开始显示和暴露出一个特点，那就是：爱面子到了离谱的地步，而且动不动就是自尊心受到伤害。对此伊万·费奥多罗维奇很不喜欢，他讨厌斯乜尔加科夫便是这样开始的。后来宅内开始发生纠纷，格露莘卡成了焦点人物，德米特里接连制造事端，各种麻烦层出不穷——这些问题他们也谈论过，尽管斯乜尔加科夫谈起这些事来总是十分激动，可还是闹不清他自己究竟想要什么。他不由自主地表现出来的某些愿望照例都同样地语焉不详，其不合逻辑和思维混乱的程度委实令人吃惊。斯乜尔加科夫老是打听消息，旁敲侧击地提出一些显然预先想好的问题，但目的是什么——从不说明，而且通常在他自己询问最起劲的时候会突然缄口，或把话题转到毫不相干的事情上去。但把伊万·费奥多罗维奇彻底惹恼并使他倒尽胃口的主要原因，则是斯乜尔加科夫开始向他明显地表示某种令人肉麻的态度，而且越来越露骨。倒不是他擅敢僭越主仆之礼，相反，他说话始终毕恭毕敬，但事情发展到了这样的地步：天知道为什么斯乜尔加科夫显然认为自己和伊万·费奥多罗维奇在某方面是一伙的，所以说话总是带着这样的口吻，仿佛他俩之间已存在某种得到双方认可的密约，这种默契只有他俩知道，而他们周围的芸芸众生根本不懂。不过，伊万·费奥多罗维奇还是久久不能理解自己日甚一日地厌恶此人的真正原因，直到最近刚刚猜透是怎么回事。

现在，他怀着嫌弃和恼火的心情本想默默走进小门，对斯乜尔加科夫不屑一顾。但斯乜尔加科夫从长椅上站起来，仅从这一动作伊万·费奥多罗维奇立即猜到这名仆人想与他作一次不寻常的谈话。伊万·费奥多罗维奇朝他看了一眼，停下脚步。他突然站住，没有像刚才打算的那样作出视而不见的样子径自走过去，这一事实使他自己火冒三丈。他满怀愤怒和厌恶瞅着斯乜尔加科夫那张阉人的瘦脸——鬓角用小梳子梳过，一小绺头发往上耸起，微眯的左眼一眏一眏，似笑非笑，仿佛在说：

“你往哪儿走？你不会走过去的。你瞧，咱俩都是聪明人，咱们有话要谈。”

伊万·费奥多罗维奇气得发抖，一句话已经到了嘴边：

“滚，你这个无赖，我不是你的同伙，你这个白痴！”

然而令他自己惊讶不置的是，他竟脱口说出与初衷背道而驰的话来。

“父亲在睡觉还是已经醒了？”他心平气和地问道，这连他自己也感到意外，接着也完全出乎意料地在长椅上坐了下来。有短短的一会儿工夫，他几乎感到害怕，这是他事后才想起来的。斯乜尔加科夫站在他对面，两手反抄在背后，眼神充满自信，近乎严厉。

“老爷还睡着呢，”他不慌不忙地说，（言外之意是：是你先开的口，不是我。）“我瞧着您，心里纳闷，少爷。”他顿了一下以后又添上一句，同时故作姿态地低首垂目，略略向前伸出右脚，微微晃动擦得锃亮的皮鞋鞋尖。

“你为什么纳闷？”伊万·费奥多罗维奇沉着脸口气生硬地说，一边竭力克制自己，忽然带着厌恶的感觉明白了自己已被激起无比强烈的好奇心，而这种好奇心如果得不到满足，他决计不会离开此地。

“二少爷，您为什么不去切尔马什尼亚？”斯乜尔加科夫举目问道，并且现出亲昵的笑容。他那微眯的左目似乎在说：“至于我笑什么，你自己应该知道，如果你是个聪明人的话。”

“我为什么要去切尔马什尼亚？”大惑不解的伊万·费奥多罗维奇反问。

斯乜尔加科夫又不作声。

“费奥多尔·巴甫洛维奇他老人家这么求您，”他终于不紧不慢地答道，好像自己也不认为这样的回答有什么意思，给人的印象似乎在说：我不过胡乱找个无关紧要的理由搪塞一下罢了，纯粹是没话找话说。

“嗳，见鬼！讲明白些好不好，你究竟要说什么？”伊万·费奥多罗维奇终于由温和转为粗暴，厉声怒喝。

斯乜尔加科夫缩回右脚向左脚靠拢，把身子挺直些，但神情依然安详，还是挂着微笑。

“也没有什么重要的事……只是顺便说说。”

接下来又是冷场。两人缄口差不多有一分钟。伊万·费奥多罗维奇明知自己应该立刻站起来大发雷霆，可是斯乜尔加科夫站在他面前，一副等待的架势仿佛在说：“我倒要瞧瞧你是发火还是不发？”——至少伊万·费奥多罗维奇作如是观。最后，他身子一晃，准备起身。斯乜尔加科夫好像抓住了这一瞬。

“我的处境糟透了，伊万·费奥多罗维奇，我甚至不知道该怎样帮助自己。”他突然毫不含糊、一字一顿地说，说完末了一个字便喟然而叹。

伊万·费奥多罗维奇当即重又坐下。

“他俩简直都疯了，他俩已经任性到了跟最小的小孩子一个样，”斯乜尔加科夫继续说。“我说的是令尊大人和令兄德米特里·费奥多罗维奇。费奥多尔·巴甫洛维奇马上就要起床了，他又要开始每分钟都盯着我问：‘她怎么还没来？她为什么不来？’这样一直要折腾到半夜，甚至半夜以后。要是阿格拉菲娜·亚历山德罗夫娜不来（因为她恐怕根本没打算要来，绝对没有），那么明天一大早他老人家又会向我问罪：‘她干吗不来？为什么不来？她几时能来？’——好像这都是我的错，是我对不起他老人家似的。另一方面，事情更糟：只要天一擦黑儿，甚至不等天黑，大少爷就会拿着枪来到邻家冲我说：‘小心，你这个坏蛋，熬汤仔。要是你看漏了，让她溜了进去，不给我报信，——我第一个先把你杀了！’过了一夜，到早晨他也会跟费奥多尔·巴甫洛维奇一样开始一个劲儿地逼我：‘她为什么不来？是不是快来了？’好像他的心上人没来又是我的错，是我对不起他。他们二位的脾气一天比一天、一小时比一小时地越来越大，有时候我吓得都想自杀了。二少爷，我对他俩是没指望了。”

“谁让你卷进去了？你干吗给德米特里·费奥多罗维奇通风报信？”伊万·费奥多罗维奇生气地责问。

“我能不卷进去吗？如果您想了解全部真相的话，我其实压根儿没插过手。最初我一直不开口，不敢说一个不字，可是大少爷他自己指定我当他的奴仆，做他身边的利卡斯[①]。从那时起他就只说同一句话：‘王八蛋，要是你放她进去，我就杀了你！’我敢肯定，二少爷，明天我非摔一个长跤不可。”

“摔什么长跤？”

“时间特别长的羊痫风发作。连续好几个小时，没准儿持续一天、两天。有一回我一发就是三天，当时我从顶楼上摔了下来。抽风停止了，后来又开始；我整整三天不省人事。当时费奥多尔·巴甫洛维奇派人去请本地的大夫赫尔岑什图贝，大夫往我头顶上放冰块，另外还试了一种疗法……我险些一命呜呼。”

“不是说羊痫风是不能预先知道什么时候发作的吗？你怎么说明天会犯病呢？”伊万·费奥多罗维奇带着不寻常的好奇心怒气冲冲地问。

“您说得对，的确不能预先知道。”

“何况当时你是从顶楼上摔下来的。”

“我每天都要爬顶楼，明天也可能从顶楼上摔下来。即使不从顶楼上摔下来，也可能摔到地窖里去；地窖我也是每天要去的，我有自己的需要。”

伊万·费奥多罗维奇看了他好长一会儿。

“我看得出，你在随口瞎编，我真是弄不懂你，”他说时声音不高，但是带有威吓的意味。“你是不是想明天假装羊痫风发作三天，啊？”

斯乜尔加科夫本来眼睛朝下，并且摆弄他右脚的鞋尖，现在把重心放到右脚上，略略向前伸出左脚，抬头暗暗一笑，说：

“就算我可能来这一手——我是说假装发作，因为有经验的人干起来一点不难，——我也有充分的权利用这手段来救我自己免于一

① 希腊神话中大力神赫拉克勒斯的仆人。

死；因为我要是发病躺倒，即使阿格拉菲娜·亚历山德罗夫娜到他父亲这儿来，他总不能责问一个病人为何不通风报信吧。他自己也会难为情的。”

“嗳，见鬼！”伊万·费奥多罗维奇勃然大怒，他气得脸都变了。“你干吗老是担心自己的性命？大哥德米特里对你的恐吓不过是在气头上说说罢了。他不会杀你的；要杀，也不是杀你！”

“他会像打死一只苍蝇一样把我干掉，首先是我。还有另一件事我更加害怕：万一他对自己的父亲干出什么荒唐事来，我担心会被当作他的同谋犯。”

“为什么会把你当作同谋犯？”

“一定会把我当作同谋犯的，因为我把那些极其秘密的暗号告诉了他。”

“什么暗号？告诉了谁？你准是让鬼迷住了，说清楚些！”

“我必须彻底坦白，”斯乜尔加科夫像学究讲课一般慢条斯理地说。“我跟费奥多尔·巴甫洛维奇有一个秘密。您也知道(如果您确实知道的话)，已经有好几天，到了夜里，甚至还在晚上，他老人家就从里面把门锁上。近来您每天都很早回到楼上自己房间里去，昨天更是没有出过门，所以您也许不知道现在老爷子入夜锁门有多勤快。即使格里果利·瓦西里耶维奇来了，老爷子也一定要听出是他的声音才开门。但格里果利·瓦西里耶维奇不会来，因为如今在上房由我一人侍候老爷子——自从跟阿格拉菲娜·亚历山德罗夫娜有了这档子事儿以来，老爷子就作出这样的安排，晚上按照他的吩咐，现在我也离开那儿到侧屋去过夜，而且半夜以前不得睡觉，必须守着，经常起来到院子里巡视，等候阿格拉菲娜·亚历山德罗夫娜来临，因为老爷子痴痴迷迷盼着她来已经有好几天了。老爷子是这样考虑的：阿格拉菲娜·亚历山德罗夫娜怕德米特里·费奥多罗维奇(老爷子管他叫臭米嘉)，‘所以她只能在深夜来我这儿；你得守候她直到半夜，甚至过半夜。要是她来了，你就跑到门前来敲我的门，或者从花园里敲我的窗：先是两下慢的，像这样，笃——笃；接着是三下快的，笃笃笃。我马上明白是她来了，我会悄悄地给你开门。’老爷子向我交代的另一个暗号是应付紧急情况的：先是笃笃两下快的，稍隔一会儿再敲一下，这一下要重得多。他老就可以明白发生了意外的情况，我急需见他，他也会给我开门，我便进去报告。主要是应付这样的情况：阿格拉菲娜·亚历山德罗夫娜自己来不了，派人送什么信儿来；此外，德米特里·费奥多罗维奇也可能会来，那时我就得通知老爷子他在附近。他老人家非常怕德米特里·费奥多罗维奇，即使阿格拉菲娜·亚历山德罗夫娜已经来了，老爷子和她在里面把门上了锁，万一德米特里·费奥多罗维奇这时出现在附近什么地方，我也得马上敲三下报告这一情况。所以说，第一种暗号一共五下，表示‘阿格拉菲娜·亚历山德罗夫娜来了’；第二种暗号一共三下，表示‘有要事禀报’；老爷子亲自示范这样教过我好多次，还详细解释。由于普天之下只有我一个人和老爷子自己知道这些暗号，不用叫一声(老爷子非常害怕出声叫唤)他毫不犹豫就会开门。现在这些暗号已经让德米特里·费奥多罗维奇知道了。”

“他怎么会知道？你告诉他的？你怎么胆敢把这样的事也捅给他？”

“还是因为害怕呗。我怎么敢瞒过大少爷？德米特里·费奥多罗维奇每天苦苦逼我：‘你欺骗我，你有什么事瞒着我？小心我把你两条腿全给打断！’于是我把这些极其秘密的暗号告诉了大少爷，至少可以让他看到我的一片忠心，这样他就会相信我没有欺骗他，而是每件事都告诉他的。”

“如果你认为他会利用这些暗号想要进去，你得把他挡在外面。”

“可要是我自己犯病躺倒了，我又怎么能把他挡在外面呢？我知道大少爷的脾气什么都干得出来，即使我敢阻拦，可要是……”

“嗳，真是活见鬼！为什么你肯定羊痫风就要发作？你让什么魔鬼附上身了？你是在拿我开心还是怎么着？”

“我岂敢拿您开心？我都吓成这样了，还顾得上开心？我预感到要犯病，我有这样的预感，这病一害怕就会发作。”

“唉，真该死！要是你躺倒了，就由格里果利看门。你先告诉格里果利，他决不会让大哥进去。”

“没有老爷的命令，我绝对不敢把暗号告诉格里果利·瓦西里耶维奇。当然，格里果利·瓦西里耶维奇听到是大少爷的声音不会让他进去，可他从昨天开始就病倒了，玛尔法·伊格纳启耶夫娜正打算明天给他治病呢。刚才他们已经商定。她的治法十分特别：玛尔法·伊格纳启耶夫娜懂得用药草熬一种很浓的汁，而且经常保留着——这是她的秘方。她每年三次用这种秘方草药给格里果利·瓦西里耶维奇治腰痛，因为每年有三次他的整个腰部都不能动弹，像得了瘫痪症似的。那时玛尔法·伊格纳启耶夫娜就用毛巾浸了这种药汁在他整个背部擦半个钟点，直到擦干，擦得皮肤通红肿胀，然后把瓶子里剩下的药汁让他喝下去，同时她口中念念有词，但不是都让他喝光，而是在这种难得的情况下留一小部分给她自己喝。我告诉您，平时不喝酒的这老两口会立刻倒下，死死地睡上很长时间。格里果利·瓦西里耶维奇醒来后，照例精神焕发，几乎什么病痛也没有；而玛尔法·伊格纳启耶夫娜醒来后，每次都觉得头疼。所以，明天玛尔法·伊格纳启耶夫娜要是实现这个打算，恐怕他们不会听见什么动静，也无法阻拦德米特里·费奥多罗维奇。因为他俩都睡着了。”

“一派胡言！这一切偏偏那么巧都会凑到一块儿来：你羊痫风发作，他们又睡得不省人事！”伊万·费奥多罗维奇大声嚷道，“莫非是你自己故意这样安排，好让这些事都凑到一块儿？”这话从他口中一下子就冒了出来，他皱紧眉头，令人望而生畏。

“我怎么会故意安排？……我为什么要这样做呢？事实是一切都取决于德米特里·费奥多罗维奇一个人，取决于他想些什么……。他想要干什么，就一定会干；如果他不想，我总不能故意把他带来往他父亲屋里推吧。”

“既然像你自己所说，阿格拉菲娜·亚历山德罗夫娜根本不会来，他干吗要到父亲那儿去，而且还是偷偷摸摸的？”伊万·费奥多罗维奇继续追问，他已气得脸色煞白。“这是你自己说的，而且我住在此地的这段时间内始终肯定那纯粹是老头儿想入非非，那个贱货根本不会来找他。既然那女人不会来，德米特里干吗要闯进老头儿屋里去？你说！我要知道你在想些什么。”

“您明明知道大少爷的来意，这和我在想些什么毫不相干。他完全是怀恨在心，或者因为我犯病而心生疑窦，不耐烦了便去上房寻找，像昨天那样，看看那女人是否逃过他的监视溜了进来。大少爷也完全知道费奥多尔·巴甫洛维奇准备好了一个大信封，里面封着三千卢布，外面盖了三个火漆封印，用丝带扎好，并由老爷子亲笔写上：‘给我的天使格露莘卡，只要她愿意光临，’三天后他在‘天使’下面还加上‘和小乖乖’几个字。这信封会招来什么后果，很难说。”

“胡说！”伊万·费奥多罗维奇几乎失去自持地喝道，“德米特里决不会去偷钱，何况偷钱的同时还得杀死父亲。昨天他像个怀恨而疯狂的傻瓜，为了格露莘卡倒是可能把老头儿给杀了，但他决不会去偷盗！”

“眼下他极端需要钱，已到了山穷水尽的地步，伊万·费奥多罗维奇。您甚至难以想象有多么需要，”斯乜尔加科夫异常沉着而又条理清晰地解释道，“这三千卢布大少爷还认为是自己的，他曾亲口这样对我说过：‘父亲还该我整整三千卢布。’撇开其余的一切不谈，伊万·费奥多罗维奇，您还不可忽视另一个确凿的事实：应该说，几乎可以肯定，阿格拉菲娜·亚历山德罗夫娜只要自己愿意，一定可以迫使老爷也就是费奥多尔·巴甫洛维奇跟她结婚，只要她愿意，——而她也许会愿意的。我说她不会来，只不过是我的说法，没准儿她不仅想来，还干脆想当这里的太太呢。我就知道她那个掌柜的萨姆索诺夫十分坦率地对她说过，这兴许是一档子极其不赖的事儿，当时两个人都笑了。再说她自己的脑袋瓜子一点儿也不笨。她不会嫁给德米特里·费奥多罗维奇这样的穷光蛋。考虑到这一层，现在您不妨自己权衡一番，伊万·费奥多罗维奇，到那时无论德米特里·费奥多罗维奇还是您和三少爷阿列克塞·费奥多罗维奇，都得不到令尊的任何遗产，一卢布也不会留给你们，因为阿格拉菲娜·亚历山德罗夫娜嫁给老爷子的目的就是要继承全部遗产，把所有的资产都转到她的名下。如果令尊大人趁那档子事儿还没有发生现在归天，那么你们每人马上就可以稳稳到手四万，甚至老爷子恨之入骨的德米特里·费奥多罗维奇同样如此，因为他老人家还没有立下遗嘱……。所有这些情况德米特里·费奥多罗维奇都一清二楚……”

伊万·费奥多罗维奇的五官仿佛移了位，面部的肌肉不自觉地颤动起来。他一下子涨红了脸。

“既然其中有这许多讲究，”他骤然打断斯乜尔加科夫的话，“那你为什么劝我到切尔马什尼亚去？你到底想说什么？我要是去了，你们这儿却会发生这么些个事情。”

伊万·费奥多罗维奇很费力地喘着大气儿。

“完全正确。”斯乜尔加科夫沉着冷静地说，同时凝神注视着伊万·费奥多罗维奇。

“‘完全正确’是什么意思?”伊万·费奥多罗维奇目露凶光，要他解释，但仍努力控制住自己。

“我是出于对您的同情才这么说的。换了我处在您的地位，我会撇下这儿的一切……才不会守着这副烂摊子……”斯乜尔加科夫回答时毫不掩饰地盯着伊万·费奥多罗维奇如炬的双眼。两人沉默片时。

“看来你是个十足的白痴，而且毫无疑问还是个……不折不扣的混蛋!”伊万·费奥多罗维奇霍地从长椅上站了起来，随即准备走进小门，但突然停下脚步，向斯乜尔加科夫转过身来。这时出现了一幅奇怪的景象：伊万·费奥多罗维奇像发生痉挛似的猛地咬住嘴唇，紧握双拳，只要再隔一眨眼的工夫——他无疑会向斯乜尔加科夫直扑过去。后者恰恰在那一瞬间见势不妙，禁不住打了个寒战，整个身体往后退去。但这一眨眼的工夫对于斯乜尔加科夫还是平安无事地过去了，伊万·费奥多罗维奇一语不发，但好像有些困惑地朝小门转过身去。

“我明天要去莫斯科，如果你想知道的话，——明天一早就走——就这些！”他咬牙切齿、一字一顿地大声说。事后他自己也感到惊讶，当时为什么要对斯乜尔加科夫说这话。

“这是最好的办法，”后者接口道，仿佛就等着他这句话。“不过，这儿可能会发电报再把您从莫斯科请回来，如果这儿出了什么事情的话。”

伊万·费奥多罗维奇再次站住，再次急速转身面对斯乜尔加科夫。但后者好像也起了变化。他那自作多情和满不在乎的神态顿时踪影全无，整个面部表现出来的是非同寻常的专注和期待，但已带有诚惶诚恐的色彩。他那全神贯注地直盯着伊万·费奥多罗维奇的眼神在告诉对方：“你还有什么要说，还有什么想补充的吗？”

“如果出了什么事情……从切尔马什尼亚不是一样要把我叫回来吗？”伊万·费奥多罗维奇直着嗓门大叫，不知为什么把声音猛然拔高到如此可怕的程度。

“从切尔马什尼亚也一样……要请回来……”斯乜尔加科夫嘀咕道，声音轻得近乎耳语，他好像有点茫然失措，但仍然全神贯注谛视着伊万·费奥多罗维奇的双眼。

“只是莫斯科路远，切尔马什尼亚路近，你竭力劝我去切尔马什尼亚，是觉得浪费盘缠可惜呢，还是认为我要绕一个大圈子太不值得？”

“完全正确……”斯乜尔加科夫的声音已听不出来，他面带令人作呕的微笑，再次神经兮兮地准备及时躲闪。然而，令斯乜尔加科夫莫名其妙的是，伊万·费奥多罗维奇忽然笑了起来，并且很快走进小门，一路继续在笑。谁要是看一眼他的面容，肯定会得出结论：他决不是因为快乐而笑。他自己也说不清那会儿究竟是怎么啦。他的动作和步态就跟抽风似的。

七 “跟聪明人谈话就是有意思”

他说话同样如此。他一进门，在厅堂里遇见费奥多尔·巴甫洛维奇，忽然一挥手冲父亲喊道：“我上楼到自己屋里去，不去你那儿了，再见。”说完便打一旁走了过去，甚至尽量不向父亲看一眼。很可能此刻老头儿在他眼里太可憎了，但如此不客气地直露敌对情绪，连费奥多尔·巴甫洛维奇都感到意外。而老头儿显然确实有事急于告诉他，为此特地到厅堂里来迎候；可是听到了这样不冷不热的招呼语，他默默地站住，带着讥诮的神情目送儿子登梯上楼，直到看不见为止。

“他这是怎么啦？”他很快向继伊万·费奥多罗维奇之后走进来的斯乜尔加科夫问道。

“在生什么气呗，谁知道。”后者嘀咕一句搪塞过去。

“活见鬼！就让他生气去吧！把茶炉子端上来，然后赶紧走开，快。有什么消息没有？”

接着便开始斯乜尔加科夫刚才向伊万·费奥多罗维奇抱怨的那类盘问，都是有关他苦苦等待的那位女客的，笔者在这里就略而不赘了。半小时后，正屋便上了锁，色迷心窍的老头儿独自在上房踱来踱去，像热锅上的蚂蚁一般盼着响起约定的五下叩击声，间或向黑暗的窗外张望，可是除了夜色，什么也看不见。

时间已经很晚，而伊万·费奥多罗维奇思绪万千，尚未就寝。这天夜里他上床很迟，大约在两点钟。笔者不打算缕述他的起伏心潮，现在还不是直窥这颗心灵深处的时候，留待以后细说。即使笔者尝试这样做，犹恐有辱使命，因为在他头脑里盘旋着的不是思想，而是非常模糊的东西，其主要特点是过于激动。他自己也觉得晕头转向。搅得他心烦意乱的还有各种奇怪的、近乎异想天开的愿望，比如半夜以后他忽然按捺不住，一心想下楼开门到侧屋去，把斯乜尔加科夫痛打一顿，但您要是问他为何如此，他自己绝对举不出一条明确的理由，除非因为世上找不出第二个人像这名仆人那样深深地伤害了他，所以他恨此人。另一方面，某种无法解释却又相当丢人的胆怯心理，这天夜里不止一次地把他缠住，搅得他——这一点他感觉得到——一下子好像连力气也没有了。他的脑袋在发胀，在旋转。仇恨的情绪拧得他的心一阵阵作痛，好像他打算向什么人进行报复似的。想起日间酒店里的谈话，他甚至憎恨阿辽沙，有时候也痛恨自己。关于卡捷琳娜·伊万诺夫娜他简直忘了去想，事后他自己对此也大为惊讶，尤其因为他记得很清楚，昨天上午，他向卡捷琳娜·伊万诺夫娜大言不惭地宣布明天就要去莫斯科时，当即在心中暗暗自语："胡说八道，你不会走的，斩断情丝可不像你此刻说大话那么容易。"

很久以后，每当回忆这一夜的情形时，伊万·费奥多罗维奇总会特别恶心地想起自己曾霍地从沙发上站起来，蹑手蹑脚、生怕被人窥见似的把门打开，走到楼梯上听下面屋子里的动静，听费奥多尔·巴甫洛维奇在楼下窸窸窣窣走动的声音，每次都要听很长时间，有五分钟左右，提着一颗莫名其妙、怦怦直跳的好奇心屏息静听，至于为什么要这样做，为什么要凝神谛听——他自己当然不知道。事后他毕其一生始终称之为"见不得人的举动"，并且毕其一生在心底里，在灵魂深处始终认为，这是他一辈子最卑鄙的举动。在那几段时间里，他对费奥多尔·巴甫洛维奇本人倒并没有什么仇恨心理，只是说不出什么缘故拼命想知道老头儿在楼下如何走来走去，此时大概在做些什么；猜测和估计老头儿想必在楼下朝黑暗的窗外张望，想必在屋子中央骤然停下脚步静候——有没有人敲门。伊万·费奥多罗维奇走到楼梯上干这档子事儿共有两次。直至一切都归于沉寂，费奥多尔·巴甫洛维奇已经睡下，大约两点左右，伊万·费奥多罗维奇自己才上床，拿定主意要尽快入睡，因为觉得自己已精疲力竭。果然，他一下子便沉沉睡去，也不做梦，但醒得很早，大约七点光景，那时天已亮了。睁开眼睛，他很意外地感到精力异常充沛，便一骨碌爬起来，很快穿好衣服，然后拖出手提箱立即开始匆匆收拾行装。可巧昨天早晨洗衣妇刚把他的内衣全部洗好送来了。伊万·费奥多罗维奇想到事情都那么巧，他突然要走没有遇到一点障碍，不禁莞尔一笑。而此行确实突如其来。虽然伊万·费奥多罗维奇昨天说过（对卡捷琳娜·伊万诺夫娜，对阿辽沙，后来又对斯乜尔加科夫都说过）明天要走，但昨夜临睡前，他记得很清楚当时还并不考虑离去，至少完全没想到早晨醒来第一个动作会是着手整理行装。末了，一只手提箱和一只背囊都已收拾完毕，这时快到九点了，玛尔法·伊格纳启耶夫娜上楼来按每日的老规矩问他："您在哪儿喝茶？在自己屋里还是下楼去喝？"伊万·费奥多罗维奇来到楼下，看上去情绪挺不错，尽管从他身上，从他的举止谈吐中可以感觉到他无心久留，急于离去。他颇有礼貌地跟父亲打招呼，甚至特地问了健康，可是不等父亲回答，便直接宣布他一小时后要去莫斯科，并且请求吩咐备好马车。老头儿听了这话丝毫不觉得奇怪，甚至极其失礼地忘了对儿子要走表示一点遗憾；这且不提，他偏偏想起了自己的一件重要事情，于是一下子大大地激动起来。

"哎呀，你这个人哪！昨天怎么不说？……但也不要紧，反正很快就能交代清楚。你得帮我一个大忙，我的爷，顺道去一趟切尔马什尼亚。你从沃洛维亚驿站只消往左拐个弯儿，总共才十二里(约十二点七公里)地，就到了切尔马什尼亚。"

"请原谅，我不能。这儿距离铁路有八十里地，开往莫斯科的火车晚上七点离站——时间只够赶上火车。"

"你可以赶明天的火车，要不就赶后天的，今天你得去一趟切尔马什尼亚。不费你什么事就能让做父亲的宽心。要不是这儿有事，我早就自己去走一遭了，因为那儿的事情很急，非常要紧，可我这儿眼下实在走不开……是这么回事：那儿有我的两片矮树林子，一处在别吉乔沃，一处在贾契基诺，都是荒地。马斯洛夫父子只肯出八千买采伐权，可是去年还有人一心想要，价钱出到一万二，那不是本地的买家，关键就在这里。因为现在本地没有人买，马斯洛夫这一对十万富翁便狠狠地杀价：他们爷儿俩出什么价就是什么价，本地的主儿都不敢跟他们较劲儿。可是最近的一个星期四伊林斯科耶的神父突然写信到这儿来，说戈尔斯特金来了，这人我知道，也是个买卖人。他的价值就在于不是本地人，他是从波格列波夫来的，所以不怕马斯洛夫。他说愿意出一万一买这些矮树。神父信上说他在本地只能再待一星期。所以你最好马上就去跟他成交……"

"你给神父写一封信，让神父跟他成交不就得了？"

“他不会干这档子事儿。这位神父不懂得鉴貌辨色。他的品行没得说，我随时敢把两万卢布交给他保管，收据也不要。可是他完全不懂得察言观色，别说是人，连一只乌鸦也能把他给骗了。你可知道，他还是个挺有学问的人。而那个戈尔斯特金看上去老实巴交的，穿一件蓝大褂，可骨子里实在不是个玩意儿，他是个撒谎老手，麻烦就麻烦在这上头。有时候他撒起谎来直叫人纳闷儿：他这是干吗？前年他胡说他的老婆死了，说他已经另娶了一个；其实这事连影儿也没有。他老婆压根儿没死，直到现在还活得好好儿的，每三天要揍他一顿。所以现在也得摸清楚：他说愿出价一万一是撒谎还是真话？”

“这事儿我同样干不了，我也不懂得鉴貌辨色。”

“别忙，等一下，你行，因为我会把他——戈尔斯特金——的特点全告诉你，我跟他打交道已经很长时间了。注意，你得瞅着他的胡子；他的胡子脏兮兮的，带点儿红色，稀稀拉拉。倘若胡子抖动，他本人说话时火气很大——那就妥了，表示他在说真话，确实有意成交；倘若他用左手捋胡子，本人笑呵呵的，——那就是说，他想坑你，在耍滑头。你千万别瞅他的眼睛，从他的眼睛里什么也看不出来，那简直是一潭深深的黑水，这骗子，——你得瞅他的胡子。我给他写一张条子交给你，你把条子给他看。他姓戈尔斯特金，不过他的外号里亚加维[①]知道的人更多，你可别管他叫里亚加维，他会见怪的。要是你跟他谈成了，认为没问题，你马上从那里写信到这儿来。你只消这么写：‘他没撒谎。’你得要一万一，必要时可以让掉一千，多让可不行。你想想：八千跟一万一，相差三千哪。这三千卢布就像是捡来的，找个买主可不容易，而我又卡脖子一般需要钱。你只要告诉我事情有眉目了，我会想办法抽时间亲自从这儿去跑一趟办交割。可是现在我赶到那里去干吗，万一这全是神父的瞎想呢？怎么样，你去还是不去？”

“唉，实在没时间，您饶了我吧。”

---

① 俄语“猎狗”的意思。

“嗳，你就帮父亲一回忙吧，我会记得的！你们一个个全都没心肝！一两天工夫误得了你什么大事？你现在打算去哪儿，威尼斯？你的威尼斯两天之内塌不了。我本来可以打发阿辽沙去，可在这种事情上阿辽沙懂得什么？我派你去没别的理由，就因为你是聪明人，我难道看不出来？你虽然不做木材买卖，可是你有眼力。你只要看准：那人是不是诚心想买。我已经说了，瞅着他的胡子：倘若胡子抖动——说明他是认真的。”

“是您自己硬逼我到这该死的切尔马什尼亚去，是不是？”伊万·费奥多罗维奇大声说，同时面露冷笑。

费奥多尔·巴甫洛维奇没有或者不想看清楚伊万皮笑肉不笑，反正只捕捉到一点——他笑了，于是赶紧抓住不放：

“这么说，你去了，你去了？我这就写一张条子交给你。”

“我不知道会不会去，说不准。路上再作决定。”

“何必路上再作道理？现在就决定。亲爱的，定下来吧！谈成了，你就给我写上两行交给神父，他立刻会把你的字条寄给我。完了以后我不再耽搁你，你可以去威尼斯。神父会用他的马车把你送回到沃洛维亚车站……”

老头儿简直乐不可支，当即草草写了一张条子。马车已派人去吩咐准备，桌上摆好了小吃、白兰地。每当老头儿高兴的时候，照例会开始纵容自己，但这一回他似乎有所克制。例如关于德米特里·费奥多罗维奇就没提一个字儿。离别在即对他丝毫没有触动。他好像找不到什么话说，伊万·费奥多罗维奇特别注意到这一点。

“谅他对我已经受够了。”做儿子的心想。

直到站在台阶上送儿子的时候，老头儿才有点儿手忙脚乱起来。他意欲上前去吻别，但伊万·费奥多罗维奇抢先向他伸手握别，显然是为了避免亲吻。老头儿立刻会意，迅即随风转舵。

“上帝保佑你一路平安，一路平安！”他站在台阶上重复说道，“你什么时候总会再来的，不是吗？你就来吧，我随时欢迎。愿基督与你同在！”

伊万·费奥多罗维奇登上马车。

“再见，伊万，别太记恨我！”做父亲的最后一次喊道。

所有的家人都出来送行：斯乜尔加科夫、玛尔法和格里果利。伊万·费奥多罗维奇赏给他们每人十卢布。他在马车车厢里已经坐好了，这时斯乜尔加科夫跑过来把毯子铺铺好。

“你瞧……我上切尔马什尼亚去了……”伊万·费奥多罗维奇情不自禁地突然说，和昨天一样又是脱口而出，还夹着一声神经质的轻笑。事后他自己久久不能释怀。

“可见人们说的是真理，跟聪明人谈话就是有意思。”斯乜尔加科夫毫不含糊地作出反应，并且意味深长地看了伊万·费奥多罗维奇一眼。

马车出发了，一路奔驰向前。旅人心中一片混沌，但他贪婪地望着四围的田野、丘陵、树木和在他头顶上方的碧天晴空中高高飞过的一群大雁。他一下子觉得舒畅多了。他开始跟马车夫攀谈，那汉子的回答引起他极大的兴趣，但仅过片刻他又意识到，所有的话都成了耳边风，实际上汉子的回答他并不理解。他不再说话，这样也挺舒坦：空气清爽、新鲜、凉快；天上万里无云。阿辽沙和卡捷琳娜·伊万诺夫娜的形象在他脑际闪现；但他莞尔一笑，向这些可爱的幻影轻轻吹一口气，他们便飘然逝去。“静下心来想他们的时间还有的是。”他忖道。一站路很快就过去了，换马后直奔沃洛维亚。

“为什么跟聪明人谈话就是有意思？他这句话想说明什么？”伊万顿时有一种喘不过气来的感觉。“我干吗要向他报告我上切尔马什尼亚去了？”

沃洛维亚驿站到了。伊万·费奥多罗维奇走出马车，一群车老板围上来，开始讲价钱另雇马车跑十二里地乡间小路去切尔马什尼亚。他吩咐套车，自己走进驿站，环顾四周，朝驿站长的妻子看了一眼，忽然回到台阶上。

“切尔马什尼亚不去了。众位老哥，赶七点钟的火车是不是还来得及？”

“正好赶得上。要不要套车？”

“立刻出发。明天你们有谁要到城里去吗？”

“怎么没有？米特里要去。”

“米特里，能为我办件事吗？你去找我父亲费奥多尔·巴甫洛维奇·卡拉马佐夫，对他说我没有去切尔马什尼亚。你能捎这个口信吗？”

“怎么不能？我去就是；费奥多尔·巴甫洛维奇我知道很久了。”

“这是给你的一点点小意思，因为他恐怕不会给你什么……”伊万·费奥多罗维奇乐呵呵笑了起来。

“肯定不会给的，”米特里也笑了，“谢谢您，先生，这事儿我一准给您办妥……”

当天晚上七点钟，伊万·费奥多罗维奇走进火车车厢飞速前往莫斯科。

“过去种种譬如昨日死，与过去的世界从此一刀两断，但愿不要听到来自那里的消息或回响。到新的世界去，到新的地方去，切莫回顾！”

但是笼罩着他的并非欣喜，而是一片郁悒，心头隐隐作痛的是一阵悲凉，这样的郁悒和悲凉是他有生以来从未体验过的。他想了整整一夜；火车在飞奔，直到天将破晓已经临近莫斯科时，他才仿佛猛醒过来。

“我是个伪君子！”他悄悄然自言自语。

费奥多尔·巴甫洛维奇送儿子走后，心里非常得意。整整两个小时他呷着白兰地，觉得自己几乎是幸福的了；但宅内忽然发生了一件令人恼火、对大家都很不愉快的意外，霎时间把费奥多尔·巴甫洛维奇推入十分尴尬的境地。斯乜尔加科夫到地窖里不知取什么东西，不料从最高一级台阶上摔了下去。幸亏当时玛尔法·伊格纳启耶夫娜正好在院子里，及时听到了。摔倒的当时她没有看见，只听到一声特别的、奇怪的、但她早已熟知的叫喊，——那是癫痫症患者发病摔倒时的喊叫声。究竟是在他沿着台阶往下走的时候突然犯病，所以他当然立即摔了下去人事不省呢，还是众所周知患有此病的斯乜尔加科夫因摔了一跤受到震荡而癫痫发作，——没法弄清楚，反正发现他时已倒在窖底，口吐白沫，全身蜷曲，四肢抽搐。起初以为他必定摔得够呛，手或脚会有骨折，然而，诚如玛尔法·伊格纳启耶夫娜所说，“上帝保佑了他”——居然没有造成这样的后果，只是费了很大的劲才把他从地窖里弄出来。当时请了几位街坊帮忙，总算勉强完事。

费奥多尔·巴甫洛维奇在整个这一过程中也在场，还亲自动手帮忙，他显然吓得非同小可，而且好像慌了手脚。不过病人没有恢复知觉：发作虽然有时暂停，但过后又开始了，大家一致认定，这一回的情况跟去年他不小心从顶楼上摔下来完全一样。记得当时往他头上放了冰块。冰块在地窖里还能找到一些，于是玛尔法·伊格纳启耶夫娜便去取来，而费奥多尔·巴甫洛维奇到傍晚派人去请了赫尔岑什图贝，这位大夫马上就到。对病人仔细检查过后（这是全省最仔细、最认真的一位大夫，是位上了年纪、颇受尊敬的小老头儿），他认为这次发作不同寻常，“后果可能极其严重”，暂时他——赫尔岑什图贝——不完全清楚，但如果目前的办法不见效的话，明晨他将断然采取其他措施。病人被安置在侧屋与格里果利、玛尔法·伊格纳启耶夫娜相邻的一个小房间里。

此事发生以后，费奥多尔·巴甫洛维奇的倒霉事就一桩又一桩整天接连不断：饭菜由玛尔法·伊格纳启耶夫娜来做，她做的汤与斯乜尔加科夫的手艺相比“简直像泔水”，而她做的鸡干巴巴的没有一点水分，休想嚼得动。对于老爷这种种虽有道理却太苛刻的指责，玛尔法·伊格纳启耶夫娜回答说，这鸡本来就老得很，她自己又没接受过烹饪培训。向晚时分，又出了另一桩烦心事：费奥多尔·巴甫洛维奇得到报告说，打前天开始身体就不舒服的格里果利，偏偏这时候几乎彻底病倒了，腰痛得动弹不得。费奥多尔·巴甫洛维奇只得尽快喝完他的茶，把自己一个人关在正屋里。他的心正七上八下焦急地等待着。原因是恰恰这天晚上他已十拿九稳格露莘卡要来，至少他一清早便从斯乜尔加科夫那里得到近乎保证的消息，说“她明确许诺一定来”。坐立不安的老头儿心怦怦直跳，他在空无一人的上房里走来走去，留神倾听。他必须竖起耳朵集中听力：德米特里·费奥多罗维奇可能在什么地方守候她，一听到她敲窗（斯乜尔加科夫前天就让费奥多尔·巴甫洛维奇放心，说已经把该敲哪儿和怎样敲的暗号向她转告），必须尽快开门，绝对不得让她在过道里耽搁一秒钟，免得她害怕起来逃跑——上帝保佑千万别发生这样的事。费奥多尔·巴甫洛维奇也真够忙乎的，但他的心从来没有沐浴在比这更甜蜜的希望之中：要知道已经可以十拿九稳地说，这一回她肯定要来了！……

第六卷

俄罗斯修士

一　佐西马长老和他的客人们

当阿辽沙忧心如焚地走进长老的修室时，一下子愣住了，几乎无法相信自己的眼睛：他原以为将面对一个奄奄一息的病人，也许已经昏迷不醒，不料竟看到他坐在扶手椅上，尽管因虚弱而疲惫不堪，但容颜慈祥、开朗，犹自抖擞精神，正与周围的客人进行心平气和、微言大义的谈话。

其实，他仅在阿辽沙来到之前一刻钟才从床上起来；客人们先已聚集在他的修室内等他醒来，因为帕伊西神父言之凿凿，说"师傅一定会起来跟他贴心的人们再作一次谈话，这是他在今天早晨亲自许下的诺言"。对于这一诺言乃至对于垂死的长老的每一句话，帕伊西神父都坚信到这样的程度：哪怕看到他已经失去知觉甚至停止呼吸，只要长老曾许诺再一次起来跟他告别，那么帕伊西神父或许还是不会相信他已经死了，仍将等待死者会悠悠苏醒过来履行自己的诺言。

今晨佐西马长老入睡前曾明确对他说：

"在我咽气之前，一定还要跟你们——我的心所钟爱的人们——再畅谈一回，还要瞧瞧你们那一张张亲爱的面容，再一次向你们倾吐我的心曲。"

来参加这次无疑将成为绝响的谈话的是多年来对他最忠实的朋友。他们一共有四人：约西甫神父和帕伊西神父都是司祭修士；另一位司祭修士米哈依尔神父是隐修所的住持——此人年纪还不算太大，远远称不上饱学，平民出身，却有坚定的意志和朴素而不可动摇的信念，外貌十分严肃，但内心充满深厚的感情，尽管明明在掩饰自己的深情简直到了害羞的地步；第四位客人是已届高龄的一名普通修士安菲姆神父，穷苦农民出身，几乎是个文盲，沉默寡言，难得跟谁交谈，在最温顺的人们中间算得上最最温顺的一个，看他的样子像是给什么伟大而可怕的、非他所能理解的事物彻底吓坏了。佐西马长老极其喜欢这个战战兢兢的老人，一辈子都异常尊敬他，不过在自己认识的人中间跟他谈话也许比跟任何人都少，虽然当年曾与他两人走遍俄国的各处圣地，度过好多漂泊岁月。那是很久以前的事了，大约四十年前，当时佐西马长老在科斯特罗马一座默默无闻的穷修道院里刚刚开始他的苦修生涯，此后不久便随同安菲姆神父一起云游四方，为他们科斯特罗马的穷修道院募化。

宾主都在长老的第二间屋子即他的卧室里，前文已提到过那个房间极其狭小，因而除了站着的见习修士波尔菲里外，四位客人围着长老的扶手椅勉强坐在从第一间屋子里搬来的椅子上。天色欲暝，室内靠点在神像前的油灯和蜡烛照明。见阿辽沙进来后站在门口发愣，长老向他现出高兴的笑容，并伸出一只手说：

“你好，斯文的孩子，你好，亲爱的，欢迎你来。我知道你一定会来的。”

阿辽沙走到他跟前，向他一躬到地，并且流下了眼泪。只觉得胸中有什么东西在往上涌，他的心在战栗，他想放声大哭。

“你怎么啦，还没到哭的时候，”长老把右手放在他头上含笑道，“你瞧，我坐在这里跟大家谈心，兴许还能活二十年，昨天有个从维舍果利耶来的好心肠女人就是这样祝愿我的（她抱着一个叫伊丽莎白的小女孩）。上帝啊，请眷顾这位母亲和她的女儿伊丽莎白！”长老在自己胸前画了个十字。“波尔菲里，你有没有把她的奉献送到我说的地方去？”

他记起的是那位性格开朗的女香客捐赠的六十戈比，她希望把它送给“比我更苦的女人”。这样的捐赠乃是为某种原因自愿课交的罚款，照例都来自用自己的劳动挣得的辛苦钱。长老昨晚即已吩咐波尔菲里去送给前不久遭火灾的本城一户孤儿寡母之家，他们自从房屋烧毁后只得乞讨度日。波尔菲里赶紧报告说，事情已经办妥，并且按照给他的指示只说是“一位不留姓名的女善士所赠”。

“起来吧，孩子，”长老向阿辽沙继续说，“让我看看你。去过自家人那里没有？见到你那位兄长没有？”

阿辽沙觉得奇怪，他只说一位兄长，而且问得如此肯定、确切，但究竟哪一位兄长？这意味着，长老昨天和今天打发他到城里去就是为了这一位兄长。

“我见到了我两个兄长中的一个。”阿辽沙答道。

“我指的是你的长兄，昨天我向他一躬到地的那位。”

“那一个我只在昨天见到过，今天我怎么也找不到他。”阿辽沙说。

“赶快找到，明天再去，要快，把别的事通通放下，赶紧去找。你或许还来得及制止某一桩可怕的事情。我昨天是冲他将来要受的大苦大难行礼的。”

他一下子沉默了，似在深思。刚才的话相当奇怪。约西甫神父昨天曾目睹长老一躬到地，现在他与帕伊西神父交换了一个眼色，阿辽沙忍不住了。

“我的慈父，我的恩师，”他无比激动地说，“您的话太不明白……。有什么样的苦难在等待着他？”

“不要多问。昨天我产生了一种可怕的预感……昨天他的眼神似乎道出了他未来的全部命运。他那种眼神是独一无二的……看到这人在为自己准备此等未来，我心中立刻大吃一惊。我一生中有一两回见过某些人有这样的神情……仿佛把他们今后的命运全表现出来了，而这样的预示竟不幸成为事实。阿列克塞，我打发你去找他，因为我想，你做弟弟的面容对他会有帮助。然而一切都由上帝安排，包括我们大家的命运。‘一粒麦子落在地里如若不死，仍旧是一粒；若是死了，就会结出许多子粒来。’记住这话。阿列克塞，我曾因你的面容默默地为你祝福许多次，现在我让你知道，”长老面带安详的微笑说，“关于你我是这样想的：你将走出这里的院墙，在红尘中你会像一个修士那样做人。你会有许多敌人，但是连你的敌人也会爱你。生活将带给你许多不幸，但你将从这些不幸中得到幸福，你将为生活祝福，也促使别人如此——这比什么都重要。你就是这样一个人。诸位神父，诸位师傅，”他动情地含笑对客人们说，“迄今为止，我从未说过，甚至也没有对他说过，为什么我觉得这个青年的面容如此亲切可心。现在我要告诉你们：他的面容对我说来既是预言，又令我想起往昔。在我一生的黎明时分，我还是个小娃娃，曾有一个兄长，他年轻轻的死在我的眼前，才活到十七岁。后来我阅尽世事沧桑，渐渐确信我这个兄长在我的命运中犹如上苍预作安排给我指点迷津。我的一生中若是没有他，我这样想，恐怕我不可能成为修士，不会走上这条弥足珍贵的道路。他第一次出现在我的童年时代，到了我的暮年，我仿佛亲眼看到了他的化身。

“说来真是神奇，诸位神父和师傅，阿列克塞的相貌并不十分像他，只是略有几分相似，但我觉得阿列克塞与他十分神似，有好多次我简直就把他当作了昔日的那个小伙子、我的兄长，他在我的人生旅途行将告终时神秘地来到我身边，作为一种回忆和启示，致使我对自己竟会忽发这个奇想大为惊异。波尔菲里，这话你听见没有？”长老转而面向侍立一旁的见习修士。“我曾多次看到你面露不悦之色，因为我喜欢阿列克塞甚于喜欢你。现在你知道了原因何在，但我是爱你的，这一点你要知道，我曾多次为你的不悦而苦恼。亲爱的客人们，我想告诉你们关于那个青年即我的兄长的事，因为我一生中没有比这更可贵、更具预言色彩、更令人感动的回忆了。我的心充满了柔情，此刻我综观我的一生，仿佛把此生从头再经历一遍……”

在此笔者必须指出，长老在他生前最后一天与前来探望他的客人所作的最后一次谈话，部分是以书面形式保留下来的。阿列克塞·费奥多罗维奇·卡拉马佐夫在长老去世一段时间后凭回忆作了追记。但这全部都是那一次谈话，还是他把以前长老与他的谈话内容也融入这份材料，笔者已无法判断；加之记录中长老的话通篇连续不断，似乎他在以讲故事的形式向朋友们叙述自己的生平，而根据后面的记录无疑可以确定事实并不完全如此，因为当晚的谈话是共同进行的，虽然客人们很少打断主人的话，但毕竟也有人发言，有人插话，甚至也许有人自己讲述某件事情；何况这样连续不断的叙述根本不可能，因为长老有时气儿顺不过来，有时声音没有了，甚至躺到床上稍事歇息，不过并不入睡，客人们也仍留在各自的座位上。有一两次谈话中断，由帕伊西神父诵读福音书补白。还有一点值得一提：他们中谁也不认为长老会在这天夜里去世，尤其在他生前的最后一个晚上，他白天沉沉地睡了一觉以后，似乎一下子又生出了新的精力支持他与朋友们的整个这次长谈。这像是爱心的最后一搏，居然在他身上激发起难以想象的活力，然而仅维持了短短一会儿，因为他的生命已戛然而止……。但这是后话。眼下我要声明，我不打算缕述这次谈话的全部细节，而是仅限于长老的自叙（据阿列克塞 · 费奥多罗维奇 · 卡拉马佐夫的手稿）。这样比较简短，读起来也不太疲劳，不过，我再说一遍，其中有不少内容阿辽沙无疑取自以前的历次谈话，把它们综合在一起了。

二 已故司祭苦行修士佐西马长老生平，由阿列克塞·费奥多罗维奇·卡拉马佐夫据长老自述整理

传 略

1. 关于佐西马长老的一位早逝的兄长

亲爱的神父们，师傅们，我生于遥远的北方省份 B 城，父亲是贵族，但算不上名门，官衔也不大。他去世时我才两周岁，所以我对他

毫无印象。他留给我母亲一幢不大的木屋和若干家产，家产虽薄，却足以使她和孩子生活有着。母亲只有两个孩子：我季诺维和我的兄长马尔凯尔。他长我八岁，性情急躁易怒，但心地善良，不拿人取笑，而且话少得出奇，尤其在自己家里跟我、母亲和仆人在一起的时候。他在学校读书成绩很好，但不跟同学交往，从不吵架，至少母亲记忆中的他是如此。在夭折前半年，那时他已过了十七周岁，经常去找一个在我们城里单身独居的人，大概是因自由思想从莫斯科流放到我们城里来的政治犯。这名流放犯学问不浅，是大学里一位有名的哲学家。不知什么缘故他挺喜欢马尔凯尔，欢迎这个小伙子去找他。马尔凯尔在他那里往往一坐就是一个晚上，如此持续了整个冬季，直至流放犯本人的请求获准——因为他有靠山——被召往彼得堡担任公职。

四旬大斋期到了，可是马尔凯尔不愿持斋，还十分不屑地诟骂这种规矩，说："全是胡说八道，根本没有上帝，"把母亲和仆人，还有年幼的我吓得半死。那时我虽然只有九岁，但听到这样的话也害怕得不得了。我们家的仆人全是农奴，共有四名，都是用我们的一位熟人地主的名义买下的。我还记得母亲把四人中的一个厨娘，又老又瘸的阿菲米亚卖了六十卢布纸币，另外雇一名自由身厨娘顶她的缺。

我的兄长健康状况一直不好，常咳嗽，体质差，有痨病倾向；个子倒是不矮，但细长瘦弱，容貌长得很俊。在大斋期的第六周，他的身体更坏了，可能是着了凉或者别的什么。可是大夫来看了以后，很快就悄悄告诉我母亲，说是百日痨，活不过春天。母亲哭哭啼啼，开始小心翼翼地劝我兄长（主要是怕吓着他）吃几天斋，上教堂参加礼拜，以便进行忏悔和领圣餐，因为当时他还能走路。他听了以后非常生气，对上帝的殿堂口出秽言。不过，他也开始思量，很快便猜到了自己病得凶险，所以母亲趁他还撑得起时劝他持斋做礼拜，准备领圣餐。事实上他早已知道自己身体不行，此前一年他有一回在用餐时，曾镇定地对我和母亲说："我不是这个世界上你们中间的人了，顶多再活一年。"不料竟一语成谶。

过了两三天，受难周开始了。兄长从星期二上午便去做礼拜。

“母亲，我是为了您才这样做的，我想让您高兴、宽心，”他说。母亲哭了起来，既高兴又伤心，她说：“知道吗，他一下子发生这样的变化，可见他的死日不远了。”但他去教堂没几天工夫便卧床不起，以致他的忏悔和领圣餐仪式也是在家里举行的。

这一年的复活节特别晚[①]，已是春暖花开的艳阳天。我记得当时他彻夜咳嗽不止，睡不好觉，到早晨总是穿上衣服试着坐在扶手软椅上。他保留在我记忆中的形象便是这样：静静地坐着，温和柔顺，面带微笑，尽管身染重病，脸上却乐呵呵的。他在精神上的变化太神奇了，和过去判若两人！

有时老保姆走到他房间里说：

“亲爱的，让我在你屋里把神像前的灯点亮吧。”

过去他是不允许的，甚至点了也要吹灭。可是现在他说：

“点吧，亲爱的，点吧，过去我不让你们点，我真该死。你点灯的同时在向上帝祈祷，而我也乐意为你祈祷。就是说，你我是向同一位上帝祈祷。”

我们听了这样的话觉得奇怪，而母亲听了就到自己屋里去不停地哭，只有到他房间里去的时候，才抹去眼泪强装笑容。

“母亲，不要哭，亲爱的，”有时他会这样说，“我还要活好长时间，还可以和你们一起高高兴兴过上很久，而生活是多么快乐，生活是多么开心！”

“唉，我的儿，你夜里发烧、咳嗽，你的胸膛都快给撕破了，哪里还有什么快乐！”

“母亲，你不要哭，”他回答道，“活着便是天堂，我们人人都身在天堂，可就是不愿理解这一点。只要大家愿意理解，明天整个世界就会变成天堂。”

---

① 基督教规定每年过了春分月圆之后的第一个星期日为复活节，具体日期年年不同，相差最大可达一个月。其中东正教因使用历法不同，与天主教、新教又有差异。

听了他的话大家都在纳闷，因为他说得如此奇怪，如此肯定，所以都感动得哭了。逢到有熟人来到我家，他会说：

“好心的人们，亲爱的人们，我是不值得你们爱的，你们这样爱我，过去我竟然不知道，不珍惜。”

见仆人走进他的房间，他随时都会这样说：

“好心的人们，亲爱的人们，你们这样服侍我真叫我过意不去。我值得你们伺候吗？如果上帝怜悯饶我不死，我一定自己服侍你们，因为人人都应该彼此为别人服务。”

母亲听了以后，摇头道：

“我亲爱的孩子，你是因为有病才这么说。”

“母亲，我的好母亲，没有主仆名分是不行的，可是我也要为我的仆人充当仆人，就像他们为我那样。我还要告诉你，母亲，我们每一个人在所有的人面前都是有罪的，而我是最大的罪人。”

母亲当即忍不住笑了，她是含着眼泪笑出来的，她说：

“你怎么会在所有的人面前成为最大的罪人呢？人家是杀人犯、强盗，你又有什么罪过，认为自己是最大的罪人？”

“母亲，我的好娘亲，”他说，那时他常常会用这样一些出人意料的亲昵称呼，“我的好娘亲，养育我的亲人，要知道，每一个人在所有的人面前确实都是有罪的，对所有的人、所有的事都负有罪责。我不知道该怎样给你讲这个道理，但我痛切地感觉到事情确实如此。我们过去懵懵懂懂过日子，还常常生气，怎么一点不明白呢？”

就这样，他每日睡觉后起床，一天比一天更温柔、快活并充满爱心。有时一位姓艾森什米特的德国老医生来看他，他会跟大夫开玩笑说：

“怎么样，大夫，我还能在世上活一天吗？”

“岂止一天，您还能活好多天，”大夫回答道，“还能活好多个月，好多年呢。”

“何必要多少年，何必要多少月！”他会发出这样的感慨，“也不需要计较多少天，一天就足够让人体会到全部幸福。我亲爱的人们，我们何必争吵，何必彼此在对方面前夸耀自己，何必互相记恨对方？我们何不到花园里去玩耍，嬉戏？让我们彼此相爱，互相亲吻，你夸我、我赞你，为我们都活着而祝福吧！”

“令郎恐怕不久人世了，”大夫向送他到台阶前的母亲说，“疾病已开始导致他精神失常。”

他的房间窗户朝着花园，我家的花园古木葱茏，春天的树上结着好多苞蕾，早早飞来的鸟儿叽叽喳喳对着窗户给他唱歌。他瞧着鸟儿，欣赏歌声，会突然请求它们宽恕：

“上帝的小鸟，快乐的小鸟，宽恕我吧，因为我对你们也犯有罪过。”

当时对此我们谁也理解不了，而他却流着喜悦的眼泪说：

“是啊，在我周围充满了上帝的荣光：小鸟、树木、草地、天空，只有我过去一直生活在耻辱之中，只有我把一切都玷污了，全然没有察觉这般美景和荣光。”

“你把太多的罪过都揽到了自己头上。”母亲有时哭着这样对他说。

“母亲，我的恩人，我这眼泪是因为高兴而流的，不是因为伤心。只是我没法向你解释清楚，我自己愿意在它们面前承担罪责，因为我不知道怎样去爱它们。纵使我在天下众生面前承担罪责，众生也会宽恕我的，那便是天国。现在难道我不是在天国里吗？”

还有许多已经想不起来，只得略而不提。记得，有一次我独自到他房间里去，那里没有别人。时近黄昏，天气晴好，太阳快要下山，斜晖脉脉照亮了整个房间。他看见了我，向我招招手，我走到他跟前，他用两手握住我的双肩，深情地瞧着我的脸，什么也不说，只是这样瞧着约莫有一分钟。后来他说：

“好了，现在你去玩吧，代我好好地活下去！”

当时我就去玩了。可事后我一生中曾多次含着眼泪回想起他要我代他活下去这句话。他还说过好多这样奇妙的话，尽管当时我们不解其意。他在复活节后第三个星期去世，神志一直清醒，虽然已不能说话，但直到最后一刻始终没有变样：表情愉快，眼神洋溢着欢欣，不时用目光寻找我们，冲我们微笑，向我们召唤。他的去世甚至在全城引起许多议论。这一切当时曾使我受到震动，然而并不太强烈，尽管他下葬时我哭得很厉害。我还年幼，只是个娃娃，但心中留下了不可磨灭的印象，感情深深地藏了起来。到时候一切都将被唤醒，而且一呼即应。后来果然如此。

2.《圣经》对佐西马神父一生的影响

当时只剩下了母亲和我。好心的熟人很快向她进言，说现在您只有一个儿子了，你们并不穷，有家产，您何不像别人家那样把您的儿子送到彼得堡去？若是留在此地，您也许会耽误他的锦绣前程。有人建议母亲把我送往彼得堡的武备学堂，将来好加入皇家近卫军。母亲犹豫了很长时间：她怎么舍得跟唯一的儿子分开？尽管没少掉眼泪，但她还是拿定了主意，想促成我未来的幸福。她把我带到彼得堡，送进了武备学堂，自那以后我再也没有见到她。因为三年后她便去世了，在这三年里头她一直在为我们母子的命运忧伤和担心。

我从老家带走的唯有珍贵的回忆，因为一个人最可宝贵的莫过于他幼年时期在老家留下的回忆。几乎任何时候都是这样，只要家庭中有一丁点儿爱与和睦存在。即使最糟糕的家庭也会有一些珍贵的回忆保存下来。我把关于《圣经》的回忆也归入故居印象之列，因为我在老家时虽然还很小，却对《圣经》有浓厚的兴趣。当时我有一本插图精美的书，名为《新旧约圣经故事一百零四则》，我就是从这本书学认字的。它至今还在我这里的书架上，我把它作为珍贵的纪念保留着。但在我学会阅读以前，我记得在八岁那年就已经第一次受到神的感应。在受难周的星期一，母亲只带我一人(我记不得当时兄长在什么地方)去教堂做礼拜。那日天朗气清，此刻我回想起来犹历历如在目前，氤氲之气从香炉里袅袅升起，而阳光通过教堂圆顶的小窗向我们倾泻下来，炉中的香如层层烟波向着日光升腾，仿佛融化在上帝的荣光之中。我看到这幅景象心有所动，这是我有生以来第一次有意识地让上帝语言的第一颗种子落入我的心田。一个少年手捧一本大书走到教堂中央，当时我觉得那本书大得他几乎拿不动；他把书放到诵经台上，打开来开始朗读，我忽然平生第一次似有所悟，第一次明白这是在上帝的殿堂里读经。“乌斯地，有一个人名叫约伯，那人完全正直，敬畏上帝，”[①]他有多少家产，多少骆驼，多少羊和驴，他的儿子吃喝玩乐，他非常爱他们，祈求上帝保佑他们，因为他们吃喝玩乐恐怕犯了罪。有一天魔鬼随神的众子一起来到上帝面前说，我在地上地下走来走去。上帝问他：“你察看我的仆人约伯没有？”上帝指着他的伟大而神圣的仆人向魔鬼夸耀。魔鬼听了上帝的话冷笑道：“你只要把他交给我，你将发现你的仆人将出怨言并诅咒你的名字。”于是上帝把他如此钟爱的正直信徒交给魔鬼。魔鬼袭击了他的儿女和牲畜，如晴天霹雳把他的财产一下子毁坏殆尽。于是约伯撕裂自己的衣服，伏在地上下拜，说：“我赤身出于母胎，也必赤身归回。赏赐的是耶和华，收取的也是耶和华。耶和华的名是应当称颂的，从现在一直到永远！”

神父们，师傅们，原谅我此刻的眼泪——因为我的整个幼年时期仿佛又在我面前重现，此刻我的呼吸如同当年我用一个八岁儿童的胸腔呼吸一样，我如同当年一样感到惊异、惶惑和喜悦。当时经中提到的骆驼曾牢牢地吸引住我的想象力，还有如此跟上帝说话的魔鬼，还有把自己的仆人置于绝境的上帝，还有他的仆人表示“即使你处死我，你的名也是应当称颂的”这样的话——然后还有教堂里柔和甜美的歌声：“愿我的祷告上达天听”，接着又是神父香炉里的袅袅青烟以及跪在地上的祈祷！从那以后，我每次读这篇神圣的故事总止不住潸然泪下——昨天我还拿起来读过。这里边有多少伟大的、神秘的、难以想象的内涵！后来我曾听一些嘲笑者和渎神者说过这样不敬的话：

---

① 引自《圣经 · 旧约 · 约伯记》第 1 章。本段下文亦见该章，但非原文。

上帝怎么可以把自己心爱的圣徒交给魔鬼捉弄，任凭魔鬼夺去他的儿女，击打他，使他长毒疮，害得他不得不拿瓦片刮身体？而这一切又是为了什么？仅仅为了可以向魔鬼夸耀："瞧，我的圣徒为我可以承受什么样的苦难！"但伟大就伟大在其中有个奥秘，——过眼烟云的人间凡事在此与永恒的真理碰在一起了。永恒真理的效应在尘世真理面前得到了显示。造物主像在创造天地的最初几日每日赞叹"我造出的东西是好的"那样，看着约伯，重又赞叹自己的创造。而约伯在称颂上帝的同时不仅为他效力，也是为他千年万代绵延不绝的全部创造效力，因为这正是他的使命。天哪，这是什么样的书哇！它包含着多少教训哪！《圣经》实在是一部神奇的书，人们从它获得的是什么样的奇迹和力量！这个世界，世上的人，人的种种性格——一切都有塑就的模型在其中被定名展示，万古流传。其中有多少被破解和公开的奥秘。上帝让约伯重振家业，又过了许多年，他又有了另一些儿女，他也爱他们。

"主啊，过去的那些儿女已经没有了，"表面上看来也许会产生这样的疑问，"他失去了以前的儿女，怎么能爱这些新的儿女？回想起失去的儿女，无论新的儿女在他看来如何可爱，他和他们在一起难道能和从前一样幸福美满？"

但这是可能的，可能的。昔日的悲痛会渐渐转为祥和安谧的欢乐——这正是人生的一大奥秘。温良明净的老境将取代热血沸腾的青春。我每日都要祝福初升的太阳，我的心依旧在为它唱着赞歌，但我已经更爱夕照，爱长长的斜晖，爱随之而来的淡泊宁静的回忆以及从我漫长幸福的一生中浮现的一个个亲爱的形象——凌驾于这一切之上的则是上帝的真理，感化众生、消弭争斗、宽恕一切的真理！

我的生命行将告终，这我知道，也能听到，但我在余下的每一天都能感觉到，我在地上的生命正与无穷尽的、未知的、但即将来临的新的生命交接，这种预感使我的灵魂因欣悦而战栗，使我的头脑豁亮闪光，使我的心由于欢喜而哭泣……

朋友们，师傅们，我不止一次听说，而最近听到的就更多，说我们的教士，尤其是乡村教士，到处哭诉他们的薪水太低，处境可怜，公开宣称乃至在报刊上发表——我自己就读到过，——说如今他们已没法向民众讲解经义，因为他们的薪水太低；说要是路德宗新教徒和异教徒来夺取羊群，那就让他们夺走好了，因为“我们的薪水太低”。

主啊！我认为，但愿上帝能给他们增加对于他们如此宝贵的薪水（因为他们的抱怨有道理），但我要说一句实话：如果此事要怪谁，那么他们自己就该负一半责任！因为即使没有时间，即使他们说所有的时间都忙于事务与礼拜也有道理，但毕竟不是一点时间也不剩了，他们在整整一个星期内总该拿得出一个钟头来忆及上帝。再者也不是一年到头忙于事务。他们只消每周一次晚上把人们召集到自己身边，起初即使只召集孩子们也行，——孩子的父辈们听说了，自己也会来的。何况为此目的也无须建造高大宫室，只要让人们到你家里来就行；不用害怕，他们不会把你的家搅得一塌糊涂，不是只要让他们来一个钟头吗？你打开这本书给他们念就是了，不要故作深奥，不要盛气凌人，也不要居高临下，只要温顺谦恭，自己也为能向他们诵读、而他们都在聆听并且理解而高兴，自己也热爱这些经义，偶尔停下来讲解老百姓不懂的个别词句。不用担心，他们什么都能领会，一颗正教徒的心什么都能理解！可以给他们念亚伯拉罕和撒拉的故事①，以撒和利百加的故事②，给他们念雅各如何去见拉班，如何梦见上帝，醒后说：“这地方何等可畏，”③——这样必能在老百姓虔诚的头脑里留下深刻的印象。给他们念，尤其要给孩子们念哥哥们如何把他们的骨肉弟弟、英俊少年、得梦的先知约瑟卖与他人为奴，却把他的衣服染了血向父亲谎报，说恶兽把他的儿子撕碎了。④给他们念哥哥们后来到埃及去买粮食，没有认出约瑟已经成为治理埃及的大臣，约瑟如

---

① 见《圣经·旧约·创世记》第 20 章。
② 见《圣经·旧约·创世记》第 24 章。
③ 见《圣经·旧约·创世记》第 28 章。
④ 见《圣经·旧约·创世记》第 37 章。

何为难他们，指控他们，又如何留下小弟弟便雅悯[1]，而这一切俱出自爱心，他说："我是爱你们的，我为难你们也是出自爱心。"因为他终生不会忘记哥哥们如何在酷热的荒原里一口枯井边把他卖给过路的商人，他曾扭绞着双手、哭着哀求哥哥们不要把他卖到异乡为奴，而过了这么多年之后见到他们，他的弟兄之情重又萌发，但出于爱心还是为难他们，给他们苦头吃。后来他受不了自己心中的苦楚，转身退去，扑倒在自己床上大哭一场；最后他抹去脸上的泪痕，容光焕发地出来，对他的弟兄们说："我是约瑟，我是你们的兄弟呀！"[2]还可以接着给他们念，老雅各听说他的爱子还活着，不惜抛下故国家园前往埃及，最后客死异乡，临终道出了在他温顺而怕事的心中秘藏了一生的千古预言，说他的儿子犹大的后裔中将出现世界的大希望、和平使者及救世主。[3]

神父们，师傅们，请勿见怪，原谅我像个小孩子那样絮叨你们早已熟知的内容，这些课程你们教起我来一定生动百倍，精彩百倍。我只是出于欣喜才说这些，请原谅我的眼泪，因为我实在爱这部书！但愿那些教士也能流泪，也能发现民众听了他念的经会怦然心动。只需一颗小小的种子：你把它撒入老百姓的心田，它不会白白浪费，会永远活在他们心中，会藏在他们的愚昧、混沌、罪过中间成为一个发光的亮点、伟大的启示。用不到讲太多的道理，用不到太多的教导，他们什么都能理解，就这么简单。你以为老百姓理解不了？你试着再给他们念美丽的以斯帖和高傲的瓦实提的动人故事[4]，或者先知约拿被吞入鲸腹的神奇传说[5]。同样不要忘掉主的譬喻，可以《路加福音》为本（我就是这样做的），然后是《使徒行传》中扫罗皈依一章[6]（这是

① 见《圣经 · 旧约 · 创世记》第 42 章。
② 见《圣经 · 旧约 · 创世记》第 45 章。
③ 见《圣经 · 旧约 · 创世记》第 49 章。
④ 见《圣经 · 旧约 · 以斯帖记》。
⑤ 见《圣经 · 旧约 · 约拿书》。
⑥ 见《圣经 · 新约 · 使徒行传》第 9 章。

一定要的，一定要！），完了以后还可以选读一些《圣徒言行录》，比如贤者阿列克塞的生平，还有伟人中的伟人、以苦为乐、见过上帝并心怀基督的埃及修女马利的事迹[1]，这些简单的故事肯定能深入到他们心中，每周只消一小时，尽管薪水微薄，就一小时。你会看到我们的人民是仁厚知恩的，他们会给你百倍的报答。他们不会忘记教士的一片苦心和感人至深的话语，会自愿帮他种地，料理家务，比以前更加尊敬他——这样不是等于给他加薪吗？事情其实相当简单，以至于有时候简直说不出口，因为人家会笑你，然而确确实实是这么回事！不信上帝的人也不会相信上帝的子民。谁要是对上帝的子民树立了信心，他也将洞悉上帝缘何神圣，哪怕在这以前他根本不信。只有人民以及人民未来的精神力量才能使我们那些脱离土壤养分的无神论者皈依。

如果不通过实例，基督的教义又有何用？人民听不到上帝的话语，也就没有了希望，因为他们的心灵渴望了解上帝的语言，酷爱体现上帝意志的一切美好事物。

我年轻时，那是很久以前的事了，差不多已时隔四十年，我和安菲姆神父一起走遍全俄国为修道院募化。有一回我俩跟一些渔民同在一条通航的大河岸边过夜。一个眉清目秀的农家小伙子，看上去已有十八九岁，也加入我们的圈子，他第二天要赶往某处去给一艘货船拉纤。我见他心平气和地望着自己前方。六月之夜相当明亮，温暖而又宁谧；江面宽阔，雾气从水上徐徐升起，给我们送来阵阵清凉，可以听到鱼儿轻拍水面的泼剌声，鸟儿已经归林；一切都是那么安静、那么可爱，都在向上帝祈祷。只有我们俩——我和那个小伙子——没睡，我们谈得很投缘，谈到上帝的这个世界有多美以及它的伟大奥秘。每一根小草，每一只甲虫、蚂蚁、金色的蜜蜂，虽然没有头脑，却无不认得各自的路，真令人吃惊；它们的行为证明，上帝的奥秘确

---

① 据传说，此女年轻时行为放荡，后随一批朝圣者前往耶路撒冷，皈依了基督教，并在约旦的沙漠中苦修 47 年以赎前愆。

实存在，它们本身都在实现这一神秘的过程。我看得出，那俊小伙子的心激动起来了。他告诉我，他爱森林，爱林中的鸟；他是个捕鸟人，听得懂每一声鸟鸣，善于引诱每一种鸟。

“没有什么比待在林子里更让我觉得可心的了，”他说，“反正一切都挺好。”

“的确，”我接过他的话茬，“一切都是美好的，因为一切都是真理。就拿马来说，”我向他解释，“这是了不起的牲畜，跟人特别贴近；或者拿黄牛来说，它能养活人，给人干活，老是耷拉着脑袋，若有所思。你只要瞧它们的面相：对人多么温顺，多么忠诚，尽管人经常无情地鞭打它们；它们脸上的表情始终任劳任怨、充满信任，这有多美。这实在令人感动，要知道它们什么罪过也没有，因为除了人以外，其余的一切都是完全无罪的，基督和它们同在比我们更早。”

“难道基督也和它们同在？”小伙子问。

“怎么能不是这样呢？”我对他说，“因为上帝的语言适用于天下众生。众生万物、每一个生命体、每一片叶子都向往着神的语言，给上帝唱赞歌，为基督哭泣，不自觉地通过自己无辜一生的奥秘实现这一过程。再比如，”我对他说，“有一只可怕的熊出没在树林里，凶猛而残暴，但在这方面它毫无过错。”

于是我给他讲了一个故事。有一次，一只熊来到隐居在林中一间小屋里的一位大圣人那儿，大圣人见它怪可怜的，便毫不畏惧地走出来给它一块面包，对它说：“去吧，基督和你同在。”那猛兽便乖乖地走了，没有加害于他。

小伙子听到熊没有加害于人乖乖地走开，听到基督也和熊同在，颇受感动。

“啊，”他说，“上帝创造的一切都那么美好，那么奇妙，真是太好了！”

他坐在那里，静静地、恬美地沉思冥想。我看得出，他已经理解。不久他便在我身旁进入睡乡，他睡得不沉，却坦荡荡问心无愧。愿主赐福于青春！当时我为他向上帝做了祈祷，自己也随之入梦。主啊，把和平与光明赐给你的子民吧！

3. 佐西马长老回忆出家前的青年时代。决斗。

我在彼得堡的武备学堂待了很长时间，差不多有八年。由于所受教育的变化，儿时的印象有许多已不那么鲜明，虽然我什么也没有忘记。取而代之的是我有了许许多多新的习惯乃至新的见解，致使我几乎变成一个残忍和失去理性的怪物。我学会了社交界那一套潇洒的举止和表面的礼貌，自然也少不了法语。

但是，在学堂里大家都把伺候我们的勤务兵当作十足的畜生看待，我也一样。也许我比谁都厉害，因为在同学中间我最容易冲动。我们毕业当上军官以后，随时准备为我们团被玷辱的荣誉去流血，对于真正的荣誉，我们几乎谁也不知道那是怎么回事，谁要是听说了，恐怕自己第一个立即会加以嘲笑。酗酒、闹事、逞能几乎被引以为荣。我不想说我们生性顽劣，这些年轻人品质都不错，但行为恶劣，而最坏的是我。主要是因为我自己有钱，所以就任意胡为，逞少年意气，漫无节制，如脱缰之马。

有一点十分奇怪：当时我也读各种书，甚至兴味颇浓；唯独《圣经》在那段岁月里几乎从不打开，却又从不和它分离，到哪儿都带着，不自觉地珍爱此书，真可谓“日日时时，年年月月”。

如此服役四年之后，我终于来到K城，我们团当时就驻扎在那里。该城热情好客，社交活动场面很大，各色人等都有，我到处都受欢迎，因为我生来性格开朗，加之外界知道我家道小康，这在社交圈内不是无足轻重的。那时出现了一个情况，以后所有的事情便由此发端。

我对一位品貌双全的小姐产生了好感，她有高贵的气质，父母都很受尊敬。她家门第不可小觑，有财有势，对我的接待亲切友好。我开始觉得小姐对我青眼有加，——这一想法使我的心燃烧起来。后来我才明白并且充分意识到，我也许并没有那么热烈地爱上她，只是器重她的聪慧和高贵气质，而这是不言而喻的。然则，当时阻碍我求婚的是一种自私心理：我那么年轻，又有钱，正好纵情声色，过无拘无束的单身生活，要我放弃这样的诱惑谈何容易，简直可怕。不过我是作了一些暗示的。反正我暂时不打算采取任何决定性的步骤。

这时部队忽然奉命开往另一个县城去两个月。当我两个月后回到K城时，听说小姐已嫁给城外一位富有的地主，此人虽长我好几岁，但还算年轻，与京都上层社会有联系(这是我所缺乏的)，举止谈吐温文尔雅，此外还有相当学养(而我自己根本谈不上学问和修养)。这一突然发生的情况给了我当头一棒，顿时我的头都晕了。更糟的是我随即了解到，这位年轻的地主早就是她的未婚夫，我自己也在她家见过此人多次，但由于被自己的踌躇满志蒙住了眼睛而什么也没有察觉。主要正是这一点使我受到了侮辱：为什么差不多人人知道的事情，唯独我被蒙在鼓里？我一下子怒不可遏。我面红耳赤地开始回忆自己好多次几乎已向她吐露爱慕之意，由于她并未制止或告诫我，于是我得出结论，认为她一直在捉弄我。当然，事后经过思考，我回想起她一点也没有捉弄我，相反，她总是用开玩笑的口吻打断这样的话头，把谈话引到别的事情上去，——但当时我没能冷静地思考，竟产生了报复的欲望。追忆起来我简直难以置信，当时这种报复欲望和愤怒心情其实使我自己也极度痛苦和反感，因为我生性大大咧咧，不可能长时间生某人的气，所以我不得不人为地在自己身上煽风点火，最后变得既可恶又可笑。

我终于等到了机会，有一次在大庭广众间我找了个毫不相干的借口侮辱了我的“情敌”，就他对当时的重大事件——此事发生在二六年[①]——发表的意见加以嘲讽，据说我的嘲讽很尖刻，也很巧妙。然后逼迫他与我理论，接下来我更是强词夺理，胡搅蛮缠，以致他接受

① 1825年12月(俄历)，俄国的一些贵族革命家发动反对沙皇的武装起义，遭到镇压，史称“十二月党人事件”。1826年，其中5人被处死，100余人被流放。

了我的挑战，尽管我们两人之间相去甚远，因为我比他年轻，身价、地位微不足道。事后我确凿地了解到，他接受挑战也是出于对我的忌妒：以前他为了妻子——那时还是未婚妻——也有点儿忌妒我；现在则认为，妻子若是知道他受了我的侮辱却不敢与我决斗，恐怕会不由自主地瞧不起他，她的爱情也会因之而动摇。

我很快便找到一位同僚、我们团的一名中尉充当副手。当时对于决斗者虽然严惩不贷，但在军人中间决斗简直是一种时尚——某些野蛮的偏见有时会愈演愈烈以至于根深蒂固。

时值六月之杪，我们约定次日早上七点在城外见面——不料偏偏发生一件对我来说确实是重大转折的事情。晚上回家时我窝着一肚子火，脾气坏极了，盛怒之下使出所有的力气在我的勤务兵阿法纳西脸上打了两下。他给我当差时间还不长，以前我也打过他，但从来没有像这样野蛮残忍。信不信由你们，亲爱的朋友，四十年过去了，可是回想起那件事来，我至今仍感到羞愧和痛苦。我躺下睡觉，睡着了大约有三个小时，醒来时新的一天即将开始。我一下子从床上爬了起来，不想再睡，便走到窗前，打开临花园的窗子，只见朝阳正冉冉上升，温暖而又壮丽，鸟儿开始啁啾争鸣。

这是怎么回事？为什么我内心好像有一种可鄙可耻的感觉？是不是因为我要去干流血的勾当？不，好像不是这个缘故。莫非因为我怕死，害怕自己被杀？不，完全不是那么回事……。我旋即明白了原因何在：原因在于昨晚我打了阿法纳西！

此事一下子在我脑海中重新浮现，整个这一幕仿佛又从头演了一遍：他站在我面前，我照准他的面门抡臂打去，可他双手贴着裤缝，保持立正姿势，脑袋竖得笔直，眼珠凸出，像在接受检阅；我打一下他就哆嗦一阵，甚至不敢举手挡一下——人竟被糟蹋到这般地步，这是人在打人！这是何等可怕的罪行！我的心仿佛被一枚锋利的针所刺穿。

我站在窗前，呆若木鸡。旭日在照耀，叶片在欢笑，在闪光，鸟儿在赞美上帝……。我双手掩面，倒在床上放声大哭。这时我想起了我的兄长马尔凯尔和他生前对仆人说的话："亲爱的，你们为什么要服侍我，为什么要爱我，我凭什么要你们伺候我？"

"是啊，我凭什么？"这句话猛然间冒了出来。的确，我凭什么要另一个和我一样都是上帝照着自己的形象造出来的人来伺候我？这个问题当时一针见血地扎入我的大脑，这在我还是平生头一遭。"母亲，我的好娘亲，每一个人在所有的人面前确实都有罪，只是人们不知道罢了；若是知道了——那便是天堂！"

"主啊，难道这也不是真话？"我哭着心想，"也许我果真对所有的人负有罪责，而且比世上所有的人更加罪孽深重！"于是事情的全部真相顷刻间赤裸裸地呈现在我眼前。"我要去干什么？去杀一个好人，一个聪明、高尚、没有任何地方对不起我的人，而他的妻子将永远失去幸福，实际上等于是我把她折磨致死。"

我俯卧在床上，脸埋在枕头里，全然没有察觉时间是怎样过去的。忽然我的同僚中尉带着决斗用的手枪进来叫我。

"你已经起来了，这很好，"他说，"时候到了，咱们走吧。"

我手忙脚乱，不知如何是好，不过我们还是出来上了马车。

"你在这里稍等片刻，"我对他说，"我一会儿就回来。我把钱包忘了。"

说完，我一人跑回住所，直奔阿法纳西住的一间小屋子。我对他说：

"阿法纳西，昨天我打了你两个耳光，你原谅我吧。"

他像受到惊吓似的哆嗦了一下，直愣愣地望着我。我看得出这样还不够，远远不够；于是顾不得当时身穿军装、佩着带穗的肩章，啪的一声跪倒在他脚下，前额着地，说：

"宽恕我吧！"

这下他完全变傻了：

"长官大人，老爷，您怎么能……这不是要折杀我？……"

他突然哭了起来，跟我刚才一模一样，双手掩面，朝着窗户转过身去，抽抽搭搭地浑身颤抖。我跑到等在外面的同僚那儿，跳上马车，喊了一声：

“走吧！”然后大声对同僚说：“你瞧见过胜利者是什么样儿的吗？现在你面前就有一位！”

我欣喜若狂，大笑不已，一路上说个没完，我已记不得说了些什么。

“嗨，老弟，”中尉瞅着我说，“你是好样的。我看得出，你决不会愧对自己身上的这套制服。”

马车把我们送到目的地，他们已经在那里等候我们。双方的副手让我们站在彼此相距十二步的地方，由他开第一枪。我开开心心地站在他前边，面对面，一眼不眨，深情地望着他，该怎么做——我胸有成竹。他放了一枪，子弹只擦破了我面颊和耳朵上一点儿皮。

“感谢上帝，”我嚷道，“没打死人。”

然后我拿起自己的手枪，一个后转身，把枪往树林子里一扔，并且大叫一声：

“去你的吧！”

接着我转过身来向我的对手说：

“先生，请原谅我这样一个愚蠢的年轻人。由于我的过失，让您受了侮辱，现在又让您被迫向我开枪。如果说您有什么不是的话，那么我的不是等于您的十倍，也许还不止十倍。请把这话转告您在世上最珍视的那位女士。”

我的话音刚落，他们三人纷纷向我发难。

“简直莫名其妙，”我的对手说，他甚至相当恼火，“既然您不想拼命，为什么要挑起这场决斗？”

“昨天我还很愚蠢，可是今天变聪明了。”我欢欢喜喜地这样回答他。

“有关昨天的前半句我信，”他说，“至于有关今天的后半句，单凭您的说法还难以下结论。”

“好极了，”我拍拍手对他说，“在这一点上我同意您的看法。我有理由得到这样的评价。”

“那么，先生，您还准备开枪吗？”

“不，”我说，“如果您愿意，您可以再打一枪，不过我奉劝您还是不要打为好。”

两位副手，尤其是我的同僚，也冲我大喊大叫：

“你这是丢我们团的脸，竟然站在决斗场上请求对手宽恕！早知你会来这一手，我……”

我站到他们三人面前，止笑敛容道：

“诸位，如今碰到有人对自己的愚蠢行为表示后悔并为他的过错公开道歉，难道就值得如此大惊小怪吗？”

“可这是在决斗场上！”我的副手怒气冲冲地说。

“问题恰恰在这里，”我向他们答道，“这才是值得奇怪的。按说，我应当一到这里，在这位先生开枪之前就赔礼道歉，才不致陷他人于不义。但是，我们自己把自己置于一种荒谬绝伦的尴尬境地，以致这样行事几乎是不可能的。因为只有在我挨过这位先生从十二步外开的一枪之后，我的话对他才可能多少有些意义；如果在开枪之前，在我们来到这里的时候立刻道歉，你们就会说：这是个胆小鬼，看见手枪吓破了胆，别理他。诸位，”这时我发出由衷的感叹，“看看周围上帝赐予的美景吧：碧空如洗，空气清新，芳草萋萋，小鸟歌唱，大自然是美好的、无罪的，而我们，只有我们心中没有上帝，愚不可及，不懂得活着就是天堂，因为只要我们愿意明白这个道理，天堂就会来到人间充分展现它的风姿，我们就会互相拥抱，流下欢乐的眼泪……”

我还想往下说，但已经语不成声；甜蜜的青春激情堵得我喘不过气来，而心中的幸福则是我有生以来从未感到过的。

“这一切是理智和虔诚的，”我的对手说，“无论如何您是一个很有个性的人。”

“您可以取笑我，”我笑着对他说，“但将来您会对我的话表示赞赏的。”

“我现在就愿意表示赞赏，”他说，“您若是允许的话，我可以跟您握手，因为您看来确实是个真诚的人。”

“不，现在不要，”我说，“将来等我变好了，赢得了您的尊敬，那时您再跟我握手——岂不更好？”

我们驱车回家，我的副手骂了我一路，而我吻了他一路。同僚们很快听说了此事，当天就聚集在一起评判我的行为。

“他玷污了军人的荣誉，”他们说，“他应该退役。”

“他毕竟顶住了对方先开的一枪。”也有人为我辩护。

“是的，但他不敢再面对第二枪、第三枪，所以在划定的界线上求饶了。”

“倘若不敢面对第二枪、第三枪，”辩护者不以为然，“他会先开自己的第一枪，然后请求宽恕；可是他把已经装了弹药的手枪扔进树林里去了。不，这该另当别论，这事儿不同寻常。”

我听着，看着他们，心中很坦然。

“我亲爱的朋友们、同僚们，你们不必为该不该劝我退役的事费心了，因为我已经这样做了，今天上午已经向办公厅递交了申请，一俟申请得到批准，我立刻去进修道院，这也是我退役的目的。”

我刚说完，他们人人都笑得前俯后仰。

“你一开始就该宣布才对，现在事情已经一清二楚，对修士我们没有资格说三道四。”

大伙儿笑得不亦乐乎，而且并非冷嘲热讽，却是友好的欢笑，我一下子赢得了所有人的喜爱，甚至包括对我谴责最凶的人，在接下来的整整一个月内，直到退役申请获准，我成了最受欢迎的新闻人物。“你好，修士，”他们会这样跟我打招呼。每一个人都会向我说一两句友好的话；他们试图劝我打消出家的念头，有人甚至为我惋惜：

“你这是何苦呢？”

“不，”有人说，“他不是孬种，他顶住了别人开的一枪，本可以放他自己的一枪；可是头天他得了一梦，知道自己该去当修士，所以才这么做的。”

城里社交圈内的议论几乎完全相同。过去他们并没有特别注意我，只是热情接待而已，如今一下子人人抢着要和我认识一下，家家邀请我去做客。他们笑我，却喜欢我。在此我要指出，当时关于我们那次决斗虽然大家都公开谈论，但当局把此事掩盖了过去，因为我的对手是我们一位将军的至亲，反正事情没有弄到流血的地步，倒像是化作了一次玩笑，何况我又退了役，于是真的就大事化小，小事化了。我也就开始放胆说话，并不顾忌被人们取笑，因为这毕竟不是恶意的笑，而是善意的笑。所有这些谈话多半是晚上跟女士们在一起时进行的，那时候女士们更爱听我说话，还拉着男士们一块儿听。

“怎么能说我对所有的人都负有罪责呢？”任何人都可能这样当面取笑我。“就拿您来说，难道我能对你负有罪责？”

“也难怪，”我回答说，“整个世界早已走上另一条道路，我们把十足的谎言当作真理，还要求别人也说谎。我平生就这么一回有此真诚由衷的举动，结果你们都把我看成一个疯子；尽管你们喜欢我，可还是取笑我。”

“可是怎么能不喜欢您这样的人呢？”女主人说着冲我笑出声来。

那天在她家聚会的人很多。忽然我看见从女士圈子里站起一位年轻的女客——就是为了她，我才挑起了那场决斗，而且没多久以前我还把她认作自己的未婚妻；我没有注意到那天的晚会她也来了。她离座起身，走到我跟前，伸出一只手，说：

“请允许我向您说明，我是第一个不取笑您的人，相反，我含着眼泪感谢您，并为您当时的行为向您表示敬意。”

这时她的丈夫也走了过来，随后人们纷纷来到我面前，一个个都巴不得与我亲吻。我快乐极了，但有一位上了年纪的先生特别引起我的注意；他也曾走到我的面前，过去我虽然知道他的名字，但从未与他结识，在那天的晚会以前甚至没有和他说过一句话。

4. 神秘的客人

他在K城担任公职已有很久，地位显要，受人尊敬，家财豪富，以热心慈善事业著称，曾给一所济贫院和一所孤儿院捐赠巨款，此外还不事声张地做过许多秘密善举，这都是在他身后才被发现的。他大约在五十岁上下，外貌近乎严厉，很少说话；他与还相当年轻的夫人结婚不到十年，生有三个都在幼年的孩子。第二天晚上我坐在自己家里，门忽然开了，进来的便是这位先生。

需要交代的是，那时我已不住在原先的寓所；自从申请退役以后，我搬了家，是向一位公务员的寡妻老太太租的房，由她的仆人兼管打杂。我这次迁居仅仅出于一个原因：在我从决斗场上回来的当天，我就把阿法纳西打发回连里去了，因为自从我对他做出那种举动之后，我羞于正视他——一个涉世不深的人甚至做了某件天经地义的事也会感到惭愧——一至于此。

“在几户不同的人家，”来访的这位先生对我说，“我已有好几天饶有兴趣地听过您讲的话，最后想跟您本人认识一下，以便更详细地跟您谈谈。不知先生能否不吝赐教？”

“不敢当，”我说，“我十分乐意并将视之为一项殊荣。”

我虽这样对他说，可是心中简直怕得要命，当时他给我的第一印象实在够吓人的。虽然有不少人听过我讲的话，也好奇地提过一些问题，但还没有人这样正儿八经、严肃认真地来找过我。而这一位竟亲自上我的住所来了。

“从您身上，”他坐下来继续说，“我看到了伟大的性格力量，因为在这件事情上您敢于坚持真理，甘冒遭众人蔑视的风险。”

“您也许大大地过奖了。”我说。

“不，我一点也不夸大，”他说，“请相信我的话，做出这样的举动比您所想的要难得多。正是这一点给我留下了深刻印象，”他继续说，“也是我来找您的目的所在。我的好奇心可能有些失礼，如蒙不弃，请向我描述一下：如果还记得起来的话，您在决斗时毅然请求宽恕的那一瞬间，您究竟有何感想？请不要以为我问得无聊；相反，我提这样的问题自有隐秘的目的，倘若上帝有意使我们进一步彼此了解，以后很可能我会向您解释的。”

他说这番话的时候，我始终注视着他的面容，忽然对他产生一种十分强烈的信任感；此外，就我这方面来说，也有非同寻常的好奇心，因为我觉得他心中好像藏着独特的秘密。

“您问我在请求对手宽恕的那一瞬间究竟有何感想，”我回答道，“但我还是给您从头讲起更好，这是我对别人没有讲过的。”于是我把发生在我和阿法纳西之间的事情，以及我向他一躬到地的经过和盘托出。“由此您可以想见，”末了我对他说，“到了决斗的时候我已经轻松多了，因为我在家里就迈出了第一步，而一旦走上这条道路，随后的一切非但没有困难，反而令人愉快。”

他听完了我的叙述，非常诚恳地看着我，说：

“这一切极有意思，我还会一次又一次来拜访您。”

从那时起，差不多每天晚上他都来找我。如果他也能向我谈谈他自己的事，我们本可成为知交。但他对自己的情况却讳莫如深，总是向我问我的事情。尽管如此，我对他仍很有好感，把自己的所感所想毫无保留地告诉他，因为我是这样考虑的：我何必知道他的隐私，即便不知道，我也看得出这是个正派人。何况人家这样严肃认真，年龄比我大得多，却亲自来找我这么个小伙子，不耻下问。我从他那里学到很多有益的东西，因为他有非凡的智慧。

“活着就是天堂，”他忽然对我说，“这个问题我已经考虑很久，”紧接着又加上一句：“我只考虑这个问题。”他望着我，面带微笑。“我比您更加坚信这一点，理由将来您会知道的。”

我听着这话，心想他一定要向我吐露什么隐情。

“天堂隐藏在我们每个人心中，”他说，“此刻它也藏在我心中，只要我愿意，它明天就会展现在我眼前，够我终生受用。”

我在一旁观察：他说得很动情，眼睛神秘地望着我，似在向我发问。

“至于除自己的罪过外，”他继续说，“每个人还对所有的人负有罪责，您这一论点完全正确，您能一下子悟透这个道理，着实让人吃惊。人们一旦明白这个道理，那么天国对于他们已经不是梦想，而是现实了。”

“可是这要到什么时候才能实现？”我向他发出无奈的感慨，“究竟有没有实现的一天？会不会仅仅是梦想？”

“没料到您也不信，”他说，“您宣讲这个道理，自己却不信。相信我，这个如您所说的梦想一定能实现。要有信心，但并非马上实现，万事都有自己的法则。这是精神领域、心理范畴的事情。要重新改造世界，人们自己先得在心理上转变观念。在每一个人都真正成为他人的兄弟之前，不可能实现博爱。任何科学、任何实利都无法确保人们公平分享他们的财产和权利。人们总觉得自己吃了亏，总是有牢骚，彼此妒忌，自相残杀。您刚才问梦想何时才能实现。实现肯定有日，但首先必须结束人类的**自闭**阶段。”

“什么叫自闭？”我问道。

“就是如今比比皆是的现象，特别在当代，但这个阶段尚未彻底完成，还没有达到它的极限。因为如今人人都力图最大限度地各自为政，都想在自我封闭的状态中追求生活的完满，其实他们的一切努力并不能得到生活完满的结果，只能是彻底的自我毁灭，因为充分确立自我非但没有成功，反而陷入十足的自闭。因为当代所有的人都分散成单独的个体，人人都把自己关在洞内，人人都远离他人，把自己和自己所有的通通藏起来，结果自己不与他人为伍，也把他人从自己身边推开。人在自闭状态下聚敛财富，自以为实力雄厚，可以高枕无忧，殊不知这疯子攒得越多，就在自我毁灭的虚弱中陷得越深。因为人已习惯于仅仅把希望寄托在自己身上，把自己与整体割裂开来；不相信别人的帮助，不相信他人，不相信人类这一观念在他心中已根深蒂固，他整天提心吊胆，唯恐失去他的钱财和既得权利。可笑的是，无论在什么地方如今人的头脑都开始无法理解，真正要做到高枕无忧，关键不在于个人如何独自苦干，而在于人们齐心协力。但这种可怕的自闭状态也总有到头的日子，那时人们将恍然大悟，过去那种老死不相往来的现象是多么不自然。到那时，人类之子的标识将在天上展现……。但在这之前，仍须坚持这面旗帜，时不时地应该有人——哪怕只是个别人——做出榜样，引导人心从自闭中解脱出来，为大同博爱作出贡献，即使被目为疯子也在所不惜。这是为了不让伟大的思想成为绝响……”

我们就是在这种充满激情和令人振奋的谈话中度过一个又一个晚上。我甚至放弃了交游，做客的次数也大大减少，加之我作为新闻人物的时效已开始衰退。我说此话并无责难的意思，因为人们依旧喜欢我，对我很友好；但是，时尚在社交界确实是无冕之王，这一点不得不承认。对于我的那位神秘的来访者，我终于用不胜钦佩的目光来看待，因为除了赞赏他的智慧以外，我开始预感到他在酝酿某种构想，或许准备轰轰烈烈大干一场。表面上我对他的秘密并不特别好奇，既不正面询问，亦不旁敲侧击。但后来我注意到，他自己好像已有些憋不住要向我透露什么的意思。至少从他第一次来访算起大约一个月后，这一点已相当明显。

“您可知晓，”有一回他问我，“城里对于您和我两个人都很感兴趣，他们看到我上您这儿来得这么勤大惑不解。随他们去怎样想吧，反正**很快就要真相大白**。”

有时他会突如其来地激动万分，逢到这种情况他几乎总是起身就走。有时他会用犀利的目光对我注视良久——我以为他马上就要说些什么，而他却又把话头猝然打断，开始谈些尽人皆知的寻常事。他也开始常常抱怨头疼。

有一回，完全出乎意料，他激情澎湃地说了很长时间之后，一下子脸色煞白，面目全非，眼睛直盯着我。

“您怎么啦？”我说，“是不是觉得不舒服？”

他确实经常抱怨头疼。

“我……您可知道？……我……杀过一个人。”

他说了这句话竟面露笑容，脸色像粉笔那样惨白。我还来不及作任何思考，只是不明白：他为何还在笑？这个问题像一把利刃在我心上猛扎了一下。我自己脸上也没有一丝儿血色。

“您说什么？”我大声问。

“您看见了，”他仍然带着惨白的笑容答道，“第一次说出这句话我得付出何等巨大的代价。现在我说了出来，看来已迈出第一步。那就往前走吧。”

我在很长时间内没法相信他，后来也不是一下子相信，而是在他连续三天来找我，把一切都详详细细告诉我之后才信。我原以为他神经错乱了，但最后还是交织着莫大的悲哀和惊愕确信，他犯了滔天大罪。

十四年前，他谋杀了一位有钱的太太，她是一位地主的遗孀，年轻貌美，在K城有自己的住宅。我的神秘客对她倾心爱慕，向她作过这样的表白，企图说服她改嫁自己。但她已把心给了另一位出身高贵、头衔不小的军官，彼时虽征战在外，不过她知道这位军官不久就要回来。她拒绝了神秘客的求婚，请后者不要再上她家的门。神秘客虽然停止造访，但由于熟悉她住宅的情况，竟胆大包天，冒着被发觉的危险夤夜从花园爬上屋顶潜入她家。某些特别胆大妄为的罪行偏偏得手的机会更多，这是屡见不鲜的。

他由天窗翻入顶楼，从那里下楼，知道楼梯下端的一扇门由于仆人的疏忽并非每夜都上锁。这一次他就寄望于这样的疏忽，果然不出所料。潜入上房后，他摸黑走进点着灯的女主人卧室。也是合该有事，她的两名贴身侍女都擅自溜到同一条街上的邻居那儿去参加命名日[①]宴会了。其余的男女仆人则睡在底层的下房和厨房里。看到入睡的女主人，他心中燃起了欲火，但随即被急于报复的妒火所压倒；他像个失去理智的醉汉似的走过去，一刀直接刺进女主人的心脏，她甚至没叫一声。然后杀人者以恶魔般的罪恶手段伪造现场，嫁祸于仆人：他不惜带走女主人的钱包，用从枕头底下拿到的钥匙打开柜子，从中取走某些东西，故意弄得像是没有知识的用人所为，如：留下有价证券，只取现钱；拿走几件较大的黄金首饰，而价值十倍于此，但

① 教会纪念某圣者的日子（有时在同一天纪念好几位圣者或天使），便是与圣者同名的教徒的命名日。

是较小的珍品却弃之不顾。他还取走某件东西留作纪念，但这是后话，暂且按下不表。

干了这桩骇人听闻的勾当之后，他循原路出来。在第二天案发以及此后他整个一生的任何时候，谁也没有怀疑到他竟是真凶！他对被害人的爱慕也无人知晓，因为他一向很少说话，落落寡合，也没有可以推心置腹的朋友。他仅仅被视为死者的一个相识，甚至不算很熟，因为最近两个星期他没去过死者的家。案发后立刻受到怀疑的是她的一名农奴仆人，名叫彼得，种种情况凑到一块儿恰恰说明这样的怀疑是正确的。因为彼得是单身，加上品行不良，女主人生前表示要让他去当兵(反正必须从她家的农奴中征募一名兵丁)，此事彼得自己也知道。据说他怀恨在心，曾在小酒店里喝得醉醺醺的，扬言要杀死女主人。在她被害前两天，彼得逃跑了，住在城里不知什么地方。案发的次日，彼得被发现在出城的路上烂醉如泥，衣兜里揣着一把匕首，右手掌不知为何沾着血。他声称血是从鼻子里流出来的，但没人相信他。两名侍女承认去参加了宴会，所以由台阶进屋的前门在她们回来之前一直没有上锁。类似的蛛丝马迹还有好多，疑点都集中在彼得身上。

那名无辜的仆人被抓了起来，此案开始审理；但是就在一星期后，被捕的彼得因发高烧，昏迷中死在医院里。案件便这样不了了之，法官、市政当局和社会各界一致确信作案人是死去的彼得。可随后惩罚却开始了。

神秘的客人——现在已是我的朋友——告诉我，起初他甚至完全没有受到良心的责备。他有很长时间感到很痛苦，但并非由于自谴，而只是后悔杀了心爱的女人，痛惜她已经死去，因为杀了她，也就是杀死了自己的爱情，而欲火仍滞留在他的血脉中。但是对于残害无辜、杀人致死的问题，当时他几乎想也不想。被害人本来可能成为另一个人的妻子，这个想法在他心目中是无法接受的，所以长期以来他扪心自问一直确信，自己别无选择。

彼得被捕之初，神秘客曾感到不安，但这名囚犯突发的急病以及随后的死亡又令他心安理得，因为彼得的死显而易见（当时他认为如此）并非由于被捕或受到惊吓，而是由感冒引起的，他在逃跑的几天内曾醉得跟死猪一般整夜横卧在潮湿的地上，焉有不着凉之理？神秘客偷得的钱物也没有引起他多少不安，因为（同样是他自己认为）这种偷窃并非图财，而是为了转移怀疑的目标。这些钱数额不大，他不久便把相当于甚至远远大于此数的一笔钱捐赠给设立在K城的济贫院。他是为了在盗窃一事上问心无愧而故意这样做的，看得出，在一段时间内，甚至在很长一段时间内，他心里确实很平静——这是他自己对我说的。于是他着手在任职的事业上大展宏图，主动请求一桩繁难而且棘手的差使，这事占去了他两年时间。作为一个性格坚强的人，他几乎忘了那个案子；偶尔回忆起来，也竭力不去多想。他还积极参与慈善活动，在K城发起了许多义举，捐了很多钱，在两大都城也有了名气，被选为莫斯科和彼得堡好多慈善团体的会员。

不过，他还是开始常常陷入深思，感到苦恼，渐渐地超过他所能承受的限度。这时他看上了一位秀外慧中的小姐，不久便娶她为妻，期望通过结婚驱散孤寂的郁闷，而一旦生活上了新的轨道，在尽心尽责做个好丈夫、好父亲的同时，可以彻底摆脱往事的纠缠。

然而偏偏事与愿违。在结婚的第一个月，他便不断受到一个念头的困扰：“妻子现在很爱我，万一她知道了会怎么样？”妻子怀上了第一个孩子，并把此事告诉了丈夫。他忽然又困惑了：“我创造了一条生命，可我却剥夺了另一人的生命。”以后有了几个孩子，他心想：“我怎么有资格爱他们，教育抚养他们，怎么能给他们讲做人的道理？我杀过人！”孩子们渐渐长大，一个个活泼可爱，他想和他们亲热，却碍于这样的想法：“我无法正视他们天真无邪的脸庞；我不配。”

最后，他开始产生悲惨而又恐怖的幻觉，老是看见被害人的鲜血，后者风华正茂即遭毁灭的生命大声疾呼要讨还血债。他常常做噩梦。但他意志坚韧，长期忍受着这种种折磨，准备以这样暗中苦熬的代价赎偿一切罪恶。但就连这个希望也落空了：随着时间的推移，他的痛苦却变本加厉。

由于热心慈善事业，他在社会上受到尊敬，虽然大家对他严厉、阴郁的性格望而生畏；但是人家越尊敬他，他越是受不了。他向我承认有过自杀的念头。但这时他开始被另一个幻想搅得神不守舍——起先他觉得这个幻想荒诞不经，纯属痴人说梦，但后来这念头牢牢地盘踞在他心中，根本摆脱不了。他幻想着能站起来，走到大庭广众前，向大家宣布自己杀了人。他怀着幻想度过了三年，这个幻想以各种不同的形式死死地缠住他。最后他全身心地相信，通过宣布自己的罪行，一定能治愈心灵的创伤，从此可获得永久的安宁。信念是有了，然而他内心却深感恐惧，因为不知如何付诸实施。此时发生了我在决斗场上道歉这件事。

“看到您的榜样，我现在下定了决心。”

我注视着他。

“难道说，”我双手一拍，愕然问道，“这样一件小事能促使您下这样大的决心？”

“我的决心已酝酿三年，”他回答说，“您这件事只是给了它一个推力。看着您的榜样，我责怪自己，也羡慕您，”他对我说这话时几乎已沉下脸来。

“人们不会相信您的，”我向他指出，“事情已过去十四年了。”

“我有证据，重大的证据。我可以向您出示。”

当时我哭了，并且吻了他。

“有一件事情您给我拿个主意，只有一件事！”他对我说(好像现在一切都取决于我似的)。“妻子、儿女！我妻子也许会伤心而死，而孩子虽然不会被剥夺贵族身份和田产，——但终生都将是罪犯的儿女。我在他们心中将留下什么样的印象？”

我不作声。

“我又怎么和他们分离，永远撇下他们？要知道这是生离死别呀！”

我坐着，翕动嘴唇默默地念着祈祷文。末了，我站起来，心里直发怵。

“怎么样？”他望着我问。

“走，”我说，“去向人们宣布。一切都会过去，唯独一个‘真’字长存。孩子们长大后会明白的，您下这么大的决心有多么了不起。”

那天他离开我的住所时，似乎真的已下定决心。然而此后他仍每天晚上来找我连续有两个多星期，老是准备豁出去，又老是豁不出去。他把我的心都累苦了。有时他义无反顾地来到我的住所，十分动情地说：

“我知道，对我来说天国即将出现，只要我一宣布，马上就会出现。十四年来我一直生活在地狱中。我宁愿受罚，宁愿领罪，也要重新开始生活。靠谎言可以在世上走一遭，却再也回不去了。现在我非但不敢爱他人，连自己的孩子我也不敢爱。主啊，孩子们或许会明白，我的惩罚是我付出什么样的代价换来的，或许能不再谴责我！上帝之道不在于强，而在于真。”

“人人都能理解您的壮举，”我对他说，“即使目前不理解，将来定能理解，因为您维护的是真理，更高的、非尘世的真理……”

他离去时好像已得到宽慰，可是第二天又来了，火气很大，面色惨白，带着讥诮的口气说：

“我每次走进您的住所，您总是这样用查问的眼神看着我，好像在说：‘又没有宣布？’请等一下，别把我看扁了。要知道事情做起来并不像您想象的那么容易。我也许压根儿不干了。您总不至于会去告发我吧，啊？”

其实，我非但没有不明智到用查问的眼光去看他，我连看他一眼都怕。我都给折腾出病来了，我的心盛满了眼泪。夜里我甚至睡不着觉。

“我刚从妻子那里来，”他接着说，“您可知道‘妻子’的含义是什么？我走的时候，孩子们冲我喊叫：‘再见，爸爸，早点儿回来和我们一起念《儿童必读》。’不，您不懂得个中滋味！他人的不幸总不及自己的教训深刻。”

他双目闪光，嘴唇发颤。骤然间，他一拳捶在桌面上，震得桌上的东西都跳了起来，——这样温良斯文的人竟有这等举动，这在他还是头一回。

“有必要吗？”他激动地说，“非得这样做吗？事实上没有人被判罪，没有人代我受过而去西伯利亚服苦役，那名仆人是得病死的。我欠下的血债已经得到报应，我遭受的痛苦便是惩罚。何况人们根本不会相信我的自白，我的任何证据都不能使他们相信。难道非得宣布不可？有必要吗？为了偿还血债，我还准备受一辈子折磨，但求不要殃及妻子儿女。要是把他们跟我自己一道毁了，这公平吗？我们会不会在犯错误？在这件事情上究竟怎样做才合乎真理？再说，人们能认识这个真理，珍惜这个真理，尊重这个真理吗？”

“主啊！”我暗自思忖，“在这样的时刻还考虑人们会不会尊重真理！”

当时我觉得他可怜极了，恨不得自己能分担他的不幸，但求减轻一些他的痛苦。我见他神情狂乱，不由得大吃一惊；我已经不是光凭头脑，而是凭一颗扑腾腾跳动的心灵理解作出这样的决定代价之大。

“命运由您来决定吧！”他又大声说。

“去宣布。”我悄然答道。我的嗓子发不出声来，但近乎耳语的回答是毫不含糊的。我当即从桌上拿起福音书的俄文译本，翻到《约翰福音》第十二章第二十四节指给他看：

> 我实实在在地告诉你们：一粒麦子落在地里如若不死，仍旧是一粒；若是死了，就会结出许多子粒来。

在他来之前我刚读到这一节。

“的确如此，”他读了以后说，但露出一丝苦笑。“是啊，”他顿了一下又说，“这些书里什么都找得出来。把它们往别人鼻子底下一塞太容易了。可这些书是谁写的？难道是人写的？”

“是圣灵写的。”我说。

“站着说话不腰疼。”他又是一笑，但这已经是近乎憎恨的一笑。我再次拿起福音书，翻到另一个地方指给他看，那是《希伯来书》第十章第三十一节。

落在永生上帝的手里，真是可怕的。

他读了以后，干脆把书一扔。他甚至浑身哆嗦起来。

“好可怕的一句话，”他说，“没得说，这两条您挑得很高明。”他离座起身，“行了，让我们分手吧，我也许不会再来……那就天堂里见。如此说来，我‘落在永生上帝的手里’已经十四年了，——原来这十四年还有这么个名堂。明天我就去恳求这双手把我放了……”

我本想和他拥抱、亲吻，但没敢这样做——他的脸已完全走样，目光呆滞。他走了出去。

“主啊，”我在想象中呼唤上帝，“他这一走不知将走向何方！”

我在神像前跪下来，哭着把他的事哀告圣母——招之即来的保护神、急救星。我含泪跪着祈祷大约有半个钟头，彼时已是深夜，快到十二点了。突然，房门打开，我一看，他又走进屋子里来。我愣住了。

“您到哪儿去了？”我问他。

“我……我好像忘了什么东西……大概是手帕……。好了，就算什么也没遗忘，让我坐一会，可以不？”

他在椅子上坐下。我站在他面前。

“您也坐下。”他说。

我就坐下来。两人干坐了大约有两分钟，他目不转睛地瞧着我，忽然莞尔一笑——这一笑我至今没有忘记，——然后他站起来，紧紧抱住我吻了一下……

“记住我去而复返这回事，”他说，“你听见没有？记住这回事！”

这是他头一回对我不用敬称“您”字。然后离去。

“且看明天。”我心想。

果然不出所料。这天晚上我不知道第二天恰好是他的生日。近来我深居简出，所以不可能听到什么消息。每年这个日子他家都要大宴宾客，全城的头面人物纷纷到场。这一回同样如此。宴毕，他走到大厅中央，手里拿着一份文件——给上司的正式报告。由于他的上司也在场，他便把这份文件向所有的来宾宣读，其中对罪行始末作了详细的描述。在报告的末尾他说：

“我把自己作为一个恶魔排除出人的圈子，上帝给了我启示。我甘愿受罚！”

他当场把保存了十四年、认为足以证明自己所犯罪行的一切放到桌上：他为转移目标而偷走的死者的几件金首饰；从死者脖子上取下的一个十字架和一个小盒，盒内有她未婚夫的肖像；一个记事本和两封书信——她的未婚夫告知她即将回来的信以及她的回信，回信她只开了个头没有写完，留在桌上准备第二天付邮。他作案后把两封信都带走了——这是为什么？事后他没有把这些于己不利的罪证加以销毁，却保存了十四年——这又是为什么？

于是出现了这样的情况：人人惊愕万状，大起恐慌，谁也不愿相信，尽管人人怀着极大的好奇心听完了他的自白，但只以为是一个病人的谵语，而几天后社交圈内议论的结果更是一致认定——这个不幸的人疯了。当局和法院不能不受理此案，但也旋即作罢。虽然提供的物证和信件曾迫使执法部门加以考虑，但得出的结论认为，即便这些证据是可信的，单凭它们仍无法正式起诉。何况这些东西有可能是死者自己给他的，或者，他作为死者的相识也有可能代为保管。附带提一下，我听说后来经过死者的许多亲友鉴定，这些东西确系死者所有这一点倒是无可置疑的。然而命中注定这件事情到此还不算完。

五天后，大家听说这位心力交瘁的受难者病倒了，且有性命之忧。究竟他得了什么病，我说不清，据说是心律紊乱；但已为人所共知的是，在他夫人的坚持下，参加会诊的大夫们也对他的心理状态作了检查，结论认为精神病已经可以肯定。虽然人们纷纷向我打听，但我什么也没有泄露，但当我要去探望他的时候，却很长时间被拒诸门外，特别是不容于他的夫人。

“他的病是您造成的，”她对我说，“他本来就郁郁寡欢，而最近一年大家都注意到他特别激动，行为古怪，偏偏在这个时候您把他给毁了；是您的说教搅乱了他的思想，整整一个月他老是往您家里跑。”

不仅他的夫人如此，K 城的人无不对我群起而攻之，他们指责我说：

“都是您干的好事！”

我不作声，心里倒很高兴，因为我明白无误地看到了上帝对一个起来反对自己、惩罚自己的人所表现的仁慈。至于说他有精神病，我无法相信。最后我还是见到了他，是他自己坚持要与我告别。我进去一看，立刻明白，他留在世上的时间已不可以天数计，恐怕只能以钟点计了。他非常虚弱，面色蜡黄，两手发抖，呼吸急促，但神情是和蔼而愉快的。

“完成了！”他对我说，“我早就渴望见到你，你为什么不来看我？”

我没有告诉他因为有人不让我来看他。

“上帝见我可怜，要召我回去了。我知道自己命在旦夕，但经过这么多年之后，我还是头一回感到喜悦和平静。我刚做了该做的事，马上觉得天国已来到我的心中。现在我已经有资格爱我的孩子，有资格吻他们了。人们不相信我的话，谁也不信，妻子、法官都不信；孩子们也永远不会相信。我认为这是上帝对我儿女的怜悯。我死了以后，我的名声在他们心目中仍如白璧无瑕。现在我感觉到上帝即将来临，我的心像在天堂里一样欢欣雀跃……我尽了义务……”

他不能再说，气儿顺不过来，只是紧紧握住我的手，热情洋溢地看着我。我们没谈多久，他的夫人不时探头进来。但他还是悄悄告诉我一件事：

“还记得吗，有一天半夜时分我去而复返又到了你家？我还嘱咐你记住有那么回事。你可知道，我第二次到你那儿去干什么？我是打算去杀你的。”

我不禁哆嗦起来。

“那天我第一次从你的住所出来，天已黑了，我在街上转悠了很久，跟自己斗争。突然，我恨你几乎到了我的心无法忍受的地步。我心想：‘现在他是我唯一的羁绊，也是我良心的法官，我已无法逃避明天的惩罚，因为他什么都知道。’倒不是我怕你告发(这一点连想也没有想过)，我考虑的是：‘如果我不自首，我有何面目再见他？’哪怕你远在天涯海角，只要你活着，我就无法忍受这个念头：你活着，你什么都知道，你在谴责我。我对你恨极了，仿佛你是罪魁祸首。于是我第二次来到你家，我记得你桌上有一把匕首。我坐下来，要你也坐下，我考虑了足足有一分钟。要是杀了你，即使我不宣布过去那桩罪行，这一新的谋杀案一样会导致我身败名裂。但那时我根本不这样想，也不愿去想。我就是恨你，拼命想对你进行报复，为我所忍受的一切痛苦报仇。但我的上帝战胜了我心中的魔鬼。不过我要告诉你，死神离你从来没有比那时更近。”

一星期后他去世了。全城名流把他的灵柩一直送到墓地。大司祭发表了感情色彩很浓的讲话。人们痛悼可怕的疾病缩短了他的生命。但是，在他下葬以后，全城都把矛头指向我，甚至请我吃闭门羹。诚然，也有人——起初寥寥无几，以后越来越多——开始相信他的供状是真实的，于是纷纷来找我，怀着浓厚的兴趣问长问短，因为人们乐于看到正人君子堕落出丑。但我缄口不语，不久便彻底搬出K城，五个月后蒙上帝眷顾走上幸福的坦途，并为此赞美无形的手向我明确指出了这条路。至于灵魂饱受煎熬的上帝仆人米哈依尔，我至今仍每日在祈祷中提到他。

三　佐西马长老的谈话及训示摘要

5. 略论俄罗斯修士及其可能的含义

神父们、师傅们：什么是修士？在文明世界里，“修士”这两个字如今出自某些人之口已经带有嘲讽的意味，而在某些人的语汇里干脆成了骂人话。这种状况正愈演愈烈。确实，确确实实，修士中间也有许多寄生虫、纵欲者、放荡鬼和下三滥。一些在家的有识之士指着这等修士的鼻子大骂：“你们这些懒汉、社会冗员，靠别人的劳动为生，是无耻的叫花子。”然而修士中安分守己、酷爱孤寂和在宁静中虔诚祈祷的也大有人在。但较少有人指出这些修士的存在，甚至根本避而不谈；如果我说俄罗斯大地能否再次得救或许就取决于这些安分守己、酷爱在寂静中祷告的修士，人们却会惊讶万状。因为这些修士确实“天天时时、年年月月”默默无闻地练就了偌大本领。眼下他们在孤寂中保持着基督形象的壮美本色，依然不失其上帝真理的纯洁性，那还是从古时的神父、使徒和殉教者那里继承下来的传统。必要时他们会把未被歪曲的基督形象展现出来，与世间走了样的真理加以对照。这是一个伟大的思想。此星将从东方升起。

这便是我对修士的看法，难道是错误的？难道太清高了？试看今日在俗之世人，试看凌驾于上帝子民之上的整个世界，那里上帝的形象和真理有没有被歪曲？他们虽有科学，然则科学不管越出感官范围以外的一切。而精神世界、人性中更高级的那一部分被彻底否定了，被幸灾乐祸乃至疾恶如仇地加以排除了。世界宣称已经自由，尤以近来为甚，可是我们从他们的自由中看到的是什么呢？只有奴役和自戕！因为世俗社会说：“你有欲望，那就满足你的欲望，因为你和大富大贵的人拥有同样的权利。不要怕满足欲望，甚至还应有更多的欲望，”——今日的世界便是这样教导的。世俗社会认为这便是自由。这种扩大欲望的权利会导致什么后果？对富人来说是**自闭**和精神自戕，对穷人来说则是眼红和谋杀，因为权利是给了，而满足欲望的办法尚未指明。他们声称世界将越来越趋于统一，通过缩短距离和利用天空传递思想正日益形成一个友好的大家庭。

呜呼，这样的人类联合可信不得！他们把自由理解为扩大并尽快地满足欲望，从而扭曲自己的天性，因为许许多多愚蠢无聊的愿望、习惯和荒唐透顶的臆想会在他们身上滋生出来。他们活着仅仅为了互相攀比、吃喝玩乐、摆臭架子。锦衣玉食、香车宝马、官高爵显、奴仆如云已被视为不可或缺的需要，为了满足这种需要甚至不惜牺牲性命、荣誉、仁爱，如果得不到满足甚至可以自杀。并不富有的人也在追求这些，而穷人欲望得不到满足又羡慕他人，便借酒浇愁。但酒很快将被血替代，引导他们走的就是这条路。我想问你们：这样的人是自由的吗？我认识一位"为思想而战斗的志士"，他自己告诉我，他在狱中烟草被没收，这件事竟把他折磨得差点儿没去出卖他的"思想"，但求把烟草还给他。而这位志士常挂在嘴上的一句话却是："我要为人类去斗争！"

这样的人会走到哪里去？能干出些什么来？也许会投入某一速战速决的举动，可是不能持久。无怪乎他们自由没到手，反而被奴役，实现大同博爱的理想落了空，相反却陷入了**分崩离析**和自闭，——这是我年轻时听那位神秘客、也是我的老师说的。正因为如此，世上为人类服务的思想、团结友爱的思想日见式微，这种思想确实会招来嘲笑，因为被奴役的人们既然如此习惯于满足自己挖空心思想出来的无数需求，他们又如何能挣脱这样的桎梏，又能走向何方？他们处在自闭状态，整体又与他们何干？其结果是物质财富增多，欢乐却减少了。

教士的道路则另当别论。劳身修心、持斋和祈祷，甚至遭到耻笑，其实只有这条路才能通向真正的、实在的自由。只有摒弃过多的、不必要的需求，克服妄自尊大并通过劳身修心加以鞭挞，才能在上帝的帮助下获得精神自由，进而达到精神欣悦的境界！这两种人——一种是自闭的富人，另一种是上述从物欲和习惯的统治下**获得**

解放的人，——哪一种更善于宣扬伟大的思想并为之服务？有人指责教士与世隔绝："你们与世隔绝，一心想在修道院的墙内拯救自己的灵魂，忘了以博爱精神服务人类。"但是我们再来看看，谁对博爱更热心？因为自闭的不是我们，而是他们，但他们看不到这一点。自古以来就有民众领袖从我们中间产生，有什么理由认为如今就不会产生这样的人物？那些安分守己、持斋默修的隐士有朝一日会起来干一番大事业。俄国能否得救取决于民众。俄国的修道院向来与民众站在一起。如果民众处于自闭状态，我们便与世隔绝。民众如能像我们一样虔信上帝，不信神的活动家们即便有真诚的心和超人的智慧，在我们俄国也将一事无成。这一点你们要记住。民众将迎击无神论者并且战而胜之，彼时将出现一个统一的、正教的俄罗斯。要保护民众，爱护民心。对他们要潜移默化。这是我们修士的天职，因为俄国的民众心里装着上帝。

6. 略论主与仆以及主仆能否在精神上成为兄弟

当然，谁也不会否认民众也有罪过。而腐化的火焰正在自上而下地蔓延开来，眼看着一小时比一小时愈燃愈炽。民众中间也刮起了自闭之风，出现了守财奴、吸血鬼；商贾愈来愈爱慕虚荣，明明毫无文化却力图显示自己有教养，为此目的不惜贬低古风，甚至把先人的信仰视为耻辱。他们出入王公贵族的宅第，自己却是败絮其中的大老粗。酗酒好比民众身上的脓疮，他们已不克自拔。他们对家庭、妻子乃至儿女是多么狠心；根子全在于酗酒。我在工厂里见到过只有十来岁的童工：面黄肌瘦，弯腰曲背，却已经堕落。闷热的屋子、机器的轰鸣、不停的工作、下流的语言，以及酒、酒……如此幼小的儿童心灵需要的难道是这些？他们需要的是阳光、游戏、随处可见的好榜样，以及对他们的爱——哪怕一点一滴也好。不应当让这种现象继续存在，修士们，不允许摧残儿童，快快起来宣讲这个道理。

但是，上帝将拯救俄国，因为老百姓虽然染上了恶习不克自拔，毕竟知道他们的恶习是遭上帝诅咒的，知道自己是有罪的。所以说我们的民众仍笃信真理，尊崇上帝，在流虔诚的眼泪。

上等人可不是这样。继科学之后，他们想单靠理性确立公正的秩序，但已经排除过去依靠基督的做法；他们宣称既没有罪行，就无所谓罪过。这话按他们的理解是正确的：既然你心中没有上帝，哪儿还有罪恶呢？在欧洲，民众已用武力起来造富人的反，民众的头领到处带领他们去流血，并且教导说，他们的愤怒是正当的。但“他们的愤怒应遭到诅咒，因为太残酷”。上帝曾多次拯救俄罗斯，这次也将如此。得救之道将来自民众，来自民众的信仰和顺从。

神父们，师傅们，要保护民众的信仰，这不是空想。我们伟大的民众有一种品质使我终生为之惊叹，那就是他们的尊严，壮美的、真正的尊严。我亲眼见过，我可以证明，我见过并为之惊叹，尽管我们的民众有着某些恶习和贫穷的外貌。他们没有奴才相，这在历经长达两个世纪的农奴制后尤其难能可贵。他们不讲究外表，举止随便，但丝毫没有侮慢之意。他们报复心不强，忌妒心不重。“你富贵，你聪明，你有才华——好得很，愿上帝赐福于你。我敬重你，但我知道我也是人。我敬重你，而不忌妒你，从而我也在你面前显示我有人的尊严。”

的确，即使他们没有这样说（因为他们还不会说这样的话），他们也是这样**做**的，这是我亲眼得见，亲身体会到的。不知你们信不信：我们的俄罗斯人越穷，地位越低，他身上这种敦厚的真理就显示得越多，因为平民中的守财奴和吸血鬼很多已经堕落，而这种状况在很大程度上是我们的失职和疏忽造成的！但上帝必将拯救自己的人民，因为俄罗斯的伟大就在于它的顺从。我梦想看见，而且似乎已经清楚地见到我们的将来。将来定会这样：即使最堕落的富人到头来也会因自己富有而愧对穷人，而穷人见他如此恭顺，也会谅解并且欣然作出让步，对他诚实的愧疚同样以诚相待。请你们相信，最终一定会这样，此乃势所必然。必须在精神上保持人的尊严才有平等可言，这个道理只有在我们这里才能理解。是弟兄才谈得上手足情，不具备手足之情决不可能言分配。只要我们心存基督，基督的形象定将如珍贵的钻石光照全世界……。将来定当如此，定当如此！

神父们、师傅们，我碰到过一件感人至深的事情。在云游四方的时候，有一回在省城K市遇见了我过去的勤务兵阿法纳西，自从与他分别以后，已经过了八年。他在集市上无意间看见了我，认出了，便向我跑过来，说：

"长官大人，是您吗？难道我看到的真的是您？"

他带我到他家去。他已经退役，成了家，已有两个小娃娃。他和妻子在市场上摆摊做小买卖谋生。他家的一间小屋子相当简陋，但挺干净、温馨。他让我坐下，生起了茶炉子，让人去叫妻子回来，我来到他家把他高兴得简直像过节似的。他把两个孩子带到我面前，要我给他们祝福。

"我没有资格祝福，"我回答说，"我只是一名普通的、恭顺的修士，我可以为他们向上帝做一次祈祷，至于你，阿法纳西·巴甫洛维奇，从那天起我每日都向上帝为你祈祷，因为一切都是从你开始的。"

于是我尽自己所能向他解释了事情的经过。你们猜怎么着？他直愣愣地看着我，怎么也无法想象，我——过去的一位军官，曾经是他的主子——如今这副模样、这身打扮出现在他面前；他甚至哭了。

"你哭什么，我难忘的朋友？"我对他说，"你应该打心眼里为我高兴，亲爱的，因为我的道路是幸福而光明的。"

他没有说很多话，只是连连叹息，感动地向着我频频摇头。他问我：

"您的家产呢？"

"捐给修道院了，我们吃大锅饭。"

茶后我向他们告辞，忽然他掏出半个卢布捐赠给修道院，还把另外半个卢布塞在我手里，说：

"您出门在外，长官大人，也许用得着。"

我收下了他的半个卢布，向他们夫妇行了个礼，高高兴兴地离去，一路上心想：

“此时此刻，我们俩——在自己家里的他和走在路上的我——想必都在感叹，脸上都会现出愉快的微笑，一边怀着喜悦的心情频频摇头，一边回想上帝为我们安排的这次相遇。”

从此我再也没有见到过他。当初我是他的主子，他是我的仆人；如今，当我和他满怀深情和爱心互相亲吻的时候，我们之间发生了一件伟大的事情——人与人的认同。关于这一点我考虑得很多，现在我这样想：有朝一日在我们俄罗斯人之间也许到处都会发生这一伟大而质朴的认同过程——难道此事就那么不可思议吗？我深信一定会发生，而且为期不远。

关于仆人我想补充如下：以前，在我的青少年时代，我对仆人没少发脾气，不是抱怨厨娘上的菜太烫，就是责怪勤务兵衣服刷得不干净。但我亲爱的兄长说过的话后来使我茅塞顿开，这话还是我小时候听他说的：“我凭什么让别人伺候我？难道因为他穷，没受过教育，我就可以把他支来使去？”如此明明白白、再简单不过的道理为什么事隔很久以后才从我的记忆中重新浮起，当时我纳过这个闷儿。

尘世中不可能没有仆人，但应该让你的仆人在精神上轻松自如，甚至比假定他不是你的仆人更自由。为什么我不能伺候我的仆人并且做到：即使他瞧着我伺候他，我固然没有任何骄矜之色，而他也不会不相信自己的眼睛？为什么我的仆人不能像我的亲人一样，使我最终能把他当作家庭的一员并为之而满心欢喜？这在眼下就能做到，但做到这一步将为未来气贯长虹的人类大团结奠定基础，到那时人不会再物色仆人来伺候他，也不愿意像目前这样把自己的同类变成仆人，相反，将想尽办法如福音书所教导的那样，使自己成为所有人的仆人。

到最后，人只会从施教行善的事业中得到乐趣，而不是像目前这样一味寻找残酷的快乐——吃吃喝喝、寻花问柳、目空一切、自吹自擂和贬低别人、抬高自己。这样的前景难道只是空想？我坚信这不是空想，而且这一天已不太遥远。有人笑问：这一天什么时候到来？你看像会到来吗？我的看法是：依靠基督的帮助，我们能成就这项大业。世上，在人类历史上，甚至十年前还是不可思议的设想，一旦神秘的时机成熟，便一下子登台出场，风行全球，——这样的事例还少吗？我们也将如此，我们的民众将向世界放射光芒，那时人人都将说："没想到被扔掉的一块石头竟成了基石。"

我倒想问问那些嘲笑我们的人：

"既然你们说我们的观点是空想，那么你们什么时候能盖成自己的大厦？什么时候能单靠自己的头脑，不靠基督的帮助建立起公正的秩序？"

如果他们声称并非如此，说他们恰恰在走向大同世界，那么只有他们中最天真的人会信这话，而这样的天真简直令人吃惊。他们凭空幻想的本领实在胜过我们。他们的目标是建立公正的秩序，但排斥基督的结果只能把世界淹没在血泊里，因为流血还会导致流血，拔刀出鞘者必将死于刀下。当初若非基督的约言，人们早就自相残杀，直到世上只剩最后两人。甚至这最后两个人由于傲慢成性也不会互相制止，所以只能是最后一个杀死最后第二个，然后自杀。若非基督许诺为了安分守己的人们早日结束自相残杀，那么，上面所说的那种惨象早已成为事实。在那次决斗之后，我还穿着军装在社交圈内谈过对仆人的观点，我记得当时人人都以诧异的眼光看着我，说：

"难道要我们请仆人坐在沙发上，自己给他送茶？"

彼时我曾这样回答他们：

"为什么就不能呢？哪怕偶一为之也可以嘛。"

那时大家都笑了。他们问得轻率，我答得也有些含糊，不过我以为其中包含着一定的真理。

7. 关于祈祷，关于爱，关于和别的世界的接触

年轻人，不要忘记祷告。你的每一次祈祷如果发自内心，从中必

会产生新的感受，而新的感受又会引出新的想法，这是你以前所不知道的，它将重新使你振奋；你会懂得祈祷是一种受教育的过程。还必须记住：每天只要一有时间就得反复默诵：“主啊，怜悯所有刚刚来到你面前的人。”因为每时每刻都有数以千计的人告别世间的生活，他们的灵魂要来见上帝——其中有很多是在孤零零无人知晓的情况下凄清悲凉地离开人世的，没有人哀悼他们，甚至根本没有人知道世上是否有过这样的人。而你的祷告或许会从世界的另一头飞向上帝，以求他们的亡魂得到安息，虽则你全然不认识他们，他们也不认识你。试想，一个人的灵魂战战兢兢来到上帝面前，如果在那一瞬间能感觉到也有人在为他祈祷，感觉到世上也有一个人爱他，该是多么令人感动啊！那时上帝对你们二人都将另眼相看，因为既然你如此怜悯他，那么比你仁慈、宽厚无数倍的上帝必然益发怜悯他。看在你的分上，上帝也会宽恕他的。

兄弟们，不要害怕人们的罪过；人即便有罪，也要爱他，因为这才与上帝的爱庶几近之，这才是世上最高的爱。要爱上帝创造的一切，爱其总体，也爱每一粒恒河之沙。爱每一片叶子，每一道上帝之光。爱动物，爱植物，爱万物。如若万物你皆爱之，你将从万物中领悟到上帝的奥秘。一旦有所领悟，你将开始孜孜不倦地一天天加深认识。最后你会爱上整个世界，那将是心连广宇、森森乎无所不包的爱。要爱动物，因为上帝赋予了它们思维的雏形和不受干扰的喜悦。不要干扰这种喜悦，不要虐待动物，不要剥夺它们的喜悦，不要对抗上帝的意图。人哪，不要傲视动物，它们是无罪的，而你自恃伟大，却以自己的出现污染大地，还在身后留下脏臭的痕迹——可惜的是我们几乎人人如此！要特别爱儿童，因为他们也是无罪的，如同天使一般；他们是为抚慰、净化我们的心灵而生，是给我们指路的。伤害幼儿的人必遭报应！我是从安菲姆神父那里学会爱儿童的：在我们云游四方时，这个很少说话的好人常常用募得的铜子儿买糕饼糖果分送给儿童；只要打从儿童身旁走过，他总禁不住怦然心动，——他就是这样的人。

有时某一种想法会令你举棋不定，尤其在看到人们的罪过时，你不禁要问自己：“是以力克，还是以仁爱之心争取？”你要始终选择以仁爱之心争取。若能一举作出这样的永久性决定，你将征服整个世界。仁爱是一种惊天动地的力量，是一切伟力中最强大的，没有任何力量能与之相比。每日每时，每一分钟都要留意观察自己，要使你的形象保持良好。比如你从一个小孩身旁走过，心中正在发火，怒容满面，骂骂咧咧；你也许没有注意到孩子，可是他却看见了你，你那不体面的、有渎神明的形象也许就在他易受伤害的幼小心灵中留了下来。你不知道这回事，可是你或许已在他身上播下一粒不良种子，而这粒种子可能会成长发育，原因都归结到你在孩子面前失于检点，归结到你未能养成夙夜匪懈的爱心。兄弟们，爱是诲人不倦的，但必须善于拥有爱，因为爱是不容易拥有的，要付出昂贵的代价，经过长期辛勤的工作，非朝夕之功。须知我们要的不是一时一事的爱，而是永久的爱。逢场作戏的爱人人都会，连恶人也能做到。

我年轻的兄长请求小鸟宽恕，看起来好像荒谬，其实是对的。因为一切好比大洋，一切都在流动，都在碰撞；在一个地方轻轻一拍，会在世界的另一个地方激起反应。向小鸟请求宽恕就算近乎痴呆，但是只要你自己比原来的你更好，哪怕只好一点一滴，那么小鸟就会更开心，——同样，看见你经过的小孩，在你身旁的任何动物，都会受到好的影响。一切好比大洋——我要告诉你们。在无所不包的爱心驱使下，仿佛进入某种狂喜的状态，那时你也会向小鸟祷告，祈求小鸟宽恕你的罪过。要珍惜这种狂喜，不管它在人们看来是何等荒谬。

我的朋友们，要请求上帝赐给你们欢乐。你们要像孩子、像天上的鸟儿一样快乐。不要让人们的罪过动摇你们的事业心，不要担心人们的罪过会损害你们的事业，使它不能完成。不要说：“人心太坏，不敬畏上帝的风气太盛，邪恶的环境影响太大，我们势单力薄，邪恶的影响会把我们的精力耗尽，阻碍造福的事业完成。”孩子们，千万不可这样灰心丧气！拯救自己的唯一办法是：下决心把人们的一切罪过承担起来。朋友，事实真是这样，一旦你真心诚意地为所有的事和所有的人承担责任，你立刻就会发现，实际上果真如此，所有的罪过都该由你负责。倘若自己懒惰、无能，还要诿过于人，结果会同魔鬼的傲慢沆瀣一气，冲上帝发起牢骚来。

关于魔鬼的傲慢我是这样想的：我们在世间很难弄清它的本质，因而容易犯错误，沾上这种劣性，还自以为在做宏伟的大事。对于我们本性的一些最强烈的感受和活动，目前我们在世上有许多还不可能弄清楚，所以不要受它的诱惑，不要以为它在某些方面可以为你开脱，因为永恒的法官向你追究的是你能理解的事情，而不是你理解不了的事情。这一点你自己也会相信的。到时候你看事物的观点正确了，也就不会有争议了。我们在世上确实好像在游荡徘徊，若是我们前面没有珍贵的基督形象，就会彻底迷失方向，像洪水泛滥之前的人类那样遭灭顶之灾。世上有许多东西我们看不见，然而作为补偿我们被赋予一种神秘而宝贵的感觉，感觉到我们与高高在上的另一个世界保持着密切的联系，况且我们的思想感情也不在这里扎根，而是在尘世之外。所以哲学家们说，事物的本质不可能在世上穷究到水落石出。

上帝从别的世界取来种子，撒在这地上，栽培了他的田园，凡是能长出的一切都长出来了，但是栽培的植物得以成活并且活着，全靠它们感觉到自己与别的神秘世界保持着接触。如果你身上这种感觉日趋迟钝或渐渐消失，那么种在你身上的植物就会死去。那时你对生活会变得麻木不仁甚至会憎恨生活。这便是我的想法。

8. 能否为同类当法官？关于终生不渝的信仰

要特别谨记，你不能充当任何人的法官。因为谁也不能对罪犯作出裁决，除非这位法官认识到，他自己和站在他面前受审的人是同样的罪人，而且他本人也许首先应对受审者的罪行负责。只有悟透了这个道理，才能充当法官。不管看起来多么荒谬，但这是真理。因为我若没有过错，或许也就没有罪犯在我面前受审。罪犯在你面前接受你心的审判，如果你能对他所犯罪行承担责任，那就立刻把罪责担当起来，自己代他受惩罚，并且不加指责把他放了。即便法律指定你充当他的审判官，你也要在可能的范围内按此精神行事，因为他获释后会比你的裁判更加严厉地谴责自己。倘若他临走时你吻了他，而他照样无动于衷，还要嘲弄你，你也不要因此而感到困惑。这说明他的时辰还没有到，但总会到的。时辰不到，也无所谓：纵使他不憬悟，别人也会取代他的位置憬然醒悟，受到良知的惩罚，会自己谴责自己，自己给自己定罪，真理将磅礴宇内。相信这一点，一定要相信，因为圣者的希望与信仰尽在于此。

要不停地工作。如果夜间入睡前想起还有该做的事没有做，就得马上起来做。如果你周围的人都是狠心肠，麻木不仁，根本不听你的，你就跪下来请求他们宽恕，因为他们听不进你的话，这的确也是你的错。倘若实在无法跟铁石心肠的人说话，你就默默地、恭顺地伺候他们，永远不要丧失信心。如果所有的人都抛弃你，把你强行赶走，那么，剩下你一个人的时候，你就趴下来亲吻大地，用你的眼泪滋润泥土，土地会从你的泪水结出果实来，虽然在凄凉孤寂中没有人听到你，也没有人看见你。要一信到底，哪怕世上所有的人都已误入歧途，只剩下你一人矢志不移，你也要供上祭品，独自赞颂上帝。假如有两个像你这样的人会合在一起，那就是整个世界，一个充满活力的爱的世界。你们要在感奋之余互相拥抱，一起赞美上帝；因为至少在你们两人身上上帝的真理仍然得到了体现。

若是你自己犯下罪过，一直到死都为自己一生或一时的罪过懊悔不已，那么你应该为他人，为一生正直的人高兴，因为虽说你犯有罪过，别人却一生正直，并无罪过。

若是人们的恶行使你无法遏制心中的悲愤，甚至想要向恶人进行报复，这种感情是最最要不得的。你必须立即去给自己找苦头吃，就像人们的这桩恶行应由你负责一般。你要接受这种惩罚，熬过这些苦楚，你的心才能平静下来，才会明白你也有罪，因为你作为唯一无罪的人本来可以给黑暗中的恶人带来光明，你却没有发光。如果你这样做了，你的光还能为别人照亮道路，作恶的人有你指点迷津，也许就不会作恶。也有可能你发了光，却发现人们仍不能靠你的光明获救，那时你必须坚定信念，不要怀疑天国之光的威力；要相信，他们即使现在没有获救，以后总能获救的。纵然以后还是不能获救，他们的后代也会获救，因为你的光是不灭的，哪怕在你死后也不会熄灭。贤人已逝，他的光明永留人间。人们总是在救星死后才获救的。人类照例容不得自己的先知，对他们进行迫害；可是人们热爱为他们献身的志士，崇敬被他们折磨致死的仁人。你是为全人类工作的，你是为未来效力的。永远不要追求奖赏，因为你在这个世界上得到的奖赏已经够丰厚的了，那就是只有圣贤才能获得的精神上的喜悦。不要惧怕权贵，不要惧怕强者，但要成为智者，并且永远不失风度。要掌握分寸，因时制宜，这是必须学会的。独自一人的时候就祈祷。要养成趴下来亲吻大地的爱好。要吻大地，爱大地，无休止地、不知餍足地爱；爱所有的人，爱世间万物，寻找欣喜若狂的感觉。用你欢乐的眼泪濡湿土地，要爱你的眼泪。不必为如醉如痴的境界害羞，要珍惜这种境界，因为那是上帝的赏赐，了不起的重赏，而且有此福分的人不多，仅限于上帝选中的子民。

9. 关于地狱与地狱之火，神秘论

神父们，师傅们，我在想：“什么是地狱？”我认为，地狱就是“再也不能爱”这样的痛苦。在不能用时间和空间来衡量的、无穷尽的存在中，某个具有灵魂的生命体曾与生俱来地被赋予一种能力，那便是可以对自己说：“我存在着而且我能爱。”这一瞬间实实在在的、**活着时的**爱只给他一次，仅有一次；为此才赋予他地上的生命，连同

生命也就给了时间和期限。结果如何呢？这个有福的生命体白白糟蹋了无价的赏赐，不知珍惜，不加钟爱，却投以嘲弄的一瞥而无动于衷。这样的人下世以后，正如关于财主和拉撒路的寓言给我们指出的那样，也会看到谁在亚伯拉罕的怀里，也会跟亚伯拉罕进行对话。① 他远远望得见天堂，可以登天去见上帝，但他受苦正是因为：他将去见上帝，自己却从未爱过他人；他将与爱过他人的人接触，自己却曾对他们的爱不屑一顾。他清楚地看到，并且对自己说："现在我明白了，并且渴望能爱他人，但我的爱已没有意义，也无所谓牺牲，因为地上的生命已结束，亚伯拉罕也不会来洒一滴活命的水(这又来自以前实实在在的地上生活)解我的渴，当初在世时我把精神上的爱看得一文不值，此刻这种爱的渴求却如烈焰在我全身燃烧；不再有生命了，也不再有时日了！虽然我巴不得为他人献出自己的生命，但已经不可能，因为本来可能奉献给爱的那个生命已经逝去，如今在彼生命与此存在之间有深渊阻隔。"

通常谈到地狱之火时指的是灼人肌肤的火。我对这一秘密缺乏研究，不敢妄下断语。但我这样想：如若真是这样的火，一定会受到由衷的欢迎。因为我如此遐想：如若受的是皮肉之苦，他们至少可以暂时忘却比这不知可怕多少倍的精神痛苦。而解除他们这种精神痛苦却不可能，因为这不是表面的疼痛，而在他们内心。纵使能够解除，我想他们一定会更加不幸。因为天堂里的好人远远望见他们如此受苦，即便能宽恕他们，出于无穷无尽的爱心把他们召往天国，这样做却只会增加他们的痛苦，因为此举会在他们焦灼的火上加油，——他们渴望以实实在在的爱来报答爱他们的人，然而这样的爱已不可能。

不过，我斗胆说说自己的想法。及至意识到这已不可能——此种意识本身最终对于他们仍不失为一份安慰。因为他们接受了好人的爱

---

①《圣经·新约·路加福音》第16章载，财主死后在地狱受苦，见乞丐拉撒路却在天国亚伯拉罕的怀里，便请求亚伯拉罕打发拉撒路来解救他。

却不可能回报，出于无奈并在这种顺从的作用下，他们总算还得到近似他们在世时不屑一顾的那种实实在在的爱的机会，总算还能表示一点与此略同的感情……。很抱歉，兄弟们，朋友们，我不能把这层意思讲清楚。但那些在世上毁灭自己的人，那些自杀者实在太不应该！我认为任何人都不可能比他们更不幸了。我们被告知，为这等人祈祷是一种罪过，连教会表面上对他们也加以排斥；然而窃以为替他们做几次祷告也没有什么不可以。基督是不会对爱心生嗔的。我一辈子内心都为这种人祈祷，我向你们坦白，神父们，师傅们，至今我仍天天为他们祈祷。

哦，也有些人到了地狱里照样骄横跋扈，尽管他们无疑知道并且惯于思辨绝对真理；有些人更是不堪，他们与魔鬼及其傲慢的邪气彻底合流了。对于这些人来说，地狱是自愿和填不饱的；他们是自己要来吃苦的。因为他们诅咒了上帝和生命，等于自己诅咒了自己。他们以自己尖刻的傲慢养活自己，如同饿汉在沙漠里开始吸自己身上的血。但他们永远不知餍足，所以拒绝宽恕，诅咒向他们发出召唤的上帝。他们没法不怀着憎恨面对活生生的上帝，他们不要作为生命始祖的上帝，要求上帝消灭自己和他所创造的一切。他们将永远在自己的怒火中燃烧，永远渴望死亡和虚无。但他们死不了……

阿列克塞·费奥多罗维奇·卡拉马佐夫整理的手稿到此为止。我再说一遍：手稿不全，而且比较零碎。如传略只包括长老青年时代的早期。他的教诲和见解则被捏在一起，像是一个整体，而这些话显然是在不同的时期说的，缘起于不同的由头。长老在生前最后几小时内所说的话，如与阿列克塞·费奥多罗维奇手稿中所举以前的教诲加以对照，便可看出这并非确切的临终遗言，只是概述了那次谈话的精神和大意。

长老之死最后完全出人意料。虽然那天晚上聚在他修室内的人十分清楚他已危在旦夕，但仍然没料到他的死会来得这样突然；相反，笔者在前文中已经指出，朋友们那天夜里见他如此精神、如此健谈，甚至相信他的病情有了明显好转，至少短时间内如此。事后据在场的人惊异地说，在他咽气前五分钟，还一点也看不出来。他忽然觉得胸中剧痛，顿时脸色惨白，双手紧紧按在心口上。这时大家纷纷从座位上站起来，赶紧走到他身边；但他虽然很痛苦，却还是含笑看着他们，慢慢地从扶手椅中撑起来，站到地上跪下，然后张开双臂匍匐下拜，仿佛在无比欣悦中吻着地面，念着祷文（如他自己所教的那样），安详而愉快地把灵魂交给了上帝。

长老的死讯立即在隐修所传开并且传到修道院。一些与死者最亲近以及职责所在应该参与的人，开始按照古老的礼仪收拾他的遗体，全体修士则集合在礼拜堂内。事后据传，天还没亮，消息已传到城里。第二天早晨，几乎全城都在谈论这件事，许多市民纷纷前往修道院。有关这方面的情况在下一卷中再说，现在笔者只预先补充一点：又过了不到一天，发生了一件出乎所有人意料之外的事情，根据在修道院圈内和在城里引起的反应来看，可谓惊心动魄、扑朔迷离，以致时隔这么多年之后，我们城里对于曾使许多人心惊肉跳的那一天，仍然记忆犹新……

第七卷

阿　辽　沙

一　腐　臭

佐西马神父的遗体已按教规定例作好埋葬前的准备。众所周知，修士与苦行修士死后是不洗的。《圣礼大全》中明文规定："如有修士奉召前往觐见上帝，由司职修士(即指定主其事的修士)用温水将遗体抹净，净身前先在死者额上、胸前、手足及膝部用海绵画十字即可。"这一切都由帕伊西神父对死者做了。净身后他给死者穿好修士服，裹上法衣；按规矩要把法衣剪开一些，以便裹成十字状。帕伊西神父把一顶缀有八端十字架[1]图案的帽斗套在死者头上。帽斗是敞开的，死者的脸用盖圣餐的黑纱遮起来。一座救世主的像被放在死者手中。到早晨遗体就这样被放进早已置备好的棺材。灵柩打算在修室中(长老接待出家和在家的客人的那个大房间)停放一整天。由于死者的神职是司祭苦行修士，得由司祭修士和辅祭修士为他诵经，而且不应读《圣经·旧约·诗篇》，而应读《新约》中的福音书。安魂祭祷后立刻由约西甫神父开始诵经；帕伊西神父表示愿意以后诵经一整天和一整夜，眼下正和隐修所的住持神父一起忙得不可开交而且心事重重，因为突然出现了前所未闻的怪现象：在修道院的修士中间，从修道院客房和城里成群来此的俗众当中，一种急不可耐、近乎骚动的情绪正在不断高涨。住持和帕伊西神父想尽办法竭力让如此激动的群众平静下来。

及至天已大亮，从城里来的人有些甚至把病人——特别是病孩——也带来了，他们好像专门在等候这一时刻的来临，显然指望立刻看到长老遗体能治百病的神效，按照他们的信仰，这种效应马上就会显示出来。从中可以发现，还在佐西马长老生前，我们城里大家就已惯于把他看作是不容置疑的大圣人，这种观念竟牢固到这种程度。而且，来到这里的远非全部都是下层平民。

这么多的信徒在翘首期待，他们都等得不耐烦了，几乎带有强求的味道；这种心态表现得如此急切并且毫不掩饰，在帕伊西神父看来无疑不成体统，尽管他早已有所预感，但实际上还是为他始料所不及。当帕伊西神父碰到修士中有人也如此激动时，他甚至开始对他们加以训斥。

“似这般指望立刻出现伟大的奇迹，”他说，“只有俗众才会如此轻率，我等不该跟着起哄。”

但是很少有人听他的，这一点帕伊西神父也不无忧虑地注意到了。虽然他对人们过于焦躁的期待颇为恼怒，认为这样太轻率、庸俗；但是，如果实话实说，就连他自己内心深处也在暗暗盼着这些骚动不安的群众巴巴地等候看到的景象，这一点他不得不向自己承认。尽管如此，他对自己碰到的某些人却特别反感，凭着某种预感对他们产生很大的怀疑。比方说，他怀着厌恶的心情（为此他当即在心中责备自己）发现，挤在长老修室里的人群中也有拉基津以及奥布多尔斯克的修士，这位远方来客还没有离开修道院。帕伊西神父不知为何忽然觉得此两人相当可疑，虽说可疑的也不仅仅是这两个人。

奥布多尔斯克的修士在所有情绪激动的人中间显得特别忙碌，每一个地方都能发现他的踪影；他到处问，到处听，到处与人窃窃私议，样子特别神秘。他脸上的表情焦急万分，好像对于众目盼望的事情久久不见动静已经有些恼火了。

至于拉基津，事后才弄明白，他这么早就出现在隐修所是受了霍

① 东正教的十字架有比一般（4 端）多一横（6 端）和多两横（8 端）的。这两横分别象征安在耶稣头上的牌子和十字架底座。

赫拉科娃太太的特别委托。这位心地善良、但缺少主见的女士，几乎刚一醒来便获悉长老的死讯，顿时充满了好奇心，恨不得插翅飞来；由于自己不可能获准进入隐修所，她立刻打发拉基津代她前往隐修所，要拉基津留心观察所有的情况，尽快以书面形式向她报告**将要发生的一切**，大约每半小时一次。她把拉基津看作笃信上帝、虔诚至极的年轻人，——足见此君多么善于同一切人周旋，对每一个人他都能投其所好，只要看到可能从对方那里得到哪怕是一点点好处。

这天天气晴朗，许多善男信女在墓地附近扎成一堆一堆；礼拜堂周围坟墓最多，隐修所各处亦可散见。帕伊西神父在巡视隐修所时猛想起自己有很长时间没见到阿辽沙了，从昨夜起几乎就看不见他。帕伊西神父才想起他，马上就在隐修所靠围墙最偏僻的一个角落里发现他坐在一块墓石上，葬在那里的修士是一位去世很久的著名贤者。阿辽沙背向隐修所，面朝围墙坐着，好像躲在碑后。帕伊西神父走近后，见阿辽沙双手捂住面孔正在哭泣，虽然无声，却很伤心，整个身体由于抽泣而哆嗦不已。帕伊西神父在他旁边站立有顷。

“够了，亲爱的孩子，够了，我的朋友，”他终于动情地说，“你怎么啦？你该高兴才是，不要哭。莫非你不知道今天是**他**最伟大的日子？现在，此时此刻他在什么地方，你只要想一想！”

阿辽沙露出像小孩子一样哭肿的脸，刚抬起头来，马上又一言不发地扭转身躯，重新用两个手掌遮住面孔。

“那好吧，”帕伊西神父若有所思地说，“哭哭也无妨，这眼泪是基督安排你流的。”

帕伊西神父从阿辽沙身边走开时，怀着对他的慈爱之心暗自忖道：

“你的感人热泪也是一种精神上的缓解，过后会给你的一片诚心带来愉悦。”

帕伊西神父加快脚步赶紧离去，因为他感觉到，瞧着阿辽沙这般模样，自己的眼泪恐怕也快掉下来了。

时间在流逝，修道院的礼拜和追荐亡魂的安魂祭祷按顺序进行。

帕伊西神父又把灵柩旁的约西甫神父换下来，接替他诵读福音书。但是还不到下午三点钟，就发生了笔者在本书上一卷末尾提到的那件事，那是出乎我们任何人意料之外的，而且与众人的希望完全背道而驰，我再说一遍，有关此事的种种细节以及人多嘴杂的传闻，在我们城里城外至今仍有人能绘声绘影地加以追叙。在此笔者还要补充一点自己的看法：这一闹得满城风雨的事件表面上很有吸引力，实质上却是再无聊不过、再自然不过的了，我本来会毫不犹豫地把它从书中略去，只字不提。但不能否认，此事对本书主人公——**虽然是未来的**主人公——阿辽沙的心灵产生了极其强烈的影响，在他思想上形成一次危机和转折，震撼了他的理智，但也使他的理智彻底经受锻炼，毕生朝着既定目标迈进。

现在言归正传。还在天亮以前，当长老的遗体作好葬礼前的准备放进棺材，抬到外面一间原先的会客室时，在守灵人之间冒出了一个问题：要不要把屋子里的窗户打开？但不知何人无意间随口提出的这个问题没有得到回答，几乎无人注意到。在场的有人或许注意到了，但只是在心中默默作出反应，意思是：担心这样一位死者的尸体会腐烂发臭简直荒乎其唐，这样提问的人即使不遭嗤笑，他的不够虔诚和不知深浅也实在令人遗憾。因为人们期待出现的情况恰恰与此相反。

可是才过中午，某些迹象很快开始显示出来。起初，进进出出的人有所察觉，不过嘴上不说，只是暗暗叫苦，甚至每个人显然都不敢向别人道出自己刚刚露头的想法。但是到了下午三点，迹象已经非常清楚而且不容置疑。于是这个消息迅速传遍整个隐修所和来访的朝拜者；马上又渗入修道院，令所有的修士大惑不解；最后在极短时间内到达城里，在所有的城里人——包括信神的和不信神的市民——中间掀起轩然大波。不信者兴高采烈，而信者中间居然有人比不信者更加高兴，因为“人们爱看正人君子堕落和出丑”——这是已故的长老本人在一次训示中说的。

事实是，从棺材里逐渐开始、但是越来越明显地散发出一股腐臭，到下午三点已经暴露无遗，而且气味越来越冲。在我们修道院过去的全部历史上，已很久没有甚至记不起什么时候有过这等赤裸裸的丑闻，至于修士们自己随后作出的越轨举动，在其他场合则根本不可能发生。事隔多年之后，有几位比较理智的修士回想起那天的经过情形，仍感到惊骇，简直难以相信丑闻怎么会闹到这般田地。因为在这以前死去的修士中也有一生清清白白、其高风亮节可谓有目共睹的虔诚长老，而从他们简朴的棺中也曾发出腐臭，正如所有的尸体一样自然，但这种现象并未造成丑闻，甚至没有引起任何波动。当然，早已作古的修士中也有个别几位，对他们的怀念在修道院里一直保留至今，相传他们的遗骸没有腐烂，神秘的传说使修士们受到感动，作为神奇、美好的事例保存在他们的记忆中，也像是一种激励：将来按照上帝的意志轮到他们自己，也许有望在更大的程度上身后流芳。

在这类人物中有一位活到一百零五岁高龄的长老约伯特别令人怀念。这位著名的苦修者、伟大的持斋者和默修士早在十九世纪初即已去世，所有初次来朝拜的信徒都会被带去瞻仰他的坟墓，也会有人怀着特别崇敬的心情向他们介绍他的生平，同时神秘地暗示某些伟大的希望。（帕伊西神父上午看到阿辽沙正是坐在这个坟茔的墓石上。）除了这位谢世已久的长老，同样令人怀念的还有一位奉召不算太久的司祭苦行修士瓦尔索诺非长老——佐西马神父正是继他之后成为长老的。他生前干脆被所有来修道院朝拜的信徒目为伟大的疯修士。关于约伯和瓦尔索诺非两位圣者保存着这样的传说：他们在棺材里的面目形态栩栩如生，下葬时尸体没有任何腐烂的迹象，眉宇间好像还透出一道灵光。更有人在回忆时甚至坚持说，从他们身上还可以十分真切地闻到一股清香。

即便有这么些流存于记忆中的故事作为有力的反衬，仍很难引为直接原因来解释，为什么在佐西马长老的灵柩旁会发生如此愚昧、荒唐和恶劣的现象。笔者个人则认为，这件事情中还有其他许多因素凑在一起同时发挥了作用。比方说，其中就有视长老制为有害新招的那么一种根深蒂固的敌对情绪，它还潜藏在修道院内许多修士的头脑里。当然还有更主要的原因：死者生前的圣名实在太牢固，任何不以为然的观点仿佛都在禁止之列，这便产生了忌妒。已故的长老虽然吸引了很多人，而且与其说是通过奇迹，不如说是通过爱心，他在自己周围简直缔造了整整一个全是他的敬爱者的世界，但这一事实本身恰恰招来了忌妒者，进而树了敌——势不两立的仇敌：有明的，也有暗的；不仅存在于修道院内，甚至存在于社会上的在家人中间。举例说，他没有做过对不起任何人的事，可是就有人问："为什么他被认为是这样的大圣人？"单单这一个问题由于经常被提出来，最终就招致深不可测、难消难解的怨恨。因此窃以为，许多人一闻到他的尸体发出的腐臭，而且还来得这么快——从他咽气算起过了还不到一天，——简直说不出有多么高兴；另一方面，在忠于长老并且至今敬仰他的人中间，立刻有人认为，这件事几乎是对他们的侮辱，使他们本人在感情上受到伤害。

此事前前后后的经过情形是这样的——

腐烂的迹象刚刚露头的时候，仅从走进死者修室的那些修士的神态便可断定他们上这儿来的目的。此等人进来后站立片刻，就出去把证实的消息赶紧告知成群等在外面的其他人。有的等待者哀伤地摇摇头，也有人甚至不想掩饰得意的心情，这在他们幸灾乐祸的眼神中已昭然若揭。此时再也没有人责备他们，没有人出来说句公道话——这甚至有点反常，因为忠于已故长老的人在修道院里毕竟是多数，但是看来上帝自己让少数派这一回暂时占了上风。

很快，像这样到修室里来看看的也有了外界的在家人，多半是受过教育的香客。下层平民进来的很少，虽然聚集在隐修所门外的很多。正是在三点钟以后，俗众香客大批拥来，这无疑是丑闻传开的结果。本来这一天根本不会来、也不打算来的人，现在也特地赶来了，其中还有一些名流。不过，形式上的体面还勉强维持着，帕伊西神父表情严肃、语调沉稳、吐字清晰地继续朗读福音书，似乎不理会周围的气氛，其实早就觉察到情况异常。后来，啰唣之声开始传到他耳朵里，起先声音不大，但渐渐地说话的人胆子大起来了，口气也强硬了。

“这表明上帝的评判跟凡人的评判就是不一样。”帕伊西神父忽然听到这样的话。

最早说这话的是个在家的城里公务员，此人已上了年纪，都知道是个虔诚的信徒，但他大声说出的只是重复修士们交头接耳议了半天的内容罢了。他们早已得出了这条无情的结论，更糟的是，说这句话的同时，某种胜利的满足感几乎一分钟比一分钟表现得更露骨、更强烈。不久，连起码的体面也维持不下去了，好像人人都觉得自己有权把它捅破似的。

“怎么会有**这等事**？”某些修士说，起初好像表示惋惜。“他个儿并不大，又干又瘦，皮儿包着骨头，哪来的味儿呢？”

“可见是上帝有意示众。”另一些人赶紧接茬。

他们的意见立刻被不加争辩地接受下来，因为这些人又指出：如果说任何凡人的尸体会发臭是很自然的，那也该晚一些才开始有气味，至少也得过一昼夜，而不是这样急急忙忙就露馅儿，“这一位可赶到自然现象前头去了”；可见是上帝故意插手的结果，上帝要让人们知道。这种论点当时俨然立于不败之地。

温顺的司祭修士约西甫神父是图书馆长，一向深得死者的钟爱，他曾向某些恶意中伤者提出反驳：

“这事并非到处都一样，正教并无教条规定贤者的尸体必须不朽，这仅仅是一家之言。在一些最正统的正教发祥地，例如阿索斯，腐臭不会引起太大的恐慌；那里认为灵魂得救者荣升天国的主要标志并非肉身不朽，而在于他们骨头的颜色。当尸体已在土中埋藏多年，甚至已经完全腐烂时，如果骨头的颜色像蜡一般黄，那就是最主要的标记，说明上帝已赐予死去的贤者升天的荣耀；如果颜色不是变黄，而是发黑，那就是说，上帝没有赐给他这种荣耀——在阿索斯便是这样，那是伟大的圣地，”约西甫神父临了说，“自古以来正教的正统在那里始终保存得最完好、最纯正。”

但这位温顺的神父的话根本不起作用，非但如此，还有人反唇相讥。

“这都是十足的书生气，尽玩些新花样，甭理他。”这是一些修士心中的想法。

“我们主张按老派行事；如今的新套套层出不穷，跟得上吗？”另一些如此说。

“我们这儿的高僧不比他们少。他们在土耳其统治下过日子，把什么都忘光了。他们那儿的正教早已变浑，不纯不正，连钟也没有。”一些最尖刻的嘲笑者附和道。

约西甫神父怏怏不乐地走开了，这也不奇怪，因为他陈述自己的意见不够理直气壮，似乎自己也不太相信自己的话。但他忧心忡忡地预见到即将出现极其不成体统的局面，眼看着对抗情绪正在抬头。渐渐地，尚未失去理智的修士在约西甫神父之后也都相继缄口。也不知是怎么造成的，反正所有敬爱佐西马长老和心悦诚服地接受长老制的修士，一下子都非常害怕会出什么事情，他们相遇时只是胆怯地面面相觑。反对长老制的守旧派则骄傲地昂首扬眉。

“已故的瓦尔索诺非长老非但没有臭味，还透出一股清香，”他们幸灾乐祸地提示道，“但他赢得这份荣耀靠的不是说三道四、好为人师，而是因为本人品行高洁。”

接着对新故的长老纷纷提出批评，有的甚至是责难。

“他的教导出了纰漏；他竟教导说，活着是大欢乐，而不是无边苦海。”一些特别没头脑的修士说。

“他的信仰也赶时髦，不承认地狱之火是实实在在的火。”另一些更没头脑的随声附和。

“他持斋不严，美味甜食照吃，喝茶配樱桃酱，他特别喜欢，有阔太太派人给他送来。一个苦行修士还饮茶，这么讲究！”可以听到某些忌妒者如此议论。

“他高高在上，”若干报复心很重的人乘机大泄私愤，“自以为是旷世圣人，别人向他下跪，他竟然心安理得。”

“忏悔礼被他滥用了，”长老制最激烈的反对者用恶毒的低语往火上浇油。这是一些最年长、也是在敬神方面最一丝不苟的修士，他们是真正的持斋者和默修士，在佐西马长老活着时保持沉默，如今一下子开起口来，这本身已经非同小可，因为他们的话对于信仰还不坚定的年轻修士影响至巨。来自奥布多尔斯克圣西尔维斯特修道院的客人，频频发出深深的叹息，连连摇头。

“看来，菲拉邦特神父昨天的话有道理。”他正在这样思量的时候，菲拉邦特神父恰巧露面了，好像就是为了添乱而来。

前已提及，菲拉邦特神父在养蜂场他的小木屋里很少出来，甚至往往很长时间不上教堂；因为他有些疯疯癫癫，对他也就比较宽容，并不以人人遵守的教规去约束他。不过，说实话，对他的宽容在某种意义上也是不得不如此。因为他是个持斋默修的伟大苦修者，日日夜夜不停地祈祷（甚至常常跪着蒙眬入睡），如果他自己不愿遵守，硬要用一般的规章把他套住实在有些丢脸。那时某些修士会说：

“他比我们谁都神圣，他身体力行做到的比规章要求的不知难上多少倍。至于不上教堂，这说明他自己知道什么时候该去。他有自己的一套规章。”

出于对这种必然会产生的牢骚怪话的顾忌，谁也不去难为菲拉邦特神父。人人都知道，菲拉邦特神父对佐西马长老特别反感；如今突然有消息传到他的修室里，说什么“这表明上帝的评判跟凡人的评判就是不一样”，又说什么“他赶到自然现象前头去了”。不难想象，最先向他报信的人中间必有那位奥布多尔斯克客人，他昨天曾去拜访菲拉邦特神父，并且离开他的修室时简直吓得魂飞魄散。

笔者也已经提到过，帕伊西神父以岿然不动之势站在棺旁诵经，虽然听不到也看不见修室外发生的情况，但总的形势大体上都不出他心中所料，因为他对自己的同道了如指掌。他没有慌神，面对还可能发生的一切并不畏惧，而是以犀利的目光注视着骚动的进一步发展，不过他的内省力已经看到事态的趋向。

猛然间，过道里的一片喧嚣冲击着他的耳朵，显然，体面的秩序已岌岌可危。门完全被打开，菲拉邦特神父出现在门口。从修室里望出去可以看得很清楚，他背后有许多修士集结在台阶下，他们是跟他一起来的，其中也杂有在家人。不过，他的跟随者没有进来，也没有登上台阶，他们站在外边等着瞧菲拉邦特神父接下来说什么，干什么。他们甚至带着几分惊恐预感到菲拉邦特神父的来意不善，尽管他们自己也越来越放肆。菲拉邦特神父站在门口，举起双手，从他的右臂下面有一双尖利好奇的小眼睛在朝里张望——唯有这位奥布多尔斯克来客按捺不住无比强烈的好奇心，跟在菲拉邦特神父后面跑上了台阶。除他以外，其余的人刚听到门豁然洞开的响声，反而一下子给吓得往后退缩，挤得更紧了。菲拉邦特神父高高举起双手，蓦地大喝一声：

“我来也，我来也！”随即开始轮番面对四个方向，用手朝着修室的墙壁和四角画十字。菲拉邦特神父的这番举动随他同来的人一看就明白，因为他们知道：他到任何地方总是这样做的，在把妖魔赶走之前，他既不会坐下，也不会跟人说一句话。

“撒旦，滚开！撒旦，滚开！”他每画一次十字，就这样重复一回。“我来也，我来也！”接着又再次吆喝。

他身穿粗布长袍，腰里系一条绳索。粗麻布衬衫里边裸露着长满白毛的胸脯，光脚不穿鞋袜。他刚开始挥舞双手，戴在长袍里面的铁镣便抖动起来锒铛作声。帕伊西神父中断了诵经，走到他面前站住，静观其变。

“你来做什么，可敬的神父？为什么要扰乱秩序？为什么惊扰温驯的羊群？”帕伊西神父严厉地望着他，终于开口问道。

“我来做什么？你问我来做什么？我倒要问你信什么？”菲拉邦特神父疯疯癫癫地大叫大嚷，“我来替你们逐客，替你们祛魔辟邪。我要瞧瞧，我不在这里的时候积留了多少邪魔。我要用桦树扫帚把它们通通扫除。”

“你来驱魔辟邪，也许你自己在为邪魔效劳，”帕伊西神父毫无惧色地继续说，“哪一个人敢说这样的大话：‘我是圣人！’你敢说吗，神父？”

“我是小人，不是圣人。我不坐扶手安乐椅，也不要人家把我当偶像跪拜！”菲拉邦特神父说话声震屋宇，“如今的人们在毁坏神圣的信仰。这个死者，你们的圣人，”他指着棺材转向人群，“就是不信有魔鬼。他让人吃药辟邪。所以你们这里生出那么多的魔鬼，就像角落里的蛛网一样。如今他自己都发臭了。这是上帝给我们下达的伟大晓谕。”

在佐西马长老生前的确发生过这样一件事。有一名修士先是梦见，后来醒着也总是看见魔鬼。当他满怀恐惧把此事向长老坦白时，长老劝他不停地祈祷并加强持斋。但这也不管用，长老便建议他在继续祈祷和持斋的同时服用一种药物。当时这件事曾引起许多人极大的困惑，他们窃窃私议，连连摇头——最不以为然的要数菲拉邦特神父，某些吹毛求疵的人当即把长老在此特殊情况下做出的“不寻常的”决定急急忙忙告诉了他。

“出去，神父！”帕伊西神父用命令的口气说，“凡人没有资格评判，该由上帝来评判。也许，这‘晓谕’对你、对我、对任何人都无法理解。出去，神父，不要惊扰羊群！”帕伊西神父一再坚持要他离去。

“他不按戒律持斋，所以有这样的晓谕。这是明明白白的，遮遮盖盖是罪过！”这个狂热的苦修者仍不罢休，他的宗教热忱走过了头，到了不可理喻的地步。“他挡不住美食的诱惑，阔太太们揣在兜里给他带来；他还品茶，一味满足口腹之欲，什么好吃的都往肚子里塞，可是头脑里尽塞些傲慢的想法……所以会出这么大的丑……”

“你的话太轻率了，神父！”帕伊西神父提高了嗓门，“我钦佩你持斋苦行的毅力，但你的话太不知深浅，简直像是少不更事的在家人说出来的。出去，神父，我命令你。”帕伊西神父末了也厉声怒喝。

“出去就出去！”菲拉邦特神父说，他好像有些着慌，但恶气未消。“你们都有大学问！你们喝的墨水多，自然瞧不起我这大老粗。我来到这儿本来就没什么学问，可是在这儿我把原先知道的也全给忘了，是上帝保佑了我这小人物没沾上你们大学问的边……”

帕伊西神父站在他面前等他出去，态度很坚决。菲拉邦特神父顿了一下，忽然用右手托住腮帮子作伤感状，眼睛望着长老的灵柩，拉起了哭丧调。

“明儿要为他唱《排忧解难保护神》——多气派的颂赞歌；可是我死了以后，只有《人间欢乐何足道》——区区一首吟咏调[①]，”他悲悲切切、不胜遗憾地说，“你们多神气啊，爬得多高啊，到头来全是一场空！”他忽然发狂似的大声吼叫，然后把手一甩，很快转过身去，很快走下台阶。等在下面的人群晃动起来了：一些人立刻跟着他走，但另一些人有些犹豫，因为修室的门还开着，帕伊西神父跟在菲拉邦特神父后面走出来，站在台阶上观看动静。但是，一发而不可收的老苦修者还没完：他走了二十来步，突然朝着落日的方向转过身去，高举双臂，接着——好像有人砍了他一刀似的——扑倒在地，发出惊人的呼叫：

“我的上帝胜利了！基督打败了偏西的太阳！”

他向着夕阳举起双手没命地狂喊，脸贴在地上像个小孩一般放声大哭，身体随着哭泣抽动，两臂张开趴在地上。这时大家都向他跑过去，纷纷发出惊呼声、表示同情的哭泣声……。人人都被一阵狂热的冲动所裹胁。

“这才是圣人！这才叫高僧！”惊叹者已经不再胆怯。

“应该由这样的人来当长老。”附和者更加肆无忌惮。

“他才不当长老呢……。他肯定不干……不愿为该死的新套套效劳……不学他们愚蠢的鬼花样。”还有些人马上跟着起哄。

此事将伊于胡底本来难以逆料，正好这时钟声敲响，告诉大家晚礼拜即将开始。所有的人一下子纷纷开始画十字。菲拉邦特神父也从地上爬起来，在自己胸前画着十字，头也不回地往自己的修室而去，

---

① 修士和苦行修士死后，遗体从修室抬往教堂以及追荐仪式后由教堂抬往墓地时，送葬者唱《人间欢乐何足道……》。如死者有司祭衔，则唱《排忧解难保护神……》。

嘴里还在骂骂咧咧，但已经完全语无伦次。少数人跟着他走，但大多数纷纷散开，急于去做礼拜。帕伊西神父把诵经的事移交给约西甫神父，自己走下台阶，离开修室。

狂信徒们声嘶力竭的叫嚷动摇不了帕伊西神父的信念，但他的心骤然间为某种特别的缘由充满了忧伤和惆怅，他感觉到了这一点。他停下来自问："我为何如此惆怅几至沮丧？"——旋即诧异地意识到，这份突如其来的忧伤显然发端于一个微不足道的特殊缘由。原来，刚才挤在修室门外的人群中，除了那些情绪激昂的以外，他注意到阿辽沙也在其内。现在回想起来，他一瞥见阿辽沙，心中马上感到一阵痛楚。"难道这个年轻人如今在我心里竟那么举足轻重？"他惊讶地向自己提问。

就在这个当口儿，阿辽沙恰巧打他身旁经过，好像急着要去什么地方，但并不朝礼拜堂的方向走。他们四目交接。阿辽沙赶紧低首垂目看着地上。帕伊西神父单从这年轻人的神态便猜到，此刻他思想上正在发生激烈的嬗变。

"是不是你也迷惑了？"帕伊西神父突然大声问，"莫非你也跟那些不虔诚的人一般见识？"他痛心地又附加一句。

阿辽沙停下脚步，向帕伊西神父看了寓意不明的一眼，但马上又低下头去看着地上。他侧着身子站在那儿，脸儿也不向问话的人转过来。帕伊西神父对他留神观察。

"你急着上哪儿去？晚礼拜的钟响了。"他再次询问，但阿辽沙还是不回答。

"你是不是打算离开隐修所？怎么连道别、祝福都不要了？"

阿辽沙忽然冷冷一笑，奇怪地、非常奇怪地举目看看向他问话的神父（他敬爱的长老、原先掌握着他的心灵和思想的导师临终时正是把他托付给这位神父），依然不予答理，只是一甩手，竟然置起码的礼貌于不顾，加快脚步走向大门，离开了隐修所。

"你还会回来的！"帕伊西神父又是愕然又是凄然望着他的背影，悄悄说了一句。

二 节 骨 眼

帕伊西神父认为他的“好孩子”还会回来当然没错，甚至可以说，直窥阿辽沙精神状态的真正含义——虽有不尽精细处，但毕竟目光敏锐。然而，笔者坦率承认，本人现在很难说清楚，这一奇怪的、吉凶未卜的时刻在我如此钟爱而且还如此年轻的本书主人公生活中究竟有什么确切的含义。刚才帕伊西神父痛心地问阿辽沙：“莫非你也跟那些不虔诚的人一般见识？”——对这个问题我当然可以毫不含糊地代替阿辽沙回答：“不，他不跟这些人一般见识。”非但如此，实际情况正好相反：他的惶惑恰恰完全起因于他非常虔诚。但是惶惑还是发生了，而且竟然如此痛苦，以致后来虽已事隔很久，阿辽沙仍把这伤心的一天看作自己一生中最沮丧、最绝望的日子之一。要是有人直截了当地问：“难道说他思想上之所以会产生这样的怅惘和危机，仅仅因为他的长老的尸体非但没有立刻发挥治病救人的神效，反倒早早地开始腐烂了？”那么，我也准备痛痛快快地回答：“是的，确实如此。”只是我还想请求读者不要过分急于嗤笑我的年轻主人公那颗纯洁的心。我本人无意替他请求宽恕，或者为他天真幼稚的信仰辩解，理由嘛，比方说，可以归结为年纪太轻，学业上尚无足观等等，等等，——不，我非但不打算这样做，甚至相反，我要明确表示，对于他的心灵素质我怀着由衷的敬意。毫无疑问，别的年轻人也许能谨慎对待震动心灵的现象，他们已练就一手爱得不冷不热的本领，头脑虽然管用，但在这样的年龄未免过于精明了些（因而也就价值不大），——换了这样一位年轻人，我敢说，他就能避免发生在阿辽沙身上的危机。不过，说实在的，在某些情况下，宁可克制不住某种尽管并不理智、但毕竟产生于伟大的爱的冲动，也比完全不为所动好。年轻时尤其如此，因为年轻人如果头脑冷静的时候太多，就靠不住，他的价值也有限得很——这便是我的看法。

“但是，”理智的人们或许会提出异议，“任何一个年轻人都不应该陷入这样的迷信，您的阿辽沙实在不足为训。”

对于这样的意见我要再一次回答：是的，我的阿辽沙信得虔诚，信得神圣，信得坚如磐石，但我还是不想替他请求宽恕。

哟！虽然我在上文表示（或许太匆忙了些）不准备解释，不准备道歉，也不准备为我的主人公辩护，但我发现，为了更好地理解下文，有些事情还是有必要弄弄清楚的。我先说一桩：这不是一个奇迹有没有出现的问题。阿辽沙不至于糊涂到迫不及待地希望奇迹出现。当时阿辽沙并不需要奇迹来证明某种观念的胜利（这完全没有必要），不是为了某种先入为主的思想能快一点战胜另一种理想，——不，根本不是这么回事。在整个这件事情上，首先，处于第一位的是他心目中的一个形象，唯一的形象——他深爱的长老的面容，他如此崇敬的那位高僧的面容。问题就在这里。藏在他年轻、纯洁的心中的那份爱，那份对“万众万物”的爱，在那段时间以及此前的整整一年里，好像全部集中在一个人身上，集中在他深爱的、而今已故的长老身上，至少在他的感情冲动最强烈的时候是这样。像这样把所有的爱都集中在一个人身上或许是不正确的。诚然，这个人在他心目中这么长时间一直是无可争议的理想，以致他势必把全部年轻的精力和热情倾注于这个理想而心无旁骛，有时候甚至到了忘却“万众万物”的地步。（后来他自己回忆起，在最痛苦的那一天，他完全忘却了大哥德米特里，而昨天曾那么惦着他，那么为他担忧；他也忘了给伊柳沙的父亲送二百卢布去，而昨天还那么热心地打算办妥这件事。）但是，必须再次指出，他需要的并不是奇迹，只是“上界的公道”，而他认定这种公道遭到了践踏，这件事如此残酷而又如此突然地伤了他的心。至于这种“公道”在阿辽沙的企盼中被事态的发展赋予奇迹的形式，企盼他所崇拜的精神导师的遗骸立即产生奇迹——这有什么值得奇怪的？修道院里不是人人都这样想、这样企盼的吗？其中甚至有阿辽沙尊崇的智者，如帕伊西神父；于是乎阿辽沙毫不犹豫地和所有的人一样给自己的梦想穿上同样的外衣。整整一年的修道院生活在他心中早已养成如此企盼的习惯。但他渴望的是公道，是公道，而不仅仅是奇迹！

不料，他满心指望应该被尊奉为全世界最高表率的那个人，非但没有获得他当之无愧的荣耀，反而一下子被推倒，出了丑。为什么？是谁判定的？谁能作出这样的裁决？——这问题深深刺伤了他缺乏经验的童贞之心。一位至圣至贤的圣贤竟遭到无法与他相比的一群浅薄、糊涂的庸人这般恶意嘲弄，他怎能不感到侮辱，怎能不激起他一腔怨愤？奇迹根本没有，企盼着克奏神效的希望落了空，倒也罢了；但为什么要如此贬损他，为什么要如此羞辱他，为什么这么快就腐烂，用那些恶毒的修士的话来说——“赶到自然现象前头去了”？为什么他们如此扬扬得意地和菲拉邦特神父一起得出这是“晓谕”的结论，为什么他们自以为有资格得出这样的结论？天道何在？天命何在？为什么“在最需要它的节骨眼上”（阿辽沙如是想）隐而不见，仿佛天命本身甘愿服从又瞎又哑而又无情的自然法则？

这就是阿辽沙的心在渗血的原因，当然，前面已经说过，首先由于他心目中有一个形象，世上他爱得最深的一个人的形象，而这个形象“蒙受了耻辱”，这个形象“遭到了贬损”！尽管我这位年轻主人公的怨言是轻率的、不理智的，但我还是要第三次指出（笔者预先在此承认，这或许同样是轻率的）：我为我的主人公在这个节骨眼上没有表现得那么理智而感到高兴，因为一个并不愚蠢的人迟早会恢复理智；反之，如果在这样关键的时刻一个年轻人心中没有迸发出爱的火花，那要到什么时候才迸发？不过，与此同时我也不想讳言一个奇怪的情况，虽说只是短短的一瞬，但在对于阿辽沙至关重要却又心乱如麻的时刻，还是在他脑海里浮现了。这个新冒出来一闪即逝的**情况**，乃是阿辽沙现在不断想起昨天他与二哥伊万的谈话所留下的痛苦印象，偏偏现在冒出来。喔，倒不是他心中原有的、可以说是自发的基本信念有哪些发生了动摇。他爱他的上帝，对之坚信不疑，尽管有刚才那样突发的怨言。然而，回想起昨天与二哥伊万的谈话，总有一种模糊的不祥之感令他苦恼，现在这印象又一下子在他心头蠢蠢欲动，而且越来越不甘于蛰伏。

天色已经很晚了，拉基津从隐修所经过小松林前往修道院时，忽然发现阿辽沙脸朝地面躺在一棵树下，像睡着了似的一动不动。拉基津走过去叫他。

"你在这儿，阿辽沙？你居然……"他惊讶之余刚要发出感叹，但没把话说完就住口。他想说的是："你居然**落到这般光景**？"阿辽沙没有抬头看他，但拉基津从他细微的动作马上猜到：阿辽沙听见了他的话并且明白他的意思。

"你怎么啦？"拉基津还在继续表示他的惊讶，但惊讶的神色在他的脸上已开始渐渐转为微笑，而这种微笑又越来越显露出嘲弄的意味。

"听着，我一直在找你，找了有两个多钟头。你一下子从那里失踪了。你在这儿干什么？你这是犯的什么傻呀？你能不能举起尊目瞅我一眼……"

阿辽沙抬起头，背靠树干坐起来。他不哭，但他脸上的表情是痛苦的，眼神是懊恼的。不过，他没有瞧着拉基津，而是把视线投向旁边的不知什么地方。

"知道吗，你的脸完全变了。你以前那种出了名的驯顺连影儿也没有了。是不是生什么人的气？还是有人伤害了你？"

"别来烦我！"阿辽沙忽然开口道，眼睛依然不瞧着他，只是疲惫地把手一甩。

"嘿！瞧你现在的德性！大叫大嚷，完全成了跟大伙一样的凡人。可原先你不是天使吗？咳，阿辽沙，你实在让我吃惊，我说的是真话。我对这儿的任何事情早就不吃惊了。我可一直把你当作有教养的人看待的……"

阿辽沙终于看了他一眼，但有点心不在焉，好像到现在还不大明白他在说些什么。

"难道仅仅因为你的老头儿发臭了便气成这样？莫非你较真儿相信他会要出什么奇迹来？"拉基津大声问道，表情又转为货真价实的惊异。

“我过去信，现在信，我乐意相信，以后还相信，你满意了吧？”阿辽沙恼怒地冲他叫嚷。

“没什么，亲爱的，别在意。其实，如今连十三岁的学生也不信这鬼话。不过，真见鬼……这么说，你是在冲你的上帝发脾气，造他的反，认为上帝亏待了你的长老，大过节的也不发勋章？你们这一对儿！”

阿辽沙微眯着眼睛向拉基津注视良久，目光中忽然闪起某种表情……但并不是对拉基津的气愤。

“我不是造我的上帝的反，我只是‘不接受他的世界’。”阿辽沙勉强一笑。

“不接受他的世界？”拉基津把他的回答咀嚼了一番，“又是什么奇谈怪论？”

阿辽沙不理他。

“好了，闲话少说，现在谈正经的：你今天吃过饭了没有？”

“我不记得……好像吃过。”

“从你的脸色看，你需要好好补充体力。瞧着你的模样真叫人心疼。你夜里也没睡，我听说你们那里在开会。后来又有这一连串乱七八糟的事情……。你大概总共只吃过一片圣餐面包。我身边兜里有香肠，早晨从城里上这儿来的时候揣着以防万一，不过你是不会要吃香肠的……”

“给我香肠。”

“哟！可真有你的！看来这一回造反是动真格了，已经拉开架势设起了路障！对，兄弟，不吃白不吃。还是上我那儿去……。我自己也需要来点儿伏特加，今天可把我累死了。伏特加你恐怕不敢……不过，要不要也来一点儿？”

“伏特加也要。”

“我的老天爷！简直难以相信，兄弟！”拉基津眼睛都瞪圆了，“好吧，不管怎样，伏特加也罢，香肠也罢，反正这么带劲的好事儿不可错过，走！”

阿辽沙默默地站起来，跟着拉基津走了。

“要是令兄伊万看到了，一定会大吃一惊的！对了，你的二哥伊万·费奥多罗维奇今天上午去莫斯科了，你知道不？”

“知道，”阿辽沙冷漠地说，忽然大哥德米特里的形象在他头脑里一闪，但仅此而已，虽然这一闪使他想起了什么，好像有什么急事已经刻不容缓，还涉及某种义务、某种可怕的责任……但这样的联想仍然没有对他产生任何影响，没有进入他的心坎，一转眼便从记忆中飞出去，随即被遗忘了。但事后很长时间阿辽沙经常想起当时的情景。

“令兄伊万对我有过这样的评价，说我是‘自由主义的庸才’。有一次你也忍不住向我指出，说我‘不顾人格’……好吧！现在我倒要瞧瞧你们的才华和人格。”末了那句话拉基津是悄悄说给自己听的。

“啐，听着！”他又大声说，“修道院不去也罢，咱们走小路直接进城去……嗯，顺道我得去一趟霍赫拉科娃家。你说可笑不可笑：我把所发生的事全都写信告诉她了，她马上就回我一张用铅笔写的便条（这位太太特别喜欢写便条），说她‘怎么也没料到像佐西马神父这样德高望重的长老竟会干出**这般行径**’！她愣是用了‘行径’这个词！她也气得不得了；唉，你们都这么死心眼儿！等一下！”他蓦地想起了什么，自己骤然止步，并且按住阿辽沙的肩头让他也停下。

“阿辽沙，”他谛视着阿辽沙的眼睛，自己被灵机一动产生的一个新主意牢牢地吸引住了。拉基津表面上虽然嬉皮笑脸，但显然不敢把这个新主意说出口，因为他此刻看到的阿辽沙处在一种非常奇特而且完全出人意料的情绪之中，他还没法相信这是真的，“你可知道，阿辽沙，咱们现在最好去什么地方？”他开始小心翼翼地用讨好的口吻进行试探。

“无所谓……去哪儿都行。”

“咱们上格露莘卡那儿去，怎么样？你去不去？”拉基津终于说了出来，由于把握不住对方会作出什么反应，他甚至紧张得浑身直哆嗦。

“就上格露莘卡那儿去，”阿辽沙马上作出平静的回答，这大大出乎拉基津的意料之外，也就是说，阿辽沙如此爽快而且大大方方地表示同意，使得拉基津差点儿往后一跳。

“好哇！……行！”他发出惊喜交加的赞叹，接着，紧紧挽住阿辽沙的胳臂，带着他沿小路快步走去，可还是非常担心阿辽沙的决心会烟消云散。

两人默默地走着，拉基津甚至不敢开口。

“她一定会很高兴的，一定……”他刚哩哩啰啰说了一句，又闭上嘴。实际上，他把阿辽沙拉到格露莘卡那儿去，可不是为了讨好那个女人。拉基津是个讲究实际的人，从来不干对自己没有好处的事情。他走现在这一着抱有双重目的：第一是报复性的，就是要看到“一个正人君子丢丑”，十拿九稳地管教阿辽沙“从圣贤堕落为罪人”，他已在想象中提前喝庆功酒了；第二是通过这件事，他还可以捞到相当可观的实惠，有关细节下文再叙。

“就是说，事情到了节骨眼上，”他此刻的心情是兴奋的，想法是恶毒的，“可一定要牢牢抓住这个时机，因为它来得正好。”

三 一个葱头

格露莘卡住在城里最热闹的地段，靠近教堂广场。她向商人的寡妻莫罗佐娃租了坐落在院子里的一所侧屋，面积不大，木质结构。莫罗佐娃的正屋很大，共两层，砖石结构，房子旧了，样子很难看；孤单单住在里边的女主人是位老太太，还有她的两个没结过婚的侄女，也都上了年纪。房主并不需要把院子里的侧屋租出去，但谁都知道她让格露莘卡做房客（那还是四年前的事）纯粹为了讨好自己的亲戚、商人萨姆索诺夫，也就是格露莘卡公开依傍的相好。据说，这个醋心很重的老头儿把他的“娇娘”安置在莫罗佐娃宅内，初衷是指望借老太太那双锐利的眼睛监视格露莘卡的行为。但很快就发现，锐利的眼

А.Б

睛派不上用场，到后来莫罗佐娃甚至难得见到格露莘卡，临了干脆不再执行任何惹她厌烦的监督使命。的确，自从老商人把十八岁的格露莘卡从省城带到这座宅院里来，已经过去了四个年头，当初她是一个胆怯、怕羞、细挑、瘦弱的小姑娘，好沉思，性情忧郁，打那以后可谓世事沧桑，今非昔比了。不过，对于那姑娘的身世我们城里知之甚少，只有一鳞半爪；近年来对她的了解也没有增加多少，甚至在四年之后，她已出挑成这样一个“大美人”，已有很多人对阿格拉菲娜·亚历山德罗夫娜感兴趣了，情况依然如此。只有一些传闻，说她十七岁便受骗失身，很快又遭遗弃。那个负心汉——好像是一名军官——一走了之，后来在什么地方结了婚，撇下格露莘卡蒙羞受穷。据说，格露莘卡虽然的确是老商人从穷困中花钱弄来的，不过她倒是清白人家出身，父亲好像还是一名编外的教堂辅祭或类似的神职人员。且说这四年之中，一个多愁善感、受人欺凌的可怜孤女竟出落得面色红润、体态丰腴，俨然是个俄罗斯美人了。她性格果断，做事大胆，心高气傲，厚颜无耻，深谙生财之道，在金钱问题上悭吝而又谨慎，外界说她已经为自己攒下了——包括用正当的和不正当的手段——一笔说大不大、说小也不小的资财。

有一点大家一致确信：想要接近格露莘卡可不容易，除了她依傍的那个老商人，整整四年里头还没有一个男人能夸耀自己赢得了她的青睐。这是确凿无疑的事实，因为曾有不少猎艳者出马谋求这份殊荣，特别是最近两年。但是一切尝试通通归于徒劳，某些追求者遭到这位很有个性的少妇饱含嘲讽的坚决还击，甚至不得不落荒而逃，落得个滑稽可笑、丢人现眼的下场。人们还知道，这个年轻女人最近一年来尤其热衷于所谓的“招财进宝”，并且在这方面表现出非凡的才能，以致很多人骂她是个不折不扣的犹太娘们。她不光放高利贷，而且众所周知，有一个时期她确实曾与费奥多尔·巴甫洛维奇·卡拉马佐夫合伙从事杀价收购票据的生意，往往以十分之一的代价购进票据，以后凭这类票据往往又能获利十倍。萨姆索诺夫本来有病，最近一年他那两条肿胀的腿完全失去作用，只得听任格露莘卡的摆布。这

个老鳏夫对待自己的成年儿子们简直像个暴君，拥有好几十万家财，却一毛不拔。最初他把“娇娘”管得很严，用当时一些贫嘴油子的说法叫作“不沾荤腥”。但格露莘卡成功地摆脱了萨姆索诺夫的管束，不过她能使老头儿无限信任她对恩人的忠诚。老头儿是做大买卖的（如今早已去世），他也有相当出众的性格，主要是铁公鸡一般的吝啬；尽管格露莘卡斗过了他，使老头儿离开她就活不下去（比如最近两年便是这样），但老头儿仍然没有分给她十分可观的财产，甚至当格露莘卡扬言要对他撒手不管的时候，照样不为所动。但老头儿终究给了她一笔小小的财产，这事传出去以后，大家还是吃惊不小。

“你是个有头脑的女人，”老头儿在赠与她大约八千卢布的同时对她说，“该自己理财了。但我要告诉你，除了每年的例规照旧以外，你再也别想从我这儿得到什么，一直到我死去，而且我在遗嘱里也不再为你指定任何赠与。”

他说到做到，死后把所有的遗产都留给儿子们——老头儿生前始终把他们连同儿媳、孙辈一概当奴仆对待。遗嘱里对格露莘卡连一个字儿也没提到。这一切是后来才知道的。不过，在如何“自己理财”方面，老商人给格露莘卡出的点子对她帮助不小，向她指点过不少“生意眼”。

费奥多尔·巴甫洛维奇·卡拉马佐夫最初在一宗赚昧心钱的买卖中与格露莘卡偶然有所接触，结果完全出乎自己的意料之外，他竟神魂颠倒地爱上了这个女人，甚至失去了理智。那时已经一只脚踩进棺材的老萨姆索诺夫暗暗觉得十分好笑。值得注意的是：在格露莘卡与老卡拉马佐夫相识过程中，她对老萨姆索诺夫始终什么也不隐瞒，甚至可以说襟怀坦白，格露莘卡如此信任的对象世上大概只此一人。

最近一个时期，德米特里·费奥多罗维奇忽然也来献上他的爱情，这下老萨姆索诺夫不笑了。相反，有一回他正言厉色向格露莘卡提出忠告：

“若是要从老子和儿子两人中挑选一个的话，你就选老子，不过得附带一个条件：一定要那老混蛋正式娶你，还得预先把一笔财产划到你的名下。别跟那个大尉勾勾搭搭，否则没你的好。”

这是老色鬼劝告格露莘卡的原话，当时他已预感到自己死期不远，而且果然在提出这番忠告五个月之后就死了。

这里还要捎带提一下，我们城里虽然很多人知道，卡拉马佐夫父子以格露莘卡为目标展开了一场荒唐、丑恶的角逐，但当时很少有人明白她对父子两人的态度的真正含义。甚至格露莘卡的两名女仆(那已经是在下文还要叙述的那场惨祸发生之后)在法庭上作证时都声称，阿格拉菲娜·亚历山德罗夫娜纯粹出于害怕才接待德米特里·费奥多罗维奇，因为后者“曾威胁说要杀她”。格露莘卡共有两名女仆：一名是厨娘，还是她娘家的老妈子，年迈多病，而且跟聋子差不多；另一名是厨娘的孙女，一个二十来岁的姑娘，年纪轻，又机灵，给格露莘卡当贴身侍女。格露莘卡生活非常节省，家里的陈设丝毫不讲究。她租的侧屋总共三间房，古老的桃花心木家具也是向房东借用的，还是二十年代的款式。

当拉基津和阿辽沙来到她家的时候，天色已经完全暗了下来，可是房间里还没有点灯。格露莘卡自己躺在客厅里一张大而无当的沙发上，沙发的靠背是仿红木的，外包的皮革面料已经磨破，有了窟窿，硬邦邦的一点也不舒服。她脑后两个白色的羽绒枕头则是从她床上搬来的。她挺直身子一动不动地仰卧在那里，两手枕在脑后。看她的衣着打扮好像在等什么人：身上是黑绸连衣裙，头上的花边发罩跟她非常相配，披在肩上的花边头巾用一枚很大的金胸针别住。她肯定在等什么人，故而躺在沙发上的神态显得惆怅和焦灼，脸色有些苍白，嘴唇和眼睛热辣辣的，右足尖不耐烦地敲着沙发的扶手。拉基津和阿辽沙刚一出现，引起了一场小小的虚惊：从门厅里可以听到格露莘卡霍地从沙发上跳起来，惊恐地叫道：“谁在那儿？”但侍女迎接了两位客人并且立即应声告诉女主人：

“不是那位，是另外两位，没事儿。”

“她这是怎么回事？”拉基津轻轻嘀咕了一句，一边拉着阿辽沙的手走进客厅。

格露莘卡站在沙发旁，似乎惊魂未定。深褐色的辫髻中有一绺浓密的头发一下子从发罩里散出来披在她的右肩上，但在看清楚来客的面容、认出是什么人之前，她一直没有发觉，也一直没有动手去整理她的头发。

“啊，是你呀，拉基特卡[①]？可把我吓了一大跳。你和谁在一起？跟你一起来的是什么人？上帝啊，你把谁带来了！”及至看出是阿辽沙，她不由得惊呼起来。

“快让人拿蜡烛来！”拉基津说话的口气熟不拘礼，俨然是极其近乎的常客身份，甚至有资格在她家里发号施令。

“蜡烛……当然要蜡烛……。菲妮娅，给他拿一支蜡烛来……。嘿，你也真是的，偏偏挑这个时候带他来！”她把脸朝阿辽沙那边微微一扬，再次大惊小怪地说，然后转过身去面对镜子，双手很快地把辫梢塞回到发罩里去。她面露不悦之色。

“你还不满意？”拉基津问道，他顿时差不多有点恼了。

“你把我吓了一跳，拉基特卡，就这么回事儿，”然后格露莘卡含笑面对阿辽沙，“亲爱的阿辽沙，你不用怕我，你是我意想不到的稀客，你来我真是太高兴了。可是你，拉基特卡，把我吓得够呛：我还以为是米嘉闯了进来。是这么档子事儿：今天我骗了他，还要他保证相信我，可我撒了谎。我告诉他说我要上库兹马·库兹米奇那儿去，整个晚上都待在我的老头儿身边，跟他一起数钱一直到深夜。我每星期都要上他那儿去，用整整一个晚上的时间结账。我们锁上门关在里边，他打算盘，我坐着往账本里记账，他只信得过我。我让米嘉相信我到那边去了，可我却待在家里，我在等一个消息。对了，菲妮娅怎么让你们进来的？菲妮娅，菲妮娅！快到大门口去，开了门四面瞧瞧，大尉是不是在那儿？也许他躲在门外刺探虚实，我实在怕得要死！”

---

① 格露莘卡与拉基津并非一般熟人（后文将作交代），她把拉基津的姓氏略加改动，成了一种杨柳科植物的名称。

“一个人也没有，阿格拉菲娜·亚历山德罗夫娜，我刚才四下里都看过。我还时不时地走到那儿去从门缝里张望，我自己也怕得一个劲儿地在哆嗦。”

“护窗板锁上没有，菲妮娅？我得把窗帘也放下来——好嘞！”她自己动手放下厚重的窗帘，“要不然，他瞧见了亮光准会闯进来。阿辽沙，今天我就是怕你的大哥米嘉。”格露莘卡大声说，虽然她胆战心惊，但几乎又像是乐不可支的样子。

“为什么你今天这样怕米嘉？”拉基津问道，“你在他面前好像从来不这么胆小，他总是让你牵着鼻子走的。”

“我告诉你，我在等消息，一个和金子一样宝贵的消息，所以这时候米嘉千万不能来。而且，他并不相信我上库兹马·库兹米奇那儿去了——我有这样的感觉。这会儿他八成在费奥多尔·巴甫洛维奇屋后的花园里守候我。如果他埋伏在那里，就不会到这里来，这样更好！刚才我确实上库兹马·库兹米奇那儿去过一趟，还是米嘉送我去的，我对他说我要在那儿一直待到半夜，并且要他在半夜十二点一定来接我回家。他走了以后，我在老头儿那里待了十分钟，又到这里来了，我怕被他撞见，一路拼命地跑。”

“你穿戴得齐齐整整又打算去哪儿？瞧你头上戴的是什么小帽？真逗！”

“我倒觉得你这人真逗，就爱问长问短，拉基津！我已经对你说了，我在等一个消息。如果消息来了，我一下子跳起来就飞过去，你们也不可能在这里见到我。我穿戴齐整就是作好准备说走就走。”

“你要飞到哪儿去？”

“人知道得多，老得也快。”

“瞧你这股高兴劲儿……。我还从来没有见过你这样。打扮得像去参加舞会似的。”拉基津打量着她。

“你对舞会懂得多少？”

“你又懂得多少？”

“我至少见过舞会的场面。前年库兹马·库兹米奇为儿子办喜事，我从敞廊上看得分明。呦，我怎么尽顾着跟你闲扯，拉基特卡，让这么一位王子站着。这位才是贵客！阿辽沙，亲爱的，我瞧着你，简直不敢相信；上帝啊，难道真是你来到了我家？实话告诉你，我没想到，没料到，过去我绝对不信你会来到。虽然现在不是时候，可我看见你还是高兴得要命！到沙发上来坐，过来，就坐这儿，我新月一般年轻的王子。说真的，我好像还是缓不过神来……。咳，拉基特卡，你要是昨天或者前天带他来该有多好！……不过我还是很高兴。或许这会儿来更好，正巧临近这样的时刻，而不是在前天……”

她调皮地坐到阿辽沙的身旁，跟他挨得很近，毫不掩饰喜出望外的心情看着他。格露莘卡真的很高兴，这倒不是撒谎。她的眼睛在发亮，嘴角漾出笑意，笑得很和蔼、很开心。阿辽沙甚至没料到她脸上的表情能如此和善……。在前天以前他很少遇见格露莘卡，对这个女人他已在头脑里构成十分可怕的定见，而前天她对卡捷琳娜·伊万诺夫娜所要的阴险恶毒的手段更令阿辽沙震骇。现在阿辽沙突然发现她和以前完全判若两人，实在太意外了。尽管阿辽沙被自己的不幸压得无比沮丧，但目光还是不由自主地停留在她身上，对她仔细端详。她的一举一动从前天开始仿佛也完全变了，是往好的方向变：前天说话时那种甜兮兮的调调儿几乎踪影全无，柔软得令人肉麻的步态动作也不见了……一切显得朴实、随和，她的举止干净利落、不怀戒心，但是她的情绪异常亢奋。

“天哪，一桩桩事情都凑在今天一块儿实现，真想不到，”她又喃喃自语，“阿辽沙，我自己也不知道，为什么这样高兴见到你。你要是问我，我真的说不上来。”

“你真的不知道自己为什么高兴？”拉基津似笑非笑地问，“以前你不知为什么缠得我好苦，老是对我说：‘你带他来，带他来嘛！’你不会没有目的。”

“以前我另有目的，现在这事儿已经过去了，这不是时候。听着，我要好好款待你们。现在我情绪很好，拉基特卡。你也坐下，拉基特卡，干吗站着？你已经坐下了？是啊，拉基特卡什么时候都不会忘了自己。瞧，阿辽沙，这会儿他坐在你对面，一肚子不乐意：为什么我先请你坐下，而不是先请他坐？我的拉基特卡就是爱生气，就是爱生气！”格露莘卡笑了起来，“别生气，拉基特卡，今儿个我好说话。阿辽沙，你干吗愁眉苦脸的，是不是怕我？”她半是欢喜半是打趣地瞅着阿辽沙的眼睛。

“他很伤心。封圣没指望了。”拉基津故意用浑厚深沉的低音说。

“什么封神封圣？”

“他的长老臭了。”

“怎么会臭了？你在胡说八道，我看你就是吐不出象牙来。闭嘴吧，蠢货。阿辽沙，让我在你大腿上坐一会，就这样！”她一下子蹦了起来，笑着跳到阿辽沙大腿上，像一只依人的小猫，右手温柔地搂住阿辽沙的脖子。“我来消解一下你的烦闷，我的虔诚的大男孩！说正经的，难道你真的让我坐在你腿上不生气？只要你一声令下——我立刻跳下去！”

阿辽沙不作声。他坐在那里，不敢动弹，他听见了格露莘卡的话：“只要你一声令下——我马上跳下去”，但是他毫无反应。然而他心中并没有旁人估计会有的念头，比如用一双淫荡的眼睛在一旁观察的拉基津，此刻很可能想象他必有这种念头。他的灵魂遭受的巨大创痛吞噬了他心中可能产生的任何感受，倘若此刻他的头脑完全清醒的话，自己也能意识到这时他身上有无比坚固的铠甲足以抵御任何欲念和诱惑。虽说他处于混沌的精神状态，无法对自己的行为负责，虽说巨大的创痛压迫着他的灵魂，他还是不由自主地对正在他心中萌生的一种奇怪的新感觉难以理解：过去，如果说他心中曾闪现过对女人的任何遐想，一定立即会产生恐惧，而现在这个女人，这个可怕的女人非但没使他感到过去的那种恐惧，相反，这个他最最害怕的女人坐在他腿上，搂着他，此时在他心中激起的却是一种完全意想不到的特殊感受，一种无比强烈而又无比纯真的好奇心，而且现在他一点也不害怕，过去的恐怖心理已荡然无存——这便是令他不由自主地感到费解的主要原因。

“闲话少说，”拉基津开始咋呼，“还是把香槟酒拿出来，这是你欠我的，你自己明白。”

“这不假。告诉你，阿辽沙，我向他许过愿，只要他能把你带来，除了别的，我还得请客喝香槟。把香槟拿出来，我也要喝！菲妮娅，菲妮娅，把米嘉留下的那瓶香槟酒拿来，快去。我虽然手面不阔，可一瓶酒还舍得；不是冲你，拉基特卡，你是小菌子，他是王子！虽说这会儿我的心思不在这上头，不过我还是和你们一起喝。我想狂欢一回！”

“你到底是怎么回事？如果不是秘密，能不能说说你在等什么消息？”拉基津又想乘隙打听，同时对于频频落到他头上的轻慢之词竭力装作满不在乎的样子。

“嗨，不是秘密，你也知道，”格露莘卡说时一下子显得有了心事，她转过头去面对着拉基津，因而跟阿辽沙之间稍稍有了一些空隙，尽管仍坐在他的大腿上，一只手也仍然搂着他，“那个军官要来了，拉基津，我的那个军官要来了。”

“我听说过他要来，难道说来就来？”

“眼下他在莫克罗耶，从那里会派快马专差来，这是他自己在信上写的，今天我刚收到。这会儿我就是在等专差。”

“原来如此！为什么在莫克罗耶？”

“说来话长，你知道得也够多了。”

“这下米嘉可就惨了，——啧，啧！他知不知道？”

“他怎么知道！完全不知道！他知道了会杀人的。不过现在我压根儿不怕这事儿，现在我不怕他的刀子。别说了，拉基特卡，别向我提起德米特里·费奥多罗维奇：他把我的心都捣烂了。眼前这个时刻我完全不愿想这件事。我只能想阿辽沙，我就瞧着阿辽沙……。你冲我笑一笑嘛，亲爱的，高兴一点，你就冲我的蠢样儿，冲我这份高兴劲儿笑一笑……。啊，笑了，笑了！瞧他的眼神多亲切。知道吗，阿辽沙，我一直以为你在生我的气，就为了前天那位阔小姐的事。我简直不是人，真的……。不过那样也好。这是件坏事，可也是件好事……”格露莘卡若有所思地倏然一笑，从她这冷冷的一笑中蓦地闪出一丝狞恶的表情。“米嘉告诉我，她气得直嚷嚷：‘该用鞭子抽她！’那天我可把她给气坏了。她把我叫去，想要征服我，用巧克力哄我……。事情闹成这样也好，”她又冷冷地一笑。“可我老是害怕你生气了……”

“这倒是真的，”拉基津插言道，他的诧异也不是装出来的。“听见没有，阿辽沙，她真的怕你这只童子鸡哩。”

“在你看来他是一只童子鸡，拉基特卡……因为你没心没肺！我可是真心喜欢他！阿辽沙，我全心全意喜欢你，你信不信？”

“啊，你这个没羞没臊的女人！阿列克塞，她是在向你表白爱情呢！”

“那又怎么样，我就是喜欢他。”

“那么军官呢？从莫克罗耶捎来的和金子一样宝贵的消息又怎样呢？”

“那是一回事，这是另一回事。”

“真是妇人之见！”

“别惹我发火，拉基特卡，”格露莘卡激动地紧接着说，“那是一回事，这是另一回事。我喜欢阿辽沙不是你想象的那样。说实话，阿辽沙，我以前对你不怀好意。要知道我品性卑下，脾气狂暴，可有时候我也把你当镜子照我的良心；阿辽沙。我常常想：‘像他这样的人现在该多么瞧不起我这个坏女人。’前天我从阔小姐那儿跑回来的时候也这样想过。我早就注意到你了，阿辽沙，米嘉也知道，我对他说过。米嘉能理解。信不信由你，说实在的，阿辽沙，我瞧着你，打心眼里感到羞愧，简直无地自容……。我是怎么会想你，打什么时候开始想你的，我不知道，也记不得了……”

菲妮娅进来把一只托盘放到桌上，托盘里有一瓶拔去塞子的酒和三只斟好了酒的杯子。

“香槟来了！”拉基津欢呼道，“你太兴奋了，阿格拉菲娜·亚历山德罗夫娜，已有些失常。你一杯喝下去，准会跳起舞来。哎，连这么点儿事也干不好，”他一边察看香槟，一边说，“准是那个老妈子在厨房里倒的，瓶塞也没有了，酒也没冰镇过，还是热乎乎的。算了，将就着喝吧。”

他走到桌子前面，拿起一杯酒来一饮而尽，紧接着给自己又倒了一杯。

“撞到喝香槟的机会可不多，”他舔着嘴唇说，“来，阿辽沙，你也拿一杯显显本领。咱们该说些什么祝酒词呢？为天堂之门好不好？格露莘卡，拿起酒杯，你也为天堂之门干一杯。”

“什么天堂之门？”

她拿了一杯。阿辽沙拿起酒杯，呷了一口，就把杯子放回到托盘里。

“不，我还是不喝为好！”他淡然一笑。

“刚才还夸口来着！”拉基津又咋呼起来。

“既然这样，我也不喝了，”格露莘卡接着说，“我也不想喝。拉基特卡，这一瓶全归你了。阿辽沙要是肯喝，那我也喝。”

“简直肉麻死了！”拉基津在一旁挑逗，“你还坐在他腿上呢！他不喝是因为伤心，你又为什么？他起来造他的上帝的反，还打算吃香肠呢……”

“怎么会这样？”

“他的长老今天死了，佐西马长老，大圣人。”

“佐西马长老死了？！”格露莘卡失声惊呼，“上帝啊，我不知道哇！”她虔诚地在自己胸前画了个十字，“上帝啊，我真该死，我这会儿还坐在他腿上呢！”她像是大吃一惊，一眨眼便从阿辽沙腿上跳下来，坐在沙发上。

阿辽沙惊异地对格露莘卡注视良久，他的脸色似乎变得明朗了些。

“拉基津，”他忽然语气坚决地大声说，“你别用我造上帝的反这样的话来刺激我。我并不想生你的气，所以你也别老是惹我。我失去了你从来不曾有过的珍宝，现在你也没有资格对我说三道四。我劝你还是瞧瞧坐在这里的她：她怜悯了我，看见没有？我来这儿的路上满以为会碰上一个邪恶的灵魂——我身不由己地来到这里是因为我自己卑鄙，我自己邪恶；结果我碰上的却是一位真诚的姐妹，我发现了珍宝——一颗爱心……。刚才她怜悯了我……阿格拉菲娜·亚历山德罗夫娜，我说的是你。刚才你帮我找回了失落的灵魂。”

阿辽沙的嘴唇开始哆嗦，只觉得气儿顺不过来。他不得不就此打住。

“好像还是她拯救了你！”拉基津笑了起来，这笑声不是善意的。“可她想一口把你吞下去，这你知道不？”

“住口，拉基特卡！”格露莘卡霍地跳起身来，“你们俩都别说了。现在我把什么都说出来：阿辽沙，你别说了，因为你的话使我满面蒙羞，因为我是邪恶的，我存心不良——我就是这样的人。至于你，拉基特卡，我要你闭嘴是因为你在撒谎。我有过卑鄙的念头，想一口把他吞下去，可你现在却在撒谎，现在完全不是那么回事……但愿不要让我再听到你这样说，拉基特卡！”

以上这番话格露莘卡是在异常激动的情况下说的。

“这两个人还都来劲了！”拉基津咬牙切齿地说，同时惊讶地瞧着他俩。“就跟神经错乱似的。我好像走进了疯人院。合伙搭班尽说些酸溜溜的，眼瞅着都要哭起来了。”

“我就是要哭，就是要哭起来！”格露莘卡说，“他把我称作他的姐妹，我永远不会忘记！不过我要告诉你，我虽然坏，可我还是拿出了一个葱头。”

“葱头？见鬼，你们果然都疯了！”

拉基津看到他们情绪激奋的样子，既惊讶又懊恼，其实他本来可以想象他俩恰恰都赶上了如此震撼他们灵魂的事情——这在一生中也是罕遇的。但拉基津对于和他本人有关的一切素来十分敏感，在理解他人的感受和心情方面却非常迟钝——部分是由于少不更事，部分则是由于极端自私。

“你瞧，阿辽沙，”格露莘卡忽然向着他神经质地呵呵大笑，“我对拉基特卡吹嘘自己拿出了一个葱头，对你我不想夸耀，我把这事告诉你另有目的。这仅仅是个寓言故事，但很有意思，我小时候就听如今在我这儿当厨娘的玛特辽娜说过。故事是这样的：

> “从前有个非常非常凶恶的老太婆，她一生没有做过任何一件好事，死了以后魔鬼把她抓去扔进火湖。可是她的守护天使站在天国里心想：我得想出她的一件好事来告诉上帝。天使终于想起来了，便向上帝报告：她曾经从菜园子里拔一个葱头给了一个女乞丐。上帝对天使说：‘你就把这个葱头递进火湖让她抓住。要是你能把她拉出火湖，就让她进天堂；要是葱头断了，她只得留在目前所在的地方。’天使跑到老太婆那儿，把葱头向她递过去，说：‘老婆婆，你要抓牢，我来拉你。’天使小心地把她往上拉，差不多已经把她整个身体都拉上来了，不料湖中其他罪人看见她被往上拉，便纷纷抓住老太婆，希望和她一起给拉上去。可是那老太婆凶恶极了，她开始用脚把他们踹开，一边大叫：‘人家是来拉我的，不是拉你们的；葱头是我的，不是你们的。’她这话刚一出口，葱头就断了。老太婆又掉回到湖里去，直到今天还在那里燃烧。天使哭了，只得空手离开。

“故事便是这样，阿辽沙，我都背得出来，因为我自己就是那个凶恶的老太婆。我向拉基特卡吹嘘自己拿出了一个葱头，可是对你要换一种说法：我一辈子**总共**只拿出一个葱头，我账上只有一件好事。你可别夸我，阿辽沙，别把我当作好人，我是个坏透坏透的坏女人；你要是夸我，会把我羞死的。唉，我得好好忏悔忏悔。听着，阿辽沙，我曾经朝思暮想要把你弄到手，一直死缠着拉基特卡，甚至向他许诺：若是他能把你带来，我就给他二十五卢布。你等一下，拉基特卡！”

她快步走到一张桌子前面，拉开抽屉取出一只钱包，又从钱包里取出一张二十五卢布的钞票。

“那是闹着玩儿的！那是闹着玩儿的！”一时弄得十分狼狈的拉基津急忙解嘲。

“收下吧，拉基特卡，这是我该你的，相信你不会拒绝，是你自己提出的要求。”

说罢，她就把钞票向拉基津扔过去。

“谁说我会拒绝？”拉基津显然有些尴尬，但犹自虚张声势掩饰窘态。“这对我们颇有用处，世上有傻瓜就是为了让聪明人日子好过些。”

“现在你得闭嘴，拉基特卡，下面我要说的话都不是给你听的。你就在这边角落里坐着，不要开口，你不喜欢我们，就免开尊口。”

“我干吗要喜欢你们？”拉基津已经敌意毕露地反唇相讥。他把二十五卢布的一张钞票揣进兜里，在阿辽沙面前他实在丢脸。他原指望以后拿钱，这样阿辽沙就不会知道，而现在恼羞成了怒。到这一刻为止，虽然格露莘卡一再轻慢他，但他认为不要直接顶撞格露莘卡是相当明智的，因为显然格露莘卡对他拥有某种控制力。但现在他也发作了：

“喜欢什么人总是有缘故的，你们俩为我做过什么没有？”

“你也可以无缘无故地爱嘛，就像阿辽沙爱他人那样。”

“他怎么个爱你法，他又怎么让你看到了这种爱，竟使你这样疯话连篇？”

格露莘卡站在房间中央，满怀激情地说着，她的语气透露出一些歇斯底里的音调。

“你闭嘴，拉基特卡，你对我们什么也不理解！从今以后不许你用熟不拘礼的口气跟我说话。你好大的胆，竟敢这样放肆！你去坐在角落里，别开口，就算是我的听差。现在，阿辽沙，我要向你一个人说出全部真相，毫无保留，让你看到我是什么货色！我不是说给拉基特卡听，我是说给你听。我曾经想使你身败名裂，阿辽沙，这是千真万确的，我下定了决心，实在太想得手了，甚至用钱买通拉基特卡，要他把你带来。为什么我这样不择手段？阿辽沙，你什么也不知道，你一见到我总是眼睛看着地上扭头就走；可是我在这以前瞅过你不下一百回，还向所有的人打听你的情况。你的面容已经印在我的心上。我心想：‘他瞧不起我，连正眼也不给我一个。’到后来我完全被这种感受控制住了，自己对自己纳起闷来：‘我为什么要怕这样一个毛孩子？我要把他一口吞下去，然后放声大笑。’我恼怒极了。信不信由你：上阿格拉菲娜·亚历山德罗夫娜家去鬼混——本地没有人敢说，也没有人敢想这样的事。我只有老头儿一个男人，我受他的约束，我卖给了他。是魔鬼把我们拴在一起的，除了他没有任何人。但是，我瞅着你，暗暗拿定主意：‘我非吞了他不可。我要把他一口吞下去，然后放声大笑。’瞧，我是一条多么歹毒的母狗，可你把我称作你的姐妹！如今，我的那个负心汉来了，我在家里等候消息。你可知道这个负心汉对我做了什么？五年前库兹马把我带到本地来的时候，我老是闭门家中坐，避人耳目。那时候我细瘦可怜，什么都不懂，整天待在家里哭，常常彻夜不眠。我寻思着：‘我的负心汉眼下在哪里？他准是和别的姑娘一起在笑我。只要将来他被我遇见，我非向他报复不可，非向他报复不可！’黑夜中我把脸埋在枕头里哭，反反复复想这件事，故意撕碎我的心，用怨恨刺激自己：‘我非向他报复不可，非向他报复不可！’有时我会在黑暗中大叫起来。只要一想到我拿他毫无办法，而他却在笑我，也许完全忘了，什么也不记得，我就会从床上摔到地上，满脸都是无能为力的眼泪，浑身发抖直到天明。早晨起来脾气比一条恶狗更坏，恨不得把整个世界都撕成碎片。后来，你猜怎么着？我开始敛财，穷凶极恶地搂钱，人也胖了，——你是不是以为我变聪明了呢？根本不是这么回事！每当黑夜来临，我仍旧像五年前的小姑娘那样，躺在床上把牙咬得咯吱咯吱直响，整夜哭个不停。一边哭一边想：‘我非向他报复不可，非向他报复不可！’宇宙之大，此情此景我敢说没有一个人看到，没有一个人知道。

“上面这些你都听见没有？现在你该明白我是什么样的人了！一个月前，我突然收到这么一封信，说他要来，他死了妻子，想跟我见见面。天哪，当时我紧张得气也喘不过来，猛然间我这样想：‘要是他来了，吹一声口哨向我发出召唤，我会像一条挨了打知错的狗那样向他爬过去！’我简直自己也没法相信自己：‘我就那么贱？我真的会向他跑过去？’整整一个月里，我的满腔怨愤——现在是对我自己的怨愤——比五年前有过之而无不及。阿辽沙，现在你看到了，我是多么狂暴，多么凶恶，我把真情全对你说了！我是拿米嘉开心，免得自己跑到那个负心汉身边去。你闭嘴，拉基特卡，你没有资格评判我，我也不是说给你听的。刚才你们到来之前，我躺在这儿边等边想，对我的未来做出了全面安排，你们决计不可能知道我心里是怎么想的。对了，阿辽沙，请你告诉那位阔小姐，叫她别为前天的事生气！……这世上没有一个人知道此刻我心中是什么滋味，也不可能知道……。因为我今天也许会带一把刀子到那里去，这事我还没有决定……”

格露莘卡这句与其说可怕不如说可怜的话刚一出口，马上就不能自持，没把话说完便双手掩面扑倒在沙发上，脸埋在枕头里像个小孩子似的哽咽不止。阿辽沙从座位上站起来，走到拉基津身边。

“米沙，”他说，“别生气。她伤害了你，但是别生气。她刚才的话你听到没有？一个人心灵的承受能力有限，不能太苛求，应当宽容些……”

阿辽沙是在心潮汹涌无法遏制的情况下说这话的。他需要一吐为快，于是把拉基津作为对象。如果没有拉基津在场，他会独自发出感叹。但拉基津给了他一个白眼，阿辽沙顿时语塞。

“你把长老灌输给你的那一套拿来向我开火，阿辽沙，你真是上帝的乖小子。”拉基津带着仇恨的狞笑道。

“别挖苦人，拉基津，别皮笑肉不笑，别谈论死者：他比世上所有的人都崇高！”阿辽沙的喊声中含着热泪，“我不是作为法官对你说话，而是作为一名罪孽深重的受审者。和她相比我算什么呢？我上这儿来是为了自戕，我对自己说：‘反正就这么回事，没什么了不起！’——这是由于我的怯懦；而她受了五年的苦楚，一旦来了个人向她说句真心话——她就尽弃前嫌，流着眼泪把过去的事一笔勾销！

她的负心汉回来了，向她发来了信息，她准备宽恕那人的一切过错，向着那人载欣载奔，而且不带刀子，肯定不带！不，我自愧弗如。我不知道你有何感想，米沙，反正我自愧弗如！今天，刚才，她给我上了这一课……。凭着一颗仁爱之心，她比你我更高尚……。刚才她讲的故事以前你有没有听她讲过？不，你没有听到过；如果你听到过，早就明白了……还有前天受到伤害的那位小姐，但愿也能宽恕她！那位小姐一旦了解以后，会宽恕她的……而且一定能了解……。这是一颗还憋着太多怨怼的灵魂，应当怜悯她……这颗灵魂里边也许有一座宝藏……”

阿辽沙没再说下去，因为他感到呼吸受阻。拉基津虽然恼怒，犹自露出诧异的神情。他怎么也料想不到，平日斯斯文文的阿辽沙竟能如此大发宏论。

“好一位辩护律师！莫非你是爱上了她不成？阿格拉菲娜·亚历山德罗夫娜，我们的吃斋修士真的爱上你了，你征服了他！”拉基津无耻地笑着咋呼道。

格露莘卡从枕头上抬起头来向阿辽沙看了一眼，刚才一下子哭肿的脸上泛起深受感动的笑容。

“阿辽沙，我的天使，别理他，不值得跟这样的人磨嘴皮子。米哈依尔·奥西波维奇，”她转而面向拉基津说，“我本想为骂你的事向你道歉，可是现在又不想了。阿辽沙，你来坐在这里，”她愉快地笑着向阿辽沙招手，“对，坐好了，告诉我，”她拿起阿辽沙的一只手，笑盈盈地注视着他的脸，“告诉我：我还爱不爱那个人？我还爱不爱我那个负心汉？你们来以前，我一个人躺在这儿的黑暗中，一个劲儿地追问自己的心：我爱不爱他？你为我决断一下，阿辽沙，时间已经到了，你怎么说，就照你说的办。我该不该宽恕他？”

“你不是已经宽恕了吗？”阿辽沙含笑回答。

“我确实已经宽恕了，”格露莘卡沉吟道，“我的心多贱哪！为我这颗不争气的心干杯！”她遽然从桌上拿起酒杯一饮而尽，然后把它使劲摔在地上。酒杯发出清脆的碎裂声四散飞溅。她的笑颜中闪现出一丝残酷。

“也可能我还没有宽恕，”她带着威胁的口吻说，眼睛瞧着地上，像在自言自语。“也可能我的心刚开始打算宽恕。我还要跟自己的心较一较劲儿。你瞧，阿辽沙，我特别喜欢我五年里流的眼泪……。也许，我只是爱我的怨愤，压根儿不是爱他！”

“我可不想扮演他的角色！”拉基津冷冷地插了一句。

“你演不了，拉基特卡，你永远不配演他的角色。你只配给我绱鞋，拉基特卡，这就是我打算为你安排的差使，你休想染指我这样的女人……。或许他也休想……”

“他？那你打扮得这么漂漂亮亮的干什么？”拉基津在一旁打冷枪。

“你别指责我的打扮，拉基特卡，你还不完全知道我的心！我随时可以把这身衣着撕下来，现在就撕，立刻就撕，”说到这里，她的声音高亢响亮。“你不知道我这身穿戴的用意，拉基特卡！也许我会这样走到他面前，说：‘你见过我这样打扮没有？’要知道他抛弃我的时候，我才十七岁，细得像根竹竿，一副痨病相，整天哭鼻子。如今我要挨着他坐下来，给他灌迷魂汤，逗得他心痒痒的：‘你瞧我现在是什么模样，我就让你像被拴住的馋猫，尊敬的先生，闻得着腥却到不了口！’这身打扮兴许就派这个用场，拉基特卡，”格露莘卡临了发出一串不祥的笑声。“阿辽沙，我性情狂暴、凶狠。我会扯下身上的穿戴，毁掉我的美貌，用火烫、用刀划，我可以去挨门求乞。只要我愿意，从今往后我哪儿也不去，不见任何人；只要我愿意，明天就把库兹马给我的一切通通给他退回去，包括他的钱，我可以一辈子靠打工养活自己！……拉基特卡，你以为我做不到？你以为我不敢？我定能做到，定能做到，马上就能做，可别把我逼急了……至于那个人，我可以把他一脚踢开，告诉他癞蛤蟆休想吃天鹅肉！”

最后几句她是歇斯底里地喊出来的，但又不能自持，用手捂住面孔扑倒在枕头上，又哭得浑身颤动。拉基津站起身来。

“走吧，”他对阿辽沙说，“时间不早了，再不走会给关在修道院门外的。”

格露莘卡霍地直跳起来。

“难道你要走吗，阿辽沙？”她惊讶的语气中透出哀伤，“你瞧你对我做了什么：你把我的真情全唤醒了，搅得我心中像打翻了五味瓶，可现在我又得独自面对黑夜！”

“他总不能在你这儿过夜吧？如果他愿意——就让他留下！我一个人走！”拉基津刻毒地打趣说。

“闭嘴，你这心术不正的人！”格露莘卡向他怒喝，“他今天来对我说的话，你从来没有对我说过一句。”

“他对你说了什么？”拉基津愤愤然嘀咕道。

“我不知道，不晓得，他对我说了什么我全不晓得，我只感觉到他把我的心翻了个底儿朝天……。他是第一个、也是唯一怜悯我的人，这我知道！天使啊，你为什么早不来，”她忽然发狂似的在阿辽沙面前跪下，“我一辈子都在盼你这样的人，一直在盼，我知道会有这么个人来宽恕我。我相信对我这样一个坏女人也会有人施仁爱的，并不是只有那种爱！……”

“我没为你做过什么呀！”阿辽沙感动地笑着回答，同时俯下身去亲切地把她扶起来。“我给了你一个葱头，一个最小最小的葱头，仅此而已！……”

说完，他自己也哭了。这时过道里忽然发出声响，有人走进了门厅；格露莘卡像是受了极大的惊吓直跳起来。菲妮娅一路大声嚷着跑进客厅。

“太太，我的好太太，快马专差到了！”她气喘吁吁、但兴高采烈地报告，“从莫克罗耶派马车接您来了，车老板季莫菲赶的是三套车，马一会儿就给换新的……。这里有信，太太，这里有信！”

信在菲妮娅手里，她大叫大嚷的时候一直拿着信挥来舞去。格露莘卡从她手中一下子把信抢了过来凑到蜡烛前面。这仅仅是一张便条，才寥寥数行，她一眨眼就读完了。

“他叫我了！”格露莘卡欢呼起来，但是面色煞白，病态的笑容使她的五官都移了位，走了样，“他打起了呼哨！爬过去吧，你这条母狗！”

她似乎有些举棋不定地站着，但这仅仅是一刹那的时间；紧接着，血一下子涌了上来，把她的两颊染得通红。

“走！”她断然说，“我要跟这五个年头告别！再见吧，阿辽沙，命运已经决定……。你们走吧，现在你们全都从我这儿走吧，别让我见到你们！……格露莘卡奔新的生活去了……。你也别太记恨我，拉基特卡。我也许在走向死亡！哇！我好像喝醉了似的！”

她撂下他们，跑到自己卧室里去了。

“哼，她现在已无心顾及咱们！”拉基津嘟哝道，“咱们走吧，要不然又会听到女人的尖叫，这种连哭带喊的调调儿我实在腻味透了……”

阿辽沙木然听凭拉基津把他带出去。院子里停着一辆卸了套的马车，有几个人提着风灯在忙碌。三匹新换的马被牵进洞开的大门。阿辽沙和拉基津才下台阶，格露莘卡卧室的一扇窗忽然打开，只听得她扯开响亮的嗓门冲着阿辽沙的背影喊道：

“阿辽沙，代我向你哥哥米剑卡致意；是我坑害了他，叫他别太记恨我。你还得用我的原话向他转告：‘格露莘卡把自己扔给了卑鄙小人，没有扔给你，因为你是君子！’再添上一句，就说格露莘卡爱过他一小时，总共只爱过那么一个小时，——叫他从今以后永远记住这一小时，就说是格露莘卡叫他一辈子都不要忘记！……”

她末了那几句话已泣不成声。窗子啪的一声关上了。

“啾，啾！”拉基津从鼻子里喷出两声冷笑，“她把你的老兄米嘉给宰了，还要人家记住一辈子。好狠毒哇！”

阿辽沙一句话也不说，像是没有听见；他在拉基津一旁迷迷糊糊下意识地走得很快，似乎急得要命。拉基津蓦地觉得给什么东西刺了一下，仿佛有人用手指触及他的新伤。他给格露莘卡和阿辽沙牵线搭桥可没料到会引出这样的结果；目前的局面跟他期望出现的局面大相径庭。

“她的那名军官是个波兰人，”他沉住气又开始说，“如今他早已不是军官，在西伯利亚靠近中国的边境一处海关当过公务员，想必是个波兰穷小子。据说他丢了饭碗。最近听到格露莘卡攒了几个钱儿，这不，那位又回来了——事情不是明摆着的吗？”

阿辽沙依然像是没有听见。拉基津忍不住了：

“怎么样，你让一个有罪的女人弃恶从善了？”他冲阿辽沙阴鸷地笑了起来，“把堕落的坏女人引上正道了？把七个鬼赶走了，是吗？[①]真了不起，你盼望已久的奇迹不是出现了吗？”

“别说了，拉基津。”从阿辽沙的话音中透出心灵的痛楚。

“是不是为了刚才那二十五卢布你就鄙视我了？认为我出卖了一个真诚的朋友？你又不是基督，我也不是犹大。”

“唉，拉基津，相信我，我本来已经把那件事给忘了，”阿辽沙无奈地说，“是你自己提醒了我……”

这下拉基津终于勃然大怒。

“你们所有的人一个一个通通见鬼去吧！”他突然吼叫起来，“我干吗要跟你搅在一起？从今往后我再也不愿认识你。这是你的路，你一个人走吧！”

他来了个急转弯，拐向另一条街，把阿辽沙一个人撂在黑暗中。阿辽沙出了城，穿过田野向修道院走去。

四　加利利的迦拿

按修道院的作息制度，阿辽沙回到隐修所时间已经很晚了；门房放他走一条专用通道进去。九点已经敲过——度过了对于所有的人都是那么紧张的一天之后，现在是休息和睡眠的时刻。阿辽沙怯生生地推门走进长老的修室——他的棺柩就停在那里。帕伊西神父独自在灵柩旁诵读福音书；少年见习修士波尔菲里昨夜旁听长老的谈话，今天

① 见《圣经·新约·路加福音》第7章第37节至第8章第2节。

又忙了一整天，累得够呛，这时在另一间屋子里席地而卧，年轻人睡得正香——除了他们两个，修室里没有任何人。帕伊西神父虽然听见阿辽沙进来，却连看也不朝他那边看一下。阿辽沙进门向右走到角落里，跪下来开始祈祷。

他的灵魂已盛不下这么多的感受，但一切又那么纷乱混沌，没有一种鲜明突出，相反却在持续平稳的轮转中互相挤对，彼此排斥。但心里是甜滋滋的，而且说也奇怪，阿辽沙并不感到意外。眼前他又见到了这口棺材，又见到了现已全身遮盖起来、对他来说是那么珍贵的死者，但此时他已不感到今天早晨那种泣血啼红、痛不欲生的悲哀。他一进来便在灵柩前跪倒，就像膜拜神圣一样，但是喜悦却在他的头脑里和心灵中漾开，确实是喜悦。修室的一扇窗户开着，空气清新凉爽。阿辽沙心想："由于原先决定关窗，所以气味更难闻。"仅仅不多久以前，一想起腐臭他便心生恐怖、无地自容，但现在这个念头也没有唤醒他日间的哀恸，也没有激起他日间的悲愤。他平心静气地开始祈祷，但很快就发觉自己差不多无意识地在背诵祈祷文。一些断想在他的心中晃动，像星星一样闪亮，旋即隐去，被另一些断想取而代之；但在他灵魂中占主导地位的是一种完整、稳定、宽慰的情绪，他自己也意识到这一点。他几次重新开始热烈地祷告，因为有那么多的感恩之情、那么多的爱需要宣泄……。但是，才开了一个头，一下子就会跳到别的事情上去。于是他陷入深思，把祈祷和干扰祈祷的杂念也给忘了。他侧耳谛听帕伊西神父诵经的内容，但由于心力交瘁，竟渐渐地打起盹来……

帕伊西神父念道：

> 第三日，在加利利的迦拿有娶亲的筵席，耶稣的母亲在那里。耶稣和他的门徒也被请去赴席。

"娶亲？这是谁家的喜事？……"一个念头在阿辽沙头脑中如旋风飞转。"她也有喜事……她也赴席去了……。不，她没有带刀子，没有带刀子……。那只是一句气话罢了……。其实……应当原谅可怜的人说的气话，一定要原谅。可怜的话能舒心宽怀……否则人们的悲哀就太沉重了。拉基津拐进了小胡同。每当拉基津想到自己受到的委屈，他总是拐进小胡同去……。可是大路……大路是宽敞笔直，光明透亮的，它的尽头有太阳……。听！……在念什么？”

阿辽沙听到的是：

酒用尽了，耶稣的母亲对他说：他们没有酒了……

“啊，对了，刚才我没听清楚，我不想漏掉，我喜欢这一段：这是在加利利的迦拿出现的第一个奇迹！啊，这是奇迹，这是可爱的奇迹！基督不是来访问疾苦，是来庆贺人家的喜事，他第一回创造奇迹是给人们增添喜庆气氛……。‘施爱于人者也必爱人们的欢乐……’这是长老生前不时挂在嘴上的话，是他最主要的思想之一……。米嘉说：没有欢乐就活不下去……对，是米嘉说的……。凡是真诚、美好的一切总是渗透着宽容——这又是长老常说的……”

耶稣说：母亲，这与你我不相干；我的时候还没有到。他母亲对用人说：他告诉你们什么，你们就做什么。

“你们就做什么……也就是给穷人添喜，把欢乐带给很穷很穷的人……。既然娶亲筵席上酒也不够，当然是够穷的……。据史学家们考证，当时住在格尼萨雷特湖[1]周围一带的居民是所能想象的最贫穷的居民……。当时在场的另一个伟人——他的母亲——的心（也是一颗伟大的心）知道，她的儿子来到人们中间不是单纯为了建立悲壮惨烈的功勋，他的心同样可以理解，闭塞的黎民诚意邀请他去赴简陋的娶亲喜筵，他们的欢欣之情朴实无华，亲切自然。‘我的时候还没有

① 即太巴列湖，在巴勒斯坦。约旦河流进该湖后南流注入死海。

到，’他带着安详的微笑说（当时他一定恭顺地向母亲微微一笑）……。难道他真的为了给穷人筵席上增添喜酒而来到人间？可他果真应母亲的请求这样做了……。啊，帕伊西神父还在往下念：”

耶稣对用人说：把缸倒满了水。他们就倒满了，直到缸口。

耶稣又说：现在可以舀出来，送给管筵席的。他们就送了去。

管筵席的尝了那水变的酒，并不知道是哪里来的；只有舀水的用人知道。管筵席的人便叫新郎来。

对他说：人家都是先摆上好酒，等客喝足了，才摆上次的；你倒把好酒留到如今。[①]

“怎么啦？这是怎么回事？为什么这屋子在变宽、变大？……啊，对了……这不是娶亲筵席吗？要举行婚礼……当然是这样。瞧，那是来贺喜的宾客，那坐着的一对是新人，还有快乐的人群……那位管筵席的聪明人在什么地方？……可是，那人是谁？那是什么人？屋子又拓宽了……。那个从大桌子旁站起来的人是谁？什么？……他也在这里？他不是在棺材里吗？……但他也在这里……他站起来了，看见了我，正往这边走来……主啊！……”

是的，他走到了阿辽沙面前，他，这个干瘪矮小的老人，脸上布满细密的皱纹，神情愉快，慈和地笑着。棺材不见了，他仍穿着昨天和几位客人座谈时穿的衣服。他的面容开朗，目光明净。这究竟是怎么回事？就是说，他也在筵席上，他也被邀请来参加在加利利的迦拿举行的婚礼……

“是的，我也在这里，亲爱的，我也接受了邀请，”阿辽沙听到一个慈祥的声音在他身旁说，“你为什么躲在这里？怪不得看不见你……你也到我们那里去吧。”

---

① 以上所引排成黑体的经文均见《圣经 · 新约 · 约翰福音》第 2 章第 1 节至第 10 节。

是他的声音，佐西马长老的声音……。既然在叫他去，怎能不是佐西马长老的声音？长老用一只手来扶他，跪着祈祷的阿辽沙站了起来。

“我们玩得很快活，”干瘦的老人继续说，“喝新酿的酒，这是祝贺新婚大喜的酒；瞧，来了这么多客人！那是新郎和新娘，这一位是管筵席的聪明人，他在尝新酒。你见到我为何这样惊讶？我给了别人一个葱头，所以我在这里。这里很多人也都只是每人拿出了一个葱头，只是一个小小的葱头……。我们的事业究竟是什么？我的孩子，你这样斯文，这样温良，你今天也很巧妙地把一个葱头给了十分需要它的女人。做起来吧，亲爱的，就这样开始你的事业！……我们的太阳在这里，你看见他了没有？”

“我害怕……我不敢看他……”阿辽沙嗫嚅道。

“不要怕他。他在我们面前因其伟大而威严无比，因其崇高而令人肃然，然而他是无限仁慈的，他出于爱心使自己在外表上与我们相似，和我们同乐，把水变成酒，不让客人们扫兴，他在等新的客人来，不断地召唤新的客人，如此永无尽期。瞧，又在把新酒送上来了！瞧，还拿来了容器……”

阿辽沙心中只觉得热乎乎的，似乎有什么东西一下子把他的心充盈得发胀，狂喜的热泪从他的灵魂深处迸涌……。他张开双臂，大叫一声，醒了过来……

还是那口棺材，还是那扇打开的窗子，还是那样庄重、不紧不慢、一字一句听得分明的诵经声。但阿辽沙已经不去听念的是哪一段福音。奇怪，他是跪着入睡的，而现在却站着。忽然，他一跃而起，跨出坚定迅捷的三大步一直走到棺材紧跟前。他的肩膀甚至碰着了帕伊西神父也没有发觉。帕伊西神父刚从福音书上举目向他一瞥，旋即把视线移开，他明白那年轻人身上发生了奇怪的事情。阿辽沙对着棺材，对着遮盖起来一动不动地躺在棺中的死者，对着放在他胸前的神像和他头上缀着八端十字架的帽斗看了半分钟光景。他刚才明明听到了他的声音，这声音此刻依然在他耳畔萦绕。他侧耳静听，犹自企盼再能听到这声音……但是，骤然间，他急剧地扭转身躯走出修室。

他没有在台阶上站住，而是快步走了下去。他那盛满了狂喜的灵魂渴望着自由、空间、广度。在他的上空，广袤无垠地伸展着星光柔和的天穹。从天顶到天际，银河分成模糊不清的两股。空气清新、万籁俱寂的凉夜紧紧拥抱着大地。礼拜堂的白色塔楼、金色圆顶与深蓝色的天幕交相辉映。屋前花坛中浓艳的秋花已入梦乡直要到天明。大地的静谧与天空的静谧融合为一体，泥土的秘密与星星的秘密交织在一起……。阿辽沙站在那里，看着周围的一切，倏地像被砍倒似的趴了下来，贴在地上。

他不知道为什么要拥抱大地。他说不清为什么如此按捺不住地想要亲吻大地，把整个大地吻遍，但他确实在边哭边吻，抽泣着把眼泪洒在地上，狂热地发誓要爱大地，一直到永远。他心中响起这样的话语："用你喜悦的泪水遍洒大地，要爱你的这些泪水……"

他为何哭泣？

噢，他是抑制不住心中的狂喜而哭泣，他甚至在为深不可测的太空中向他发光的这些星星哭泣，而且并不羞于表现这种狂态。这些不可胜数的星星一个个都是上帝创造的世界，星光犹如无数条线一下子全部交织在他心头，他的整个心灵因"接触到别的世界"而战栗。他想宽恕所有的人、所有的事，也想得到宽恕。噢，不是为自己，而是为万众、万事、万物请求宽恕，然后"别人也会代我请求宽恕"——这声音又在他心中响起。仿佛触摸得到一般，他越来越分明地感到有一股坚定的、像这天穹一样不可动摇的力量正在注入他的灵魂。某种思想似乎已在他的头脑里登堂入室——终其一生不变不忘。他趴下时是个脆弱的少年，站起来将成为一名矢志不移的坚强斗士，这一点他在自己狂喜的那一刻猛然意识到、也感觉到了。阿辽沙此后一辈子绝对不会忘记那一刻。

"在那一时刻，有人曾到我心中来过。"此后他一再如此说，并对自己的话坚信不疑……

三天后，他离开了修道院，这符合已故长老嘱咐他"逗留尘世"的赠言。